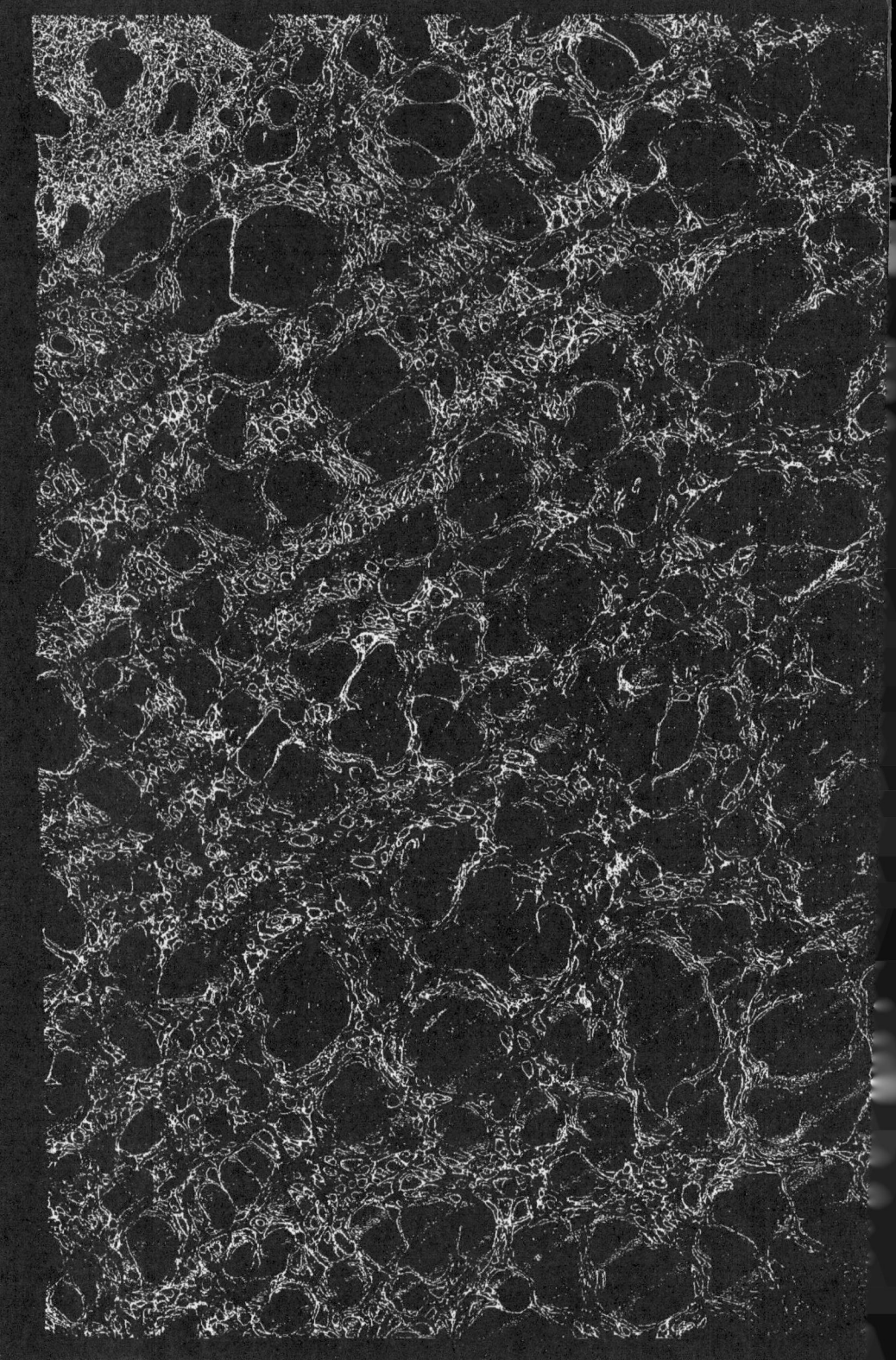

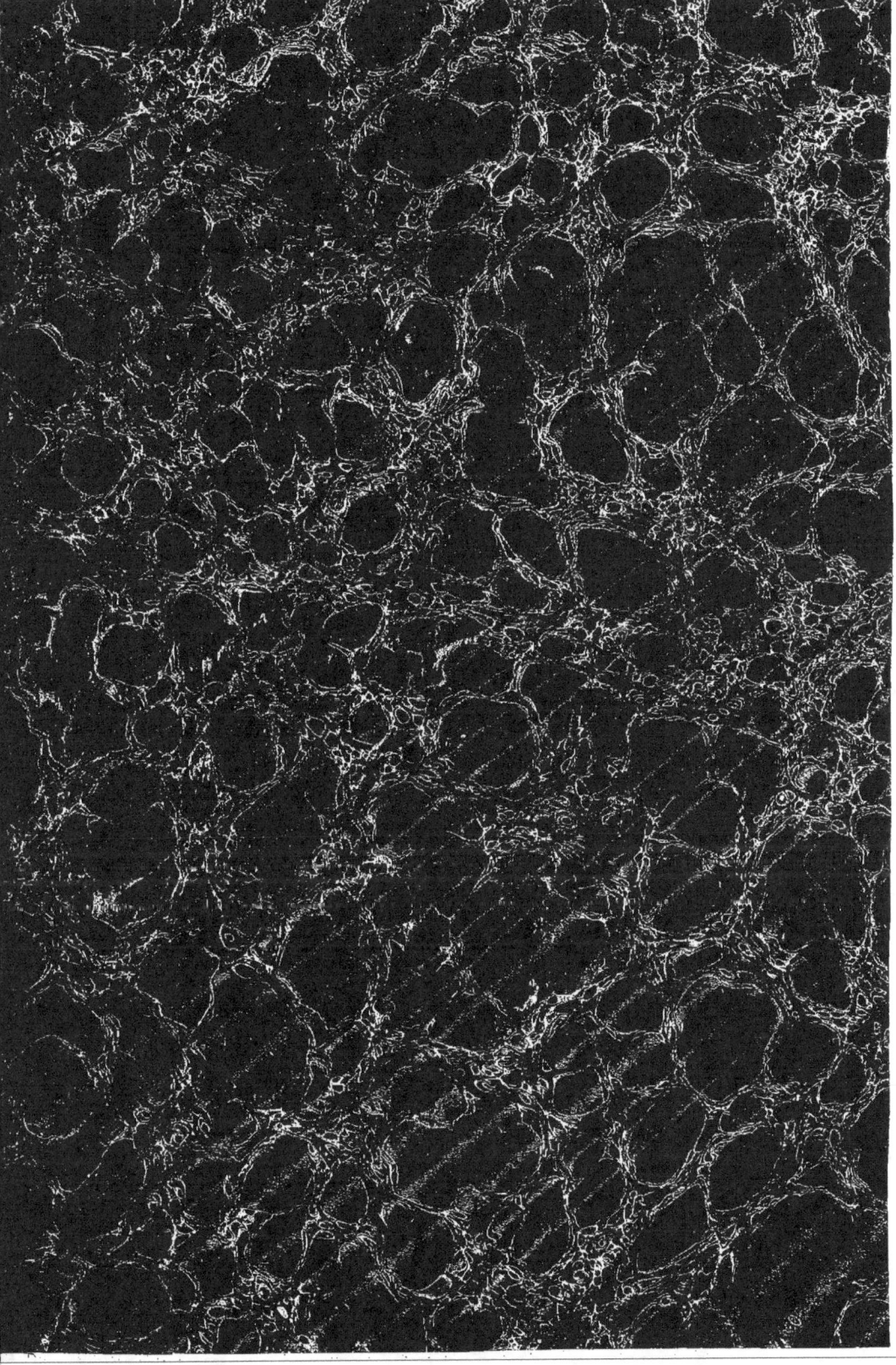

LES

FRANÇAIS.

PROVINCE.

TOME SECOND.

IMPRIMERIE
Schneider et Langrand,
rue d'Erfurth, 4.

LES FRANÇAIS

Provinces

DELACROIX

Typ. LACRAMPE et C.

LES
FRANÇAIS

PEINTS PAR EUX-MÊMES,

ENCYCLOPÉDIE MORALE

DU DIX-NEUVIÈME SIÈCLE.

PROVINCE.

TOME SECOND.

PARIS,

L. CURMER, ÉDITEUR,
49, RUE DE RICHELIEU,
AU PREMIER.

M DCCC XLI.

A

INTRODUCTION.

N ouvrage où l'on se proposait de peindre les mœurs des Français au dix-neuvième siècle ne devait point se borner à les considérer dans leurs divers états. Les modèles, toujours pris à Paris, n'auraient représenté que Paris au lieu de la France, et auraient achevé d'accorder à la capitale une prépondérance qui, Dieu merci, n'a rien encore de si bien établi. D'autre part, la première classification une fois adoptée, il se présentait quelque difficulté. Les plus nombreuses professions sont les mêmes en province qu'à Paris, il eût fallu en répéter à peu près les traits principaux. On a pensé qu'il suffirait, pour compléter le tableau, d'ajouter la description des mœurs, coutumes et caractères particuliers des diverses parties de la France, laissant ainsi à juger au lecteur lui-même l'influence que ces caractères pouvaient exercer sur les professions dans chaque localité, et les modifications qu'ils devaient leur faire subir.

On a, pour cet objet, naturellement adopté l'ancienne division par provinces, la seule que la nature, le temps, la langue, aient consacrée, et qui pût fournir assez de traits distinctifs. On sent que les départements n'auraient pu servir : le Breton n'est pas le Normand, mais le Finistère et le Morbihan sont bretons.

Il est peut-être un peu tard déjà pour saisir cette physionomie des provinces qui, cédant à des efforts de tout genre, s'efface de jour en jour, et va peut-être disparaître pour jamais. Dans vingt ans peut-être, si les choses durent, ce travail serait inutile : les barrières de Paris seront aux frontières ; le pâtre des Pyrénées et le contrebandier de Calais s'effaceront sous le même uniforme. Nous surprenons la France dans un moment de transition, et nous aurons à constater des changements qui tiennent à cette nouvelle division du territoire, à propos de laquelle le représentant le plus éclairé du libéralisme moderne nous fournira, avec l'autorité de son nom et de son talent, quelques réflexions que nous aurions pu faire.

« Il est assez remarquable, dit cet auteur, que l'uniformité n'ait jamais rencontré plus de faveur que dans une révolution faite au nom des droits et de la liberté des hommes. L'esprit systématique s'est d'abord extasié sur la symétrie. L'amour du pouvoir a bientôt découvert quel avantage immense cette symétrie lui procurait. Tandis que le patriotisme n'existe que par un vif attachement aux intérêts, aux mœurs, aux coutumes de la localité, nos soi-disant patriotes ont déclaré la guerre à toutes ces choses ; ils ont tari cette source naturelle du patriotisme, et l'ont voulu remplacer par une passion factice envers un être abstrait, une idée générale, dépouillée de tout ce qui frappe l'imagination et de tout ce qui parle à la mémoire. »

En effet, ces hommes, feignant d'ignorer que la constitution de l'état s'était enracinée dans le territoire par des causes supérieures, par des dispositions invincibles de la nature ; qu'elle avait été consacrée par quatorze cents ans de durée, et que non-seulement elle avait préservé le royaume durant un si long temps, mais encore qu'elle l'avait élevé au plus haut degré de splendeur ; ces hommes, dis-je, détruisirent, bouleversèrent et promenèrent la charrue en tous sens sur le sol français, non comme sur un champ qu'on veut féconder, mais comme les derniers fondements d'une ville coupable et punie. C'est bien d'eux qu'on peut dire : « Ils divisèrent pour régner. » Ce beau royaume de France fut déchiré et tiré au sort comme le manteau du juste. Les provinces furent déchiquetées et livrées par lambeaux à des proconsuls : elles ne furent plus que des *départements*. « Peu s'en fallut qu'ils ne désignassent par des chiffres les cités et les provinces, comme ils désignaient par des chiffres les légions et les corps d'armée. »

« Le despotisme militaire qui remplaçait la démagogie, et qui se constituait le guide du fruit de ses travaux, persista très-habilement dans la route tracée. » Il trouva commode un système qui mettait dans sa main les rênes de l'état comme tous les fils d'une mécanique. « Les deux extrêmes se trouvèrent d'accord sur ce point, parce qu'au fond, dans les deux extrêmes, il y avait volonté de tyrannie ; » et nous ne savons pas pourquoi l'auteur distingue ces deux extrêmes, car le despotisme populaire ou le despotisme militaire, c'est toujours le despotisme. « Les intérêts, ajoute-t-il, et les souvenirs qui naissent des habitudes locales, contiennent un germe de résistance que l'autorité ne souffre qu'à regret, et qu'elle s'empresse de déraciner. Elle a meilleur marché des individus, elle roule sur eux son poids énorme comme sur du sable. »

Avec les provinces s'écroulèrent leurs antiques institutions ; on vit disparaître les états provinciaux, l'administration nationale, les franchises des villes, les droits et l'indépendance de la bourgeoisie, des corporations, l'esprit de corps et jusqu'à un certain esprit militaire de la force armée qui représentait les provinces dont elle portait les noms. Depuis, par des conséquences de ces événements, par la promptitude des communications, le mélange des individus, la diffusion des écrits, et vingt ans de guerre qui ont porté nos soldats aux quatre coins du globe, la division par départements a subsisté, et les provinces, après avoir perdu leur caractère politique, tendent de plus en plus à perdre leur caractère moral ; le costume lui-même s'est altéré, et les usages, presque tous religieux ou monarchiques, ont changé depuis le renversement du trône et de la religion.

Qu'est-il sorti de là? le pâle fantôme d'uniformité que décrit l'auteur déjà cité dont nous ne pouvons nous refuser à transcrire toute la pensée.

Mais *chaque génération*, dit l'un des étrangers qui a le mieux prévu nos erreurs dès l'origine, *chaque génération hérite de ses aïeux un trésor de richesses morales, trésor invisible et précieux qu'elle lègue à ses descendants;* la perte de ce trésor est pour un peuple un mal incalculable; en l'en dépouillant, vous lui ôtez tout sentiment de sa valeur et de sa dignité propre; lors même que ce que vous y substituez vaudrait mieux, comme ce dont vous le privez lui était respectable, et que vous lui imposez votre amélioration par la force, le résultat de votre opération est simplement de lui faire commettre un acte de lâcheté qui l'avilit et le démoralise.

" La bonté des lois est, osons le dire, une cause beaucoup moins importante que l'esprit avec lequel une nation se soumet à ses lois et leur obéit. Si elle les chérit, si elle les observe parce qu'elles lui paraissent émanées d'une source sainte, le don des générations dont elle révère les mânes, elles se rattachent intimement à sa moralité; elles ennoblissent son caractère, et lors même qu'elles sont fautives, elles produisent plus de vertus, et par là plus de bonheur, que des lois meilleures qui ne seraient appuyées que sur l'ordre de l'autorité.

« J'ai pour le passé, je l'avoue, beaucoup de vénération, et chaque jour, à mesure que l'expérience m'instruit, ou que la réflexion m'éclaire, cette vénération augmente. Je le dirai, au grand scandale de nos modernes réformateurs, qu'ils s'intitulent Lycurgue ou Charlemagne, si je voyais un peuple auquel on aurait offert les institutions les plus parfaites, métaphysiquement parlant, et qui les refuserait pour rester fidèle à celles de ses pères, j'estimerais ce peuple, et je le croirais plus heureux par son sentiment et par son âme, sous ses institutions défectueuses, qu'il ne pourrait l'être par tous les perfectionnements proposés.

« Cette doctrine, je le conçois, n'est pas de nature à prendre faveur; on aime à faire des lois; on les croit excellentes, on s'enorgueillit de leur mérite. Le passé se fait tout seul, personne n'en peut réclamer la gloire.

« Indépendamment de ces considérations, et en séparant le bonheur d'avec la morale, remarquez que l'homme se plie aux institutions qu'il trouve établies comme à des règles de la nature physique. Il arrange, d'après les défauts mêmes de ces institutions, ses intérêts, ses spéculations, tout son plan de vie; ces défauts s'adoucissent, parce que, toutes les fois qu'une institution dure longtemps, il y a transaction entre elle et les intérêts de l'homme; ses relations, ses espérances se groupent autour de ce qui existe. Changer tout cela, même pour le mieux, c'est lui faire mal.

« Rien de plus absurde que de violenter les habitudes sous prétexte de servir les intérêts. Le premier des intérêts, c'est d'être heureux, et les habitudes forment une partie essentielle du bonheur.

« Il est évident que des peuples placés dans des situations, élevés dans des coutumes, habitant des lieux dissemblables, ne peuvent être ramenés à des formes, à des usages, à des pratiques, à des lois absolument pareilles, sans une contrainte qui leur coûte beaucoup plus qu'elle ne leur vaut. La série d'idées dont leur être moral s'est formé graduellement, et dès leur naissance, ne peut être modifiée par un arrangement purement nominal, purement extérieur, indépendant de leur volonté.

« Même dans les états constitués depuis longtemps, et dont l'amalgame a perdu l'o-
dieux de la violence et de la conquête, on voit le patriotisme qui naît des variétés locales,
seul genre de patriotisme véritable, renaître comme de ses cendres, dès que la main du
pouvoir allége un instant son action. Les magistrats des plus petites communes se plaisent à les embellir ; ils en entretiennent avec soin les monuments antiques. Il y a presque
dans chaque village un érudit qui aime à raconter ses rustiques annales, et qu'on écoute
avec respect. Les habitants trouvent du plaisir à tout ce qui leur donne l'apparence,
même trompeuse, d'être constitués en corps de nation et réunis par des liens particuliers. On sent que s'ils n'étaient arrêtés dans le développement de cette inclination innocente et bienfaisante, il se formerait bientôt en eux une sorte d'honneur communal,
pour ainsi dire, d'honneur de ville, d'honneur de province, qui serait à la fois une jouissance et une vertu; mais la jalousie de l'autorité les surveille, s'alarme, et brise le germe
prêt à éclore.

« L'attachement aux coutumes locales tient à tous les sentiments désintéressés, nobles
et pieux. Quelle politique déplorable que celle qui en fait de la rébellion? Qu'arrive-
t-il? Que dans tous les états où l'on détruit ainsi toute vie partielle, un petit état se forme
au centre : dans la capitale s'agglomèrent tous les intérêts ; là vont s'agiter toutes les
ambitions ; le reste est immobile. Les individus, perdus dans un isolement contre nature,
étrangers au lieu de leur naissance, sans contact avec le passé, ne vivant que dans un
présent rapide, et jetés comme des atômes sur une plaine immense et nivelée, se détachent d'une patrie qu'ils n'aperçoivent plus nulle part, et dont l'ensemble leur devient
indifférent, parce que leur affection ne peut se reposer sur aucune de ses parties.

« La variété, c'est de l'organisation; l'uniformité, c'est du mécanisme. La variété, c'est
la vie ; l'uniformité, c'est la mort. »

Qui a écrit cela? Ce n'est point un fauteur du despotisme, on a pu s'en apercevoir;
c'est le patriarche du parti libéral, M. Benjamin Constant ; et l'on peut remarquer à ce
propos que les hommes de talent, quelque égarés qu'ils soient, ne nuisent pas tant par
leurs écrits que par le détournement et l'abus qu'en font après eux les médiocrités ignorantes. On a vu quelle république sortit en 93 du *Contrat social*, et certes il y a loin du
libéralisme de M. Benjamin Constant à ce libéralisme nouveau, qui confond dans un
même engouement je ne sais quelles réminiscences confuses de la république et de la
tyrannie impériale.

Voilà donc où nous en sommes ; voilà dans quelle situation l'observateur va trouver
la nation française; et M. Benjamin Constant en a lui-même esquissé le tableau dans
ces pages, puisque les lois ont de si intimes rapports avec les mœurs, qui sont spécialement le sujet de ce livre.

Il semble que ce serait un moyen vulgaire d'avant-propos, pour un ouvrage sur les
provinces, d'en vanter les mœurs, les lois, l'administration, au détriment des institutions modernes; mais il serait possible que cette opinion n'eût rien que d'exact et de
scrupuleusement vrai, si l'on faisait justice de ces excuses banales de progrès que des
intéressés ou des dupes font trop valoir, et dont enfin on pourrait douter.

Nous avons gagné en *civilisation*, disent les gens plus sensibles à l'invention d'une
machine qu'à la destruction d'un pays. Mais il faudrait qu'on s'entendît sur le mot, car
on lui donne depuis quelque temps des acceptions singulières. Il signifie communément
je ne sais quelle espèce de corruption industrielle qui fait marcher de pair les progrès
des arts mécaniques et la perversité de l'esprit; on le prend volontiers pour le mouve-

ment des modes, du commerce, des théâtres, des plaisirs publics et de toutes les frivolités. Les navigateurs modernes civilisent les sauvages de l'Océanie à l'aide du canon et
de la fraude. L'Arabe d'Alger se civilise quand il jure et s'enivre à la façon de nos soldats. La civilisation, pour la marchande de modes, c'est l'envoi d'une caisse de chiffons
dans les colonies ; pour les industriels, c'est l'établissement d'un chemin de fer ; pour
un bourg écarté, c'est un théâtre et un café, les vices et les jouissances des grandes
villes ; pour le petit marchand, c'est l'attirail ruineux d'une condition plus élevée ; pour
la cabane du pâtre, c'est la chanson obscène ou séditieuse qui court les villes ; pour le
simple maître d'école, c'est un roman, un pamphlet déjà décrié ; pour les enfants,
c'est la corruption d'un âge plus avancé ; pour les grandes villes, c'est tout ce qui sert
aux plaisirs et aux commodités matérielles : ce sont de nouveaux théâtres, de nouvelles
machines, de nouvelles voitures ; c'est la profusion des bals et des divertissements ;
pour tous, et partout, c'est la prééminence des intérêts physiques sur les intérêts moraux ; et il n'est pas enfin jusqu'à je ne sais quelle danse infâme, renouvelée des peuples
sauvages, où l'on n'ait vu rabaissé et déshonoré ce mot de civilisation. Cherchez dans
les livres, dans les journaux, à la tribune et dans le monde, vous l'entendrez partout
pris dans l'une de ces acceptions ; et voilà, on ne le peut nier, les idées les plus nettes
que s'en puisse former la foule.

Il faut en convenir, nous sommes plus commodément voiturés, éclairés, divertis, le
commerce est plus étendu, nos lois se sont humanisées, nos théâtres sont plus brillants,
nos prisons sont plus saines, nos magistrats sont moins respectés, nos criminels sont
plus à leur aise, les gouvernements sont moins forts, les échafauds moins nombreux, les
crimes moins punis, les livres plus vite faits ; en ce sens nous sommes assurément plus
civilisés. Mais on cherche dans les philosophes, les historiens, les publicistes, et l'on
trouve qu'on entend par le vrai sens du mot *civilisation*, la perfection des lois et des
mœurs, et que la perfection des beaux-arts et des arts mécaniques constitue tout au plus
des nations polies. Ne semblerait-il pas alors que nous sommes aussi loin de la perfection que de la civilisation véritable ? On cherche encore un moyen infaillible de reconnaître les progrès ou l'excellence de la civilisation, et l'on trouve que les véritables
marques en sont : quand les prisons sont moins peuplées, quand il y a moins de crimes,
moins de procès, moins d'enfants abandonnés ; quand il y a plus de respect pour la
religion, plus de fidélité au gouvernement, plus de déférence dans la famille pour ses
chefs, plus de bonne foi dans le commerce, plus d'indépendance et d'intégrité dans la
magistrature, etc., etc.

Or, il résulte d'un calcul effrayant que l'on trouvera quelque part dans ce livre, et
que nous devons à M. Moreau Christophe, inspecteur des prisons, que le nombre des
vols s'est récemment accru dans une proportion annuelle de *vingt-huit mille*, que les
vingt-cinq mille plaintes adressées annuellement au parquet ne sont pas le quart de
celles dont la justice n'est pas saisie, et que les trois cent cinquante-six mille infractions
aux lois de toute espèce représentent à peine le cinquième de celles qui ne sont point
constatées ; que les prisons dont le sol est couvert, et qui nous coûtent douze millions
par an, ne peuvent suffire, et qu'il n'y a pas moins de cent mille scélérats avérés en
France, conspirant en permanence contre la fortune et la sûreté publiques. On y verra
que les départements où il se commet le plus de crimes contre les propriétés sont
les plus riches et les *plus instruits*, c'est-à-dire les plus commerçants, les plus éclairés
des lumières modernes, les plus peuplés par l'industrie et les grandes villes, les plus
civilisés. Le parquet publie tous les ans le long inventaire de ses travaux ; les tribunaux

ne respirent plus. Les enfants trouvés depuis 89 ont suivi, d'année en année, une progression effrayante : les préfets se récrient de toutes parts sur l'impossibilité d'y suffire et de s'opposer au fléau. Il n'y a plus assez d'hôpitaux comme il n'y a plus assez de prisons. La religion n'est que tolérée et laisse les gouvernants dans l'alternative coupable de ne point assez l'honorer si elle est vraie, ou de la souffrir si elle n'est qu'une monstrueuse imposture. Le peuple n'a plus véritablement d'autre Dieu que le commissaire de police. Le pouvoir voit se lever tous les ans contre lui le couteau d'un assassin et les baïonnettes de la sédition, et tous les jours les haines les plus furieuses, les calomnies les plus perfides, les injures les plus atroces vomies par les mille plumes de la presse. La famille est livrée au même désordre que l'état, et l'insurrection est la même contre les chefs. Les plus doux sentiments de la nature s'effacent parmi le peuple ; la population des grandes villes ne vit plus qu'en concubinage. Des théories de libertinage et leurs résultats se produisent publiquement ; la prostitution s'étend comme une lèpre ; les journaux nous épouvantent tous les matins de plus de forfaits, d'événements étranges et inouïs qu'on n'en voyait autrefois dans un siècle ; la profonde immoralité des premières classes de la société éclate devant les tribunaux. Les derniers scélérats trouvent des apologistes. Les professions les plus frivoles ou les plus basses de la société en ont usurpé les premiers rangs ; des marchands sont appelés à gouverner l'état, et des histrions jouissent d'une telle faveur, qu'il s'en faut peu qu'ils ne règnent aussi, comme dans la honteuse décadence du Bas-Empire. On a parlé de liberté pour l'intelligence, et jamais l'intelligence ne fut plus opprimée, puisqu'au lieu d'avoir à supporter les hauteurs des premières classes de la société, recommandables du moins par leur éducation et leurs lumières, elle souffre aujourd'hui le mépris du plus sot boutiquier enrichi. On a parlé de liberté pour les femmes, et jamais les femmes ne furent plus opprimées, à cause de la ruine du mariage, leur appui naturel, qui les livre à la faiblesse de leurs ressources, à l'extrême modicité des salaires, à la prostitution. On a parlé de liberté pour les citoyens, et jamais les citoyens ne furent plus opprimés, à cause de la faiblesse des lois, de l'insuffisance de la vindicte publique qui les livre sans armes à des scélérats ; ce qui est la plus effroyable oppression qui puisse peser sur un peuple, puisqu'elle attaque chacun dans sa fortune et sa sûreté personnelle. Les magistrats sollicitent des places et des décorations ; le commerce n'est plus guère qu'un vol permis. Il est né des générations ignorantes, oisives et turbulentes, qui ne sont plus qu'un fardeau menaçant pour l'état ; le hideux suicide a été poussé jusqu'au ridicule. La peine de mort, cette dernière sauvegarde des sociétés, dit un écrivain, est chaque jour combattue, et l'on dirait, à voir la sollicitude qu'on porte à l'adoucissement des lois et des châtiments, que tous les citoyens se proposent de devenir des assassins. Il y a plus de fous en politique et en religion qu'on n'en vit aux plus tristes époques. Il n'est pas une sottise, un blasphème, une extravagance monstrueuse qui n'ait trouvé une tête pour y penser, une main pour l'écrire, et des sots pour y croire ; enfin on voit partout répandue la première de ces erreurs, qui est de prendre pour de la civilisation cette espèce de fièvre industrielle qui n'est au fond que la guerre sauvage de toutes les passions et de tous les intérêts ; si bien qu'à considérer ce vaste mouvement, cette agitation extérieure et ces cœurs glacés, ce mépris de tout frein et de toute loi, cette foule uniquement guidée et retenue dans ses travaux par l'amour de soi et l'avidité farouche du bien des autres, on ne sait plus sur quel axe tourne la machine politique.

Mais si nous ne sommes pas tout à fait aussi avancés en civilisation que nous pourrions croire, il nous resterait au moins d'être une nation polie, c'est-à-dire florissante par le progrès des arts. Mais tout se tient dans l'ordre moral, et ces choses ont d'intimes rapports ; la ruine de la vraie civilisation entraîne la ruine des arts, et les arts suivent depuis longtemps les penchants corrompus et matérialistes du siècle. Au théâtre, la beauté des vers et des œuvres littéraires a cédé le pas à la pompe des décorations et du spectacle ; en peinture, la prétendue couleur historique, le soin puéril de l'ajustement, la basse vérité, ont détourné l'attention des beautés morales : les études classiques s'affaiblissent de jour en jour, et l'agitation des esprits, la soif de l'argent et d'une gloire prématurée, privent d'instruction les professions qui s'en peuvent le moins dispenser. Les sciences physiques ont pris la place élevée des sciences morales. La littérature n'est qu'un courant de nouveautés qui changent avec la mode, et qui durent aussi peu de temps qu'on en met à les composer. Nous négligeons, nous avons même essayé de renverser les modèles qui font la gloire de la nation ; nous sommes là-dessus comme ces prodigues dont les pères, à force de soins, ont amassé d'immenses propriétés, et qui, loin de s'en occuper et de les agrandir, ne font plus que les dissiper dans la débauche et l'oisiveté. On lit beaucoup, mais des gazettes qui gâtent l'esprit, et point de livres qui le forment. « Il y a deux sortes de barbarie, dit Condillac, l'une qui précède les siècles éclairés, l'autre qui les suit. » Et l'on retrouverait dans les dernières habitudes du peuple des traits renouvelés des peuples les plus barbares.

Et quant à ces prétendues améliorations matérielles, sont-elles toujours elles-mêmes un bienfait? Qui ne remarque dans l'industrie un penchant funeste à falsifier les matières premières, à suppléer à la solidité par l'éclat, à la réalité par l'apparence, à la patience du génie par la promptitude du travail, aux nécessités par le luxe? Les détails nous sont interdits; mais en combien d'occasions les mille tentatives modernes n'ont pas égalé les anciens usages! que d'inventions ineptes, inutiles ou dangereuses! Qui nous dit qu'un jour on ne se repentira point de ces travaux entrepris à grands frais ; que ces inventions nouvelles n'auront pas causé plus de graves accidents que d'avantages légers? Qui nous dit qu'en saine politique il n'y a pas de bornes à cette manie de remplacer des hommes par des machines, d'enlever le travail au peuple et de laisser tant de bras inoccupés? qui nous dira enfin pourquoi, du milieu de cette fétide industrie de houille, de tuyaux, de moellons, de fumée, et parmi ce mouvement de tous les arts, il ne s'élève pas un édifice durable, un grand et bel ouvrage, un seul monument ?

Et cependant, le négociant sur ses coffres, l'écrivain en vogue, l'ambitieux en place, se rassurent et disent que tout va bien ; mais ce n'est que le reste d'un mouvement déjà donné, un moment d'équilibre entre les intérêts ; que l'équilibre cesse, et tout est perdu.

Nous ne déciderons pas si tout allait mieux il y a cinquante ans. Pour bien des gens, nos progrès prétendus datent précisément de cette époque. Qu'ils renient donc leur pays, qu'ils s'efforcent d'oublier quatorze siècles de durée et de gloire, qu'ils effacent nos annales, qu'ils fouillent dans les caveaux de leurs ancêtres, de leurs grands hommes, et qu'ils jettent leurs cendres au vent! Quant à nous, avant de finir, nous oserons remarquer, à la gloire de l'ancienne constitution de la France, que certains de nos vieux provinciaux qui ont religieusement conservé leurs usages et leurs traditions, sont peut-être encore les citoyens les plus sensés du royaume, et que tel berger du Jura, dans ses simples et anciens principes, nous semble plus avancé en morale et en toutes choses, que tel savant ou tel politique en réputation.

A Dieu ne plaise, au reste, qu'on veuille s'ériger en publiciste à l'ouverture d'un ouvrage purement littéraire ; nous laissons toute chose à juger et à dire aux auteurs

du recueil. Quoiqu'il soit un peu tard, nous le répétons, pour saisir l'entière physionomie des provinces, il en reste assez de traits pour le but qu'on se propose. Ce n'est
qu'un point à saisir; le modèle dépérit et s'efface : Dieu veuille que le tableau ne soit
pas déjà trop affligeant !

E. **OURLIAC**.

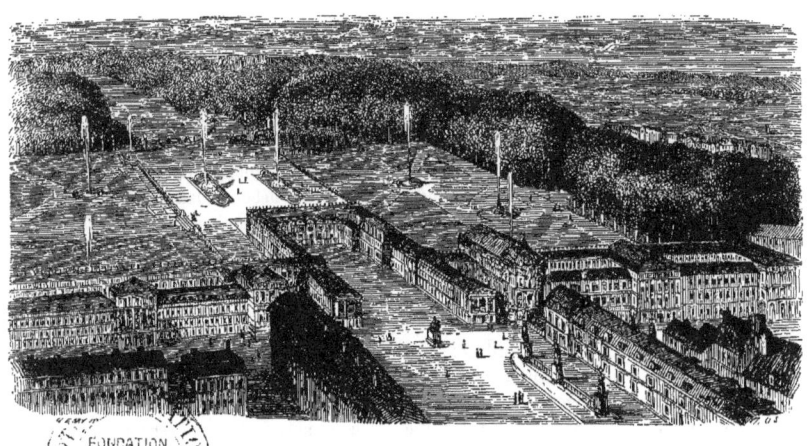

L'HABITANT DE VERSAILLES.

ERSAILLES n'est déjà plus Paris, et n'est pas encore la province. A Versailles, la banlieue expire, le département commence : tout change et se diversifie, habitants et conditions, mœurs et physionomies ; et cependant on n'est qu'à cinq lieues de Paris, c'est-à-dire à deux heures de route royale, à trois quarts d'heure de locomotive ; — étrange ville, l'une des plus jeunes et des plus vieilles de France, si toutefois on peut donner le nom de ville à cet Herculanum dynastique jeté par le hasard d'une volonté puissante presque aux portes d'une capitale ! Rappelons-nous sa fondation et son origine, avant de crayonner le portrait de ses habitants : ce sont deux histoires qui se touchent.

Généralement, une ville se fonde, non par telle circonstance fortuite, fût-ce même l'adoption d'une fantaisie royale, mais bien par une suite d'accessoires locaux, la proximité d'un bras de mer, le voisinage de côteaux vignobles, le cours d'un fleuve puissant, tel que le Rhône, la Saône ou la Garonne, qui invite les habitants à venir s'établir sur sa rive. Bientôt les ports vont s'ouvrir, les canaux se creuser, la navigation commerciale profiter pour ses flottages, le transport de ses denrées, ses écluses et ses débarcadages, du passage du fleuve compatriote. Peu à peu la popula-

tion s'étend, un habitant en appelle un autre, les familles descendent en grappes vers
la rive attrayante. D'abord simple peuplade, la colonie devient bourgade; la bourgade, petite ville; la ville, capitale ou chef-lieu. Les communes environnantes s'entendent pour apporter en corps à la métropole le tribut hebdomadaire de leurs pri-
meurs; la cité se fait centre et débouché, les marchés s'épanouissent, les industries
s'entrelacent, les rues s'étendent, le fleuve de la population élargit son cours et gagne
du terrain de jour en jour. Cet espace, qu'on a connu dans le principe, amas indécis
de quelques chaumières, nichée de sauvages, est aujourd'hui une grande et forte
ville, industrieuse, florissante, riche d'habitants qu'elle soutient et qui la soutiennent; — c'est Lyon, c'est Bordeaux, c'est Paris.

Rien de pareil dans l'origine de Versailles.

Vers 1660, un jeune monarque absolu, confiant en sa propre force comme on l'est
à vingt-deux ans, marié depuis peu à une princesse puissante, fier d'échapper enfin
à la tutelle politique de Mazarin, imagine de transplanter sa résidence hors de Paris,
convalescent alors des troubles de la Ligue et de la Fronde. Ce jeune roi éprouvait ces
mille attractions de la bâtisse et du jardinage qui vont du monarque au petit propriétaire, et font qu'on aime à régner sur l'agreste perron qu'on a bâti soi-même, à voir
germer sous ses lois son bois, son verger et sa charmille. Mais qu'est-ce donc que ce
goût de la création chez un propriétaire souverain? Créer, c'est le privilège de Dieu;
après Dieu, vient le Roi : celui-ci va donc se créer son univers royal : assurément, ce fut
là une pensée auguste.

Louis XIV se rendit sur le terrain qu'occupe aujourd'hui la ville de Versailles, escorté de Lenotre, son jardinier en chef, et de Colbert, substitut récent du trop royal
Fouquet. Il trouva pour toute séduction locale un marais, et de plus un castel assez
chétif, un pavillon de chasse, œuvre de Louis XIII, puis, autour du principal édifice,
quelques palais du même style que les seigneurs de la cour de Louis XIII firent construire par complaisance pour leur maître, entre autres le favori Cinq-Mars, qui avait
là son hôtel.

Ainsi, par le fait d'une simple prédilection, d'une fantaisie royale, voici d'immenses
jardins qui jaillissent d'un terrain inculte; l'eau, voiturée sur les aqueducs, rivalisant
avec la muse d'Ovide, va former les girandoles aériennes de la mythologie hydraulique. Un palais unique, d'interminables jardins, tout cela n'est rien, mais le point
important; c'est une ville, une ville tout entière, improvisée d'un seul jet pour faire
suite, appendice aux bâtiments royaux, une ville coordonnée avec un palais, dressée
comme un trophée pour un seul homme !

Que les habitants de cette ville aient pour indice, pour physionomie principale de
n'en point avoir, rien de plus logique, ce me semble, et de plus naturel, surtout lorsqu'on remonte à l'histoire de cette fondation. En effet la pétrification a dû se conserver à la fois dans la population et dans les choses; cette population n'est après tout
qu'une forme d'époque, une couche exacte, un siècle dont l'enveloppe s'est précieu-
sement conservée.

Versailles n'est donc à proprement parler qu'une royale et magique hôtellerie sans
ses hôtes, une construction faite pour héberger du temps de l'ancienne cour quatre-

vingt mille habitants, et qui aujourd'hui n'en contient guère plus de vingt-huit mille. De là, cette existence éparse, disjointe, sans point de ralliement. Le Parisien aurait tort pourtant, en se rendant à Versailles, de se dire : « Allons en province » Versailles est à la fois mieux et moins bien que la province, au-dessus et au-dessous de la *petite ville* de Picard. En province, dans la première assemblée venue, le ridicule du terroir abonde franchement. Le sous-préfet du crû s'y dessine à l'aise. A Versailles, le ridicule lui-même, cette dernière ressource des esprits blasés, procède de Paris. Pauvre ville, qui n'a pas même ses fatuités ni ses prétentions à soi ; qui se voit forcée d'emprunter au boulevard de Gand ses merveilleux et ses amazones, au faubourg Saint-Germain ses morgues et ses blasons !

Certes, en reproduisant la physionomie de l'habitant de Versailles, en analysant ce coin précieux de notre France monarchique et notable, il nous serait aisé d'établir des catégories, des désinences, de faire de cette étude une histoire, de ce portrait une galerie ; car il est constant que rien n'est un fond plus complexe et plus varié que cette figure uniforme en apparence. On sait, par exemple, que Versailles se divise en deux quartiers, c'est-à-dire en deux villes, le quartier Notre-Dame et le quartier Saint-Louis ; de là deux tiges d'habitants complétement distinctes qui semblent vivre et se développer en sens contraire.

Nous aurions donc l'habitant du quartier Saint-Louis, l'aristocratie déchue, l'ancien chambellan, grand écuyer, grand veneur, gentilhomme ordinaire des anciennes cours ; puis l'habitant du quartier Notre-Dame, le tiers état Versaillais, le simple bourgeois éteint et refroidi, qui a peut-être vu s'ouvrir les états généraux, prêté serment au jeu de paume, entendu Louis XVI haranguer le peuple du balcon de la cour de marbre, encensé Robespierre et honoré *madame Veto*. Car ces souvenirs, ces ombres révolutionnaires, ce vague parfum de 93 que l'on respire sous ces avenues qui ont vu fuir une dernière dynastie en 1830, tout cela c'est Versailles aussi, étrange ville qui a assisté à toutes les pompes et à tous les abaissements de la royauté.

Ensuite nous aurions les diverses spécialités citadines et paisibles qui fleurissent dans cette calme enceinte : l'horticulteur, type essentiellement versaillais, *l'homme aux tulipes* de La Bruyère, qui se produit dans ces jardins immenses, véritables trianons privés ; puis le *chasseur du canal*, débris des anciennes chasses de Charles X, qui se procure l'illusion de chasser pour ne rien tuer dans les anciens fourrés royaux, et de lancer sa poudre innocente aux moineaux et aux merles bourbonniens. Et tant d'autres figures qui naissent presque à la barrière de Paris, et que l'on dirait éloignées de plus de cent lieues. Le joueur de whist ou de boston, par exemple, cet automate électeur et contribuable, qui ne saurait exister ailleurs que dans une ville où le boston et le whist se jouent avec un acharnement, une perfection qui tôt ou tard méritera à la ville de Versailles un de ces baptêmes que la sagesse des spécialités ne peut manquer de consacrer. On a surnommé Naples la ville des fleurs, Gênes la ville des marbres ; un jour on surnommera sans doute Versailles la ville des fiches et des jetons.

N'oublions pas aussi l'ex-habitant du château, cet aristocrate à part qui s'est vu enlever son foyer, son domicile par ce géant artistique, ce colosse de peinture, de sculpture et d'histoire, qui s'est appelé le Musée.

Par suite des faveurs émanées de la cour, ce parent, cousin, neveu ou arrière-neveu des piqueurs, sous-piqueurs, chefs de cuisine ou concierges réformés, avait trouvé dans les étages supérieurs du château un domicile suivant sa nuance politique, un appartement conforme à sa conscience. Cette valetaille, cantonnée dans les mansardes et isolée de la bourgeoisie de toute la hauteur du collet brodé, formait une sorte de féodalité d'antichambre bien plaisante et qui mériterait les honneurs d'une monographie séparée. Tout cela s'est envolé lorsque les événements de 1850 ont dépouillé la ville de ses dernières prérogatives royales, sont venus verrouiller ses écuries, disperser ses pages et ses gardes du corps. Les priviléges se sont enfuis, mais le type est resté, et vous le voyez errant dans les allées du parc, principalement dans celle des *soupirs*, le sein gonflé, poudré à frimas, la fleur de lis à la boutonnière, jetant un œil de désespoir sur ces croisées du troisième étage où fut sa demeure, l'ancien asile de son dévouement, sans l'impôt des portes et fenêtres. Lui, voltigeur du temps de Louis XVI, se souvient, hélas! d'avoir habité la galerie des batailles, au-dessus de la *Prise du pont d'Arcole,* qui a fait sauter ses dieux pénates.

Cependant, ces diverses parties d'un même corps, ces traits épars, ces divergences apparentes d'une même ville, viennent s'unir et se confondre bientôt dans une figure spéciale qui vit, existe à l'état de signalement et de nuance caractéristique, l'habitant de Versailles, ce provincial parisien qui vit avec les pensées, les penchants, les instincts, la substance morale et politique de Paris, ce Français *métis* mélangé d'Anglais, cet homme à la fois perspective et souvenir, vestige et actualité, écho du passé, répétition et reflet d'une capitale.

On peut donc se représenter l'habitant de Versailles sous l'extérieur d'un bourgeois calme et passif, qui végète plutôt qu'il ne vit, à la démarche régulière et correcte, que l'on dirait encore soumise à l'équerre de Mansard. Errer, se promener, jouer au whist, été comme hiver, soir et matin ; errer, l'été, sur le tapis vert, l'hiver, sur l'avenue de Paris, causer sans fatigue, fuir la moindre vibration, plutôt sans émulation que sans idées, plutôt conservateur qu'égoïste, telle est la vie de l'habitant de Versailles.

Il n'est ni ambitieux, ni spéculateur, ni riche, ni pauvre, *il a de l'aisance.* Ses journées tournent avec le mystère du sablier. A dix heures précises, le couvre-feu sonne pour tout honnête Versaillais ; à cette heure-là, soyez assuré que toutes les bassinoires s'apprêtent, que tous les paniers de fiches se comptent ; le bonnet de coton du Versaillais est une horloge pour l'exactitude. Son costume tient à la fois du Luxembourg et de la petite Provence ; ses habits d'une propreté rigoureuse, sont des prodiges de conservation : il s'habille d'étoffes dont lui seul possède la tradition, étoffes problématiques de durée, immortelles de conscience et de tissu, qui méritent le prix Monthyon, qui ne s'usent pas, ne s'altèrent pas, et ont presque toujours passé par toutes les nuances de l'arc-en-ciel et du dégraisseur.

L'été, les alentours de Versailles se parsèment le dimanche de petites fêtes champêtres, telles que Viroflay, Saint-Antoine, les Loges, la Celle. Là nécessairement la bière de mars et les treniss de caserne dominent ; là, vous retrouvez encore l'habitant de Versailles sous un nouvel aspect, le *raffiné* versaillais, qui décore en première ligne ces raouts de la banlieue : il danse, dessine les pas, bat les six (à Versailles l'entrechat est encore admis). Plusieurs de ces fêtes sont du reste fort jolies, et généralement plus candides que les bals champêtres de Paris. La bourgeoisie, les hauts grades de la garnison, quelquefois même de jeunes Anglaises arrachées de leur calèche par le vif engagement du flageolet, n'ont pas craint de mésallier le maroquin de leur chaussure avec le gazon qui forme le parquet de ces salles de bal. Des quadrilles de haute volée se sont souvent formés aux sons de l'orchestre de Braqui, le Musard de Seine-et-Oise, qui animait à quelques pas plus loin la contredanse plébéienne et villageoise. Il faut dire aussi que ces fêtes ont lieu pour la plupart dans des sites enchanteurs. L'ancien grand parc est semé partout d'allées percées avec grâce, d'agaçants points de vue, d'à-propos ravissants d'aspect et de perspective : c'est Tivoli, moins le feu d'artifice.

L'habitant de Versailles, avons-nous dit, est naturellement casanier, et pour visiter ses environs, souvent même les allées de son beau parc, il lui faut presque l'occasion d'un concert ou d'une fête de campagne ; c'est qu'on ne sait pas que rien ne fatigue à la longue et ne prend une teinte d'uniformité maussade comme la perpétuité d'une nature de convention.

Autour de Versailles, le paysage est sans cesse prévu : le bois y rappelle Trianon, la forêt se manière dans ses circuits, elle sent la chasse des princes. Le poteau du carrefour, la barrière fraîchement badigeonnée, le baudrier du gendarme forestier, viennent à tout moment désenchanter la solitude. Les environs de la ville sont un peu, comme la ville elle-même, affadis par le façonnement, corrompus par la main d'œuvre. Aussi a-t-on peine à comprendre que Versailles, cette ville que l'on regarde avec raison comme la fille des arts et du luxe qu'ils engendrent, ait produit aussi peu de grands hommes. En fait de noms littéraires, on ne peut guère citer que ceux de Ducis ou de MM. Tissot et Laville de Miremont ; en fait d'hommes de guerre, Hoche ; en fait d'artistes dramatiques, Odry. Là se borne à peu près la liste des illustrations versaillaises.

Mais parmi les spécialités du terroir, il en est une que nous ne pouvons omettre sans ingratitude, nous voulons parler du patineur, type essentiellement versaillais, et que favorisent les deux ou trois lieues de glace que présente la surface du grand canal. Là seulement vous retrouvez la gondole à 10 sous l'heure, puis le Spartacus, l'Endymion, l'Antinoüs, et autres gilets rouges qui patinent d'après l'*antique,* et par dix degrés de froid. Versailles a conservé le fanatisme du patin : c'est un point à noter à une époque de froideur et de spleen telle que la nôtre. On voit sur le canal des habitants du pays qui patinent de père en fils ; les dames font galerie sur les bords, elles applaudissent aux *dehors,* aux *révérences ;* c'est un tournoi, un carrousel. Du reste, jamais de chutes ni d'accidents. Fi donc ! aujourd'hui on ne tombe plus en patinant, c'est comme au théâtre. Comment n'a-t-on pas institué le club des patineurs ?

La société de Versailles ne peut se comparer à rien. Les réunions y sont nombreuses, mais elles offrent presque toutes un mélange uniforme d'étiquette et d'ennui confortable, de goût parfait et de froideur. Pendant l'hiver, les bals et les raouts se succèdent rapidement, mais aucun n'a de caractère décidé, la causerie y manque de nerf, personne ne s'y met en relief par le moindre ridicule : on dirait la vie de campagne transplantée en hiver. Ce sont, pour la plupart des gens qui se voient aujourd'hui, mais pourraient ne plus se voir demain ; indifférents entre eux et minutieusement polis. C'est un paisible rassemblement de notabilités citadines, de magistrats, de rentiers, d'élégances militaires, fleurs de la garnison, de prétentions nobiliaires, crénelées dans les hôtels du quartier Saint-Louis, des oisivetés traînantes, des moitiés de gentilshommes, des quarts de beaux esprits, des fortunes déchues ; une vie de surface, manquant absolument de nationalisme urbain, même dans les plus simples rapports de la société.

L'habitante de Versailles est comme l'habitant lui-même, entachée d'imitation et de réminiscence parisiennes. Il est de règle, par exemple, que toutes les femmes à la mode de Versailles se fassent chausser, habiller, meubler, ganter même par Paris. Du reste, on peut dire que, jusqu'à l'âge de trente ans, la Versaillaise n'a guère de signe spécial ni caractéristique ; ce n'est qu'aux approches de la maturité qu'elle se dessine et se naturalise suivant la ville. Alors apparaissent ces profils de douairières que l'on trouve au milieu des jardins, et que l'on prendrait volontiers pour des contemporaines des Dianes chasseresses et des Atalantes moussues éparses dans les bosquets solitaires.

La Versaillaise est remarquable par son élégance ; grande dame ou grisette, elle conserve ce cachet de propreté et en même temps d'apparente régularité qui forme le caractère essentiel de la ville. Comment la séparer de ce pavé toujours propre et luisant comme l'émail, de ces marronniers aux têtes nonchalantes, de ces frais gazons qui ont vu boiter madame La Vallière ; de ce parc où vous rencontrez la plupart des portraits des muses éparpillées le long des bassins ?

La ville de Versailles compte d'ailleurs parmi ses joueuses de véritables sommités, des héroïnes de boston ou de reversis qu'elle seule possède, et qu'on se montre dans les réunions comme les plumets des maréchaux au milieu d'un cortége. Telle dame est citée pour avoir cinquante quartiers de whist ; elle n'accepte pour partenaire que des joueurs infaillibles. Malheur à vous s'il vous échappe la moindre inadvertance, un oubli ou un bâillement, on a vu des Versaillaises s'évanouir, faute d'avoir été soutenues au boston. Plus d'une douairière du quartier Saint-Louis prend des dimensions de grandeur et de majesté vraiment imposantes, les cartes à la main : c'est alors une dame des anciens jours, c'est une Lancastre ou une Médicis, ou mieux, c'est une des reines du jeu, une de ces physionomies absolues qui maîtrisent le hasard et la chance ; c'est la dame de pique ou la dame de cœur, ces deux têtes couronnées qui n'ont jamais éprouvé de révolution ni de chartes, et sont à l'heure qu'il est les souveraines les plus avérées de cette ville, qui a coûté deux cents millions à Louis XIV, pour devenir un jour la colonie et le champ d'asile des gens qui risquent dix sous au boston.

Du reste, n'accusons pas seulement de cette vie fade et indolente les habitants eux-mêmes, qui n'ont fait qu'obéir dans leurs tempéraments et leurs instincts aux influences du sol et de la ville. Après tout, la vie active, le mouvement qui bouillonne et fermente comme le sang, ne sont pas choses qui s'infusent artificiellement dans les veines d'une cité lymphatique de nature.

Louis XIV avait trop bien combiné les dimensions de sa bâtisse pour qu'elle pût subsister sans lui, pour qu'une autre monarchie que la sienne pût jamais y établir ses pénates constitutionnels. Il a voulu avoir son temple, son Alexandrie, la ville de son bon plaisir; cette ville, il l'a jetée au sein même de ses chasses royales, il l'a imposée de vive force à un terrain vierge et peu propre en apparence à cette destination capitale. Il l'a peuplée *ex abrupto* avec ses serviteurs, ses courtisans, ses concessionnaires, ses favoris de toute espèce; et de là procède encore la population bâtarde qui mûrit, grandit, se développe après deux siècles au soleil factice de la cour de Louis XIV.

C'était là du reste, convenons-en, une admirable combinaison du pouvoir absolu, pour frapper la France d'admiration, l'Europe d'éblouissement, que de s'envelopper comme d'une pourpre d'une ville faite à sa taille, modelée sur soi-même; mettre simplement entre le siége de sa puissance et sa capitale quatre lieues; c'est-à-dire une heure, une heure seulement pour la vélocité d'éclair des huit chevaux du char royal; mais pour les transports prolétaires, pour les sujets moins rapides dans leurs déplacements, deux heures. Qu'est-ce que deux heures? Faible distance! intervalle d'un moment! Deux heures, c'est-à-dire la différence de l'existence à un sépulcre, d'une capitale à un cénotaphe, de la ville du Caire aux ruines de Thèbes. Deux heures, juste le temps nécessaire pour que la population s'étiole à l'ombre de Paris, le climat indécis, la distance mixte, la grande ville qui n'est ni noble ni grande, à moins de recouvrer les puissants arbitres de ses primitives destinées.

Ne blâmons donc pas Louis XIV régnant comme il régnait, ayant mérité qu'on lui attribuât ces paroles : « La France, c'est moi ! » Il a bâti Versailles pour son bon plaisir, et c'était bien le moins.

Seulement, on a lieu de s'étonner qu'une fois cette dynastie tombée, on se soit demandé pourquoi cette ville qui fut son œuvre est restée inactive, languissante dans sa population. Il s'est trouvé que, veuf de l'ancienne cour, Versailles manquait de tout, excepté de jets d'eau, de Tritons, de Neptunes, d'Apollons, de grandes et petites écuries, de jardins à perte de vue, de forêts magnifiquement sablées, de véneries, de ménageries, de faisanderies, de tout ce qui est préoccupation, pensées, et délices de prince.

On s'est demandé pourquoi cette ville n'avait ni commerce, ni ressorts industriels, ni rivière, à moins qu'on ne veuille compter comme compensation la Marne, la Dordogne, la Seine et la Garonne, que Versailles possède en bronze et sur piédestaux. Fatale dérision que ces quatre beaux fleuves-statues, chefs-d'œuvre de Marsy, que l'on remarque autour du parterre d'eau; surtout si l'on songe que, lorsqu'après les solennités des grandes eaux, la ville a offert aux étrangers le spectacle de ses vieux prestiges hydrauliques, il lui arrive souvent de se pencher avec terreur vers le fond de ses fontaines épuisées.

Toutefois, je le répète, n'accusons pas Louis XIV dans les desseins de magnificence ou de folie, si l'on veut, qui lui ont inspiré Versailles, car la civilisation elle-même a pris le soin de le justifier, la civilisation traduite sous une autre forme, il est vrai, mais non moins souveraine que cette grande volonté, puisqu'elle a le pouvoir, sinon de créer les villes, du moins de les ressusciter. C'en est fait, un pont d'existence est jeté maintenant entre la capitale et la cité dynastique. Ne parlons plus d'intervalles ni de distances, un trajet d'une demi-heure les sépare à peine! Versailles est devenu ce qu'il osait à peine rêver dans ses chimères lointaines, un faubourg, un quartier, la nouvelle Nouvelle-Athènes de Paris. Voyez-vous la vapeur s'élancer en concurrence sur les deux rives de la Seine, et aller rejoindre à l'horizon ces fumées royales des vanités et des splendeurs évanouies? Ainsi tout se succède et se remplace ici-bas, palais, ruines, cités, cercueils; oui, la ville morte renaît de ses pompes; elle reprend de la main des peuples son sceptre autrefois brisé par les peuples. Versailles est mort, vive Versailles!

ARNOULD FRÉMY.

LE PAYSAN DES ENVIRONS DE PARIS.

OYEZ cet homme qui porte sur un panier des légumes ou des fruits dans leur primeur, et qui erre par nos rues en poussant un cri plaintif pour appeler les chalands. Son costume est plus que simple... De gros souliers, des bas de laine, un pantalon de coutil bleu serré au corps par une boucle, une petite veste de drap brun à poches sur le côté, un mouchoir de Rouen pour cravate, un chapeau gras et usé sur les bords... voilà son costume. Le dandy qui doit encore à son tailleur l'élégante toilette qu'il a sur le dos, la femme à la mode qui vient de chercher au Mont-de-Piété le cachemire aux palmes capricieuses sous lequel elle se pavane, jettent sur lui des regards de dédain. — Cet homme est Jean Flottard, paysan des environs de Paris, gros propriétaire à Fontenay-sur-Bois, et adjoint au maire de sa commune.

Son aisance à lui n'est pas factice ; elle ne s'affiche pas au dehors par un pantalon bien fait, par un habit admirablement coupé. Elle est dans de bonnes terres qui, grâce à leur proximité de Paris et à une culture active et intelligente, rapportent 10 et 15 pour 100, et enrichissent petit à petit leur heureux et économe possesseur. Mais c'est en vain que le bien de Jean Flottard s'arrondit chaque jour : son avidité marche à plus grands pas que sa fortune. Il remarque tous les matins quelque nouveau petit coin de champ dont il a besoin et qu'il achètera l'année prochaine. Le paysan ne manque jamais d'enfants, et il faut bien les pourvoir. Du reste, Jean Flottard est habitué au travail ; il aime à aller, aux premiers rayons du soleil, travailler la vigne sur le coteau ou manier la bêche dans l'enclos aux Pruniers ; il aime à faire de temps en temps son petit voyage à Paris pour voir si le bourgeois est

toujours facile à tromper. Il ne renoncera à ces amours-là que lorsque la vieillesse
lui fera trembler les mains et lui alourdira les jambes.

La culture aux environs de Paris n'est point ce qu'elle est à vingt et même à dix
lieues de la capitale ; elle laisse aux terroirs éloignés la fourniture des blés, des foins,
des légumes abondants, enfin de toutes les grosses provisions : elle ne s'occupe qu'à
satisfaire les besoins gourmands de la grande ville ; et ces besoins, en raison de la
force de la population et des exigences de beaucoup d'estomacs blasés et difficiles,
ne laissent pas que d'avoir leur importance. La pêche, la fraise, l'abricot, l'asperge,
le petit pois, le melon, tels sont les principaux objets de la sollicitude du paysan de
la banlieue. Sous sa main active, la terre ne se repose jamais. Sans cesse réchauffée
par des fumiers choisis, elle est toujours jeune et prête pour la fécondation. Chaque
saison a sa récolte. C'est une culture de serre-chaude. Et que de soins, que d'intelligence n'exige-t-elle pas ! Ce n'est pas tout que de planter un pêcher, par exemple :
il faut savoir faire circuler ses branches le long du mur, de façon à ce qu'elles ne
se gênent point entre elles ; il faut diriger leur marche, il faut surveiller leur croissance ; et à l'époque où les fruits commencent à se montrer, n'est-il pas nécessaire de
les espacer lorsqu'ils sont trop serrés et que leur force mutuelle peut leur nuire — de
les réunir, lorsqu'ils sont faibles et qu'ils ont besoin d'appui? ne faut-il pas ménager
à celui-ci la protection du soleil et rejeter celui-là à l'ombre, position qui conviendra mieux à son tempérament? Le paysan de la banlieue a presque autant besoin
de son imagination que de ses bras : c'est l'artiste-cultivateur.

On comprend qu'un pareil travail ne puisse s'opérer sur une grande échelle; le système
de la ferme ne lui convient pas : il lui faut l'œil et la main du maître. Aussi n'y a-t-il
point aux environs de Paris de fermiers, mais des petits propriétaires : chacun cultive son clos ; puis, quand l'aîné de la famille commence à grandir et à pouvoir faire
par lui-même œuvre de ses dix doigts, le père lui achète quelque petit lopin de terrain. Le gars, bien imbu des leçons domestiques, travaille quelque temps son propre
bien de manière à prouver qu'il saura, lui aussi, trouver un trésor dans le sein
de la terre. Il tire à la conscription; s'il a un mauvais numéro, on le remplace,
et on lui cherche aussitôt une femme dans le pays ou dans un rayon de deux ou
trois lieues. C'est ainsi que se recrute incessamment cette population des environs de
Paris, population laborieuse, intelligente, maîtresse du sol, mais qui, si elle a toutes
les qualités de celui qui possède, en a aussi les défauts ordinaires, c'est-à-dire l'a-
varice, l'égoïsme, l'amour extrême du gain.

Il est deux heures du matin ; nous sommes au temps des prunes, la récolte a été
abondante cette année, et tous les véhicules de la banlieue ont été mis à contribution
pour transporter le fruit précieux sur le marché de Paris. Aux premières lueurs du
jour, vous pouvez distinguer une longue file de voitures de toutes formes qui se
dirigent sur la capitale par la belle avenue de Vincennes. Vous voyez aussi des ânes
chargés de leurs deux paniers, et des chevaux qui connaissent si bien leur route,
que leur conductrice dort tranquillement sur la selle et leur laisse le soin de la
conduire au marché des Prouvaires. Remarquez ce char à bancs passablement neuf
encore, et qui a tout à fait l'apparence d'une voiture bourgeoise de campagne ; il est

plein de grands paniers ronds soigneusement recouverts d'un morceau de toile ; derrière lui roule une charrette qui appartient au même maître. Ce maître, c'est Jean Flottard. Comme la vente doit être forte, il a voulu aller donner un coup de main à sa femme. Enveloppé d'un large manteau de laine rayée, le bonnet de coton blanc sur les yeux, il dort dans sa charrette. On arrive à la barrière. Malgré son respect pour l'autorité, malgré son attachement bien connu pour le gouvernement établi, Jean Flottard ne peut s'empêcher de laisser échapper un juron énergique lorsque l'employé de l'octroi transperce de part en part ses paniers avec sa longue baguette de fer. En 1850, Jean Flottard fut l'un de ceux qui prirent part à la destruction des bureaux de l'octroi, et le lendemain il s'armait de son fusil pour descendre dans Paris et aller renverser les barricades républicaines. Amoureux de la liberté extrême quand elle favorise directement ses intérêts matériels, mais son ennemi acharné quand elle se produit sous la forme d'idée, et que par conséquent il ne la comprend plus : tel est Jean Flottard étudié au point de vue politique.

Nous voilà à la Halle. Le jour n'a point encore paru. Jean Flottard s'occupe pendant une heure à parer sa marchandise. Il visite ses paniers et met la bonne prune sur la mauvaise ; il arrange ses fraises de façon à ce que les plus grosses frappent d'abord les regards de l'acheteur ; il trousse ses pieds de romaine et leur donne une physionomie pimpante.

Le moment de la vente arrive. Jean Flottard livre d'abord le plus beau de sa cargaison aux gros marchands de la Halle, ses pratiques ; puis il a affaire aux regrattiers, revendeurs, fruitiers, enfin à tous les bohémiens et cosaques du marché. Entre eux et lui s'engage alors une lutte de finesse et de ruse, et il est rare qu'il n'en sorte pas vainqueur : car si ses adversaires ont autant d'habileté, il a de plus qu'eux un faux air de bonhomie qui les déroute et les met souvent en défaut. A Paris, les maquignons en marchandises ont grande confiance dans le verre de vin sur le comptoir ; ils espèrent ainsi étourdir leur antagoniste et avoir meilleur marché de lui. Mais c'est là un mauvais piége, et dans lequel on se prend souvent soi-même. Entre loyaux combattants, il est honteux d'avoir recours à de pareils moyens qui sont en dehors de toute condition de force et d'adresse. Ce n'est pas là combattre à armes courtoises. D'ailleurs, Jean Flottard n'accepte jamais les propositions de ce genre ; il connaît sa tête et il est trop adroit pour boire quand il est en affaires. Il a toujours à sa disposition un mal de gorge ou une fluxion de poitrine qui lui servent de prétexte pour refuser. Ce n'est pas que Jean Flottard déteste les régalades. Sa femme pourrait vous dire combien de fois, en sortant du bouchon du village, il a eu besoin du secours d'une main amie pour retrouver et la porte de sa maison et le lit conjugal. Mais il sait choisir ses moments.

Quand, après cette double vente, Jean Flottard a encore de la marchandise dans sa voiture, il n'hésite pas, il prend un panier et une hotte, les charge de fruits, et se met à parcourir les rues de la grande ville, appelant les petites bourgeoises et les cuisinières. Ici sa tâche est plus facile. Les petites bourgeoises et les cuisinières, même du cordon bleu, sont trop inexpérimentées pour venir à bout d'un maître renard tel que lui. Il leur surfait toujours du double, et en ne baissant le prix que d'un quart, il flatte encore leur amour-propre et leur persuade qu'elles savent très-bien acheter. Quand elles marchandent beaucoup, il leur dit qu'elles sont des méchantes et qu'il faut avoir pitié d'un malheureux tel que lui. Son ton est si dolent que souvent il les attendrit. Enfin il s'en tire toujours à son honneur.

Les deux voitures sont vides, mais le grand sac de Jean Flottard ne l'est pas ; il fait avec sa femme un frugal déjeuner chez le marchand de vin du coin, chicane sur le paiement, crie bien haut que c'est une horreur d'écorcher de pauvres paysans qui travaillent toute la journée pour gagner leur vie, menace d'aller se plaindre au commissaire de police, fait rabattre 6 sous sur 20, puis regagne Fontenay-sur-Bois, tout en comptant ses écus.

Jean Flottard n'est pas dévot. Il regarde le curé de son village comme un fonctionnaire public et le respecte à l'égal du garde champêtre. S'il s'est marié à l'église, s'il y fait baptiser ses enfants, c'est que la coutume le veut. Je ne prétends pas dire que Jean Flottard soit irréligieux : non... mais, suivant son expression, *il n'a pas le temps de s'occuper de ça.* Quand vous le poussez bien pour savoir quels sont au fond ses sentiments à cet égard, il vous répond qu'il croit en Dieu, et qu'à son avis, Dieu, c'est le soleil, qui fait pousser les arbres et mûrir les moissons. Ce mot est pour moi historique, car je l'ai recueilli de la bouche même de Jean Flottard, et il m'a frappé. Jean Flottard n'a pas, comme certains esprits des classes ouvrière et bourgeoise de nos grandes cités, de haine aveugle pour le catholicisme ; il n'a jamais lu Voltaire, ni l'Encyclopédie ; mais aussi, il n'a jamais compris son catéchisme, et n'a jamais été au sermon. Il est indifférent en matière de religion, non par passion, mais par habitude. Nous apprenons tous les matins par les journaux que des missionnaires vont dans de lointaines contrées conquérir des âmes à l'Église, et travailler la vigne du Seigneur. Pourquoi aller si loin ? Ne serait-ce pas bonne œuvre aussi que de répandre la semence religieuse dans cette bonne banlieue de Paris où, depuis longtemps, elle n'est pas tombée. La moisson serait belle, car le terrain est fertile, tout préparé ; s'il ne produit rien aujourd'hui, c'est qu'il n'est pas cultivé — de plus, on aurait l'agrément de ne pas courir le risque d'être étranglé par l'ordre de l'empereur Chiang-Sié, ou d'être mangé tout cru par des sauvages peu sensibles aux bienfaits de l'orthodoxie. Je sais qu'il est beau d'aller chercher le martyre en Asie ou en Amérique, et de ramener au collège de la propagande de Rome des Chinois, des Japonais, des naturels de la Terre de Feu tatoués de la tête aux pieds, et ornés d'une ceinture de plumes d'autruche. Mais parce que des âmes sont prochaines, il n'est pas moins beau de les sauver, et une bonne œuvre, bien que modeste, est méritoire aux yeux de Dieu. A mon avis, pour le plus ardent des missionnaires, la cure de Nogent-sur-Marne vaut celle de Pékin.

Jean Flottard, qui, soit de gré, soit de force, a plus ou moins servi sous l'empire, porte le grand homme dans son cœur. Avant 1815, il n'avait pas plus d'admiration qu'un autre pour la conscription, les gros impôts et les garnisaires. Mais la restauration lui donna le goût de l'empire ; il ne connaissait ni les Bourbons, ni le drapeau blanc. Il ne vit que des étrangers, Russes, Anglais, Hanovriens, qui lui ramenaient un roi étranger. Il faut rendre cette justice à Jean Flottard qu'il a toujours eu en horreur les étrangers et tout ce qui venait d'eux. L'empereur grandit tout à coup à ses yeux, parce que lui, au moins, avait brossé les Prussiens et n'avait jamais voulu revenir en France en croupe d'un cosaque. Les chansons de Béranger et les tracasseries du curé de son village achevèrent tout à fait la conversion de Jean Flottard. Pendant quinze ans il a fredonné à mi-voix au coin de son feu : *Hommes noirs, d'où sortez-vous?* et : *Oui, je secourai la poussière.* Napoléon est aujourd'hui pour lui la gloire, la liberté, un dieu ! Je ne sais pas trop s'il ne lui adresse pas des prières soir et matin, et s'il n'associe pas son culte à celui du soleil.

Sur la haute cheminée de sa cuisine, il a un Napoléon en plâtre ; les murs de sa salle à manger sont ornés de plusieurs mauvaises lithographies qui représentent : la Veille d'Austerlitz, la Reddition d'Ulm, la Mort de Poniatowski, le Martyre de Sainte-Hélène, l'Apothéose des vieux braves, etc. Du reste, Jean Flottard fait très-bien marcher de front ce fanatisme napoléonien avec son amour pour le gouvernement actuel. Il consent à admirer l'empire, mais à condition que l'empire ne reviendra pas. L'échauffourée de Strasbourg n'a eu aucun retentissement dans son cœur. Le napoléonisme n'est chez lui qu'à l'état de souvenir. Que Louis Bonaparte se montre demain sur la place Vendôme à la tête de ses partisans, et Jean Flottard, sans rien perdre de son admiration pour l'oncle, ira tirer des coups de fusil au neveu ; et en rentrant chez lui, il ne songera nullement à mettre au grenier son buste en plâtre et ses mauvaises lithographies. Jean Flottard est par intérêt ce que nous devrions être tous par patriotisme, Français d'abord. Pourquoi voulez-vous qu'il désire encore des révolutions? N'a-t-il pas son drapeau tricolore qu'on lui a chanté pendant si longtemps? N'est-il pas délivré des calotins? Ne vend-il pas au poids de l'or, à ces bons bourgeois de Paris, ses légumes et ses fruits? N'est-il pas à son tour adjoint de sa commune, et n'a-t-il pas pour maire son boulanger? Ne lui parlez donc pas de retour vers le passé, et laissez-le dormir sur ses deux oreilles.

Ce n'est point dans la banlieue qu'il faut aller chercher des maîtresses-femmes. Là, pour ce qui concerne le pouvoir du mari dans la communauté, les anciennes mœurs ont gardé tout leur prestige. Madame Flottard est humble et soumise. Jamais elle n'élève la voix devant son mari ; elle ne lui parle qu'avec crainte et respect, et il faut qu'elle soit dans le moment fort avant dans ses bonnes grâces, pour qu'elle ose l'appeler *notre homme.* Jamais elle n'intervient dans les affaires ; on ne la consulte ni pour la vente, ni pour l'achat des biens ; elle ne place même que bien timidement son mot lorsqu'il s'agit de l'avenir de ses enfants. Et cependant quelle femme plus que Marie Gaillon, femme Flottard, aurait le droit d'avoir le verbe haut et de prétendre à une part d'autorité dans la maison? A-t-on jamais pu faire naître le moindre soupçon sur sa fidélité conjugale? N'a-t-elle pas donné à son mari six beaux et robustes garçons qui sont sa joie et son orgueil? N'a-t-elle pas toujours entretenu dans son ménage, l'ordre, la propreté, l'économie? Enfin, n'a-t-elle pas aussi contribué pour sa part à la prospérité de la maison? N'est-ce pas elle qui depuis vingt ans se lève tous les jours à une heure du matin, sans réveiller son mari, charge le cheval ou la charrette, puis va vendre au marché de Paris le lait de ses vaches, ou les fruits qu'elle a cueillis dans le clos avant le soleil couché? Hélas ! tous ces services rendus à la communauté n'empêchent pas madame Flottard de trembler toujours sous l'œil fauve de son mari. Hâtons-nous de dire qu'il a des égards pour elle; le dimanche il lui permet d'aller à la messe, et il lui accorde deux ou trois heures de visite chez ses amies, les bonnes commères du voisinage. Et puis le soir, vers minuit, lorsqu'il rentre chez lui, la tête un peu montée, plus gaillard qu'à l'ordinaire, et qu'il la trouve faisant déjà ses préparatifs pour aller à Paris, il daigne parfois batifoler avec elle et l'embrasser en lui souhaitant bonne chance, ce qui la comble de joie, la pauvre femme !

Pauvre, mais admirable femme ! Oui, ce dévouement de tous les jours, dévouement sans compensation et sans récompense ici-bas, aux devoirs et aux obligations de la famille, a quelque chose qui provoque le respect. Et ce sentiment sera plus vif encore chez celui qui sait combien on brusque pour les paysannes des environs de Paris la transition de la vie de jeune fille à la vie du mariage. Jeunes filles, elles jouissent d'une effrayante liberté; abandonnées à elles-mêmes, sans contrôle, sans surveillance, elles s'en vont par troupes à travers les grands bois et les petits sentiers fleuris des coteaux. Elles ne manquent aucune fête de village; elles dansent avec le premier venu, tant qu'elles veulent, sans que personne les gêne, sans que personne leur dise de rentrer. Et puis, quand elles sont bien fatiguées, quand elles ont bien sauté, bien ri, quand elles ont mangé des échaudés et des macarons aux dépens des jeunes gens de l'endroit, elles s'en retournent en chantant à travers les grands bois. Parfois elles se choisissent un amoureux qui les fera danser et leur ira cueillir la rose dont elles ornent leur ceinture, puis quelques semaines après elles s'en choisissent un autre. Et cependant, malgré toutes ces franchises dont elles jouissent, ce n'est point parmi elles que le libertinage de la cité fait ses recrues. Rarement nous retrouvons l'une de ces jeunes filles sous le petit bonnet de la grisette du quartier Saint-Jacques, ou sous le chapeau à plumes de la femme de loisir du quartier d'Antin. Le vice, ce grand pourvoyeur de la mansarde de l'étudiant et de l'entre-sol de la rue Notre-Dame-de-Lorette, rencontre plus facilement sa proie au sein de la corruption des villes.

Jean Flottard n'aime pas le bourgeois. Je ne vous dirai pas au juste à quoi tient cette antipathie, car enfin le bourgeois le fait vivre; mais il ne l'aime pas. Ce n'est qu'avec une sorte de jalousie qu'il voit le rentier du Marais ou le négociant de la rue Saint-Denis se bâtir une jolie maison de campagne sur le terrain qu'il lui a vendu lui-même à un prix exorbitant, et venir passer la belle saison à ses côtés. Dès que le bourgeois a paru dans le pays avec sa famille, une conspiration locale s'organise contre sa bourse; le boulanger, l'aubergiste, le paysan, s'entendent comme larrons en foire, pour faire renchérir les objets de première nécessité. Hier tous ces gens-là se déchiraient à belles dents, aujourd'hui ils sont réunis afin de combattre l'ennemi commun. Si vous vous plaignez du prix du vin, le boulanger vous dira que la vendange a été bien triste l'année dernière; si la farine vous paraît plus chère qu'au marché, l'aubergiste s'écriera : « Ah ! la récolte a été si mauvaise ! » On a compté faire des économies à la campagne : on y dépense deux fois plus qu'à Paris. Les additions que l'on est obligé de faire tous les jours sur son livre de comptes, effraient par leur total autant que celles des restaurateurs de Versailles. Et la personne même du bourgeois ne serait pas en sûreté, si l'on ne savait pas qu'il est riche, qu'il a toujours l'argent à la main, si l'on ne craignait pas de le perdre, car à tout prendre, si on le déteste, on aime son argent. On lui fait donc bonne mine, mais c'est pour mieux le dépouiller; à peu près comme ce voleur qui saluait humblement les passants, et leur présentait en même temps le bout de son escopette pour les engager à mettre quelque chose dans son chapeau.

Si le paysan de la banlieue respecte la personne du Parisien opulent, il s'en dédommage bien sur celle du Parisien prolétaire, du Parisien qui travaille toute la semaine et ne se promène que le dimanche. Ce jour-là, s'il fait beau, le paysan ne se contente pas de la surveillance du garde champêtre ; il se met à l'affût dès le matin dans son champ, il se cache derrière un buisson, ou derrière le tronc d'un gros arbre. Voilà un brave ouvrier de la rue Jean-Robert qui s'avance, escorté de sa femme et de ses trois enfants. Il vit plus à l'aise, il est heureux, il aspire l'air par tous les pores ; il jette un regard de curiosité et de convoitise sur tous ces fruits de la terre qui se montrent frais et brillants à la surface, et qui semblent appeler la main du moissonneur ! Le paysan le guette comme le chat guette la souris : déjà plusieurs fois les enfants ont voulu cueillir des framboises, arracher des betteraves, abattre des pommes ; le père a retenu leurs bras. Mais le fruit défendu a tant de charmes ! Mais le Parisien, qui passe sa vie entre quatre murailles, aime tant à savoir comment mûrissent les carottes, comment poussent les haricots! Enfin, le père, qui a résisté quelque temps de mauvaise grâce, lâche la bride aux enfants... A peine se sont-ils baissés pour faire leur petite récolte, que le paysan, armé d'un gros gourdin, s'élance à l'improviste de sa cachette... Il crie, il jure, il tempête, il frappe... Il appelle ses voisins qui abandonnent leurs champs et accourent à sa voix... On se saisit brutalement de l'ouvrier, malgré les pleurs de sa femme et de ses enfants.. on le traîne jusqu'au village, on le mène devant le maire ou devant l'un de ses adjoints, Jean Flottard, par exemple :

« Qu'est-ce que c'est que ça? dit Jean Flottard...

— Eh ! pardine !... un bédouin, un voleur, un Parisien...

— Bon!... il a grappillé...

— Eh ! pardine !... à plusieurs mains. Y n'en font jamais d'autres... des feignants... des propres à rien...

— Mais, monsieur le maire... dit l'ouvrier.

— Eh ! pardine !... s'écrie le paysan.... des phrases.... des phrases et des discours... il en chantera tant que vous voudrais, père Flottard... mais c'est pas des mots... c'est la justice qu'il nous faut.

— Bon !... t'as raison, Jacques Pilout... tu l'auras, ta justice...

— Mais, monsieur le maire...

— Oh! oh! oh! le pillard ! » font en chœur tous les paysans.

L'ouvrier, effrayé de ce concert d'injures, et ne pouvant d'ailleurs placer un seul mot, prend le parti de se taire.

« Bon ! reprend Jean Flottard... Parisien, ton affaire est mauvaise... Si tu ne veux pas la faire plus mauvaise encore et t'en aller là-bas, devant les robes noires, tu vas donner 25 francs d'indemnité à Jacques Pilout, et 5 francs pour boire au garde champêtre de la commune... Voilà.

— Mais, monsieur le maire...

— Oh! oh! oh! le voleur... »

Jean Flottard a prononcé... il n'y a pas d'appel : c'est une justice à la turque.

L'ouvrier n'a pas 30 francs sur lui ; quelquefois même le total de ses économies ne va pas jusque-là. Il l'avoue franchement, et offre le peu d'argent qu'il a dans sa bourse et qui devait suffire aux besoins et aux plaisirs de sa famille pendant toute la journée. Dès qu'on sait qu'il est pauvre, les clameurs redoublent.

« Il faut le conduire chez le commissaire de police ! il faut le conduire chez le commissaire de police ! »

Tel est le cri qui domine tous les autres.

Une escorte s'organise. On pousse toute la petite famille du côté du chef-lieu de canton. Pendant la route on ne lui épargne pas les mauvais traitements. Enfin la bande arrive chez le commissaire de police. La plupart du temps ce magistrat réduit l'affaire à sa juste valeur, et met l'ouvrier en liberté, en lui conseillant toutefois de regagner la barrière au plus vite. Les paysans s'en vont un peu désappointés, mais ils n'en sont pas moins contents de leur journée, car ils ont vexé un Parisien.

Jean Flottard est beau le jour de la fête de son village. Dès l'aurore il endosse le bel habit bleu à queue de morue, et se coiffe de son chapeau de soie. Il se rend vers le rond-point du bois pour donner un coup d'œil aux apprêts solennels ; c'est lui qui indique aux marchands forains et aux saltimbanques la place qu'ils doivent occuper. Il hâte la construction du feu d'artifice, et fait dresser la tente pour la danse. Il veut que les étrangers qui viendront à la fête prennent, au premier coup d'œil, une haute idée du village et de son administration municipale. — Les joutes commencent. — Les garçons font une demi-lieue les yeux bandés et les pieds enfermés dans un sac, pour gagner une épingle de trois livres dix sous. — Les jeunes filles, placées sur une charrette qui tourne dans un espace donné, à l'imitation des chars des jeux olympiques, cherchent avec une petite canne à enfiler une bague de cuivre qui est suspendue à un poteau, et à gagner ainsi une croix d'or, contrôlée et vérifiée à la Monnaie. — Assis à côté du maire, Jean Flottard est juge des coups ; il distribue les prix aux plus adroits et leur donne l'accolade de l'autorité. Puis il assiste au tir au fusil et au tir à l'arc, toujours revêtu de sa ceinture tricolore. Les gendarmes et les gardes champêtres le saluent, et les gamins de la commune le suivent en criant : « Ohé ! est-il beau, le père Flottard ! » — A deux heures la nappe est mise. En qualité de chef de famille, Jean Flottard a, pour la première et pour la dernière fois de l'année, invité tous ses parents à dîner. C'est le jour des gros morceaux et des grands coups. La table est chargée de volailles, de pâtés, d'énormes quartiers de viande, et le vin du crû fermente dans les brocs. — On prend place pêle-mêle, en riant, en se poussant. Les plats disparaissent, les brocs se vident ; en un clin-d'œil les convives ont fait table rase, comme nos cuirassiers à la redoute de la Moskowa. Il ne reste plus que les verres ; l'aîné des jeunes Flottard recommence vingt fois le voyage de la table à la cave. Les visages prennent de la couleur. Ici, un Orphée de campagne chante à tue-tête le *postillon de Longjumeau* pour ses voisins ; là, un garçon fait l'amour à sa cousine, en lui donnant de grandes tapes sur les épaules et en l'appelant bête et imbécile, parce qu'elle ne répond pas assez vite à sa déclaration ; là, deux vieilles têtes blanches, après avoir commencé à parler des espérances de la moisson prochaine sur le ton le plus ordinaire du monde, terminent leur conversation à la manière des paysans, c'est-à-dire en criant à qui mieux mieux : c'est un tapage infernal. Le prudent Flottard donne le signal de la retraite : on court à la danse. Jean Flottard ouvre le bal champêtre avec sa femme, qui aujourd'hui n'est pas indigne de figurer à côté de lui, car elle a son beau bonnet de dentelle, sa robe de mousseline blanche et tous ses bijoux, montre, collier, bague et boucles d'oreilles. Puis, après avoir donné le signal du feu d'artifice, il met son écharpe dans sa poche, et va passer le reste de la soirée, ou plutôt de la nuit, au cabaret.

Jean Flottard se fait vieux ; sa main tremble et ses jambes deviennent lourdes : sa femme commence aussi à sentir la fatigue. Jean va consulter le notaire du pays ; puis, moyennant une forte redevance annuelle, il partage tout son avoir entre ses enfants. Ce sont, pour ainsi dire, des fermiers qu'il choisit dans sa propre famille. Mais il se réserve toujours, pour sa jouissance personnelle, un petit clos dans lequel il verra pousser les arbres et mûrir les fruits. C'est là que sa vieille expérience fait des essais et cherche à perfectionner les méthodes. Lorsqu'il a mis la main sur quelque nouveau procédé d'embranchage, lorsqu'il a trouvé le moyen de donner aux pêches une teinte plus rosée et aux abricots un goût plus suave, vite il communique son invention à tout le village. On se réunit autour du Nestor de la petite culture, et l'on célèbre, le verre en main, la découverte qui doit assurer aux produits de Fontenay-sur-Bois une supériorité marquée sur ceux de Montreuil et de Triel.

Jean Flottard aime à parcourir les champs, les vergers, et à donner des conseils aux jeunes travailleurs. Puis, une fois par an et par partie de plaisir, il accompagne ses enfants au marché de la ville.

Jean Flottard est doyen du conseil municipal de la commune ; il a dans ses attributions la surveillance de l'école primaire : jamais il n'a su lire. Lors de la distribution des prix, il fait un discours de circonstance qui est à peu près conçu en ces termes :

« Voyez vous... mes enfants... l'éducation, c'est une bien belle chose... Quand on sait lire et compter, on est plus retors, plus rusé, et l'on vend sa marchandise plus cher sur le pavé de Paris... Si j'avais su mes lettres, moi que je vous parle, j'aurais bien des écus de plus dans mon coffre... Étudiez donc bien votre catéchisme pour devenir des richards. »

Jean Flottard meurt de vieillesse, et sa femme le suit dans les trois jours.

L. COUAILHAC.

LE CHAMPENOIS.

QUATRE VINGT-DIX-NEUF moutons et un Champenois font cent bêtes !

Ainsi parlait un jour dans le Champ-de-Mars un jeune sous-lieutenant de voltigeurs, en jouant d'un air fat avec les minces fils d'argent de son épaulette, et en suivant d'un regard distrait l'escorte dorée de M. le duc d'Angoulême, qui ce jour-là faisait manœuvrer la garnison de Paris assez convenablement pour un prince.

La restauration avait alors trois ans d'existence. Elle possédait une infanterie de ligne dont les soldats étaient vêtus d'uniformes blancs, comme les enfants voués à la sainte Vierge. Elle avait en outre un commencement de marine, des poètes à gages, des grands prévôts pour juger les bonapartistes, des nouvelles fréquentes de Napoléon malade et désarmé, et parmi ses serviteurs le jeune sous-lieutenant que nous avons vu plus haut lancer à la Champagne un proverbe trop connu.

Or ce sous-lieutenant, c'était moi, aujourd'hui garde national peu zélé, et auteur de ces lignes, que j'écris à l'ombre d'une superbe futaie (essence de chêne et d'orme), propriété du pâtissier-traiteur dont je suis le locataire.

Malgré son anglomanie bien connue, le duc d'Angoulême montait pendant cette petite guerre du Champ-de-Mars un cheval arabe à la taille courte, à la robe Isabelle, et qui, en passant près de moi au moment où j'insultais la Champagne, poussa un hennissement qui couvrit ma voix, un peu fatiguée d'ailleurs par les commandements que j'avais faits à ma section en l'absence du lieutenant de la compagnie.

LE CHAMPENOIS.

« Pardon, soupira doucement à mon oreille un de mes camarades; qu'avez-vous dit?
— J'ai dit que quatre-vingt-dix-neuf moutons et un Champenois faisaient cent bêtes.
— Eh bien! vous êtes un sot et un faquin. — Après les manœuvres, répondis-je, je
vous ferai voir comment un faquin de mon espèce tient une épée. »

Les tambours exécutèrent sur toute la ligne un roulement dont le bruit, égal à
celui du tonnerre, m'empêcha d'entendre la réplique du défenseur de la Champagne.
Je repris ma place de serre-file derrière la deuxième section des voltigeurs, et les
manœuvres recommencèrent. M. le duc d'Angoulême fit des prodiges de stratégie;
nos soldats brûlèrent un nombre énorme de cartouches, et l'heure du dîner des
Tuileries put seule mettre fin à l'acharnement du prince et de ses généraux. Du
reste, il n'y eut ce jour-là qu'un seul homme blessé dans la garnison de Paris.

Cet homme, ou plutôt cet enfant, ce fut moi. Au moment où les troupes sortaient
du Champ-de-Mars, le jeune officier qui m'avait traité de faquin et de sot me fit un
signe que je compris parfaitement, et nous nous éloignâmes dans les terrains qui
s'étendent derrière l'École militaire. Nous mîmes l'épée à la main dans une de ces
foudrières où les ivrognes des boulevards extérieurs sont dans l'habitude de faire la
sieste, et tout d'abord je sentis que la lame de mon adversaire me perçait le bras
droit. Je fis un bond comme une gazelle qu'une flèche a frappée, et mon adversaire,
après m'avoir prodigué les soins les plus tendres, me dit froidement :

« Je suis né à Troyes, en Champagne.
— Ah! diable, » répondis-je.

Un fiacre rôdeur que nous rencontrâmes non loin de là m'emporta vers le petit
hôtel garni de la rue de l'Oursine dans lequel je logeais avec beaucoup d'autres
lieutenants et sous-lieutenants, parce que l'on entendait de ses chambres noires et
étroites le tambour de la caserne. Je me mis au lit; l'aide-major arriva, il trouva
mon coup d'épée superbe, et quand il eut fait son métier il se retira.

Dans la soirée, je reçus la visite du lieutenant Tabellion, mon voisin. C'était un
soldat de fortune qui, dans ses loisirs de garnison, s'était fait une éducation à sa
manière. Il aimait beaucoup à pérorer, et il s'en acquittait assez bien quand il ne
cherchait pas à être éloquent. Du reste, Tabellion était un de ces lieutenants modèles
qui brossent eux-mêmes leurs habits, qui savent au besoin raccommoder un shako
fatigué, qui ne prennent du café que le dimanche, et trouvent le moyen de faire des
économies sur leur pauvre paie. Il avait reçu au corps le nom imposant de Tabellion
le Sage.

« Eh bien! me dit-il, fumant avec un soin d'avare le culot de sa pipe, — elle
datait de 1814 la pipe de Tabellion le Sage, — eh bien! nous avons donc mis flam-
berge au vent, mon nouveau et très-jeune camarade?

— Hélas! oui ; et avec bien peu de bonheur encore.
— Du bonheur? vous en avez eu un inouï, stupéfiant! J'ai ouï parler tout à l'heure,
pendant le dîner, du sujet de cette querelle : admettons maintenant qu'au Champ-de-
Mars j'eusse entendu votre apostrophe contre la Champagne, eh bien, l'affaire chan-
geait de face : c'était avec moi que vous vous battiez... et rien ne résiste à ma botte
secrète.

— Me battre avec vous ! pourquoi?

— Parce que je suis né à Bar-sur-Aube.

— Ah çà, tout le monde est donc Champenois dans cet horrible régiment?

— Vous l'avez dit. Du reste, le corps est loin d'être horrible, et je crois que vous serez content du choix des hommes et de leur instruction.

Or, écoutez-moi, reprit Tabellion le Sage, serrant sa pipe dans un vieil étui de bois. Si vos parents, au lieu de vous lancer dans l'armée avec une épaulette, vous avaient laissé deux ans encore au collége, tout cela ne serait pas arrivé... Que diable ! J'ai vu *vos états de service* chez le quartier-maître; vous n'avez pas dix-sept ans.....

— Je suis jeune, il est vrai, mais aux âmes. .

— Faites-moi la grâce, mon cher enfant, de ne pas vous comparer au Cid ; la chose ne serait pas exactement de bon goût. Si donc vous aviez fait votre entrée dans un corps d'infanterie à dix-huit ans, par exemple, votre raison, plus mûre, vous eût décidé à quelques réflexions, à quelques études préparatoires ; vous sauriez à l'heure qu'il est que, par une décision des nouveaux venus sur le trône, les régiments français sont devenus des légions portant le nom d'un département dans lequel les soldats et une grande partie des officiers de chacun de ces corps sont puisés. Bien plus, ô mon jeune ami, vous auriez su hier soir, quand vous vous êtes présenté au colonel avec votre brevet, que la légion de l'Aube obéissait à cet officier supérieur, que le département de l'Aube formait une partie de l'ancien territoire de la Champagne, et que bien décidément ces Champenois que vous ne pouviez souffrir allaient former autour de vous comme un mur d'hommes, dont chaque pierre — veuillez permettre cette métaphore — porte une épée et sait s'en servir.

— Ah ! mon Dieu, mon Dieu, lieutenant Tabellion, j'ai fait là une grande gaucherie !

— Résultat naturel d'une éducation faite... je voulais dire ébauchée sous les yeux de parents anciens aristocrates, militaires de l'empire, et de la déplorable facilité avec laquelle on jette aujourd'hui des épaulettes à des enfants. Sous de pareilles influences, un jeune homme apprend à ne douter de rien.

— Je vais demander une mutation pour un autre corps.

— Autant vaut rester dans celui-ci. D'abord, vous vous êtes battu, et on vous laissera désormais tranquille ; ensuite, la plupart des officiers ont servi sous Napoléon, ils ont vu sur les champs de bataille de ce temps-là les grosses épaulettes de votre père, et ils vous aimeront comme un enfant de la balle... Mais il ne faut plus dire du mal des Champenois. »

Cette première leçon de savoir-vivre, un peu rougie de mon sang, m'était donnée au mois de juin. Neuf heures du soir avaient retenti dans les clochers des églises voisines, en même temps que la voix de Tabellion le Sage. Depuis longtemps le roulement pour l'extinction des lumières s'était fait entendre à la caserne, et ma chandelle, comme si elle eût reçu quelque choc magique de ce bruit impérieux du

tambour, ne jetait plus dans ma petite chambre qu'une clarté douteuse et crain-
tive ; les ouvriers de la rue de l'Oursine dormaient paisiblement, et les chiffonniers,
ces grandes figures de l'arrondissement, n'avaient pas fait encore irruption sur le
pavé du roi. Une tranquillité complète régnait autour de moi ; l'ardente chaleur du
jour était remplacée par une brise du sud-ouest, qui dans son chemin avait ramassé
sur les arbres et les fleurs du Luxembourg des parfums inconnus dans mon quartier ; on ne sentait plus le faubourg Saint-Marceau. La demi-obscurité qui m'enve-
loppait, l'atmosphère tout à fait exotique qui baignait ma modeste cellule, la leçon
que j'avais reçue le matin, la voix grave, la figure sévère et basanée du lieutenant
Tabellion, tout me disposait au recueillement, à la réflexion ; j'étais dans cet état,
malheureusement trop rare chez les jeunes gens, où l'âme se regarde pour ainsi
dire, apprend à se connaître, et, effrayée du peu qu'elle vaut, court au-devant de
la censure. Dans ce moment-là j'aurais reçu avec une docilité d'ange des leçons de
théologie, de mathématiques transcendantes, de morale ou de bilboquet.

Tabellion, vieux renard de la grande armée, devina cette situation morale, et il
voulut en profiter. Il comprit que je pouvais être un auditeur attentif, et il se dépê-
cha de monter en chaire. Sa ferveur, sa pieuse envie de ramener une brebis égarée
était telle qu'il mit du tabac frais dans sa pipe.

« Je viole, dit-il, la règle que je me suis imposée de ne fumer que six pipes par
jour ; c'est un extra, c'est une orgie ! Mais j'aime à fumer quand je cause pour l'instruction du prochain.

— Monsieur Tabellion, répondis-je, je possède cent cigares de la Havane ; permettez-moi de vous en offrir la moitié.

— Je vous le permets... c'est-à-dire je vous le permettrai quand vous vous serez
fait une nouvelle opinion sur la bonne vieille Champagne, ma patrie... la patrie du
régiment.

— Monsieur Tabellion, il me semble que le pays dont vous êtes l'enfant doit être
une contrée forte, noble...

— Nous sommes d'assez bonnes gens là-bas, dit flegmatiquement le vieux militaire en allumant sa pipe... Du reste, vous allez vivre avec douze cents échantillons du
pays : c'est plus qu'il n'en faut pour le juger. *Ergo*, monsieur et cher camarade, les
on dit, proverbes, sentences et axiomes inventés, publiés sur le caractère des habitants de chaque province de notre pays, ne sont que de vaines boutades, que d'in-
signifiantes et mauvaises plaisanteries. Je consens à dépenser toute ma solde d'un
mois en un jour, s'il est possible de trouver, en observant bien le pays, une application juste de ces oracles qui ont obtenu force de loi, grâce à la routine. Les Normands passent pour des voleurs : Cartouche est né à Paris, Mandrin était un enfant
du Dauphiné. Le Midi, celui surtout qui se rapproche de l'Italie, produit, dit-on, de
détestables soldats : Masséna naquit dans le comté de Nice. On dit : Franc et fidèle
comme un Breton : Fouché est de Nantes. Toutes les histoires rapportent, et il faut
bien les croire, que Henri IV fut le plus loyal, le plus franc de tous les rois... et
Henri IV était Gascon. On dit, et vous dites aussi : *Quatre-vingt-dix-neuf moutons
et un Champenois font cent bêtes ;* ces mots, passés en proverbe, impliquent pour

nous, gens de la Champagne, non-seulement une bêtise, un idiotisme déplorables, mais encore un je ne sais quoi de mou, de lâche..... car, remarquez-le bien, on ne dit pas : *Quatre-vingt-dix-neuf loups et un Champenois*, mais bien *Quatre-vingt-dix-neuf moutons*. Dès lors nous sommes une nation de peureux, de femmelettes. Deux mille soldats napolitains — laissez-moi vous apprendre en passant que les Napolitains sont les plus mauvais soldats de l'Europe — mettraient en poudre la Champagne. Il n'y a dans notre sang aucun de ces principes bitumineux, sulfureux, diaboliques, qui font les héros ou les grands criminels. La seule chose qui pétille, fermente, éclate chez nous, c'est notre vin blanc. Nous sommes flasques et bêtes. Eh bien, Danton, mon jeune camarade, était Champenois ! La Champagne ! Vive Dieu ! La Champagne ! belle, forte, patriotique province ! celle de France sur laquelle les grands événements de la république et de l'empire ont laissé les plus vigoureuses traces ! la Champagne qui bouillonne, palpite encore des choses inouïes qu'elle a vues, supportées ; choses qui ne sont pour les trois quarts de la France que des tableaux saisis à la lorgnette et de bien loin, que des récits intéressants, que de l'histoire ! »

Tabellion le Sage s'interrompit pendant quelques minutes. La pipe rivée aux dents, les yeux levés au ciel, il pensait à son pays, et sa rude physionomie de vieux soldat était tout illuminée de bonheur et d'orgueil.

« Mon enfant, reprit-il, vous apprendrez bientôt à connaître le Champenois par notre régiment, qui est une petite Champagne. Mais il y a plus : votre instruction touchant nos mœurs, nos habitudes, nos passions, notre physionomie de peuple enfin, va trouver un moyen infaillible de se perfectionner. En vertu des traités passés avec les armées étrangères, la légion de l'Aube va relever les Prussiens qui occupent la ville de Mézières, Mézières, mon cher ami, chef-lieu d'un département dont le territoire était jadis la haute Champagne ; car les Ardennais ont beau dire, ils sont Champenois. Pour vous rendre à cette destination, vous traverserez les anciens bailliages de Meaux, de Château-Thierry et de Reims, qui sont encore de vieux Champenois. Là, vous pourrez voir quel espoir anime le peuple, et, enfin, dans la ville forte de Mézières, dans cette fière et rude citadelle que des canonniers bourgeois défendirent, en 1815, contre une armée de Prussiens, de Hessois et de Wurtembergeois, en leur tuant cinq mille hommes, et en n'ouvrant leurs portes qu'aux plus honorables conditions, vous finirez par savoir ce que c'est qu'un Champenois. Vos courses à Troyes, où nous avons le dépôt du corps, et dans les autres villes de l'ancienne province de Champagne, où vous irez à votre tour chercher des détachements de recrues, feront le reste.

— Oui, monsieur Tabellion, répondis-je respectueusement.

— Tout a changé de face en France, mon cher camarade. Le Champenois d'autrefois était, comme le reste des habitants du royaume, le vassal d'une foule de grands seigneurs en habits brodés, avec le thorax orné du fameux ruban bleu. Oh ! il fut un temps où l'on pouvait dire, en tronquant le proverbe qui vous a valu un coup d'épée : « Quatre-vingt-dix-neuf moutons et un Français font cent bêtes. » Alors, mon jeune ami, le Champenois avait pour gouverneur suprême monsieur le duc de Bourbon ;

il saluait MM. d'Argenteuil, d'Ecquevilly, de Choiseul-Labaume et de Ségur comme lieutenants généraux des bailliages de Langres, Troyes, Vitry, Chaumont, etc., etc. Les gens chargés de prier pour lui et de lui faire son salut ne manquaient pas; ils étaient assez bien payés pour cela, et je veux croire qu'ils gagnaient leur argent. A leur tête venait monseigneur angélique de Talleyrand Périgord, archevêque de Reims, dont la position ecclésiastique, taxée en cour de Rome à 4,750 florins, rapportait 50,000 livres; César de la Luzerne, archevêque de Langres, taxé en cour de Rome à 9,000 florins, se faisait 52,000 livres de rentes en bénissant le Champenois. Troyes, la ville champenoise par excellence, avait moins de piété ou moins de biens consacrés aux princes de l'église. Joseph de Barras, archevêque de cette ville, taxé en cour de Rome à 2,500 florins, n'encaissait dans sa sainte escarcelle que 14,000 livres par an. Aujourd'hui le Champenois est libéral, passablement voltairien : il se contente de rendre le pain bénit quand son tour est venu. Mais, je vous le répète, vous apprendrez à le connaître au régiment, et, ensuite, dans le voyage tout à fait champenois que vous allez faire aux frais du gouvernement et à pied. A propos, je vous engage à quitter vos jolies bottes de Sakoski pour faire route. Procurez-vous une paire de souliers forts et larges et des guêtres de toile : l'étape de Reims à Réthel a près de onze lieues; et vous savez que les bottiers de Paris ne travaillent pas pour les gens qui marchent. »

Après avoir ainsi parlé, Tabellion me serra la main, releva mon oreiller, renoua autour de ma tête le foulard, plus ou moins indien, qui me servait de bonnet de nuit; ensuite, il me fit boire quelques gouttes de la potion ordonnée par le docteur, et, selon son habitude économique, il alla se coucher sans chandelle.

Ma blessure ne me retint au lit que huit jours, et, un beau matin, je fis ma première apparition dans la chambrée de ma compagnie en qualité d'officier de semaine. Les soldats ne me connaissaient pas : ils n'avaient été en contact avec moi qu'à la fameuse petite guerre du Champ-de-Mars, journée mémorable à la veille de laquelle je m'étais présenté chez le colonel. Celui-ci m'avait fait reconnaître le lendemain devant mon bataillon avant le départ pour le champ de manœuvres. J'étais, je vous le répète, officier de semaine; or, pendant huit jours, j'allais inspecter, observer, punir, encourager quatre-vingt-dix Champenois pur sang; de plus, rendu aux habitudes assez vastes de mon appétit et de ma soif, j'allais prendre mes repas avec une trentaine d'officiers presque tous enfants de la Champagne. Cette double impatronisation chez des soldats et des officiers me mettait tout de suite en rapport avec la classe populaire et bourgeoise du peuple dont aujourd'hui je vous entretiens, lecteurs innombrables des FRANÇAIS.

En ma qualité de prolétaire et de démocrate, je commencerai par vous parler de la classe populaire, c'est-à-dire des soldats, vulgairement appelés officiers de guérite. A mon entrée dans le vaste dortoir de mes subordonnés, le premier d'entre eux qui m'aperçut donna aux autres l'avertissement d'usage. A ce signal, tous les habitants de la chambrée allèrent se placer au pied de leur lit; puis, droits, immobiles, silencieux, le bonnet de police sous le bras, ils attendirent mes ordres souverains. Cette manière de recevoir un bambin de dix-sept ans, porteur d'une épaulette, ne vous semble-t-elle pas quelque peu russe? pour mon compte, j'aime à croire qu'elle a été supprimée dans les armées du roi des Français. Je ne vois pas trop pourquoi le soldat ne serait pas maître chez lui comme le charbonnier.

J'avais déjà fait quelques observations à la légère sur le personnel de la légion de l'Aube dans l'enceinte du Champ-de-Mars, elles furent corroborées par celles que je fis dans le sein de ma compagnie. Il est bien entendu qu'il ne s'agit que d'observations sur des choses physiques ; à cette époque je n'en pouvais pas faire d'autres. Je remarquai donc que le Champenois de l'Aube est en général un homme de taille moyenne, quelquefois même au-dessous de cette taille. Si vous faites votre examen avec un soin de recruteur, vous trouvez que le Champenois de l'Aube, né dans la partie nord et nord-ouest de ce département, dite *la Champagne Pouilleuse*, porte en lui quelques signes caractéristiques, reflets de la pauvreté de cet ingrat coin de la France, tandis que le Champenois de Troyes et de tout le territoire au sud et au sud-est de cette ville semble, au contraire, vous donner une idée des richesses de sa terre natale par sa démarche assurée, sa bonne mine et ce je ne sais quoi de réjoui, de vivace, de pétillant qui annonce l'heureuse habitude de boire du bon vin. La même différence se fait remarquer dans les habitants du département de la Marne, autre partie de l'ancienne province de Champagne. Mais, dans la haute Marne, dont quelques parties frontières se confondent avec les Vosges et la Franche-Comté (la Comté, comme on dit dans le pays), vous voyez dans le Champenois cette vigueur, ce développement hardi de la taille qui révèle une mère-patrie aux montagnes escarpées, à l'air vif et salubre.

C'est surtout chez l'habitant de l'Ardenne, autrefois la haute Champagne, que l'homme vous apparaît fort, agile, avec une physionomie sévère et martiale. Vous reconnaissez tout de suite en lui les traces d'une jeunesse passée à courir sur le flanc des montagnes, à grimper aux vieux et nobles arbres des forêts qui couronnent les hauteurs du pays. Parle-t-il, vous comprenez que ce Champenois-là a grandi à l'ombre des vieux bastions de Sédan, de Mézières, de Rocroy, de Charlemont ; qu'il a joué aux boules dans les arsenaux avec des bombes, des obus au rebut : qu'il a été élevé dans des traditions de siéges, de batailles ; qu'il a appris le maniement du fusil et la manœuvre du canon de lui-même et sans efforts; tandis qu'il lui a fallu un curé et un maître d'école pour apprendre le catéchisme et l'art de parler et d'écrire correctement. L'Ardennais est marcheur opiniâtre, et Dieu sait, et moi aussi, sur quels chemins rocailleux, inégaux, il se forme à l'exercice du piéton. Dans la plus grande partie du département, le jeune paysan ne peut grimper sur un arbre pour dénicher des œufs de merle, ou pour voler des pommes à son prochain, sans voir au loin les remparts, les bastions des villes de guerre que nous avons nommées plus haut. Souvent, pendant qu'il apprend, sous son père, à semer le grain, ou à faucher le foin des prés, il entend au loin ces vieilles forteresses qui font gronder leur grosse artillerie, ou bien les régiments qui les gardent faire l'exercice à feu au pied des remparts. Alors Lucas ou Guillot prête l'oreille, s'appuie sur le manche de sa faucille, et le voilà qui rêve à Napoléon et à ces Prussiens auxquels l'habitant des pays frontières a voué une haine si profonde. Il y a plus : si, d'aventure, Lucas ou

LA CHAMPENOISE.

Guillot est né sans l'instinct de la guerre, chose rare dans la haute Champagne, son père ne manquera pas de lui monter la tête en lui racontant le siége de Mézières, défendu par des bourgeois auxquels femmes, filles et sœurs venaient courageusement apporter la soupe sur les remparts où pleuvaient les boulets de la Sainte-Alliance. Admettons encore que le père du paysan s'abstienne de ces récits, il arrivera un aïeul, ou un grand-oncle, qui dira à l'enfant les merveilleuses histoires du camp de la Lune et les hauts faits des volontaires des Ardennes lors des premières campagnes de la révolution. L'Ardennais, ou, pour mieux dire, le haut Champenois, est élevé au milieu des images et des traditions de la guerre. On fabrique des armes dans son pays, on y élève des chevaux pour la cavalerie légère ; le service de la garde nationale y est pris au sérieux, et on n'y fait pas de plaisanterie sur tel guerrier citoyen dont l'abdomen tourne au baril, parce qu'en supputant l'âge de ce soldat ridicule, on peut sûrement penser qu'il a défendu, en 1815, Sédan, Rocroy, Mézières ou Charlemont. Dans l'Ardenne, on exècre les Belges qui ont dansé des farandoles sur les fosses où dorment nos soldats de Waterloo ; les Belges qui ne vivent que par nous et qui nous haïssent ; les Belges qui n'ont pas su même se faire une littérature, et qui volent la nôtre avec une si étonnante impunité. Le Champenois, dans l'Ardenne, est un homme rude, froid, honnête, patriote. Le jour où vous ne verrez plus son fusil suspendu au-dessus de la cheminée de sa chaumière, c'est que la guerre aura commencé, et que les commandants des villes fortes auront fait demander de bons tireurs dans le pays. L'Ardenne, lecteurs, c'est cette contrée un peu sauvage, à la physionomie écossaise où, un jour de l'an 1815, un corps de Wurtembergeois, ayant repoussé la garnison de Mézières qui avait fait une sortie, trouva un tirailleur français qui, adossé contre un arbre, tirait obstinément, chargeant et déchargeant son fusil avec la tranquillité d'un soldat à la manœuvre.

« Pourquoi n'as-tu pas cédé au nombre comme tes camarades ? » dit un officier ennemi à l'opiniâtre tirailleur.

L'Ardennais rit au nez du militaire wurtembergeois, et, avec le bout fumant de son arme, il lui montra ses jambes.

C'étaient deux jambes de bois.

« Comment te nommes-tu ? Qui es-tu ?

— Je suis le capitaine Gauthier. J'avais six pieds autrefois, mais les Autrichiens m'ont diminué à Essling.

— Tu manques de pain sans doute, puisque tu fais l'état de soldat, mutilé comme tu l'es ?

— Moi ? outre ma pension et ma croix, j'ai 6,000 francs de rentes. Si vous parvenez à prendre Mézières, ce dont je doute, vous verrez ma maison, rue du Pont-de-Pierre. C'est la plus belle. »

M. Gauthier fut reconduit jusqu'au pont-levis de Mézières, par ordre de l'officier wurtembergeois. Un Belge l'eût tué.

Or le capitaine Gauthier, tout Paris l'a connu. C'était le superbe homme, à la figure ouverte, qui se promenait tous les jours sur les boulevards et au Palais-Royal, appuyé sur sa canne et sur deux jambes de bois, et qui fonda, au bout de la galerie du café de Foy, le cabinet de lecture connu sous le nom de *la Tente*. Les journaux ont annoncé, il y a quelques mois, la mort du capitaine Gauthier.

Ainsi ne vous méprenez pas sur le haut Champenois de la ville et de la campagne. Il s'occupe de la fabrication de draps fins et de casimirs à Sédan; il fait des castorines, des châles de laine façon cachemire, il brasse de la bière, il forge du fer dans ses hauts fourneaux; il sème des céréales, il récolte des pommes de terre et des pommes à cidre; mais, derrière toutes ces occupations paisibles, il y a un soldat. Je me rappelle encore les regards jaloux que les officiers de l'Aube jetaient sur les compagnies de grenadiers de la légion des Ardennes, lorsque ce beau corps traversa Mézières où nous tenions garnison.

Mais n'allez pas croire non plus que toutes les vertus militaires et patriotiques du Champenois soient retirées chez les seuls Ardennais. La Marne, la Haute-Marne et l'Aube ont aussi leur élan. Là, le Champenois a aussi fait ses preuves, et il les ferait encore; mais, plus éloigné de la frontière, moins accoutumé au cliquetis des armes, il ne sera soldat que lorsque la nécessité lui aura dit : Marche! Alors vous verrez arriver dans les chefs-lieux les gros joufflus de l'Aube et de la Marne, et ces grands gaillards des confins de la Haute-Marne, qui touchent à la Franche-Comté, ces belles pousses humaines que Napoléon enrégimentait toujours dans ses grenadiers à cheval.

Mais nous n'avons nullement le projet de vous esquisser une Champagne militaire; je poursuis le récit de mes observations sur la Champagne prise en général.

Le corps d'officiers de la légion de l'Aube, à l'exception de quelques jeunes élèves des écoles militaires et de deux ou trois gardes du corps qui avaient voulu faire leur chemin dans l'armée, était composé de Champenois. Il y en avait de l'Aube, de la Marne, de la Haute-Marne et même de l'Ardenne; n'ayant pu entrer dans les légions de leur département, ils s'étaient glissés dans celle de l'Aube, qui est toujours la Champagne. Figurez-vous une pépinière d'hommes vigoureux, noirs, bronzés, de trente-cinq à cinquante ans, ayant tous été simples soldats, ayant tous une histoire à vous raconter sur les guerres de l'empire. Moi qui, malgré mon très-jeune âge, avais déjà fait le métier de sous-lieutenant dans le Midi, pêle-mêle avec des Provençaux, des Languedociens et des Ariégeois, je fis tout de suite une différence entre ces méridionaux et les Champenois. Je remarquai que ces derniers racontaient sans métaphore, sans embellissement, sans la moindre mise en scène, les accidents de leur vie militaire; qu'ils ne poussaient pas d'éclats de voix à réveiller les morts, qu'ils ne roulaient pas les yeux comme les chats quand ils ont la colique. Je trouvai dans ces hommes cette retenue, cette dignité, ce soin à ne pas se compromettre qui distinguent l'homme du Nord. Dans ce personnel intéressant, on voyait les deux frères Dusnay, tous deux partis simples soldats sous la république, et revenus capitaines à la paix, avancement modeste qui avait coûté plus de sang, de coups de fusil et d'épée, plus d'héroïque résignation, que celui de tel général de division. Dans cette phalange champenoise vous ne manquiez pas de remarquer notre intrépide porte-drapeau, le sous-lieutenant Gérard. Gérard, officier tout juste, comme on dit dans l'armée, avait pourtant commencé sa carrière de soldat en 1792. Il savait un peu lire, écrire, compter, et, malgré cette haute science, il était resté enfoui dans la classe des sous-officiers pendant la plus grande partie des guerres. Il avait fallu, pour qu'il parvînt à l'épaulette, que le maréchal Soult, en 1815, fatigué d'entendre citer Gérard par toutes les bouches de son corps d'armée, se fît présenter le sergent porteur de ce nom devenu populaire. Noir, ridé, plus droit qu'un mât de cocagne, Gérard, porteur d'une blessure récente qui se divisait en cinq branches bien marquées sur sa joue droite, salua le duc de Dalmatie.

« Qu'est-ce à dire ! cria le maréchal après avoir dévisagé le sergent; c'est une main ou une patte qui t'a blessé à la joue. T'es-tu battu avec un loup, ou bien, toi qui portes un sabre, as-tu eu un duel à coups d'ongles comme une femme ?

— Mon maréchal, ceci vous représente, comme vous le dites, cinq coups d'ongles ; mais ce n'est pas en duel que j'ai gagné ça. D'abord, je ne me bats plus en duel : j'ai la main malheureuse, et je garde ça pour l'ennemi.

— Mais, enfin, cette horrible égratignure ?

— Voilà la chose. L'aut' jour j'ai débusqué un tirailleur espagnol qui s'était blotti derrière un taillis et qui tuait des Français à son aise. L'ayant pris par derrière, le descendre n'eût pas été loyal, et je me contentai de l'étourdir au moyen d'un coup de crosse sur le caisson, et je pris ses armes. L'Espagnol est dur, c'est connu. Quand le mien eut rouvert l'œil, je me baissai vers lui, en disant :

« Estimable *carajo*, rends-toi. Il ne te sera fait aucun mal.

« Mais pas du tout : le mangeur de pois chiches me prend le toupet d'une main, et de l'autre il me fait cinq gravures sur la physionomie. Il vous le dirait lui-même, l'effronté, si je ne l'avais pas tué dans un moment de dépit. »

Gérard fut nommé officier en 1815. Il avait tant fait de campagnes, qu'il lui était impossible de les mentionner dans un ordre chronologique. D'une force extraordinaire à l'épée et au sabre, il supportait avec une patience de saint les impertinences de ses frères en Jésus-Christ, et son mot favori, quand nous nous querellions entre nous à la table des officiers, était : « La paix ! la paix, mes enfants ! » Quelques jours avant notre départ, il fut question du remplacement de Gérard, sa sous-lieutenance ayant été donnée dans les bureaux à un fils de famille. Gérard, apprenant cela, dit tranquillement au colonel : « J'avais une chaumière à deux lieues de Troyes, les Cosaques l'ont brûlée. Ils ont tué mon père ; quant à ma mère, je ne sais pas ce qu'ils lui ont fait, mais elle est morte aussi. Je n'ai donc plus d'autre maison que le régiment, et j'y reste. » Grâce aux sollicitations de notre inspecteur général (M. le comte Claparède), Gérard ne quitta pas sa maison.

Hélas! où sont-ils tous ces bons vieux Champenois, ces braves gens qui avaient deux fois mon âge, dont les titres militaires étaient si beaux, et qui traitaient avec moi d'égal à égal? Où est mon vieux capitaine, le flegmatique, le vénérable Michaux, qui avait quitté Nogent-sur-Seine alors que la vieille monarchie existait encore, électrisé par les récits tout à fait mythologiques d'un racoleur? Le capitaine Michaux était déjà sous-officier quand l'Europe déclara la guerre à la république française. Sa bravoure, ses longs et brillants services ne lui valurent que l'épaulette de capitaine, mais il disait toujours qu'il était assez récompensé. Cherchez parmi les sages de la Grèce, parmi tous les saints du calendrier : jamais vous ne trouverez une pa-

tience, une douceur, une bonté à poste fixe comme chez le capitaine Michaux.
Avais-je, en qualité d'officier de semaine, à faire l'inspection de la compagnie, le
dimanche? eh bien, je ne la faisais pas. Le capitaine, avec l'exactitude du chrono-
mètre, arrivait à dix heures pour passer la sienne, et, quand il avait fini, je lui
disais effrontément :

« Eh bien, capitaine, l'équipement et l'armement sont-ils en état? »

Et le brave homme, au lieu de m'envoyer aux arrêts, me répondait poliment :

« Oui, mon cher monsieur, oui. Rien ne manque.

— A la bonne heure, » disais-je d'un ton fat.

Oh! comme un capitaine provençal ou gascon eût dénoncé mon impertinence au
colonel !

C'était encore le capitaine Michaux qui, lorsque nous lui demandions comment,
en Égypte, lui et ses camarades avaient pu s'échapper des mains des Mamelucks qui
les avaient surpris un jour et faits prisonniers, nous répondait avec un accent doux
et humble :

« Dame! il fallait bien en finir! Nous allions tous avoir la tête coupée! On préparait
une grande fête pour cela. Nous nous dîmes : Aux grands maux les grands remèdes.
On nous avait parqués dans une espèce de village. Une belle nuit nous quittâmes
sans bruit nos grabats, et, armés de nos seules mains, nous tombâmes sur les guerriers qui nous gardaient. J'en étranglai un et je pris son sabre. Ainsi firent mes camarades... un tas de Champenois dont notre demi-brigade était formée... puis en
route !

— Mais on pouvait vous poursuivre !

— Ah! non, répliqua le capitaine Michaux tranquillement, nous avions mis le
feu au village... et puis nous avions égorgé tous les habitants. Nous avons eu bien
de la besogne ce jour-là. »

La légion de l'Aube, comme me l'avait annoncé Tabellion le Sage, quitta Paris
pour aller à Mézières relever les Prussiens. Les dames de Toulouse embrassaient les
Anglais de Wellington, leurs maris dénonçaient aux cours prévôtales les brigands de
la Loire ; les Provençaux assassinaient les soldats français ; les Champenois exécraient
les Prussiens et nous firent une réception fraternelle. Les vieux impériaux retraités
oubliaient même, en nous voyant traverser les villes et villages où ils se reposaient
par décision royale, la couleur blême de nos cocardes et de nos habits. « Blancs ou
tricolores, disaient-ils, ce sont des frères ! » Et ils apportaient du vin à nos soldats,
et ils écoutaient en pleurant les batteries nationales de nos tambours. Depuis mon
entrée en Champagne, j'ai cessé de dire : Quatre-vingt-dix-neuf moutons et un Champenois font cent bêtes.

Le Champenois de 1840, sans avoir oublié ces traditions de patriotisme, a dû
suivre la marche des événements. L'influence de cette longue paix qui fait le bonheur ou le malheur — ad libitum — de la France, a eu son action sur lui. Il s'est
fait industriel, fabricant, et il ne le cède en rien aux industriels et aux fabricants
du reste du pays. Et bien plus qu'eux il a eu de la peine à créer, à fonder ; car rap-
pelez-vous dans quel état de misère et de dévastation la Champagne est sortie des

épreuves de 1814 et de 1815 ! Tout le poids de la guerre a été pour elle. Le Champenois a été pillé, brûlé. Conduit à grands coups de bois de lance, il a servi de guide, de cuisinier, de domestique aux Cosaques. Ses villes manufacturières et commerciales, changées en arsenaux, en hôpitaux militaires, ont perdu l'habitude et les notions de l'industrie. Le Champenois a vu ses métiers, ses fonderies brisés, détruits. La guerre, et quelle guerre, mon Dieu ! a détourné les intelligences du travail, et, par suite, de ces inventions, de ces découvertes qui sont pour une province une source de richesse et d'illustration. A la place des mécaniques pour tisser la laine, des canons ; aux lieux où les hauts fourneaux, les forges de la Haute-Marne fabriquaient le fer, des ambulances, des dépôts de prisonniers ; dans le département de la Marne, dont par parenthèse le chef-lieu devrait être Aï, les bras ont manqué pour la culture de ce raisin illustre, historique, glorieux, qui produit le vin mousseux ; dans l'Aube, où chaque paysan a dans sa cabane un métier à faire des bas, cette industrie a dû mourir, car les bonnetiers en coton étaient devenus soldats, et puis d'ailleurs les Cosaques aimaient beaucoup à casser les métiers.

Eh bien ! le Champenois ne s'est-il pas relevé noblement ? Sédan, messieurs de la médecine et de la judiciaire, ne vous tisse-t-il pas de magnifiques draps noirs ? Le bonnetier parisien a rivalisé avec le bonnetier de l'Aube, mais nous ne pensons pas qu'il l'ait surpassé. Le vin de Champagne a-t-il perdu de sa qualité ? Le Champenois a-t-il lâchement laissé en friche les vignobles qui produisent la noble liqueur des Riceys, d'Aï, d'Épernay, de Bousy, et de tant d'autres crus distingués ? Le Champenois de Reims, ô jeunes lions de la métropole, ne vous fabrique-t-il pas de ravissantes étoffes pour gilets !... Mais nous dépasserions les bornes de notre travail, si nous voulions mettre en relief le Champenois industriel. Disons seulement qu'il marche l'égal des autres grandes familles françaises, et qu'il a eu plus de mal qu'elles à atteindre ce but.

Le type de l'ancien Champenois n'a pas conservé sa pureté originelle — accent, patois, mœurs, habitudes locales — , comme, par exemple, celui du vieux Normand. Ceci s'explique par la position géographique de ces deux races : le Normand, avec son parler traînard, sa dévotion de matelot à telle ou telle vierge, avec ses beaux gars à la niaiserie un peu jésuitique, le Normand enfin tel que va vous le dépeindre notre spirituel collaborateur Émile de la Bédollierre, a derrière lui un rempart formidable, immense, qui l'isole des autres populations : ce rempart, c'est la mer. La mer, certes, n'arrête les navires d'aucun pays, et dans toute sa longueur sur la côte de Normandie elle amène à cette province de France des familles de tous les pays, qui pourraient, en s'établissant sur ces rivages, modifier à la longue la physionomie typique du Normand. Ces familles se composent de matelots, race qui aime à courir le monde, mais qui ne veut se fixer, prendre ses invalides, que dans son pays. On débarque la cargaison et on s'en va. Il est donc juste de dire que la mer, pour le Normand comme pour toutes nos populations maritimes des côtes, est à la fois une cause de relations avec d'autres peuples, et en même temps d'isolement complet. Du côté de la Picardie, le Normand est un peu Picard ; du côté de la Bretagne, il est un peu Breton ; du côté du Vexin, un peu paysan de l'Ile-de-France ; mais le cœur du pays est normand, pur normand. Il en est de même pour le Breton.

Mais le Champenois vit dans un territoire ouvert de tous les côtés, sillonné par mille routes qui amènent dans le pays le Franc-Comtois qui cherche des fardeaux à porter, l'Alsacien et ses innombrables enfants ; au nord, au sud, à l'ouest, à l'est, la Champagne voit s'infiltrer chez elle une foule d'hommes, de dialectes, d'habitudes, qui modifient, altèrent son type primitif. Je ne dis pas qu'il n'y ait plus de Champenois sous le soleil : celui que je vous ai montré conserve encore une assez belle physionomie. Mais enfin, dans cette Normandie dont je vous parlais tout à l'heure, vous retrouverez encore le vassal de Guillaume le Conquérant ou de Jean-sans-Terre ; vous aurez de la peine à trouver en Champagne celui des Thibault.

Du reste, ce qui, bien certainement, aux yeux de l'observateur, conservera au Champenois son caractère d'indélébilité, c'est cette humeur martiale, cette haine de l'étranger dont nous avons parlé tout à l'heure, et le vin blanc mousseux d'Aï. Ne riez pas de ce que je vous dis là. D'abord je vais vous donner les pièces à l'appui. Ensuite, ne supposez pas que je parle ainsi par amour pour le vin de Champagne, car vous tomberiez dans une grave erreur ; je déteste ce breuvage bruyant, bavard, qui tord le système nerveux, ne produit que des calembours et une gaieté épileptique, sans répandre dans l'estomac cette chaleur vivifiante, ou bien cette délicieuse quiétude que vous donnent le vin de Beaune et celui de Bordeaux. Mais je ne peux avoir raison contre tout le monde ; or, tout le monde aime le vin de Champagne : *ergo,* vive le vin de Champagne !

Mais à propos de cette liqueur tant vantée, parlons encore du propriétaire qui le récolte, et du courtier ou du commis-voyageur qui le débite dans les quatre ou cinq parties du monde.

Le Champenois vigneron, si vous allez lui rendre visite dans ses propriétés d'Épernay, vous fera une réception, établira tout de suite avec vous des rapports qui ne seront plus du tout ceux du propriétaire de la haute et basse Bourgogne et de la Côte-Rôtie. Dieu garde que je dise jamais de mal du Bourguignon, dont j'adore le vin, et de la Côte-Rôtie à quelques pas de laquelle je suis né ! mais, dans ces localités, le vin est fort, brutal, un peu épais, et le vigneron est comme son vin. Le Champenois, au contraire, semble jouir d'une nature qui participe de celle de son vin coquet et distingué. L'accueil que vous recevrez de lui sera confortable dans toute l'étendue de cette expression, désormais française. Il ne vous fera manger que de petits pieds, il vous prêtera son fusil pour aller à la chasse, et il vous parlera de Rubini ; vos observations critiques sur le vin mousseux seront reçues sans le moindre fiel, et, pour seule vengeance, le vigneron champenois en fera apporter une autre bouteille. Au sud-est de la France nous sommes plus rudes que cela.

Maintenant descendez un échelon, et allez-vous-en à Bercy, à l'entrepôt ; examinez messieurs les commis-voyageurs, courtiers, arrivés là de Bourgogne pour alimenter la grande soif de Paris. Si vous tenez absolument à un langage relevé, à des manières gracieuses, vous ferez tout aussi bien de rester chez vous ; mais si vous ne craignez pas, pour déguster l'auxerrois ou le mâconnais, de boire dans la tasse d'argent après un grand gaillard haut en couleur, et qui a ôté de sa bouche une pipe noire et enfumée, pour déguster avant vous, alors faites la course vers les immenses halles au vin. Vous trouverez une pépinière de gros garçons, rassemblés en groupes sur le long quai de Bercy, comme les ogres de la Bourse devant le café Tortoni. La plupart portent les favoris en collier, une redingote brune, des pantalons sans sous-pieds. Ils fument et boivent comme des Allemands, et ils ont fait une réputation universelle aux tristes matelotes du lieu. Si vous hasardez dans ces régions un mot équivoque sur le vin d'Auxerre — et en conscience vous en auriez bien le droit — vous courez le risque de prendre un bain dans la Seine, ou de rentrer dans Paris avec une hypertrophie du nez ou de l'œil. Si, au contraire, vous vous faites des relations amicales, il vous faudra absolument faire un déjeuner monstre dans l'un des cabarets du bord de l'eau, manger six côtelettes, une sole en matelote normande et de la salade à l'ail ; il vous faudra entendre le récit des bamboches d'un voyageur pour les vins, Alcibiade de Joigny, et la terreur de toutes les servantes d'auberge de la haute et basse Bourgogne. Il vous faudra en entendre un autre raconter comme quoi il lève cent cinquante kilos à bras tendus; comme quoi, encore, il a défié les alcides, qui n'ont pas accepté le cartel ; ensuite, vous serez forcé de jouer le café aux dominos ou bien à l'impériale.

Le Champenois commis-voyageur pour les vins du cru n'a rien de commun avec les mœurs à la houzarde. Il loge dans un hôtel garni de la Chaussée-d'Antin ou du quartier de la Bourse ; il déjeune au café Cardinal ou chez Douix, et il dîne chez Véfour. Il a horreur de l'intempérance : c'est un convive au goût fin que les gras morceaux et les libations immenses révoltent. Sa conversation n'a rien de croustillant : il méprise beaucoup les anecdotes de diligence et d'auberge, et il ne porte pas envie à la force musculaire des alcides. Il ne parle de *son article* que modérément, et il le débite pour l'ordinaire dans les salons, dans les promenades, au foyer de l'Opéra, après une conversation dans laquelle il a mis finement sur le tapis les vertus du vin de Champagne mousseux ; il termine toujours l'entretien en disant d'un air insouciant : *Je vous en adresserai une caisse; mais, de grâce, ne vous croyez engagé à rien quand vous l'aurez reçue.* En parlant ainsi, il boutonne ses gants blancs, ou il joue avec son lorgnon ; puis, laissant là le vin d'Aï, il vous parle des chevaux de lord Seymour, ou des eaux minérales de Bagnères.

Maintenant faisons ensemble un château en Espagne, lecteurs des FRANÇAIS.

Imaginons un pays dont le souverain, comme THIBAULT IV, serait l'un des meilleurs poëtes de la contrée, et s'appliquerait à répandre sur son peuple les bienfaits des arts et de la liberté. A la tête des conseils de ce prince modèle, placez COLBERT ; ensuite, parmi les seigneurs suivant la cour et destinés à faire école d'esprit et de courtisanerie maligne, admettez le cardinal de RETZ. Les puissances voisines, jalouses de votre prospérité, vous menacent-elles de la guerre, je vais vous donner un généralissime dont le nom vous rendra confiants et fiers : TURENNE! Mais les hostilités sont finies ; songeons, après la gloire, à la richesse industrielle de l'état. Bien. Alors je vous donnerai TERNAUX pour ministre du commerce, et puis nous jetterons dans la contrée ces monuments qui donnent de l'orgueil au citoyen, ces statues qui transmettent d'âge en âge les traits des grands hommes : alors GIRARDON et BOUCHARDON se feront apporter du marbre dont ils feront sortir les images de vos généraux, de vos poëtes, de vos personnages illustres. MIGNARD, armé de sa palette, fixera sur la toile les traits de vos jolies femmes, et il peuplera le Palais-Royal d'une foule de figures historiques. Gloire des champs de bataille, du commerce, de la sculpture, de la peinture, c'est beaucoup sans doute. Que de populations qui n'en ont qu'une de celles-là à leur service! Mais ce n'est pas assez pour nous, non vraiment! il nous faut un peu de musique : une nation n'est pas complète si elle n'a pas un Opéra. A la tête du nôtre, je placerai MÉHUL, et vous pourrez dire que vous avez une belle et noble école d'harmonie. Dans une ville qui ne fait pas positivement partie de votre territoire, mais qui jadis y fut enclavée au temps des généralités et des bailliages, j'irai chercher le bonhomme LA FONTAINE qui fera des fables pour vos petits enfants. Enfin, si cet état de choses, si ce roi, ce ministre, cet industriel, ce généralissime, ces sculpteurs, ce peintre, ce musicien, ce poëte fabuliste vous paraissent suffire à la célébrité d'une nation, nous prendrons pour historien de ce peuple fortuné, de cette terre promise, un homme dont le nom va vous plaire tout de suite, j'en suis sûr : DIDEROT.

Amis lecteurs, tous les hommes qui viennent de peupler ce beau rêve que nous avons fait ensemble sont nés en Champagne.

Que pensez-vous maintenant de ceux qui disent : Quatre-vingt-dix-neuf moutons et un Champenois font cent bêtes?

                                                A. RICARD.

LE FRANC-COMTOIS.

Jacquet.

VANT la révolution française, rien n'était plus aisé que de mettre en relief les traits spéciaux de chacune des provinces dont la réunion constituait le royaume. Elles avaient pour la plupart, conservé, avec les anciennes limites, des coutumes particulières, des usages, des mœurs, des idiomes que l'organisation politique actuelle et la facilité des communications n'avaient point effacés. Le patriotisme même était restreint à la terre où l'on était né, les rivalités s'exerçaient de proche en proche, l'ennemi du Bourguignon était le Lorrain, le Gascon escarmouchait le Provençal, et l'on se jalousait de ville à ville, comme cela se pratique encore entre Bruges et Anvers, entre Bruxelles et Gand.

Depuis la classification départementale et les guerres de l'empire, les signes distinctifs des divers pays ne sauraient plus être exposés comme des faits simples dont on aperçoit les raisons tout d'abord, car les gens sérieux, cherchant en vain les causes trop éloignées de ces effets, demanderaient que l'esprit illuminât les ténèbres de la lettre.

Or, dans cette circonstance, l'esprit, c'est l'histoire, sans laquelle l'étude du caractère d'un peuple, dénuée de liens, de déduction logique, et présentée comme une série d'accidents fortuits, n'aurait point d'attrait. Le Franc-Comtois réunit tant de traits opposés, ce type est tellement hybride, que si avant que de l'esquisser on oubliait de jeter un coup d'œil sur les événements dont il est le produit, on risquerait d'égarer le lecteur sans l'intéresser.

L'ancien comté de Bourgogne, définitivement réuni à la France en 1674, fit jadis partie du second royaume de Bourgogne, qui resta dans la mouvance française jusqu'en 879, où les seigneurs bourguignons l'arrachèrent à l'empire des Carlovingiens en proclamant leur duc Boson, roi d'Arles et de Provence. Au siècle suivant, on forma un quatrième royaume de Bourgogne, et Raoul Ier, de la maison de Stratlingen, fut sacré à Saint-Mauris en Valais. Cet état finit en la personne de Raoul III qui mourut sans hoirs en 1059, laissant son héritage à Henri II empereur d'Allemagne, époux de sa sœur. Voilà comme la Franche-Comté devint fief impérial et fut soustraite à la loi salique. La haute Bourgogne était depuis l'an 1000 ou environ régie par des comtes de la maison de Vienne, qui tendaient à secouer la suzeraineté germanique. Après un siècle d'efforts, ils y réussirent, et Rainauld III, dernier prince de cette race, affranchit de toute vassalité son pays, qui prit alors dit-on (1124), le nom de FRANCHE-COMTÉ.

Puis il trépassa, léguant sa fille avec ses domaines à Frédéric de Souabe qui par son élection à l'empire, replaça sous la protection allemande cette province qu'il abandonna à son fils Othon. La fille de ce dernier apporta ce pays à la maison de Méranie, d'où il passa successivement à celle de Savoie, à celle de Vienne, aux comtes d'Artois, à Philippe le Long, roi de France, aux premiers ducs capétiens de Bourgogne, à Marguerite d'Artois, à Louis Malain comte de Flandres, et enfin à sa fille Marguerite qui l'apporta en dot, avec la Flandre et l'Artois, à Philippe le Hardi, fils du roi Jean, et tige de la dernière et illustre maison de Bourgogne.

Par cette union, le duché et le comté furent réunis jusqu'en 1477. Après la mort du dernier prince (Charles-le-Téméraire), le fief français retourna à la couronne suivant la loi salique, et la Franche-Comté qui tombait en quenouille resta, malgré les efforts de Louis XI, en la possession de Marie fille du dernier duc, mariée à Maximilien d'Autriche, aïeul de Charles-Quint.

C'est ainsi que, jusqu'en 1674, cette province est devenue, comme les Pays-Bas, un fief espagnol gouverné par les archiducs du Brabant.

A travers ces bouleversements politiques, d'autant plus sanglants que chaque succession amenait une guerre, le caractère du Franc-Comtois a subi des modifications fréquentes. Deux fois dépeuplé, sous Louis XI et sous Louis XIII où trois armées le rongeaient jusqu'aux racines, le comté de Bourgogne reçut des colonies d'Allemands, d'Italiens et d'Espagnols. Comme ce pays était protégé par des franchises, les juifs y abondèrent, et une ville entière, Salins, leur fut presque abandonnée jusqu'au temps de la domination des rois catholiques. La cauteleuse tolérance de Charles-Quint y fit affluer les réformés. La noblesse, la plus guerrière, la plus féodale du royaume, demeura cantonnée dans les châteaux-forts dont les vestiges se hérissent encore sur la cime des montagnes, jusqu'au règne de Louis XIV qui les renversa tous. Fière, intraitable, elle soutint des guerres de partisans dans le Jura durant plusieurs siècles, et lors de la conquête, elle était absolument ruinée.

Telles sont les influences politiques sous lesquelles nous verrons se former le naturel des Comtois. Si nous ajoutons à ces causes accidentelles l'influence permanente de la nature du sol, de la structure générale de la province, nous arriverons, en esquissant la physionomie générale du Franc-Comtois, à mettre le lecteur à même de déduire ce que nous n'aurons pas assez d'espace pour développer, de ce que nous aurons dépeint.

L'ancien comté de Bourgogne, dont la capitale était Dôle, est séparé du duché par un cordon de collines assez hautes, au delà desquelles s'étendent de grandes plaines accidentées, fertiles et coupées de mamelons que surmontent des castels au pied desquels sont accroupis presque tous les villages. Ces plats pays se terminent brusquement contre les chaînes du Jura, et c'est là que sont situées, à la file l'une de l'autre, la plupart des villes de la province, Montbéliard, Baume, Besançon, Ornans, Salins, Arbois, Poligny et Lons-le-Saulnier. A deux lieues et quelquefois moins, de ces villes abritées par des roches énormes, on se trouve en montagne. Ici, tout change d'aspect ; climat, productions, mœurs, caractères, physionomies. Les vignobles qui tapissent les coteaux de la basse Franche-Comté cessent tout à coup, la plupart des arbres des forêts se rabougrissent et sont remplacés par d'énormes sapins noirs, à travers lesquels se traînent des brouillards continuels. Les hameaux pauvres d'aspects, et marquetés de toitures basses, se dessinent tristement au milieu de prairies magnifiques, qui fournissent au plus beau bétail du royaume, de succulents pâturages. Si l'on s'élève jusqu'au troisième plateau du Jura, on ne voit plus que des buis serpentant sur la croupe pelée des montagnes, et des torrents qui creusent des précipices, comme dans le Grand-Vaux et dans le pays de Saint-Claude. Cette partie de la province ressemble à l'Écosse, et les habitants ont beaucoup d'analogie avec ceux du nord de la Clyde.

Cependant, les montagnes du Doubs, plus majestueuses que celles dont Walter Scott a bien agrandi les proportions, sont en outre, plus arcadiennes ; les plans en sont moins cassés, la ligne y est plus noble, et la végétation splendide, plantureuse y rappelle souvent à la pensée les paysages bibliques du Poussin ou du Guaspre. Rien n'égale la richesse de couleur des prés et des bois qui tapissent les coteaux du Jura, enluminés et vernis, pour ainsi dire, par des rosées généreuses.

Ces richesses de la nature sont prodiguées dans le pays qui sépare Pontarlier du canton de Neuchâtel. Nulle part la magie des contrastes n'est plus frappante ; depuis la fontaine-ronde dont le cristal grésille sur des cailloux d'ivoire, depuis le lac de Saint-Poinct, dont les eaux sont endormies sur un lit de velours vert, jusqu'aux rochers de Mijoux, qui couvrent leur front blanc d'une sombre chevelure de mélèzes.

A l'issue du lac, les monts s'entr'ouvrent en cercle autour d'une vallée dont le creux plus fertile, plus émaillé que le fond d'une corbeille de fleurs, est peuplé de grands troupeaux dont la tête et la croupe surgissent seuls sur ce bain d'herbes frais et profond. Entre des bouquets de joncs et de saules, le Doubs serpente sous des pierres difformes, toutes noires de mousse ; enfin, au-dessus de ces prairies, se dressent, entassés les uns sur les autres, les rochers inaccessibles que surmontent les créneaux du fort de Joux.

Depuis bien des siècles, ce castel montre ses dents de pierre du haut de sa couche de brouillards, aux campagnes d'alentour ; car il a été bâti en 1100 par Landri de Joux. Trois siècles après, Nicolas de Joux le vendit à Philippe-le-Bon, duc

de Bourgogne, et dès lors ce triste séjour a servi souvent de citadelle et de prison d'état.

Au temps de Louis XIV et de la conquête de la Franche-Comté, le gouverneur de la province s'était enfermé dans le château de Joux comme dans une place imprenable. Cette lugubre forteresse est aujourd'hui célèbre par la détention qu'y a subie Toussaint-Louverture, et par la dure captivité que Mirabeau y a endurée pendant trois hivers.

Les montagnards du Jura sont en général d'une taille très-élevée. Ils ont les épaules carrées et presque toujours l'une d'elles est plus haute que l'autre, trait que M. de Chateaubriand attribue, je ne sais trop pourquoi, aux races guerrières. Sous des mœurs faciles, sous une simplicité apparente, le montagnard cache une ruse profonde, et sa lenteur de bête de somme dissimule une ardeur de sang presque indomptable.

Semblable en ce point au Comtois de la plaine, le montagnard a les passions impétueuses, son naturel n'admet pas de modération, et ses opinions, ses instincts sont toujours excessifs.

En général, l'habitant de l'antique Séquanie réunit au phlegme allemand le bon sens espagnol et la dissimulation italienne. Son imagination à la fois rêveuse et caustique le pousse aux superstitions par l'attrait du merveilleux, et la sérénité de son jugement le conduit à l'étude des sciences exactes. Ce pays est la terre classique des géomètres, des mathématiciens, des artilleurs et des ingénieurs.

Ces traits s'expliquent par les origines diverses des Comtois. Ils ont la pensée rapide et l'expression très-lente; leur accent se traîne lourdement et contraste avec le mordant de leurs phrases débitées avec une bonhomie apparente. Ils ont emprunté de leurs aïeux du Nord et de leurs voisins les Suisses, un goût décidé pour faire des contes, et dans leur bouche tout prend la forme narrative. Endurants, calmes comme des Germains, ils sont vindicatifs comme des Espagnols, et comme rien n'est plus dissimulé qu'un Franc-Comtois, ils savent attendre, sans vous donner l'éveil, l'heure des représailles. Bien qu'ils aient la vanité outrecuidante des Castillans, ils possèdent la plus grande simplicité extérieure, et cette bonne opinion qu'ils ont d'eux enracinée au fond du cœur, se trahit par sa naïveté même. Je ne crois pas que nulle part on soit plus goguenard, plus *emporte-pièce*. On trouve là, jusque dans le menu peuple, des gens qui, sous une forme humble et douce, vous livrent en spectacle durant une heure sans que vous puissiez le soupçonner, tant leur malice est emmiellée; pendant ce temps ils savourent avec un sérieux imperturbable le divertissement qu'ils se donnent. Les Comtois ne s'entr'aiment guère et avouons-le à regret, le trait dominant de leur naturel est l'envie. Ceci n'est point nouveau chez eux, et le cardinal de Granvelle raconte que, quand plusieurs de ses compatriotes réunis dans son antichambre entraient successivement dans son cabinet, chacun d'eux préférait, sacrifiant ses propres affaires, user le temps de son audience à dénigrer celui qui venait de céder la place, plutôt que de soigner ses propres intérêts.

Leur imagination vive et disposée à l'exaltation, est en lutte perpétuelle avec leur jugement droit et inflexible. S'ils se plaisent à la fantaisie, en revanche ils n'estiment que les réalités, et leurs inclinations sont moins dirigées vers les arts que vers les récifs de la science. Sans être parcimonieux, ils sont économes, et leur persévérance mériterait de passer en proverbe.

S'ils se dépravent par hasard, ils vont sur la mauvaise route plus vite et plus loin que d'autres; leur adresse prodigieuse ne se fait point soupçonner, et l'on pourrait raconter, à l'appui de cette assertion, des histoires d'intrigants et de bandits, dignes d'étonner les plus habiles galériens. En somme, et malgré ces exceptions, on trouve là plus de probité et des principes de morale mieux affermis qu'ailleurs. La plaine, qui est peu religieuse, a des opinions modérées en politique, et la montagne, sauf au-dessus de Lons-le-Saulnier, est d'une piété solide en même temps que ses opinions sont libérales jusqu'au radicalisme.

Il faut dire aussi que le servage, les corvées et la main morte, ont duré dans le Jura jusqu'en 89, sur les immenses domaines de l'abbaye de Saint-Ouïan de Saint-Claude. Dès le milieu du dix-huitième siècle, un mémoire de Christin, attribué à Voltaire, avait paru en faveur de ces opprimés dont Louis XVI adoucit le sort.

Les Comtois n'ont pas le sentiment artiste fort développé, et les jeunes gens que leur vocation appelle aux carrières d'intelligence, dénués d'encouragement dans leur pays natal, s'envolent vers Paris dès qu'ils sentent leur force. Une autre cause développe en eux ce goût d'émigration. Les liens de la famille (ceci est un reste des mœurs des temps anciens), sont étroitement serrés dans cette province, et l'autorité conjugale ainsi que la puissance paternelle se ressentent encore aujourd'hui du despotisme des lois romaines. Or, comme de telles habitudes sont en contraste avec les idées d'indépendance de notre époque, la jeunesse supporte impatiemment un joug salutaire peut-être, et qui la préservait de bien des maux.

Le Comtois arrive à Paris plein d'une curiosité que son amour-propre le conduit à déguiser. Prompt à s'acclimater, il n'en conserve pas moins avec ferveur ses traits d'origine, et rien n'égale le dédain profond qu'il affecte à l'égard du Parisien. Loin de s'empresser de se mettre en quête de ses compatriotes, persuadé qu'on n'est jamais prophète en son pays, le Comtois qui est venu tenter la fortune, s'isole et disparaît tout à coup. Il travaille dans son coin, cachant sa misère et ses déboires, confiant dans sa force, dans sa volonté, et il ne se manifeste à ses anciens compagnons qu'après le succès, investi du droit d'étaler un orgueil victorieux. Quelle que soit sa fortune, il garde les allures les plus simples, le costume le moins outre cuidant, et il est rare que la Franche-Comté gratifie la capitale de cette sotte décoration que l'on nomme un dandy. L'espèce en est méprisée, comme le mot qui la désigne (le Jurassien exècre les Anglais), et tout fashionable qui vient dans cette province exercer un emploi, ou chercher un mariage, avec l'intention d'éblouir par sa belle mine, turlupiné soudain d'une façon terrible, est voué à des ridicules mortels.

Le défaut capital du Comtois fraîchement débarqué est une susceptibilité pointilleuse, mais il est d'autres signes auxquels on le reconnaît toujours quelque dépaysé qu'il puisse être. Son accent, d'abord, qui loin de s'effacer, se caractérise de plus en plus avec l'âge, puis le tour particulier de sa phrase et la facilité avec laquelle il se familiarise avec chacun. Au bout de deux ans de séjour à Paris, il y connaît tout le monde. De plus, un observateur rencontre en lui des traits presque imperceptibles, à l'aide desquels il le distingue partout. Il est sans exemple qu'un Comtois allant faire une visite ait négligé de se moucher en montant l'escalier. Sa politesse à l'égard des domestiques est remarquable, et la solennité un peu roide avec laquelle il se présente ne l'abandonne guère. En quelque lieu qu'il se trouve, si on lui fait admirer un objet quelconque, il ne le verra point sans le toucher, et l'on a prétendu, avec justesse, qu'il avait les yeux au bout des doigts. Il se plaît à parler de lui, et trouve promptement l'occasion d'amener une conversation à des matières individuelles. Il est des vocables que le Comtois le mieux élevé abdique avec peine, ces termes étranges lui sont spéciaux. S'il lui tombe un grain de poussière entre les cils, il vous dit qu'il a *un chenil dans l'œil*, et chacun de s'étonner, hors lui, que rien ne trouble. Une baignoire est pour lui *une balonge*, la gouttière, *une chaînette*, le ruisseau, un *gouillat*, les passages, *des trages*, un hanneton, *une cancoine*, un sceau, *une sceille*, une personne extravagante, une *briole;* une toiture, un *couvert*, une petite fiole, une *topette*, une servante commère, *une cau'aine*. Un four banal se nomme *four à cuir les seusses*, et, pour expliquer qu'il a fait cuire du pain tel ou tel jour, le boulanger vous dit fort improprement *qu'il a fait au four.* Cette locution ne paraît point risible à Besançon où l'on nomme les laitières, des *femmes de crème.* Quelqu'un qui va çà et là, furetant, est un homme qui *quenille* et, dans la bouche du bisontin, le mot débraillé devient *dépennaillé*, ce qui, à proprement parler, signifie déplumé. Un Comtois a toujours la pincette à la main, il tisonne incessamment, et à chaque visite qui survient il demande une *bûche de bois* ces deux mots ne vont pas l'un sans l'autre. Malgré ces vices de locutions, le bourgeois de la Franche-Comté n'a point la trivialité de ceux de Paris, et on ne l'entendra guère, à moins qu'il n'ait *épuré* son goût par les voyages, désigner sa femme sous le titre de *mon épouse.* De toutes les locutions qui lui sont propres, la plus remarquable, sans contredit, car elle résume un trait saillant de son caractère tenace, volontaire et dominant, est celle qui le conduit à user sans cesse du verbe vouloir dans les occurrences où ce mot autocratique est hors d'usage. Un Comtois hésitant entre deux démarches les plus sérieuses du monde, ne dira point : Ferai-je ceci, ferai-je cela? faut-il agir de cette manière ou de cette autre? Non, quels que soient l'influence qui le domine ou les avis qu'il a reçus, il demandera : » *Veux-je* aller ici ou là? *veux-je* m'opposer ou me soumettre à telle nécessité? » Il semble affirmer ainsi qu'il ne relève que de Dieu et de sa propre volonté. Le verbe vouloir s'ajuste à toutes ses idées et remplace même le verbe aller dans certaines acceptions métaphoriques. Ainsi, dans une partie de cartes, si le jeu se présente bien, il s'écrie : « Je *veux* gagner cette fois. » Sur son lit de mort, dévoré par un mal incurable, il murmurera triste et la voix éteinte : « Las-moi, je sens bien que *je veux* mourir ! »

Néanmoins, ces hommes de fer sont accortes, sensibles et très-serviables, surtout pour les étrangers qu'ils recherchent à Paris et qu'ils évitent dans leur terre natale. Les Comtoises sont reconnaissables à leurs pieds assez forts, à la façon lourde dont ils sont attachés et à la grosseur de la malléole interne. Elles ne peuvent traverser la rue sans se crotter, leur châle est toujours de travers, elles ont la taille courte. Elles portent volontiers un petit nez pointu, leur mâchoire inférieure est très-développée, leur tenue grave et leur esprit moins acéré que celui des hommes.

Ces détails sont minimes, ces nuances peu accusées, mais on ne pourrait rendre les couleurs plus vives sans cesser d'être vrai. Les types provinciaux s'effacent de jour en jour, et l'habitant des départements, observé sur son propre sol, ne peut guère donner lieu qu'à une étude plus ou moins fine, fondée sur des minuties. Ce qui frappe le plus les commis voyageurs et les sous-préfets qui séjournent en Comté, c'est qu'on y mange des gaudes, sorte de bouillie de farine de maïs, assez déplorable au goût, comme tous les aliments très-sains. Cette substance est si inséparable du nom Comtois, qu'on ne saurait oublier d'en faire mention, bien qu'elle n'appartienne pas exclusivement à ce pays et que les gaudes soient un peu germaines de la polenta des Piémontais. Les véritables signes distinctifs du Comtois se sont réfugiés dans le patois, disons mieux, dans les patois, car il y en a plusieurs; ces idiomes ont leurs poëtes et leurs légendes féeriques. La Wouivre, les gnomes, les fées, les dames vertes, blanches ou bleues, les follets, la femme sans tête et le chasseur noir jouent un grand rôle dans la mythologie comtoise.

Les Esprits de la contrée tiennent encore leur sabbat, à la *côte aux Fées*, dans une grotte élevée de cinq ou six cents toises au-dessus du val de Travers. C'est de là que s'élancent les déesses-maires, les Trilbys et la *tante Arie* qui empêche les quenouilles et la vertu des filles de s'embrouiller ; c'est de là que part, la nuit de Noël, le chasseur de Scey-en-Warais, pour chevaucher parmi les nuages du ciel, escorté de ses chiens, de ses barons et de ses piqueurs, menant tous un bruit diabolique. C'est sans doute à la côte aux Fées que fut mis en cause et jugé le seigneur dont nous allons raconter l'histoire.

A quelques pas de Maiche, on découvre sous d'épais taillis de hêtres et de chênes, surmontés d'un sapin funèbre comme l'if d'un tombeau, quelques débris de murailles, quelques voûtes effondrées dont la gueule ouverte est remplie de terre et de ronces. Là s'élevait au temps jadis, un superbe castel. Dans les souterrains de ce manoir enfoui, souterrains dont nul n'osa chercher l'entrée, un trésor enfermé dans un coffre de fer est placé, depuis dix siècles, sous la garde d'un cochon noir. Si-l'on en croit le légendaire, ce fut jadis un brave et puissant seigneur que ce cochon-là ; mais il était si avide des biens de ce monde qu'il rançonnait les abbayes et dépouillait les églises. Les fées daignèrent venger les saints. L'âme du sire de Maiche fut donc condamnée à revenir une fois par siècle dans son terrestre exil, enveloppée d'un cochon noir. Ainsi, tous les cent ans, l'Esprit, accoutré de la sorte, sort des bois de Hâges et vient rôder aux environs des hameaux, une clef toute rouge à la gueule (la clef du trésor), dans l'espoir qu'un mortel osera la lui arracher d'entre les dents.

Il va sans le dire que le courage du vainqueur serait récompensé par les richesses du vieux baron, qui trouverait à son tour, après tant d'années, la délivrance de ses peines.

On comprend l'origine de cette fable, quand on se souvient que le porc et la truie, consacrés jadis à Cybèle, sont encore dans l'Inde l'emblème de la terre. Il s'agit toujours de la terre, quand Wishnou prend la figure d'un cochon. Ces superstitions nous ont été transmises apparemment par les Celtes, qui représentaient la Terre, divinisée chez eux, par l'animal qu'on lui sacrifiait. Ainsi les truies-fileuses ne sont point des êtres dont on doive rire ; ces divinités ont joui d'une grande considération parmi le peuple, ce qui explique ce dicton commun à la Suisse et aux montagnes du Jura :

> En Dieu je mets tout mon espoir ,
> Et je demeure au cochon noir.

Les patois de la montagne sont inintelligibles pour le plat pays et, dans la plaine même, un de ces idiomes n'étend pas son empire sur un territoire de plus de huit lieues. Il n'existe plus de costumes nationaux chez les Comtois, hormis dans l'ancien comté de Montbéliard et dans les *bresses* du Jura, où les femmes seules ont gardé les habits de leurs grand'mères.

Si le pays a conservé quelques restes de ses anciennes mœurs, c'est dans la haute montagne, où la féerie règne encore, où le souvenir des guerres de partisans du dix-septième siècle se conserve et se transmet aux veillées d'hiver, à la clarté des feux de tourbes et de pives de sapin. Dans la montagne on trouve encore des familles qui, depuis plusieurs siècles, portent les mêmes prénoms, se marient entre elles, font de leur second fils un prêtre, ou de leur aîné un magistrat, tandis que les autres enfants, demeurés au logis paternel, le rebâtissent à mesure qu'il s'écroule, sont servis par leurs mères ou par leurs sœurs, et continuent, après leurs aïeux, le trafic des buis ou des fromages. Ces familles sont patriarcales, monastiques, et la longévité y est surprenante. On conserve souvent dans les archives de ces chalets des lettres de noblesse des archiducs Albert et Isabelle, ou l'anneau pastoral d'un ancêtre qui fut évêque, ou les œuvres de quelque ancien docteur né dans la chaumière.

Le Comtois est aujourd'hui parfaitement soudé au reste du royaume, mais les points de suture sont encore perceptibles. L'âpre rivalité de Dijon et de Besançon remonte aux temps des guerres françaises, et dans les villages limitrophes du duché de Bourgogne, un paysan partant pour le département de la Côte-d'Or, dit encore : « Je vais en France. »

Dôle n'a jamais pardonné à Besançon, qui lui a arraché en 1674 son parlement, ses écoles et son titre de capitale. Ces deux cités se haïssent mortellement.

Le Comtois serait dépeint d'une manière incomplète, si l'on ne consacrait quelques lignes au Bisontin, tant il diffère du reste de ses compatriotes. Sa ville autrefois ne faisait point partie de la Franche-Comté. Besançon, dont le gouvernement tenait à la fois de celui des villes anséatiques et de celui des anciennes cités grecques, était dans la province ce que sont, dans un royaume, les reines-mères qui n'ont ni maîtres, ni sujets, ni pouvoir; et que l'on courtise pour leur fortune. Noire comme un deuil éternel, elle se tenait lugubre sous ses créneaux, et sa physionomie était à la fois militaire et religieuse, comme elle l'est aujourd'hui.

Les gens de Besançon sont fiers et rogues. Ils avouent encore d'un air romanesque et dédaigneux que jadis ils furent Espagnols. Cependant ils ne l'ont été que pendant vingt ans, et leur ville, à laquelle l'ignorance donne sans cesse du Castillan, est la seule cité de la province que l'Espagne n'ait occupée que de 1654 à 1674. S'il est, dans ces contrées, un endroit réellement espagnol par la physionomie et par les mœurs, c'est, à coup sûr, Poligny. Le roi catholique avait établi l'inquisition dans la ville impériale, on y brûla des sorciers jusqu'en 1690.

Le Bisontin sort peu; ses rues, toutes bâties en pierres de taille, sont noires, solitaires; on n'y fait pas dix pas sans rencontrer un ancien couvent. La noblesse et la bourgeoisie ne se mêlent qu'à contre-cœur dans ces murs où l'on entend sans cesse le bruit des tambours et celui des cloches, où les églises se dessinent austères sur des rochers couverts de machicoulis et de bastions. Les Bisontins sont concentrés, vindicatifs, et l'on pourrait citer entre eux des haines héréditaires comme celles des Capulets et des Montaigus. Leurs femmes sont très-réservées, et la jalousie conjugale les tient parfois en chartre privée.

Besançon et ses habitants ont gardé leur physionomie germanique, et leur ancienne nationalité était profondément enracinée dans leurs cœurs; aucun trait ne fera mieux comprendre la nature du Bisontin d'autrefois, que l'anecdote suivante :

Le prince de Condé, étant venu à Besançon au commencement du règne de Louis XVI, fut harangué à la porte d'Arènes par le maître de la corporation des vignerons, nommé Ragot. C'était un petit homme audacieux et guilleret, mort il y a vingt ans, presque centenaire. Nos cultivateurs furent réunis dans un banquet à l'Hôtel-de-Ville, par ordre du prince, qui s'avisa de demander au gouverneur si le roi était aimé dans la province. Le gouverneur (c'était Emmanuel de Durfort) fut forcé de confesser qu'il existait une race d'hommes attachée à l'Espagne, et d'ajouter que les vignerons étaient les plus enracinés dans cette vieille sympathie.

M. le Prince eut l'imprudente et maladroite curiosité d'éprouver la vérité de l'assertion de M. de Durfort. S'approchant donc de la table des viticoles échauffés par le vin, il leur adressa quelques mots gracieux, bien reçus par des cervelles animées ; puis, saisissant un verre, il porta un toast à Charles-Quint.

Les vignerons pleurèrent d'attendrissement au souvenir du bienfaiteur de leur patrie. Ce grand nom fut proclamé avec enthousiasme, et la démarche du prince le popularisa tout à coup. On but ensuite à Philippe II, au duc de Lorraine, à l'empereur Joseph, au roi d'Angleterre, au pape ; aucun prince régnant ne fut oublié. Voyant les convives bien disposés, M. de Condé proposa la santé de la reine, et on lui fit raison de bonne grâce (Marie-Antoinette était de la maison d'Autriche). Mais, dès que le prince eut prononcé le nom du roi de France, les verres demeurèrent cloués sur la nappe et la joie disparut. Il était dur de reculer après avoir été aussi loin, et le prince, faisant un appel direct à la corporation en la personne de son chef, se tourna du côté de Ragot, et présentant son verre : — Mon brave, trinquons ensemble à notre cher souverain Louis le Bien-Aimé !

— Aï ! répliqua Ragot d'un air patelin, dans son patois bousbot, *aï monseigneu, no ne saurins ; s'y beuva enco in co, las-moi, reneiderou !*

Les guerres de la république ont éteint cet ancien esprit de rébellion, et depuis l'invasion de 1814, les Bisontins, dont l'étranger n'a pu prendre la ville, font profession, comme leurs compatriotes, d'une grande haine pour les Autrichiens. Toutefois, et ceci tient sans doute au vieux sentiment de leur nationalité, ils s'obstinent, en général, à froncer le sourcil à la vue de la porte Saint-Martin, offusqués, non sans raison, des mots *sequanisque bis captis*, qui racontent la double défaite de leur pays.

Les Francs-Comtois ont pour leur patrie un amour qui ne s'éteint pas. Comme leurs goûts aventureux les éparpillent volontiers, durant la jeunesse, à travers le monde, ils vivent parfois jusqu'au soir en des contrées lointaines : mais, d'ordinaire, ils reviennent mourir à côté de leur berceau, et on les entend s'écrier, avec orgueil, que nulle terre n'est plus splendide, plus riante et plus belle.

En effet, elle réunit toutes les productions des diverses contrées du royaume, et c'est avec justesse que Pélisson l'a surnommée un abrégé de la France, et la seule de ses provinces qui se puisse passer des autres.

FRANCIS WEY.

GRISETTE DE MONTPELLIER.

LE LANGUEDOCIEN.

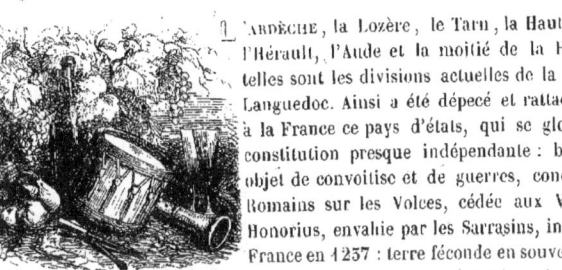

L'ARDÈCHE, la Lozère, le Tarn, la Haute-Garonne, l'Hérault, l'Aude et la moitié de la Haute-Loire, telles sont les divisions actuelles de la province du Languedoc. Ainsi a été dépecé et rattaché à jamais à la France ce pays d'états, qui se glorifiait d'une constitution presque indépendante : belle contrée, objet de convoitise et de guerres, conquise par les Romains sur les Volces, cédée aux Visigoths par Honorius, envahie par les Sarrasins, incorporée à la France en 1257 : terre féconde en souvenirs glorieux et terribles, théâtre de grandes luttes, sanglant échiquier des rois et des peuples, où l'on a combattu avec la croix et avec l'épée, où l'on a décidé du sort des religions et des empires ; sol volcanique arrosé de sang, jonché de laves et de ruines, et qui, recélant à la fois les fossiles géologiques et ceux des civilisations mortes, porte la double empreinte des cataclysmes terrestres et des révolutions humaines !

L'aspect de cette province change à chaque pas : ici des champs dorés qui lui ont valu le nom de *grenier du midi;* là, des landes incultes, hérissées de buis et d'arbustes géants, des pâturages frais et tranquilles, et, à côté, des cratères demi éteints, des tuyaux d'orgue basaltiques, des cavernes profondes, lambrissées d'étranges stalactites. On quitte des plaines brûlées par un soleil presque africain, pour gravir des montagnes blanches de frimas. De vertes vallées, clairsemées d'oliviers et de mûriers, sont dominées par des roches nues. Sur les bords de la Méditerranée, aux *Graus* ou Bouches des étangs, s'allongent des îles inhabitées, dont la fange est sillonnée par d'énormes reptiles, l'herbe broyée par le pied des chevaux et des taureaux sauvages, l'air obscurci par des tourbillons d'insectes, battu par les ailes des macreuses, des milans et des éperviers. Partout sont en contact la civilisation et la nature, l'harmonie et le désordre, l'abondance et la stérilité.

Des différences morales correspondent - elles à ces différences physiques? Telle n'est pas notre opinion. Quels que soient l'isolement produit par l'esprit casanier, et la variété des usages locaux, les Languedociens ont un caractère commun, des passions, des qualités, des défauts identiques. Chez tous même vivacité, même pétulance, même exaltation fiévreuse. Parcourez les quartiers vivants de Toulouse, la place du Capitole, la place La Fayette, la rue de la Pomme, la rue Sainte-Rome, vous y voyez une foule active, inquiète, qui court, se démène, crie, chante, gesticule ; foule méridionale s'il en fut. Liez connaissance avec ces gens affairés, tout disposés à vous accorder leur confiance, et vous les trouvez serviables, officieux, poëtes, orateurs, mimes et musiciens par nature, prompts à la repartie, faiseurs de tropes, rapides dans leurs conceptions, la bouche pleine de paroles bienveillantes et de phrases sonores. Chez eux tout est à l'extrême : ils n'aiment pas, ils adorent ; ils ne haïssent pas, il exècrent ; ils n'applaudissent pas, ils trépignent ; leurs jeux, leurs danses, leurs chants, leurs plaisirs, prouvent l'expansion de leur cœur, l'énergie de leurs facultés, la mobilité de leur intelligence. Enthousiastes, ardents, ils exagèrent tout, le bien comme le mal ; leur douleur est du désespoir, leur joie de l'ivresse, leur foi du fanatisme, leur bravoure de la témérité.

La bravoure est un des traits saillants des Languedociens. Façonnés de longue main à la guerre, éprouvés par les luttes étrangères et les dissensions civiles, ils montrent dans les combats une impétuosité agressive qui étonne et déconcerte l'ennemi. Le bataillon de l'Ardèche, la légion du Gard, sont honorablement cités dans les bulletins de nos armées. Le premier bataillon de l'Hérault faisait partie de la 32e demi-brigade, commandée par Dupuy, né à Toulouse, où un monument lui a été élevé. Le Languedoc a été une pépinière de bons généraux : Teste, Sorbier, Meynadier, Berthezène, Dampmartin, Boyer de Peyrelau, d'Albignac, Matthieu Dumas, Lepic, Campredon, et vingt autres. Au besoin, ils ne manqueraient pas de successeurs.

Le département du Gard doit son nom à la rivière du Gardon, qui tantôt mouille à peine les sables de son lit, tantôt monte, déborde, ravage les campagnes, pour reprendre ensuite son cours invisible et silencieux : tel est l'habitant de la province, variable, inconstant, laborieux un jour, indolent le lendemain, aujourd'hui d'une sobriété laconienne, puis *imbray coumo un imbu* [1], il change au gré des impressions qui l'assiégent. Après avoir éprouvé sa bienveillance pacifique, on entend tout à coup ses hurlements de vengeance et les gémissements de ses victimes. On le voit tour à tour calmé par les émotions douces ou grossi par les passions, source fraîche ou fleuve limoneux, ruisseau ou torrent.

[1] Expression patoise : Ivre comme un entonnoir.

Les Languedociens sont passionnés pour les beaux-arts. Ils ont l'oreille juste, le sentiment de l'harmonie, le goût inné de la musique, et de vastes prétentions au titre de connaisseurs. Tel est leur amour pour les représentations théâtrales, qu'à Uzès, petite ville de sept mille âmes, on a eu, en 1859, l'audace profanatrice de jouer *Robert le Diable*. Les Grisets de Narbonne ont donné tout récemment avec le plus grand succès une représentation du *Serment*. A Toulouse, les chœurs du grand théâtre, comparables à ceux de l'Opéra de Paris, se recrutent parmi les Grisets, qui, le soir sur les places, entonnent avec une admirable mesure les plus beaux morceaux des opéras modernes [1]. A l'annonce d'un début, d'une nouveauté musicale, toute la ville est en émoi. On s'empile dans la salle, on écoute silencieusement, on déguste tous les airs, on distribue l'éloge et le blâme avec une chaleur frénétique, et si les avis sont divers, s'il y a scission entre messieurs les *grisets* et messieurs les étudiants, on se dévoue vaillamment au parti qu'on a embrassé, on échange des bourrades, on casse des banquettes, et les plus mutins vont passer douze heures au violon pour la cause de l'harmonie.

Si, dans ces querelles comme dans d'autres, les voies de fait suivent promptement les menaces, remarquons que le sang est rarement versé. Le Languedocien s'échauffe aisément, décoche rapidement des injures, comme : *Siés un abesti! que tou boun Diou té patafiolé imbé d'aygo dé merlusso* [2]. Mais il ne mérite pas la réputation de férocité que lui ont faite les hideux exploits de Jean Dupont Très-Taillons, et de Graffan Quatre-Taillons. Il ne va dans ses rixes que jusqu'au coup de poing inclusivement, et se contente de terrasser son adversaire, pour avoir la satisfaction de dire emphatiquement : *L'ay amaluga, l'ay eimplastra coumo uno pel di figo, l'ay escrapouchina* [3].

Le Languedoc est la patrie d'une multitude d'auteurs gracieux et faciles, Maynard, Lafare, Vanières, le cardinal de Polignac, Brueys et Palaprat, Cailhava, le satirique Despazes, Fabre d'Églantine, Boucher, Imbert, Favard, Pieyre, Florian, Jules de Rességuier, Baour-Lormian, Merle, Alexandre Soumet. « Ces écrivains-là, pourrait dire un humoriste, sont pour la plupart des versificateurs fleuris, littérateurs baguenaudiers, chantres élégants, mais sans élévation, dédaignés des gens qui préfèrent la force à la grâce. » Pour démontrer que les Languedociens n'ont pas que des madrigaux dans leur bagage littéraire, et qu'ils sont capables des travaux les plus graves et les plus philosophiques, bornons-nous à citer Bayle, Cujas, le missionnaire Bridaine, l'abbé Sicard, Montgaillard, La Peyrouse, Chaptal, Rabaut-Saint-Étienne, Daru, Barthe et Guizot.

C'est dans la capitale du Languedoc qu'a été fondée la plus ancienne académie de France, celle des Jeux floraux. Il résulte des registres de la ville, qu'au mois de novembre 1323, *la gaie société des sept trobadors de Tolosa* invita les poëtes de tous les pays de la langue d'Oc à présenter, le 1er mai suivant, une pièce de vers en

---

[1] Le Griset du midi, par M. Dauriac, p. 1, p. 41.
[2] Patois du bas Languedoc. (Tu es un imbécile, que le bon Dieu te bénisse avec de l'eau de morue!)
[3] Patois du bas Languedoc. (Je l'ai abasourdi, je l'ai soufleté comme une peau de figue ; je l'ai écrasé comme un grain de raisin.)

l'honneur de la Vierge, promettant une violette d'or à l'auteur du meilleur ouvrage. La première séance de cette académie eut lieu, après deux jours consacrés à la lecture et à l'examen des *cierventès*, le 1er mai 1324, dans un jardin du faubourg, en présence des *senhors del Capitol. La joya de la violetta* fut adjugée à Arnauts Vidal, de Castelnau d'Arri ; *e gazanhet la violeta de l'aur à Toloza, nès assaber la premiera qué si donet* [1]. Colard d'Estouteville, sénéchal de Toulouse, organisa la nouvelle académie par un règlement du 6 juin 1339. Elle publia en 1355 ses statuts, rédigés par son chancelier et son *bédel*, avec un traité de rhétorique et de poésie. Les sept *trobadors* prirent le titre de *mainténurs*. On était reçu *bachelier en la gaye science et en rhétorique,* après avoir remporté un premier prix et subi un examen ; et l'on recevait un diplôme scellé de cire, orné de lacs de soie verte. Pour être *docteur en la gaye science*, il fallait avoir été couronné trois fois. Installés au Capitole en 1356, les Jeux floraux acquirent une si haute réputation, qu'en 1388 Jean d'Aragon priait Charles VI de lui expédier des poëtes de la province de Narbonne, afin de transplanter la *gaye science* en Espagne. Une dame toulousaine, Clémence Isaure, dota richement l'académie. On augmenta successivement le nombre des prix, et celui des *mainténurs* fut porté à trente-six, en y comprenant le chef des *capitouls,* par lettres patentes de 1694. Il est de quarante depuis un arrêté de juillet 1725, et les prix distribués sont : une amarante d'or pour une ode, une églantine d'or pour un discours d'un quart d'heure de lecture, une violette d'argent pour un poëme de cent vers, un souci d'argent pour une pastorale, un lis d'argent pour un sonnet ou une hymne à la Vierge.

Goudelin, auteur toulousain du commencement du dix-septième siècle, avait dit des Jeux floraux, dans son *Salut à tons flous de Damo Clemenço :*

Car tant que le monde sera,
D'autro flou non se parlera ;

mais la prophétie du patriotique rimeur ne s'est point réalisée, et l'institution des *sept trobadors*, dégénérée et ruinée, est presque tombée, dans l'opinion des Toulousains, au niveau de l'Académie française, hélas !

Les pièces de vers présentées au concours doivent être écrites en français, quoique la majorité des Languedociens préfère encore le dialecte local à la langue française. On voit, par une lettre de Racine à M. de La Fontaine, en date d'Uzès, 11 novembre 1661, que de son temps « on avait autant besoin d'un interprète en Languedoc qu'un Moscovite en aurait besoin à Paris, » et même aujourd'hui, le français est loin d'être la langue vulgaire du Languedoc. On l'y parle sans correction, d'une voix criarde et glapissante, avec un accent que le ciel vous préserve d'entendre, et en le hardant d'idiotismes à faire bondir Lhomond dans sa fosse, comme : *Vous avez tombé votre mouchoir. Il s'est changé à la campagne. Je ne l'ai vu jamais plus. Venez plus à bonne heure, etc.*, etc.

Dérivé de l'ancienne langue d'Oc, le patois languedocien a des variétés. Du côté

[1] Cet énoncé est en tête d'un manuscrit de la pièce couronnée.

de la Gascogne, il ressemble à l'espagnol ; dans la Lozère, la Haute-Loire et les Cévennes, il se rapproche de l'auvergnat ; dans le Gard et l'Hérault, il est francisé, et ses terminaisons sont ordinairement en *i* et en *a*. Partout il est gracieux, musical, accentué, riche en onomatopées. Souvent, dans la langue française, il n'y a pas de concordance nécessaire entre l'expression et la chose exprimée. Ainsi, aucun motif ne s'oppose à ce qu'on désigne un cheval par un nom tout différent. Une longue habitude fait que le mot *cheval* réveille en nous l'idée d'un animal ; mais on eût pu appliquer ce même terme à un légume, sans qu'il en résultât rien de choquant. Le dialecte languedocien possède au contraire une infinité de mots imitatifs qui font image, qui peignent l'objet par les sons, et dont on ne saurait détourner le sens qu'en offensant la raison.

Par ses diminutifs multipliés, le patois languedocien se prête merveilleusement à la peinture des sentiments amoureux : *T'aimé ben! siés tan poulidetto embé ta bouquetto, embé tis iellous, qué t'aymeray toujours*[1] ! murmure le griset aux oreilles de sa belle, qui, cachée sous une large mantille, s'est rendue à une mystérieuse entrevue. Les grisets composent pour leurs maîtresses des vers, des couplets, des madrigaux, tout enjolivés de gentillesses florianesques. Ils donnent des sérénades, en ayant soin de faire crier par les exécutants, afin d'éviter les malentendus : « C'est en l'honneur de mademoiselle ***. » Quand la noce suit une cour assidue, ils riment eux-mêmes leur épithalame, et, suivis des conviés,

promènent leur fiancée par la ville au son des hautbois et des tambourins. Vous méritez bien ces hommages, ô jolies grisettes du Languedoc ! Des gens de mauvaise humeur trouvent que votre costume est disgracieux, que souvent vos robes bleues d'indienne ou de filoselle de Castres, vos châles de toile peinte, voilent les contours de votre taille ; que votre large *coiffe à la dévote* ombrage impitoyablement vos yeux noirs, que vous semblez plier sous le faix des chaînes d'or auxquelles vous suspendez vos ciseaux ; mais vos charmes triomphent de tous ces désavantages, votre coquetterie sait tirer parti des plus simples vêtements. Avez-vous besoin d'ailleurs de rehausser par l'élégance du costume votre élégance naturelle ? Qui vous a entendues grasseyer votre joli patois, qui vous a vues puiser de l'eau dans des vases de forme antique aux fontaines *pompadour* de Montpellier, vieillira sans vous oublier, et votre sou-

[1] (Je t'aime bien, tu es si *joliette* avec ta *bouchette* et les doux yeux, que je t'aimerai toujours.) Patois de Nîmes.

venir rose et frais est un de ceux qu'on retrouve avec le plus de joie quand on se regarde avoir vécu [1] !

Perfectionné par la culture, l'esprit poétique des Languedociens produit des fruits savoureux ; jugez-en par cet échantillon imprimé à la suite des *Pouesias patouesas* d'Auguste Rigaud (Mounpéié, 1806) :

CANÇOUN [2].

Las counougut, charmanta pastourèla.
Las counougut, lou pus doux das pécas.
Tantos vouïès, pioï vouïès pas, cruèla,
Quand as vougut, as vougut tout éscas.

Éh bé ! moun cor, parla-mé, pécaïréta !
Qué crénissiès ? qu'as ésprouvat d'afrous?

Las rosas soun toujour sus ta bouquéta,
Et la beoutat mouris pas das poutous.

L'aoussèl qué buon dins una fon claréta
La troubla pas e parèï tout jouious;
Un paou dé méou culit sus la flouréta
La passis pas, et flata nostré gous [2].

La mignardise, la grâce, les images printanières, les allures pastorales, les idées champêtres, sont tellement de l'essence du patois languedocien, qu'on les retrouve même dans les morceaux les plus graves et les plus élevés.

---

[1] Les femmes que les Parisiens appellent grisettes sont désignées en Languedoc sous le nom de *modistes* ou *demoiselles*. On nomme grisettes les ouvrières qui portent le costume national, et n'ont point de chapeau. On dit d'une dame ainsi vêtue : « Elle est en grisette ».

[2] Tu l'as connu, charmante pastourelle, tu l'as connu, le plus doux des péchés. Tantôt tu voulais, puis tu ne voulais pas, cruelle! Quand tu as voulu, tu as voulu tout d'un coup.
Eh bien ! mon cœur, parle-moi, pauvrette! Que craignais-tu? qu'as-tu éprouvé de pénible? Les roses sont toujours sur ta *bouchette*, et la beauté ne meurt pas de baisers.
L'oiseau qui boit dans une claire fontaine ne la trouble pas et paraît tout joyeux ; un peu de miel cueilli sur la fleurette ne la fâne pas et flatte notre goût.

BERGER DES GARRIGUES.

Voici le début d'une ode de Pierre Goudelin sur la mort de Henri IV [1] :

Janlis pastourelets, que dejouts las oumbretos
Sentéts apazima le calimas del jour,
Tant que les auzelets per saluda l'amour
Uflon le gargaillol de milo cansounetos ;

Petits rius, doun l'argen béziadomen gourrino,
Pradetz oun le plazé nous embesco les éis,
Quand la joüeno sasou bous cargo de raméls,
Augets coussi se plaïng uno nympho moundino;

Quand del coumu malhur un niboul escuro
Entrumic la clartat de moun astre plus bel,
Yeu disi quand la mort dans le tailh d'un coutel
Crouzéc le gran Henric sul libre de naturo ;

De rouméts de doulou moun armo raodurado
Fugic del gran soulel la pamparrugo d'or,
Per ana dins un roc ploura d'él, et de cor
Del partérro francés la bélo flou toumbado [2].

Ces deux pièces perdent en français leur principal mérite, l'harmonie, la propriété des consonnances, le résonnement des mots, la corrélation des termes et des pensées. Comment rendre le gazouillement mélodieux de :

Petits rius, doun l'argen béziadomen gourrino?

Où trouver un équivalent à ce vers pompeux :

Fugic del gran soulel la pamparrugo d'or ?

et à tous ces diminutifs : *pécaïréta, bouquéta, clarétu, pastourelets,* etc., etc. ?

La poésie languedocienne provoque de douces émotions, chatouille le cœur sans le remuer à fond, berce voluptueusement l'esprit; elle semble émanée d'un peuple enclin au sybaritisme et à la mollesse, mais les Languedociens sont au contraire une espèce d'hommes active et frétillante, une race de salpêtre et de vif-argent. En dépit du climat, dont la chaleur commande le repos, tous les exercices violents, la chasse, les danses animées, les jeux bruyants sont aimés des Languedociens. Propriétaires et paysans sont grands coureurs de plaines, grands destructeurs de becfigues, bartavelles et *si-si* [3], grands amateurs de chasse *au chyo, au miraïllé,* et à *la cantàda* [4]. Les ports-d'armes sont inconnus à la majorité de ces chasseurs : et quand on leur demande comment ils éviteront les poursuites des gendarmes et des gardes champêtres : « *Aï moun port d'arma din mi souyé;* » ou bien : « *Aï un boun respoundant, mé proména in compagno de moussu Souyé* [5]. »

Comme celles de la Provence, les farandoles du Languedoc ne sont pas sans analogie avec les rondes fantastiques du Sabbat : les danseurs et danseuses se tiennent

---

[1] A l'hurouso memorio d'Henric le Grau : Stansos. *Las Obras* de Pierre Goudelin.

[2] Gentils pastoureaux, qui sous les ombrages vous dérobez à la chaleur du jour, pendant que les oicillons, pour saluer l'amour, enflent leur gosier de mille chansonnettes;

Petits ruisseaux dont l'argent murmure doucement, prés où le plaisir nous englue les yeux, quand la jeune saison vous charge de rameaux, écoutez comment se plaint une nymphe toulousaine.

Quand le nuage sombre du malheur commun obscurcit la clarté de mon plus bel astre, je dis quand la mort, d'un coup de couteau, raie le grand Henri sur le livre de la nature;

Mon âme, hérissée des ronces de la douleur, fuit la chevelure d'or du grand soleil, pour aller dans une grotte pleurer d'yeux et de cœur la belle fleur tombée du parterre français.

[3] Espèce de roitelet.

[4] A la chouette, au petit miroir et à la pipée, avec un perdreau en cage, qui en appelle d'autres par son chant. On le nomme *cantaïré* ou *rampel.*

[5] J'ai mon port d'armes dans mes souliers.'— J'ai un bon répondant, je me promène en compagnie de M. Soulier.

en longue file par la main, se plient, se replient, ondoient comme un serpent, sautent en répétant des refrains populaires. Parfois, le chef de la farandole s'arrête, et, levant les bras, forme avec le concours de son voisin. immédiat une arcade sous laquelle passe successivement toute la bande. Ces évolutions s'opèrent avec une incroyable vélocité, et un étourdissant concert de hautbois, de tambourins, de cris, de rires et de chants.

Parmi les danses nationales du Languedoc, se distingue *lou chibalé* [1], dont la tradition fait remonter l'origine à 1217. Pierre II, roi d'Aragon et seigneur de Montpellier, s'étant réconcilié avec la reine Marie, la ramène en croupe de Mirevals à Montpellier ; ses vassaux témoignent leur joie en gambadant autour du palefroi. On imagine de célébrer l'anniversaire de cette entrée triomphale par une danse où figure un cheval empaillé, et *lou chibalé* est institué. Primitivement, plusieurs danseurs, les jambes garnies de grelots, environnaient un homme à moitié enfermé dans un cheval de carton, et feignaient de lui offrir la *civada* (l'avoine) dans des tambours de basque. Il n'y a maintenant qu'un *donneur d'avoine*, chargé de la présenter au *chibalé*, qui, pour l'éviter, rue, caracole, s'écarte, pendant que les musiciens jouent l'air du *chibalé*.

[1] Le chevalet, petit cheval. (Voyez la tête de page de cet article.)

En même temps, vingt-quatre danseurs, en pantalon blanc et parés de rubans verts, entonnent en formant des rondes :

> Dona de civada au paouré chibalé
> Qu'es mort de fam, qu'es mort de fré;
> La gratta,
> La flatta ;
> Es lou riban vert
> A la moda de Vaouvert ;
> Es sus abadessas, et sus abbadis
> A la moda de París.
>
> Sà Nimé sabieu dansa lou chibalé,
> Veudrien pas quéré Duponé ?
> La . etc. '.

Outre *lou chibalé*, Montpellier a une spécialité remarquable, le jeu *du mail*, espèce de billard sur une grande échelle, avec une route pour tapis, des coteaux pour bandes, des boules de bois pour billes, et pour queues des *mails* recourbés et garnis à chacune de leurs extrémités d'une virole de fer.

Ce jeu, depuis longtemps abandonné dans les environs de Paris, est en vogue dans tout le Languedoc. Il est peu goûté des propriétaires, car les *remarqueurs*, enfants

---

' Donnez de l'avoine au pauvre chevalet, qui est mort de faim, qui est mort de froid ; il la flaire, il la carosse ; voici le ruban vert, à la mode de Vauvert, et ses suivants et ses suivantes, à la mode de Paris.
Si à Nîmes on savait danser le chevalet, on ne viendrait pas chercher Duponé (fameux danseur de chevalet) ; il la flaire, etc.

employés à courir après les boules qui dévient, escaladent les clôtures, pénètrent dans les vignes, et dévastent les plantations. En revanche, le peuple s'y adonne avec fureur, et y déploie une adresse inconcevable pour ceux qui ne sont pas initiés. Dans la partie dite du *labyrinthe*, les joueurs font successivement franchir à leurs boules plusieurs arcades espacées, et les boules, dans leurs ricochets, frappent encore des pierres placées de distance en distance entre les arcades. D'autres fois, on dispose entre deux poteaux élevés un cerceau au milieu duquel on suspend un globe de verre rempli de vin, et celui qui le brise gagne un *mail d'honneur :* il arrive souvent que le globe est mis en pièces du premier coup. La vieille habileté des habitants de Montpellier dans cet exercice a fait dire que les enfants y naissaient un mail à la main.

Les luttes et les courses de taureaux sont le spectacle favori du peuple des départements du Gard et de l'Hérault. Vous savez, lecteurs, ce que c'est que les luttes, vous avez vu combattre Mazard et Meissonnier, et entendu les clameurs des assistants : *A pas touca ! a pas touca! de forro! qué réluchoum*[1] *!* A ce qui a été dit des *ferrades*, ajoutons qu'il y a une dizaine d'années, on venait à Nîmes de vingt lieues à la ronde pour y assister, que des *piccadors* espagnols y figuraient, que le préfet, le maire, toutes les autorités avaient leurs places réservées sur les gradins des Arènes.

Ces spectacles sont maintenant relégués dans les villages. La dernière *ferrade* qui eut lieu à Nîmes en 1859 devait être suivie d'une course de quatre taureaux ; mais, l'entrepreneur n'ayant pas jugé à propos d'exécuter son programme, le public, mécon-

[1] Le Lutteur, par M. Rolland, P. I, p. 116.

tent, brisa les échafaudages des premières galeries, et fit un feu de joie avec les planches et les banquettes ; les taureaux, s'échappant au milieu du tumulte, allèrent se promener sur l'Esplanade, et l'entrepreneur, effarouché de ces façons méridionales de siffler, se déroba par la fuite au ressentiment populaire. Depuis, Nîmes n'a vu ni courses ni *ferrades.* Le centre des Arènes est occupé par un théâtre où l'on joue des ballets, des mimodrames, des scènes équestres. Ducrow et Franconi ont supplanté les torréadors. Mais, dépossédées des Arènes, les courses de taureaux continuent à faire les délices des paysans dans les *vogtas* ou fêtes patronales.

La veille d'une course, les gardiens des taureaux de la Camargue en choisissent cinq ou six qui, guidés par le *doumptairé* [1], abandonnent docilement leurs pâturages. Une enceinte a été formée avec des charrettes destinées à servir en même temps de siéges et de clôture. A l'heure fixée, le spectacle commence par des exercices gymnastiques, tels que la course en sacs, le *saut du bouc,* la *bigüe,* la *course au baquet.* Dans le *saut du bouc,* les concurrents doivent, pour gagner le prix, se tenir en équilibre sur une outre gonflée et huilée, et frapper trois fois des mains avant d'en descendre. La *bigüe* est un mât de cocagne oblique, dont la base forme avec la terre deux angles adjacents, et dont le fût est savonné avec un soin assez malveillant pour que la paille éparpillée sur le sol reçoive bon nombre de grimpeurs. La *course au baquet* est une variation rustique du jeu de bague : entre deux piliers est suspendu un baquet rempli d'eau, dont le fond est mobile, et porte comme appendice une planchette percée d'un trou circulaire ; les jouteurs passent en charrette entre les deux colonnes, et lancent dans ce trou un javelot de bois. Pour peu que la pointe du javelot frappe la planchette, la secousse imprime au fond mobile un mouvement de bascule, le maladroit est inondé, et l'on rit d'un rire inextinguible.

Après ces préludes, chaque taureau est successivement poussé dans le cirque. Excité par les piqûres des tridents des gardiens, par les pétards qu'on lui lance, par les vociférations des assistants, il se précipite sur un *amateur.* Celui-ci, armé d'une *bedigane* [2], l'attend de pied ferme, le frappe avec vigueur sur le museau ; l'animal s'arrête, se détourne et s'enfuit. *L'a ben mouca* [3] *!* crie la foule, et l'orchestre, composé de deux hautbois et de deux tambourins, célèbre cet exploit par d'éclatantes fanfares.

Plus un taureau montre de férocité, plus la course est trouvée attrayante. Le plus farouche porte une cocarde à l'une de ses cornes ; un prix de 10 francs à qui lui arrachera ce trophée ! Les *amateurs* se pressent, harcèlent leur redoutable ennemi, le frappent, lui tirent la queue, le tourmentent, l'irritent, se jouent de sa colère. L'audace, l'adresse, l'intelligence humaine sont aux prises avec la force brutale, aveugle, désordonnée. Enfin un *amateur* s'approche à pas sourds, se glisse derrière le taureau, bat des mains, et profite de l'instant où le *biaou* se retourne au bruit, pour lui enlever la cocarde. S'il échoue, il est infailliblement renversé, foulé

---

[1] Dompteur, taureau apprivoisé.
[2] Petite canne, baguette.
[3] Il l'a bien mouché !

aux pieds; et loin de le plaindre, les spectateurs le huent, l'injurient, l'escortent blessé et sanglant hors de l'enceinte par des chansons ironiques [1]:

> L'a bachoucha, l'a bachoucha !
> S'avié resta à soun oustaou,
> La bana du biaou
> Y ourié pas fa maou .
> L'a bachoucha, l'a bachoucha !
> Sé y éro pas esta,
> L'ourié pas touca [2].

Quand la rage du taureau devient dangereuse, on le *tombe*. Quatre ou cinq gardiens se jettent sur lui, le saisissent les uns par les cornes, les autres par la queue, et l'abattent, puis on introduit le *doumptaïré*, dont la présence suffit pour empêcher de la part du vaincu toute démonstration hostile. Le gardien Ravel, l'honneur de sa corporation, *tombe* seul le plus formidable taureau.

Les accidents seraient rares dans les courses, si l'on n'y admettait que des *amateurs* exercés, mais trop souvent les spectateurs sont saisis du désir irrésistible de devenir acteurs, s'élancent du haut des charrettes dans le cirque, attaquent le *biaou*, et expient cruellement leur imprudence.

A Saint-Gilles, en 1859, un pauvre musicien, triste imitateur d'Orphée, encouragé par l'allure pacifique d'un taureau, sauta dans l'enceinte, et marcha vers l'animal en gambadant et en jouant du violon ; le malheureux fut éventré.

Ces jeux, quoique circonscrits au bas Languedoc, doivent être considérés comme des traits du caractère général, car il s'y développe dans toute sa fougue. La même remarque s'applique aux haines de religion, heureusement amorties dans la Haute-Garonne, vivaces encore près des confins de la Provence. Le catholicisme règne à Toulouse en vainqueur; il y a ses coudées franches, il y étale, dans de fastueuses processions, l'or, l'argent, les reliquaires précieux, les bannières richement brodées ; il s'y épanouit sans obstacle ; mais à Nîmes et à Montpellier, où sa suprématie est contestée, où les protestants occupent les principales fonctions civiles, et forment le noyau de la garde nationale, comme représentants de l'opinion constitutionnelle, les deux communions nourrissent une inimitié que trois cents ans de guerre n'ont pas assouvie.

S'il était permis, non pour excuser, mais pour expliquer cet acharnement, d'employer une comparaison mondaine, nous dirions qu'il en est de la religion comme d'une épouse. Le mari d'une jolie femme qu'aucun galant ne convoite, l'aime paisiblement, sans transports, à petit bruit; mais qu'on cherche à la lui ravir, il s'in-

---

[1] Pour la musique, voyez r. 1, p. 123.
[2] Il l'a ballotté, il l'a ballotté ; s'il était resté à la maison, la corne du bœuf ne lui aurait pas fait de mal. S'il n'y était pas allé, on ne l'aurait pas touché.

quiète, il s'anime, il s'emporte, il devient sombre, irascible, vindicatif : le plus calme des époux n'est pas sûr de ne jamais ressembler à Othello.

Or, toujours tracassé dans l'exercice de son culte, le catholique languedocien a été constamment dans la position d'un mari dont on cherche à troubler le repos domestique. Toujours, en Languedoc, l'hérésie a coudoyé la foi ; toujours la négation sceptique a heurté les opinions de la majorité. A peine le christianisme était-il établi, que les Ariens goths et vandales ont brûlé les temples, pillé les vases sacrés ; puis sont venus les Sarrasins, les Albigeois, les Vaudois, les Henriciens, les Pétrobusiens, les Arnaudistes, les Cathares, les Piffres, les Patarius, les Tisserands, les Bons-Hommes, les Publicains, les Passagiens, les Béguins, les Fratricelles, et les débris de toutes ces hérésies mal détruites se sont embouchés dans la réforme.

Ainsi, lassés par de continuelles attaques, les orthodoxes du Languedoc se sont cuirassés d'intolérance et de colère. Leur haine a été proportionnée à l'audace de leurs ennemis ; à la violence de l'antipathie, a correspondu la barbarie des moyens de répression. On a procédé contre les dissidents par la guerre, les massacres, l'inquisition fondée à Toulouse en 1216, les prisons, la potence, les ceps, les galères, la roue, les bûchers, les dragonnades. « On les brûloit, on les écarteloit, on les démembroit, on rasoit leurs maisons, on égorgeoit à leurs yeux leurs femmes et leurs enfants [1]. »

De leur côté, les protestants ont exercé d'affreuses représailles, et toutes les fois que les circonstances les ont favorisés, ils ont pris l'initiative des persécutions et de la cruauté. L'histoire fourmille de preuves d'incendies, de pillages, d'iniquités commises par les réformés. Le 31 décembre 1561, le consistoire de Castres proscrit l'exercice du culte catholique, fait abattre les statues et les autels de la cathédrale de Saint-Benoit, chasse de leur asile les religieuses du couvent de Sainte-Claire, les fait conduire au prêche, et les renvoie à leurs parents. A Nîmes, le 30 septembre 1567, les religionnaires courent la ville en criant : « Tue les papistes ! monde nouveau ! » assassinent et jettent par la fenêtre de sa maison Péhéran, troisième archidiacre, traînent son corps par les rues, tuent à coups de dague et d'épée, dans la cour de l'évêché, soixante-douze catholiques, dont le consul Gui de Rochette, et son frère utérin Robert Grégoire, et comblent un puits avec les cadavres des victimes. Le jour suivant, ils rançonnent l'évêque Bernard Delbène, réfugié au château de Sauvignargues, et égorgent sous ses yeux son maître d'hôtel et un clerc. A la suite de ces événements, les consuls de la ville lèvent d'énormes contributions sur les catholiques, ordonnent la destruction de la cathédrale, du palais épiscopal et de toutes les églises, à l'exception de celle de Sainte-Eugénie, qu'on transforme en poudrière.

Les églises de Nîmes, de Montpellier, de Lunel, d'Usez, d'Alais, de Saint-Gilles, les maisons des chanoines de Nîmes, furent saccagées et brûlées en 1621 par les réformés. On multiplierait aisément de semblables citations, si l'on voulait feuilleter dom Vaissette : le *Fanatisme renouvelé*, par Louvrelcuil ; l'*Histoire des troubles des*

[1] *Apologie pour la réformation*, t. II.

Cévennes, par l'auteur du *Patriote français et impartial;* la *Description du Languedoc,* par Dulaure; l'*Histoire de Nîmes,* par Mesnard; l'*Abrégé de la ville de Nîmes* (Amsterdam, 1767, in-8), et autres recueils d'écrivains de tous les partis. Les Camisards [1], dont plusieurs romanciers ont fait des héros, étaient des assassins et des incendiaires, qui, après des scènes d'inspiration et de prophétie convulsionnaire, ravageaient pieusement les églises et tuaient des prêtres sans défense. Dans les premiers jours de l'insurrection des Cévennes, ils allèrent demander des armes au château de la Devèze, et le propriétaire ayant fait résistance, ils le massacrèrent avec sa mère, sa sœur, son frère, son oncle, et le rentier du domaine. La suite de leurs actes répond à ces débuts. « Le souvenir de la guerre des Camisards, dit un pasteur protestant, M. Frossard [2], est encore vivant dans l'esprit de notre peuple, et ranime trop souvent des sentiments de haine entre deux portions de la société faites pour mieux se connaître et pour s'aimer. » Ils se rappelaient sans doute cette funeste époque, ceux qui, en 1815, vociféraient : *Sarre lou griur* [3] *!* ceux qui fusillaient aux cris de vivent les Bourbons ! ceux qui pillaient les maisons, coupaient les vignes, arrachaient les oliviers des *gorgi-negro* [4] *!*

Ces atrocités ne peuvent plus se renouveler, grâce à Dieu qu'elles offensaient! Les haines s'effacent lentement, mais elles finiront par disparaître. Déjà, dans la classe moyenne, un rapprochement s'est opéré entre les deux communions. On fraternise dans les cercles, dans les cafés, dans les corps de garde, dans les loges maçonniques : la loge du *Bienfait anonyme,* à Nîmes, réunit en grand nombre des hommes de toutes les opinions. On cite un bourg de mille âmes, Congéniès, où sont paisiblement côte à côte une église catholique, un temple protestant, une chapelle méthodiste et une assemblée de quakers. Puisses-tu, heureux village, communiquer à Nîmes un peu de ta fraternelle tolérance !

A Nîmes, la dévotion est extrême des deux parts. Les catholiques, sevrés de processions par les arrêtés municipaux, ne craignent pas de faire le voyage d'Aix, d'Avignon, de Marseille, pour assister à quelque imposante cérémonie. Les protestants lisent et méditent la *Bible,* et ont soin d'apprendre les prières de leur rite à leurs enfants. Ce zèle, loin d'inspirer des sentiments chrétiens, ne fait que rendre la démarcation plus tranchée. On distingue les quartiers catholiques, les Bourgades, l'Enclos Rey, le Chemin d'Avignon, et les quartiers protestants, le Four à Chaux, les environs de la Fontaine, et une partie du Cours Neuf. Les Juifs sont cantonnés rue Roussy, et aux alentours de la synagogue. Dans les promenades, même séparation. Les ouvriers catholiques prennent leurs ébats aux Calquières, les protestants se rassemblent sur le boulevard de la Comédie.

L'autorité a défendu à Nîmes l'opéra des *Huguenots,* joué à Toulouse sans nulle

[1] De *camisada,* attaque nocturne.
[2] *Nîmes et ses environs.* in-8, 1835.
[3] Cours sur le protestant!
[4] *Gorges-Noires.* surnom populaire des protestants. Les *Éclaircissements historiques sur les évenements de Nîmes en 1815 et 1816,* par M. Lauze de Péret (Paris, 1818, in-8) révèlent d'horribles détails sur les excès de la réaction.

FEMME DE CETTE.

opposition. Les catholiques y voyaient un outrage à la religion ; les protestants appréhendaient que ce spectacle ne produisît sur le peuple l'effet du rouge sur un taureau. La *Juive* a soulevé les récriminations des catholiques indignés de voir apparaître sur la scène les princes de l'Église. La représentation de *Lucrèce Borgia* a eu des coups de poing pour intermèdes. Les passages dirigés contre le pape et les cardinaux étaient applaudis par les protestants, sifflés par les catholiques, et des rixes s'ensuivaient.

Les dissentiments de partis se sont greffés sur les antipathies religieuses, et tendent à s'y substituer. Sans tenir compte du culte, les royalistes recherchent les royalistes, les radicaux s'allient aux radicaux. Plus d'un ouvrier, égaré par de fausses déductions, voit des ennemis dans tous les riches, quelle que soit leur croyance. On laisse de côté les dogmes pour discuter des théories sociales. La politique, agissant comme dérivatif, prépare la guérison des esprits fanatisés.

La noblesse languedocienne reste en dehors de ce mouvement. Fidèle à la croix et aux fleurs de lis, isolée, mais influente et comptée pour quelque chose, fournisseuse infatigable du Côté Droit, elle garde opiniâtrément ses vieilles rancunes et ses vieilles prédilections. Son quartier général est Toulouse, l'une des villes de France où les parchemins ont conservé le plus de valeur. Comme les anciens *capitouls,* échevins de Toulouse, *gouverneurs de la ville et chefs des nobles,* étaient anoblis par l'élection :

Cil de noblesse a grand titoul
Qui de Toulouse est capitoul;

il en est résulté une interminable profusion de gentilshommes, qui ont bâti des hôtels en ville, des pigeonniers à la campagne, et, enfermés dans la carapace de leurs murailles de briques, fuient autant que possible le contact des roturiers.

Les Languedociens sont prédisposés à l'amour des distinctions et des titres par cette forfanterie dès longtemps constatée, qui a valu à tous les méridionaux la désignation métonymique de Gascons. Pour un Parisien, Languedociens, Provençaux, Basques et Béarnais sont Gascons. Quiconque a l'œil vif, le teint brun, les cheveux noirs, le nom en *ac,* parle autant avec les bras qu'avec la langue, dit *adieu* pour *bonjour,* et confond ensemble les labiales, passe inévitablement pour Gascon. Quand les vaudevillistes ont besoin d'un Gascon, ils le recrutent à Pézénas, ville du diocèse d'Agde en Languedoc, ou à Carpentras, qui dépendait du Comtat Venaissin. Il existe en effet des analogies sensibles entre toutes les populations du midi ; mais l'orgueil, une de leurs qualités communes, est précisément ce qui les divise. Admirateur exclusif de sa ville natale, chacun la chérit, la révère, l'exalte au-dessus de ses voisines, en choie les usages, en préconise les habitudes, en caresse les préjugés, en pose en principe la suprématie. Les habitants de Toulouse, par exemple, la surnomment fastueusement la *Romaine,* la *Sainte,* la *Palladienne,* la *Rome de la Garonne,* la *ville des deux mers.* *Toulouso,* dira quelque griset, *és lé Paris del miéjoun! bilo célèbro,*

extremomen antico, coumerçanto, bersifianto; païs dé géns d'esprit, n'en soun!
Abeizjamay bist enloc dé may aymablés counbibos qué sés estudiants; de may bèlos
fennos que sas grisettos; dé may sabens homés que lés menténurs dés jocs floureous;
dé may.bèlis edificis que lé Capitolo; de may bèlos plaços que la plaço Royalo;
dé may bèlos gleyzos que Sent–Estienno; de may bèlis póuniz que lé poun, sur la
Garonno? Sé bisitatz jamay le miéjoun, arrestay-bous lonntens à Toulouso, et beyreis
uno bèlo bilo, qué m'én flati .

Sous d'autres rapports, Montpellier se considère comme plus importante que le
chef-lieu de la .Haute-Garonne. *Nostro villo,* s'écriera un étudiant en. médecine,
*n'ès pas tant ancienno que Nismes et qué Toulouso, mais quanta charmanto villo,
moussu! Anas vous proména sur la bella promenado dou Peyrou! véirès des ben
poulidos fennos, messes emb uno grando ellegança. Vantoun fosso la faculta dé
Paris, a bin fourni-cauqués homé assez distingua, n'en counouissé; mais ici poudés
pas faire un pas sans rincontra dé savants médicins, dé savants chirurgiens, dé sa
vants estudiants, dé savants chimistes, dé savants fabricants dé verdé, enfin des
savants de toute espéço. Per cé qué regardo la medecino, Mountpellié és la capitalo
de l'Uropo* [2]!

Le Nîmois ne reste pas en arrière : *Nimes, vesès moussu, ès uno famouso villo,
qu'a des monuments coume on n'en trove pas à Paris! ès une villo bin commerçante, et les habitants sont bin travaillairés. Contribuan pas coumo Toulouse à
augmenta lou noumbré di bavards et di chicanurs, car n'y en a déja trop; n'est pas
coume Montpellié une pepinieiro de carabins ; mais a des manufacturos des schals,
des mouchoirs de sédo, may que touté les autré villos du miéjour. Ruinado plusieurs
fès, nostra villa s'ès toujours relévado, grâce à l'industrio et à l'activita des sis habitants. Repassas din cinquante ans d'iou, moussu, et la trouvarès tant changeado
qué la recouneitrès pas* [3].

Non licet inter eos tantas componere lites. Il ne nous appartient pas de décider où

[1] Toulouse est le Paris du midi. Ville célèbre, extrêmement antique, commerçante, chantante, versifiante,
pays de gens d'esprit, j'en suis! Avez-vous vu ailleurs de plus aimables convives que ses étudiants, de plus
belles femmes que ses grisettes, de plus savants hommes que les mainteneurs des jeux floraux, de plus bel
édifice que le Capitole, de plus belle église que la place Royale, de plus belles églises que Saint-Étienne, de
plus beau pont que le pont sur la Garonne? Si jamais vous visitez le midi, arrêtez-vous longtemps à Toulouse ; vous verrez une belle ville, je m'en flatte!

[2] Notre ville n'est pas aussi ancienne que Nîmes et que Toulouse; mais quelle charmante ville, monsieur !
Allez vous promener sur la belle promenade du Peyrou , vous verrez de bien jolies femmes, mises avec une
grande élégance! On vante la Faculté de Paris : elle a bien fourni quelques hommes assez distingués, je le
sais; mais ici vous ne pouvez faire un pas sans rencontrer de savants médecins, de savants chirurgiens, de
savants étudiants, de savants chimistes, de savants fabricants de vert-de-gris, enfin des savants de toute
espèce. Sous le rapport de la médecine, Montpellier est la capitale de l'Europe.

[3] Nîmes, voyez-vous, monsieur, est une fameuse ville, qui, a des monuments comme on n'en trouve pas à
Paris. C'est une ville bien commerçante, et ses habitants sont bien laborieux. Elle ne contribue pas, comme
Toulouse, à augmenter le nombre des bavards et des chicaneurs: il y en a déjà trop! Ce n'est pas, comme
Montpellier, une pépinière de carabins, mais elle a plus de manufactures de châles et de foulards que toutes
les autres villes du midi. Ruinée plusieurs fois, notre ville s'est toujours relevée, grâce à l'industrie et à
l'activité de ses habitants. Repassez dans cinquante ans d'ici, monsieur, et vous la trouverez si changée, que
vous ne la reconnaîtrez pas.

est la primauté, question d'ailleurs facile à résoudre au moyen d'un dictionnaire géographique. Notre emploi est d'étudier les mœurs indigènes dans leurs rapports et dans leurs différences : nous avons déjà signalé les uns, il nous reste à nous occuper des autres.

Dans les montagnes qui sillonnent une partie de la Haute-Loire, de la Lozère, du Gard, de l'Ardèche, habitent les Cévennols, les *Highlanders* du Languedoc. Ils plantent des mûriers sur le versant des collines, récoltent et travaillent la plus belle soie du monde, après celle du Piémont, tissent au métier des serges et des *cadis* [1], et, malgré la rudesse et la continuité de leur travail, leur sobriété se contente de châtaignes bouillies ou grillées. Attachés à leur pays, ils ne le quittent que pour aller faire dans la plaine la fenaison et la moisson. Sont-ils aisés, au lieu de chercher à grossir leur patrimoine, ils se claquemurent dans leurs villages, se marient à vingt ans, tuent le temps à la chasse et au café, et font valoir leurs terres pour avoir l'air de faire quelque chose. Un grand nombre sont luthériens, et, parés dès l'aube du dimanche, ils font quelquefois plusieurs lieues à pied pour entendre un prédicateur.

Peu familiarisés avec les mouvements de l'époque, beaucoup de paysans cévennols ont appris avec la plus vive surprise qu'un monarque nommé Charles X avait été détrôné en 1830. Entendant les bourgeois crier Vive la Charte! sur la place de Saint-André de Valborgne : « *Diga mé*, demanda un journalier à l'un de ses camarades, *diga mé, moun ami, dé qués doun qué la Charto doun parla tant!*

— *La Charto!* répondit l'autre d'un ton capable, *eh ben, la Charto ès lo fenno dé Louis-Philippo* [2]. »

Ces âpres et grossiers villageois ont parfois des expressions d'une grande énergie. Dernièrement, un jeune homme de Nîmes, sur le point de s'enrôler comme matelot, alla rendre visite à son père nourricier. Celui-ci le reconduisit tristement, et, chemin faisant, il dissertait sur la vie périlleuse du marin, qu'après sa mort on jette à la mer, un boulet aux pieds. Pour achever la peinture de ces funérailles, le vieux paysan ajouta : *Tomba, fa soun cros et s'acata* [3]. Bossuet n'eût pas mieux trouvé.

Des campagnes revenons aux villes, et complétons nos observations par quelques détails.

De larges rues, des places pleines de soleil, des boutiques luxueuses, des groupes de marbre, des bassins moussus, des amours bouffis, de vastes escaliers de pierre, des promenades aux lignes *versaillesques*, donnent à Montpellier l'aspect d'une capitale. Le peuple y professe un goût royal pour la bâtisse, et honore le métier de tailleur de pierre. A Paris même, un tailleur de pierre obtient immédiatement les suffrages de ses collègues, s'il prouve qu'il a fait son apprentissage à Montpellier. C'est une recommandation puissante, une garantie certaine de capacité.

Les femmes jouent un grand rôle à Montpellier. Elles ont pour le commerce une vocation prononcée, tiennent les livres, dirigent les maisons de commerce, suppléent

[1] Étoffes de laine.
[2] « Dis-moi, mon ami, qu'est-ce donc que cette Charte dont on parle tant? — La Charte! eh bien, c'est la femme de Louis-Philippe.»
[3] Il tombe, il fait son creux (sa fosse), et il se recouvre (il s'ensevelit lui-même).

par l'activité et l'économie à l'indolence et à la prodigalité de leurs maris. Si l'industrie ne leur offre pas en leur ville natale assez de chances de succès, elles vont débiter ailleurs de l'indienne et du calicot, et il n'est guère de localité qui ne possède quelques-unes de ces émigrées dites *Montpelliéres*.

On trouve au chef-lieu de l'Hérault des gâcheuses, des maçonnes, des portefaix et décrotteurs en jupon, des facteurs femelles de diligences. Si l'on voulait reconstituer le fabuleux empire des Amazones, ou l'utopie émancipatrice des saint-simoniens, Montpellier fournirait un contingent considérable à la nouvelle colonie.

Le travail n'a point fait renoncer les Montpelliéraines aux inclinations prédominantes de leur sexe. Dames et grisettes sont vêtues avec luxe, étincelantes de joyaux, savantes dans le choix et l'arrangement des étoffes à leur usage. Leur coquetterie paraît avoir une origine bien reculée, puisque le roi Charles V, de concert avec les consuls de la ville, fulminait, par lettres patentes du 15 octobre 1367, contre le faste des habitants : *Ut pompa quorumdam ejusdem villæ Montispessulani, et dissolubilis status atque gestus vestium et ornatuum, Deo odibiles, desererentur*. Les réprimandes du bon roi n'ont pas été d'une grande efficacité.

Les Montpelliérains sont à moitié médecins, et pleins de respect pour la science hypothétique d'Esculape. La réputation de leur Faculté, fondée en 1180 par des *mires* arabes et sarrasins, attire encore une foule d'opulents malades, sur lesquels l'indigène, docteur ou marchand, prélève de fructueuses contributions. Il réussit moins sûrement dans les spéculations dont les étudiants en médecine sont l'objet. Les étudiants de Montpellier sont plus tapageurs que ceux de Toulouse, moins soigneux de leur mise, plus enclins aux longs cheveux et aux barbes incultes, et, qui pis est, plus récalcitrants débiteurs. Ils s'arrangent toujours pour prolonger leur séjour à Montpellier : le climat est si beau, l'air si pur, la vie si douce ! Ce n'est guère qu'après un refus formel de subsides de la part de leurs familles, qu'ils s'exécutent, passent leur thèse, et, précédés d'un appariteur dont la masse est entourée des replis du serpent d'Épidaure, endossent la robe rapiécetée de Rabelais pour se faire admettre au doctorat.

Depuis 1858, un chemin de fer mène de Montpellier à Cette, petit port de mer situé au pied de hautes falaises, entre la mer et l'étang de Thau, auquel aboutit le canal du Languedoc. Ce port approvisionne de poisson Nîmes et Montpellier. Le rivage est bordé de misérables huttes, chétive résidence de pêcheurs et de pêcheuses habiles au maniement de la ligne et de la fouanne. Ils font usage de l'une sur le quai, ou, tenant l'autre en main, attendent pour les harponner au passage les mulets qui remontent l'étang. La pêche en pleine mer se fait la nuit, à *la luminada*[1]. Les barques rentrent le matin chargées de thons, que les femmes emportent dans leurs cabanes, où se pressent les acheteurs et les marchands de marée. Mais ce n'est pas là, comme on devrait le croire, la principale occupation des Cettois. Voyez ce que peut l'industrie ! elle a fait de Cette un pays vignoble, ou plutôt une manufac-

---

[1] Aux flambeaux.

LE CARACO

ture de vins. Les vins de Languedoc et de Roussillon entrent dans ses laboratoires, y subissent des mélanges, des amalgames, des manipulations, et sortent transmutés en madère, xérès, porto, malaga, rancio, champagne, etc. Le bordeaux est le seul que son inimitable bouquet mette à l'abri de la contrefaçon. Les marins cettois sont complices de la fraude. Devinez-vous pourquoi ce navire est chargé de liquides imposteurs? Il va les transporter en Espagne, s'y procurer d'irrécusables certificats d'origine, et ramener en France, en acquittant les droits, sa cargaison dûment naturalisée. Vous, lecteur, qui vantez votre cave, qui sablez vos vins d'Espagne avec la satisfaction intime d'un homme sûr de son fait, vous ne dégustez peut-être que des nectars d'invention cettoise.

Passons de l'Hérault dans le Gard, et abordons à Nîmes, cité tout antique par ses monuments, toute moderne par ses fabriques; sa population est cramponnée à ses usages, rétive à la civilisation; les germes révolutionnaires n'ont point fructifié parmi ses sauvages *bourgadiers,* mais elle progresse par l'industrie. C'est la ville la plus laborieuse du Languedoc. Ses commerçants sont tellement emprisonnés dans leurs magasins, tellement absorbés par leurs occupations, qu'ils trouvent à peine le temps d'admirer les édifices de la colonie d'Auguste, *la Maisoun carrada, la Tour magna, lou templé de Diana, lis Aréno.* Plusieurs même n'ont jamais daigné se déranger pour jouir de la vue imposante du pont du Gard.

Autour de Nîmes s'étendent d'arides monticules qu'on appelle *guarrigues.* Les eaux pluviales, entraînées sans cesse dans les bas-fonds, y permettent la culture de l'olivier, du figuier, de la vigne, du mûrier même; mais les cimes des guarrigues n'ont d'autre verdure que celle du buis et du thym. Là, paissent de maigres troupeaux sans abri contre la chaleur et le mistral. Les bergers de cette contrée sont tristes et désolés comme elle; leur activité méridionale se trahit par des mouvements brusques, par de perpétuelles allées et venues; il semble qu'ils évitent de poser les pieds sur le sol embrasé, et l'on dirait, à voir leur dos voûté, qu'ils se baissent pour s'éloigner d'un soleil trop ardent.

A six lieues Est de Nîmes est Beaucaire, cité qui ne vit qu'une semaine par an, depuis le 22 juillet jusqu'au 1er août. C'est l'époque de sa foire, mentionnée en divers titres dès 1168, et dont les franchises, maintenant abolies, ont fait le rendez-vous de tous les négociants de l'Europe. Pendant le reste de l'année, les Beaucairiens fument, jouent aux cartes, chassent et dorment. Les seuls qui donnent signe d'existence sont, hélas! les portefaix, race avide, âpre à la curée, occupée à épier l'arrivée des bateaux à vapeur pour fondre comme une nuée de harpies, comme une peste vivante et palpable, sur les infortunés voyageurs. Vienne la foire, et tout ressuscite dans cette grande enceinte déserte. Les maisons fermées se rouvrent. On balaye les rats et les scorpions, qui ne s'attendaient guère à cette expropriation forcée, après onze mois de possession paisible. On récrépit les murs, on badigeonne les devantures, on rétablit les cloisons, on se prépare à recevoir l'affluence de marchands qui vont décupler momentanément la population. Tout se loue, et se loue à des prix exorbitants. Il n'est pas de porte cochère, d'écurie, de soupente, de dessous d'escalier qu'on n'érige en magasin. Il n'est pas de galetas, de cabinet noir, de mansarde moisie, qu'on ne baptise du nom immérité de chambre, et où l'on n'entasse double et triple rangée de lits ! et de quels lits ! Les propriétaires se réfugient sous les toits ; ils abandonnent leur maison aux locataires ; non contents de louer leurs appartements, ils louent leurs ustensiles de ménage, ils louent leurs fils, ils se louent eux-mêmes ; la vieillesse et l'enfance se mettent au service des nouveaux débarqués, et le moindre bambin parvient à gagner *cinq écus* comme aide de cuisine.

La foire commence ; les marchandises de toute espèce sont empilées dans les boutiques, et débordent sur le pavé. Les marchands de jouets, de pipes, de parfumerie, de dattes, de pâtes d'Italie, campent sur *le Pré*, le long de la rive droite du Rhône. Des gens de tous départements, de toutes nations, circulent sous les toiles dressées en travers des rues.

Lous Parisiens, lous Lionneses,
Arméniens, Flamans, Angleses,
Lous Catalans et Espagnous
Qué son venguts dessus de mious,
L'un per achet, l'autre per troquo.
Das sujets dau rei de Marroquo
N'y a qu'y son venguts bén souven !
Mais aqueles van per lou ven,
Noun monton pas ni miou ni miolo ;
Et l'on pot ben sans hyperbolo
Dire que l'y a mai d'estrangés
Qu'en Italio d'irangers [1].

Des cafés-théâtres, des cafés-concerts, des cafés-jardins, des cafés-restaurants, des cirques, des baraques d'acrobates, des ménageries, offrent aux promeneurs leurs plaisirs, leurs rafraîchissements, leurs paisibles ou bruyantes récréations. *L'on y vei*

De saltimbanquos bén gaillarð,
Et n'y a que moustron per dou liars
Quauquo gentilo perspectivo,
D'antres en quauquo beslio vivo,
Commo son lions, leopars,
Panteros, mouninos, rainars,
Et tant d'autros bestios sauvajos
Qu'y gagnou d'argen qué fan rajos [2].

---

[1] Les Parisiens, les Lyonnais, Arméniens, Flamands, Anglais, les Catalans et Espagnols, qui sont venus sur des mules, l'un pour acheter, l'autre pour troquer. Il y a des sujets du roi de Maroc qui y sont venus bien souvent, mais ceux-ci sont venus par le vent, et ne montent ni mules ni mulets. On peut dire sans hyperbole qu'il y a à Beaucaire plus d'étrangers qu'en Italie d'orangers.
L'Embarras de la foire de Beaucaire, poëme par Jean Michel, de Nîmes, auteur du dix-septième siècle.

[2] L'on y voit des saltimbanques bien gaillards ; il y en a qui montrent pour deux liards quelque gentille perspective, d'autres quelques bêtes vivantes, comme lions, léopards, panthères, singes, renards, et tant d'autres bêtes sauvages, qu'ils font fureur et gagnent beaucoup d'argent.

La foire de Beaucaire est encore importante, mais elle décroît chaque année. Quand les moyens de transport étaient difficiles, les marchands méridionaux consentaient volontiers à payer cher ce qu'à grand'peine on leur apportait de loin ; aujourd'hui presque tous *vont en fabrique*, ou trafiquent par correspondance et par l'intermédiaire de commis voyageurs. Les fabricants n'obtiennent guère plus de leurs produits rendus à Beaucaire que s'ils en effectuaient la livraison à Rouen, à Mulhouse, à Elbeuf, à Sédan, à Saint-Quentin. Aussi ne se soucieraient-ils point de grever leur budget de frais de voiture, de port, de loyer, de nourriture, si le *besoin d'écouler*, cette plaie industrielle ouverte par le défaut d'harmonie entre la production et la consommation, ne les décidait à braver les inconvénients multiples du voyage de Beaucaire.

Beaucoup d'habitués de la foire, espérant échapper à la rapacité de la rive droite du Rhône, passent sur la rive gauche et demandent l'hospitalité à Tarascon ; mais combien ils sont déçus dans leurs rêves d'économie ! au proverbe vieilli *Tomber de Charybde en Scylla*, ne pourrait-on substituer : *Tomber de Beaucairien en Tarasconais ?*

Tarascon doit son nom à la tarasque, monstre fabuleux que sainte Marthe dompta la croix à la main. En l'honneur de ce miracle fut instituée une fête qui a longtemps eu lieu le jour de la Pentecôte et le lendemain de la foire de Beaucaire. On y promenait une tarasque de bois, peinte en vert et en rouge, dont l'énorme queue, mise en mouvement par une corde, renversait les curieux trop imprudents. On se demandait le soir :

« *Qu'a fea la tarasca* [1] ?

[1] Qu'a fait la tarasque ?

— *A tuya un catholic.*

— *Pécaïré!*

— *A rompu un jusiau.*

— *Vaou pas la peno.*

— *A tuya un iganaou.*

— *A ben fa* [1].

La tarasque, escortée de ses gardes tarasquaires habillés de serge rose, est sortie en 1859 à l'occasion de l'inauguration du chemin de fer de Beaucaire à Nîmes, avec tout le pompeux cérémonial des anciens jours. Elle a *ballotté* quelques étourdis, mais elle n'a tué ni catholique, ni huguenot. Ce reste des superstitions barbares du moyen âge a servi, sans encombre, à la glorification de l'un des bienfaits de la civilisation contemporaine.

C'est d'un bon augure pour l'avenir de ces belles contrées.

---

[1] Elle a tué un catholique. — Le pauvre malheureux! — Elle a rompu un juif. — Ça n'en vaut pas la peine. — Elle a tué un huguenot. — Elle a bien fait.

E. DE LA BÉDOLLIERRE.

L'ARLESIENNE.

LE PROVENÇAL.

A MÉRY, à l'un des hommes qui honorent le plus, et qui aiment le mieux la Provence.

Son ami.   T. B.

EPUIS l'invention révolutionnaire des départements, la Provence commence avec le département de Vaucluse. L'arc de triomphe, élevé, dit-on, par Marius vainqueur aux portes d'Orange sert d'entrée à ce beau pays. On y pénètre par une voûte de pierre, on en sort par une voûte d'orangers. L'amandier, l'olivier, le pin, l'arbre qui fleurit le premier, et ceux qui gardent les derniers leur feuillage, révèlent la Provence au poëte; les monuments glorieux épars sur son sol la signalent à l'historien; le caractère particulier de ses habitants en fait une contrée précieuse pour l'observateur et le philosophe. De quelque côté que vous jetiez les yeux, vous marchez sur un terrain classique. Rome, la Grèce, le moyen âge, tout ce qui fut grand sous le soleil, a laissé l'empreinte de ses pas sur cette terre privilégiée. Le Rhône, la Durance, le Var, et mille autres rivières profondes fertilisent ses campagnes, une race d'hommes forts habite ses villes, et la Méditerranée ouvre la route du monde à ses enfants.

Traversons rapidement Orange : c'est une ville qui n'a qu'une rue et des ruines, laissons de côté Carpentras, la cité rivale de Brives-la-Gaillarde, de Quimper-Corentin et de Pézénas, dans les moqueries populaires. Le Provençal nous attend à Avignon ; c'est là que nous commencerons à reconnaître les traits principaux de sa physionomie morale, à débrouiller les mille contrastes de son caractère, et les mille inconséquences de ses passions. Ouvrons nos yeux et nos oreilles, et tâchons d'oublier le Français.

Avignon est une ville étrange qui a conservé presque dans toute son intégrité l'aspect qu'elle avait au moyen âge ; ses remparts traditionnels semblent n'exister encore que pour la protéger contre un coup de main de la civilisation moderne ; dans ses rues tortueuses on aperçoit à chaque pas des madones qui se dressent chargées d'*ex-voto* à l'angle des maisons ; de sombres hôtels féodaux ouvrent de temps en temps leurs portes massives pour livrer passage à la lourde calèche de quelque noble morose ; car, depuis la révolution de juillet, la noblesse boude à Avignon comme partout. Au milieu des quartiers que n'anime pas encore l'industrie, l'herbe croit sur le pavé désert, et le silence n'est troublé que par le bruit lugubre de la clochette qu'un enfant agite devant le prêtre qui va porter le viatique à un mourant. Quand le funèbre cortége passe, tout le monde se met à genoux ; malheur à l'étranger, à l'incrédule, au Parisien qui garderait son chapeau sur la tête : de sombres prunelles fixées sur lui l'avertiraient qu'il est en Espagne ou en Italie, et, s'il ne se hâtait d'obéir à ces avertissements muets, l'effet ne tarderait peut-être pas à suivre la menace. Le regard n'est frappé de tous côtés que par des images religieuses ; quand ce n'est pas une madone qui vous arrête, c'est le viatique qui passe ; quand le viatique a passé, c'est un homme revêtu d'une cagoule, un pénitent noir qui marche devant vous, et frappe à toutes les portes demandant l'aumône pour les pauvres prisonniers. Les jours de fête, c'est un carillon à assourdir tous les paradis possibles. Avignon est la ville des cloches par excellence ; il y en a de toutes les formes, de toutes les dimensions, de tous les métaux ; au bruit qu'elles font, on s'aperçoit aisément qu'on est dans la vieille capitale des papes et des anti-papes. Une chose digne de remarque, c'est qu'à Avignon on ne rencontre point de prêtre gras : le curé fleuri et ventripotent du centre de la France y est remplacé par un vicaire à la soutane râpée, au teint cuivré, aux yeux caves, à la démarche rectangulaire ; on dirait un spectre de Claude Frollo. Au milieu de cette cité fantastique et monacale, nous concevons les terreurs de ce voyageur qui, conduit chez le maire pour montrer ses papiers dont on soupçonnait l'exactitude, demandait avec anxiété aux gendarmes si on allait le plonger dans les cachots de la sainte inquisition.

Il y a cependant une autre partie de la ville dans laquelle on semble vivre sous l'empire d'autres préoccupations. Ce sont partout des cafés, des hôtels, de fraîches boutiques, en un mot la gaieté et le mouvement de la civilisation. Des cicéroni en guenilles offriront de vous guider vers la maison de Laure, d'autres vous poursuivront en vous montrant le calessino poudreux qui doit vous conduire à peu de frais à la fontaine de Vaucluse, dont les échos redisent encore les sonnets de Pétrarque ; dans quelque auberge que vous descendiez, on vous proposera de coucher, moyennant une légère augmentation, dans la chambre où le maréchal Brune fut assassiné. Ici les rues, plus larges, plus aérées, sont habitées par de riches négociants ; car, depuis quelques années, un caprice ministériel a fait d'Avignon une des cités les plus commerçantes du royaume. Avignon a retrouvé le secret de la pourpre de Tyr ; c'est elle qui teint les trois cent mille pantalons qui composent notre armée ; la garance lui a sauvé la vie. Cette graine précieuse, c'est à un Persan qu'elle la doit. On est sûr de rencontrer un Persan partout où il s'agit d'une fleur. Ce sage oriental, ce bienfaiteur d'Avignon, vivait tranquillement au milieu de ses rosiers, de ses jasmins, de ses lilas, dont il comprenait le mystérieux langage, lorsqu'à la suite d'une révolution politique, il fut vendu comme esclave à des marchands d'Anatolie. Ses connaissances en horticulture le rendirent précieux à son maître, qui le plaça à la tête de ses plantations de garance. Les Turcs connaissaient les propriétés de cette plante, et ils tenaient tant à s'assurer les bénéfices qu'elle pouvait donner, que la peine de mort était prononcée contre celui qui en exporterait la graine à l'étranger. Courbé sur son travail de chaque jour, l'esclave persan songeait à la liberté et à la fortune. Enfin le destin lui fut favorable ; il put quitter l'Anatolie emportant un paquet de la graine précieuse, et il arriva en France à peu près au moment où Parmentier venait d'inventer la pomme de terre. Le monocotyledone et le tubercule débutèrent à la fois, mais la pomme de terre, plus heureuse, vainquit facilement les premiers obstacles, tandis que la garance mourut de misère à Avignon, où elle s'était réfugiée. Aujourd'hui cependant l'injustice du sort a été réparée ; on a élevé un monument à la mémoire du Triptolème rouge : il s'appelait Alten, il était né dans le Farsistan, il avait passé quinze années de sa vie en esclavage, et le reste dans le plus profond dénûment. Son monument consiste en quatre blocs de marbre, une statue, et une inscription en français d'Avignon.

Comme la ville qu'il habite, le caractère du Provençal avignonnais peut donc se diviser en deux parts bien distinctes : l'une appartient à l'industrie, aux instincts de la civilisation envisagée au point de vue des diverses opinions politiques ; l'autre, et c'est peut-être la partie la plus curieuse, représente l'influence du passé géographique et historique. Du reste, cette grande division morale, qui n'est autre chose que la lutte entre le présent et le passé, nous la retrouverons à chaque pas, sous mille formes, dans toute la Provence.

Lorsque, du haut de la plate-forme qui couronne Notre-Dame-des-Doms, vieille église qui renferme les tombeaux de plusieurs pontifes, et celui du brave Crillon, on jette un coup d'œil sur les tours du palais des papes, que les efforts du temps et

l'âcre mistral réunis n'ont pu entamer, on comprend comment il se fait que le catholicisme étende encore sur Avignon son influence incontestée. Il y a dans cette ville
une bourgeoisie nombreuse composée de familles qui n'ont pas voulu jouer leur modique patrimoine dans les hasards de l'industrie, et qui, vivant dans l'inaction, ont
cependant besoin de satisfaire l'activité de l'imagination méridionale. Ceux-là trouvent
une occupation nécessaire dans les pratiques du culte. L'arrivée d'un prédicateur,
l'intronisation d'un nouveau curé, la découverte d'une relique dans un village,
sont pour eux des distractions, un texte sans cesse renaissant de conversations et
d'hypothèses. Les enfants prennent au milieu de ces préoccupations de leurs parents
des habitudes que la poésie de la jeunesse exagère quelquefois, mais que l'âge mûr
ne parvient jamais à déraciner complétement. C'est ainsi que les traditions religieuses subsistent et se perpétuent au sein de cette bourgeoisie dont les mœurs sont
du reste fort douces. D'un autre côté, le catholicisme, en vieillissant, a fini par fer-
menter au cœur de cette population ; il s'est formé, et cela ne pouvait pas être
autrement un noyau d'exaltés, de mystiques, auxquels le christianisme réel n'a plus
suffi, et qui sont allés chercher par delà les sphères connues un aliment à leur foi.
Ce mysticisme profond date des premières années de la révolution. A cette époque
un comte polonais vint dans le Midi, consolant les fidèles au nom de la vierge
Marie, et leur promettant que la persécution ne serait pas de longue durée. Le Messie
des bords de la Vistule était jeune, beau, éloquent, il parlait ce langage passionné
propre aux mystiques. Son succès fut immense auprès des femmes ; de toutes parts
les offrandes affluaient autour de lui, car ce Polonais procédait déjà par voie de
souscription ; il parlait de la mission providentielle qui lui était réservée, et sans
savoir en quoi elle consistait, on se dépouillait pour l'aider dans son entreprise. Un
beau jour le comte divin partit, et l'on n'a plus eu de ses nouvelles. Ceux qui autrefois crurent en lui, attendent et comptent encore sur son retour.

Pour ce qui concerne plus spécialement le
peuple, les confréries de pénitents, les con-
grégations de tous les genres, et le confessionnal, sont pour lui ce que l'habitude
est à la bourgeoisie ; dans le Midi tout le
monde est pénitent, comme tout le monde
est franc-maçon dans le Nord ; il y a des rivalités de confréries, comme il y a des rivalités de compagnonnage : quelquefois les pénitents noirs en viennent aux mains avec les
pénitents bleus, ou les blancs avec les gris,
et toujours pour une question de préséance
dans quelque procession. Il est rare que des
injures on ne passe pas aux coups, alors tout
devient une arme, et celui qui porte la croix
s'en sert pour assommer son adversaire. Voilà comment on comprend la dévotion dans
le midi ; elle est plus dans la tête que dans le cœur, et l'on sait ce que valent les

têtes méridionales quand un motif extérieur vient surexciter l'exaltation qui leur est naturelle. On a eu tort de rejeter exclusivement sur le fanatisme la responsabilité des crimes commis à chaque réaction politique ; si les Avignonnais ont été plus avant que tous les autres dans cette voie sanglante, il ne faut point perdre de vue qu'avant la révolution Avignon était un lieu d'asile, que tous les voleurs, les escrocs, les meurtriers de la France et de l'Italie venaient s'y réfugier, et que la populace de 95 et de 1815 subissait à son insu l'influence de sa terrible origine.

Si maintenant de la populace nous passons à l'ouvrier, nous le trouverons à Avignon comme partout très-attaché aux pratiques du culte, et cependant très-corrompu. Le journalier de Birmingham, qui tolère la prostitution de sa fille, ne consentira jamais à travailler le dimanche ; le canut de Lyon, toujours prêt à faire le coup de fusil, va les jours de fête en famille porter un *ex-voto* à Notre-Dame de Fourvières ; le teinturier d'Avignon quittera son sac de pénitent pour danser à la guinguette, ou pour siffler au parterre une Dugazon qui ne lui convient pas. Chez les femmes du peuple la dévotion est un charme de plus, elle remplace presque l'éducation. Voyez en effet cette jeune taffetatière qui passe à votre côté sur la place Pie ; pen-

dant toute la semaine elle fait aller la navette, personne ne lui a appris à lire, elle ne sait rien au monde de ce que connaissent les grisettes de Paris, qui ont pour se former les romans de Paul de Kock, les lettres de leurs amants des écoles, et les bals de la Renaissance ; heureusement cette taffetatière fait partie de la congrégation du Sacré-Cœur ; il y a dans cette congrégation des demoiselles fort bien élevées dont elle entend les conversations ; le directeur, qui veut que son troupeau fasse bonne contenance à la procession prochaine, lui apprend comment on porte son bonnet convenablement, comment il faut se tenir droite avec grâce, et surtout comment on doit délicatement garder son œil baissé vers la terre ; que de fois cette dernière partie du catéchisme lui servira dans les circonstances difficiles de sa vie

aventureuse. Cette coquetterie de la dévotion apprise dans les coulisses de la sacristie, la jeune fille l'apportera dans les *trains* [1], à la promenade, dans le tête à tête, et voilà une grisette charmante qui n'aurait jamais existé sans le Sacré-Cœur de Jésus.

[1] Fête patronale d'un village.

La taffetatière et la taveleuse forment la classe des grisettes avignonnaises : l'une, comme son nom l'indique, fabrique le taffetas, un des principaux produits de l'industrie locale ; l'autre dévide l'écheveau autour des moulins à soie. Ce sont des jeunes filles à l'œil noir, au corsage délié, au pied fin, comme Paris n'en produit guère. La grisette d'Avignon ne pâlit que devant la grisette de Marseille, laquelle n'a de rivales qu'à Madrid. Quand la fabrique va, taffetatières et taveleuses sont assidues à l'ouvrage, et constantes avec leurs amants ; mais, dès que la crise commerciale arrive, cette fatale crise si terrible et si fréquente, elles quittent le métier ou le moulin, et deviennent plus tolérantes ; le chiffre de leurs bons amis atteint souvent une limite exagérée. L'industrie est morte, il leur reste l'amour, cette autre industrie immortelle.

L'ouvrier avignonnais ressemble à tous les autres ouvriers, avec cette seule différence qu'il est pénitent bleu. Le bourgeois affectionne plus spécialement la cagoule blanche ; il ressemble également à tous les autres bourgeois, quelquefois seulement il croit au retour prochain de Henri V, et porte, en guise de chaîne de sûreté, un cordon vert et blanc. Les négociants ressemblent encore plus à tous les autres négociants. Quant à la jeunesse, elle a ses types qui lui sont communs avec toute la province : le lion, le tyran de café, l'amant de la première chanteuse, l'agitateur démocrate, le journaliste local, et le poëte chrétien. Avignon possède aussi des invalides, mais ils ont beau monter la garde avec une pique, ils ont beau être manchots, culs-de-jatte, et tirer des coups de canon les jours d'anniversaire, ils n'ont pas l'air de véritables invalides : cela tient sans doute à ce que l'hôtel qu'ils habitent n'a pas été bâti par Louis XIV. Avignon possède une classe d'individus que l'on s'est plu à calomnier jusqu'ici, et à laquelle il est temps qu'on rende justice ; nous voulons parler des portefaix du Rhône. On les a dépeints comme des sauvages se jetant sur les voyageurs à la sortie des paquebots, tandis qu'en réalité ce sont d'honnêtes lazzaroni qui attendent votre arrivée, tranquillement couchés au soleil, qui ne demanderaient pas mieux que de se contenter de quelques baïoques, et de vous appeler excellence en portant votre bagage, si vous ne cherchiez pas à vous moquer d'eux parce que le mistral souffle, et qu'ils disent : *Tron de Diou !* Un type charmant, aussi c'est l'imprimeur qui n'a jamais eu qu'une seule fonte dans ses casses, et qui passe sa vie à composer avec des têtes de clous des livres de messe, et les œuvres complètes de son compatriote le marquis de Sade. Le château de l'auteur de *Justine* est situé à un quart de lieue de la fontaine de Vaucluse. Pétrarque et le marquis de Sade, quel rapprochement ! Laure, Crillon et le marquis de Sade, voilà les trois plus grandes illustrations d'Avignon, et chacune d'elles résume un côté du caractère de ses habitants : l'une en représente le mysticisme ; l'autre, la bravoure ; le dernier, la corruption galante. La science est aujourd'hui représentée à Avignon par M. Requien ; le journalisme, par M. de Pontmartin. M. Adolphe Dumas, auteur déjà célèbre du *Camp des Croisés*, est né à quelques lieues de cette ville.

Malgré sa population de jolies femmes, malgré ses fabriques, malgré le passage fréquent de toutes les diligences du Midi, Avignon est une ville triste. On sent qu'elle a été sur le point de ravir à Rome sa suprématie religieuse, et qu'elle éprouve encore de nos jours le regret de n'avoir pas réussi. Avignon a toute la mélancolie de l'ambition foudroyée ; ses églises, ses promenades, ses rues même, ont l'air d'être encore dans l'attente d'un grand événement qui doit peupler leur solitude. Avignon soupire après un pape. Pour trouver un peu de gaîté, il faut parcourir les environs. Sur les rives du Rhône et de la Durance, s'étalent des prés humides, de vastes moissons, de riches vergers ; à l'horizon se dresse la cime bleuâtre du mont Ventoux, le géant provençal, et les mille petites rivières qui sortent de ses flancs, se perdent en une foule de méandres qui vont porter la fécondité au sein de ces campagnes. Une population pleine de force et de beauté arrose de ses sueurs ce sol intelligent et fécond qui les lui rend en richesses. Le dimanche, tous ces villages, cachés derrière des bois de saules, chantent leurs sérénades les plus joyeuses, dansent leurs plus charmantes farandoles. Des couples amoureux se glissent entre les peupliers. Le rossignol soupire, le tambourin retentit, les cœurs chantent leur hymne intérieur à la beauté, et le lendemain tous ces jeunes gens, tous ces vieillards, toutes ces jeunes filles, après avoir écouté la bénédiction du matin, recommencent le cours d'une vie qui peut se résumer dans ces trois mots : Dieu, le travail, l'amour !

Si vous y consentez, nous n'irons pas à Vaucluse où il n'y a plus qu'une auberge où l'on vous sert des sonnets en guise de truites ; passons le pont d'Avignon, si célèbre dans les chansons populaires. Arrêtons-nous un moment à Apt dont le nom trahit les préoccupations culinaires de ses habitants : ce nom n'est pas en effet autre chose qu'une dérivation *d'appetere*, au parfait *appetit*, qui, à la longue, sera devenu *apt* par contraction ; on trouve même ce mot écrit de la manière suivante dans une vieille chronique : *ap't*. Les citoyens de cette sous-préfecture ne songent qu'à justifier cette appétissante étymologie. Tout le monde est confiseur à Apt, cuisinier, ou marchand de truffes ; ceux qui ne professent pas l'un de ces trois métiers, fabriquent des pots pour mettre ces confitures, des marmites pour préparer ces ragoûts, et jusqu'à des terrines pour les oies du Capitole toulousain qui sauvent tous les jours la ville. Apt, renfermé entre des collines, est le chaudron à confitures de la France. Tous les Aptésiens sont gastronomes, et savent Brillat-Savarin par cœur ; les suicides de cuisiniers y sont très-fréquents quand la marée vient à manquer. Du reste, les préoccupations gastronomiques ne règnent pas seules à Apt ; la gastronomie est sœur de la poésie, Comus est le fils d'Apollon, quoique ce ne soit pas M. Scribe qui le chante, et sans parler de l'abbé Aude, l'inventeur de *Cadet Roussel* et de *Madame Angot*, Apt renferme deux frères poètes, MM. Fortuné et Elzear Pin, auteur d'un livre intitulé *poëmes et sonnets*, qui tous les deux ont fait remarquer leur trop courte collaboration dans la presse parisienne.

Après Apt, nous nous contenterons de citer Lourmarin, Cabrière et Merendol, la provence vaudoise ; Cavaillon, célèbre par ses melons ; nous laisserons Pertuis se débattre contre la Durance, et construire des ponts qu'elle emporte chaque année. Arles nous attend ; profitons du bateau à vapeur, dans quelques heures nous nous promènerons sous les arceaux de Sainte-Trophime, et nous escaladerons les gradins de ces arènes qui forment le colysée de Rome provençale.

Le Rhône a beau prendre sa source en Suisse, c'est, avant tout, un fleuve provençal ; voyez-le traverser rapidement le Leman sans daigner mêler ses nobles vagues aux ondes protestantes et roturières du lac genevois ; écoutez-le mugir sous les ponts de Lyon d'où il s'élance pour franchir d'un bond la distance qui le sépare du lit nuptial. La Méditerranée l'attend, c'est la fiancée qui le réclame ; à quelques lieues d'Arles son hymen doit s'accomplir ; ses rives deviennent tout à coup si riantes, si fertiles, si fleuries, qu'on dirait qu'elles ont retenu quelque chose des désirs du fleuve pour se féconder. Ancien municipe romain, puis, capitale d'un royaume, Arles n'est aujourd'hui qu'une modeste sous-préfecture qui n'a plus que des ruines et la beauté de ses femmes pour la protéger. Arles n'a pas d'industrie, c'est à peine si de temps en temps quelques étrangers viennent visiter ses magnifiques arènes, et les derniers débris du cloître de Sainte-Trophime. La Vénus d'Arles revit dans chacune de ses compatriotes ; à

les voir, avec leur taille élevée, leur port majestueux, leurs traits caractérisés, on dirait des bas-reliefs qui marchent. Leur costume est excessivement pittoresque : un corsage à la taille très-haute et aux manches étroites ; des jupons courts, des bas de couleur ; des souliers de satin avec une boucle, voilà pour le vêtement ; la coiffure est encore plus singulière : un réseau de mousseline assez élevé retient leur chevelure ; de larges rubans, taillés comme des bandelettes, assujettissent avec d'énormes épingles d'or cette coiffe autour du front ; des boucles d'oreilles qui décrivent un grand cercle d'or pendent sur leur col ; c'est ainsi qu'on nous représente l'antique Isis des bas-reliefs d'Égine. L'Arlésienne joue en Provence le rôle que les femmes de Milet remplissaient en Grèce et à Rome ; ce sont les plus belles et les plus nombreuses courtisanes du Midi. Les Arlésiens sont mariniers ou agriculteurs, ils luttent contre le Rhône, ou contre les chevaux indomptés et les taureaux de la Camargue, *Caii Marii ager,* pour ceux qui aiment les étymologies. Le Rhône, à son embouchure, décrit les méandres les plus capricieux, comme le Nil il a voulu avoir son Delta, et agrandissant de ses alluvions une espèce de promontoire qui s'avançait au milieu de ses flots, il a créé la Camargue. Ce pays fertile et malsain peut donner une idée des marais Pontins : ce sont les mêmes pâtres

fiévreux, les mêmes physionomies mélancoliques, les mêmes occupations sauvages ;
la vie se passe à lutter contre des taureaux et à dompter des cavales. Ces marécages
profonds, ces interminables plaines d'herbes élevées, ces pampas de la Provence, ne
sont pas habitées. L'homme ne bâtit qu'une demeure provisoire au milieu de cette
contrée malfaisante : il ne fait qu'y camper. Lorsque le temps des moissons est arrivé,
d'innombrables bandes de travailleurs se répandent dans toute la campagne ; les épis
tombent, les gerbes s'entassent, tout le monde lutte d'activité, ou veut avoir fini
avant que le mauvais air n'ait lancé ses courants fiévreux sur la campagne. Mais
quand les moissonneurs sont partis, les glaneuses restent ; elles élèvent leurs tentes
au milieu des sillons vides, et leur journée s'écoule à chercher l'épi oublié par la
faucille avare. Souvent la maladie les emporte au milieu de cet ingrat labeur, alors
leurs compagnes, les autres prolétaires des champs, jettent sur leur tombe des fleurs
qui semblent comme elles minées par la fièvre. Chaque été la mort fait sa moisson
parmi nos pauvres glaneuses. Ne faut-il pas que la Provence paie aussi sa dîme de
jeunes filles au minotaure de la pauvreté! A côté de la Camargue s'étend la Crau,
plaine inculte, vaste désert de cailloux où se reproduit quelquefois le brillant phénomène du mirage. C'est à l'extrémité de cette plaine que débarqua la blonde
Madeleine, à laquelle ces landes désertes parurent trop belles encore pour sa pénitence, et qui s'en fut expier ses erreurs au milieu des rochers solitaires qui renferment la Sainte-Baume. Une population de pasteurs habite ces régions pierreuses ;
l'hiver, ils font paître à leurs troupeaux une petite plante qui croît sous les cailloux
de la plaine ; lorsque le soleil du printemps commence à dessécher le mince brin
d'herbe; la tribu nomade lève ses tentes, rassemble ses troupeaux et va chercher sur
les versants des Alpes un gazon que le vent de la mer ne brûle pas. Ces Arabes provençaux s'appellent *Escabouets*. Ils traversent la Provence en longues caravanes : les
ânes marchent en tête portant les bagages ; devant le troupeau chemine un bouc majestueux que le menu bétail suit avec une docilité exemplaire. D'ailleurs, pour plus de
sûreté, des chiens vigoureux maintiennent le bon ordre sur les flancs, et compri-
ment toutes les tentations de maraudage. La famille de l'Escabouet, sa femme, ses

enfants, sa servante forment l'arrière-garde, montés aussi sur des ânes. La caravane
traverse ainsi toute la haute Provence, Manosque, Digne, Embrun, Sisteron où s'arrê-
tèrent les débris des Cimbres poursuivis par Marius (sisterunt), puis ils vont se
perdre dans les montagnes jusqu'à ce que les premières neiges les ramènent de
nouveau dans la plaine.

    Après Arles, il faut citer Tarascon, où l'instinct républicain est fortement enraciné
dans tous les cœurs ; Orgon, où l'empereur fut si mal accueilli en 1814 ; Saint-Rémy,
le *Bedlam* de la Provence ; Lambesc, Saint-Cannat, qui ne sont que des relais. Il ne
tiendrait qu'à nous d'arriver tout de suite à Aix, mais nous aimons mieux faire
un léger crochet et manger une *bouillabaisse* ¹ aux Martigues, charmante ville dont
les rues sont des canaux, comme celles de Venise. Le Martegallais est le souffre-dou-
leur de la Provence entière ; le héros de toutes les mystifications populaires est
toujours un Martegallais. C'est le niais du vaudeville provençal ; il est pour Avignon,
pour Aix, pour Marseille, ce que l'habitant de Pontoise est pour Paris. Cette réputation de bêtise, le Martegallais ne la mérite pas ; les loustics du Midi devraient songer
à prendre un autre point de mire. Nous demandons qu'on n'attente plus à l'honneur
des Martigues, et qu'on les remplace dorénavant par Cucurron, absurde village qui
fait semblant d'exister au pied de la chaîne de Sainte-Victoire, célèbre par la défaite
des Cimbres et des Teutons. Après la bataille, les barbares vaincus prirent la fuite
et les Romains les poursuivirent en s'écriant : « Cucurrunt ! Cucurrunt ! » jusqu'au
hameau en question. De là l'étymologie de Cucurron. Il nous semble qu'on ne saurait
trop se moquer d'un village appelé *Ils courent*.
    L'air qu'on respire à quelques lieues de là n'est pas très-sain ; la fumée des fa-
briques de produits chimiques, les exhalaisons des salines, des marais, des étangs,
où les macreuses seules ne prennent pas la fièvre, la pesanteur de l'air, nous engagent à reprendre la route d'Aix. Quel silence dans ses rues, quel calme dans la
cour de ses grands hôtels féodaux ; voilà donc la ville de Réné, la ville des trouba-

¹ Soupe au poisson fort en vogue sur toutes les côtes de la Provence.

dours et des illustres présidents à mortier! Aix qui pensait si bien du temps de Vauvenargues, qui était si éloquente du temps de Mirabeau; Aix qui a travaillé au Code civil avec MM. Portalis et Siméon; Aix qui a fait la révolution de 1830, par MM. Thiers et Miguet, ressemble à une nécropole. Les jeunes gens ont tous abandonné cette sous-préfecture : on n'y voit plus que des vieillards, des avocats, et des plaideurs de quarante ans; on se promène quelquefois pendant des journées entières sans rencontrer un seul enfant; on ne naît pas à Aix, on ne fait plus qu'y mourir. On dirait que cette ville est peuplée par des ombres; les visages y sont tristes; les plaisirs, lugubres; les habitants ressemblent à des trappistes. Aix, il faut mourir!

La position géographique de la ville d'Aix et ses vicissitudes ne sont point sans influence sur les mœurs actuelles de ses habitants. Perdue à l'une des extrémités de la France, on aperçoit, du haut de ses clochers, les collines au pied desquelles Marius arrêta les premiers flots de l'invasion barbare. Les Cimbres et les Teutons désaltérèrent leurs cavales dans cette petite rivière de l'Arc qui commence aux dernières limites de l'octroi. L'hiver, lorsque le roi Réné, fatigué de peindre des perdrix grises, venait réchauffer sa vieillesse insoucieuse aux tièdes rayons du soleil provençal, il promenait son royal lazzaronisme sur ce cours où l'on voit maintenant se dresser sa statue. Le Pierre Gringoire de la royauté, le père de tous les flâneurs modernes, venait oublier les intrigues de Louis XI et les malheurs de sa fille Marguerite, la rose d'York, en devisant avec les bourgeois de sa capitale. Aujourd'hui encore, le cours d'Aix est un répertoire vivant de tous ces souvenirs : de chaque côté s'élèvent les magnifiques hôtels des membres de l'ancien parlement de Provence; au milieu, coule la fontaine thermale qui guérit la sciatique aiguë de Sextius, lieutenant de César et fondateur d'Aix. Toutes les imaginations trouvent dans cette modeste sous-préfecture des aliments à leurs rêves, à leurs regrets, à leurs sympathies; les traditions de la féodalité, des parlements, de la révolution, s'y heurtent à chaque instant. Aix vit plus dans le passé que dans le présent. On dirait que ce sol vieillit tout ce qu'il porte : les églises, les maisons, les rues, tout exhale un vénérable parfum d'antiquité; il n'y a pas jusqu'à cette petite maison du faubourg ombragée d'une treille à l'italienne, dans laquelle M. Thiers préludait par des éloges académiques à l'histoire de la révolution, qui n'ait pris elle aussi déjà l'aspect d'un monument.

Aix, en ce moment, est une ville qui se survit à elle-même. Ses eaux thermales, si célèbres du temps de César, reçoivent à peine trente visiteurs dans l'année : ce sont, pour la plupart, des courtiers marrons de Marseille qui se guérissent d'un rhumatisme, s'ils ne meurent pas d'ennui. Les voyageurs qui vont en Italie ne s'y arrêtent que pour changer de chevaux; quelquefois seulement un Anglais loue un appartement sur le cours, pour s'y brûler la cervelle. Sans l'école de droit, la cour royale et les diligences, les habitants d'Aix mourraient de faim. La patrie de Mirabeau et de M. Thiers n'est plus qu'une étude d'avoué, une pension bourgeoise, une cour de messageries.

L'école de droit d'Aix est la seule en France qui proteste de toutes ses forces contre les empiétements de la mode bourgeoise. L'étudiant d'Aix ne ressemble à aucun autre étudiant; il a conservé une physionomie dont la forte empreinte ressort encore davantage au milieu de la décadence générale. Les uns sont féodaux et galants comme au temps des cours d'amour; les autres sont révolutionnaires comme on l'était à l'élection de Mirabeau; placés au centre d'une population catholique et fervente dans sa foi, plusieurs ont adopté les dogmes néo-chrétiens et croient à la résurrection de M. Gustave Drouineau; beaucoup sont paresseux, éclectiques et artistes comme le roi Réné; ceux-là fument, jouent au billard, boivent de la bière, et sont reçus avocats à trente-cinq ans. Outre ces diverses fractions, on compte toujours parmi les étudiants deux fouriéristes qui veulent établir un phalanstère à la Sainte-Baume, un saint-simonien, et trois fils de receveurs qui sont de l'école gouvernementale.

La Corse et les colonies envoient chaque année une vingtaine d'étudiants à Aix. Les Corses sont tous descendants de Paoli, ou cousins de Napoléon; ils sont sans cesse en *vendetta* avec les Instituttes, et menacent le Code civil d'un coup de poignard. Les Créoles sont plus inoffensifs, ils passent leur journée couchés dans des hamacs, et ne sortent que le soir, en veste blanche, en chapeau de paille, en pantalon rayé, comme dans *Paul et Virginie*.

Ces nuances, ces nationalités, ces opinions ne sont jamais confondues; les étudiants aristocrates ne vivent qu'entre eux; ils s'occupent de recherches sur les anciens troubadours, ils se piquent d'une certaine érudition héraldique, lisent la Gaule poétique, et se cotisent pour donner un bal masqué dans lequel on n'est admis qu'en costume historique. Les néo-chrétiens sont toujours solitaires comme la douleur; ils aiment après de longues promenades à se reposer au pied de la croix du grand chemin, ils fuient l'estaminet, élèvent un chien caniche, et ne se couchent jamais sans avoir chanté un hymne en l'honneur de l'Éternel. Les Corses passent leur vie à ne pas trouver des témoins pour se battre. Quant aux fouriéristes, ils travaillent à convertir les éclectiques qui meurent dans l'impénitence finale du petit verre et de la demi-tasse. A l'école d'Aix, comme partout, les éclectiques dominent; renforcé par trois ou quatre de ces étudiants faisandés qui, après avoir joui de Flicoteaux, épuisé la Chaumière, et abusé de toutes les joies de ce monde, vont achever leur droit en province, où la prudence d'un oncle les exile, l'éclectisme absorbe l'université entière. Les éclectiques font battre les Corses, mangent les ananas que les mères de la Pointe-à-Pître envoient à leurs fils éloignés; ils parodient les vers des néo-chrétiens, et se rendent au bal des aristocrates déguisés en Robert-Macaire, sous prétexte que ce costume est aussi historique que celui de Jean-sans-Terre, ou de Juvénal des Ursins. L'éclectisme fait du bruit, il boit, il joue pour tout le monde. C'est de son sein qu'est sorti ce type si extraordinaire, si fantastique qu'on appelle le cadet d'Aix.

Le cadet d'Aix est une création qui semble appartenir au moyen âge : c'est une espèce de juste-milieu entre le pape des Fous et le roi de la basoche; son origine se perd dans la nuit des temps. Aix avait déjà des cadets à l'époque ou les troubadours professaient le droit avec accompagnement de mandoline. Jehan de Molendino, l'étudiant de *Notre-Dame*, était un cadet d'Aix perdu à l'université de Paris. Les individus qui ont été revêtus de ce titre formeraient une dynastie plus longue que celle des rois de France, seulement ils mériteraient tous l'épithète de fainéants.

Le cadet d'Aix est un étudiant qui a mangé sa fortune en faisant son droit. A trente ans il n'a pris encore que deux inscriptions. Son père l'a chassé parce qu'il lui a volé ses moutons, et qu'un jour, lui ayant emprunté sa jument sous prétexte d'une promenade, il est allé la vendre au marché. Ses seules ressources consistent en quelques louis qu'il arrache de temps en temps à la tendresse d'une vieille tante, et qu'il s'empresse d'aller manger à Marseille. Le reste du temps le cadet vit des libéralités de ses amis; il est le roi et le doyen de l'université, il est à la tête de toutes les farces; c'est lui qui enlève les bâtons des chaises à porteur dont se sert encore l'aristocratie aixoise ; c'est lui qui fait du bruit aux cours des professeurs mal notés, et qui arrange tous les duels à l'amiable. A force de courir les cafés, de faire du tapage dans les rues, de se montrer dans toutes les guinguettes, il finit par être connu de toute la population, qui lui décerne le titre de cadet d'Aix pour témoigner de son éternelle jeunesse. Si les étudiants pouvaient avoir une maîtresse, il resterait étudiant toute sa vie; malheureusement à Aix, il n'y a point de grisettes, ni rien qui puisse les remplacer. A trente-cinq ans le cadet d'Aix songe à faire une fin, il consent à épouser la première belle limonadière venue, pourvu que son fonds soit bien achalandé. Il a été roi, il meurt garçon de café.

Le barreau d'Aix est un des moins remarquables de France ; les jeunes talents craignent de s'y fixer, parce qu'on sent que tôt ou tard la cour royale sera transférée à Marseille. La population, toujours à la veille de perdre ses moyens d'existence, diminue chaque année ; la noblesse habite la campagne. Avant dix ans, l'ancienne capitale de la Provence ne sera plus qu'un nom historique. La tranquillité qui règne dans ses rues est le silence de la mort, et non le calme d'une retraite studieuse. On essaie bien de galvaniser ce cadavre au moyen de l'industrie, on parle d'un canal à creuser qui rendrait Aix manufacturière, et d'un chemin de fer qui la relierait à Marseille : tout cela ne rendra pas la vie à la cité défunte. Toute l'activité de Paris n'a pu réussir à ranimer Versailles, et Aix c'est le Versailles de la Provence. Un passé littéraire glorieux comme celui d'Aix ne saurait s'abdiquer complétement. Aussi la capitale de René tient-elle encore un rang assez distingué dans la littérature moderne ; mais comme toutes les villes en décadence, elle est représentée au congrès poétique de Paris par des femmes. Madame Charles Reybaud, l'auteur de tant de romans à la mode, est née à Aix, ainsi que madame Louise Colet, la plus académique de nos muses.

La vraie capitale du Midi est aujourd'hui Marseille; une heure avant d'arriver dans cette ville, se trouve une colline appelée *la Vista*, c'est-à-dire la vue. Le sommet dont nous parlons mérite en effet ce nom, car le paysage que l'on aperçoit des hauteurs de *la Vista* est unique au monde; des bouquets d'oliviers et de pins répandent leur mélancolique verdure sur la campagne ; des cigales collées aux pampres des vignes font entendre leur chanson monotone ; la mer reluit des mille feux du soleil ; l'Italie se dresse derrière ces montagnes boisées qui masquent l'horizon ; l'Espagne chante au bout de cette chaîne de rochers, dont le dernier forme le cap Couronne, en plongeant dans la mer; les nuages que vous apercevez au-dessus de votre tête, et qui semblent courir dans le ciel après les baisers du soleil, ont peut-être effleuré les dômes de Pise au matin de leur course aventureuse; les ancê- tres de ce paysan qui marche à votre côté sont venus de la Grèce sur des trirèmes à la poupe couronnée de fleurs pour prendre possession de ce sol fertile. Nous sommes à cent cinquante lieues de Paris, en pleine Phocée.

Si nous voulons entrer à Marseille d'une façon convenable, laissons devant nous ce frère rachitique de l'arc de triomphe de l'Étoile, pauvre monument destiné d'a- bord à éterniser le souvenir de la guerre d'Espagne, et qui depuis a éternisé, et éternisera encore bien des événements d'une semblable importance; ce fronton sur- chargé de rosaces est trop étroit pour encadrer dignement le vaste horizon que Pierre Puget avait taillé pour en faire l'entrée de sa ville natale. Cette entrée est une rue d'une lieue de long, dont le grand statuaire avait dessiné lui-même presque toutes les maisons, et à laquelle, pour témoigner de la grandeur de ses vues, il avait donné le nom de chemin de Rome. Pénétrons tout de suite au cœur de Marseille, sui- vons le boulevard des Dames, ainsi nommé parce qu'il y avait là un rempart du haut duquel les femmes de Marseille repoussèrent les attaques du connétable de Bour- bon; inclinons-nous devant la porte de la Joliette, dont le nom dérive de Jules César : c'est sur cette éminence que le vainqueur des Gaules assit son camp, quand il vint mettre le siége devant Mar- seille; voici la Tourette, vaste emplacement sur lequel les pêcheurs font sécher leurs fi- lets, et où les désœuvrés vien- nent jouer aux boules. Les hauteurs de la Tourette proté- gent la vieille ville contre les rafales du mistral. Le vérita- ble Marseillais habite à quel- ques pas de là, dans la rue de

l'Évêché, sur la place du Leuche, aux balcons qui ressemblent à des jardins suspendus, dans la rue Caisserie, derrière les Accoules, au pied du Calvaire. Dans la rue de l'É-vêché, les locataires des maisons sont pour la plupart de vieux capitaines marins, qui passent leur journée à fumer et à chercher de quel côté le vent souffle ; quel-quefois ils se hasardent à faire une excursion hors de leur quartier, et vont tenter les hasards du domino dans quelque café du port ; la place du Leuche et la rue Caisserie sont plus spécialement consacrées aux anciens négociants ruinés par la révo-lution ; dans ces familles on parle encore de l'arrivée de Carteaux [1], et l'on redoute les Allobroges. Le bruit monotone de la clochette de l'intendance sanitaire, le voi-sinage du lazaret, de tous les hôpitaux et œuvres de miséricorde, contribuent à faire naître, dans l'esprit des habitants de cette partie de la ville, des préoccupa-tions extrêmement sinistres ; on y finit par avoir peur de la peste, et l'on se confine dans sa demeure pour le reste de ses jours. Il y a là des bourgeois qui, depuis plus de dix ans, n'ont eu aucune espèce de communication avec le dehors.

Le vieux sang marseillais se retrouve dans toute son intégrité parmi les pêcheurs de Saint-Jean, dont le quartier s'élève au pied même de la Tourette. Ce sont pour la plupart de fort braves gens, mais de fort mauvais marins et des pêcheurs fort peu hardis ; au moindre vent ils chavirent, aussi ne sortent-ils que lorsqu'il y a calme plat, ce qui fait qu'on ne mangerait jamais de poisson à Marseille, sans les Catalans qui ne craignent pas d'aller jeter leurs filets jusque sur le passage des grands vais-seaux. L'originalité de ces matelots consiste à porter des sabots avec des bas de laine quadrillée, et à faire juger leurs contestations par des prud'hommes qui ont un chapeau à plumes. On dit que les pêcheurs de Saint-Jean sont carlistes, nous croyons qu'ils sont tout simplement pêcheurs.

Profitons de la tranquillité du dimanche pour continuer notre route et visiter le port. Les marins espagnols fument gravement au soleil, les napolitains jettent d'innombra-bles seaux d'eau à la face du saint peint sur l'avant du brick, un mousse bon-dit sur la planche flexible qui lui sert de pont aérien entre son bord et la terre. Les blonds Norwégiens restent accoudés aux sabords de leurs lourdes galiotes en le-vant vers le ciel des yeux bleus qui semblent y chercher une fiancée absente ; le *Shiph-Chandlers,* de Rive-Neuve, fume devant sa boutique, avec un jabot et un énorme col de chemise, pour faire voir qu'il a été en Angleterre. Au milieu de tout cela, circulent et gesticulent, en criant dans d'inintelligibles patois, des gens de toutes les contrées, de tous les archipels ; des Mahonnais, des Maltais, des Illyriens, des Grecs sortis des rochers sans nom de la Morée, marins d'une nationalité fort douteuse, commerçants au grand jour, pirates à la brune ; population énigmatique destinée à mourir sur un radeau ou au sommet d'une grande vergue.

Six heures ont sonné ; la fraîcheur du jour conseille la promenade. Le rendez-vous général est aux allées de Meilhan. Ce sont les Tuileries avec moins de promeneurs et de jolies femmes. L'allée du milieu est plus spécialement consacrée à ce qu'on

---

[1] Carteaux, général républicain, fut envoyé par le comité de salut public pour soumettre les Marseillais révoltés, après la prise de Toulon par les Anglais.

appelle le beau monde ; les deux autres appartiennent au reste de la population.
Laissons les chaises occupées par l'aristocratie, et promenons-nous au milieu de la
démocratie qui flâne. Ce jeune homme qui marche la casquette de travers, une fleur
à la bouche, avec une veste jaune très-courte, un pantalon extrêmement collant par
le haut, et excessivement large par le bas, c'est un *nervi* endimanché. Pourquoi
l'appelle-t-on ainsi, nous n'avons jamais pu le savoir. Le *nervi* est ce que les gens
du Nord nomment vulgairement un gars ; il est paresseux, batailleur, très-suscep-
tible ; il a le coup de poing ironique, et la gymnastique imprévue. Le *nervi* n'exerce
ordinairement aucun métier ; on le rencontre partout avec son éternelle cassie à la
bouche ; la vie du *nervi* est un magnifique poëme d'indolence et d'oisiveté. Le matin il se rend sur les bords de la mer, au village des Catalans surtout, à cause de
la grande quantité de cabarets qui s'y trouvent. Il cueille son déjeuner au milieu
des rochers, sous la forme d'un coquillage excentrique nommé *arapède,* qu'aucun
conchyliologue n'a encore classé. Les plus actifs plongent dans la mer pour prendre les *oursins* aux mille pointes. Leur déjeuner achevé, ils se promènent dans le

village concédé aux Catalans par
la munificence de Louis XIV. Ils
assistent au débarquement de la
pêche, ils causent avec les jeunes
Espagnoles qui raccommodent les
filets ou peignent leur abondante
chevelure. Quand il est las de
mener l'existence espagnole, le
nervi rentre en France en traversant le fort Saint-Nicolas, bâti par
Vauban. Il dîne comme il peut ; à
la brune il poursuit les grisettes
qui reviennent du travail, et
quand la nuit est venue, il se réunit à une troupe d'autres *nervis,* et bras
dessus, bras dessous, ils s'en vont par la ville en chantant et formés en chœurs qui
valent mieux que ceux de l'Opéra-Comique. Cette vie toute de liberté, de musique
et d'amour, a aussi ses heures d'ennui. Le mal de Réné et d'Oberman atteint ces lazzaroni ; il arrive quelquefois que le *nervi* a d'ineffables retours sur lui-même, et
on en voit qui rêvent couchés sous les arbres de Jarret, ruisseau toujours à sec qui
passe pour une rivière dans le pays. La fin du nervi est écrite en ces termes à tous
les coins de rues : *on demande un remplaçant.* Arrivé au corps, il devient bon soldat
au feu, très-mauvais au quartier, on est obligé de l'envoyer en Afrique. Le régiment des Zouaves est composé en grande partie de *nervi* marseillais.

Près de lui un autre individu se promène en pantalon étroit et en habit long ; mais
ces pantalons sont gris, et cet habit est bleu, comme tout ce que le peuple porte à Marseille. Cet individu, qui a une chaîne d'or, un chapeau à ballon sur la tête, et une
badine à la main, c'est un portefaix, c'est l'aristocrate de la démocratie. Les portefaix forment à Marseille une corporation qui a seule le privilége de porter certains

AGLAE LAISNE

fardeaux ; le chargement et déchargement des charrettes, des voitures, des diligences, des navires, des paquebots, se fait exclusivement par leur entremise. Plusieurs d'entre eux se sont tellement enrichis dans ce métier, qu'ils ont pu venir au secours des négociants qui les avaient employés. La corporation a ses règlements, ses dignitaires, son point d'honneur ; les portefaix sont aussi généralement pénitents, ce qui ne les empêche pas d'aimer le théâtre avec passion, et surtout la musique. Le nervi et le portefaix ne vont pas sans leur compagne ; celle du *nervi* est la fille du peuple dont la corruption a souvent besoin d'un bras pour la protéger, elle est effrontée, insolente, et marche comme une Espagnole qui va danser la cachucha ; la compagne du portefaix est timide quoique fière, elle ne regarde personne et aime cependant à être regardée ; son jupon court laisse apercevoir sa jambe gracieuse, son pied mignon chaussé du classique bas jaune renfermé dans des souliers de satin. La maîtresse du *nervi* deviendra bientôt celle de tout le monde ; l'autre est une amante, et avant six mois elle sera la femme du portefaix. Rien ne pousse au mariage comme de faire partie d'une corporation.

La nuit a chassé tous les promeneurs ; c'est l'heure où les gens qui vivent du commerce reviennent de la bastide ; les chemins sont encombrés de femmes, d'enfants, de vieillards qui rentrent chez eux, portant à la main un odorant paquet de fenouil qui servira à parfumer la *brandade* nationale. Le garde d'octroi, mulâtre, débris éternel des mamelucks, que Bonaparte conduisit en France en quittant la terre des Pharaons, jette un regard scrutateur sur chaque *couffin*[1] qui passe ; les guinguettes du bord de la mer retentissent de cris joyeux ; les mille lumières de la *Fontaine du Roi*, du *Pharo*, des *Catalans*, d'*Endoume*, hameaux maritimes dont toutes les maisons sont de fraîches guinguettes, étendent leurs reflets sur les eaux calmes de la Méditerranée. Dans les rues ce sont à chaque instant des chœurs qui passent en chantant ; les familles trop pauvres pour avoir une bastide, ont mis leur dîner dans un panier, et l'ont mangé sur quelque rocher au bord de la mer ; voyez-les qui retournent au logis ; la mère s'avance entourée de ses enfants, l'aîné marche le premier, l'autre se tient cramponné au lourd cotillon d'amadou de sa mère ; le troisième

[1] En français, *cabas.*

est dans ses bras. Tous dévorent quelque chose, les uns ont les figues et les raisins, l'autre a la mamelle ; des couples solitaires se glissent mystérieusement le long des murs du chemin, ce sont des *calignairi* qui se parlent d'amour ; le bruit des guitares espagnoles et des mandolines napolitaines rase les flots, porté sur les ailes de la brise. On se croirait transporté au sein d'une de ces villes italiennes dont l'existence est une fête perpétuelle. Demain toute cette joie fera place à une activité presque fébrile ; ces élégants bourgeois qui se promenaient aux allées se métamorphoseront en courtiers. Le portefaix quittera son habit bleu, et courbera sa tête sous le fardeau d'une balle de coton, sa compagne vendra du poisson à la halle ; cette mère que nous avons vue hier entourée de sa progéniture, criera par la ville des oranges ou des poires cuites au four, suivant la saison, et ses enfants iront grossir la bande innombrable des *quecous* et des *mandri* de Rive-Neuve. C'est le quartier commercial par excellence. C'est là qu'on débarque les marchandises, qu'on construit ou qu'on répare les vaisseaux, qu'on se livre à toutes les opérations de la douane. Les charrettes circulent, les portefaix s'avancent inondés de sueur, les courtiers courent d'une balle à l'autre, les douaniers pèsent, les jaugeurs mesurent, les acheteurs examinent la marchandise. Au milieu de cette foule compacte, on voit se dresser la haute *Banaste* des Génoises, colonie de portefaix femelles qui transportent sur leurs belles têtes italiennes des fardeaux

à faire reculer un fort de la Halle. Pendant que les unes travaillent, les autres se reposent sur le quai assises sur la vaste corbeille qui leur sert à transporter les marchandises. L'odeur du goudron se mêle aux parfums du bois de Campêche, accumulé en énormes tas sur les quais ; les balles de cannelle, de poivre, de girofle, répandent leurs arômes à l'entour ; les drogues de tous les archipels, de toutes les îles, de toutes les contrées, étalées en plein air, font souffler un moment, sur la terre de Provence, les brises de Calcutta, de Madagascar, de Ceylan, de Sumatra. C'est un salmigondis d'odeurs à faire douter de la géographie. Dans ce quartier affluent tous les prolétaires de la ville, depuis l'enfant qui vole, jusqu'à la femme du peuple qui s'en va, pauvre glaneuse industrielle, ramasser les copeaux sous le flanc des navires en construction. Le *quecou* et le *mandri* sont les rois de Rive-Neuve. Le *quecou* est ce qu'on appelle à Paris un gamin :

au lieu de faire enrager les épi-
ciers, les *quecous* se réunissent,
dirigent leurs efforts sur un seul
homme, et finissent par le faire
mourir de chagrin ; le *quecou* a
l'instinct de l'association ; il agit
presque toujours par bandes, il
fait de la flibusterie collective ;
le *mandri* correspond plus spécialement au *titi*, il racle le fond
des barriques de sucre, et met
quelquefois la main dans celles
qui sont pleines ; les *quecous* et
les *mandri* font quelquefois de
terribles alliances ; alors malheur
aux douaniers, aux jaugeurs, aux
courtiers marrons qui viennent
ouvrir les barriques pour en tirer

des échantillons ; le *quecou* et le *mandri* renversent toutes les sondes, passent sur
tous les corps, et se taillent une part léonine dans la marchandise entamée. Le *mandri*
ne répugne à aucun métier, c'est lui qui ramasse les bouts de cigare ; lorsqu'une
de ces averses subites, si fréquentes à Marseille, fait des rues un vaste fleuve, c'est
lui qui jette sur les ruisseaux le pont suspendu d'une planche mobile, magnifique
tremplin dont vous avez le droit de tenter les chances pour un sou ; le dimanche,
le mandri se fera décrotteur, et si les bouts de cigare ne donnent pas, si le ciel reste
serein, si la brosse demeure oisive, il prendra bravement son parti et demandera
l'aumône aussi bien que le premier Alsacien venu, quoique ce ne soit pas son état.
Entre le *quecou* et le *mandri*, notre choix ne saurait être douteux ; le *quecou* est
criard, corrompu, lâche ; le *mandri* au contraire est concentré, généreux et brave ;
les *quecous* se réunissent pour tomber sur un ennemi ; le *mandri* n'a recours qu'à
ses propres forces ; c'est un vrai cœur de prolétaire. Ce sont des *mandri* de dix-huit
ans qui ont fait le 10 août et mis la *Marseillaise* à la mode.

De neuf heures à midi, tout Marseille est sur la place Royale : c'est le forum du
commerce ; les affaires commerciales se traitent là en plein air, comme autrefois
les affaires publiques à Rome. La bourse du matin résume toutes les physionomies
marseillaises. Au milieu des groupes on voit circuler un individu en longue redingote avec des poches de côté, en souliers blancs dont la semelle déborde, et coiffé
d'un chapeau à larges bords. Naguère encore cette enveloppe grossière cachait un
jeune homme vif, ardent, coquet, ne songeant qu'au plaisir, pourchassant les grisettes, et ne s'arrêtant pas devant le cotillon d'amadou. Un beau jour Lovelace a
éprouvé le besoin de faire fortune, il a quitté les airs de la jeunesse, il cherche à se
vieillir pour inspirer de la confiance, il est passé dans la classe des hommes *entrai-*

nés. Cette dénomination, empruntée à l'hippiatrique, sert à désigner ceux qui prennent les habitudes nécessaires pour bien courir dans la lice commerciale. Dès huit heures du matin, l'apprenti négociant est descendu comme une avalanche du quartier de la Madeleine, où habitent tous les littérateurs et tous les entraînés de Marseille ; il a pris sa demi-tasse au café Casati, lu la chronique locale dans le *Sémaphore*, et il va dans quelque comptoir raconter au patron comment un Génois a donné un coup de couteau à sa femme, et comment la nuit dernière une tentative de vol a eu lieu rue Nationale. L'entraîné est l'idéal du courtier marron ; c'est lui qui résume tous les déboires attachés à cette profession. Après avoir porté pendant dix ans des souliers blancs et la plus incommode redingote qui soit au monde, après avoir subi mille avanies, après avoir été éconduit comme un valet, après avoir caressé les faiblesses de tous les détenteurs de sucre, de café ou de cannelle de la place, l'homme entraîné passera à l'état d'homme arrivé, il aura un poste à feu au village de Saint-Barnabé et des lunettes d'or ; deux choses qui à Marseille équivalent à un cabriolet à Paris.

Suivons l'entraîné qui commence, dans sa course aventureuse à la bourse du matin ; le premier qu'il aborde est un grand monsieur en habit noir et en cravate blanche, à l'air dogmatique et froid. Cet individu, qu'on prendrait pour un professeur en théologie, est un négociant de Genève qui fait fortune hors de sa patrie, comme tous les Genevois. C'est à peine s'il daigne tourner les yeux vers le malheureux débutant, mais à coup sûr il ne lui répond pas. L'entraîné se dirige alors d'un autre côté, il tape sur le ventre d'un gros homme à la face réjouie, il lui demande combien il a tué de grives le matin ; la conversation s'engage sur un pied de parfaite égalité ; le vrai Marseillais n'est pas fier ; mais, dès que le malheureux entraîné veut parler d'affaires, son interlocuteur lui tourne le dos ; une seule personne l'accueille avec bienveillance, c'est un vieillard qui porte une queue et une *Faquine*[1] jaune ; mais, hélas ! cette bienveillance est une triste consolation, car ce vieillard est un monomane ; ses enfants gèrent sa maison, et ils le laissent aller à la bourse pour ne pas le contrarier. Ce Nestor commercial croit encore aux Échelles du Levant, et personne n'a pu lui persuader qu'on pouvait faire du sucre avec la betterave. Repoussé par Genève et par Marseille, l'entraîné se jette alors en désespéré sur la Turquie. Il y a dans le commerce plusieurs fils de Mahomet qui ont conservé le costume de leurs pères. Ces honnêtes osmanlis vont à la bourse en larges pantalons et en turban, quelques-uns, plus avancés que les autres, ont remplacé le turban par un chapeau, mais ils ont conservé le dolman ; ils ressemblent à des Chicards. L'entraîné les aborde, il leur fait le salem, il se prosterne, appuie leurs babouches sur son front, les compare à des fleurs et au soleil en langue franque : tout cela est inutile ; le Turc répond Allah ! et s'éloigne. L'entraîné, désespéré, met les mains dans les poches de sa redingote et va faire une partie de dominos au café de la *Cachoffle*; en français, café de l'Artichaut. C'est là que se réunissent tous les entraînés de Marseille.

---

[1] Nom que l'on donne en Provence à toutes les redingotes qui descendent jusqu'au talon.

Les cercles, les grisettes, le théâtre, la chasse, forment les plaisirs de la jeunesse : les cercles ressemblent aux cercles de Paris ; les grisettes aussi, avec cette différence, qu'elles sont plus jolies, et que, pour les séduire, il faut parler un peu le patois ; le théâtre est semblable à tous ceux de la province, il est surtout fréquenté par des femmes galantes dont le personnel est toujours le même : on ne saurait reprocher aux fils de n'avoir pas les mêmes goûts que leurs pères. Quant à cette chasse au poste, où l'on attend pendant deux heures, sous une cabane, un oiseau qui n'arrive pas, elle est bien le symbole de cette vie toute de patience et d'anxiété, qui attend le négociant. La littérature existe à Marseille, mais elle n'y est que tolérée ; tous les littérateurs Marseillais sont à Paris, où ils forment les deux tiers du journalisme. MM. Sébastien Berteaut, Adolphe Carle, Louis Méry, Autran, Benedit, qui écrivent de charmants articles, ne sont restés dans leur patrie que pour prouver que toute règle a ses exceptions. Les monuments grecs et romains ont disparu du sol de la vieille Phocée, mais l'empreinte en est restée dans les mœurs de ses habitants actuels ; les éléments nouveaux qui s'y sont joints ont formé un caractère des plus complexes qui soient au monde ; ainsi, quoi qu'il ne cherche pas à recréer une nationalité perdue, et qu'il se tourne plus que jamais vers le centre, vers la cité qui représente l'unité française, c'est-à-dire vers Paris, le Marseillais tient du Grec par son goût involontaire pour les arts, par son amour de la vie en public ; il tient du Romain par sa sobriété. Au contact de l'Orient, il a puisé ce respect de l'intérieur qui fait presque un harem du foyer domestique ; ses relations avec l'Italie et l'Espagne lui ont donné à la fois la vivacité intelligente de l'une, et la gravité de l'autre. De tous ces éléments si divers, il est résulté pour lui une aptitude merveilleuse pour toute chose. Aussi le Marseillais joue-t-il un rôle important dans toutes les époques : au monde payen, Marseille a donné Pythéas et Euthymènes, l'Améric Vespuce et le Colomb de leur temps ; le christianisme lui doit Victor, ce saint qui combattait à la tête des armées romaines ; à Louis XIV, elle fournit Pujet, le Corneille de la sculpture ; quand il ne s'agissait que de faire des petits vers et des petites comédies, elle envoya Barthe à Paris ; à la poésie moderne elle a donné Méry et Barthélemy ; à la philosophie, Louis Reybaud ; à l'histoire, Capefigue ; au roman, Léon Gozlan ; au feuilleton, Eugène Guinot, Amédée Achard, et une foule d'autres que nous omettrons pour éviter l'aride nomenclature ; pendant ce temps elle poursuivait sa brillante carrière commerciale. Une chose qui l'empêche de prendre tout de suite le haut rang que la colonisation d'Alger et l'attitude de l'Orient lui ont assigné, c'est le manque d'esprit d'association. Les Marseillais ont longtemps vécu en république ; le principe démocratique exalte à un haut degré la foi dans l'individualisme. L'unité française, de plus en plus puissante tous les jours, fera disparaître ce vieux levain, et alors Marseille se trouvera tout à coup à la hauteur de ses destinées. Ce moment n'est pas éloigné, il est arrivé peut-être, et par une volonté préméditée de la Providence, sa mission est tout entière retracée dans une inscription qui a vu le jour aux temps de sa splendeur la plus reculée : *Massilia Phocensium filia, Romœ soror, Athœnarum œmula, Carthaginis terror*, dit la pierre monumentale ; le rôle de Marseille est encore le même aujourd'hui. Sœur de l'Italie, la fille des Phocéens n'est-elle pas appelée à civiliser l'Orient comme

autrefois Athènes, et tous ses efforts ne doivent-ils pas tendre à détruire cette Car-
thage nomade qu'Abd-el-Kader oppose à tous les efforts persévérants de son commerce.

Il s'est trouvé, sous la restauration, certains individus qui, mettant du libéralisme dans la statistique, ont jeté sur Marseille l'anathème d'une énorme tache
d'encre, sous prétexte que cette ville était religieuse, que les habitants allaient encore
à la messe, et se rendaient en pèlerinage à l'église de Notre-Dame de la Garde, bâtie
sur une colline au bord de la mer. Aujourd'hui, grâces à Dieu, on peut se moquer
de la statistique et des statisticiens, quoique Marseille elle-même en compte un très-
grand nombre réunis par ordonnance royale en société, et ayant clochette de président. Les Marseillais sont dévots, et ils ont parfaitement raison de l'être. Comment
le matelot n'aimerait-il pas la vierge Marie, dont l'étoile brille pour lui d'une si
douce lueur, quand il vogue sur les mers lointaines? comment les jeunes filles n'ai-
meraient-elles pas les processions, elles qui sont si jolies sous le voile blanc, quand
les brises de juin font flotter les saintes bannières? Comment ne croirait-on pas à
Dieu, sous ce beau ciel, au milieu duquel s'étend la voie lactée comme le chemin
qui guide les âmes vers le Paradis? cet attachement aux anciennes croyances est
tout naturel quand on l'examine de près, c'est l'humble dévotion d'une ville qui
dans l'espace d'un siècle et demi a été trois fois décimée par la peste et par le cho-
léra. Malheur aux peuples qui ne voient pas la main de Dieu dans les fléaux qui
viennent fondre sur eux !

Depuis quand, d'ailleurs, les populations religieuses ont-elles cessé d'être intelli-
gentes, à moins que ce ne soit depuis l'invention de la statistique. Marseille a fait,
pendant ces dix dernières années, autant d'efforts dans l'intérêt de la science que
toute autre ville du royaume. Il n'y a pas si longtemps qu'une jeunesse nombreuse
se pressait aux cours de l'athénée. Aujourd'hui encore, la bibliothèque de cet établissement fondée par un jeune homme d'une intelligence élevée, M. Adolphe
Vincent, présente un ensemble unique en province. Si l'autorité secondait le mouvement, nul doute que la littérature et les arts ne prissent un développement véritable.
Les derniers lauréats du Conservatoire et de l'Institut sont en grande partie Marseillais. Malheureusement, là comme partout, l'autorité n'a pas conscience de sa mission. L'intelligence ne manque pas aux administrés, mais bien aux administrateurs.
C'est, du reste, la plaie de toute la France. Il y a un essor que les hauts employés
ne peuvent arrêter, c'est celui du commerce, cet essor domine tous les autres à Marseille, sans cependant les comprimer entièrement. Les Marseillais ont leurs conditions d'existence comme les autres habitants de la France ; ils font partie d'une
caravane qui a trouvé une source sous des palmiers, et qui a campé autour de la
source. Ce sont des gens de tous les pays, des Français, des Italiens, des Espagnols,
des Maures, des Juifs, mais enfin ce ne sont point des barbares. Marseille s'éveille
tous les matins au carillon de quatre grands journaux. La poésie, la musique, tous
les arts sont les bienvenus chez elle ; son âme n'est point desséchée comme ses
collines. Elle n'a pas démoli d'église depuis quarante ans ; elle est tolérante, elle prie
en grec, en hébreu, en latin, et il ne lui manque plus que de voir s'élancer au-dessus
de ses rues les flèches de quelques minarets pour assortir les quatre croyances sor-

C.PELEZ   MONTIGNEUL SC

LE BASQUE.

ties de la couche d'Abraham. Attendez qu'elle soit plus riche, que la charpente des magasins crie sous les groups, et vous la verrez, la noble ville grecque, s'orner de palais et de statues comme ses sœurs de l'antique Phocée. Quand les négociants de Florence voulurent une cathédrale, ils imposèrent un droit d'un sou sur la livre de laine. Quand la somme fut faite, ils appelèrent leurs architectes, et Brunelleschi leur éleva le premier dôme au haut duquel les corbeaux aient bâti leur nid. Cela se faisait au milieu d'un immense mouvement commercial. Michel-Ange heurtait dans les rues les ballots et les portefaix, en rêvant à son Moïse. On commerçait à Pise, où le Ghiotto peignait le Campo-Santo ; à Gênes, où les négociants se bâtissaient des palais de marbre ; à Venise, où le doge épousait la mer. Qui pourrait douter que l'extrême richesse ne fasse tourner Marseille vers ces nobles habitudes ? La ville du midi ne peut faillir à ses destinées, n'est-elle pas aujourd'hui la capitale réelle de ces contrées privilégiées par la poésie qui nous ont donné la Bible et la Mythologie, n'est-elle pas la reine de la Méditerranée, cette mer intelligente qui créa Vénus, la beauté éternelle, avec la blanche écume de ses flots !

Le soir, lorsque les chèvres à la clochette bruyante, rentrant dans la ville par longs troupeaux, allaient se désaltérer sous les platanes du bassin d'Homère, ou à l'humble fontaine qui sert de monument à Pierre Pujet, combien de fois n'avons-nous pas songé à ce brillant avenir d'art qui paraissait réservé à notre patrie, si elle voulait se donner la peine de l'atteindre. S'est-elle mise en marche depuis cette époque ? c'est une question qu'il ne nous est pas permis de résoudre. En attendant de devenir Athènes, elle se contente d'être Parthénope. Maintenant que les bateaux à vapeur font affluer tous les étrangers dans ses murs, Marseille est réellement la Naples française. L'île d'If, avec son château fort où furent enfermés Mirabeau et le marquis de Sade, c'est Caprée ; Géménos avec ses bois touffus et ses sources jaillissantes c'est Sorrente ; Taurœntum, derrière les collines, étend ses ruines romaines au bord de la mer comme Pœstum. Voltaire s'est beaucoup moqué de la campagne provençale, mais il n'a jamais parcouru la contrée qui s'étend entre Marseille et Toulon : c'est la Judée dans toute sa magnificence ; ce sont les mêmes collines parfumées de lavandes, les mêmes bois où le pin remplace avantageusement le sycomore. Des citernes ombragées par des figuiers, et autour desquelles commencent les amours, comme au temps d'Isaac et de Rebecca, fournissent à la consommation du village ; des Éliezer, qui s'appellent *Tisté* [1] ou *Choix*, mènent d'innombrables troupeaux paître l'herbe des champs imprégnée de sel marin ; les épouses et les servantes, Sarah et Agar, Roson et Miette, tissent le lin ou fabriquent le fromage tandis que les aînés de la tribu vont vendre à Marseille la toison de leurs brebis ou le miel de leurs abeilles. La Jérusalem de cette Judée, c'est Cassis, une des villes les plus extraordinaires qui se puissent voir : tout le monde y est vieux, mais bien conservé ; les maisons lézardées se tiennent debout avec un air de confiance en elles-mêmes qui fait plaisir ; tous les citoyens ont l'air d'être nés en 1750. Des

[1] Baptiste ou François

marins retirés parlent de la frégate qu'ils commandaient dans l'Inde sous le bailli de
Suffren, sans que cela étonne personne; plus loin on trouve la Ciotat où vivent quelques corsaires goutteux, dans la haine des Anglais et dans la foi en l'efficacité du blo-
cus continental. Voici maintenant Toulon, où tout le monde est soldat; Hyères, calme
oasis, retraite parfumée qui semble n'avoir été créée que pour servir de lieu de naissance à l'onctueux Massillon; Draguignan, d'où sortent tous les assassins provençaux, quand ils ne prennent pas la peine de naître à Aubagne, mal protégée par la
moralité de l'auteur du *Voyage d'Anacharsis,* que la chaste Lucine y fit mettre au
monde le huitième jour des ides de mars, le deuxième mois de la 520ᵉ olympiade.
Voici encore Grasse, où il n'y a que des parfumeurs; Fréjus, la ville des anchois;
Cannes, où débarqua l'empereur; Antibes, où les rossignols chantent, comme à
Vérone, sous des grenadiers fleuris. Arrêtons-nous ici où la Provence nous manque :
le Var coule à nos pieds; il faut montrer son passeport au carabinier sarde. *Italiam!*
Italiam!

Jusqu'ici nous avons vu des Avignonais, des Aptésiens, des Aixois, des Marseillais, des Toulonnais, maintenant il s'agit de savoir ce que c'est que le Provençal, et
à quels traits on peut le reconnaître. A son accent d'abord, et c'est là le plus sûr
moyen, car soyez certain qu'il va prendre toutes les formes, tous les caractères, tous
les costumes pour échapper. Il est capable de tout, même de vous soutenir qu'il est
Français; ne le croyez pas, car il est en même temps Italien; si vous en doutez, il
va vous donner un coup de couteau ou danser une tarentelle au son du tambourin.
Choisissez. Maintenant, il s'incline devant un moine, et il marche nu-pieds à la
suite d'une procession. Le voilà devenu Espagnol. Hier, cependant, il saluait de ses
acclamations la seconde jeunesse du drapeau tricolore, que la révolution de juillet
faisait flotter de nouveau sur le clocher de toutes les églises. Français, Italien, Espagnol, le Provençal est tout cela en effet, il participe de ces trois peuples dont il a
subi le contact et la domination. L'Italien et l'Espagnol s'en vont tous les jours, le
Français reste. Dans le mouvement actuel des esprits, le Provençal est néanmoins
appelé à exercer une grande influence; il ajoutera au faisceau de l'unité nationale
cette sûreté de coup d'œil, cette activité d'intelligence, cette promptitude de décision
dans les grandes circonstances qui sont naturelles aux enfants du Midi. L'importance
du Provençal a été grande à toutes les époques de l'histoire, maintenant il peut abdiquer son individualité. Son existence personnelle ne tient plus qu'à un rail. Lorsqu'une locomotive pourra transporter Paris en quelques heures dans toutes les
extrémités de la France, les Provençaux ne tarderont pas à devenir Parisiens. Toutes
ces physionomies dont nous avons essayé de résumer les principales surfaces n'exis-
teront plus; le niveau du siècle aura passé sur cette noble terre; alors nous autres,
exilés, nous regretterons moins les frontières de la patrie et ses douces campagnes.
En attendant, prions Dieu qu'il conserve longtemps encore au ciel de la Provence sa
splendeur, à ses femmes leur beauté, à ses fleurs leur parfum. Demandons-lui
qu'il ne déshérite pas à tout jamais ses enfants de l'antique poésie natale.

TAXILE DELORD.

LE BASQUE.

Aux écrivains comme aux touristes en quête d'impressions exceptionnelles, aux artistes altérés de pittoresque, j'ai mission de signaler un peuple fort singulier, qui, faisant partie de la France, semble pourtant en être séparé par ses habitudes et son idiome. Placé dans une encoignure du royaume et au pied des Pyrénées occidentales, il a conservé en grande partie les mœurs qui lui étaient propres et la langue qu'il parlait dans des temps dont la date remonte à la plus haute antiquité. Ce peuple, vous le savez déjà, est le peuple basque, race particulière aux caractères fortement accentués, ainsi qu'aux allures les plus originales. Environ cent mille âmes forment le chiffre de cette belle et magnifique population, agglomérée plutôt que répandue dans trois petites contrées appelées le Labourd, la Soule et la Basse-Navarre, qui dépendent des arrondissements de Bayonne et de Mauléon.

En tête des caractères les plus saillants des Basques, jugés comme nation et comme individus, il faut placer leur idiome dit *eskuara*. C'est d'ailleurs, assurent-ils, l'indice manifeste de leur vieille origine dont ils se montrent extrêmement fiers. Il nous est inutile de rapporter à ce propos les graves discussions que la langue basque a enfantées ; ce sont contestations tuées, Dieu merci, et aujourd'hui il paraît prouvé qu'elle dérive de la même origine que le sanscrit liturgique et le tchuktschi, autre langue asiatique. Comme l'hébreu, l'eskuara réunit tous les caractères d'une languemère dont les affinités sont aussi inexplicables que bizarres. On n'en saurait trouver de témoignage plus extraordinaire que celui-ci :

Prenez un Basque quelconque qui n'ait point voyagé, embarquez-vous avec lui et cinglez vers l'Afrique méridionale. Parvenu à la hauteur du Congo, terre classique de la traite et des dents d'éléphants, débarquez ensemble. Les nègres, selon leur usage, viendront à vous en poussant de grands cris. Lorsqu'ils approcheront, examinez votre Basque et le jeu de sa physionomie ; la surprise et la joie s'y peignent et l'animent tour à tour. Il a reconnu et entendu le cri national basque, le *kikissai*, hennissement sauvage dont pas un cri un peu humain ne saurait approcher. Il y répond avec énergie et se précipite au devant des nègres. Suivez-le de près, et vous le verrez bientôt au centre d'un groupe de nègres, interroger et répondre en eskuara. La conversation n'est pas tout à fait aussi réglée qu'entre compatriotes, on ânonne quelque peu ; mais enfin Basque comme nègres se comprennent à leur mutuelle satisfaction, et si ce n'étaient la couleur et l'horrible malpropreté de ceux-ci, le premier ne les quitterait pas sans efforts. Pour vous, spectateur muet de cette étrange scène, il est dès lors acquis que la langue du Congo a de grandes analogies avec celle du Labourd ou de la Basse-Navarre [1].

Qu'on veuille ensuite que le peuple basque ne se vante pas avec raison d'un idiome contemporain des langues que parlaient les Grecs et les Romains, et même probablement d'une origine plus ancienne encore, d'un idiome qui, s'il n'a pas toutes les richesses de ces langues, en a tous les grands caractères et toutes les grandes beautés. Un écrivain de ce pays, a même prétendu, il y a quelques années, que l'idiome basque approche le plus de la langue que le Père éternel a inspirée à Adam. Mais les Basques ont ri les premiers de cette singulière assertion.

Fier et réservé, tout Basque veut être noble et traité comme tel avec déférence. Il y a dans son âme une impression naturelle, un sentiment profond de son illustre origine et de sa suprématie comme peuple. Si vous le rencontrez, n'attendez point de lui le premier salut, n'attendez pas que pour vous faire place, même au milieu du grand chemin, il s'efface de quelques pouces. Il refuse d'admettre pour égal tout homme qui n'est pas basque ; le préjugé de sa noblesse collective et traditionnelle ne le permet pas. Un prince de Tingri, ayant dit un jour à un Basque, qui lui parlait avec un ton de fierté, de se rappeler qu'il parlait à un Montmorency, dont la race datait de plusieurs siècles : « Nous autres, lui répondit le Basque sans s'émouvoir, nous ne datons plus. » Ainsi donc, en l'abordant dans sa maison, son *échaltea*, ne manquez pas de le qualifier de *Joan*, seigneur ; car c'est le titre qu'il veut recevoir, l'oublier, serait blesser sa dignité d'homme libre et les convenances locales. Par cette politesse, vous gagnerez sa confiance et vous provoquerez sa franchise.

Jamais Basque de la campagne, des bourgs c'est différent, n'a refusé sa porte au voyageur demandant l'hospitalité. Dès que celui-ci est assis au foyer de la famille, sa personne devient sacrée, et, s'il le fallait, le Basque la défendrait au péril de ses

[1] Cette particularité, déjà signalée vers la fin du siècle dernier, a été constatée en 1822 par le capitaine d'un bâtiment négrier.

jours. Point de conversation importune, de questions indiscrètes venant mettre une sorte de prix à l'hospitalité accordée. L'étranger prend place à la table du maître de la maison, et un lit d'une invariable propreté lui est préparé. Le lendemain, à son lever, un hôte attentif l'attend pour lui servir de guide. Mais que le touriste trop sensible à des yeux féminins fort causeurs, sache résister à leurs fascinantes promesses! que ses galanteries empressées, rarement dédaignées des Basquaises, n'éveillent point les soupçons d'amants mystérieux, jaloux et emportés, la vengeance des Basques ne se fait pas attendre, et plus d'un imprudent a payé de sa vie une hospitalité trop heureuse reçue dans la Soule, ce pays où l'amour et le ressentiment ont résisté même à l'empire du prêtre. Cependant, qu'il advienne bien ou mal de l'humeur enjouée et facile des jeunes Basquaises, elles ont en perspective un mariage à peu près certain. Les Basques, épouseurs quand même, en viennent d'ordinaire à ce dénoûment avec leurs bien-aimées, leurs *maithagorria*. Esclaves de leur parole et dédaigneux d'alliances étrangères, on les voit, au terme fixé, revenir des pays les plus lointains pour accomplir une promesse de mariage.

Joyeux vivants, et non moins grands festineurs qu'épouseurs, les Basques apportent une prodigalité folle dans leurs noces; noces de Gamache s'il en fut. Ce sont des repas indéfinis, des danses pareilles, des couplets improvisés, et puis encore des repas qui s'entremêlent et se succèdent sans aucune interruption pendant une semaine. Avant ces fêtes, s'accomplit un service solennel à la mémoire des ancêtres, devoir impérieux et prologue indispensable de la joie la plus désordonnée, auquel sont invités tous les voisins, parents et amis des deux familles. Après les noces et lorsque les époux, livrés définitivement à eux-mêmes, établissent leur budget, tout l'argent est quelquefois dépensé, et pour alimenter le ménage dans le courant de l'année, que reste-t-il?... Amour et travail, capitaux productifs, il est vrai, mais en raison fort inverse l'un de l'autre. N'importe! les époux lutteront joyeusement contre cet embarras, le surmonteront, et, parvenus au bout de leur carrière conjugale, ils passeront du même lit dans le même cercueil.

Une chose qui étonne tout d'abord, ce sont les rapports de deux époux basques et l'extrême réserve qui les caractérise. Un Basque tutoiera son ami, ses enfants; sa femme, jamais, hormis les jours de fête. Bien plus, celle-ci reste debout pendant le repas du mari, le sert avec dignité et complaisance. Au dessert, elle s'assied près de lui, et cause en tirant dextrement de sa quenouille chargée de lin, un fil magnifique, destiné à accroître encore la grande quantité de linge dont chaque ménage basque est pourvu. Plus loin, ses filles, filant la toile de leur trousseau futur, attendent pour rompre un silence respectueux, ou qu'elles soient interpellées par leurs prénoms ordinaires de *Maria, Gracieusa, Dominika*, ou que leur père ait quitté la table. Quant aux garçons, occupés au dehors à des travaux ou des jeux en rapport avec leur âge, il faut des occasions particulières pour qu'ils assistent au repas du chef de la famille. De cette exclusion traditionnelle est cependant excepté l'aîné des enfants, fille ou garçon, dont les droits sont toujours en vigueur dans le pays basque. Comme tel, il succède au père et à la mère dans leurs biens et prend d'avance le titre d'héritier. Son mariage se trouve ainsi subordonné à des arrangements de famille, et s'il contracte une alliance d'inclination, son frère ou sa sœur puînée sont appelés à jouir de tous ses droits.

Cette antique coutume, que l'empire du Code civil n'a pu déraciner, ne contribue pas peu à entretenir la monomanie émigrante qui décime la population basquaise, et la pousse au delà des mers. Chaque année, plusieurs centaines de cadets basques se dirigent vers l'Amérique méridionale. Tous y vont chercher fortune, mais la plupart ne trouvent que privations ou affreuse misère. Au surplus, le Basque qui, par aventure, a réussi dans son émigration transatlantique, revient constamment au pays natal, où il reçoit le nom d'*Indien,* synonyme de riche. Il fait alors bâtir la plus belle maison du village, n'affiche aucune prétention aristocratique; ses manières sont simples, ses goûts faciles, et il ne rougit pas de sa famille pauvre qu'il aime, accueille, aide sans ostentation. Indépendamment d'un bon nombre de piastres fortes, il a rapporté de ses longues pérégrinations sous la zone torride un teint d'acajou, un corps sec, une canne à pomme d'or, et l'habitude démesurée de la promenade, des cigares, des liqueurs et du café. C'est un homme qui a vu, disent ses compatriotes, et ils se pressent autour de lui, sollicitent ses conseils et l'écoutent disserter sur la traite des nègres, la culture du tabac, parler de Bolivar, du docteur Francia et du farouche Rosas. On comprend maintenant comment a été rendue irréprimable une récente émigration pour Montevidéo, dans laquelle des entrepreneurs recevaient du gouvernement de l'Uruguay une prime de 10 francs par Basquaise, et de 15 francs par Basque exportés.

Il faut pour comprendre les actions du Basque, placer en première ligne et comme éléments enracinés chez lui, un amour du merveilleux porté à l'extrême, un désir de gain non moins exalté, et l'esprit le plus aventureux. De là résulte le penchant irrésistible à la contrebande signalé chez les Souletins grands ou petits; de même s'expliquent l'ancienne et redoutable piraterie des Labourdins, leurs expéditions maritimes jusqu'au détroit de Dawis, la guerre acharnée que les premiers de tous les navigateurs ils ont faite aux baleines, d'abord dans le golfe de Gascogne et plus tard dans les mers éloignées, enfin la découverte de Terre-Neuve, source de commerce si productive. Fataliste et dévot, frivole et grave, téméraire et superstitieux, le Basque se caractérise encore par une grande finesse, qu'il emprunte, dit-on, au Béarnais son voisin, avec lequel il est d'ailleurs en fréquente délicatesse. Je ne crois pas cependant qu'il emprunte à son voisin sa franchise devenue proverbiale. Chez lui s'établissent aisément ces haines de famille à famille, de village à village, inimitiés vivaces, héréditaires, éclatant comme une *vendetta* corse par des duels ou des guet-apens. Dans ces luttes souvent meurtrières, sont employés un couteau effilé, le *ganibet,* et un long bâton ferré, en néflier rouge, armes dangereuses et terribles entre les mains du Basque et sans lesquelles il ne marche jamais.

Mais veut-on pénétrer plus profondément dans l'intimité des sentiments du montagnard basque? Qu'on lui parle du *Bassa-Joan!* on le verra frémir et s'arrêter brusquement au milieu d'un couplet; il interrompra la danse, deviendra sérieux et rêveur [1]. A ce nom prestigieux, hommes et femmes, vieux et jeunes, sont

_____

[1] Un Basque à qui nous avons soumis cet article, juge que ce paragraphe sur le Bassa-Joan généralise

saisis d'une terreur superstitieuse, que des souvenirs évoqués ou des récits de fraîche date ne peuvent qu'accroître. Le Bassa-Joan, c'est le seigneur sauvage, monstre à figure humaine, d'une taille colossale et d'une force surnaturelle; tout son corps est couvert d'un long poil lisse, il marche un bâton à la main et surpasse les daims à la course. Le berger qui ramène son troupeau à l'approche de l'orage, entend-il répéter son nom de colline en colline, c'est Bassa-Joan! La marche cadencée d'un être invisible qui suit vos pas se fait-elle ouïr derrière vous! c'est encore Bassa-Joan!!! Qu'un noir fantôme aux yeux étincelants

apparaisse soudain à l'entrée d'une caverne ou qu'il se dresse menaçant et terrible dans les profondeurs d'une forêt, c'est toujours Bassa-Joan, que chaque Basque a rencontré au moins une fois, et dont il décrit le soir, devant le foyer, les traits hideux et les hurlements sauvages? Être fantastique, fruit de l'imagination ardente d'un peuple peu éclairé, le Bassa-Joan est le plus ancien comme le plus populaire des mythes pyrénéens. Les Basques y ont une foi des plus robustes ainsi qu'aux sorciers, et principalement aux sorcières. Toute vieille femme, ou plutôt vieille fille, dont les yeux sont rouges, les dents couleur de pain d'épice et les oreilles sales, est réputée sorcière. Elle devient aussitôt l'objet d'une frayeur générale. Les jeunes filles prononcent des prières mystérieuses en passant à ses côtés, les enfants la fuient, les femmes la saluent avec un respect empressé, et les hommes lui deman-

trop une superstition locale. J'ai parcouru, nous écrit-il, une bonne partie de la France, et je ne crains pas de l'affirmer, le paysan le moins superstitieux est le paysan basque. Il arrose moins souvent son bétail avec l'eau lustrale fournie par le sorcier du voisinage, que le Parisien ne consulte la sybille de la rue de Tournon. Les journées néfastes, les salières renversées, le nombre treize et mille autres infirmités de nos hommes civilisés lui sont inconnues. Il croit en Dieu un peu plus que les hommes du Nord, par conséquent il craint moins le diable.   (*Note de l'Éditeur.*)

dent des exorcismes pour les bestiaux frappés de maladie. Enfin, les Basques admettent la possibilité d'ombres qui poursuivent la réparation d'un crime et demandent vengeance en unissant leurs imprécations aux mugissements de l'aquilon.

Voltaire, en voulant peindre les Basques d'un seul trait, n'a pas eu tort de dire : « C'est un petit peuple qui saute et danse au haut des Pyrénées. » Rien assurément n'approche de la passion que cette population manifeste pour la danse, et sa merveilleuse agilité est une qualité de nation devenue proverbiale. Pelouses ou plates-formes de rochers, chemins vicinaux ou grandes routes, tout lui convient pour improviser des rondes, des pas et des sauts cadencés par un fifre aigu et un instrument grossier ayant la forme de la lyre ancienne, garni d'un chevalet et de trois cordes sur lesquelles frappe l'exécutant ; c'est là le véritable tambour de basque. Chaque jour, durant la belle saison et après le coucher du soleil, vous rencontrez, dans la campagne, des milliers de groupes infatigables qui battent le sol jusqu'à plus de minuit. Là, point d'instant d'arrêt, point de halte, des pas toujours uniformes et seulement variés par des sauts inouïs que les hommes exécutent avec des cris étourdissants, tandis que les femmes chantent en tourbillonnant sur leurs talons. La plus célèbre de ces danses est le *Saut basque*, ou le *Mouchico*, qu'il ne faut pas confondre avec la *Pamperruque*, danse particulière à la ville de Bayonne. Toujours exécutée par des sujets d'élite, cette danse exige des costumes particuliers. On voit alors les Basques, vêtus d'habits élégants, ornés de festons, de rubans, de fleurs, déployer toute leur légèreté et la souplesse de leurs formes parfaites. Pour comprendre, toutefois, l'immense ardeur de ce peuple pour la danse et ses talents chorégraphiques, il faut avoir vu une fête patronale à laquelle ses gestes, ses éclats de voix, son costume donnent une couleur si originale. Cette foule, costumée d'une manière si pittoresque, ce bruit, ce mouvement, ces groupes entrelacés, cette surabondance de force, d'activité qui s'exhale en cris et bien souvent en rixes sanglantes, donnent à ces fêtes une physionomie qu'il est impossible de décrire.

Si quelque chose pourtant a le pouvoir de faire oublier au Basque la danse et le son de son tambourin, c'est le jeu de paume auquel il s'adonne de très-bonne heure avec une véritable frénésie. Cet exercice double ses forces, son adresse, et fait ressortir des avantages physiques dont il est avec raison très-fier. Les fêtes de villages sont choisies habituellement pour le spectacle de la paume. Là se rendent, de plus de vingt lieues à la ronde, les célébrités de ce jeu, escortées par les populations de leurs communes respectives, et arrivant précédées de la musique nationale et de bardes improvisateurs, gagés pour chanter leurs exploits. Les individus qui excellent dans la paume jouissent d'une grande illustration, et le Labourd se souvient encore du fameux Perkain qui, réfugié en Espagne pendant la première révolution, apprend tout à coup que Curutchet, un de ses rivaux, annonce une partie de paume aux Aldudes. Perkain accourt, combat, triomphe, et franchit de nouveau la frontière, applaudi et protégé par sept mille spectateurs. Chacun sait aussi, dans la Basse-Navarre, l'épisode de quinze soldats basques, qui, partant des bords du Rhin sans permission, viennent jouer à la paume à la fête de leur commune, y remportent la victoire, rejoignent ensuite leur régiment à Austerlitz, et se comportent de telle sorte à cette mémorable bataille des trois empereurs, qu'amnistie leur fut accordée du crime de désertion. Dans les joutes de la paume, provoquées souvent par des espèces de cartels et accompagnées de paris considérables, des témoins ou juges du camp veillent à ce que les règles du jeu soient observées, et prononcent sur les coups douteux. Habillés à la légère, chaussés de sandales ou d'*espartilles*, un gantelet de cuir à la main, les joueurs prennent champ dans un vaste cirque, se défient, courent, bondissent en se renvoyant une balle dure, élastique et pesant jusqu'à seize onces. Quand les jeux sont terminés, les paris s'acquittent, et le vin tiré se consomme. C'est alors que les bardes entrent en exercice et entonnent leurs couplets triomphateurs ; mais si l'un d'eux, trop caustique, offense les vaincus, ses chants deviennent le signal d'une rixe très-grave : les *ganibets* sont tirés, les bâtons ferrés saisis, et le sang ne tarde pas à couler... ! Quand la colère est assouvie et la mêlée dispersée, les battus vont se faire panser avec l'espoir d'une revanche prochaine... Ainsi s'engendrent et se nourrissent la plupart des rivalités qui divisent profondément les habitants du pays basque.

Quoique vif, spirituel, orgueilleux de sa nationalité et pourvu d'une langue restée la même depuis deux mille ans, le peuple basque n'a point de littérature nationale à présenter. Pour en trouver quelques rares et informes monuments, il faut en appeler à des mémoires d'élite ou s'adresser à certaines familles qui les conservent presque toujours en manuscrits comme un patrimoine spécial transmis d'âge en âge. Les moins difficiles à se procurer, sont des pièces dramatiques, appelées *Pastorales*, assez semblables à nos anciens mystères. A part quelques épisodes empruntés à la Bible et à la mythologie, les souvenirs de Roland, ceux des chevaliers de la Table-Ronde, de Clovis, d'Alaric, de la guerre des Maures, de Napoléon, fournissent matière à ces productions théâtrales qui ont leur règle poétique aussi inflexible que celle des trois unités l'était autrefois pour nous. Aujourd'hui encore, tout sujet doit être taillé sur le même patron et d'après les lois imprescriptibles de la pastorale, dont les modernes interprètes passent huit mois de l'année à tricoter des bas de laine auprès de leurs vaches, et les quatre autres à chasser l'isard et la palombe. C'est pendant les huit mois de garde près de leurs troupeaux, que ces pâtres, imbus des traditions du moyen âge, dont leur imagination s'enflamme dans la solitude, élaborent des drames héroïques où l'esprit martial du Basque prend un essor incroyable. Deux ans souvent avant la représentation d'une pastorale, on en jase dans le pays, et quand arrive le grand jour scénique, des milliers de spectateurs sont rendus de bonne heure devant un théâtre dressé en plein vent dans la vaste clairière d'une forêt pyrénéenne. La flûte, le fifre, le tambourin, instruments de prédilection, composent l'orchestre. Pour partie accessoire et obligée, sont des cavalcades d'empereurs et de Sarrasins évolutionnant d'abord sur une pelouse, puis s'élançant d'un seul bond et en mesure sur le théâtre, après avoir successivement mis pied à terre. La pièce commence invariablement par un long prologue ou récitatif dont la prosodie rappelle la mélopée grecque. L'auteur ou l'un des acteurs y donne l'esquisse du tableau qui va être déroulé sous les yeux des spectateurs, et termine en invoquant leurs sentiments religieux. Tous les colliers de perles, les pana-

ches, les chaînes d'or, les costumes du pays, sont mis à contribution pour donner du
luxe et de la pompe à ce spectacle d'un autre siècle. On a vu naguère, dans l'une
de ces pièces, Alaric, l'indomptable chef des Goths, habillé en capitaine de la garde
nationale, le chapeau surchargé d'un obélisque de fleurs; trois martyrs du roi Hé-
rode, portant un habit noir à la française, avec jabot, manchettes, boucles et crêpe
noir au bras; enfin le bourreau qui devait les occire, affectant toute la gravité
d'un bourguemestre hollandais, et affublé d'une robe à manches rouges et à
fond miparti de violet et de rouge. A la mise en scène et aux représentations de
ces mystères préside une manière de régisseur nommé le *régent*. Le plus illustre,
en ce moment, est un savetier de Tardets, appelé Saffores. Sans lui, aucune pastorale ne saurait être honorablement rendue dans le pays basque. Comme régent,
il communique les traditions dramatiques dont il est dépositaire, enseigne la dé-
clamation convenue, copie les rôles qu'il arrange, et crée au besoin; puis, lorsque
l'instant de la représentation est arrivé, vous le voyez s'effacer pour aller occuper
le modeste et pénible office de souffleur. Mais, chose plus extraordinaire, c'est que
des jeunes filles se travestissent en hommes pour jouer les mêmes pastorales; elles
dépouillent résolument la timidité de leur sexe, et singent d'un sérieux fort comique
les airs terribles et démésurément vainqueurs dont les sous-officiers des garnisons
voisines leur ont donné les premières leçons.

Les savants du pays basque sont presque tous ecclésiastiques et curés de leurs
villages. La plupart ont composé des dissertations sur l'histoire des Ibères et des
Cantabres, dont les Basques actuels paraissent issus en ligne fort directe. L'un d'eux
professe actuellement un cours sur les mystères de l'alphabet, dont les principes sont
fort originaux. Qu'on me permette d'y initier le lecteur. « Lorsque Adam, me disait
« ce curé, contempla pour la première fois sa compagne chérie, à peine sortie des
« mains de son créateur; à la vue d'un si brillant chef-d'œuvre, quelle dut être sa
« première expression? — Il s'écria sans doute, lui répondis-je : Que tu es belle! —
« Pas du tout, reprit le digne pasteur; il éleva ses mains vers le ciel et s'écria : A!
« Ce fut la première lettre prononcée. Pour ne pas en perdre le souvenir, il traça
« sur le sable deux lignes obliques dont la conjonction vers le haut formait un angle
« aigu; et, afin de compléter l'emblème d'une indissoluble union, il fortifia le point
« central de ces deux lignes par une petite barre horizontale; et ce fut aussi la
« première lettre écrite.

« Voyons la seconde. Lorsque Adam eut perdu par sa désobéissance le glorieux
« privilége dont il avait été doué lors de la création, il était inconsolable; mais
« Dieu, voulant ranimer son espoir, lui fit connaître, à l'aide d'une ligne perpendi-
« culaire accompagnée de deux demi-cercles, que son créateur s'abaisserait du haut
« des cieux, et viendrait s'enfermer dans le sein d'une créature issue de sa propre
« race. Pour perpétuer ce gage précieux de bienveillance, Adam traça sur le sable
« la lettre B. »

Je ne pousserai pas plus loin la théorie descriptive du bon curé basque, chaque
lettre vaut un chapitre de l'Ancien Testament, et je laisse à l'imagination du lecteur
le soin de compléter ce curieux recueil.

En mettant le pied dans le pays basque, l'observateur remarque d'abord la fierté des indigènes : elle apparaît dans leurs regards, perce dans leurs traits, et se manifeste dans toute leur attitude. Bien différents des paysans des autres contrées, les Basques marchent toujours la tête haute, les épaules effacées et d'une manière on ne peut plus résolue. L'énergie du front, la noirceur des sourcils et le reflet de sang qui colore l'œil du Basque donneraient un aspect assez farouche à sa physionomie, si elle ne respirait un certain air de franchise mêlée de gaieté. Au reste, la tête de ce montagnard offre dans ses parties supérieures une coïncidence frappante avec celle des oiseaux de proie. On ajoute même que certains disciples de Gall se permettent de croire que le crâne du Basque présente des proéminences ayant pour siéges quelques instincts destructeurs. Comptons bien vite cette assertion au nombre des erreurs phrénologiques, car rien ne la justifie.

Grand, élancé, agile, nerveux, le Basque est plein d'animation ; il porte les cheveux longs, comme attribut de noblesse et de liberté séculaires. Son teint brun, ses yeux noirs, que la colère ou la joie font étinceler, impriment à son *facies* une grande mobilité d'expression. Qu'il parle, c'est à grand renfort de gestes et de brusques intonations ! Fanatique de ses antiques usages, il aime peu l'agriculture, en dédaigne surtout les nouveaux instruments, et, comme un véritable enfant d'Abraham, il se livre de préférence aux soins des troupeaux. Quoique essentiellement courageux, c'est avec regret qu'il se soumet à la discipline militaire : il lui faut d'ailleurs des chefs de son choix, des Harispe, qui le comprennent et sachent guider sa fougue impétueuse. Assez querelleur dans l'état normal, le Basque n'est plus du tout maniable s'il a trop souvent eu recours au vin de Peralta, qu'il apporte d'Espagne par contrebande. Sa fureur est alors sans bornes ; il frappe du bâton à tort et à travers, et joue du couteau en aveugle.

Une veste bleue en drap ou en velours, des pantalons de la même étoffe, une chemise toujours très-blanche, voilà le fond du costume du Basque. Comme agrément indispensable, il se pare d'une ceinture en soie rouge tournée sept à huit fois autour du corps, et dans les plis de laquelle il glisse sa pipe en terre, sa bourse, et quelquefois son couteau, instrument docile de ses emportements furieux. Des sandales garnies de grelots lui servent de chaussure, quand il doit exécuter quelque danse nationale ; à son col est une cravate à la batelière, et sur l'oreille un béret bleu. C'est dans cet équipage leste, coquet et fort bien porté par les jeunes gens, que les Basques se rendent, par groupes de dix à douze, aux foires et marchés de Saint-Jean-Pied-de-Port, de Mauléon, de Hasparren et de Bayonne. Ainsi, du 15 au 20 août, ils descendent du Labourd, de la Soule et même de la Basse-Navarre, aux bains de mer de Biarritz. Chaque année, cette époque est pour eux un temps de loisir et de bonne chère, pendant lequel ils prennent deux, trois, et jusqu'à quatre bains par jour. Il faut surtout voir, à cette côte dangereuse qui a reçu leur nom, Basques et Basquaises demi-nus, se tenant par la main sur une seule ligne pour résister aux lames, chantant de lentes complaintes et lançant de temps à autre au milieu des rochers leurs cris sauvages et étourdissants. Le mouvement est alors perpétuel de la plage à la côte, et de la côte au village : c'est un pêle-mêle de sons insolites et véritablement étranges pour des oreilles françaises.

Le noir, couleur nationale des Cantabres, dominait jadis presque exclusivement dans la toilette des Basquaises; mais aujourd'hui que la contagion des innovations en a perverti l'usage, jupe, corsage et fichu ont des couleurs très-variées. Le tablier cependant, et le mantelet, spécialement réservé pour se rendre à l'église, doivent encore rester noirs. Pour coiffure, les jeunes filles portent un mouchoir de couleurs éclatantes et flottant par derrière; les jours de fête, il est remplacé par du linon artistement noué sur le front, que couvre encore un chapeau de paille enrubané. Plus sévèrement ajustées, les femmes mariées portent dans quelques cantons la *sabanilla*, espèce de carré blanc assez disgracieux.

De tout ce qui précède, ne concluez pas néanmoins que la race basque soit incapable de prendre un rang fort distingué dans la littérature et les sciences. A cet égard, preuves sont faites du contraire, car le sang basque a produit un contingent très-respectable de philosophes, d'historiens, de poètes, de publicistes et de jurisconsultes. Tous, élevés loin de leur pays natal, se sont servis des langues française, espagnole ou latine, mais en imprimant à leurs œuvres le cachet incisif qui distingue l'esprit national. En ce moment, MM. d'Abbadie frères, deux savants et intrépides voyageurs, jettent, par leurs explorations en Abyssinie, le plus vif éclat sur le nom basque. Animés d'un zèle ardent pour les progrès de la cosmographie et de l'histoire, ils y consacrent leur fortune et leur existence. Comme hommes politiques, il faut citer le ministre Garat, qui était d'Ustaritz ; M. Chegaray, d'origine basque, et aujourd'hui député de l'arrondissement de Bayonne ; comme gloire militaire, le lieutenant général Harispe, compté par la Basse-Navarre au rang de ses plus belles illustrations, d'abord commandant d'un bataillon de chasseurs basques dont la bravoure ne sera guère oubliée sur la frontière, et ensuite l'une des braves épées de la république et de l'empire. Les Basques regretteront longtemps un savant modeste, l'abbé Darrigole, mort à la fleur de son âge, supérieur du séminaire de Bayonne, et auteur d'une excellente *Dissertation critique et apologétique sur la langue basque*. Et dans la marine donc, quel peuple peut se vanter d'avoir produit des hommes plus intrépides que Renaud d'Elizagaray, l'inventeur des galiotes à bombes pour le bombardement d'Alger sous Louis XIV ; que Cépé, ce hardi corsaire de Saint-Jean de Luz ; que les Labourdins, jadis surnommés *loups de mer ?* Aujourd'hui, les Basques n'ont plus de marine ; mais ils sont rois encore à Terre-Neuve, et les navires les plus heureux à la grande pêche sont ceux qui comptent les enfants du Labourd pour équipage. Pourquoi donc aujourd'hui, dans cette contrée si originale et si belle, le voyageur rencontre-t-il à chaque pas des villages entiers abandonnés et tombant en ruines? C'est qu'un fléau, que ne connaissait pas le siècle passé, vient chaque année lui enlever des familles nombreuses, et le dépeuplera en entier si on n'y prend garde. Ce fléau, c'est l'émigration et la traite pour les colonies d'Amérique!

Victor GAILLARD.

GUILBAUT.

LOUBON.

BEAUCERON.

LE BEAUCERON.

Le voyageur qui part de Chartres et se dirige vers Orléans, après avoir un instant côtoyé les bords de l'Eure, voit tout à coup se dérouler devant lui d'immenses plaines, entièrement dégarnies et plates, où n'apparaissent que de loin en loin quelques chétives bourgades, et qui, pendant l'hiver, offrent, au dire de Chateaubriand, une image assez exacte des déserts de la Judée. Ce pays, dont l'aspect est si monotone et qui paraît si pauvre, a mérité pourtant, par la richesse et la quantité des céréales qu'il produit, d'être surnommé *le grenier de la France*.

Le joyeux auteur de *Gargantua* raconte que son héros, traversant un jour ces vastes campagnes, alors couvertes d'antiques forêts druidiques, eut la fantaisie d'y faire une halte et s'étendit sur la cime des arbres comme sur un lit de gazon. Mais, pendant la nuit, sa jument, qu'il avait laissée paître en liberté, pour se débarrasser des mouches bovines et des frelons, «desguatna sa queue, et si bien, s'escarmouchant ; «les esmoucha, qu'elle en abbatit toute la forest, comme un fauscheur faict d'herbes. » En sorte que cette campagne, si richement boisée la veille, se trouva le matin complétement défrichée ; ce que voyant, maître Gargantua «y print plaisir extrême et «dist à ses gens : *Je trouve beau ce*, dont feut depuis appelé ce pays *la Beauce*.»

Quoi qu'il en soit de cette étymologie toute rabelaisienne, c'est, en effet, une belle contrée que la Beauce. Lorsque, au printemps, ses champs fertiles se couvrent de verdure et ne présentent partout aux yeux qu'une mer ondoyante de blés en herbe, où se montre parfois seulement quelque croix solitaire ou la svelte tourelle d'un moulin à vent, on se recueille malgré soi dans une sainte et douce admiration, on comprend et partage au fond de l'âme toutes les espérances du laboureur ; et quand les chaleurs de l'été sont venues jaunir les épis, quand ces moissons, qui doivent nourrir tant de milliers d'hommes, déploient majestueusement leur tapis d'or autour d'un horizon d'azur, c'est un spectacle imposant, magnifique, et devant lequel on demeure en extase, comme à la vue de l'immensité !

Un poëte qui ne trouvait rien à chanter dans cette grandiose nature, et que Virgile, son maître, eût renié hautement, a décoché ce trait brutal contre la Beauce :

> *Belsia, triste solum, cui desunt bis tria tantum :*
> *Colles, prata, nemus, fontes, arbusta, racemus !*

boutade que le bon Andrieux a traduite en ces vers :

> Le triste pays que la Beauce !
> Car il ne baisse ni ne hausse ;
> Et de six choses d'un grand prix :
> Collines, fontaines, ombrages,
> Vendanges, bois et pâturages,
> En Beauce il n'en manque que six !

Soyons plus juste et reconnaissons que l'utile y vient compenser l'agréable. Sans doute la Beauce n'a rien de pittoresque, rien qui soit fait pour charmer le touriste ; mais elle donne à Paris, nous dirons presque son pain quotidien ; tous les jours elle verse sur lui les trésors de la vie, amassés dans son sein ; et cette terre productive, nourricière, bienfaisante, nous semble belle de la beauté d'une mère. — S'il nous fallait d'ailleurs, sous un autre rapport, en faire apprécier le mérite, nous pourrions invoquer le témoignage si véridique, comme on sait, des chasseurs parisiens, qui chaque année font irruption dans ces plaines où s'engraissent pour leurs plaisirs tant de perdreaux et de lièvres. Mais nous craindrions que le récit des prouesses de ces messieurs ne dépassât de beaucoup les bornes qui nous sont imposées par notre éditeur. Honni soit qui mal y pense !

Le paysan beauceron, dont nous nous proposons d'esquisser la physionomie, possède les qualités plus précieuses que brillantes du sol fécond qu'il habite. C'est un homme simple, ignorant tout à fait de ce qu'on appelle les belles manières, grossier même, si l'on veut, mais actif et laborieux comme l'abeille, économe et prévoyant comme la fourmi, un homme utile, en un mot, et ce titre en vaut bien d'autres. Il naît laboureur : c'est son instinct, sa vocation, et, robuste enfant de quelque ferme, il essaye ses premiers pas dans le dur chemin de la vie, en courant, pieds nus, à travers les guérets ou par les rues caillouteuses de son village. De bonne heure il apprend à guider la charrue, à tracer un sillon, car chaque métairie est comme une ruche, d'où les oisifs sont exclus. Il acquiert ainsi dans les rudes travaux des champs une vigueur peu commune, et ses traits, brunis par les rayons du soleil, ont quelque chose de sévère et d'accentué qui respire la plus mâle énergie.

Les habitudes réglées des campagnards de la Beauce contribuent surtout à entretenir cette fleur de santé qui les distingue du citadin.—Levés avec le jour, ils se couchent avec lui, comme l'oiseau du bon Dieu, qui fait son nid sous leur chaume; et n'étaient les longues veillées d'hiver, où les femmes se rassemblent et vont filer dans les étables, ils n'auraient jamais recours à d'autre lumière que celle du soleil; car, après la grêle, qui détruit sur pied leurs récoltes, ce qu'ils craignent le plus, c'est le feu, qui consume le blé dans leurs granges. Chez eux, toute heure a son emploi, toute chose revient à son temps; chaque saison les retrouve préoccupés des mêmes soins, courbés sur l'aire ou penchés sur la glèbe; et ce labeur méthodique et continuel rend leur existence uniforme comme la nature dont ils sont entourés.

Leur nourriture, plus que frugale, se compose invariablement de pain bis, — du pain bis, eux qui nous en donnent de si blanc! — de légumes et de fromage avec de l'eau à discrétion, pas toujours cependant, attendu qu'en été les mares se dessèchent vite et que les puits se tarissent quelquefois. La viande n'entre dans leurs repas qu'aux fêtes carillonnées ou pendant la moisson; et c'est ordinairement du lard aux choux, pour ne pas dire des choux au lard : mais, qu'importe, leur sobriété s'en contente; le fermier lui-même, quelle que soit sa fortune, ne fait pas meilleure chère; point d'exception pour lui. Cette frugalité, devenue proverbiale, fait dire encore au caustique curé de Meudon que les gens de la Beauce «desjeunent de baiser, et s'en «trouvent fort bien, et n'en crachent que mieulx. » — Maîtres et domestiques s'asseyent patriarcalement à la même table et vivent entre eux sur le pied d'une égalité parfaite. Aussi dans presque toutes les fermes, les principaux serviteurs vieillissent sous le harnais et se transmettent de père en fils comme de véritables immeubles. Il n'est pas rare de voir des garçons de labour attachés depuis cinquante ou soixante ans à la même exploitation. Combien de fois, dans un pareil nombre d'années, le char de l'État change-t-il de conducteurs ?

Les Beaucerons n'ont point, à proprement dire, de patois; mais ils parlent un langage corrompu, semé parfois de traits assez bizarres et tout plein de vieilles locutions qui s'accordent bien avec leurs vieilles habitudes. Ils ont la voix haute et chantante, l'accent traînard, presque autant que celui des Normands, et donnent aux syllabes finales des sons particuliers, qui ôtent à leur prononciation toute élégance et toute noblesse. — La proximité de la capitale et les fréquents rapports du cultivateur avec les villes voisines, où il opère la vente de ses grains, tendent à faire disparaître chaque jour l'originalité de son costume. Toutefois sa tournure est encore assez caractéristique pour qu'on n'ait pas à s'y méprendre. — Voyez cet homme au teint hâlé, coiffé d'un feutre à larges bords, dont le reflet rougeâtre atteste les services, couvert d'une blouse grossièrement brodée autour du col et trop courte pour cacher les vastes pans d'un habit de gros drap, qui tombe jusque sur les guêtres de toile blanche où ses jambes sont emprisonnées; il tient un bâton noueux suspendu à son bras par un cordon de cuir, et le talon de ses souliers ferrés presse le flanc de sa monture normande, qui porte en croupe le picotin d'avoine obligé. Chacun des piétons qu'il rencontre le salue, en l'appelant par son nom, comme une vieille connaissance, et, tout en marchant, échange avec lui quelques mots sur le prix des céréales ou sur les résultats que promet la récolte, le tout dûment assaisonné de proverbes, d'axiomes et de dictons sentencieux à la Mathieu Laensberg... — c'est un fermier beauceron qui se rend à la halle de Chartres, dont les clochers se dessinent au loin dans la brume, pareils à deux éteignoirs gigantesques.

Grâce à la civilisation, qui a porté le goût du comfortable jusque dans les chaumières, les gros métayers ont adopté déjà pour la plupart une manière de voyager plus commode, et ne craignent pas de s'aventurer en cabriolet dans les ornières éternelles de leurs routes vicinales. Que sera-ce lorsque le chemin de fer projeté de

Paris à Tours vivifiera ces déserts de la Beauce, lorsque la vapeur en aura fait, pour ainsi dire, un des faubourgs de la capitale ?... Certes, on peut espérer qu'alors ces bons paysans, régénérés dans leurs mœurs et dans leur caractère, n'offriront plus rien d'excentrique à l'œil de l'observateur. Hâtons-nous donc de les dépeindre tels qu'ils sont aujourd'hui, et Dieu veuille que demain ce soit de l'histoire ancienne !

En arrivant à la ville, le laboureur, que ses voitures ont précédé, suivant l'usage établi depuis un temps immémorial, confie la vente de son blé à des femmes organisées en corporation et qu'on nomme assez lestement *leveuses de culs de pouche*, parce qu'elles sont chargées de lever le sac lors du mesurage; puis il s'en va tranquillement faire ses emplettes, renouveler ses baux ou payer ses fermages. Les leveuses, moyennant une faible rétribution, procèdent, en son absence, à la livraison du grain, dont l'acheteur remet immédiatement le prix entre leurs mains. Le soir, après l'heure du marché, le cultivateur vient recevoir des leveuses l'argent qu'elles ont touché pour lui, et, bien que fréquemment il se vende en un seul jour sur la halle plus de dix mille quintaux de blé, la probité de ces femmes est si grande et l'ordre qui préside à leurs opérations si admirable, que presque jamais, dans leurs comptes, on ne voit de confusion ni d'erreurs; et lorsque par hasard il s'en trouve, la corporation entière couvre le déficit. Ce mode de vente tout particulier, en facilitant les transactions commerciales, épargne des moments précieux au laboureur, toujours fort avare de son temps, et qui, dans sa bonhomie, considère comme perdu celui qu'il passe loin de sa campagne. La vente du grain est la seule, du reste, qui se fasse par intermédiaire. Les marchands de volaille, variété importante de l'espèce beauceronne, attendent la pratique, tranquillement assis sur leurs grandes cages d'osier, où gloussent pêle-mêle les poules et les dindons. Sur ce trône fragile, et qui a son duvet comme les autres, ces rois de la basse-cour montrent une figure débonnaire, qui prévient tout à fait en leur faveur. Néanmoins, il ne faut pas trop se fier à leur simplicité apparente : ce sont de fins matois, ayant bec et ongles, et qui savent très-bien plumer le chaland.

Le marché au beurre et aux œufs offre dans son genre un coup d'œil assez pittoresque. De chaque côté de la rue où il se tient, les paysannes, uniformément revêtues d'une grosse couverture-de laine bleue, se rangent debout et côte à côte, tenant leurs paniers suspendus en guise d'éventaires, tandis que les chefs de cuisine et autres officiers de bouche circulent au milieu, vont de l'une à l'autre, et semblent passer en revue ce bataillon féminin. Mais, au bout de quelques heures, quand l'inspection des paniers est faite, c'est-à dire quand le beurre et les œufs sont vendus, la retraite sonne, et chaque paysanne se hâte de retourner au village, qui sur son âne et qui sur sa charrette.

La ville est un séjour qui déplaît souverainement à ces gens rustiques : ils s'y trouvent mal à l'aise; habitués aux travaux manuels et pénibles, ils ne voient, pour la plupart, dans les citadins, que des désœuvrés et des paresseux, la pire chose du monde à leur gré. Aussi ne viennent-ils au chef-lieu que lorsqu'ils y sont expressément appelés par leurs affaires, c'est-à-dire les jours de marché, à l'époque des échéances de leurs fermages et des landits, qu'on nomme en dialecte beauceron les *loues*.

Ces espèces de foires ont lieu, à Chartres, le lendemain de la Saint-Jean et de la Toussaint. Il ne s'y vend ni blé, ni laines, ni denrées d'aucune nature, ni chevaux, ni moutons, ni quadrupèdes quelconques; mais, en revanche, il s'y fait un immense trafic de chair humaine, et sous les portiques mêmes du vieux temple chrétien que montre avec orgueil la capitale de la Beauce! La loue est un marché où l'on n'expose que des bipèdes, un bazar d'hommes et de femmes, dont l'aspect n'a d'ailleurs rien d'oriental. Le fermier qui, pour le service de son exploitation, a besoin d'un certain nombre de domestiques ou de journaliers, se rend à l'heure dite sur la place où cette sorte de marchandise est étalée, tourne autour des groupes, estime des yeux et fait son choix, après avoir, bien entendu, débattu le prix du *louage*, qui, pour un homme, est d'environ cent cinquante francs par an, et pour une femme, de soixante-dix à quatre-vingts, suivant la qualité. Or, il ne faut point là de Géorgiennes à la peau blanche et satinée, aux cheveux noirs, aux yeux humides : il ne s'agit nullement de pourvoir des harems. Au contraire, les femmes qui se rapprochent le plus du genre masculin, à la figure basanée, aux membres trapus, sont les meilleures et les plus appréciées; de même que les hommes solidement construits, musculeux, robustes, se débitent beaucoup plus vite et avec de notables avantages.

L'embauchage des moissonneurs, qu'on désigne dans le pays sous le nom peu euphonique d'*oûtrons*, a lieu également, chaque année, aux approches de la récolte, et cela se maquignonne de la même manière que nous avons dite, laquelle n'est, à coup sûr, rien moins que poétique. Nous ignorons si les moissonneurs des marais

GÉRARD, sc.

LAITIÈRE BEAUCERONNE.

Pontins, dont Léopold Robert nous a fait un si charmant tableau et qui inspirèrent autrefois Virgile, ont en réalité les mœurs séduisantes et les formes gracieuses qu'on leur attribue; nous ne savons s'ils prennent des poses académiques comme on veut bien leur en donner: mais quand on voit, aux portes de la Rome moderne, les oûtrons de la Beauce, avec leurs grands chapeaux de paille brute, leurs sabots rouges garnis de foin, et leurs vêtements aussi grossiers, aussi lourds qu'eux; quand on les voit surtout à l'œuvre, ces hommes qui, pour si peu de lucre, vont arroser la terre de tant de sueurs, sans doute on ne peut trop. les estimer et les plaindre; mais on se demande si les moissonneurs pimpants qu'on nous montre ne sont pas de pures fantaisies d'artiste, des créations imaginaires, comme les bergers de ce bon M. de Florian.

Les fermiers, en qui pour nous le type beauceron se résume — bien que les meuniers soient aussi très-nombreux dans la Beauce, — ont, il est vrai, des façons moins abruptes et des manières plus rondes que les travailleurs qu'ils emploient; mais ce sont, après tout, des gens fort positifs et qui, franchement, ne prêtent guère aux pastorales.

Leur esprit dominant est l'esprit de routine : ils préfèrent la pratique à la théorie et se roidissent contre toute espèce d'innovations. Aussi les comices agricoles ont-ils grand'peine à se naturaliser chez eux, ce qui n'empêche pas cependant que la Beauce ne soit un des pays les mieux cultivés de la France.

Comme citoyen, le fermier remplit ses devoirs en tant qu'ils ne gênent pas la marche de ses travaux, car il subordonne tout à cet intérêt majeur, moins dans une pensée d'égoïsme que pour l'acquit de sa conscience. Par exemple, durant la moisson et jusqu'à la rentrée totale des grains, on l'appellerait vainement à siéger sur les bancs du jury : en dépit de l'amende, il n'y paraîtrait pas. Aussi les assises du département font-elles officieusement vacances tant que dure la récolte des blés.

Un jury composé de paysans beaucerons use toujours largement des *circonstances atténuantes;* il n'est qu'un crime pour lequel jamais on ne le voit en admettre : malheur aux incendiaires! ils trouvent dans le cultivateur un juge impitoyable et qui se hâte de les punir aujourd'hui, pour ne pas être leur victime demain. Les incendies ne sont, en effet, que trop fréquents dans la Beauce : c'est la vengeance du pays. Au lieu de s'attaquer à la vie de son ennemi, on s'en prend à ses granges; on ne le tue pas, on le ruine.

Un riche laboureur est nécessairement le maire de son endroit et le chef d'une compagnie de garde nationale qu'il n'a pas souvent l'occasion de commander. A défaut de dignité, il montre au moins dans ses fonctions municipales du bon sens et de la bonne volonté. Nous nous souvenons d'avoir assisté à un conseil de discipline, où l'un de ces fermiers remplissait les fonctions de capitaine-rapporteur. A coup sûr, l'éloquence du brave homme aurait bien pu désopiler la rate d'un auditeur lettré; mais toutes ses observations étaient pleines d'à-propos, tous ses arguments sans réplique, et nous ne sachions pas qu'on parle avec plus de justesse à la tribune du Palais-Bourbon. — Le greffier de la mairie est presque toujours le maître d'école du village, espèce de factotum ou de Michel Morin qu'il n'est pas rare de voir en même temps épicier, perruquier, chantre, et marchand de vin, ce qu'indique aux amateurs le bouchon de bruyères garni de pommes et de foin qui pend glorieusement au-dessus de sa porte. De manière que la plupart du temps une simple cloison sépare la classe du cabaret : méthode renouvelée des Spartiates, qui exposaient des hommes ivres à la vue de leurs enfants, pour leur enseigner la tempérance. Mais s'ils ne cumulaient ainsi plusieurs professions, ces pauvres précepteurs villageois ne verraient pas souvent le vœu de Henri IV se réaliser pour eux. On n'envoie guère les jeunes garçons à l'école que pendant trois mois de l'année, quand l'hiver interrompt les travaux de l'agriculture; encore ces singuliers élèves payent-ils ordinairement le prix de leur pension en pommes de terre, haricots, lentilles, et autres légumes, ce qui fait un pot-au-feu dans lequel, comme l'a dit un poëte du pays,

Il n'est Nostradamus
Qui, l'astrolabe en main, ne demeurast camus,
Si, par galanterie ou par sottise expresse,
Il y pensoit trouver une estoile de gresse...

Les opinions politiques du Beauceron sont éminemment voltairiennes. Il les retrempe dans *le Glaneur* (prononcez *Glanue*), journal de la localité, qu'il reçoit de seconde ou de troisième main, par économie, et qui lui parvient tous les mois en paquet, de sorte que, à vingt ou trente lieues de Paris, il apprend ce qui s'y passe quand toute l'Europe le sait déjà depuis longtemps. Mais cela ne l'empêche pas de répéter, dans son jargon, à l'arrivée de la feuille départementale : *Oyons ein brin quai qu'y a d'neu ani* (Voyons un peu ce qu'il y a de nouveau à nuit) [1].

Lors des élections, le Beauceron ne se prononce ouvertement ni pour ni contre tel ou tel candidat : il nage toujours entre deux eaux, tâchant de ménager la chèvre et le chou, à l'instar de son digne voisin le Normand. De cette façon, le rusé compère se trouve choyé par les uns et les autres. Il se laisse faire très-volontiers et boit avec tous les partis, dont il se rit dans son for intérieur. Après avoir passé par toutes les nuances du prisme politique, comme le caméléon qui reflète les couleurs sans en garder l'empreinte, il redevient lui-même, et vote selon sa guise, à la satisfaction universelle : double avantage du bulletin secret !

Après l'idée qu'on a pu se faire déjà des métayers beaucerons, on aura peine à se figurer sans doute que leurs femmes sont des plus coquettes ou, pour nous servir de l'expression du pays, des plus *piaffeuses*. Cela est exact, pourtant. Les fermières, grâce à l'aisance et à l'économie de leurs maris laborieux, étalent, dans les jours de

---

[1] *A nuit*, pour aujourd'hui, est une expression qui remonte à la plus haute antiquité. Les Gaulois la tenaient des druides, qui comptaient par nuits et non par jours, disant que les ténèbres avaient précédé la lumière, et qu'ils étaient fils de Pluton, dieu de la nuit.

fête, ou lorsqu'elles viennent à la ville, un luxe prodigieux de dentelles et de bijoux d'or et d'argent. Leur costume, qui se distingue par des couleurs éclatantes et variées, est assez semblable à celui des paysannes de la banlieue de Paris; il n'en diffère que par la coiffure. Mais cette disparité, si légère en apparence, suffit pour donner à l'ensemble un caractère spécial et tout à fait distinct. En effet, le bonnet beauceron constitue, à lui seul, une originalité; c'est une personnification, c'est un type, c'est tout. Plus simple et plus gracieux que celui des Normandes, plus modeste surtout dans ses proportions, il laisse le front libre et découvert, tombe coquettement sur les tempes, où le brun des cheveux fait ressortir sa blancheur, et va se nouer derrière la tête, en arrondissant autour du cou ses barbes tuyautées et transparentes. Il est armé parfois d'un large ruban de satin, fixé sur le devant par une épingle d'or ou tout uniment bouclé sous le chignon. Cette coiffure avenante sied fort bien au teint vermeil des Beauceronnes, qui savent toutes l'ajuster avec un goût parfait. C'est dans cette partie capitale de leur toilette qu'elles déploient le plus d'élégance et de richesse, et leur petit bonnet, avec ses dentelles, ses broderies, coûte souvent plus cher que les orgueilleux chapeaux de nos grandes dames.

La coquetterie que montrent les grosses fermières de la Beauce, et qui partout,
comme on voit, est l'apanage de leur sexe, n'ôte rien d'ailleurs à leurs excellentes
qualités : ce sont de braves et dignes femmes, de vigilantes ménagères, ayant les
yeux à tout, donnant elles-mêmes l'exemple du travail, et toujours les premières
debout comme les dernières endormies.

Que, dans le village, un pauvre journalier tombe malade, ait besoin de secours,
c'est à la ferme qu'il s'adresse, c'est la fermière qui lui donne ou des couvertures ou
du bois. Qu'un mendiant passe, cherchant un gîte et du pain, c'est encore à la ferme
qu'il se présente, c'est encore la fermière qui apaise sa faim et lui montre la grange
ou l'étable, refuges toujours ouverts par l'hospitalité beauceronne. Enfin *la maîtresse,*
ainsi qu'on l'appelle, est la cheville ouvrière et la providence de la maison. Aussi
voit-on souvent une femme veuve continuer à diriger les travaux de sa métairie,
tandis qu'un homme seul y peut rarement suffire.

Les filles de laboureurs ne reçoivent pas une éducation très-brillante; mais, sous la tutelle de leurs mères, elles apprennent à chérir le travail, à pratiquer la vertu, et bien des citadins musqués ne dédaignent pas d'aller offrir leur cœur à ces beautés champêtres, en échange de leurs bons écus sonnants. Celui qui arrive dans un village peut faire en quelques minutes le dénombrement de la population féminine et mariable. La chose est des plus simples. Au-dessus de la porte ou sur le faîte de chaque habitation, les jeunes gens du pays ont coutume de planter, le 1er mai, autant de branches de feuillage qu'il se trouve dans la maison de filles à marier, et la hauteur de ces branches, qui se mesure à la richesse, fournit aux épouseurs de dot un moyen commode et sûr de fixer convenablement leur choix. — Toutefois, gare à ceux qui se marient au village! Là, ce qu'on appelle *le plus beau jour de la vie* en est souvent le plus néfaste. Il n'est sorte de plaisanteries incongrues que ne se permettent les garçons de l'endroit à l'encontre des nouveaux époux. Non contents de lever sur eux des contributions de vin et d'argent, de les assourdir à coups de fusils, depuis le seuil de l'église jusqu'à la salle du festin, s'ils parviennent à s'introduire un instant dans la chambre nuptiale, ces loustics villageois scieront à moitié les barres du lit, hacheront un bonnet à poil dans les draps, ou feront aux mariés quelque autre aimable niche dont tout le pays rira pendant huit jours. O mœurs des champs! Monsieur Delille, où êtes-vous?

Les plaisirs qui viennent distraire les jeunes paysannes de leurs occupations domestiques sont rares et peu variés. Ce sont les voyages à la ville, de temps en temps quelque solennité particulière, et la fête annuelle du village, où elles dansent, quand les garçons veulent bien le permettre, car, ce jour-là, les joyeux drilles, plus jaloux de célébrer Bacchus que les Grâces, s'attardent presque toujours au cabaret et ne souffrent pas néanmoins que les *gars* des autres hameaux qui se présentent à la fête ouvrent le bal, avant qu'ils aient eux-mêmes *levé le branle*. Jusque-là, le ménétrier doit se croiser les bras, et chaque danseur, les jambes; l'allégresse ne peut se traduire par des gestes: Terpsychore est mise en interdit. Cet usage, passablement arbitraire, et qui tend à monopoliser le plaisir, comme on le pense bien, amène quelquefois des collisions où les jeunes gens du cru reçoivent force coups de poings, qu'ils ne manquent jamais d'aller rendre, à la première occasion, attendu les égards réciproques qu'on se doit entre voisins. Ces batailles, hâtons-nous de le dire, sont ordinairement beaucoup plus risibles que sanglantes, et jamais on ne voit d'autres querelles troubler l'harmonie des Beaucerons, qui, par goût, sont des mortels extrêmement pacifiques.

Quand les circonstances le commandent pourtant, l'ardeur martiale dont ils se montrent animés prouve qu'ils ont encore quelque chose de ces anciens Gaulois qui résistèrent les derniers à l'envahissement des Romains; de même que leur esprit inculte, lorsqu'il a reçu les germes de l'éducation, peut se livrer aux plus nobles penchants et dévoiler des richesses inconnues. Le nombre considérable d'hommes distingués qu'a produits la Beauce proprement dite confirme cette observation. Il nous suffira de citer, parmi les gens de guerre, l'héroïque Marceau, l'une de nos plus pures illustrations révolutionnaires, parti simple soldat à seize ans, élu général à vingt-trois, mort à vingt-sept! Marceau qui mérita, comme Bayart, d'être pleuré par ses compagnons d'armes et par ses ennemis, et dont Chartres, sa ville natale, a honoré la mémoire en lui élevant une pyramide sur la place du marché qui porte son nom.

Entre autres personnages politiques, la Beauce a vu naître le maire de Paris, Pétion, et le fameux conventionnel Brissot de Ouarville, qui, dans sa fureur d'anglomanie, écrivait par un aristocratique W le nom de son modeste village. Nous indiquerons en outre, au milieu d'une foule d'écrivains, l'abbé Philippe Desportes, qui le premier tenta de faire sortir la littérature du chaos où Ronsard et ses imitateurs l'avaient plongée; — après lui, le satirique Regnier, le poëte Colardeau, et le bon, le spirituel Collin d'Harleville; enfin, comme artistes, le célèbre comédien Fleury, et l'habile architecte Jehan de Beauce, auquel on doit un des admirables clochers de la cathédrale de Chartres, et qui, par une modestie bien rare, hélas! de nos jours, se qualifiait tout simplement de *maître maçon!* Nous ne voudrions pas faire de cet article une notice biographique; cependant, au nombre des gloires de la Beauce, nous devons placer encore le savant jurisconsulte Chauveau-Lagarde, et l'abbé Jumentier, moderne Vincent de Paule, dont la vie presque séculaire n'a été qu'un acte immense de charité, un de ces hommes que Dieu envoie aux époques de dissolution et d'incrédulité, comme pour conserver en eux les germes de la morale et de la religion! Le Beauceron ne possède donc pas seulement les qualités du travailleur : s'il contribue par son activité au bien-être de la patrie, il sait encore, à l'occasion, l'illustrer ou la défendre.

L'habitant des villes n'offre pas un caractère bien tranché. Trop près du centre pour être tout à fait provincial, et trop enfoncé dans les plaines pour ne pas être déjà fort excentrique, il participe à la fois du Parisien et du campagnard, sans avoir ni l'élégance et la gaieté de l'un, ni la franchise et la rondeur de l'autre. C'est une espèce d'être métis, moitié paysan, moitié bourgeois; une physionomie neutre, incolore, ressemblant à tout et n'exprimant rien. Ah! si, pardon, il est un trait saillant dans cette figure, une particularité locale que nous allions oublier. Il s'agit d'une chose commune à toute la province, il est vrai, mais qui florit sur le terroir beauceron plus que partout ailleurs : la médisance, ou, pour nous servir du mot technique, *le cancan.* C'est là qu'il est vraiment naturalisé, qu'il s'épanouit, qu'il s'étale! Écoutez. « Depuis quand madame X... porte-t-elle chapeau? — Depuis quand M. *** met-il des lunettes? — Que dit-on de la première? — Quel bruit court sur le second? — Où va celui-ci? — D'où vient celle-là? — Pourquoi telle chose? — Pourquoi telle autre? » Voilà comme, du matin au soir, et sous toutes les formes, se traduit le cancan, tour à tour naïf, indiscret, impitoyable, et qui n'est pas, quoi qu'on en dise, une mitigation, mais bien un raffinement de la calomnie, parce que, au lieu de vous frapper, comme elle, tout droit au cœur et d'un seul trait, il vous tue à coups d'épingle, en affectant des airs de bonhomie.

L'habitant du chef-lieu s'endort à l'ombre de sa cathédrale, excellent morceau d'architecture gothique, et vit sur ses pâtés, autre morceau du meilleur goût et qui fera passer à la postérité le nom des frères Lemoine, ces Vatels de la pâtisserie! Le

Chartrain, comme nous l'avons dit, quoique assez rapproché du foyer des lumières, est un corps opaque qui n'en réfléchit pas les rayons; les beaux-arts n'ont aucun attrait pour lui : il a déjà tué sous son indifférence nombre d'institutions tendant à le faire progresser de ce côté, entre autres, une ou deux sociétés philharmoniques. Enfin croirait-on que, dans Chartres et ses faubourgs, il n'existe pas une seule guinguette? que pas un bal public n'a pu s'y établir? On nous répondra que cela prouve la moralité des jeunes gens du pays : soit. Ils semblent repousser jusqu'à l'idée même du plaisir et nomment, par exemple, les fêtes de village des *assemblées*, mot caractéristique qui veut bien dire qu'on se réunit, mais non pas qu'on s'amuse. Quelquefois, dans ces assemblées, deux ou trois quadrilles s'organisent, mais le soir, — étrange décence! — quand la brune est venue; les grisettes indigènes sont des belles de nuit qui ne s'épanouissent qu'après le coucher du soleil. Hors ces rares occasions, le Chartrain ne danse pas. Cependant, suivant toute apparence, il doit être de première force sur la corde roide, non pas, comme on pourrait le croire avec Odry-*Marécot*, parce qu'il est insipide dans la conversation, mais attendu qu'il possède en réalité tous les talents d'un équilibriste. Vous le reconnaissez à l'imperturbable aplomb qu'il conserve en marchant sur son pavé pointu, où tout étranger trébuche et ne saurait se tenir debout sans balancier. Les habitudes du Chartrain sont infiniment casanières; il aime le coin du feu par-dessus tout, et ses plus longues promenades consistent, par exemple, à faire deux ou trois fois le tour de sa petite ville, qui pleure, comme une autre Sion, sur ses remparts détruits; mais il ne sort pas de là, il se plaît à tourner constamment dans le même cercle : *circulus œterni motus*.

Les villes sont, comme les habitants eux-mêmes, sans originalité marquée, empreintes d'une civilisation bâtarde. On y voit de beaux monuments cachés par des bicoques, de jolies places au milieu de rues tortueuses, des maisons décrépites avec de brillantes devantures, des salles de spectacle et pas d'acteurs, ou plutôt pas de spectateurs, toujours une chose annihilant, détruisant l'autre.—Chartres, pourtant, l'antique cité des Carnutes, avec ses restes de fortifications, sa haute et basse ville, ses rues étroites et serpentantes, ses maisons de bois coiffées de pignons, et dont les étages avancent les uns sur les autres, quand, surtout vers le soir, on y voit circuler les chaises à porteurs, ces véhicules féodaux qui font faire à l'homme un métier de cheval, présente un aspect tout à fait moyen âge.

C'est là qu'après avoir pendant trente ans conduit la charrue, après avoir marié son fils ou sa fille, le laboureur vient jouir en paix de la fortune qu'il a si péniblement amassée. Il achète dans un des faubourgs quelque petite maison, comme celle que rêvait Jean-Jacques, — blanche, avec des contrevents verts. Toujours fidèle à sa devise hospitalière, il a soin d'y réserver une chambre d'ami, priant Dieu qu'elle soit souvent occupée. A la suite de la cour, où deux ou trois poules rappellent le souvenir de la ferme, s'étend un modeste jardin d'un arpent tout au plus et beaucoup moins garni de fleurs que de légumes : ce coin de terre doit désormais remplacer pour l'homme des champs les vastes plaines qu'il a quittées. Aussi que de fois il le retourne en tous sens! que de transformations il lui fait subir pour se créer du travail! Il sem-

ble que l'idée seule du loisir l'épouvante, tant il s'ingénie à trouver des occupations
nouvelles. Les jours de marché, vous le retrouvez encore sur la halle, courant des
acheteurs aux vendeurs, et s'enquérant avec un air affairé du cours des céréales. Mais
le mouvement qu'il se donne est factice; il cherche en vain à combattre l'ennui : c'est
une maladie qui le gagne, qui le ronge, et finit bientôt par avoir raison de sa vie.

NOEL PARFAIT.

HARRISON. Sc   Soubon del.

Vue de la ville de Chartres.

L'HABITANT DES LANDES.

L'HABITANT DES LANDES.

N e cherchons pas à le dissimuler, les Landes, ce long désert qui commence aux portes de Bordeaux pour aller aboutir à l'embouchure de l'Adour, n'ont rien de fort séduisant, et flattent médiocrement notre amour-propre national. Cette contrée est sans comparaison la partie la plus disgracieuse du beau royaume de France, sous quelque point de vue qu'il plaise de l'envisager. Des sables brûlants pendant l'été, des marais et des abîmes en hiver, un pays malsain dans toutes les saisons, et des solitudes affreuses où l'horizon paraît sans bornes, voilà l'aspect des Landes, et surtout des côtes de l'Océan, connues sous les noms de Buch, de Born et de Maransin. Qu'une tempête y jette, par exemple, un malheureux étranger, pourra-t-il jamais croire, après avoir péniblement franchi les dunes du littoral, qu'il a mis le pied dans cette France également célèbre par la fertilité de son sol et ses progrès en civilisation ! A la vue d'une plage éminemment hideuse, de plaines arides et d'habitants aussi rares que chétifs qui errent sur ce sol désolé, il pensera tout d'abord être à la merci d'une peuplade sauvage dont le costume, les manières et l'attitude sont des plus bizarres. Quoi qu'il en soit, c'est sur cette terre ingrate, çà et là couverte de bruyères, d'ajoncs épineux et de bois de pins, que végètent plutôt qu'ils ne vivent environ trente bipèdes par lieue carrée, absolument Français comme vous et moi, mais avec lesquels je répudie hautement pour ma part toute espèce de communauté de goûts et d'habitudes. Loin de pouvoir, dans leur jargon barbare, articuler des pensées ordinaires, c'est à peine s'ils trouvent des mots pour exprimer quelques besoins physiques. Accoutumés à ne voir que les mêmes objets, à n'éprouver que des sensations uniformes, les habitants des Landes reportent sur leur caractère la monotonie sauvage du pays. Une ignorance profonde, une cupidité mesquine, de l'apathie portée au plus haut degré, et un excès de misère tel qu'il émousse jusqu'au sentiment du malaise, les rendent incapables d'énergie, et pour ainsi dire de réflexion. Façonnés dès le berceau à la superstition la plus absurde, les Landais accueillent avidement les traditions comme les contes de sorciers et de revenants. C'est vainement que, soumis à leurs curés, ils en reçoivent des notions religieuses, car, dominés par des terreurs puériles, les paysans des Landes les dénaturent en les appliquant à des exorcismes et aux pratiques les plus ridicules.

La race landaise, proprement dite, habite les grandes Landes, c'est-à-dire celles qui avoisinent l'Océan, depuis la tour de Cordouan jusqu'à la Teste, et de la Teste à Bayonne. C'est là qu'il faut aller étudier cette variété androïde dont chaque trait est un sujet d'observations ethnographiques et de tristes méditations. Divers noms populaires sont donnés aux habitants des grandes Landes. A Bordeaux, on les appelle *parents*; à Mont-de-Marsau, *cocozates*; à Tartas, où, comme *nourrisseurs* d'ortolans, ils jouissent de l'estime des gourmands, on les nomme *couziots*; à Saint-Sever, *tannusquets*; à Dax enfin ainsi qu'à Bayonne, ils sont qualifiés de *maransins*.

Petit et maigre, le Landais a le teint hâve et décoloré, les cheveux noirs et lisses, les yeux plombés et la physionomie morne. Ses traits impassibles, que le sourire anime peu, ont une expression méditative analogue à celle remarquée chez certains maniaques. Malgré sa constitution frêle, délicate et consumée par la fièvre durant la majeure partie de l'année, l'habitant des Landes accomplit les travaux les plus rudes et brave toutes les intempéries atmosphériques. Ajoutez à cela que ses grossiers vêtements sont très-mal assortis à la température, car ils l'accablent pendant l'été sans le préserver du froid en hiver. Pareille observation est à faire pour son habitation sale et ignoble que l'Esquimau et un Hottentot dédaigneraient à coup sûr, et où se rassemblent quelquefois jusqu'à trente à quarante personnes. La pièce principale est une immense cuisine dont le foyer est garni tous les soirs d'une chaudière dans laquelle la doyenne de la famille agite l'*escoton* [1] qui fait la jubilation des Landais. En arrière se pressent des femmes filant en silence, des enfants attendant leur pâtée, et des hommes qui s'entretiennent invariablement du loup-garou en crédit ou de la résurrection du dernier sorcier enterré. De la cuisine on passe dans des bouges obscurs et privés d'air : ce sont les gynécées landais, avec cette particularité que, vieux et jeunes, hommes et femmes, s'y blotissent pêle-mêle durant la nuit, les uns par terre sur des peaux de mouton ; les autres, sur de mauvais grabats entre deux lits de plumes, où ils supportent une chaleur qui ferait durcir des œufs.

De tous les habitants des Landes, la classe des bergers est la plus nombreuse comme la plus misérable. Presque toujours éloigné des habitations, chaque pâtre est ordinairement nanti d'un petit sac de farine de millet ou de maïs, de lard excessivement

---

[1] L'*escoton* est une bouillie faite avec de la farine de maïs ou de millet, et forme la principale nourriture des habitants des Landes.

rance, et d'un chaudron pour apprêter l'inévitable *escoton* où faire bouillir son eau dont il corrige l'odieuse qualité avec du vinaigre et un peu de sel. Des semaines entières se succèdent, souvent, sans qu'il entrevoie figure humaine. Perché sur de longues échasses qui le grandissent de six pieds, et avec lesquelles il semble né, il enjambe les bruyères, traverse les marais, lutte de vitesse avec les chevaux sauvages du pays [1], ou erre à l'aventure en tricotant et filant la laine de ses moutons. De temps à autre, la rencontre d'un second berger vient rompre ses longues heures de solitude et lui amène une distraction, hélas! bien courte, car leurs troupeaux réunis ont bientôt épuisé sur ces maigres pâturages une nourriture suffisante. Plus rarement, un bouvier s'écarte de la route pour repaître ses bœufs au milieu des bruyères, raconter à l'exilé la nouvelle apparition qui met en émoi la bourgade voisine, et surtout causer avec lui de la santé de leurs bêtes. Bœufs et moutons, sont la seule passion du paysan des Landes; il réunit sur eux toute l'affection dont il est susceptible, et son indifférence est extrême pour tout ce qui ne les intéresse pas. Demandez-lui des nouvelles de sa femme malade ou de sa fille phthisique; il vous répondra par des doléances sur l'indisposition d'un veau ou les digestions laborieuses de quelques moutons. « J'ai su, lui direz-vous encore, que votre frère avait eu une fluxion de poitrine; je suppose qu'il va mieux aujourd'hui! — Oh! non, monsieur, répondra le Landais, il a un de ses bœufs sans appétit, qui lui donne beaucoup de chagrin. »

L'accoutrement du berger, en hiver, consiste en peaux de mouton, dont la laine est en dedans, qui recouvrent toutes les parties du corps, à l'exception des pieds toujours nus, et de la tête abritée par un berret brun. Par-dessus se place une pelisse blanche, d'une grossière étoffe de laine, garnie d'un capuchon pointu orné de bandes rouges et de crins flottants. A ce vêtement, appelé *manteau de Charlemagne,* succède en été, une manière de dolman en peau d'agneau; des peaux pareilles remplacent alors celles de mouton sur les cuisses et les jambes du berger et y sont fixées par des attaches rouges; le reste du costume se compose de toile que l'on ne soupçonne guère avoir jamais été lavée.

La vieillesse du berger landais est anticipée, et c'est merveille quand il atteint la soixantaine. Son existence végétative a néanmoins pour lui des charmes vraiment inexplicables. Qu'il soit forcé de payer le tribut de son sang à la défense du pays, c'est avec désespoir qu'il quitte ses déserts. Dès ce moment, il compte ses mois de service, et quelle que soit l'amélioration qu'il éprouve, il vous répondra toujours : « J'étais bien plus heureux quand j'étais malheureux! » Au delà du terme fixé par la loi, rien ne peut le retenir sous les drapeaux, il regagne bien vite ses bruyères solitaires. Là, il retrouve une douce liberté et un bonheur mélancolique qu'il préfère à tout ce qui s'appelle civilisation. Au bout de six mois, c'est comme s'il n'avait jamais fait d'absence, il a tout oublié.

Ainsi, la souveraineté des marais et des bruyères des Landes appartient au berger;

---

[1] Lors du passage de l'impératrice Marie-Louise, une escorte de bergers des Landes l'accompagna pendant plusieurs postes.

il y domine, du haut de ses échasses, sans rivaux ni ministres, et son autocratie ne rencontre pas d'obstacles dans les vastes solitudes de Born et de Maremmes. Dans le Maransiu, où les *pignadas* [1] croissent et abondent, le rôle du pâtre est secondaire et c'est au *résinier* que la royauté est dévolue.... ; mais, qu'est-ce que le *résinier ?*.....

C'est un homme qui se lève au point du jour, s'arme d'une hache affilée, charge

ses épaules d'une longue perche façonnée en guise d'échelle, d'un sac contenant ses provisions, et qui s'achemine aussitôt vers les forêts de pins dans lesquelles il passe la plus grande partie de sa vie. Quelques chants ou articulations discordantes servent de prélude à ses travaux. Il dresse ensuite sa perche à étriers contre la tige élancée d'un pin, et s'élève à une hauteur considérable, sans autre appui que le petit support sur lequel est posé son pied gauche, tandis que sa jambe droite, projetée contre l'arbre, contient la perche et l'empêche de vaciller. Ainsi suspendu, il donne des coups de hache d'une main assurée et trace à la superficie du pin un étroit canal où l'on jurerait que le rabot a passé. De cette entaille longitudinale, qui aboutit au pied de l'arbre, découlera la résine que ce même homme ramassera et transportera plus tard aux ateliers où elle est distillée.

Voilà le résinier ! !

Habitué fort jeune à ce travail pénible, il est comme le berger sequestré de toute société. Cependant il passe ses journées sans ennui et ne changerait pas sa vie contre une existence plus confortable. Dévorant à la hâte une sardine et un morceau de pain de seigle, le résinier se désaltère avec l'eau marécageuse qui croupit dans la forêt, et ne rentre dans sa hutte solitaire que pour y prendre quelques heures de repos. Neuf mois de l'année, du 1er mars au 1er décembre, s'écoulent ainsi pour lui ; les trois autres, il les passe dans l'habitation de sa famille ou du colon. Toutefois il se peut qu'un voyageur égaré dans les bois cherche en vain la trace du sentier perdu, et prête inutilement l'oreille : le sifflement aigu de la hache ne se fait point entendre, car c'est un dimanche, et le résinier est absent. Pour faire trêve à son isolement, il a quitté les *pignadas* de bonne heure et s'est rendu au cabaret : là, il oublie ses fatigues, et les éclats bruyants de sa grosse gaieté couvrent à peine la voix glapissante des femmes et les clameurs des enfants entassés autour des tables où le vin coule à flots. Les libations se succèdent sans interruption, et quand la nuit arrive, l'ivresse est générale ; alors ont lieu des scènes incroyables sur lesquelles des torches de résine répandent une lumière rougeâtre et enfumée. Le désordre va toujours croissant jusqu'à ce que les uns tombent sous les tables, tandis que d'autres s'efforcent de regagner leurs chaumières en titubant de la façon la plus périlleuse. Le lendemain, le résinier, que l'orgie du dimanche semble avoir rafraîchi, court d'un

---

[1] C'est ainsi que se nomment les forêts de pins dans les départements des Landes et de la Gironde.

arbre à l'autre pour en nettoyer les entrailles, et ramasse de plus belle la résine et le barras.

Son costume est celui de la veille, ce sera celui de tous les jours jusqu'à ce que, pourri par la crasse, il tombe en lambeaux. Un berret ou un chapeau de paille, une veste de gros drap et un pantalon de toile grise, serré par une ceinture rouge, forment son accoutrement. S'il pleut, il s'affuble d'un manteau noir à manches ouvertes, dont la forme toute particulière ne se rencontre que dans le Marensin, et n'a pas varié depuis le moyen âge.

Avant de quitter les forêts de pins qui sont aujourd'hui l'objet d'une grande et florissante industrie, le capitaliste, embarrassé de ses fonds, va visiter un atelier de résine ; mais l'artiste et le poëte se dirigent vers l'Océan. On louvoie plutôt qu'on ne marche sur un sol dont tous les accidents imitent les ondulations de la mer. Tantôt on descend dans un ravin au fond duquel est une eau saumâtre et corrompue, tantôt on monte sur la cime d'une énorme vague de sable immobilisé. Les bois de pins cessent et les dunes apparaissent. Au bout de quelques instants, l'œil distingue plusieurs points noirs qui se meuvent lentement sur les flancs blanchâtres de ces collines disposées en gradins : ce sont les paysans des dunes traînant péniblement, pour un modique salaire, les fascines dont il faut couvrir la semence des pins, qui, dans cinquante ans, défendront le sol contre les sables soulevés par le vent d'ouest... D'autres, plus loin, travaillent à fortifier des haies de roseaux, qu'on prendrait pour les compartiments d'une carte géographique. Approchez, et vous voilà à l'entrée d'un labyrinthe dont les détours contiennent d'innombrables ceps de vigne étalant des rameaux verdoyants chargés du plus beau raisin. C'est là le seul produit remarquable de toutes les Landes, et il exige des frais de culture considérables ; le vin qui en résulte est peu abondant, mais son excellente qualité compense amplement le défaut de quantité, et on s'étonne, en le goûtant, qu'il ait pu trouver tant de sève et de vigueur dans un terrain formé, comme celui de Cap-Breton, de sables purs apportés par la mer.

Victimes d'un ancien préjugé, les paysans des dunes ont encore, à l'étranger, la réputation d'appeler de leurs vœux cupides le naufrage des vaisseaux en vue de la côte des Landes, si justement appelée *côte de fer*. On les accuse toujours de se précipiter sur la grève dès qu'ils entendent mugir la tempête, et de s'approprier tous les débris qu'elle y jette. C'est depuis trop longtemps une imputation calomnieuse que l'on devrait cesser de propager et d'écrire. Nul, aujourd'hui, n'est plus humain et plus compatissant que l'habitant de la *côte de fer !* Une foule d'actions généreuses attestent son courage et son désintéressement. Le naufragé est secouru dans sa détresse, mille soins lui sont prodigués ; les cadavres, malheureusement trop nombreux des victimes de la mer, reçoivent religieusement la sépulture, et les épaves sont respectées.

Tandis que les hommes gardent les troupeaux, ramassent la résine et font des charrois, les femmes des Landes s'occupent des travaux domestiques, de la culture des terres et de la confection du charbon. Dans cette part vraiment injuste et au-dessus de leurs forces, des labeurs qui leur sont dévolus, figurent encore la nour-

riture des abeilles et l'éducation des vers à soie, pour lesquelles ces malheureuses
créatures déploient une activité qui les vieillit prématurément. Toutes, à peu
d'exceptions près, naissent jolies et restent telles jusqu'à vingt ans; passé ce terme
réellement fatal, elles se dessèchent à vue d'œil. Leurs traits délicats, la douceur
et la beauté de leurs yeux disparaissent irrévocablement et font place dès lors à un
ensemble repoussant dont la laideur n'est bientôt plus comparable à rien. Ici,
faisons bien vite exception formelle pour les femmes des bourgs et des villes des
Landes, faisons-la particulièrement pour celles de Dax, que les bons appréciateurs
du genre regardent comme la quintessence du beau sexe landais. Il est rare, en effet,
dans une ville d'égale population, de rencontrer autant de femmes plus remarqua-
blement jolies et dotées de charmes si attractifs. Chez les Daquoises, la faculté de
plaire est puissamment favorisée par un naturel doux et prévenant, de la gaieté et
du trait dans la conversation. Leurs coquetteries s'adressent assez ordinairement aux
étrangers, et elles réservent, pour le soupirant indigène, le sobriquet de *galant à la
noix*, dérivant d'une coutume traditionnelle observée religieusement dans certains
cantons des Landes. Quand un paysan de la contrée de Born, veut demander une
fille en mariage, il va, le soir, accompagné de deux amis, frapper à la porte de la
belle. Prévenus de la visite, les parents lui ouvrent, et chacun prend place à une
table sur laquelle le souper est servi. On mange beaucoup, on boit davantage, on
bavarde encore plus, mais pas un mot n'est dit sur l'objet de la visite. La nuit s'é-
coule ainsi. A la pointe du jour, la fille se lève de table, et va chercher un dessert
toujours composé de différents plats. Si l'un d'eux contient des noix, le prétendant
quitte sur-le-champ sa place, salue à peine et sort suivi de ses deux amis, témoins
de ce congé symbolique et formel. Peu d'heures après, la mésaventure est publique,
et le titre malencontreux de *galant à la noix*, est acquis au poursuivant dédaigné
jusqu'à ce qu'on lui présente un dessert plus heureusement composé.

Les mariages s'arrangent plus cavalièrement et d'une façon presque primitive
dans les contrées des Landes qui font partie du département de la Gironde.
Aux jours de fête et après la messe, les paroissiens s'établissent d'un côté devant
l'église, et les paroissiennes s'accroupissent de l'autre, en formant un cercle. Au
milieu est un pâtre huché sur une pierre *ad hoc*, ayant derrière lui les jeunes gens
des deux sexes, disposés par groupes. Au bout de deux ou trois minutes d'attente
et de recueillement, le pâtre lève les deux bras et entonne à tue-tête un air favori
dont l'incohérence euphonique est inimaginable. Ce chant sauvage devient le signal
d'une danse grotesque, dans laquelle chaque homme saute lourdement devant sa
danseuse fort attentive à imiter tous ses mouvements. Bientôt des velléités matri-
moniales se déclarent chez les jeunes Landais; l'un d'eux saisit la main de sa belle,
la presse à différentes reprises. Si à ces provocations peu équivoques, la donzelle
répond par une étreinte non moins significative; alors le galant l'entraîne brusquement hors du cercle!! Tous deux, qui jusque-là avaient scrupuleusement tenu les
yeux baissés, se regardent, échangent quelques mots suivis de quatre à cinq taloches;
et vont trouver leurs parents pour leur déclarer qu'ils *s'agréent*. On convient des
faits sur-le-champ, et l'on appelle le curé pour fixer le jour du mariage auquel as-

sisteront tous les paroissiens. Vêtue d'étoffes grossières et taillées sans goût, la mariée y paraîtra coiffée d'une capuce formée de plusieurs mouchoirs ou d'un bonnet à larges barbes dentelées de rouge coquelicot. Par-dessus, elle aura mis, comme très-bel atour, un grand chapeau orné de rubans noirs et d'une branche d'immortelle de mer. Son corset de siamoise laissera entrevoir sa gorge, et à ses bras pendront deux paniers destinés à recevoir les offrandes qu'il est d'usage impérieux de faire au nouveau ménage, pour lequel, au reste, le flambeau de l'hymen jette une lueur sombre en harmonie avec tout ce qui l'entoure, car l'amour n'exerce sur le Landais qu'une influence à peu près analogue à celle éprouvée par le castor ou tout autre quadrupède amphibie.

Malgré l'insensibilité qui doit nécessairement résulter de son idiosyncrasie, l'habitant des Landes est bon et obligeant ; il est en même temps docile, respectueux envers les autorités, peu enclin au vol et à la fraude ; mais la certitude existe qu'il s'adonne instantanément au meurtre dans certains accès d'irritabilité nerveuse. Quoi qu'il en soit, il est religieux, et rien n'est plus touchant que les marques de regret et de souvenir données par lui à la mémoire des morts. Est-ce une mère dont les enfants aient à déplorer la perte ? durant toute l'année qui suit son décès, les instruments culinaires seront voilés et la vaisselle placée dans un ordre opposé à celui qu'elle avait établi. Ainsi, le besoin du moindre ustensile rappelle le respect dû à sa mémoire, et le deuil se renouvelle à chaque instant dans les cœurs de ceux qui lui furent chers. Qu'un habitant des Landes vienne à décéder, tout le hameau assiste à son convoi, et des femmes couvertes d'habits lugubres vont s'asseoir sur sa tombe pour y réciter des prières. On voit souvent des groupes nombreux de Landaises ainsi vêtues, et agenouillées dans les églises du Maransin, le long crêpe funèbre qui cache entièrement leurs traits, la bougie qui brûle à côté d'elles, et plus que tout cela leur attitude mélancolique comme leur profond recueillement, frappent l'imagination, et impriment à cette réunion quelque chose de grand et de solennel.

Les Landais, en général, connaissent peu de passe-temps plus agréables que le cabaret, mais ceux qui habitent les deux rives de l'Adour se permettent, en outre et en dépit des prohibitions les plus expresses, le divertissement des courses de taureaux. La plus humble commune du pays de Chalosse célèbre ainsi sa fête patronale avec un enthousiasme délirant. Ce jour-là, dès que l'office du soir est terminé, la foule se précipite hors de l'église, et s'élance vers la place du village où, tant bien que mal, elle se case aux fenêtres et sur des tréteaux. Le conseil municipal prend place, et dès que le calme est rétabli, M. le maire fait un signe plein de majesté. Aussitôt l'air retentit de fanfares fort bruyantes, les *écarteurs*, c'est-à-dire les tauréadors et les picadors du lieu se dispersent fièrement dans l'arène suivis de certains amateurs consommés, marchant résolument avec l'insidieux projet de parader devant la beauté et de la séduire par l'étalage de leur adresse. La musique cesse son effroyable bruit, M. le maire se lève et fait un nouveau signe. Tous les yeux se dirigent vers une porte basse qui doit donner issue au formidable taureau, attendu le premier dans la lice. Cette porte s'ouvre lentement et avec une précaution prudente, dont on ne saurait trop louer le gardien d'un si farouche animal. Enfin, paraît l'indomptable quadrupède.... Mais !.... ce n'est pas un taureau, ce n'est pas même un bœuf, ce n'est qu'une malheureuse vache, maigre, effrayée, qu'une longue corde traîne malgré elle jusqu'au centre de la place... Le maire se rasseoit. Alors les plus déterminés *écarteurs* viennent secouer un mouchoir devant les yeux de la vache, d'autres l'aiguillonnent et parviennent, non sans peine, à lui imprimer un mouvement en avant : les *écarteurs* l'esquivent avec grâce, et les amateurs qui se promènent plus loin, s'empressent d'imiter le même geste. Des cris de joie, des applaudissements frénétiques éclatent de toutes parts et produisent, en se mêlant au bruit de la musique, un tintamarre insoutenable et charivarique. La vache électrisée, s'anime et réitère des attaques contre ses nombreux adversaires; mais la corde qui la contient protège toujours la fuite des plus tardifs. Une chute ridicule ou la malencontreuse déchirure de quelques pantalons, voilà tous les accidents possibles. Enfin, la porte de la loge se rouvre et la vache court y chercher un asile. A ce pacifique animal, succèdent dans la lice un veau de dix-huit mois, d'autres vaches, un bœuf atteint de consomption, mais des taureaux pas le moindre. La fin du jour peut seule interrompre ce divertissement burlesque, et les beautés du lieu, descendues des tréteaux, se promènent alors dans l'arène, en complimentant les champions sur leur immense témérité.

Dans tout ce long portrait de l'habitant des Landes, je n'ai pas dit un seul mot du Landais des villes : or, il n'a aucune espèce d'analogie avec l'être à demi sauvage dont j'ai essayé de décrire les diverses variétés. Le citadin landais est au résultat un homme comme un autre ; il lit *le Siècle* et *la Presse,* va au café, s'occupe de la question d'Orient, raisonne ou déraisonne aussi bien qu'aucun citadin des quatre-vingt-six départements. Quoique Gascon par la lisière, il est généreux, franc et fidèle à ses engagements. On l'accuse d'aimer le jeu et la bonne chère ; mais qu'importe si le jeu l'amuse et si l'on vit à bon compte chez lui ! Il est du reste affable, prévenant pour les étrangers, d'un commerce agréable, qualités qui rachètent bien des petits défauts. De lui ou de sa race sont issus des généraux distingués par leur bravoure et leur capacité, des orateurs à imagination vive et originale, et quelques hommes renommés dans les arts et les sciences ; il cite tous leurs noms avec une juste vanité, et il n'oubliera jamais surtout de conseiller au voyageur un pèlerinage à certain hameau qu'il nomme le Pouy, et qui est situé à une lieue de Dax. Là s'élève un vieux chêne, creux et brisé, d'une dimension colossale, et entouré d'une palissade peinte en vert. Cet arbre vénérable appelé dans le pays *l'arbre qui guérit les douleurs,* est un monument consacré à la mémoire d'un pauvre petit pâtre du Pouy, dont la volonté de Dieu fit un héros de douceur et de charité, et qui fut l'homme le plus vénéré de France. Quand il passe devant *l'arbre qui guérit les douleurs,* le paysan maransin s'agenouille en silence, et il n'est pas un curieux qui ne salue avec respect le vieux chêne de saint Vincent de Paul.

VICTOR GAILLARD.

COIFFURES NORMANDES.

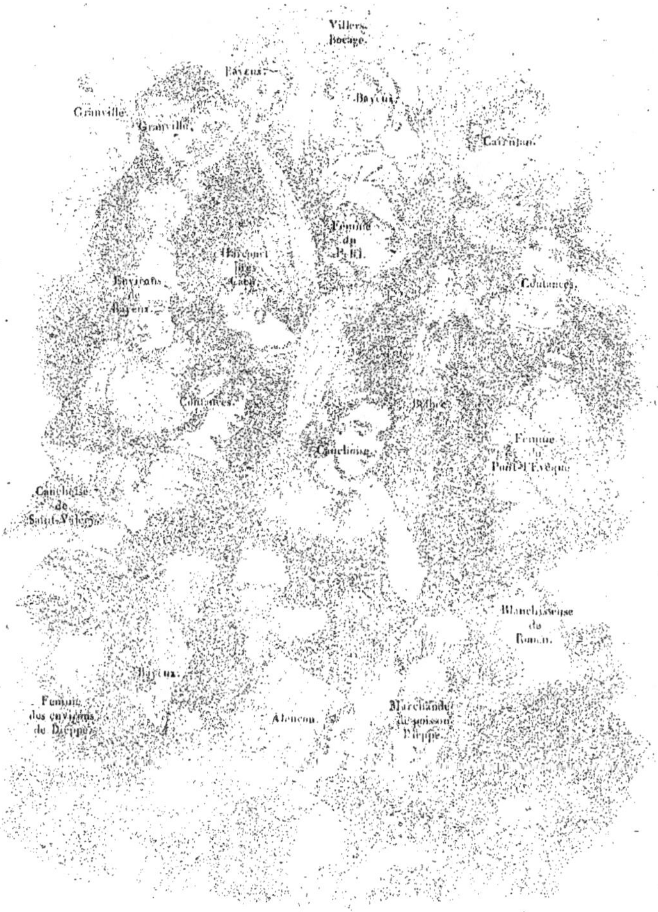

Villers-Bocage.

Bayeux

Bayeux

Granville

Granville

Carentan

Femme de l'Isl.

Harcourt lez Caen.

Coutances

Environs de Bayeux.

Coutances

Béthie

Conchoise

Femme de Pont-l'Évêque.

Conchoise de Saint-Valery.

Blanchisseuse de Rouen.

Bayeux

Femme des environs de Dieppe

Alençon

Marchande de poisson Dieppe

LE NORMAND.

Cette province est une des plus riches, des plus fertiles et des plus commerçantes du royaume. Elle est aussi celle qui donne le plus de revenu au Roi : c'est la province du Royaume qui a produit le plus de gens d'esprit et de goût pour les sciences.

ENCYCLOPÉDIE, article *Normandie*.

INTRODUCTION.

L A Normandie n'est ni une province ni un assemblage de départements, c'est une nation. Le peuple qui s'y établit au neuvième siècle, après avoir ébranlé l'Europe et troublé les derniers moments de Charlemagne [1], eût conquis la France, si la France d'alors lui eût semblé valoir la peine d'être conquise. Il eut un jour envie de l'Angleterre, et l'Angleterre fut à lui. Plus tard, faisant cause commune avec sa patrie d'adoption, il refoula au delà de l'Océan les successeurs de Guillaume le Conquérant ; et maintenant que le terrain de la guerre est déplacé, que la question militaire se débat sur les bords du Rhin, et non plus à l'embouchure de la Seine, le Normand, devenu producteur actif et intelligent, emploie à l'industrie, à l'agriculture, au commerce, l'activité énergique qui l'animait dans les combats.

Quelle partie de la France peut citer autant de villes antiques et florissantes ?

[1] *Vie de Charlemagne*, par Eginard.

Rouen, avec ses annexes, Déville, Darnetal, Bapaume et Maromme; Rouen qui a
donné son nom à des étoffes d'un usage universel; Louviers, et surtout Elbeuf, cette
ville fécondée par le germe industriel que lui avoit confié le grand Colbert, et qui,
depuis trente ans, a su devenir une des gloires manufacturières de la patrie ; Bolbec,
Yvetot, Alençon, Évreux, Caudebec, Vire, Lisieux, Pont-l'Évêque, Mortain, Valo-
gnes, l'Aigle, Pont-Audemer, dont les manufactures fument sans cesse, dont les
campagnes nourricières ne s'épuisent jamais ; puis une zone de ports sûrs et com-
modes : Cherbourg, le Toulon de la Manche; Granville, Caen, le Havre, Honfleur,
Dieppe, entrepôts des denrées de l'univers entier.

Le principal département de l'ancienne Normandie, celui de la Seine-Inférieure,
est noté par les statisticiens comme ayant un revenu territorial de 44,529,000 fr.:
c'est le plus riche de France, sans même en excepter le département du Nord.
Hommes, terrains, cours d'eau, animaux, le Normand utilise tout, et l'épithète de
faignant est la plus injurieuse qu'il connaisse[1]. Herbager, il engraisse des bestiaux
géants dans les plus riches pâturages du monde ; maquignon, il fournit aux rou-
lages, aux voitures publiques, aux camions, des chevaux robustes et infatigables,
pêcheur, il alimente la halle au poisson de Paris ; caboteur, il apporte à la capitale
des marchandises de toute espèce ; fabricant, il organise et entretient des filatures, des
draperies, des chapelleries, des rubanneries, des bonneteries, des mégisseries, des
tanneries, des teintureries, des verreries, des clouteries, des quincailleries, des
aciéries, des lamineries, des faïenceries, des papeteries, des blanchisseries, des hui-
leries, des parchemineries, des taillanderies, des coutelleries, des fonderies, des
poêleries, des horlogeries, des poteries, des moulins à papier, à fouler le drap, à
carder la laine, des moulins anglais, ainsi nommés parce qu'ils ont été inventés par
l'américain Oliver Ewans. On comptait, en 1827, sur les seuls cours d'eau de la Seine-
Inférieure, deux mille neuf cent cinquante-quatre établissements industriels, dont
près de trois cents sur la Robec, l'Aubette et la Renelle, petites rivières à peine vi-
sibles, qui serpentent clandestinement dans un faubourg de Rouen. Aucune province
ne prend plus de brevets d'invention et de perfectionnement, n'accapare plus de médailles, n'envoie à l'exposition des produits de l'industrie plus de machines ingénieuses : instruments d'horlogerie, greniers mobiles, pompes à incendie, batteurs-
étaleurs, machines à carder, à coudre les cuirasses, compteurs à gaz, niveaux d'eau à
piston, produits chimiques, pendules-veilleuses, billards en ardoise, fourneaux économiques, et cent autres combinaisons, utiles souvent, ingénieuses toujours. Qu'est-
ce que votre esprit commercial, ô fiers habitants de la Grande-Bretagne? C'est l'esprit normand sur une plus vaste échelle, stimulé par des circonstances qui
faisaient du commerce votre unique moyen de conservation. On voit, au développement de votre industrie, que vous avez du sang normand dans les veines. Les Normands sont les Anglais de la France, mais sous le rapport industriel seulement,
grâce à Dieu !

[1] Presque tous les Normands sont laborieux, diligents et capables de s'adonner à tout faire et imiter
assez promptement ce qu'ils voyent. (Dumoulin, *Histoire générale de la Normandie.*)

Mais le commerce n'est qu'un rayon de l'auréole dont resplendit la Normandie; aucun genre d'illustration ne lui a manqué. Ses poëtes sont : Marie de France, Jean Marot, Malherbe, Bois-Robert, Ségrais, Pierre et Thomas Corneille, Richer, Sarrazin, Catherine Bernard, madame Dubocage, Malfilâtre, Casimir Delavigne, Ancelot; ses prosateurs : Hamilton, Duhamel, Saint-Évremond, l'abbé Castel de Saint-Pierre, Samuel Bochard, Sanadon, Fontenelle, Bernardin de Saint-Pierre, Vicq-d'Azir, le duc de Plaisance. Elle s'enorgueillit d'avoir donné aux beaux-arts Nicolas Poussin, Jouvenet, Restout, Boyeldieu ; aux sciences historiques et géographiques, Dudon de Saint-Quentin, Orderic Vital, Robert Wace, Geoffroy de Gaimar, Guillaume de Jumiéges, Mézerai, le père Daniel, Bruzen de la Martinière, Huet évêque d'Avranches, Feudrix de Bréquigny. Les navigateurs normands tiennent un rang honorable dans les annales maritimes Dès 1564, ils avaient fondé *Petit-Dieppe* sur la côte de Guinée. Un Normand, Jean de Béthancourt, seigneur de Grainville la Teinturière, fut roi des Canaries en 1401 ; un capitaine de Dieppe, Jean Cousin, parcourant l'océan Atlantique en 1488, aperçut une terre inconnue qu'on croit avoir été l'Amérique. En 1502 et 1504, Jean Denis, de Honfleur, reconnut l'île de Terre-Neuve et une partie du Brésil ; la découverte des terres Australes fut l'œuvre d'un Harfleurtois, Binot Paulmier de Gonneville, parti de Harfleur au commencement de juin 1505. Vers le même temps, Jean Ango, marchand de Dieppe, bloqua Lisbonne avec des vaisseaux qu'il avait frétés. Si nous possédons les Antilles, nous le devons à des Normands; Du Plessis et Solive, qui occupèrent la Guadeloupe en 1612, Diel d'Enambuc, gentilhomme cauchois, qui éleva le fort Saint-Pierre à la Martinique, en 1635. Si nous tirons du café des colonies, nous le devons à Déclieux, Dieppois, qui y transporta le caféier.

C'est un Normand, le capitaine Lasale, qui explora le premier le Mississipi. C'est en Normandie que naquirent Tourville, Du Quesne, et notre contemporain Dumont-d'Urville [1].

Comme contrée pittoresque, la Normandie a des falaises aussi escarpées et aussi grandioses que celles d'Ecosse, des prairies aussi vertes que celles des bords de la Tamise et du Severn, d'épaisses et majestueuses forêts, des collines et des vallées qui rappellent celles de la Suisse, moins l'agrément des glaciers et des avalanches. Elle réunit à elle seule plus de cathédrales, d'abbayes, de vieux manoirs, de monuments du moyen âge que toutes les autres provinces ensemble. Aussi, le moindre *rapin*, après avoir essayé ses forces devant une carrière de Montmartre ou un chêne de Fontainebleau, prend son essor vers la Normandie; et le musée est encombré de *Vues de Normandie, Village normand, Cimetière normand, Intérieur normand, Souvenirs de Normandie, Chevet de Saint-Pierre de Caen, Abbaye de Jumiéges, Pêcheurs*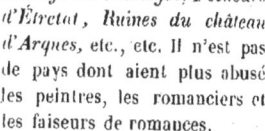

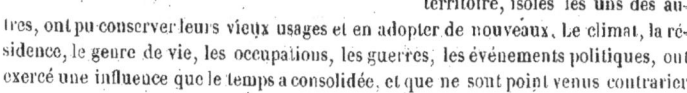

d'Étretat, Ruines du château d'Arques, etc., etc. Il n'est pas de pays dont aient plus abusé les peintres, les romanciers et les faiseurs de romances.

Cet exposé doit justifier la longueur de l'article que nous consacrons au Normand. Quel type mérite autant que celui-ci d'être étudié sérieusement, approfondi, inédit, suivi dans ses périodes de croissance et de décadence, comparé avec lui-même dans le présent et dans le passé?

En examinant la loi de formation des types provinciaux, il est aisé de se rendre compte de leur existence actuelle. Primitivement peuplée par des colonies d'origine diverse, la France n'a que très-lentement marché vers l'homogénéité. Les habitants de chaque province, parqués sur leur territoire, isolés les uns des autres, ont pu conserver leurs vieux usages et en adopter de nouveaux. Le climat, la résidence, le genre de vie, les occupations, les guerres, les événements politiques, ont exercé une influence que le temps a consolidée, et que ne sont point venus contrarier

[1] Voir les *Chroniques neustriennes*, par Marie du Mesnil, in-8°, 1825; et *Recherches sur les voyages des navigateurs normands*, par L. Estancelin, député de la Somme, in-8°, 1852.

de trop fréquents rapports avec les peuplades voisines. Les idées communes du bien et du mal se sont modifiées suivant les localités. Des moules se sont formés, où les générations successives sont entrées en naissant. Les fils ont suivi l'exemple des parents; l'esprit d'imitation a perpétué les préjugés; la liberté humaine s'est trouvée enchaînée, maîtrisée, annihilée par des opinions toutes faites, par des règles de conduite héréditaires. Des différences de conformation physique et morale se sont établies entre les enfants d'une même patrie, et il s'est créé des genres dans l'espèce et des variétés dans les genres.

Appliquons cette théorie au type normand, traçons-en l'histoire, cherchons les causes qui l'ont fait naître, les événements qui l'ont modifié; voyons ce qu'il a été et ce qu'il est, prenons-le à son point de départ, et tâchons de le conduire de siècle en siècle jusqu'à celui où nous avons le bonheur de monter la garde, de payer nos contributions et d'écrire des monographies pour *les Français peints par euxmêmes*.

ORIGINE DES NORMANDS.

Au neuvième siècle, des pirates sortent du Danemark. Nombreux et dévastateurs comme des sauterelles, sectateurs d'un dieu sanguinaire, ennemis implacables du christianisme, ils débarquent sur nos côtes, déploient leurs drapeaux rouges dans nos campagnes, brûlent les églises, massacrent les hommes, *porgiesent li dames joste lor mariz*, pillent les cités, s'environnent de ruines et de carnage. Devant eux le courage et la crainte étaient également inutiles [1]. Pour mettre fin à leurs dévastations, le roi *Challon li Simple* conclut, en 912, à Saint-Cler-sor-Ete, un traité avec Rou (*Rollo*), fils de Ragnvald et chef des Northmans. Rou est baptisé par Frankes, archevêque de Rouen, épouse Gille ou Gisèle, fille du roi, et reçoit le duché de Neustrie sous réserve d'hommage. Rou engage ses compagnons à se convertir, leur distribue des villages, des châteaux, des champs, des rentes, des moulins, des prés, des *broiles* (bois taillis), des terres, de *grans éritez*, enfin, ce qu'on nomma, en style féodal, des *francs aleux d'origine*. Cependant il garantit aux Neustriens la propriété de la partie de leurs biens qu'il ne leur enlève pas, appelle à ses conseils les prélats et les barons indigènes, et établit, avec leur concours, des comtes pour juger les nobles, des vicomtes pour juger les roturiers, des centeniers et des dizainiers pour examiner les causes en première instance [2]. « L'on tient même que Rou institua la justice de l'échiquier en Normandie, ainsi dénommé, pour ce que les causes y étaient bien débattues et disputées, ainsi qu'il se fait entre ceux qui se jouent sur une table au jeu d'échecs, lesquels se donnent de garde de tout ce que fait leur partie adverse, pour n'être surpris et rendus mats [3]. »

---

[1] Sidonius Apollinaris. — [2] Voir les Chroniques de Froidoard, Orderic Vital, Guillaume de Jumiéges, Robert Wace, Dudon de Saint-Quentin, Benoît de Sainte-More, etc. — [3] *Recherches sur le duché de Normandie*, par Braz, seigneur de Bourqueville (1588).

Le caractère du Normand actuel ressort en entier de ces faits historiques. La fausse simplicité, l'amour de la chicane, l'âpreté au gain, les défauts dont on l'accuse, ont résulté logiquement de ce que nous venons d'exposer. En essayant de le démontrer, prévenons nos lecteurs que nos observations portent sur la masse du peuple plutôt que sur la bourgeoisie. Les individus qui ont eu l'avantage de s'ennuyer ensemble sur les bancs de l'Université, qui voyagent ensuite pour leurs plaisirs ou pour leurs affaires, ne tardent pas à devenir frustes et sans couleur originale. Les prendre pour représentant d'un type national est une erreur que beaucoup de peintres de mœurs n'ont pas su éviter. N'avez-vous pas lu souvent : « Le Français est léger, galant, libertin ; il porte avec grâce l'habit brodé, et ne se mêle d'affaires d'état que pour chansonner les ministres, etc. » Les écrivains qui ont dit cela n'avaient vu les Français qu'à la cour, n'avaient jamais regardé ni dans les ateliers ni dans les fermes. Un naturaliste qui se proposerait de décrire les mœurs des singes prendrait-il donc pour objet d'études un jocko dressé à mettre un chapeau à trois cornes et à faire la voltige dans un cerceau ?

DIVISIONS TERRITORIALES DE LA NORMANDIE.

Le nom de Normand est encore, en dépit de la révolution, commun aux habitants de la Seine-Inférieure, du Calvados, de la Manche, de l'Eure et de l'Orne. Ce territoire a été successivement possédé par les Gaulois, les Romains, les ducs de Normandie, les Anglais, et ce n'est qu'après la prise de Cherbourg, le 12 août 1440, qu'il a été définitivement incorporé au royaume de France. Il était, lors de la conquête de César, habité par neuf peuplades, les Véliocasses, les Calètes, les Aulercs Eburovices, les Viducasses, les Loxoviens, les Baïocasses, les Abrincantes, les Sésuviens et les Unelles. Les neuf *civitates* avaient pour chefs-lieux *Rhotomagus* (Rouen), *Caletum,* depuis *Julia bona* (Lillebonne), *Me liolanum Aulercorum* (Evreux), *Aragenus* (Vieux-lès-Caen), *Noviomagus Lexoviorum* (Lisieux), *Augustodurum* (Bayeux), *Ingena* (Avranches), *Civitas Sesuviorum* (Séez), et *Cosedia*, depuis *Constantia* (Coutances).

Les cités des Véliocasses et des Calètes dépendaient de la Belgique, et les autres de la Celtique. Les Romains en formèrent la *seconde Lyonnaise*, qui fut, sous le règne de Clovis, enclavée dans le royaume de Neustrie. Quand les Northmans s'y établirent, la dénomination de Neustrie était restreinte, et s'appliquait à la réunion du Roumois (*pagus rodomensis*), du pays de Talou, du pays de Caux, du Veulquessin, de l'Évrecin, du pays de Madrie, du Lesvin, du Bessin, du Cotentin, de l'Avrencin, de l'Hiémois et du Corbonnais. La province cédée à Rollo avait soixante lieues de longueur, de l'est à l'ouest, depuis Aumale jusqu'à Valogne, et vingt-cinq lieues de largeur, du nord au sud, depuis Verneuil-sur-l'Aure jusqu'à Tréport. Devenue le duché de Normandie, elle se divisa en haute Normandie, à l'est de la rivière de Dives ; et en basse Normandie, à l'ouest. La haute Normandie, dont Rouen était la métropole, comprit le pays de Caux, le pays de Bray, le Vexin normand, le Roumois, la cam-

pagne de Saint-André, le pays d'Ouche, la campagne de Neubourg, le Lieuvin, et le pays d'Auge. La basse Normandie se composa de la campagne de Caen (ville capitale), de la campagne d'Alençon, du Bessin, du pays de Houlme, du Virois ou Bocage, du Cotentin et de l'Avranchin. Le duché était borné à l'est par l'Ile-de-France et la Picardie; au sud, par le Maine, le Perche et la Beauce; au sud-ouest, par la Bretagne; à l'ouest et au nord, par la Manche.

CAUSES DÉTERMINANTES DU CARACTÈRE NORMAND.

Les rapports des Neustriens avec les Northmans envahisseurs n'eurent rien de semblable à ceux des Gaulois avec les Romains et les Francs. Les Romains s'installèrent dans les Gaules en dominateurs suprêmes et inflexibles, et les *Bagaudes* ou *Armoriques* reconnurent volontairement Clovis converti en qualité d'*administrator rei militaris*. Quant aux Northmans, ils ne furent ni des vainqueurs tyranniques, ni des auxiliaires acceptés contre un empire expirant. Ils opprimèrent pacifiquement, en vertu d'une concession royale; et malgré le peu de sympathie qu'ils inspiraient, il fallut les subir sans murmurer. On les détestait d'autant plus qu'on était obligé de les tolérer, mais c'était une haine concentrée, qui se décelait moins par la violence que par d'artificieuses embûches, comme l'atteste Robert Wace, qui écrivait son roman de Rou en 1160.

> Les boisdies de France ne sont mie à celer.
> Toz tems voudrent Francheiz Normanz déshériter,
> Et toz tems se penèrent d'els veincre à d'els grever;
> Et quant Francheiz nes poient par force sormonter,
> Par plusor triceries les solent agraver.
> Forligniez sont, dont l'en souloit chanter.
> Faus sont è sonduianz, ne nus ne s'i deit fier.
> D'aveir sont convoitous, n'en nes peust avonder;
> De doner sont escars è demandent aver.
> Es estoires peut l'en et ès livres trouver,
> Qu'oncques Francheiz ne voudrent as Normanz fei porter,
> Ne por fiance fere, ne por sur sainz jurer.

« Les fourberies de France ne sont pas à cacher. Les Français cherchèrent toujours à déshériter les Normands, et toujours ils s'efforcèrent de les vaincre et de les tourmenter; quand ils n'y peuvent parvenir par force, ils ont coutume d'employer la tricherie. Les Français qu'on vantait tant sont dégénérés; ils sont faux et perfides, et nul ne doit s'y fier. Ils sont pleins de convoitise, et l'on ne peut les rassasier. Ils sont avares de présents et altérés de biens. On peut voir par les histoires et par les livres que jamais les Français ne se fieront aux Normands, quand même ceux-ci prêteraient serment sur les saints »

Robert Wace n'entend point par Français, comme on le pourrait penser, les habitants de l'Ile-de-France, car, dans plusieurs passages de son poëme, il donne la même qualification aux sujets des ducs de Normandie.

E li Normanz, e li Franceiz
Tote la nuit firent oraisons.

A la bataille d'Hastings, Rogier de Montgommeri, chef normand, crie à ses hommes d'armes :

. . . . . Ferez, Franceiz ;
Nostro est li champs sur les Angleis.

Dans la célèbre tapisserie de Bayeux, présumée l'œuvre de la reine Mathilde, le nom de *Franci* est donné aux soldats de Guillaume le Conquérant. C'étaient donc bien les Français de Neustrie qui résistaient par de sourdes manœuvres aux empiétements des hommes du Nord. Non contents de calomnier ceux-ci, de leur faire mille reproches, de les flétrir des sobriquets de *bigots,* de *mangeurs de drêche,* de *gent de North mendie,* les seigneurs évincés qui se trouvaient à la cour de France ne cessaient d'exciter le roi à les combattre ouvertement.

« Sire, disaient-ils, en 1054, à Henri Ier, pourquoi n'enlevez-vous pas aux bigots leur terre? Leurs ancêtres, qui traversèrent la mer pour piller, l'enlevèrent à vos ancêtres et aux nôtres. »

Par la discorde è grant envie
Que Franceiz ont vers Normandie,
Mult ont Franceiz Normanz laidiz
Et de méfaiz et de médiz :
Souvent lor dient reproviers,
Et claiment bigoz è drascbiers.

Sovent les unt meslé al rei,
Souvent dient : Sire, por kei
Ne tollez la terre as bigoz ?
A vos ancessors et as nos
La tolerent lor ancestor,
Ki par mer vindrent robéor.

Les vilains, se gardant bien de conseiller une guerre dont ils auraient payé les frais, étaient toujours sur le qui-vive, cherchaient toujours les moyens de nuire à leurs antagonistes sans se compromettre eux-mêmes, les observaient pour les prendre en défaut, et s'accoutumaient à la finesse et à la dissimulation. C'est en effet le trait le plus saillant d'un portrait des Normands tracé au douzième siècle par Geoffroi Malaterra, moine sicilien [1].

« Il est une nation *très-rusée* [2], vindicative, qui méprisa le champ paternel, dans l'espoir de trouver ailleurs plus de profit ; avide de richesses et de puissance, *dissimulant toujours*; tenant un certain milieu entre la profession et l'avarice, quoique ses princes recherchent la renommée que donnent de grandes largesses. Ce peuple con-

[1] *Rerum italicarum scriptores*, par l'abbé Muratori, in-folio. — [2] *Gens astutissima.*

naît l'art de flatter; il s'applique avec tant de soin à l'éloquence, que les enfants du pays pourraient passer eux-mêmes pour des rhéteurs. Cette nation est des plus-effrénées, si on ne la contient sous le joug de la justice. Elle souffre, au besoin, sans se plaindre, la fatigue, la faim et le froid. Elle aime l'exercice du cheval, l'attirail militaire, et le luxe dans les habits, etc. »

La dissimulation et la méfiance normandes augmentèrent nécessairement à l'époque de l'occupation anglaise, qui dura trente années, et il n'est pas étonnant qu'elles se soient maintenues jusqu'à nos jours.

MÉFIANCE DU PAYSAN NORMAND.

Le paysan normand est questionneur. *Li plus enquérrant en Normandie : Où aliax? Que quèriax? D'ont veniax?* Mais il ne répond point à la confiance qu'il semble désirer, et en vous méfiant de lui vous ne faites que lui rendre la pareille. Cachant la finesse du renard sous l'air de bonhomie du mouton, retors sous le masque de la simplicité, réservé et sur la défensive avec les étrangers, il semble leur supposer ou avoir lui-même une arrière-pensée. Il louvoie, ne dit *ni vere ni nenni*, et répond rarement avec une franchise catégorique à la question même la moins insidieuse. C'est pour lui que le conditionnel semble inventé.

« *Eh! père Tourly, vous pâchez ben fiar à ch'te remontée!*
— *J' chommes pressais.*
— *Méfiez-vous; vot' queval va s'accagnardir* [1]. *Où qu' vous jallais? au marchais?*
— *J'en chavons rién.*
— *Ch'équiont t'y pour vos viâs?*
— *J'te l'dirons tantôt, où iou qu'tu cheras. Tu m'harlandes* [2].
— *Vous plaisantais.* »

Si l'interrogateur du père Tourly le questionne sur les affaires, il obtiendra des réponses encore plus incertaines. Le père Tourly est un riche fermier cauchois, dont le fils aîné étudie le droit à Caen, et qui pourtant déplore toujours sa misère.

« *Et comment qu'i va vot' coumerce?*
— *J'allions tout dret à l'iau, si l' temps qu' j'avons ità y duriont cor ein brin. On s' cabasse* [3] *tout plein pour rién gagnai.*
— *Ch' équiont portant point core à vous d' vous plaindre, quan'y en a d' pus malhureux qu'vous.*
— *Où qu'y sont? Queu chance que j'ons? Qu'en chavez-vous si j' sommes point malhureux? J'ons t'y comptai asambe?*
— *D'où vient, pisqu' vous êtes si pauve, qu' vous avez cor ach'tai, à la Saint-Martin, la pièce à Jean Thomas, qu'est au bout d' vot' clos?*

---

[1] S'abattre, mot de patois cauchois. — [2] Tu me tracasses; mot cauchois. — [3] On se donne beaucoup de peine; mot cauchois.

— *Ch'a veut'y dire que j' chommes hureux, cha ?*

— *Dam! les pas hureux y-z-achetiont rién.*

— *J'ons t'y point neune tiaulée d'afants qu'y leux z'y faut d' quoi leux z'y dounnai. D' pis quand ch' équiont t'y eune richesse, chinq afants tous grouillands?*

— *Quoiqu' ch'est qu' chà, quand on a d' quouai?*

— *Et quand on n' l'a point? que v'là le mognier qui l'ont laiché leux moulin, qu'il aviont filé aveu leux mobiyer sans pâyer... Et me v'là, may! y a point n'a dire, jamais j' n'ons vu un temps pus dur!... la fin du monde, quoai!... »*

Si vous êtes son débiteur, le paysan normand se défie de votre argent comme de vous-même. On vient d'apporter au père Tourly le loyer d'une maison ; il examine les pièces qu'on lui compte, y aperçoit des rognures imperceptibles, analyse avec la justesse d'Archimède le tintement d'une monnaie équivoque, se *catune* [1], et s'écrie brusquement : « *Quoiqu' ch'est que c't argent ilà ?*

— *Ch' équiont l'argent qu' nout' tante y vous envoyont d' chon du.*

— *Qu'est qu' ch'étiont qu' chà? J'y ont pas loué pour de la monnaie pareille à ta tante; qu'est qu' ch'est qu' chà pour eune pièche?*

— *Ch' équiont une belle pièce ed' trente sous.*

— *J'en voulons point ed' sa belle pièche; elle équiont point marquée : j' voulons d's écus d' chent sous.*

— *J' n'en ons point.*

— *Va z'en qu'ri ; j' t'espérons* [2].

— *Pis qu' j' vous dis que j'en avons point.*

— *J' m'en fiche pas mal, j'en voulons.*

— *Pisqu'on vous dit...*

— *J' la citerons jeudi cheux le juge ed paix, ta tante ; tu voiras.*

— *Vous n'oserais point.*

— *Allais, marchais, j'y enverrons le huissier* [3]. »

Ne reconnaît-on point dans cette méfiance perpétuelle le descendant de gens qui, comme Northmans, ont eu à se garantir d'une sourde hostilité ; ou, comme Neustriens, ont longtemps employé l'astuce à défaut de force ouverte ; qui, confondus ensemble plus tard, ont été assaillis par les Anglais, et en contact forcé avec d'avides étrangers ?

CAUSES DE L'ESPRIT PROCESSIF REPROCHÉ AUX NORMANDS.

Si, malgré toutes leurs précautions, les premiers possesseurs du sol étaient lésés par la race danoise, la sage prévoyance de Rou ne les avait pas laissés sans défense. Ils pouvaient traduire un Normand en justice, l'accuser d'*utlagarie* (pillage), demander le combat, et, en cas de refus de leur adversaire, se purger par serment ou

---

[1] Expression normande : baisse la tête en fronçant le sourcil. — [2] Je t'attends. — [3] En Normandie, l'*h* d'huissier est aspiré.

en produisant des témoins. Le partage des terres aux nouveaux venus, le défaut de limites précises entre les propriétés, occasionnèrent infailliblement de nombreuses discussions d'intérêt entre les soldats transformés en agriculteurs, et les manants de la Neustrie. Les premiers, naguère pirates, s'étaient sans doute plus d'une fois façonnés à la chicane quand, après leurs expéditions, il s'était agi de la répartition du butin. Les seconds avaient la conviction de leurs droits et l'énergie de la faiblesse réduite au désespoir. Ils se cramponnaient aux procès comme à une branche de salut; et leur génie avocassier était stimulé par les obstacles. D'un autre côté, les seigneurs féodaux, profitant de l'absence des ducs, occupés en Angleterre, en Palestine, en Sicile, dans le royaume de Naples, se rendaient indépendants, multipliaient les bailliages, inventaient chaque jour de nouvelles corvées, de nouveaux impôts, et ne manquaient jamais de prétextes pour lancer contre leurs vassaux des prévôts et des *bedels*. Les paysans qui se soulevèrent, en 996, sous le règne de Richard II, mettaient au premier rang de leurs griefs la multitude d'assignations dont ils étaient accablés. On leur intentait des procès au sujet des forêts, des monnaies, des chemins, de la réparation des biez, des moutures, des droits féodaux, des redevances, des corvées, du service militaire dû au seigneur.

Plaiz de forez, plaiz de moneies,
Plaiz de porprises, plaiz de veies,
Plaiz de biès, plaiz de moutes,

Plaiz de fautèz, plaiz de toutes,
Plaiz d'aguaiz, plaiz de graveries,
Plaiz de medlées, plaiz de aïes.

Voilà certes assez de *plaiz* pour rendre un peuple plaideur jusqu'à la consommation des siècles. Aussi, quand Guillaume le Conquérant à l'agonie donnait à ses fils des renseignements sur le caractère de ses vassaux, il les représentait comme ardents à la chicane, tout en rendant justice à leurs qualités. « En Normandie, disait-il, il y a un peuple très-fier; je n'en connais point de semblable. Les chevaliers y sont preux et vaillants, et victorieux partout. Leurs expéditions sont à craindre s'ils ont un bon capitaine; mais, s'ils n'ont pas un seigneur qu'ils redoutent et qui sache les maintenir, on en est bientôt mal servi. Les Normands ne valent quelque chose que sous une administration sévère et équitable; *ils aiment à se divertir et à plaider,* si on ne les tient en respect; mais celui qui leur fait sentir le joug en peut tirer parti. Les Normands sont fiers, orgueilleux, vantards, fanfarons; il faudrait avec eux être toujours occupé à tenir des plaids, car ils sont forts pour comparaître en justice. Robert, qui doit gouverner de pareils hommes, a beaucoup à faire et à penser. »

En Normandie a gent mult fière ;
Je ne sai gent de tel manière.
Chevaliers sunt proz et vaillanz,
Par totes terres conquéranz.
Se Normanz unt boen chevetaigne,
Mult fait à criendre lor campaigne.

Se il n'en ont de seignor crieme,
Ki les destreigne et aprieme,
Tost en ara malveiz service.
Normanz ne sunt proz sainz justice ;
Foler et plaisier lor convient [1],
Se en toz temps soz piez nes tient,

[1] M. F. Pluquet, éditeur de Robert Wace, avec cet orgueil national si familier aux écrivains normands, *vantéors et bonbanciers,* a traduit ce vers :

Foler et plaisier lor convient,

Œ ki bien les defolt è poigne,　　　　Tox temps les devrait l'en plaisier,
D' els porra fere sa besogne.　　　　Kar mult sunt fort à justisier :
Orgueillos sunt Normant è fier,　　　Mult a à fere et à penser
Œ vantéor è bombancier ;　　　　　　 Robert ki deit tel gent garder.

Il est donc bien constaté, par le témoignage de *mestre Robert Wace, escholier de Caen*, que les Normands étaient déjà processifs au temps de Guillaume le Conquérant. Voyez plutôt ce qui advint à la dépouille mortelle de ce prince. Les prélats et les barons s'étaient rassemblés pour l'enterrer pompeusement dans l'église de Saint-Étienne de Caen, qu'il avait fondée. Il y avait là Guillaume, archevêque de Rouen, Odon, évêque de Bayeux, Gislebert, évêque d'Évreux, Gislebert Meminot, évêque de Lisieux, Michel, évêque d'Avranches, Geoffroi, évêque de Coutances, Girard, évêque de Séez, et une multitude d'abbés et de hauts dignitaires. La messe des morts était achevée, le cercueil de pierre descendu dans la fosse, le cadavre au bord, sur un brancard, et Gislebert d'Evreux arrachait des pleurs à tous les assistants, en prononçant les dernières paroles de l'oraison funèbre : « Puisque ici-bas nul mortel ne peut vivre sans péché, prions tous, dans la charité de Dieu, pour le prince défunt. Appliquez-vous à intercéder pour lui auprès du seigneur tout-puissant, et pardonnez-lui de bon cœur s'il vous a manqué en quelque chose. »

Tout à coup un *vassal*, Asselin, fils d'Artur, monte sur une pierre et s'écrie : « *Haro*, mes seigneurs ! de par Jésus et le saint père, je vous défends d'enterrer ici l'homme pour lequel vous priez, car la plus grande partie de cette église est de mon droit et de mon fief. Cette terre où vous vous trouvez fut l'emplacement de la maison de mon père ; je ne l'ai ni engagée, ni aliénée, ni donnée ; mais n'étant encore que duc de Normandie, Guillaume me l'a ravie par force, et y a fondé cette église, dans l'abus de sa puissance. Je le prends à témoin devant l'ennemi de tout mensonge ; je réclame et revendique ouvertement ce terrain, et m'oppose de la part de Dieu à ce que le corps du ravisseur soit couvert de ma terre et enseveli dans mon héritage [1]. »

Les évêques et les grands interrogèrent les voisins d'Asselin, reconnurent la vérité de sa déclaration, l'appelèrent, lui comptèrent soixante sous pour prix de la place occupée par le cercueil, s'engagèrent à lui payer la valeur totale du sol, et le vassal consentit à laisser une tombe à son suzerain.

Cette interruption des funérailles d'un grand monarque par une réclamation personnelle est unique dans les fastes du monde : un Normand seul en était capable. Elle a quelque chose de grand et de mesquin, de vil et d'honorable, de noble et de trivial à la fois. Elle annonce que dès lors le sentiment du droit était enraciné chez les Normands ; ils n'ont pas dégénéré, Dieu merci !

---

par *il faut les fouler et les plier. Foler* ou *folier* signifie, selon Roquefort (Glossaire de la langue romane), *faire des folies, mener une vie débauchée. Plaisier* vient de *plais*, qui veut dire *procès*, ou *séance de tribunal. Justisier*, auquel M. Pluquet attribue le sens de *gouverner*, a également celui de *comparaître en justice*. Pour que l'interprétation du commentateur fût exacte, il faudrait qu'il y eût, au lieu de la ligne accusatrice :

　　　　　Li convient foler et plaissier,

ce que ne porte aucun manuscrit.

[1] Textuel. Voyez Orderic Vital, liv. 7, et Robert Wace, vers quinze-millième et suivants.

ANTIQUITÉ DE LA MANIE DES PROCÈS EN NORMANDIE. — ÉTAT MORAL ACTUEL.

Il paraît que la monomanie de la chicane avait gagné jusqu'aux femmes; car, dans la charte de Rouen, Falaise et Pont-Audemer, donnée par Philippe-Auguste, on trouve cette singulière disposition pénale : « Lorsqu'une femme sera convaincue d'être processive et médisante, on l'attachera sous les aisselles avec une corde, on la plongera trois fois dans l'eau. »

Le grand coutumier de Normandie, le plus litigieux de France, fut promulgué en 1229, et, en 1280, un certain Richard Dourbault imagina de le mettre en vers.

> 𝕸ist 𝕽icʰarð 𝔇ourbault cest livre
> 𝕰n rimes, au mieux qu'il put,
> 𝕻our commun et propre salut.

L'originalité de cette idée, qui ne pouvait éclore qu'en un cerveau normand, semblait impossible à surpasser; mais en 1599, Jacques de Campron, curé d'une paroisse d'Avranches, dédia au parlement de Rouen *le Psautier du juste plaideur*, contenant, pour chaque jour de l'année, un cantique et quatre psaumes qu'il suffisait de réciter avec ferveur pour gagner les causes les plus aléatoires : touchant accord de la loi religieuse et de la loi civile, de celle qui prescrit le pardon des injures, et de celle qui les résout en dommages et intérêts.

Papirius Masso, écrivain du seizième siècle, accuse les Normands, en termes énergiques : *Callidos cautosque esse naturâ cognitum est, et morum suorum observantissimos custodes esse .. Litigare scienter, et nodum in scirpo quærere solent, ut non sine causâ Placentinus Normanos esse doli capaces ante pubertatem olim dixerit.* Il ajoute comme correctif : *Eosdem ego ingeniosos ad percipiendas bonas artes et scientias prædico.* (Descriptio Gallicæ per flumina.)

Au dix-septième siècle, la réputation des Normands était parfaitement établie. « On appelle à Paris la Normandie *le pays de sapience*, et non le pays de la sagesse, à cause que les habitants y sont *fins et rusés*, et surtout à plaider et à ménager leurs intérêts [1] : d'où vient que la coutume y établit la majorité à vingt ans. »

Un cosmographe de la même époque, Châteaunières de Grenaille, auteur du *Théâtre de l'Univers* [2], confirme ce que nous savons sur l'esprit processif des Normands.

« Les Normands sont *fins et rusés*, ne sont subjets aux loix, ny aux coustumes d'aucuns estrangers, et vivent selon leur ancienne police, qu'ils défendent opiniastrement. *Ils sont sçavants au possible en matière de procez, et sçavent tous les dé-*

---

[1] Dictionnaire de Trévoux. — [2] Paris, 1945, in-8°.

tours, et toutes les ruses et surprises que la chicane peut inventer, tellement que les estrangers ne s'osent associer avec ce peuple [1]. »

Tout prenait en Normandie une tournure litigieuse, même les discussions théologiques. Un janséniste de Bayeux, abandonné à ses derniers moments par le clergé orthodoxe, allait périr sans viatique. Il employa le ministère d'un huissier, qui somma le curé de la paroisse d'avoir à administrer le moribond !

Le nombre des procès a diminué sous l'empire du Code civil, mais les lois nouvelles n'ont pas assez d'inflexibilité pour ne point fournir d'arguments à deux faces, l'une qui affirme, l'autre qui dément ; et beaucoup de Normands sont encore disposés à profiter de cette élasticité d'interprétation pour éterniser les discussions d'intérêt. Un habitant de Bayeux ou de Falaise se croit-il victime de quelque injustice, lésé dans ses intérêts ; lui conteste-t-on un droit quelconque, lui cause-t-on le moindre dommage, vite un commissaire, un juge de paix, un *homme de loi :* « *Oh ! oh ! nous allons voër ! Cha n' se passera point comme cha... Faut que la gueule du juge en pette ! j'en aurai raison, quand même je devrais manger ma dernière chemise !* » Et la querelle s'engage, haineuse comme une guerre féodale. Bientôt, au milieu des débats judiciaires, les parties adverses perdent de vue l'objet de leurs réclamations, pour ne songer qu'à se ruiner mutuellement : le désir de la vengeance fait taire l'intérêt personnel. Dans certains pays on s'égorge : en Normandie on plaide ; on y combat à coups d'assignations, comme en Italie à coups de stylet : le mot *vendetta* s'y traduit par procès.

Il serait injuste toutefois de répéter aveuglément de vieilles calomnies. Non, le Normand ne jure point des deux mains ; non, il ne tratique point effrontément de son témoignage ; mais il est vétilleux, et trouverait moyen d'embrouiller un axiome géométrique. Si, en contractant avec lui, on n'a pas observé strictement toutes les formalités légales ; si toutes les quittances ne sont pas en règle, si les noms d'hommes et de lieux ne sont pas convenablement orthographiés dans les actes, la tentation de chicaner et de plaider pourra s'emparer de lui, et aura-t-il le courage d'y résister !

Durant l'année judiciaire de 1850-51, les tribunaux du ressort de la cour de Rouen ont jugé sept mille quatre-vingt-dix-huit procès, et ceux qui dépendent de la cour de Caen, dix mille trois cent trente-deux. Dans ce nombre ne sont pas comprises les causes appelées aux tribunaux de commerce, qui montent, dans le ressort de la cour de Rouen seulement, à douze mille trois cent quatre-vingt-trois [2]. Ces chiffres ne sont dépassés que par ceux que donne la statistique du département de la Seine, placé dans une position exceptionnelle.

L'immense mouvement de l'industrie normande contribue à ce résultat. La concurrence des activités qui se heurtent à Rouen, au Havre, à Elbeuf, à Louviers, etc., enfante inévitablement des procès ; cependant c'est en basse Normandie qu'on trouve le plus d'ardeur chicanière. C'est là que certains cultivateurs possèdent, aussi bien qu'un premier clerc d'avoué, et beaucoup mieux qu'un avocat, le vocabulaire baroque de la procédure. Ils rédigeraient au besoin une assignation *à comparaître*

[1] *Description de la France*, page 307. — [2] *Annuaire de Normandie.*

d'hui à huitaine franche, une sommation à produire des défenses, des conclusions motivées, une réquisition d'audience, des qualités de jugement, ou la copie de la *grosse dûment exécutoire, signée, scellée et collationnée, d'un jugement enregistré rendu contradictoirement entre les parties.*

La basse Normandie est plus agricole que manufacturière. Elle s'occupe de défrichements, d'assolements, de cultures, de pépinières, de turneps, de rutabagas, de topinambours, de vaches laitières, de moutons, de chevaux, d'engrais, d'instruments aratoires, de pétitions contre l'introduction des blés étrangers, et surtout de pommes et de cidre. L'année sera-t-elle *pommeuse?* les fleurs du pommier sont-elles nouées? Les *surets* [1] sont-ils bons à greffer? Y a-t-il beaucoup de *quêtines* [2] ? Est-il temps de *raîcher* [3] ? Voilà des problèmes importants pour une grande partie de la population. Le bas Normand est encore attaché à la glèbe. Son plus vif désir, le rêve de sa vie, sa passion est d'avoir de *la terre;* il vendrait ses chemises pour acheter *du bien,* et se passerait de pain pour acquérir la possibilité de semer du blé.

Chaque année partent du Bocage des moissonneurs qui vont servir d'auxiliaires à ceux de Brie et de Picardie, des brocanteurs, des fondeurs, des chaudronniers, des paveurs, des peigneurs de filasse, des sassiers, des marchands de vans et de cribles, des colporteurs d'images et de livres à l'usage des campagnes, tels que *le parfait Bouvier, le parfait Maréchal, le petit Paroissien et les Quatre fils d'Aymon.* A l'époque où la végétation est suspendue, environ douze cents taupiers quittent leur quartier général, les cantons de Trun et de Balibœuf (Orne), et, avec l'aide d'apprentis qu'ils ont engagés pour trois ans, ils opèrent de terribles ravages dans la race des plantigrades.

Tous ces émigrants, à la fin de la campagne, s'empressent de rentrer dans leurs foyers, écornent à peine, pour leur subsistance journalière, ce qu'ils ont gagné dans leur tournée, et achètent un verger, un *dellage,* une *masure* [4]. Quand leurs ressources sont insuffisantes, ils *fieffent* un fonds de terre, c'est-à-dire qu'ils s'engagent à en payer le prix par portions annuelles, avec les intérêts. Après une existence de privations et de misère, ils arrivent à posséder douze cents livres de revenu immobilier. Ils n'ont point connu le luxe, ils n'ont point joui des avantages attachés à la propriété, mais ils sont propriétaires : c'était tout ce qu'ils ambitionnaient. Ils logent dans une maison *à eux,* ils cultivent un terrain *à eux,* ils boivent le cidre qu'ils ont récolté, ils s'asseyent à l'ombre de leurs pommiers, et se condamnent avec joie à manger toute leur vie du pain noir.

L'extrême division de la propriété communique aux villages normands une apparence de gaieté et d'aisance. Chaque maison est isolée, entourée de son jardin, abritée par les cimes rondes et tortueuses de l'oranger de Normandie. Les habitants

---

[1] Pommier non greffé. — [2] Pommes tombées avant leur maturité. *Gouées,* en haute Normandie. — [3] Abattre les pommes. — [4] Un dellage est un certain nombre de sillons. Ce mot vient de *deal* (quantité), terme northman adopté par les Anglais. Une *masure* ou *cour* est en Normandie un pré enclos, planté de pommiers, au milieu duquel se trouvent une maison d'habitation, des greniers, une étable, un toit à porcs, et autres constructions, ordinairement en charpente et en terrage. On voit souvent dans les journaux du pays l'annonce de l'adjudication définitive d'une *masure édifiée de plusieurs bâtiments.*

ont toutes les qualités et tous les vices qui caractérisent le propriétaire foncier. Ce sont de rudes travailleurs, mais des hommes intimement convaincus que *charité bien ordonnée commence par soi-même*. Ils profitent de ce que les terrains sont mal bornés pour s'agrandir aux dépens de leurs voisins ; ils empiètent chaque jour sur le sol étranger dont ils entament un coin avec la bêche et la charrue. Sont-ils établis sur le bord d'une route, ils la rognent et la rétrécissent peu à peu, et l'ensemenceraient volontiers tout entière, sans égard pour la nécessité des communications.

Aussi voit-on s'élever en abondance toutes les questions qui naissent de la propriété territoriale : questions de bornage, questions de clôture, questions de servitude, questions de partage, questions d'hypothèque, et il faut de longues et coûteuses expertises pour établir la validité respective des prétentions opposées. Les causes sont traînées de première instance en appel, d'appel en cassation, envenimées par la cupidité, embrouillées par la mauvaise foi, éternisées par l'entêtement.

N'essayons point de le dissimuler, le Normand montre quelquefois une avidité répréhensible, une âpreté au gain qui ne l'emporte pas au delà des bornes prescrites par la loi, mais qui lèse le prochain, et répugne aux esprits délicats. Consultez les ouvriers des fabriques de Normandie, ils vous diront qu'ils sont accablés de *retenues* continuelles pour absence, pour infractions légères à des règlements tyranniques. Interrogez les commis de nouveautés, ils vous donneront sur leur régime alimentaire des détails peu favorables à leurs patrons. Regardez à l'œuvre les fermiers, les négociants, les industriels ; les verrez-vous préoccupés de l'intérêt public ? En aucune façon. Leur but est la fortune ; ils y marchent avec lenteur et prudence, en *haricotant* [1], en rognant les salaires, en donnant peu du leur, en tirant des autres le plus possible. Ne vous en défendez pas, descendants des hommes du Nord ; ils vous ont transmis quelque peu de leurs inclinations, et en revêtant des formes légales, en entrant dans le lit que lui creusaient la morale et les lois, leur goût pour la piraterie s'est transformé en génie commercial !

GOÛT POUR LES LIQUEURS FORTES.

« La gent du Danemark, selon Robert Wace, fut de tout temps présomptueuse, très-avide, fière, présomptueuse, luxurieuse et aimant le plaisir. »

  . Cos temps fut sorkuidée et mult fu convoitose,
  Fière fut, preïsant, gaie et luxuriose.

« Aux festes de paroisse, au carnaval et autres occasions, dit Dumoulin, comme aux nopces, baptême des enfants, relevées de couches et donner du pain bénit, les

---

Haricoter, en patois normand, lésiner, liarder. On dit un *haricotier*.

Normands font ordinairement des festins, et y invitans tous leurs parents et amis, font grande chère. »

Les Normands d'aujourd'hui ne sont pas moins que leurs aïeux portés aux voluptés matérielles, et notamment à la boisson. Il est à remarquer que les ivrognes sont plus nombreux dans les contrées auxquelles la nature a refusé le raisin que dans les pays vignobles. En Normandie, les moindres bourgs comptent plusieurs cafés, et l'on ne fait pas une lieue sur une route quelconque sans apercevoir une maison dont la façade porte en grosses lettres :

DÉPOTEYER DE CIDRE.

CIDRE, BOISSON, POIRAY A DÉPOTEYER[1].

Les paysans normands sont toujours prêts à répéter ce refrain de leur compatriote Olivier Basselin, le *Francais né malin*, qui *créa le Vaudeville :*

Ce bon cidre n'épargnons mie ;
Vidons nos tonneaux, je vous prie.

Il s'absorbe dans les marchés une quantité considérable de liquides, et les réminiscences du cabaret occupent une case si importante dans la mémoire des ouvriers et des laboureurs, qu'elles servent comme de fil conducteur pour les aider à retrouver la trace des faits confus et effacés. « *Quement, Mérovée, t'as oublié cha ? Ch'étiont che mauturc[2] vd'Philogène, qu'équiont aveuc nous. J'avons pris trois glorias et le pousse café d'fil-en-quatre[3]. Louis est venu s'assiètre[4] ichitte sur le coup, Louis Frémin, tu sais ben Louis Frémin, chti-là qu'étrivagne[5] toujours aux dominos ?*

— *C'est-y Frémin l'cherron ?*

— *L'cherron tout cont' Darnétal. Il avont payai la consolation, la rinchette et la rinchelette ; pis est venu le fils à père Loubry, qu'sa femme alle équiont ma propre sœur, et il a demandai cor une tournée, et finalement qu'ch'est m'ay qu'avons payé le coup d'pied au … »* Le peuple normand est parfois très-inconvenant dans ses expressions.

C'est au cabaret que les campagnards vident à la fois les affaires et les pots. Ils s'y donnent rendez-vous le dimanche, après la messe, pour causer du prix des denrées. Dans quelques villages du Vexin normand, le pâtissier qui a confectionné le pain bénit met aux enchères, dans le cimetière, à la porte de l'église, une énorme brioche, que les plus offrants et derniers enchérisseurs emportent triomphalement au dépoteyer voisin.

Souvent les cultivateurs normands boivent moins par goût que par spéculation. Ils demeurent patiemment attablés des heures entières, entassant sur la table de

---

[1] *Dépoteyer*, vendre par pots, au détail. — [2] Mauvais sujet, mot cauchois. — [3] Un *gloria* est le contenu d'une demi-tasse remplie de trois quarts de café et d'un quart d'eau-de-vie. Le fil-en-quatre est l'eau-de-vie de première qualité. — [4] S'asseoir, mot cauchois. — [5] Qui *triche*, mot cauchois.

grandes bouteilles à goulot évasé, jouant de suite vingt parties de dominos normandes, en trois coups avec huit dés, le tout sans cesser de débattre les conditions
des marchés qu'ils désirent conclure. Pas de contrat qui ne se passe le verre à la
main ; pas de vente qui ne soit arrosée en raison de son importance. Pour un sac de
blé, on s'égaie ; pour un cheval, on se grise ; pour une *masure*, on reste sous la table.
Un maquignon cherche à vendre un cheval de riche encolure et exempt de vices réd-
hibitoires. « *Coben qu'i vend son qu'val ? — Trente pistoles. — Vous dites vingt-*
cinq ? — Vous en avez t-y vu beaucoup comme li pour trente pistoles ? — J'disons
vingt-six. — Non. — Vingt-sept. » A chaque proposition, l'amateur frappe dans la
main du maquignon : c'est de rigueur.

S'il modifiait cent fois ses offres, cent fois il lèverait le bras comme pour essayer sa force sur un dynamomètre, et rougirait d'un coup rudement appliqué la paume droite de son interlocuteur. Pour mieux s'entendre, on entre au *dépoteyer*, les tournées de gloria se succèdent. L'amateur propose 295 francs; le maquignon tient bon. Après de longs débats et d'amples libations, le maquignon triomphe, mais il a dépensé pour 6 francs 50 centimes de boissons variées.

Dans les banquets, on boit entre chaque service un verre d'eau-de-vie, qu'on appelle *un trou normand*. Souvent, quand on a découpé le croupion d'une oie, on fait à ce morceau de prédilection trois pattes avec des allumettes, et il passe de ce trépied dans l'assiette du convive qui avale le plus de verres de cidre sans désemparer.

La moisson s'ouvre par une fête, appelée *le pu aisai*, et l'on boit. Quand les blés sont coupés, on en laisse sur pied quelques tiges qu'on entoure de rubans; on les donne à faucher au fils du maître de la maison, et l'on boit. Cette dernière fête est désignée dans le Bessin sous le nom de *parcie*, et dans le pays de Caux sous celui de *replumette*.

Au dessert, on chante des chansons égrillardes, suivant la vieille coutume :

> Usaiges est en Normandie,
> Que qui herbergiez est, qu'il die
> Fable ou chançon lie [1] à l'hoste [2];

et l'on boit.

NOCES NORMANDES.

Les noces sont célébrées par des excès dont un Gargantua serait fier à juste titre, principalement dans la partie située à gauche de la Seine. Là, c'est une vieille et pauvre veuve, nommée, suivant les lieux, *Badochet*, *Diolevert*, *Hardouin* ou *Hardouine*, qui se charge des premières ouvertures. Cet agent matrimonial ménage entre les parents de la jeune fille et ceux de l'aspirant une entrevue à l'auberge où celui-ci obtient, le verre en main, la faveur de *l'entrée de la maison*.

Toutes les filles ne sont pas également sûres d'être demandées en mariage; il est des circonstances indépendantes du mérite individuel, qui sont considérées comme funestes ou favorables à un prochain établissement. La jeune personne qui, dans un repas, se trouvant sous la poutre, boit le premier et le dernier verre d'une bouteille de cidre, est certaine de se marier dans l'année, si, en outre, la nappe est à l'envers et le chat de la maison sous la table. Celle qui reçoit sa part de sept gâteaux de noces doit bientôt célébrer la sienne; mais l'infortunée qui marche par mégarde sur la patte d'un chat, est condamnée à ne pas trouver d'époux avant trois ans, et ce délai est prolongé de quatre ans, si son pied malencontreux a foulé la queue du même animal. Quant à l'imprudente qui laisse bouillir l'eau de vaisselle, et place les tisons debout dans le foyer, elle court risque de vivre et de mourir dans le célibat.

---

[1] Joyeuse. — [2] Jean le Chapelain, fabliau du Segrétain.

Le jour où le futur se présente s'appelle *bienvenue* ou *venantise*. On évite avec soin de choisir un mercredi ou un vendredi, d'avancer le pied droit en franchissant le seuil de la maison, de tenir son chapeau de la main gauche. Dans la discussion des clauses du contrat, le père et le fiancé se disputent pied à pied le terrain. « *J'y donnons point beaucoup,* dit le premier, *mais chongez ein brin que ch'est eine femme qu'étiont aussi prope qu'i n'y en a point de pu prope, qui racommodera vot' linge, qui sera comme ein vrai trésor de properté. Crayez-vous qu'cha n'valont point de l'ergent ?*

— *Je ne le crais point ; et pis, alle n'est guaires avenante, vout' fille ; alle n'est guaires ed'débit. M'est avis qui faut que vous mettiez vingt pistoles ed'plus; sans cha, y aura rien de fait.* »

La dot réglée, on se donne les *bonnes paroles,* et l'on fête les *escards* par un banquet-monstre, où sont prodigués le bœuf, le mouton, le porc, la volaille, le beurre, le pain, le cidre, le vin blanc et l'eau-de-vie, avec une générosité homérique. Dans les campagnes, c'est la femme qui sert à table.

Le mariage civil est accompli sans bruit, comme une formalité qui n'engage point, et les noces ne commencent que la veille du mariage à l'église, le seul regardé comme légitime. Le matin, les parents de la future montent dans une charrette traînée par des chevaux ou des bœufs, et, accompagnés d'un ménétrier qui *sonne* du violon, vont chercher le trousseau chez la belle-mère pour le transférer chez le *bruman* [1]. Une énorme armoire sculptée est bientôt chargée sur la voiture, au-devant de laquelle

[1] Fiancé; de *bru,* mot qui s'est conservé en langue française, et de *man,* homme.

la sœur, ou simplement la couturière de la mariée s'assied sur les oreillers destinés au lit nuptial, tenant sur ses genoux un rouet et une quenouille, symboles des occupations domestiques. Chemin faisant, la couturière distribue des paquets d'épingles aux jeunes filles qu'elle rencontre. Dans l'arrondissement de Pont-Audemer, c'est la *courtinière* (demoiselle d'honneur) qui présente, non pas des épingles, mais des tranches de galette aux gens de connaissance devant la porte desquels défile le cortége, et ceux-ci offrent de l'eau-de-vie aux personnes de la noce.

On prend soin de ne se marier ni dans le mois de mai, qui prédispose à la jalousie, ni dans le mois d'août, dont l'influence rend les enfants insensés. Assez fréquemment la noce va à cheval à l'église, les femmes assises à gauche. Les deux époux se placent au milieu de l'église, sous un crucifix pendu à la voûte, y reçoivent la bénédiction nuptiale, entendent l'évangile au maître-autel, et font une station à l'autel de la Vierge pour y déposer leurs cierges. On sort de l'église au bruit des coups de fusil et des pétards ; le convié le plus alerte présente la main à la mariée, la fait danser un moment et en reçoit un ruban ; un second ruban est la récompense de celui qui la remet en selle.

Quand la mariée est entrée dans la maison du *bruman* en sautant légèrement par-dessus les *barricades* de rubans, de fleurs, de chapelets dont on avait embarrassé ses pas, quand le curé est venu bénir le lit nuptial, tout le monde se met à table, excepté le mari chargé de prêter secours au cuisinier dans les apprêts d'un festin pantagruélique. La mariée fait donner aux pauvres de la soupe et des pains, et s'installe dans un fauteuil couvert d'un drap blanc, sur lequel se détachent trois gros bouquets de fleurs. Elle porte sur le fond de sa coiffure un petit miroir entouré de fils d'argent, de rubans et de paillettes, qu'on nomme *pucelage* ou *couronne*. Le repas est bruyant et prolongé, et le cuisinier qui l'a confectionné est assurément digne du privilége que lui accorde l'usage de mener la mariée chez les voisins, auxquels elle offre des épingles, et dont elle accepte avec reconnaissance des *quenouillées* de chanvre ou de lin. Au retour, les quadrilles s'organisent, les deux époux n'y prennent point part, mais leur occupation n'en est pas moins agréable, car les danseurs tiennent à la main, qui une quenouille, qui une pièce de toile, qui une bouteille de vin, qui de la vaisselle, et ces différents cadeaux de noces pleuvent dans le giron de la future et du *bruman*. Puis la mariée est portée en triomphe, et des *momons* [1], des *follets* [2], des cavaliers montés sur des *bidoches* [3], guident, par leurs gambades, l'assemblée qui chante à tue-tête :

> Sur le pont d'Avignon,
> J'ai vu danser la plus belle ;
> Sur le pont d'Avignon,
> On y danse tout en rond.

Le dîner commence, ou plutôt le repas du matin continue à cinq heures du soir. Le cuisinier, véritable héros de la fête, ouvre, avec la mariée, le bal qui succède au dessert : le *bruman* n'a droit qu'à la seconde contredanse. Vers les neuf heures, on entend frapper à la porte, et des voix du dehors répètent en chœur :

> Sur le pont d'Avignon, etc.

Ce sont les *réveilleurs,* les jeunes gens du voisinage qui demandent à entrer ; on leur ouvre, après leur avoir riposté par le second couplet de la ronde, et on leur verse du cidre ; mais la coutume leur défend d'accepter des aliments solides, et de s'asseoir au souper qui a lieu à dix heures. On quitte encore la table pour la danse, et après minuit la danse pour une copieuse collation. A neuf heures du matin, un déjeuner, composé de beurre et de fromage, répare les forces des danseurs. Le *bruman* en congédie la plupart, ne garde auprès de lui que ses amis intimes, se divertit ou s'ennuie avec eux jusqu'à minuit, et, pour terminer convenablement quarante heures de séance gastronomique, se soumet de bonne grâce aux plaisanteries de ceux qu'il a traités. On l'oblige à faire sa prière à genoux sur un manche à balai, ou sur une paire de sabots des plus anguleux ; on lui grimpe sur les épaules ; on enseigne à l'épousée une oraison égrillarde qui commence par : « *Benedicite,* je me couche, je ne sais pas ce qui va me venir ; je m'en doute, etc. » On apporte des rôties au vin, et la mariée boit et mange pendant qu'on passe sur la bouche de l'infortuné *bruman* le torchon qui a essuyé la vaisselle. La lassitude générale met fin à ces rudes épreuves, à ces farces grossières inspirées par les fumées du cidre et de l'alcool. Heureux encore le *bruman* s'il n'est pas veuf, si sa femme jouit d'une réputation intacte, car autrement, des *charivariseurs* déguisés en

[1] Personnages masqués. — [2] Bandits grotesques. — [3] Chevaux de bois dont le corps est couvert d'une longue pièce d'étoffe.

NORMANDE
(Costume de Veuve).

loups, en ours, portant des chemises par-dessus leurs habits, affublés de cornes monstrueuses, feraient bruire à ses oreilles les colliers et les casseroles.

Vous pensez qu'après ces bombances d'ogres, les conviés s'assoupiront comme des boas? point : ils recommencent le dimanche suivant, ce qui s'appelle *fouetter le chat* en haute Normandie, et dans le Bessin, *faire le raccroc*, ou *manger la paille du lit de la bru*.

Comme le cidre n'est pas moins perfide que la liqueur spécialement consacrée à Bacchus, les querelles dont l'ivresse est mère sont d'autant plus funestes en Normandie que la savate y est en honneur, et qu'on y manie avec un talent déplorable la canne, le bâton et le flé [1]. Les professeurs de ces diverses armes n'y manquent pas de clientèle, ni leurs élèves d'occasions d'employer leur formidable savoir. Le Normand, dont tous les historiens s'accordent à célébrer les exploits, est terrible dans une querelle de cabaret comme sur un champ de bataille. Il est habituellement pacifique, il a recours aux messes, aux signes de croix et à l'eau bénite pour avoir bonne chance au tirage, il invente mille ruses pour s'exempter de la conscription ; mais que son sang soit fouetté par les vapeurs alcooliques, ou que sa bravoure soit éperonnée par le bruit du canon, dans une lutte corps à corps comme dans une mêlée, pour sa défense personnelle comme pour celle de la patrie, il est d'une intrépidité tenace et ne recule jamais.

USAGES POPULAIRES EN NORMANDIE.

La Normandie ne fut convertie qu'assez tard au christianisme. Rouen avait un évêque dès l'an 260, saint Mellou ; mais les efforts de ce pieux personnage furent longtemps infructueux. Sous l'épiscopat de saint Romain, en 626, les Rouennais des campagnes étaient encore pillards, grossiers, barbares [2], superstitieux, adonnés à l'ivrognerie [3]. Saint Evron, qui fonda au huitième siècle un monastère dans la forêt d'Ouche, la trouva entourée de champs incultes et infestée de larrons [4]. Les prédicateurs chrétiens ne pénétrèrent dans le Bessin qu'à la fin du quatrième siècle ; à Coutances et à Avranches, au cinquième siècle ; et l'existence d'un évêché à Lisieux n'est constatée qu'à partir de 538. Quand les Northmans furent installés dans leur nouvelle patrie, il fallut, pour les dégrossir, les efforts combinés des autorités civile et ecclésiastique. Le plus grand titre de gloire de Rou est d'avoir sévi contre les brigands, et Gislebert, évêque d'Évreux, dans l'éloge funèbre de Guillaume le Conquérant, le loue d'avoir sagement châtié les voleurs de la verge de l'équité [5]. Pendant que les ducs réprimaient les rapines, de nombreuses abbayes s'établissaient dans le double but de moraliser le peuple et de cultiver le sol [6]. Il s'ensuit que des pratiques

---

[1] Fléau. — [2] Cum brutis vel sævis hominibus habitabat (Vandregisilius). Direptores fuerant, etc. (Vie de saint Vandrille, collection de Ph. Labbe, t. I, p. 729.) — [3] Vie de saint Éloi, par saint Ouen, livre II, chap. xv. — [4] Orderic Vital, livres III, VI et VII. — [5] Orderic Vital, livre VII. — [6] Voir la *Gallia christiana* de Mabillon, et la *Normandie chrétienne*, par Farin.

religieuses, tombées en désuétude dans la plus grande partie de la France, ont encore en Normandie toute la vitalité des jeunes institutions. Le christianisme y est moins antique, et par conséquent plus fervent. Le Normand donne un éclatant démenti aux gens mal informés, qui prétendent que la religion catholique est passée de mode, abandonnée comme le *caput mortuum* d'une opération chimique. Jamais, au retour du marché, il ne passe devant la croix du chemin, sans ôter respectueusement son chapeau.

Non-seulement il est religieux, ce qui est un bien, mais encore il est superstitieux, ce qui est un mal. Il confond le sacré et le profane, et observe encore des rites
dont l'origine est manifestement druidique. Ainsi la veille des Rois, les habitants
des campagnes du Bessin allument des torches de paille ou de tiges de molène,
enduites de goudron, et parcourent les vergers en brûlant la mousse des pommiers
et en chantant :

Couline vaut lolot :
Pipe au 'pommier,
Guerbe au boissey [1]*,*
Man père bet bien.
Ma mère oco mieux,
Man père à guichonnée [2]*.*
Ma mère à cauldronnée,
Et mei a terrinée.

Taupes et mulots,
Sors de men clos,
Ou je te casse les os.
Barbassioné [3]*,*
Si tu viens dans mon enclos,
Je te brûle la barbe jusqu'aux os.

Adieu Noé [3]*.*
Il est passé.
Couline vaut lolot ;
Guerbe au boissey,
Pipe au pommier.
Beurre et lait,
Tout a planté [4]*.*

Adieu Noé,
Il est passé.
Noé s'en va,
Il reviendra
Pipe au pommier,
Guerbe au boissey.
Beurre et lait,
Tout a planté.

Quand on a suffisamment couru, chanté, et détruit les fucus parasites, on rassemble les restes des *coulines* pour en former un feu de joie appelé *fouée* ou *bour-*
guelée, qu'on entoure en marmottant des patenôtres, et en répétant des menaces
contre les quadrupèdes dévastateurs, et des appels à l'abondance :

Taupes et mulots
Sors de men clos,
Ou je te brûle la barbe et les os.
Bonjour les rois,
Jusqu'à douze mois.
Douze mois passés,
Rois, revenez!

Charge, pommier,
Charge, poirier,
A chaque petite branchette,
Tout plein ma grande pochette.
Taupes et mulots,
Sors de men clos,
Ou je te brûle la barbe et les os.

[1] Les torches dites *coulines* valent du lait. Le pommier produira des pipes de cidre, les gerbes rempliront le boisseau. — [2] Contenu d'un vase de terre appelé guichon. — [3] Noël. — [4] En abondance. — [5] Mauvais génie.

Ces pratiques semi-gauloises sont particulières à la Normandie. La fête des Rois y donne lieu à des cérémonies qu'on retrouve ailleurs avec quelques variantes, mais qui, nulle part, ne sont observées plus scrupuleusement. Dans chaque maison, le doyen préside au banquet, et coupe le gâteau en autant de parts qu'il y a de membres de la famille présents et absents. Les morceaux destinés aux absents sont soigneusement serrés dans une armoire, et permettent d'avoir de leurs nouvelles sans se ruiner en frais de ports de lettres. La part d'un absent est un indicateur infaillible de la santé de celui auquel elle est réservée. Si elle reste intacte, c'est qu'il se porte bien ; si elle moisit, c'est qu'il est malade ; si elle se gâte entièrement, c'est qu'il est mort.

Le plus jeune de la compagnie est caché sous la table, et dirige la main du distributeur en nommant à haute voix et successivement tous les convives. La première part est toujours pour Dieu.

« *Fébé Domine*, pour qui la part? — Pour le *bon Dieu*. »

Les pauvres, considérés en cette circonstance comme les représentants de Dieu même, attendent à la porte, et réclament en ces termes la redevance d'usage :

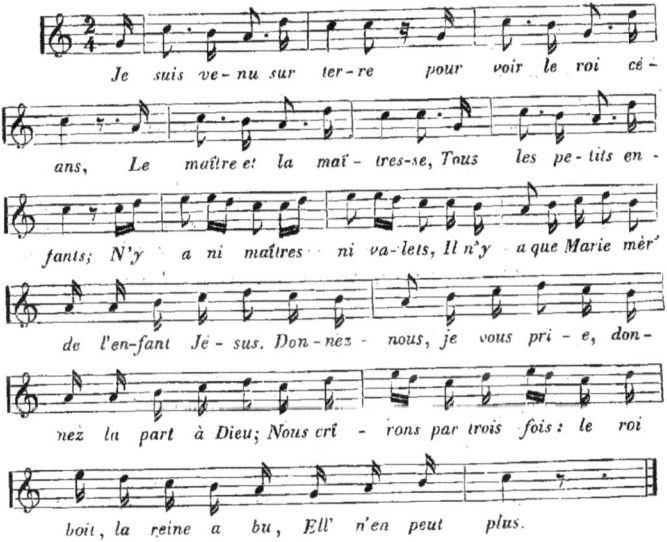

Je suis ve-nu sur ter-re pour voir le roi cé-
ans, Le maître et la maï-tres-se, Tous les pe-tits enfants; N'y a ni maîtres ni va-lets, Il n'y a que Marie mèr'
de l'en-fant Jé-sus. Don-nez-nous, je vous pri-e, donnez la part à Dieu; Nous cri-rons par trois fois : le roi
boit, la reine a bu, Ell' n'en peut plus.

La part à Dieu, s'il vous plaît, ma bonne dame!

Maî - tress' du roi cé - ans Qu'a la clef de la chaî-net - te, N'cou - pez pas de p'tits mor - ceaux, N'cou-pez que des gros - ses piè - ces; Pour Dieu, don - nez-nous du feu, Pour Dieu, Don - nez - nous la part à Dieu.

Si vous n' voulez rien donner,
Ne nous faites pas attendre,
Car il fait un si grand froid

Que mon camarade en tremble.
Pour Dieu, donnez-nous du feu,
Pour Dieu, donnez-nous la part à Dieu.

Quand ils ont affaire à des gens inhospitaliers, ce qui est rare, ils font succéder les malédictions aux prières, et se retirent après avoir proféré cette imprécation :

Si vous n' voulez rien donner,
Trois fourchettes, trois fourchettes,

Si vous n' voulez rien donner,
Trois fourchettes dans votre gosier.

Les aumônes des Rois et de Noël reçoivent le nom d'aguignettes, qui s'applique, à Rouen, aux sucreries qu'on dépose auprès du lit des enfants la veille du premier jour de l'an. Les mendiants psalmodient :

A gui - gnette, a gui - gnon, Cou-pez - moi un p'tit ca-gnon. Si vous n'vou-lez pas l'couper, Don-nez - moi l'pain tout en - tier.

Le carême est assez rigoureusement observé en Normandie, surtout pendant la semaine sainte, qu'on appelle dans le Bessin et le Virois *semaine preneuse* ou *cahin*. A Rouen, du mercredi des cendres à Pâques, on boulange beaucoup de petits pains sans levain, dits *cheminaux*, qui ne figurent point sur les tables aux autres époques de l'année. Pendant la *semaine preneuse*, des chanteurs, munis d'aigres violons, vont de maison en maison entonner de pieux cantiques dont la passion de Notre-Seigneur est le sujet, et demander la *paschré*, c'est-à-dire de l'argent et des œufs. Le dimanche des Rameaux, le curé met solennellement le buis bénit à la croix du cimetière, mais comme le possesseur de ce précieux talisman est sûr de pouvoir faire *autant de beurre qu'il voudra*, à peine la procession a-t-elle tourné le dos, que vingt bras s'allongent pour saisir la branche vénérée.

Le vent qui souffle au moment où le buis est attaché à la croix indique la nature des récoltes de l'année. Suivant le côté d'où il vient, on aura des pommes, des fourrages, ou du blé en abondance.

Les vieilles gens assurent que, le vendredi saint, les œufs recèlent des crapauds. Dans quelques paroisses, à ténèbres, les enfants frappent avec des bâtons les parois de l'église pour imiter le bruit du tonnerre.

Les processions, abolies dans les grandes cités, où les cultes se gênent tous, pour que chacun d'eux soit à l'aise, sont encore en vigueur dans les villages normands. Leur blanc cortége parcourt toujours, aux grandes fêtes carillonnées, un chemin bordé de draps blancs et de bouquets, jonché de feuillages et de fidèles agenouillés. Avant 1850, elles présentaient de curieuses singularités. Ainsi, à Elbeuf, le devant d'autel de chaque reposoir était une planche couverte d'une couche d'argile, dans laquelle on avait fiché des fleurs naturelles pour dessiner un Saint-Esprit, la Croix, les instruments de la Passion, et autres emblèmes. Derrière l'autel montait une estrade à plusieurs assises, où l'on représentait des scènes mimées qui rappelaient les *mystères*. Par exemple, un oranger chargé de fruits s'élevait au sommet de l'estrade, et, au moment de la bénédiction, une séduisante Elbeuvienne, juchée à côté de l'arbre aux pommes d'or, en détachait une qu'elle présentait à un jeune garçon : c'était un emblème du Premier Péché. Il convient d'ajouter qu'Ève avait une robe blanche, et qu'Adam portait un habit bleu de drap d'Elbeuf, une culotte de casimir café-au-lait et des bas de soie, vu l'impossibilité d'observer la fidélité du costume.

FÊTES DE LA SAINT-JEAN.

Les *caudiots* [1] de la Saint-Jean n'ont pas cessé de s'allumer annuellement, le 24 juin, dans les villages de Normandie; il en est même où le curé met de ses propres mains le feu au bûcher, et de bonnes gens affirment avoir vu distinctement le Saint-Esprit descendre au milieu des flammes sous la symbolique figure d'un ramier. Il y

[1] Feux de joie, du latin *gaudium*.

a toujours des malades groupés autour du *caudiot*, dans l'attente d'un pareil miracle, ou pour recueillir des charbons, qui *portent bonheur*.

Les couronnes d'herbe de la Saint-Jean (armoise) préservent de la foudre et des voleurs. Un galeux qui, le matin de cette fête, se roule dans la rosée ou se baigne dans une fontaine, peut compter sur une prompte guérison. La verveine cueillie ce jour-là est un talisman qui éloigne les voleurs et les sorciers.

Les ouvriers des fabriques ont une façon moins religieuse de solenniser la Saint-Jean. Ils suspendent aux réverbères des couronnes de lierre et d'œufs entrelacés, et, le soir de la fête et des quinze jours précédents, ils dansent des rondes sous ces dômes de coquilles et de verdure. Filles et garçons forment un cercle en se tenant par la main. Un ouvrier entonne une chanson qu'on redit en chœur. Les danseurs font trois pas à droite, s'arrêtent brusquement à la fin du second vers, les jarrets pliés et les jambes écartées, font trois pas à gauche, s'arrêtent encore, et continuent le même exercice jusqu'à la terminaison d'une interminable série de couplets. Si les Hurons dansent, ils ne doivent guère danser autrement.

La plupart des rondes de la Saint-Jean sont d'une obscénité dégoûtante, ce qui n'empêche pas les jeunes filles d'en répéter les paroles. Il en est qui s'offenseraient jusqu'à l'indignation d'un geste équivoque, d'un propos indécent, et qui, enhardies par la circonstance, prononcent sans scrupule et sans honte les mots les plus rabelaisiens. Les chants les moins scandaleux sont d'incompréhensibles amphigouris, dont tous les couplets s'enchevêtrent les uns dans les autres, et dont les refrains incohérents semblent appartenir au vocabulaire d'une langue de sauvages :

> *Babolo*
> *Gavolo,*
> *Papa volo !*
> *Papa volo ! !*
>
> *Sring, la faridondaine,*
> *Sring, la faridondon.*
>
> *Ah ! l' choléra,*
> *Mon compère,*
> *Ma commère,*
> *Ah ! l' choléra*
> *M'attrapera.*
>
> *Ce sont les dames de Rouen*
> *Qu'ont fait faire un pâté si grand,*

> *Lanturelu,*
> *Lanturelé*
> *Lanturelu,*
> *J'allons danser ;*
> *Lanturelé.*
>
> *Ils ont fait un pâté si grand*
> *Qui n'pouvait pas entrer dans Rouen,*
> *Ni dans Paris qu'est bien plus grand.*
> *Lanturelu, etc.*
>
> *Ni dans Paris qu'est bien plus grand ;*
> *Ell' l'ont coupé par le mitan ;*
> *Ell's ont trouvé un homm' dedans !*
> *Lanturelu, etc.*

Plusieurs de ces rondes se prolongent indéfiniment au gré du chanteur. Ainsi le premier couplet de l'une d'elles est conçu en ces termes :

> *J'ai encore dedans mon coffre*   *Les souliers à papa grand,*

Que je mets fêt' et dimanches,   Bien enguerminés [2], maman,
Le jour du carêm' prenant [1],   Bien enguerminés.

Pour obtenir le second couplet, il suffit de substituer aux souliers une autre partie du vêtement.

      J'ai encore dedans mon coffre
      Le chapeau à papa grand, etc.

Puis viennent les jarretières, la chemise, la perruque, la culotte, etc., et pour peu que le chanteur ait quelques connaissances en matière de garde-robe, il réalise sans peine l'utopie de la chanson en quatre-vingt-dix-neuf couplets.

Les airs de ces compositions populaires sont aussi barbares que les paroles. Un seul m'a frappé par sa mélancolique mélodie. Le sujet de la ronde est l'aventure d'une femme qui, en rentrant chez elle, trouve son époux mort subitement, et, après s'être désolée, prend philosophiquement le parti de l'ensevelir.

Hé - las! mon Dieu, je le trou-vis Tout é-ten-du sur mon lit; J'pris du fil et des ai-guil-les; Dans ma toil' je le cou - sis, Moi qu'ai-mais tant, tant et tant, Moi qu'aimais tant mon a - mi.

Les rondes de la Saint-Jean commencent vers huit heures du soir et durent jusqu'à deux heures du matin. Avant de se séparer, chaque groupe de danseurs établit deux *gardes de la couronne*, pour la protéger contre les tentatives des groupes rivaux.

Jumiéges possède depuis le huitième siècle une confrérie en l'honneur de saint Jean-Baptiste, présidée par un maître annuel, qui porte le titre de *loup vert*. La veille de la Saint-Jean, il revêt une robe verte, se coiffe d'un bonnet vert, se fait escorter comme par un page par un jeune homme en surplis qui porte deux *tinterelles* [3], et conduit les frères au Chouquet, en face de la vieille abbaye de Jumiéges. Leur approche

_____
[1] On prononce *carin prenant*. — [2] Bien arrangés. On prononce *enguerminais*. — [3] Clochette.

est annoncée par la détonation des pétards et des armes à feu, et le clergé vient à la rencontre de la pieuse association. On se rend à l'église en chantant le psaume *Ut queant laxis*, et, les vêpres entendues, on va chez le *loup vert* faire un dîner exclusivement composé de plats maigres. Les frères seuls ont droit d'y assister, et si le *loup* invite quelques-uns de ses amis, ils sont placés à une table séparée.

Le soir, un jeune garçon et une jeune fille, chamarrés de rubans et de fleurs, allument le bûcher de la Saint-Jean, autour duquel le *loup vert* et les membres de la confrérie forment un cercle. Puis, sans cesser de se donner la main, tous poursuivent celui qui a été nommé *loup* pour l'année suivante. Il fuit, frappe d'une baguette les assaillants, et ne se rend que lorsqu'il a été appréhendé au corps et enveloppé trois fois. Quand il est pris, on feint de le jeter dans les flammes, et rendu à la liberté après cette épreuve, il se joint aux frères qui dansent la ronde suivante :

Voi-chi la Saint-Jean, L'heu-reu - se jour-naie,

Que nos a-mou - reux Vont à l'as-sem-blaie; Mar-

chons, Jo - li-cœur, La leune est le-vai - e.

Que nos amoureux
Vont à l'assemblaie ;
Le mien y chera,
J'en suis achuraie :
Marchons, Jolicœur,
La leune est levaie.

Le mien y chera,
J'en suis achuraie ;
Il m'a appourtai
Cheinture doraie :
Marchons, Jolicœur,
La leune est levaie.

Il m'a appourtai
Cheinture doraie ;
Je voudrais, ma fouai,

Qu'alle fût brûlaie :
Marchons, Jolicœur,
La leune est levaie.

Je voudrais, ma fouai,
Qu'alle fût brûlaie ;
Et may dans mon lit
Aveu lui couchaie :
Marchons, Jolicœur,
La leune est levaie.

Et may dans mon lit
Avec lui couchaie ;
De l'attendre ichit,
Je suis ennuyaie :
Marchons, Jolicœur,
La leune est levaie.

A cette ronde en succèdent d'autres non moins analogues à la circonstance, et la confrérie retourne chez l'ancien *loup* pour souper. Le *loup* a une *tinterelle* à ses côtés, et l'agite bruyamment toutes les fois qu'un frère se permet une plaisanterie équivoque ou s'entretient de commerce. La conversation doit être sérieuse jusqu'à minuit ; mais, à cette heure, toute l'assemblée se lève, le loup ôte son bonnet, et récite le *Pater* ; les convives chantent le psaume *Ut queant laxis,* se dépouillent de leur accoutrement monastique, et usent et abusent de la liberté qu'ils ont recouvrée de causer de tout.

Le lendemain, la confrérie porte processionnellement à l'église un pain bénit colossal, à plusieurs étages, surmonté d'une haute tige d'asperge entourée de rubans. A la messe, le *loup vert* quête, et abdique en déposant ses *tinterelles* sur les marches de l'autel, et le soir, il se fait regretter en traitant splendidement ses honorables collègues.

On suppose que cette fête fut établie en commémoration d'un miracle, que les fileuses racontent aux *veilleries* (veillées). Saint Philbert avait fondé à Jumiéges un monastère d'hommes, et à Pavilly un couvent de femmes, dont la première abbesse, sainte Austreberthe, s'était engagée de blanchir le linge de la sacristie de Jumiéges. Un âne chargé d'étoles, d'aubes et de nappes d'autel, suivait paisiblement le chemin de la rivière, quand un loup se jeta sur lui, et l'étrangla. Sainte Austreberthe parut au moment où la victime expirait, et, justement irritée de la barbare conduite du loup, elle le condamna à remplacer l'animal qu'il venait de dévorer. Le loup obéit, se courba sous le poids du paquet, et fut jusqu'à la fin de ses jours un modèle de douceur et de docilité.

LÉGENDES POPULAIRES.

La tradition a perpétué tant de légendes aussi vraisemblables, que le recueil en formerait plusieurs volumes. Celles du *privilége de saint Romain*, de *la Côte des Deux Amants*, de *Nina, la folle par amour,* de *Robert-le-Diable,* ont été vulgarisées par les savants, les poëtes, les dramaturges et les *Guides de Paris à Rouen.* Des traditions, qui se rattachent aux sites les plus pittoresques, ajoutent aux charmes de la nature les charmes de la poésie. Il y a, à Étretat, une falaise terminée par une plate-forme sur laquelle trois aiguilles s'élèvent en forme de colonnes : c'est la *chambre des demoiselles* ; c'est de là que le chevalier de Fréfrosé, sire d'Étretat, fit précipiter dans la mer trois sœurs dont il n'avait pu dompter la vertueuse résistance. Par un raffinement de cruauté, ce farouche châtelain enferma préalablement les trois victimes dans un tonneau garni de clous ; mais à peine le martyre fut-il consommé, que les esprits des trois sœurs apparurent au sommet de la falaise, et s'attachèrent à la poursuite de leur bourreau.

Au septième siècle, vivait en Angleterre un saint homme nommé Gerbold. Faussement accusé d'adultère, il fut jeté à la mer avec une meule au cou ; mais la corde se détacha, la meule devint légère comme du liége, et, tranquillement assis sur cette embarcation d'un nouveau genre, Gerbold aborda sur la côte du Bessin ; quoiqu'on fût en hiver, le lieu où il débarqua se couvrit de fleurs, et a conservé depuis le nom de *ver* (printemps). Gerbold se bâtit un ermitage à Crépon, mais les Bayeusains l'arrachèrent de sa retraite pour le mettre à la tête de leur diocèse. Chassé bientôt par une cabale, il s'exila, jeta à la mer son anneau pastoral, en déclarant qu'il ne reviendrait que lorsqu'il aurait retrouvé cet insigne de ses fonctions. Ces adieux équivalurent à une malédiction, et les Bayeusains furent en proie à une maladie qui leur a fait garder longtemps l'épithète mal sonnante de *clichards* ou *foireux*. Enfin l'évêque retrouva son anneau dans les entrailles d'un poisson qu'on lui avait servi, et guérit, par sa présence, ses ouailles punies et repentantes.

Le chapitre de Bayeux était tenu d'envoyer tous les ans à Rome un chanoine chanter l'épître de la messe de minuit. Jean Patye, de la prébende de Cambremer, fut, en l'an 1357, chargé de cette désagréable mission ; mais la veille de Noël était arrivée, et il n'avait pas quitté Bayeux. Ses confrères s'abandonnaient au désespoir : « Voyez, disaient-ils, à quoi nous expose votre négligence ; on va nous condamner à une amende qui nous ruinera. — Soyez tranquilles, répondait l'impassible chanoine, à minuit précis, je serai à Rome. »

C'est que Jean Patye s'était clandestinement livré à la magie, et s'était soumis les puissances infernales. Il appelle le diable : « Tu vas me porter à Rome aussi vite que la pensée. — D'un homme? — Non, d'une femme. Attends-moi sous les orgues ; au premier coup de neuf heures, je m'y trouverai ; au revoir. »

Le chanoine assiste aux matines, chante *Domine, labia mea*, arrive au rendez-vous, et part sur les épaules du diable. Pendant qu'ils planent sur l'Océan : « Signe-toi, dit Satan, prêt à laisser tomber son fardeau au premier signe de croix.—Nenni, réplique le méfiant chanoine : ce que le diable porte est bien porté[1]. » Voyant sa ruse infructueuse, le démon dépose Jean Patye devant le portail de Saint-Pierre. L'épître chantée, le chanoine entre dans la sacristie, demande à examiner le titre en vertu duquel il est venu, le jette au feu, se dérobe à l'indignation des assistants, rejoint son étrange monture à la porte de la basilique, et arrive à Bayeux comme on disait *Laudes*.

Interrogé sur ses moyens de transport, Jean Patye avoua ses maléfices, et n'obtint l'absolution, à la requête de Trivulce, évêque de Bayeux, qu'après avoir suivi, nu-pieds et la corde au cou, une procession générale du chapitre.

[1] Un vieux poëte latin a traduit l'invitation du diable par ce distique, qu'on peut lire indifféremment de droite à gauche et de gauche à droite :

Signa te, signa temere, me tangis et angis,
Roma, tibi subito motibus ibit amor.

SUPERSTITIONS. — CROYANCE AUX FANTOMES.

Un peuple capable d'ajouter foi à de pareils récits doit être sans force contre les visions du monde fantastique, et en effet le villageois normand de la vieille génération est encore assiégé de terreurs superstitieuses. Il appréhende les sorciers qui *jettent des sorts*, envoient des rats dans les maisons, donnent le *lait bleu* aux vaches, et il emploie contre eux l'eau bénite de Pâques ou de la Pentecôte, ou un cierge consacré le jour de la Purification. Rencontre-t-il en sortant de chez lui un chien noir ou une personne en deuil, c'est signe d'accident. Entend-il une poule dont le chant tend à se rapprocher de celui du coq, c'est signe de mort pour elle et pour son maître. Une femme enceinte sert-elle de marraine, elle et le filleul périront dans l'année. Un cultivateur du Bessin croit sa maison mieux garantie de l'orage par une bûche de Noël arrosée d'eau bénite que par un paratonnerre; trace une croix sur le côté plat d'un pain qu'il va couper; ne pose jamais une miche sur le côté convexe, de peur d'attirer la pluie; garde comme un talisman une tête de cerf-volant; couvre ses ruches d'un chiffon noir quand il meurt quelqu'un dans son domicile, pour empêcher les abeilles de périr toutes dans l'année; et lorsque, l'estomac vide et la bourse garnie, il entend le coucou chanter pour la première fois de l'année, il conclut de ces circonstances réunies qu'il aura de l'argent jusqu'au 31 décembre.

« Enfin, maître Rouland, vous homme d'âge et d'expérience, comment avez-vous tant de crédulité ?

— *May! m' prenais-vous donc pour eun godaille* [1] ? *Ça n'empêche que j'n'irions point core ch'te nuit pour vingt parches ed iarre me promenais dans la cavée qu'est par ichitte* [2], *marchais! tout cont' le vieux chimetière qu'alle est, ch'te cavée.*

— Et pourquoi? est-ce que cet endroit n'est pas sûr? craindriez-vous d'y rencontrer des voleurs?

— *Dé voleux, ah ben! lé voleux et lé gendarmes, il aveiont aussi peur de cha comme tout l'.monde; et pis, quoiqu'i s'y feriont lé voleux? y a rien à prendre par ilà, pisqu'on n'y va point; et pisqu'on n'y va point, on n'y prend point.*

— Et qu'est-ce qui empêche d'y aller?

— (D'un ton mystérieux.) *Y a des hans!*

— Comment des hans !

— *Des revenants qui reviennent, et se tiennent muchés* [3] *dans le jour amont* [4] *les murailles... et des huards* [5], *quoai! des hans et des huards et des fi-follets. T'né, à preune. Quand le père à défunt Prudent Charret, un vieil équené* [6], *il aveiont pillai l'église à la première révolution, qu'il aveiont cassai la tête aux saints et grimpé aveuc ses souyers sus le maît'-autel, et ben, li et pis ses camarades, i sont morts trétous; i sont tous crevés ed misère sus les grands quemins et partout... Eh ben, i sont*

---

[1] Niais. — [2] Le vallon qui est par ici. — [3] Cachés. — [4] Le long de. — [5] Farfadets. — [6] Intrigant.

tous revenus; et pis i sont restés avec les crapauds dans les vieux trous des vieilles démolitions, et toute la nuit jusqu'à la perce[1], ces avocés[2] commenchent vari-vara[3] leux courses, et font des aclabos[4] à vous assouir[5], et geignent qui-z-ont l'air de hannequiner[6]; etc'est autant de raparats[7] qui venont demander des prières au monde. J' les ai vus, may qui vous pale; c'étiont point des menteries, marchais. Même que la veuille de Nouel, quand j'ons été sercher la matrone pour nout' femme qu'alle alliont 'acconcher d'Aspasie, j'ons vu passer, mais comme je vous vais, Pinson Bernard qu'il aviont abandonné la fille à la Mesline qu'étiont enceinte ed' li; j'l'ons reconnu, le malhureux! il était changé en varou[8] quoai! méconnaissable, i houinait, i gambèlait[9], à faire crétir[10], et si j'avions point évu tant de peur, je l'aurions ben délivrai, marchais, j'avions justement eune clef dans ma pouquette.

— Et qu'auriez-vous fait de cette clef?

— *J' l'aurions herpé[11], j'aurions tapé sus lui tant que j' l'aurions saigné, et i seriont redevenu un chrétien; i ne demandait pas mieux, car c'est pas cin état d'être raparat. Pourquoai qu' vous riaiz?*

— C'est que votre histoire me parait bizarre.

— *Ch'est mirou[12], mais ch'est pas moins vrai; et tenais, cor l'aut' jour, en revenant ed la foire de Guibray, j'ons rencontré un goublin...* »

Le *goublin* normand est le *trilby* écossais. Il est vif, inquiet, volage, capricieux. Tantôt il panse les chevaux avec un soin digne du meilleur palefrenier, et garnit leur râtelier de foin; tantôt il mêle leurs crins, et se plaît à les tourmenter. Il donne de la bouillie aux enfants, ou les pince jusqu'au sang, suivant ses dispositions du moment. Il annonce sa présence dans une maison, en renversant les meubles et brisant la vaisselle; mais, si l'on a eu la sage précaution de semer sur le plancher de la graine de lin, fatigué bientôt de la ramasser, il s'enfuit dans un vieux château voisin, où il veille sur les trésors cachés. Parfois il se transforme en cheval. Un paysan revient tranquillement du marché, quand sa bête, ordinairement si pacifique, prend le mors aux dents, rue, se cabre, et l'emporte à travers champs. La *Grise* est-elle capable d'une conduite aussi criminelle? est-ce elle qui expose aussi traîtreusement son maître à se casser les reins? gardons-nous de l'accuser : le goublin seul est coupable; c'est lui qui, métamorphosé en coursier fringant, s'est substitué à la monture habituelle du malheureux fermier.

Les belettes blanches qui rôdent au clair de lune se transforment aux yeux du Normand en létiches, âmes des enfants morts sans baptême. Parfois la nuit, quand le vent du nord courbe la cime des peupliers, on voit la *Chasse Annequin* passer dans les airs. Annequin était un prêtre qui devint amoureux d'une religieuse, et qui mourut sans avoir renoncé à sa passion sacrilége. Son âme et celle de sa maîtresse errent poursuivies par les esprits, dont les cris lugubres se mêlent aux gémissements des deux victimes et au bruissement des feuilles agitées.

---

[1] Point de jour. — [2] Aventuriers; mots cauchois. — [3] En désordre. — [4] Cris. — [5] Étourdir. — [6] Faire des efforts. — [7] Revenant. — [8] Loup-garou. Cet animal fabuleux parait originaire de Normandie, car les anciennes lois interdisent le feu et l'eau par cette formule : *varqus esto*, qu'il soit varou. — [9] Il poussait de faibles cris, il remuait des jambes. — [10] Frémir. — [11] Saisi. — [12] Merveilleux.

MÉDECINE POPULAIRE. — INVOCATION DES SAINTS. — PÈLERI-NAGES. — RECETTES MYSTÉRIEUSES, ETC.

La persistance de cette croyance aux sorciers, aux enchantements, aux présages, est d'autant plus étrange que, dès les premiers temps du christianisme, les évêques s'attachèrent à la combattre. Saint Augustin la condamne avec énergie dans son sermon 221 *de Tempore*. Saint Eloi, qui fut évêque de Noyon, ville neustrienne, au septième siècle, déclarait sacriléges ceux de ses ouailles qui consultaient les devins en cas de maladie, ou prêtaient quelque attention aux augures[1]. Il est bon, en passant, de signaler ces faits, parce que les écrivains du dix-huitième siècle, représentant l'antiquité comme le prototype de la perfection, ont accusé l'église d'avoir propagé l'erreur et l'ignorance. C'est malgré le clergé qu'elles se sont maintenues. Pour mieux garder leurs superstitions chéries, les paysans les ont habillées d'une forme chrétienne. « Qu'on n'aille point, disait saint Eloi, aux temples, aux pierres, aux fontaines, aux arbres, aux carrefours, pour y faire brûler des bougies ou y accomplir des vœux. » Les villageois ont éludé cette défense en substituant les saints aux divinités païennes. Les malades ne s'adressent plus à Neptune, à Pluton, à Minerve, aux Génies, mais ils disent du médecin :

> Qui court après le mière
> Court après la bière,

et n'ont de confiance que dans la médecine surnaturelle. La Normandie abonde en fontaines, probablement consacrées autrefois aux dieux mythologiques, actuellement sous l'invocation des bienheureux, et dont l'eau salutaire a mille fois plus de vertus que celle des sources de Plombières, de Baden-Baden ou de Beulah-Spa.

Le paysan normand invoque saint Hildevert contre les vers, saint Eutrope contre l'hydropisie, saint Gerbold contre la dyssenterie, saint Sébastien contre la peste, saint Raven et saint Rasiphe contre les *mans* ou larves des hannetons, sainte Honorine et saint Thomas Becket contre la fièvre, saint Siméon contre les dartres, saint Julien, saint Clair et sainte Claire contre les maux d'yeux, saint Sulpice contre les rhuma-

[1] Ante omnia autem illud denuntio atque contestor, ut nullas paganorum sacrilegas consuetudines observetis, non caraios, non divinos, non sortilegos, non præcantatores; nec pro ulla causa aut infirmitate, eos consulere, vel interrogare præsumatis: quia qui facit hoc malum, statim perdit baptismi sacramentum. Similiter et auguria, vel sternutationes nolite observare, nec in itinere positi aliquas aviculas cantantes attendatis... Nullus christianus observet qua die domum exeat, vel qua die revertatur, quia omnes dies Deus fecit... Præterea quoties aliqua infirmitas supervenerit, non quærantur præcantatores, non divini, non sortilegi, non caragi; nec per fontes aut arbores, vel bivios diabolica phylacteria exerceantur. Sed qui ægrotat in sola Dei misericordia confidat... Per nullam aliam artem salvari vos credatis nisi per invocationem et crucem Dei.

(Vie de Saint-Eloi, par saint Ouen.)

tismes, saint Méen contre les maladies cutanées de la partie supérieure du corps, saint Céran contre celles de la partie inférieure. Saint Hélier, *vulgò* Délié, donne de la force aux jambes des enfants. Saint Firmin, surnommé l'*accroupi*, le *frétillant*, l'*angelé*, l'*échauffé*, redresse les jeunes infirmes et ragaillardit les vieillards. Quand les nouveau-nés sont attaqués de la fringale, on va porter à la chapelle de saint Voulfrand un morceau de pain dont s'empare le premier pauvre qui passe, et leur voracité ruineuse ne tarde pas à se modérer. Un pèlerinage à la chapelle Saint-Eustache, à Bourg-Achard, vous délivre de l'épilepsie et des frayeurs nocturnes.

Chaque maladie porte le nom du saint dont l'intervention la guérit. On dit le *mal Saint-Méen, le mal Saint-Eutrope* ou *Eautrope;* mais on souffre quelquefois d'une indisposition dont on ignore la cause : comment faire dans ce cas? à quel saint se vouer? vers quelle chapelle diriger ses pas? de quelle image racler le bois pour en délayer la poussière et l'avaler en guise de potion? Rien n'est plus simple : vous écrivez le nom de plusieurs saints sur des morceaux de papier, que vous attachez à des feuilles de lierre, et que vous jetez dans un vase d'eau bénite. Au bout de quelques instants, vous examinez les feuilles, et c'est à celle sur laquelle vous remarquez une tache qu'est annexé le nom du saint dont vous devez implorer l'appui.

De tous les pèlerinages, le plus usuel et le plus efficace est celui de sainte Clotilde, aux Andelys. Le dimanche le plus proche du 2 juin de chaque année, des malades de toutes les campagnes de Normandie, boiteux, goutteux, paralytiques, hystériques, etc., viennent visiter une église édifiée, dit-on, par la femme de Clovis, et se baigner dans une fontaine dont l'eau lui servit à renouveler le miracle des noces de Cana. Les ouvriers qu'elle employait voulaient abandonner la bâtisse, parce qu'on ne leur fournissait plus leur ration de vin habituelle. Sainte Clotilde ordonna aux mécontents d'aller puiser à la fontaine, dont l'eau se trouva changée en vin des plus exquis. A la nouvelle du miracle, tous les ivrognes du pays accoururent, et se jetèrent dans le bassin pour boire plus à l'aise ; mais l'eau continua d'être de l'eau pour eux tandis qu'ils la voyaient ruisseler, rouge et pétillante, dans les vases que remplissaient les maçons.

Les pèlerins se baignent dans ces eaux vénérées, y trempent leur chemise, l'endossent, et la laissent sécher sur leur corps : pratique plus propre à donner des rhumes qu'à débarrasser d'une indisposition. C'est après vêpres qu'on se rend à la fontaine, située au bas de la ville, au pied d'un vieux tilleul qu'on croit avoir été planté par sainte Clotilde. Dans l'intervalle qui s'écoule entre la messe et les vêpres, les fidèles se font dire des évangiles, et présentent des missels, des bagues, des bracelets, des fleurs en verre soufflé, des bouquets en chrysocale, au sacristain de la paroisse. Ce fonctionnaire, à l'aide d'une gaule ou d'une fourche, met les objets en contact avec le portrait de sainte Clotilde, leur fait décrire un signe de croix, et les rend transformés en panacées à leurs propriétaires respectifs. On a vu des paysans *faire toucher* leurs montres dérangées, s'imaginant que la sainte qui les dispensait du médecin, les affranchirait tout aussi bien du tribut payable à l'horloger.

La procession suit les vêpres. Autrefois le clergé de toutes les paroisses voisines s'y trouvait, et le tribunal en corps y assista jusqu'en 1850. De nombreuses confréries y figuraient, précédées d'un fifre, de deux tambours et de deux violons. Le doyen, à la tête de son chapitre, portait une sainte Clotilde de vermeil, qu'il plongeait dans la fontaine, où l'on jetait aussi quelques pintes de vin en réminiscence du miracle. Puis, comme le premier qui se baignait devait être délivré de ses infirmités, les malades des deux sexes se jetaient à l'eau avec un zèle qui étouffait la voix de la pudeur. Le soir, l'église servait d'hôtellerie, de restaurant et de dortoir. La fête est aujourd'hui célébrée avec moins d'éclat et plus de décence. L'image qu'on plonge dans l'eau est de simple bois ; le bassin est divisé en compartiments, en *côté des hommes, côté des femmes*, comme un bain public ; on campe encore dans l'église, on y boit, on y mange, on y prie, on y dort, que n'y fait-on pas !

Près des Andelys est une autre chapelle, dont le patron, saint Alexis, a dans sa juridiction médicale une affection dartreuse appelée la *terre*. L'auteur des présentes études physiologiques a vu à Déville-lez-Rouen, dans la fabrique d'indiennes de M. Girard, un ouvrier qui avait eu recours à l'intervention de saint Alexis.

« On dit que vous avez eu la terre ?

— *Oui, monsieur, même que je n'en suis pas core bien remis.*

— Qu'est-ce que c'est que cette maladie ?

— *C'est tout plein de taches brunes qu'on a sur le corps, comme vous voyez que j'en ai core à c't' heure sur les bras et sur l'estomac. Un voisin me dit : As-tu la foi ? Oui, que je lui dis. Eh ben, mon homme, faut faire un pèlerinage à saint Alexis.*

— Au grand Andely, n'est-ce pas ?

— *Oui, à une chapelle qu'est par là. Pour y aller, faut quêter, quand ben même on serait riche à millions. On va avertir son parrain et sa marraine ; i mettent de l'argent dans un pain creusé, et vous le donnez à un pauvre sans regarder ce qu'y a. Vous quêtez, jusqu'à temps que vous ayez assez suffisamment pour faire la route. Faut pas emporter d'autre argent, faut donner en chemin à tous les pauvres qu'on rencontre ; et quand on n'a pu rien, en recommanche à quêter. Une fois arrivé, on fait dire une messe, et l'on s'en retourne chez soi.*

— Guéri ?.

— *Oui, quand on a ben fait tout ch' qu'i fallait faire ; mais moi, en payant le desservant de la chapelle, j'ai compté l'argent, et il est dit qu'i faut prendre une poignée de sous dans sa poche, et les y donner sans compter... C'est t'y Dieu possible que j'aie été si étourdi !* »

Les individus attaqués du *feu Saint-Antoine* font dire une messe, et pendant neuf jours des évangiles ; on récite neuf *Pater* et neuf *Ave* le premier jour de la neuvaine, huit le second, sept le troisième, et ainsi de suite. Pour accomplir un acte de dévotion et de charité à la fois, on a imaginé d'employer des pauvresses qui, moyennant soixante-quinze centimes, se chargent de toutes les formalités de la neuvaine. On n'en guérit ni plus ni moins.

Certains ouvriers et cultivateurs possèdent, de père en fils, des recettes contre les foulures, l'hydrophobie, la rage, la teigne, la paralysie, etc. J'ai été témoin du traitement d'une jeune fille qui s'était brûlé le côté, dans une fabrique d'indiennes, en approchant imprudemment d'un tuyau incandescent. Heureusement pour elle, il y avait dans le même établissement un vieil ouvrier auquel on ne manquait jamais d'avoir recours en pareil cas. Il se mouilla le doigt avec sa salive, décrivit un cercle autour de la plaie, et souffla trois fois dessus en murmurant des paroles qu'il a bien voulu nous communiquer.

« *Feu, perds ta chaleur comme Judas a trahi Notre-Seigneur au jardin des Olives.* »

Ce système de médication paraîtra grotesque aux gens sensés, mais il est certain qu'il n'est pas sans efficacité. Pour qu'il opère, il ne s'agit que *d'avoir la foi*, et dans le cas que nous citons, par une inexplicable influence du moral sur le physique, la jeune fille cessa de se plaindre, et se sentit immédiatement soulagée.

Si l'on veut faire disparaître les verrues d'une personne à laquelle on s'intéresse, on prend une *buhotte* (limace rouge); on la cloue en terre avec un morceau de bois, en disant : « Je te prie, au nom du Père, du Fils et du Saint-Esprit, que les verrues de N*** passent en même temps que cette limace séchera. « Ainsi des gens, dont les mains sont chargées d'incommodes excroissances, en sont parfois délivrés sans se douter qu'ils doivent leur guérison à la pieuse complaisance d'un ami. On guérit aussi les verrues en les frottant furtivement contre la basque de l'habit d'un .... homme trompé par sa femme.

Pour conjurer la fièvre, dites : « Au nom de sainte Exupère et de sainte Honorine, arrière-fièvre d'avant, fièvre d'arrière, fièvre printanière, fièvre quartaine, fièvre quintaine. *Ago, super ago, consummatum est;»* puis récitez trois *Pater* et trois *Ave*, et si la fièvre est tenace, écrivez la formule sur un parchemin vierge, qui restera lié pendant neuf jours au poignet gauche du malade.

La faculté de guérir le carreau par attouchement appartient aux descendants de saint Martin, et à tout septième enfant du même sexe que les six qui l'ont précédé.

La main qui a étouffé une taupe contracte la propriété de guérir par le frottement les coliques d'un cheval. Les doigts trempés dans le sang d'une taupe calment les maux de dents les plus tenaces.

Pour préserver une *amouillante* [1] des sorts et des épizooties, il n'y a qu'à lui faire manger du sel et du pain bénit.

Outre les moyens surnaturels, le Normand sait des secrets thérapeutiques qu'il est bon d'indiquer, pour l'instruction des docteurs et le bien de l'humanité. Avant Broussais, il avait deviné l'utilité de la saignée :

> Saignée du jour saint Valentin,
> Fait le sang net soir et matin.
> La saignée du jour de devant
> Garde des fièvres pour constant.
> Le jour sainte Gertrude bon fait
> Se faire saigner du bras droit.
> Celui qui ainsi le fera
> Les yeux clairs cette année aura.

[1] Vache sur le point de vêler.

Pour la fièvre, portez pendant neuf jours, sur la poitrine, une araignée vivante dans une coquille de noix.

Pour les douleurs, prenez une décoction de *galbanum* de chat (ce dégoûtant remède est très-usité en basse Normandie); frottez-vous avec du sang de bœuf, ou appliquez-vous un lapereau ouvert sur la partie souffrante.

Pour la jaunisse, avalez, en neuf jours, trois, sept ou neuf poux.

Pour la coqueluche des enfants, faites-leur manger des souris. Pour rendre la dentition facile, tâchez de vous procurer en nombre impair l'espèce de cartilage osseux que les limaces grises ont dans la tête, et faites-en un collier que vous mettrez aux enfants. Les colliers de peau de taupe sont également efficaces.

VOEUX A LA VIERGE. — CHAPELLES VOTIVES.

Dans les cas désespérés on a recours à Notre-Dame, dont le culte n'est pas moins répandu en Normandie que dans la partie méridionale de la France. C'est elle qu'on implore dans les circonstances difficiles, comme le dernier appui des affligés. C'est à elle qu'on voue les enfants débiles en les habillant de blanc jusqu'à sept ans révolus. C'est à elle que le vieillard décrépit vient redemander l'usage de ses membres paralysés.

Les nombreuses chapelles dédiées à Notre-Dame sont encombrées de fidèles et tapissées d'ex-voto. Des malades miraculeusement échappés à la mort y déposent en offrande des lithographies, des ouvrages en tapisserie, des gravures enluminées, quelquefois leurs béquilles désormais superflues, ou la représentation en argent d'une main que les dartres rongeaient, d'une jambe dont l'amputation avait semblé longtemps inévitable. Des marins, qui ont imploré la Mère de Dieu pendant la tempête, suspendent aux voûtes de la nef l'image sculptée en bois de leur navire, ou accrochent à la muraille un tableau commémoratif de leur péril et de leur salut, avec l'indication précise de la latitude et de la longitude. On a vu, après une bourrasque, des bâtiments désemparés entrer la nuit dans le port d'Honfleur, et, sitôt que l'ancre était jetée, l'équipage, nu-pieds dans la boue, la tête battue par la pluie, gravissant la côte à la lueur des torches et des éclairs, aller en chantant des cantiques s'agenouiller dans la chapelle de Notre-Dame de Grâce. « Ça devient rare, » disent les vieux pêcheurs. Tant pis, si le scepticisme a gagné ceux même qui ont le plus besoin de croyances ; si les matelots n'ont plus recours à une puissance supérieure quand les forces humaines s'épuisent; si la foi ne ranime plus au moment du danger les cœurs abattus, les bras harassés, les courages qui chancellent ; si, ballottés entre la mer prête à les ensevelir et le ciel chargé d'orages, loin de tous secours terrestres, se sentant condamnés sans appel, les naufragés n'ont plus de voix que pour maudire et blasphémer !

On peut voir aux portes de Rouen, au haut de la côte de Bon-Secours, une église consacrée à Notre-Dame, et sans cesse fréquentée, soit par des pèlerins isolés, soit par des confréries, soit par des bandes d'enfants que guident leurs instituteurs ou leur curé. On y arrive par un sentier tortueux où se tiennent à poste fixe, adossés aux haies d'aubépine, de vieux mendiants, des marchandes de cierges, des vendeurs de chapelets. La nef de l'église est lambrissée des tributs de la reconnaissance des fidèles, écrits, peints, dessinés, gravés, simples ou fastueux, suivant la position sociale et la libéralité des donateurs. Quelques tableaux portent, sans exposé de motifs :

J'AI PRIÉ AVEC FERVEUR,
ET J'AI ÉTÉ EXAUCÉ.

ou plus ambitieusement :

EX-VOTO :
MARIAM IMPLORAVI;
DEUS EXAUDIT.

D'autres racontent, en peu de mots, de longues douleurs, des angoisses poignantes, des joies ineffables :

J'AI PRIÉ LA SAINTE VIERGE.
ELLE A GUÉRI MA FILLE.

J'ai prié Dieu avec confiance et persévérance pour mon fils qui était en danger, et, par l'intercession de son incomparable mère, il m'a accordé la grâce singulière que je lui demandais avec tant d'ardeur. Je supplie la divine Marie, mère de mon Dieu, de me continuer sa protection auprès de son divin fils, afin que nous persévérions dans la foi jusqu'à la fin de nos jours.

Rouen, le 6 décembre 1851.

BRUNET BRIÈRES.

On remarque beaucoup de portraits d'enfants, que de bons parents placent sous la protection de Notre-Dame. Au bas de ces peintures de famille sont ordinairement des vers mesurés sans doute avec un pied de roi, à la manière de maître André, mais excusables et même touchants pour quiconque a ressenti l'amour paternel.

Vous exaucez les vœux de ceux qui vous implore ;
Recevez ce présent ; daignez m'entendre encore ;
Soyez sa protectrice, ô très-sainte mer de Dieu ;
Veillez, guidé ces pas en tout temps, en tout lieux.

Rouen, 24 juillet 1826.

Tous les vœux n'ont pas été dictés par d'aussi respectables sentiments. Il en est où se montrent sans voile la cupidité, l'amour de la chicane, les passions les plus normandes et les moins évangéliques.

J'ai prié la bonne vierge Notre-Dame Bonsecourt pour un éritage et la guérison

P. II. 24

de ma femme. Par l'intercétion de la Vierge et de son divin fils, j'ai obtenu guérison et réussite. C'est pour le quelle je lui fait le présent d'un tableau.:.

C'est pour la deuxième année du vœu que je fais à Notre-Dame de Bonsecourt
pour lui demander qu'elle me fasse prospéré dans mon commerce pendant toute
l'année.

.Rouen, le 29 septembre 1859.

                                        SUZETTE, F^{me} BISCHOFF.

Je demandé, par le même jour, de me faire la grâce de m'accorder tout ce que
je lui demande.

On lit au bas d'une gravure représentant la Viérge de Raphaël :

  Vœux fait à la bonne Notre Dame de bon secours, le 30 aout 1834, par M. A. R.
D. S. père.de famille, vue la foi quil la a la réligions de cés pères, il la par c'est
prierres intersedé, et c'est nus sous la divine protection de la mère de son Dieu, qui
né la pas abandonné dans ses malheurs, et quil la fait reconnaître son inosance
dans un procais infâme, qui lui rétire l'honneur, par la traine ourdie contre lui de
plussieurs individus qui à vais dépossé contre lui, et qui ont été reconnu faut témoins par la couré royal du 20 octobre 1854; qui furcs tous condamné comme il le
mérilais, à une paine infamante, 2 ans de prison, 5 ans d'interdiction des bois siviles,
3 ans de haute police, pour leur dépravation et leurs infernale pâsions, honteux et
dégouttante d'átentas au bonne meures. Vœux déposé à la bonne Notre Dame de
bon secours le 15 octobre 1854, par lui-même.

Une plaque de marbre blanc porte en lettres d'or l'inscription suivante :

                AU MOIS DE MAI 1820,
          UNE FAMILLE ENTIÈRE FIT UN VOEU
              POUR OBTENIR UNE FAVEUR
                  D'UN MINISTRE DU ROI.
          IL FUT EXAUCÉ PAR L'INTERCESSION
          DE NOTRE-DAME DE BON-SECOURS,
            LE 16 SEPTEMBRE MÊME ANNÉE.

                GRACE LUI SOIT RENDUE!!!

Un conscrit favorisé par le sort a offert à la Vierge un cadro on palissandre, contenant ces mots :

  C'est en 1855 que Adrien Hamon a été appelé à faire partie du contingent de cette
classe.
  La douleur de quitter sa famille, et surtout celle que le ciel lui destinait pour
épouse, lui ont donné l'heureuse idée de former un vœu que bientôt il accomplit,
et qui avait pour but de lui faire avoir un haut numéro. Sa demande faite avec fer-
véur a eu tout le succès qu'il en pouvait attendre, car lors du tirage le n° 586 lui est
échu et l'a conservé à ceux à qui il était cher.
  C'est en reconnaissance et pour remercier la bonne Notre-Dame de Bon-Secours,

*que Adrien Hamon et Sophie Gesland, maintenant son épouse, qui a participé à ce
louable vœu, offrent ce faible cadeau, et laisser en même temps à la postérité une
preuve certaine qu'une prière adressée à la Vierge avec ferveur pour obtenir d'elle
une grâce et une faveur, ne manque jamais d'être exaucée.*

Rouen, le 31 janvier 1839.

Ainsi l'un croit pouvoir sans impiété demander à Dieu la mort d'un parent ;
l'autre fait intervenir la Vierge en des spéculations commerciales ; un troisième
affiche dans le saint temple l'expression de la haine qui l'anime contre des adversaires déjà châtiés sévèrement par la justice humaine ; une famille riche mêle la religion à des projets d'élévation mondaine et à des succès injustes. Un conscrit compte
sur l'appui du ciel pour se soustraire à la loi commune, et s'affranchir d'un impérieux devoir !

ÉTAT PHYSIQUE.

Tout ce qui précède prouve évidemment que, depuis plusieurs siècles, le Normand a peu changé au moral ; il n'en est pas de même au physique. Cette race
normano-celtique d'hommes aux yeux bleus, aux cheveux blonds, à la barbe rare [1],
à la taille athlétique, de belles et robustes femmes aux formes arrondies, aux traits
réguliers, au teint éblouissant de blancheur, ne s'est conservée que loin des villes,
dans le Cotentin, le Bessin et le pays de Caux. Le travail pénible des manufactures, des fatigues et des débauches prématurées, ont abâtardi la moitié de la population. Comment ne seraient-ils pas chétifs et abrutis, ceux qui, employés dès
l'enfance au tissage et à la teinture des étoffes de laine et de coton, mis à leur pain
avant l'âge de douze ans par des parents sans ressources, déclassés par les machines, subissent toutes les chances du commerce sans participer aux bénéfices ?
Ces palais de l'industrie, ces fabriques dont les mille fenêtres éclairées au gaz
scintillent la nuit comme les clartés d'une fête, sont peuplés d'êtres hâves et scro-
fuleux. Les ouvriers s'étaient autrefois formés en associations ; ils avaient une
masse sociale, se donnaient des syndics, et sitôt que, dans une fabrique d'indiennes,
le chef ordonnait de *déposer le maillet*, l'établissement du maître restait inactif et
silencieux. Mais la nécessité toute-puissante a rompu ces coalitions. Le salaire est
descendu de 5 à 2 francs. Les ouvriers ont tâché de le maintenir, se sont divisés
en *dévorants* et *berlingots*, les premiers réclamant un taux élevé, les seconds travaillant au rabais. On voit parfois, à la Saint-Jean, de formidables luttes entre ces
deux partis ; les *dévorants*, tatoués au charbon, armés de sabres de bois, marchent
contre les *berlingots*. Où sont les berlingots ? mort aux berlingots ! ! C'est la guerre
des catholiques et des protestants, des fidèles et des hérétiques. Le besoin de se
défendre rapproche les proscrits ; le combat s'engage ; les cailloux volent ; les ho-

U'ont mie barbe ne guernons (favoris),
Ce dist Haraut (Harold), cum nos avons.

(Robert Wace.)

rions s'échangent... Mais à quoi bon ces querelles intestines ? l'ennemi commun, la misère, n'en est pas moins implacable, et les générations se succèdent de plus en plus étiolées.

Pour voir encore de beaux gars normands, il faut assister à la *louée*, marché aux domestiques qui se tient au mois de juillet dans les campagnes. Les garçons de ferme et journaliers en disponibilité, les servantes sans place, se réunissent dans une prairie, chacun paré de ses plus beaux atours et tenant l'instrument de sa profession spéciale. Le charretier a deux fouets sur l'épaule, le berger mène un chien en laisse, le batteur porte un fléau, la fileuse une quenouille. Les fermiers et fermières arrivent, se promènent de groupe en groupe, examinent attentivement les candidats à la domesticité, et accostent ceux qui paraissent réunir les conditions requises. Les pourparlers sont brefs et explicites.

« *Veux-tu te placher chez mai? — Oui da. — Combien qu'tu demandes? — Trente pistoles. — C'est ben cher; qu'é qu' tu chais faire? — J' savons labourer, panser les vaches, etc. — N' nous harigachons point* [1] ; *j' te donnerons 25 pistoles. — C'est point assez; faut point être grec* [2]; *mettez-en vingt-huit. — Non; vingt-cinq... et deux paires de sabots, et une blouse neuve, etc.* »

Les conditions arrêtées, les contractants se frappent dans la main ; le fermier donne des arrhes, et sans autres formalités le domestique est engagé pour un an.

Aux environs du Havre, dans la prairie de Saint-Clair, les garçons qui cherchent un emploi l'indiquent en attachant au bout d'un fouet des fleurs qu'ils enlèvent aussitôt qu'ils ont conclu un arrangement. Les servantes portent sur le cœur un bouquet, qu'elles mettent à droite après avoir réussi à se placer. La *louée* se termine par des danses et des libations.

Un fait singulier, mais positif, c'est que la plupart des Normands ont la mâchoire dégarnie de son ornement naturel. Des Cauchoises de dix-huit ans, blanches et fraîches, vous laissent voir, en ouvrant une bouche vermeille, une cavité hérissée de chicots qui sont, en tout autre pays, l'indice de la décrépitude. On a attribué cette triste particularité à l'eau des sources; mais l'eau n'est pas identique partout, et d'ailleurs beaucoup de Normands s'abstiennent de ce liquide peu savoureux. Nos faibles connaissances en chimie nous portent à croire que les dents des Normands sont détériorées par l'acide malique contenu en abondance dans le cidre, et doué de propriétés corrosives qui attaquent tous les émaux.

Le costume normand varie suivant les localités. Dans les villes, il se distingue peu de celui de l'universalité des Français ; seulement les femmes de la classe ouvrière portent des bonnets de coton, à l'instar des pâtissiers, et cette coiffure, si disgracieuse sur la tête des maris, n'ajoute en aucune manière aux charmes de leurs moitiés. De longs paletots de bure, des bonnets de laine rouge ou bleue, de longues culottes; tel est l'équipement des pêcheurs des côtes de l'ouest et du nord. Celui des Normandes se diversifie à l'infini, mais toutes, jusqu'à la fille d'auberge de Domfront, occupée aux travaux domestiques, ont la science instinctive de la coquetterie.

---

[1] Ne nous disputons pas. — [2] Avare, *Grecquerie*, avarice.

Les Cauchoises, les Fécampoises, les Granvillaises, les Bayeusaines, sont surmon-
tées de bonnets de formes variées, obélisques de tulle, de mousseline et de dentelles, connus à Paris sous le nom générique de *bonnets cauchois*, et dont l'apparition cause tant d'ébahissement aux badauds de la capitale. Ces bonnets sont la
pièce essentielle, la cheville ouvrière de l'ajustement. La servante consacre ses
économies à l'embellissement de sa coiffure pyramidale ; la fermière aisée su-
perpose en étages, sur ses cheveux blonds et lisses, pour 1,000 à 1,200 francs de
valenciennes ; la demoiselle riche, vêtue conformément aux prescriptions du *Journal des Modes*, Parisienne par le reste de sa toilette, se maintient Normande par
le bonnet.

LANGAGE.

L'idiome du peuple en Normandie n'est pas précisément un patois ; c'est de la
langue d'oui mêlée de français corrompu, ou rendu méconnaissable par une pro-

nonciation vicieuse. Il y a quatre variétés différenciées entre elles par des nuances peu appréciables, le bas normand, le cauchois, le haut normand et le *purin*.

En basse Normandie, on traîne lentement sur les phrases, on allonge les périodes, on cadence les mots. L'accent est plus rapide en haute Normandie, mais aussi plus chantant. Les terminaisons sont sonores et tintent comme une guimbarde. Les Normands grasseyent ou font rudement résonner les *r*. Ils prononcent le *choque*, un *capel*, une *quèminée*, un *quien*. Dans la bouche des paysans, *ée* à la fin des mots se change en *aie; assemblaiè; ce* en *che, plache; aux* en *as, vias, bestias; que* en *ve*, un *vé*, une *vaule*, un *vipillon* (goupillon) ; *se* en *che, canchon, cacheur*.

Le Cauchois substitue *os* à *ou* dans *fos, mos, cos*, etc. ; *eu* à *u* dans *équeune, forteune, leune, pleumet*, et, par une contradiction singulière, il dit *ju* pour *jeu*, et *adiu* pour adieu. Il bredouille et escamote les *r* dans la *mé*, un *éclé*, une *fèhe* (foire), un *jou*, une *pédrix*, un *abre*, la *cuziositai*, une *coutuzière*.

Nous avons donné des échantillons du dialecte normand. Citons encore quelques mots expressifs et pittoresques : *agohée*, accueil bruyant ; *chacouter*, parler bas ; se *dégouginer*, se dégourdir, en parlant d'un adolescent ; *détourber*, mettre obstacle ; *estorer*, garnir de tout ce qui est nécessaire ; *harmoner*, gronder ; *rotillon*, trognon de pomme ; *super*, humer (super un œuf). Complétons ce vocabulaire par la version en patois bessin d'un passage de l'Écriture :

Un homme avait deux éfants, dont le pu ptiot li dit un joûor : Men père, bayezmei la part du bien qui me rvient, et le père leux en fit le partage.

Dans treis joûors apreux le pu jeune des deux éfans ayant prins sen cas, sn'allit fère un viage dans les poués étrangiers, où y maugit tout sen cas en lequeries et en bonbances.

Quand tout fut maugi, il arrivit une grande fameine dans le poués et y c'menchit à ète dans la misère jusqu'au cou.

On peut juger de l'analogie de l'idiome normand avec la langue d'oui, en comparant ce fragment à une traduction du *Pater*, faite au onzième siècle par ordre de Guillaume le Conquérant :

Li nostre père, qui ès es ciels, saintefiez seit li tuens nums, avienget li tuns règnes, seite feite la tue voluntet si cum en ciel et en la terre, et nostre pain cotidian dun à nus oï, et pardune à nus les nos dctes, essi cum nus pardununs à nos deturs, ne nus meine en temptatiun, mais delivre nus de mal.

Le patois cauchois a des termes particuliers, ou plus usités dans le pays de Caux qu'en basse Normandie. Plusieurs expressions normandes se retrouvent dans l'argot et dans le vocabulaire populaire de Paris, comme *arias, aveindre, agoniser, boucan, bisquer, dévaler, fratrès* (perruquier), *pleutre* (avare), avoir le *taff* (avoir peur), *truc* (malice), *turne* (cabane), etc. Le dialecte des bagnes s'est infiltré dans celui des *purins* [1], le seul des patois normands qui possède un monument littéraire : le *Coup d'œil purin*, pamphlet publié en 1772, en faveur du parlement de Rouen contre le

---

[1] Ouvriers rouennais dont on fait dériver le nom de *purer*, dégoutter.

conseil supérieur établi par le chancelier Maupeou. Le passage suivant est toujours de circonstance pour la forme et pour le fond.

> Il t'est avis doun, pors misère [1],
> Qu'ch' est eun bonn métier qu' d'être rouai?
> Nennin : ch'est bén plutôt, ma fouai,
> Z' eun' viye à damner eun corsaire.
> Par exemple, i veut faire eun' louai;
> I s'adrèche à sen ministère.
> I dit à stila : « Pâle touai. »
> Stila dit du nouair. « Perdié vère! »
> Dit stichitté [2] : « J'vo soutiens mouai
> Qu'ch' est du blanc. — Nennin, ventregouai! »
> Fait l'eun, « Ch' est bleur ; » l'autre : « Ch'est jaune. »
> Net ch' est par là que v'là pourquoai
> Qu'o no happe six quarts pour aune.

L'ancienne langue northmanne, que les compagnons de Rou avaient importée de Norwége, n'a presque point laissé de traces. Elle était peu mélodieuse, témoin cet hymne de guerre qu'entonna Einar, frère de Rou, après avoir tué Halfdan, assassin de leur père :

Þekit hefc [3] ec Ragnvallðs dautha [4],   Secrþiþ snarpet sveinar,
Enn rethe thei Norner,   Thui at sigri ver rathom,
Uu er folc [5] stutill falinn [6],   Scatt varl ec hanom hartann,
At fjorthungi [7] minom,   At hafote grioti [8].

« J'ai vengé la mort de Ragnvald ; ainsi l'avaient prononcé les destinées. Maintenant la colonne du peuple est tombée, pour ma quatrième part. Guerriers, la victoire est à nous. Je lui ai choisi une demeure dure ; que les cailloux du rivage lui servent de tombeau. »

Quelques noms de lieux se ressentent encore de leur origine northmanne, comme le pays d'Auge, d'*alg* (prairie), Routot (la maison de Rollon), Etre-tat (la ville de l'ouest). Les mots *bu* ou *beuf* (village), et *fleur* (flot), sont conservés dans Criquebeuf, Quillebeuf, Elbeuf (autrefois Wallebu), Harfleur, Honfleur, Vitefleur, etc. Les noms en *bec*, comme Bolbec, Caudebec, Annebecq, Beaubec, Robec, de *beccus* (ruisseau), sont antérieurs à l'invasion northmanne. Les noms en *ville* lui sont postérieurs, comme Marcouville, Boqueville, Granville, Grainville, Martainville, Bloville, Norville et des milliers d'autres.

[1] Pauvre malheureux. — [2] Celui-ci. — [3] Avoir. En anglais *have*. En allemand *haben*. — [4] Mort. En anglais *death*, en allemand *tod*. — [5] Peuple. En anglais *folk*. — [6] Tomber. En anglais *fall*. — [7] Quatrième. En anglais *fourth*. — [8] Recueil de poésies scandinaves par Snorro Sturleson (treizième siècle).

Avec la langue du moyen âge se sont maintenus de vieux sobriquets tantôt dûs à un fait historique, tantôt imaginés avec de satiriques intentions. Nous avons vu qu'on nommait les normands *bigots*, soit à cause de leur dévotion, soit parce que Rou, invité à baiser la chaussure de son suzerain Charles le Simple, s'écria : *Ne se by got* (non, de par Dieu)! Les Cauchois furent longtemps ridiculisés par l'épithète de caillettes et de *floquets* [1], et les Normands de la rive gauche de la Seine le sont encore aujourd'hui en basse Normandie par celle de *Houivets*.

Les Bouillois, campés au bord de la Seine, entre deux longues côtes qu'on gravit pour pénétrer dans l'intérieur des terres, ont mérité le surnom de *Hale-bissacs* par la frénésie avec laquelle ils se ruent sur les paquets des voyageurs.

Une politesse exagérée a valu aux Brionnais la dénomination de *culs-tors*.

Les habitants de Louviers furent appelés *mangeurs de soupe* pour s'être laissé surprendre par le maréchal de Biron, à midi, heure du dîner, le 6 juin 1594 ; ceux de Montivilliers, *mangeurs d'oreilles*, après que l'un d'eux eut, dans une lutte, déchiré avec ses dents l'oreille d'un Harfleurtois ; et ceux de Criquebeuf, *brûleurs d'âne*, parce qu'un mercredi des cendres ils s'avisèrent de livrer un âne aux flammes en même temps que l'effigie de mardi-gras.

La ville de Pont-Audemer, dépendant du diocèse de Lisieux, faisait maigre tous les samedis entre Noël et la Purification : règle hygiénique dont étaient exempts les habitants de la rive droite de la Risle, appartenant au diocèse de Rouen : telle est l'origine du sobriquet de *mangeurs de pois* donné aux indigènes de Pont-Audemer.

Les Mantilliens ont le titre de *va nu-pieds*, depuis qu'en 1659, ils se soulevèrent, refusèrent l'exécution des édits bursaux, et, sous le commandement d'un cordonnier d'Avranches, *colonel de l'armée souffrante*, luttèrent pendant trois ans contre les troupes du roi.

On dit encore en Normandie, avec plus ou moins de raison, les *friands* de Caudebec, les *piaffeux* d'Évreux, les *danseux* des Andelys, les *caristaux* (mendiants) de Villers, les juifs d'Harcourt, les *baratseux* (fourbes) de la Selle, les chiens d'Exmes, les faux témoins de Brétoncelles, les *pirottes* (oies) de Saint-André de Messei, les *joieux* (railleurs) d'Yville, les jureurs de Bayeux, les *coniaux* (bavards) de Barou, les *museurs* (musards) d'Avranches, les paresseux de Verneuil.

Aux sobriquets se mêlent les dictons :

> Domfront, ville de malheur,
> Arrivé à midi, pendu à une heure.

Selon la tradition populaire, quatre chaudronniers de Villedieu rencontrent un inconnu, l'insultent, le forcent à porter leurs paquets jusqu'à Domfront où ils entrent à midi. L'étranger se fait reconnaître pour le roi, et se venge du peu de courtoisie de ses quatre compagnons en ordonnant leur supplice.

[1] M. A. Canel, auteur d'un savant essai sur les sobriquets, pense que *floquet* vient de *floquer* se dandiner.

P. II.   22

Cette histoire n'est ni *vraie* ni *bien trouvée*. N'est-il pas plus supposable que les environs de Domfront étaient hantés de gens aux mains crochues, dont l'exécution avait lieu en cette ville, à la suite de débats expéditifs? Les Normands, prétendait jadis la malveillance, s'exposaient souvent à périr par la corde, et refusaient de semer du chanvre de peur de fournir des armes contre eux-mêmes.

Or écoutez, petits et grands,   Par la chicane et la potence.
Le catéchisme des Normands,   C'est la double inclination
Peuple connu dans notre France,   De cette noble nation.

On disait d'Alençon, capitale d'un duché, siège d'une cour où les gentilshommes se ruinaient en frais de représentation :

Petite ville, grand renom,
Habit de velours, ventre de son.

Trun en Trunois,
Les femmes accouchent au bout de trois mois ;
Mais seulement la première fois.

L'explication de ce tercet pourrait figurer dans Boccace. Un paysan, dont la femme venait d'accoucher après trois mois de mariage, va consulter un avocat sur cette délivrance prématurée : « Le cas est tout simple, dit celui-ci, il a été prévu par la coutume qui pose en principe qu'à

Trun en Trunois,
Les femmes accouchent au bout de trois mois. »

Le paysan se retire, étonné que la loi contrarie ainsi la nature. Un an plus tard, c'était la nature qui contrariait la loi, car un second enfant naissait au bout des délais ordinaires. « Tout s'est passé selon la règle établie, » dit l'avocat interrogé de nouveau, « et pour vous en convaincre, il me suffit d'achever la lecture de l'article du coutumier :

Trun en Trunois,
Les femmes accouchent au bout de trois mois;
Mais... seulement la première fois. »

Il n'est pas de ville où, en faisant des fouilles dans le peuple, on ne découvrît des sentences de ce genre, sortes de médailles frappées par les mœurs, et décelant, quoique frustes, des dissidences de détail entre les habitants des diverses parties de la Normandie.

CAUCHOISE.

ROUEN.

Une phrase qui, sans avoir reçu la consécration du temps, a déjà la valeur d'un proverbe, caractérise admirablement les deux grandes cités riveraines de la Seine : « Paris, Rouen et le Havre, disait l'Empereur, ne sont qu'une seule ville, dont la Seine est la grande rue. » C'est aujourd'hui plus que jamais d'une vérité axiomatique.

En voyant à Rouen tant d'hommes et de voitures se coudoyer dans les rues, tant de commissionnaires au coin des bornes, de fiacres sur les places, d'industries originaires des Boulevards, le Parisien pourrait se croire dans sa capitale chérie, si l'odeur du goudron, la fumée des bateaux à vapeur de Rouen à Paris, au Havre, à la Bouille, à Elbeuf, les mâts des goëlettes qui hérissent le fleuve, les ballots entassés sur le port, n'annonçaient une cité quasi-maritime.

Il y a à Rouen deux villes, l'une pittoresque et curieuse, mais noire, tortueuse et sale; l'autre moderne, commune, mais propre et habitable. Les quais, blancs et polis, recouvrent comme un épiderme un labyrinthe d'artères entrelacées, de veines sinueuses où le sang et la vie circulent obscurément.

Rouen, en relation directe et constante avec Paris, a toujours été la sentinelle avancée de la civilisation normande. Au onzième siècle comme aujourd'hui, cette capitale était le réservoir où les progrès venaient s'accumuler pour se répartir ensuite sur toute la surface du sol normand. Les hommes du Nord, établis à Rouen, avaient déjà oublié le danois, lorsqu'on le parlait encore à Bayeux. Guillaume Longue-Épée, désirant que son fils apprît la langue de ses aïeux, ne trouva personne à Rouen pour la lui enseigner, et fut obligé de le confier à Boton, comte du Bessin.

Se à Roem le faz garder,	Se ne sevent neient fors romanz,
Et noric gaires longement,	Mez à Bajuez en a tanz,
Il ne sora parler neient	Ki ne sevint parler se Daneis non,
Daneis; kar nul nel i parole.	Et pur ço sire queus Boton,
Si voil kil seit à tele escole	Doit ke vos l'niez ensemble od vos,
Ke as Daneis sace parler.	Et de li enseigner curios [1].

Commerçant au premier chef, le Rouennais ne connaît que deux distractions, les dominos et le théâtre. Célibataire ou marié, il passe la moitié de sa vie au café ou au spectacle. De dix heures à minuit, le cliquetis des dés résonne à Rouen sur le marbre des tables, et l'on entend pour toute conversation :

[1] Chronique de Benoît de Sainte-More.

« Je r'fais d'tout. — Un instant!... — Je r'fais d'un. — A pique-pique? — Non, au choix. — Combien d' dés? — Quel guignon! — V'là un joli p'tit jeu pour aller s'promener su' l' boulevard. »

Si un Rouennais, jeté sur une île déserte, était exposé à oublier sa langue natale, les termes techniques du domino seraient les derniers mots qu'il désapprendrait.

Le public rouennais s'est posé comme le plus exigeant de France en matière de théâtre ; il a sifflé Talma, il a institué le premier une *loge infernale*, tanière de *lions* rugissants. Les acteurs les plus intrépides tremblent devant un parterre d'autant plus turbulent qu'il a constamment regardé les banquettes comme un objet de luxe entièrement superflu. Voyez avec quelles circonlocutions, quel heureux choix de flatteries, quelles protestations de dévouement, les directeurs du théâtre des Arts cherchent à amadouer, dulcifier, mater leurs intraitables abonnés! « Les pertes éprouvées par tous les directeurs qui se sont succédé à Rouen n'ont que trop établi combien il est difficile de réussir dans l'entreprise théâtrale ; et cependant, jaloux de prouver au public qui m'a toujours honoré de ses suffrages, mon zèle et mon dévouement; fort de l'expérience du passé, je n'ai pas hésité à solliciter un privilége qui me donnera, je l'espère, de nouveaux droits à son estime et à sa bienveillance. » Ce préambule est suivi de brillantes promesses, et de la nomenclature des artistes engagés, premiers rôles, financiers, Colins, chanteurs à roulades, danseurs en tous genres, Trials, Dugazons, coryphées-ténors, troupe d'opéra, de drame, de tragédie, de comédie, d'opéra-comique et de vaudeville. Tant d'efforts sauveront-ils la direction nouvelle? Les débuts en décideront. « Allez-vous à Paris? — Non, j'ai mes débuts. — Vous verra-t-on au cours Boyeldieu? — Non, je veux être là pour siffler la première chanteuse ; et si elle est reçue, je donne ma démission. » Les cabales s'organisent, les indulgents et les inflexibles sont aux prises; la tempête grossit d'acte en acte, et se prolonge après la chute du rideau. Le jeu de chaque acteur est étudié, commenté, épluché, anatomisé. Si l'aréopage est indécis, le commissaire, usant d'un privilége qui lui accorde voix prépondérante, ceint son écharpe et crie : « L'acteur est reçu ! » Une partie des spectateurs applaudit, les autres protestent par des sifflets, et le spectacle finit souvent comme une émeute, par trois sommations et une charge d'infanterie : *Quæque ipse miserrima vidi.*

A en juger par cette monomanie théâtrale et les nombreuses statues élevées à Corneille, on serait tenté de croire que le Rouennais est un personnage littéraire ; mais il a trop de préoccupations commerciales pour pénétrer bien avant dans les régions du monde intellectuel. Qu'importe que la bibliothèque publique soit ouverte de onze heures à quatre heures, de six heures à neuf heures et demie le soir, de neuf heures à midi le dimanche, personne ne s'avisera de quitter la Bourse une minute plus tôt pour profiter de la sollicitude municipale. Il y a bien à Rouen une académie, des cours publics, une commission d'antiquités, des sociétés d'émulation, d'agriculture, de médecine, d'industrie, des amis des arts, philharmonique ; mais le mouvement spirituel est restreint à quelques savants qui ont *incognito* du talent et de l'érudition. Depuis quelques années toutefois le négociant rouennais n'est plus exclusivement voué au culte des indiennes et du coton ; il daigne s'enquérir de ce qui se passe dans la sphère des idées, et connaît au moins de nom les auteurs contemporains. Il s'est mis à aimer et à conserver les monuments, il songe à débarrasser ses églises des malencontreuses maisons qui en flanquent les parois ; œuvre urgente à accomplir, car Notre-Dame de Rouen est enfouie jusqu'à la ceinture dans un entassement de vieilles baraques ; Saint-Ouen est serré entre l'Hôtel-de-Ville et une autre masse de pierres comme entre les pinces d'un étau ; et Saint-Maclou est éborgné par des boutiques qui masquent en entier le portail de droite.

Si l'on veut comparer l'opulence du maître avec la misère de l'ouvrier, et mesurer le degré d'abaissement auquel l'économie politique peut réduire des créatures humaines, qu'on pénètre dans les quartiers populeux de Rouen, qu'on envisage de près les *purins*, qu'on les suive dans leurs humides repaires, dans ces cabarets dont le patron méfiant, avant de servir d'insolvables pratiques, exige le dépôt d'un *lingue* [1] ou d'une cravate ; qu'on entende leurs conversations psalmodiées d'une voix grasseyante et empâtée comme celle d'un homme ivre :

« *Oh qu' tu vas doun comme cha tézi-tezant* [2], *caleux* [3] ?

— *Ch'est tay, mon por' frère en Dieu ! J' m'en vas cheux nous.*

— *Espère* [4] *un peu ; viens cheux l' rochellier* [5] *boire eun' demoiselle* [6].

— *J'aimerons mieux un raseau* [7].

— *J' t'en paierai eun doun.*

— *T'as doun d' l'ergent anui* [8] ?

— *Oh! pour ça, oui, qu' j'ai du saint-crêpin, j' viens d' finir eun quaine mon taie en coton* [9], *et j'ons vendu eun vieille culotte au zersincher du Ruisset* [10].

— *Ch'est égal, impossible d'aller avec tay ; ma femme m'espère.*

— *Tu m' changles* [11] *; all' n'est pas si satan, ta femme ; tu lui diras qu' la pluie t'a r'tardé. R'garde comme il fait nouair ; i va crassinier* [12] *diéblement ; i va tomber des prêtres.*

— *Pas mains vrai qu'i faut qué j' m'esbigne* [13]. *Et m'z'éfans qui nichent doun* [14].

— *Laisse-les nicher tes bézots* [15] *; fafigne pas tant, landonnieu* [16]. *O dirai à t' vair que tu n' peux ren faire de ton estoc* [17].

— *Vais-tu, j' vas t' dire c' qui m' tracasse. L' aut' hiès soir, à Bon-Secours, ma femme s'est affroquée* [18] *d'un garçon coiffeux, un fignoleux, un coqsidrouille* [19], *qui s' carre comme le quien à Gribiche ; j' crains que ch' méchant galapias n' vienne barbauder* [20] *cheux nous ; mais qu'i prenne garde, il a d' bias qu'veux, je l' piqueraï.*

— *T'auras raison, mon por' frère en Dieu.*

— Si ch'est à ma puissanclle, j' l'étriperai d'abord, j' le dévozerai comme un hareng pec.

— Je t'aiderons au besoin. Mais pas tant d' potin [1], mon por' frère; n' reste pas là comme une chouque [2], entrons chez l' rochelier, j'allons débagouler [3] là dessus. »

L'étranger qui entend de pareils dialogues se douterait-il qu'il est en France, à trente lieues de la capitale, dans le chef-lieu d'un département éclairé? C'est que le cabaret est la seule école du purin, et que des flots de cidre et d'eau-de-vie noient sans cesse les lueurs vacillantes de son intelligence. Il n'est pas rare de voir, le dimanche et le lundi, des familles entières étendues, ivres-mortes, sur la route de Bon-Secours ou de Sotteville, localités célèbres par leurs guinguettes. La première est le rendez-vous des cacheux de navette [4], les plus honnêtes et les plus misérables de tous les purins, des teinturiers et des ouvriers en rouenneries. On y choisit une danseuse pour toute la soirée, et c'est elle qui paye la nourotte [5], tandis que le partner fait les frais des rafraîchissements. Sotteville est fréquentée par des auneurs, des étudiants de l'école secondaire de médecine, et des grisettes plus fanées, mais moins gracieuses que celles de Paris, dont elles cherchent, non passibus æquis, à parodier la danse nationale.

Arrêtés en état d'ivresse par les patrouilles, les purins cherchent à se concilier le caporal en se donnant pour d'anciens soldats; ils se sont longtemps présentés comme des anciens de la vieille garde; aujourd'hui ils ont permuté. Quement, men caporal, auriaix-vous le cœur ed' maltraiter un brave, un bon-là, qu'a servi dans les hussards? L'état militaire leur semble une excuse à leurs débauches.

A la fin d'août, la veille de la Saint-Vivien, les purins mettent en gage jusqu'à leurs matelas, emportent leur batterie de cuisine, gravissent la côte de Neufchâtel, campent sur la montagne du Bois-Guillaume, dans les cours des Trois-Pipes, du Pou couronné, et autres jardins publics, et se livrent pendant quinze jours entiers aux joies de la bombance et du far niente. Saint-Vivien, évêque de Saintes, patron d'une paroisse de Rouen, est honoré par deux semaines de danses, de jeux, de festins et d'indigestions. La nuit, la colline est éclairée par des flambeaux multipliés, et à la lueur des torches on voit des groupes assis sur des bourrées ou emmi l'uire, se gorgeant de cidre et de comestibles, et chantant des refrains à boire :

Il a pas-sé pa' l'trou glou glou d'ma gen - till' tour-lou -
ret-te, Il a pas-sé pa' l'trou glouglou d'ma gen-till' tourlou-rou.

---

[1] Bavardage inutile. — [2] Souche. Chuque en bas normand. — [3] Causer. — [4] Chasseurs de navette, tisserands. — [5] Espèce de gâteau de Nanterre.

(*Parlé.*) *A gorgibus avalo!*

Le goût des liquides est encore plus prédominant chez les *caruliers* (ouvriers des ports) que chez les *purins*. Lorsqu'un carulier a eu la faiblesse de s'acheter un pantalon neuf, s'il entend sur le quai le cri d'un marchand d'habits : *Y a pire, y a pi...re!* il court échanger sa récente acquisition contre des espèces, et court au dépotéyer. Les caruliers forment deux corporations, l'ancienne et la nouvelle *ca- rule*, l'une recrutée de forçats et de voleurs, l'autre plus honorablement composée, mais non moins encline à la boisson. Une troisième association, celle des *boursiers,* ainsi nommés parce qu'ils siégent aux environs de la bourse, leur fait avantageusement concurrence pour le déchargement des marchandises. Les boursiers, dirigés par les *maîtres-brouettiers,* sont décemment tenus, sobres, honnêtes, et préférés par les négociants. Ils reçoivent 5 francs 50 centimes par jour, ou 5 francs, un pot de cidre et une *demoiselle.* Chacun d'eux a son tour marqué comme une faction, et un commerçant qui aurait de lourds ballots à faire transporter dans ses magasins voudrait en vain employer un jeune homme, lorsqu'un vieux boursier est en disponibilité. A cette corporation appartient Louis Brune, dit le *petit plongeur,* qui a sauvé quarante-neuf personnes, homme courageux et dévoué que le gouvernement a cru récompenser en le décorant, et auquel la ville a fait présent d'un bureau de tabac et d'un pavillon orné de cette honorable inscription :

A LOUIS BRUNE
LA VILLE DE ROUEN.

Les purins ont moins d'amour que leurs patrons pour les jeux scéniques ; cependant le théâtre du *Pont-Neuf* ou de *Gringalet* (les Funambules de Rouen) réunit un assez grand nombre d'ouvriers, de gamins en blouse bleue, de matelots français et anglais. Loin qu'une mise décente y soit de rigueur, l'apparition d'un homme en frac y est souvent saluée par les cris de : « Charivari pour ce monsieur qui fait sa tête aux premières ! » On y consomme une quantité fabuleuse de *douillons* (gâteaux aux poires), et de *vignots,* petits coquillages qu'on brise avec les dents, ou d'où l'on extrait avec une épingle le gélatineux comestible. Les comédiens de ce spectacle mimique sont au niveau des assistants. Récemment un portefaix, débutant dans une pantomime par un rôle de hussard, était agenouillé aux pieds de sa maîtresse adorée, quand une voix s'écria : « Quiens, c'est Jérôme! » L'amoureux, sans se relever, se tourna vers le parterre, fit un geste de menace, et dit : « Tay, quand j'aurai fini, j'vas t'enlever le baluchon! » puis, replaçant sa main sur son cœur, il continua à exprimer par un jeu muet la passion la plus désordonnée.

LE HAVRE, CAEN, FALAISE, BAYEUX, COUTANCES, ALENÇON, DIEPPE, LES POLETAIS.

Le Havre n'a pas autant d'idiosyncrasie que Rouen. C'est une colonie de Parisiens, d'Anglais, d'Américains, de Norwégiens, de Russes, de Hollandais, de Portugais, de Colombiens, de créoles, de nababs, de gens de toutes nations et de toutes couleurs. On y apporte des produits de toutes les parties du globe, du coton de la Louisiane, du riz de New-York, de l'indigo du Bengale, des laines de Portugal, des suifs de Russie, des blés de Hollande, des vins de Bordeaux, de l'ivoire, de l'eau-de-vie, du café, du bois, des perroquets, etc. Le commerce y prend des proportions grandioses ; on y calcule par millions, en négligeant les centaines de francs, comme ailleurs les centimes ; on y parle d'un voyage aux Grandes-Indes comme à Paris d'une promenade à Saint-Cloud. « Tiens, vous voilà ! je vous croyais à Buénos-Ayres. — D'où venez-vous donc ? — J'arrive de Calcutta. » Il semble que les colons du Havre aillent d'un bout du monde à l'autre en trois pas, comme les dieux d'Homère.

Caen est une ville de savants, d'archéologues, d'historiographes, qui se glorifie d'avoir inventé la *société des antiquaires de Normandie*, et les *congrès scientifiques*. On ne déterre pas aux environs un vieux sou qui ne soit décrit, à titre de médaille, avec dissertation sur le *module*, la *légende* et le *flan*. La jeunesse de Caen vise aux belles manières, au purisme de l'élocution, à l'atticisme girondin, à l'adresse dans l'art de l'escrime. Sous l'empire, elle *tâtait* tous les régiments nouveaux, en leur tuant une demi-douzaine d'officiers. Cette effervescence homicide s'est calmée ; mais le Caennais est resté de première force dans le maniement de l'épée et du bâton.

Falaise dispute à Bayeux l'honneur de produire les plus intrépides chicaniers de la Normandie. La foire qui se tient au mois d'août dans un faubourg de Guibray, et dont l'origine remonte à l'année 1201, a longtemps attiré un concours de négociants de toutes les contrées. Mais que sont les foires aujourd'hui ? celles de Caen, de Rouen, de Bernay, du Neufbourg, de Guibray, n'ont rien qui les distingue de toute autre assemblée urbaine, diaprée de saltimbanques, plantée de baraques, encombrée de chevaux, de bœufs, de chiens, de marchands et d'acheteurs, si ce n'est la multiplicité et la variété des produits.

Une perquisition exacte amènerait à Bayeux la découverte de gens qui font encore métier de *témoigner*, et l'on y verrait des paysans, après le gain inespéré d'un procès, se promener dans les rues, une branche de laurier à la main. Les triomphes judiciaires sont les plus doux qui puissent chatouiller l'amour-propre d'un bas-Normand.

Les paysannes des environs de Bayeux sont d'habiles écuyères, chevauchant par la pluie ou le soleil, avec un zèle infatigable. Pour concilier les soins du ménage avec les occupations du dehors, elles chargent leur famille dans des paniers, au milieu des denrées qu'elles se proposent de débiter, et les initient ainsi en même temps à l'équitation, et à l'art difficile de *faire le marché*.

Alençon est le centre d'un grand commerce d'hommes, que des spéculateurs ra-colent dans les campagnes, emploient provisoirement aux travaux agricoles, et livrent au plus juste prix aux gens peu soucieux de voler à la victoire.

Coutances a de remarquable sa cathédrale et ses laitières; non pas que celles-ci soient mises avec recherche, ou plus belles que les filles de Vire ou de Bayeux, mais elles ont adopté une façon toute particulière de porter leurs pots, qu'elles tiennent obliquement suspendus sur l'épaule droite au moyen d'une lanière de cuir.

Dieppe est, pendant la saison des bains, un faubourg de Paris, une succursale des Tuileries et des maisons de santé, un réceptacle de désœuvrés et de joyeux hypocondriaques. Les paysannes des environs portent encore la *calorine*, mais les grisettes de la ville ont des allures parisiennes.

Les Dieppois étaient, il y a cent ans, *les plus expérimentés pilotes, et les plus habiles et hardis navigateurs de l'Europe*[1]; maintenant, armant des barques de vingt à quatre-vingts tonneaux, ils se contentent de pêcher :

La morue, de mars en avril, à Terre-Neuve et en Islande ;

Le maquereau, de mai en juillet, au sud de l'Irlande ;

Le hareng, en septembre, à la hauteur de Yarmouth ; en octobre, à l'entrée de la Manche ; en novembre et décembre, sur les côtes de la Somme et de la Seine-Inférieure ; en janvier, dans la baie de Portsmouth ;

Et toute l'année, les huîtres, le merlan, le carrelet, la limande, la sole, la raie, le turbot, le cabillaud, le chien de mer, etc.

Les agrès de pêche employés en Normandie sont des cordes garnies de *haims*, des *folles*, filets dormants munis de pierrés par le bas et de *bouées*, par le haut, des

---

[1] Louis XIV, lettres patentes pour l'établissement d'un hôpital général à Dieppe.

LAITIÈRE AUX ENVIRONS DE COUTANCES.

scines, filets de trente pieds carrés, des *mannets* de cinquante pieds de long sur treize de large, et des *dragues*, filets en forme de chausses, dont l'usage est restreint par des règlements.

A l'est de Dieppe, sur la route d'Eu, est le faubourg du Polet, mentionné dès 1285 dans des lettres patentes de Philippe III, sous le nom de *Villa de Poleto*. Il communique à la ville par un pont de bois et une *passerelle*. Les Poletais, isolés par leur position, ont longtemps gardé des mœurs particulières. Leur costume se composait d'un gilet attaché avec des rubans, d'un justaucorps sans plis ni boutons, bordé d'un galon de soie blanche, d'un caleçon flottant recouvert d'une cotte de drap de serge rouge ou bleue. Ils ont actuellement de grandes vestes en drap bleu à boutons de corne noirs, et des cotillons en toile de navire. Les Poletais sont des hommes probes, pieux, et d'une simplicité qui provient, non pas d'une inintelligence foncière, mais de l'ignorance complète de tout ce qui est en dehors de leurs occupations habituelles.

« *As tu vu c't ozet* [1] ? » disait un Poletais à l'un de ses amis.

— *Non; qu'est-ce que c'est que c't ozet ?*

— *C'est un ozet qui n'est pas fait comme un autre; il a des berlingues* [2] *az pieds, des coquettes az ias* [3], *et tout plein d'turlurettes* [4]. »

L'objet de cette description admirative était tout bonnement un perroquet.

Un Poletais, guéri d'une longue et dangereuse maladie, avait été remercier Dieu dans l'église de Neuville, l'une des deux paroisses du Polet. Un crucifix suspendu à la voûte tombe et lui casse un bras; le convalescent estropié est emporté chez lui dans un état désespéré. Le curé vient l'administrer, et, conformément aux rites de l'église, lui présente un crucifix à baiser.

« *Pour tai*, dit le poletais à l'agonie, en saisissant avec ferveur la sainte image, *pour tai, ze veux bien; ze t'en veux pas; mais pour ton b... de frère, Dieu me damne si ze le baise zamais!* »

Le dialecte poletais est doux, sonore, féminisé par la substitution du *z* au *j* et au *g*; la chanson suivante en donnera une idée exacte :

O veit du bord de Dieppe	Vous veyez frère Blaise
Chinq o six mélangueux [5].	Avec chan cocluçon [8],
Cé fem' et cé fillettes	Carécher cé Poltaises
Chan vonz au devant d'eux,	Pour avoir du peisson ;
Priant la bon' maraie	Mais mai, ze feis ma ronde
Que Dieu leuz a paillaie [6] :	En Poltais raccourchi [9],
Chinq e six man' à l'hôme	Et tout au bout du compte
Qui chau vont démâquai [7].	Ze n'ai qu'un mèlan ouit [10].

[1] Oiseau. — [2] Bottines. — [3] Des panaches aux yeux. — [4] D'ornements. — [5] Pêcheurs de merlan. — [6] Priant pour remercier Dieu de la bonne marée qu'il leur a donnée. — [7] Celles qui s'en vont détacher le poisson des hameçons auront cinq ou six mannes par homme. — [8] Avec son capuchon. — [9] Pauvre, misérable. — [10] Pourri.

A vos, zeune fillette,
Qui veut se mariai,
Quand un Poltais s'embarque,
Il faut lé vitaillai [1] :

Sa bouteille à la caode [2],
Et pi chan cicotin [3],
So fricassé tout' caode,
Et pi chan bout d' boudin.

PÊCHEURS NORMANDS.

Tous les pêcheurs normands participent du poletais par leur piété et leur hon-nêteté patriarcale ; ils sont graves, laborieux, intrépides. Dès l'enfance, ils aident leurs pères, gardent les bateaux, ramassent sur le sable les moules, les crabes et les tourteaux, *rebinent* [4] les huîtres, reçoivent le poisson dont les chaloupes sont char-gées le soir. Leur vie est un perpétuel apprentissage de la mort : sont-ils sûrs de revenir de leurs lointains voyages ? sont-ils sûrs d'échapper au flot qui va monter

[1] Le pourvoir de vivres. — [2] A eau-de-vie. — [3] Son tabac à chiquer. — [4] *Rebiner*, glaner les huîtres après l'enlèvement des huîtres marchandises.

LOUBON

BAS-NORMAND
(Littoral).

quand ils ramassent la *tangue* [1] sur les grèves, quand ils recueillent le *vauboire* [2] entre les roches? Ne bravent-ils pas les plus terribles dangers de l'Océan pour sauver des naufragés, pour recueillir l'équipage d'un trois-mâts échoué et battu par les lames, pour assurer les enclos d'une baie que menace la marée? Leur courage leur vaut fréquemment des médailles et des gratifications, mais l'estime dont ils jouissent est leur plus douce récompense.

L'association, invoquée par la science moderne comme le moyen de salut des classes ouvrières, est réalisée depuis des siècles sur les côtes du Calvados et dans les ports du Bessin. Il y a dans chaque village plusieurs sociétés de pêcheurs, formées par conventions verbales, mais plus indissolubles que bien des compagnies instituées par acte notarié. Toutes ces sociétés sont représentées par le même *écoreur* [3], syndic chargé d'administrer les revenus, de diriger les entreprises, de percevoir les sommes dues, de répartir les salaires. Il est présent quand les bateaux arrivent de la pêche, surveille les ventes et répond du paiement des billets que signent les marayeurs. Il n'est indemnisé de sa gestion qu'en rendant ses comptes, au moyen d'une retenue d'un pour 100; il ne lui est alloué qu'un demi pour 100 si la vente du poisson se fait dans un port lointain, et par conséquent au comptant.

Chaque association possède deux ou trois bateaux, dont l'équipage est, terme moyen, de dix sociétaires. Ceux que leurs affaires retiennent à terre partagent avec ceux qui s'embarquent. Tout associé doit apporter six, sept, huit, neuf, dix ou douze *appelets;* celui qui n'en apporte pas le nombre déterminé perd autant de parts qu'il lui manque de filets. Le fils d'un associé a le droit de mettre sur un bateau une quantité d'engins de pêche proportionnée à ses forces. Les veuves restent associées, à la condition de fournir des filets et pourvoir à leurs frais au remplacement du défunt. Les pêcheurs pauvres ont la faculté d'emprunter des filets.

Les parts de pêche sont en raison de l'âge, de l'adresse et du nombre d'appelets de chaque matelot. Un septième des bénéfices est prélevé pour l'entretien ou le remplacement des bateaux. Les sinistres survenus aux appelets sont supportés par la communauté et remboursés sur les gains de la pêche, suivant un tarif.

Catholiques zélés, les pêcheurs font bénir et baptiser leurs barques par le curé accompagné du sacristain. Aucun équipage ne part pour la pêche sans entendre une messe, à la fin de laquelle les matelots et leurs parents répètent en chœur un cantique composé par quelque pauvre barde villageois. Voici celui qu'on chante à Étretat:

Le matin, quand je m'éveille,
Je vois mon Jésus venir;
Il est beau à merveille;
C'est lui qui me réveille,

[1] Limon de la mer, qui sert d'engrais.— [2] Fucus, appelé en d'autres pays *vrac* et *varec.*— [3] *D'æquor*, la mer.

C'est Jésus, c'est Jésus,
Mon aimable Jésus.

Je le vois, mon Jésus, je le vois
Porter sa brillante croix
Là-haut sur cette montagne ;
Sa mère l'accompagne.
C'est, etc.

Ses pieds, ses mains sont clouées,
Et son chef est couronné
De grosses épines blanches ;
Grand Dieu, quelles souffranches !
C'est, etc.

A l'autel du Saint-Sacrement,
Jésus fait son aliment ;
D'adorer la sainte hostie
Mon Jésus est avide :
C'est, etc.

L'église est sa garnison,
Et sa maison d'oraison ;
Les anges en sont la garde.
Que Dieu nous sauve et garde !
C'est Jésus, c'est Jésus,
Mon aimable Jésus.

Les femmes des pêcheurs prennent part aux travaux de leurs maris, pêchent le long du rivage, vont vendre le poisson, et font retentir les hameaux de ce cri : *A la bonne moule, moulâu!... Des cayeux [1] des beaux ! en v'là des bons cayeux, des gros!* Pendant la campagne de 1859, les armateurs ont confié aux Granvillaises pour 20,000 francs de morue à débiter, moyennant un bénéfice de 5 centimes par franc, et elles ont rendu fidèlement compte de cette valeur importante. Ce sont les femmes qui lavent les maquereaux, et les disposent entre des couches de *pacqué* [2] : ce sont elles qui trient les huîtres, rangent en sillons les huîtres *grande marchande*, *petite marchande*, *pied-de-cheval*, et celles qu'on reporte sur les bancs pour

---

[1] Des moules. On les appelle à Harfleur *virville*, du nom d'un rocher où elles abondent. — [2] Sel préparé.

LE POLETAIS.

les repeupler. Loin de renoncer aux occupations de leur sexe, souvent, assises aux portes de leurs cabanes, elles fabriquent de la dentelle et de la blonde.

Toutes vertueuses qu'elles sont, les habitantes des côtes, surtout dans la région  septentrionale, se marient rarement sans avoir perdu le droit de se parer de la fleur d'oranger symbolique. Une séduction suivie d'abandon est sans exemple ; mais il est aussi presque sans exemple qu'une fille se marie avant d'être enceinte. De sa conception datent ses fiançailles ; son amant l'emmène à Dieppe ou à Fécamp, et lui achète une chaîne d'or, une montre, un paroissien ; il fait en même temps présent de bagues d'argent aux sœurs et amies de sa maîtresse. Cette visite au bijoutier, à laquelle assistent les parents des deux fiancés, s'appelle l'*embaguement*. Le jour de la bénédiction nuptiale, la future, conduite par son père et suivie de ses proches, se rend à l'église, où le fiancé arrive de son côté avec sa mère et sa famille. Ce n'est qu'après la messe que le père du mari s'approche de sa bru, lui dit : « Levez-vous, ma fille, » et lui offre le bras. Le fiancé prend celui de sa belle-mère, et les deux cortéges se confondent.

Veuves dans le mariage, séparées de leurs maris durant la moitié de l'année, recevant même parfois, le jour de leurs noces, une procuration générale, les femmes des pêcheurs sont directrices suprêmes des affaires domestiques, et seules chargées de l'éducation d'une douzaine d'enfants. Elles ont prouvé qu'elles pouvaient en plus d'une occasion tenir la place de leurs époux. Sur la fin du règne de Napoléon, les Anglais, voulant pénétrer dans les embouchures de la Seine et de l'Orne, surprirent les barques honfleurloises, et se saisirent des pilotes ; mais ceux-ci se refusèrent noblement à guider l'ennemi. Pendant qu'on cherchait à triompher de leur patriotique résistance, le vaisseau amiral fut tout à coup environné d'une flottille de canaux. Les femmes d'Honfleur, instruites de ce qui se passait par des pêcheurs échappés aux Anglais, venaient réclamer leurs maris. On leur répondit d'abord par des sarcasmes, mais, brandissant leurs *gaffes* et leurs rames, elles menacèrent de monter à l'abordage ; et pour éviter une lutte déshonorante, les Anglais remirent les pilotes en liberté, et renoncèrent à leur projet de débarquement.

CONCLUSION.

Le type normand et ses variétés, que nous avons essayé de peindre, après avoir résisté à la corrosion des siècles, subissent actuellement une active métamorphose, et il est à craindre que nos tableaux, dessinés sur place et d'après nature aujourd'hui, cessent d'être ressemblants demain. La rapidité des communications en est la cause principale. Ouvrez l'*Indicateur fidèle* ou *Guide des voyageurs* en 1764, par le sieur Michel, ingénieur géographe du roi, vous y lirez :

Tous les lundis, mercredis et vendredis, à 4 heures du matin, part de Paris un carrosse pour Rouen et passe

A Saint-Germain	à	9 h.	»	3 l. 1/2		
Dîne à Poissy	à	11	»	1 1/4	13 l. 3/4	
A Meulan	à	»	4 1/2	4	de Paris.	
Couche à Mantes	à	»	7	5		

Repart à 4 heures du matin et passe

Dîne à Vernon	à	10	»	6 1/4		
A Gaillon	à	»	5 1/2	3 1/2	13 l. 1/2	
Couche au Vaudreuil	à	»	7 1/2	3 3/4	de Mantes.	

Repart à 5 heures du matin et passe

Au pont de l'Arche	à	7	»	1 3/4	6 l. du	
Arrive à Rouen	à	midi	»	4 1/4	Vaudreuil.	

Le coche de Caen se mettait en route le lundi à cinq heures du matin, et arrivait le vendredi soir à cinq heures. Il fallait un jour entier pour aller de Rouen à Dieppe. Ces lenteurs nous paraissent incompréhensibles, et peut-être nos descendants s'étonneront de l'insuffisance de nos moyens de transport, de la pesanteur de nos diligences, de notre longanimité à l'égard des relais et des postillons. Viennent les chemins de fer, niveleurs des mœurs et du sol, et toutes les provinces ne tarderont pas à se fondre dans l'unité nationale, comme la noblesse et la bourgeoisie dans le peuple, comme des gouttes d'eau juxtaposées dans une masse liquide homogène.

ÉMILE DE LA BÉDOLLIERRE.

VIEILLE AUVERGNATE.

L'AUVERGNAT.

LETTRES D'UN AMI DE CLERMONT A SON AMI DE PARIS.

PREMIÈRE PARTIE. — LE PAYSAN.

LETTRE I.

LE PAYSAN DE LA MONTAGNE.

JE croyais connaître mon Auvergne, très-cher ami, et trente années de séjour dans la province pouvaient raisonnablement justifier cette présomption. Cependant, quand il s'est agi de répondre aux questions contenues dans ta lettre, je me suis aperçu : 1º que mes souvenirs étaient dans un état de confusion déplorable ; 2º qu'à l'époque de mes premières courses dans l'intérieur du pays, je n'avais été qu'un rêveur et un poëte. Or, comme il te fallait à tout prix, me dis-tu, de l'observation, une observation froide, réfléchie, presque scientifique, j'ai dû songer à recommencer sur de meilleures données. Aussi, fin mai dernier, ton ami, secouant sa chère paresse, le havre-sac sur le dos, le bâton de l'artiste à la main, et muni de sa provision de cigares, quittait, par une douce matinée remplie de soleil et de parfums printaniers, la sombre métropole du pays des Arvernes, pour explorer de nouveau, et cette fois dans le sens de tes graves instructions, la vieille Auvergne, la plus pittoresque des provinces du royaume.

Tu sais que l'Auvergne se divise en haute et basse : la première, formant actuelle-ment le Cantal, et presque la Haute-Loire ; la seconde, renfermée tout entière dans le département du Puy-de-Dôme. Tu sais en outre qu'à cette division topographique correspondent des différences essentielles dans les usages, les mœurs, le caractère, le costume et la langue des populations. Ceci posé, une première alternative se pré-sentait à ton ami. Devait-il d'abord porter ses pas dans la haute ou la basse Au-vergne ? Habitant et originaire de Clermont, je me suis décidé, par des convenances de voisinage, à ouvrir mon itinéraire en visitant les annexes de mon département. Mais je n'étais pas encore quitte de mes irrésolutions ; une seconde difficulté s'est, en effet, immédiatement présentée : fallait-il commencer par la Limagne ou le Puy-de-Dôme, ces deux magnificences de notre pays ? Après quelques minutes de délibé-ration, j'ai opté pour la montagne, dont les populations ont plus de relief et d'o-riginalité, et je me suis orienté en conséquence.

Sorti par la barrière de Fongièvre, j'ai fait d'abord le pèlerinage obligé à la fon-taine minérale de Saint-Allyre et à son pont miraculeux, puis j'ai pris la direction des villages de Durtol et de Sarcenat, situés sur le flanc des pics qui font face à la ville, du côté de l'ouest. En suivant paisiblement la belle route, moitié romaine, moitié française, qui conduit au pied du Puy-de-Dôme, et en me retournant, par intervalles, pour contempler le paysage éblouissant qui se déroulait sous mes pieds, je ne pouvais m'empêcher de me rappeler ces paroles de Swift : « Il entre plus de « vanité puérile dans les voyages lointains qu'une véritable curiosité, qu'un amour « sincère de la science. » Swift pensait probablement aux Français quand il écrivait cet axiome. Jamais peuple, en effet, ne s'est plus ignoré lui-même, n'est resté plus complétement étranger aux beautés pittoresques, aux richesses poétiques, aux gran-deurs de toute sorte qui sont semées à profusion sur le sol qu'il habite. Quand nos voisins d'outre-Rhin ou d'outre-mer viennent en France, ils ouvrent une enquête détaillée sur nos mœurs, nos usages, notre puissance, et les divers éléments de notre nationalité ; puis ils s'en vont écrire chez eux de gros livres qui sont fort goûtés, et où nous pourrions trouver sur la France des renseignements très-curieux et tout à fait inédits. Comment justifier une indifférence qu'explique si peu notre amour sincère pour le pays, et notre orgueil national ? N'avons-nous pas en effet autour de nous de quoi satisfaire à la fois à l'admiration béate du touriste, à la raison sévère de l'observateur, aux inspirations du poëte, aux fantaisies de l'artiste ? N'avons-nous pas des sites magiques, des cimes couronnées d'une neige éternelle, des latitudes variées, des costumes pittoresques, des populations tout entières qui, par leur immobilité au milieu des faits nouveaux de la sociabilité moderne, nous ramènent aux premiers temps de notre histoire, aux premiers rudiments de notre civilisation ? N'avons-nous pas de belles races d'hommes, à la carrure puissante, à la taille athlétique, et qui portent sur leur mâle figure le type de la force et d'une sorte de grandeur morale? Enfin, n'avons-nous pas en France un idiome primitif, le celtique, ce dérivé immédiat du sanskrit, dit-on, cet indicateur irrécusable des migrations orientales en Europe?

Si tout cela est vrai, et si nous avons inutilement sous nos yeux tant de sujets d'études variées et du plus haut intérêt, il faut bien l'avouer, nous devenons justiciables de l'axiome de Swift.

ESQUISSES TOPOGRAPHIQUES.

En Auvergne, mon cher, l'aspect des lieux explique l'habitant. Il serait bien extraordinaire, en effet, qu'il ne se trouvât pas une nature morale imposante en face d'une configuration géographique aussi grandiose. Les grands spectacles de la création doivent projeter infailliblement quelque reflet poétique sur l'homme qui les contemple habituellement: Il faut dire ensuite que les accidents du sol sont assez souvent un obstacle permanent à la facilité des communications pour les populations qui l'habitent, circonstance qui leur permet de garder longtemps les traits énergiques de leur physionomie primitive. Ceci est vrai surtout pour le montagnard auvergnat qui va ouvrir la série de ces études.

Les touristes qui ont visité Clermont connaissent cette ravissante promenade plantée en quinconce, qui s'élève sur l'emplacement de l'ancien château seigneurial de la ville, d'où lui vient le nom de Poterne. Cette place commande un horizon immense, divisé en deux grandes zones : d'un côté, la chaîne volcanique du Puy-de-Dôme, courant au sud-ouest et présentant une longue ligne, tantôt de pitons aigus, à la tête chauve et calcinée, tantôt de hautes montagnes revêtues d'une éternelle verdure, ou de mamelons que couvre une épaisse chevelure de chênes séculaires; en face, au nord-est, occupant un périmètre de plus de quinze lieues carrées, la plaine de la Limagne, cette terre promise de la France; enfin, au pied des montagnes, nos incommensurables vallées vignicoles dont la fertilité est proverbiale.

Au flanc des montagnes, et quelquefois sur leur sommet, s'élèvent de nombreux villages aux toits couverts de chaume, et que dominent ou le clocher de la vieille chapelle, ou la tourelle du manoir féodal encore debout. C'est là qu'habite le paysan montagnard, et c'est là, mon cher ami, que je suis allé planter ma tente.

PORTRAIT. — COSTUMES.

Le paysan montagnard est un homme de haute taille, quelquefois de stature colossale, aux traits énergiquement accusés ; œil gris et fourni d'épais sourcils, nez fin et légèrement recourbé, front large et sillonné de grosses veines. L'ensemble de cette physionomie vue au repos est un mélange de force, de naïveté curieuse et de débonnaireté. Mais placez le paysan en face de quelque intérêt vivace, ses traits changeront, son regard va s'armer de défiance, ses lèvres se pincer et son front se rembrunir. Ses cheveux, coupés horizontalement sur le front, dont ils ne découvrent

que la moitié, croissent librement par derrière, et retombent sur ses larges épaules
en nappes roides et sèches ; sa voix est grêle et stridente, son allure mesurée, sa démarche ferme et assurée.

Le vêtement, sans être pittoresque, mérite d'être
décrit. Les jours fériés, le montagnard porte une large
veste en serge bleue ou blanche qu'il appelle *casaque*.
Cette veste, qui est garnie d'énormes boutons en os,
se croise sur la poitrine et ne découvre qu'une partie
de la chemise, dont le col se ferme par une agrafe en
cuivre et un large anneau. Le cou est entouré d'un
mouchoir de coton tordu. La culotte, qu'il appelle
braye, est arrêtée au-dessus du genou par une jarretière rouge, et retenue au-dessus des hanches par un
large ceinturon en cuir que ferme une boucle en cuivre. De larges guêtres, de l'étoffe de la braye, couvrent
presque toute la surface du pied, que chausse d'ordinaire un lourd sabot, et les dimanches, un soulier
garni de gros clous. Le chapeau est le détail le plus
saillant de l'habillement par ses rebords immenses légèrement recourbés aux extrémités ; le bas de sa forme
est orné d'une ganse en velours à laquelle le paysan suspend de petites médailles en
plomb de la Vierge et du Christ. Les jeunes gens placent quelquefois entre la ganse et
le chapeau de hautes plumes de paon. La plume de paon est pour le jeune montagnard
une coquetterie raffinée ; quand il la porte à son chapeau, sa démarche est lente et
compassée, et toute sa personne respire une sorte de gravité triomphale. Le couteau ou *eustache* est le complément indispensable du costume national. Les dimanches, l'*eustache* est attaché par une double chaîne en cuivre à la dernière boutonnière de la casaque, et remonte jusqu'à une poche pratiquée dans la doublure de
la veste, sous la poitrine. En hiver, le montagnard se couvre d'un épais manteau
de laine brune et porte un bâton terminé par une boule ferrée dont il sait se servir avec une redoutable dextérité.

CARACTÈRE. — DUPLEX HOMO.

Le caractère du montagnard de la basse Auvergne doit être examiné sous deux
faces distinctes, c'est-à-dire qu'il faut l'étudier séparément dans ses relations avec
la ville ou les *moucheu* (messieurs), et avec le village ou ses compatriotes.

Au village, il est doux, bon, compatissant et charitable ; il a ses pauvres, auxquels
il fait, à jour fixe et sans jamais se lasser, des aumônes aussi abondantes qu'il le
peut. Il prêtera volontiers ses bestiaux et sa charrue, et donnera même, à l'époque
de la moisson, une ou deux journées de travail gratuit à des voisins peu fortunés.
Riche, il ne met aucune distinction, aucune recherche dans ses habits, et c'est

presque contre son gré que sa femme va étaler sur le *Coup-d'Air* (la place commune) ses beaux *mouchadous* de soie, son corsage de velours semé de paillettes d'argent, et les broderies de sa *coiffe*.

On a contesté le courage au montagnard bas auvergnat, mais on s'est trompé ; j'ai même remarqué souvent chez lui une bravoure froide et résolue. La manière dont il vide ses querelles en est une preuve sans réplique. Deux champions se sont-ils *pris de mots* dans le cours de la semaine, il est rare qu'ils en viennent aux mains sur-le-champ, mais ils s'ajourneront au dimanche et arrêteront le lieu du champ clos. Le dimanche, en effet, vous voyez fréquemment deux hommes traverser en silence et rapidement quelque ruelle isolée, un bras dans leur poitrine et l'œil baissé. Si vous demandez où ils vont, on vous répondra, sans la moindre émotion : *Leussa-lu fouaire, s'en von se pigna* (laissez-les faire, ils vont se battre) ; et remarquez qu'ils vont se battre sans témoins, *per s'en bailla*, disent-ils, *tout leur sadou* (pour s'en donner tout à leur aise). Et en effet rien n'est plus acharné que les luttes de ces hommes, presque tous d'une force égale à leur stature, luttes toujours ensanglantées, quoiqu'ils aient la loyale habitude de se défaire de leurs couteaux avant d'en venir aux mains, de jurer, *en crachant à terre*, qu'ils n'auront recours à aucune ruse, et qu'ils éviteront surtout de se *frapper aux jambes*.

Ce qui aura donné lieu, sans doute, de suspecter la valeur de notre montagnard, c'est sa profonde et incurable aversion pour l'impôt de la conscription. Rien ne lui coûte en effet pour s'y dérober : refus de répondre à l'appel du tirage, évasion dans les bois, mutilations graves, et enfin, comme dernière ressource, la désertion. Les officiers supérieurs qui ont commandé des corps recrutés en Auvergne ont même érigé en axiome cette singulière observation, que le paysan auvergnat ne commence à s'habituer au drapeau qu'après l'avoir abandonné trois fois. L'un d'eux s'était vu obligé, en conduisant, en 1795, une légion d'Auvergne au siége de Lyon, d'adresser à ses soldats, dont la désertion éclaircissait chaque jour les rangs, une proclamation formidable commençant et finissant par ces mots : « Scélérats du Puy-de-Dôme, je vous ferai tous fusiller ! » La proclamation eut probablement un grand effet, car nos compatriotes firent dans cette circonstance mémorable des prodiges de bravoure qui leur ont valu du reste la haine héréditaire et encore très-vive aujourd'hui des Lyonnais.

Dans tous les cas, cet amour passionné pour le pays qui étouffe jusqu'au cri de l'honneur est caractéristique chez tout habitant des montagnes, et l'on connaît l'effet du *ranz des vaches* sur le soldat suisse enrôlé loin de son pays.

Quand le montagnard auvergnat descend en ville pour approvisionner les marchés, son caractère se modifie spontanément, et se présente à l'observateur sous un aspect tout nouveau ; il devient défiant, intéressé et mercantile. Probe et loyal lorsqu'il traite avec son égal, il est fourbe et de mauvaise foi avec le *moucheu* : le moucheu est à ses yeux une sorte d'infidèle qu'il peut tromper et rançonner à merci, sans que sa conscience ait à y voir. L'une de ses ruses habituelles pour surprendre la religion de son acheteur est une sorte de sourire niais et imbécile, quelquefois une affectation d'idiotisme qui peut laisser croire qu'il ignore la valeur de sa marchandisé. Si, après avoir été trompé, vous lui adressez de vifs et justes reproches, il sera timide et presque rampant; mais vous êtes-vous emporté jusqu'à des injures graves, vous l'entendrez vous dire: *Quouè bou! quouè bou! ma ché te tenia vers la Goula, te verria be un petit* (C'est bon! c'est bon! mais si je te tenais vers les Goules, tu verrais bien un peu). Or, il est bon de savoir que les Goules sont un très-dangereux défilé, entre deux petites collines, au pied du Puy-de-Dôme, sur la route de Pont-Gibaud, à l'ouest de Clermont, et où un assez bon nombre de croix signalait autrefois au voyageur les mésaventures dont ce difficile passage a été le théâtre.

En rentrant au village, le montagnard reprend la liberté de ses allures et l'originalité de son naturel. Thésauriseur patient et minutieux, il ne manque jamais, aussitôt après avoir dételé et abreuvé ses bœufs, d'aller à pas de loup jusqu'à la chambre qui contient son bahut. Là, il s'assure avec soin que personne ne l'a suivi; tirant alors le verrou de sa porte, il découvre son trésor, le compte de nouveau, recommence vingt fois, puis y joint la recette du jour, en ayant soin de faire sonner toutes les pièces. Comme il veut avoir seul le secret de ses finances, si sa femme l'interroge sur le résultat de la journée, il lui dissimulera une bonne partie du chiffre de sa recette, en affectant une grosse colère contre *ces gueux de moucheu qui ont bien le cœur de marchander le pain d'un pauvre homme*. Du reste, malgré son penchant à l'avarice, penchant qui se concilie cependant, comme l'avons vu, avec beaucoup de dévouement et de charité dans l'intérieur du village, il n'aura pas manqué de se munir de petits cadeaux pour les enfants, et de quelques provisions destinées à rompre, pour le dimanche suivant, la monotone frugalité du dîner de la semaine.

EMPLOI DE LA JOURNÉE.

Il est difficile d'imaginer, mon cher ami, une vie plus laborieusement, plus péniblement remplie que celle de notre montagnard. Le travail est pour lui tout à la

fois une nécessité de position, une habitude profonde, une tradition et une loi religieuse. Il se lève entre quatre et cinq heures du matin en été, et se rend à l'é-
table, où il trait ses vaches, qu'il conduit ensuite à l'abreuvoir. S'il doit aller aux
champs et se servir du *char* pour le transport des récoltes, ou du *tombereau* pour la
conduite de ses instruments aratoires, il essaye quelques instants la marche de ces
deux véhicules, puis il attelle, se munit d'un morceau de pain de seigle, d'un
bousset (barillet) de petit-lait ou d'eau vinaigrée, et se met en chemin. Le travail
est-il pressé, sa femme ou sa fille vont lui porter son dîner; dans le cas contraire,
il revient un instant à midi, consacre une demi-heure à son modeste repas, une
autre demi-heure à sa sieste, et retourne aux champs jusqu'à la chute du jour. A
peine rentré, il faut qu'il abreuve ses bestiaux, renouvelle les litières, et garnisse
le râtelier. Si son matériel aratoire a subi quelques avaries, il les répare immédiatement, et je dois remarquer, en passant, que la nécessité a fait de notre montagnard un ouvrier, sinon habile, du moins fécond en expédients, et surtout ardent à
l'œuvre. Il n'est étranger à aucune profession manuelle, et ce qu'il en sait lui suffit dans
les cas ordinaires. S'il manque d'outils, il en fabrique, il en improvise même, et
quelquefois je lui ai vu résoudre avec assez de bonheur de véritables problèmes de
mécanique. A neuf heures du soir, il va traire de nouveau ses vaches, et vient ensuite prendre place au souper. Ici on pourrait croire sa journée terminée, mais
point; il visite sa grange, prépare sa tâche du lendemain, et va s'entendre avec le
voisin sur le jour où l'état plus ou moins avancé de la saison permettra de procéder
à telle des grandes opérations agricoles de l'année.

En revenant au logis, il fait une ronde autour de sa maison, s'assure que les portes sont à l'abri d'un coup de main; puis, s'arrêtant un instant avant d'entrer chez lui, il s'oriente, étudie quelques minutes le ciel et les vents, observe surtout avec intérêt certaine montagne où l'expérience lui a appris à découvrir les signes précurseurs de la pluie ou du beau temps, et résout définitivement, d'après le résultat de ses observations météorologiques, les occupations du jour suivant. Cette importante affaire réglée, il rejoint enfin sa femme et ses enfants, récite à haute voix la prière du soir, asperge ensuite son lit avec un rameau de buis trempé dans le bénitier, et se décide enfin à goûter un peu de repos.

DISTRACTIONS, JEUX, PLAISIRS, FÊTES.

Pour mieux étudier notre paysan, je me suis mis en pension chez l'un d'eux. Ma chambre, à laquelle je monte par une échelle, ouvre par une lucarne sur le Coup-d'Air. C'est là que, le dimanche, tout le village transporte en quelque sorte ses pénates. De ce poste d'observation, admirablement situé, comme tu vois, je tiens au bout de ma lorgnette toute la population de l'endroit, et rien ne m'échappe de ses moindres ébats.

Le dimanche est pour le montagnard un jour de loisir, et de loisir rigoureusement observé. Tu le verras ordinairement, à l'issue de la messe, s'adosser contre les murs de l'église, la face au soleil, les yeux demi clos, la bouche entr'ouverte, et passer ainsi des heures entières dans une béatitude profonde. Si le sommeil le surprend en cet état, il se laissera glisser sur l'herbe, pour y dormir jusqu'à l'heure du dîner. Les jeunes gens, au contraire, dépensent toute cette journée dans une agitation et un mouvement extraordinaires. Leurs plaisirs favoris sont les boules, les quilles, l'escarpolette, la fronde, les luttes, et quelquefois, mais en secret, par suite de la défense formelle du curé, le jeu de cartes. Le soir, on se réunit en foule dans la plus vaste grange du village, et alors commence, au milieu des cris de joie, des battements de mains, et à la lueur d'une vaste lampe en fer suspendue à une poutre, la danse nationale des montagnes, si connue sous le nom de *bourrée*. Rien de plus simple, de plus rudimentaire en chorégraphie que la bourrée. Figure-toi deux rangées parallèles de danseurs s'ébranlant en même temps, marchant l'une sur l'autre avec une vigueur un peu sauvage, puis s'arrêtant tout à coup en frappant des pieds et des mains pour reculer de quelques pas et avancer de nouveau, jusqu'au moment où les deux lignes s'entre-croisent et changent quelques instants de place. Dans ce mouvement de va-et-vient qui ne varie jamais, et dont la durée est égale à la force et au souffle des danseurs, rien de plus plaisant à observer que la gravité de leurs traits, que leur soin scrupuleux à reproduire tous les pas et gestes que recommande la tradition, que leurs efforts pour dissimuler le plus longtemps possible la fatigue qui ne tarde pas à les accabler!

Dans les petits villages, l'orchestre se compose des voix éraillées de deux danseuses émérites, souvent de quelques vieillards, quelquefois de pauvres mendiantes
qui payent, en chantant la bourrée, l'hospitalité dont elles sont l'objet. Dans les villages aisés, les danses ont lieu au son de la musette. L'air de la bourrée est un motif
fort simple, d'un mouvement modéré et d'une mesure à *trois-quatre* dont le troisième temps doit être marqué vivement par le pied du danseur. Voici les deux bourrées les plus connues :

Comme ces airs sont, pour la plupart, notés sans paroles, les chanteuses, pour
éviter une fatigante monotonie, varient de leur mieux les intonations, et accentuent
avec une énergie toute particulière. Infatigables comme les danseurs, elles mettent,
à leur exemple, une satisfaction d'amour-propre à prolonger leur chant jusqu'à ce
que l'*assemblée* leur crie grâce et s'avoue vaincue. Avec la musette, les danseurs
ont encore une plus rude carrière à fournir, car l'instrument n'exigeant guère qu'une
seule insufflation toutes les deux ou trois minutes, l'artiste peut en jouer pendant
plusieurs heures sans éprouver la moindre lassitude. Aussi la musette, qui dans nos
montagnes n'est connue que sous le nom de *chèvre* (de la peau de l'animal qui forme
le corps de l'instrument), est-elle vivement recherchée, et sa présence dans les noces
passe pour un signe de distinction et de fortune.

Après celle du patron, les fêtes importantes de nos montagnes correspondent
aux grandes solennités de l'Église : c'est le dimanche des Rameaux, que l'on pourrait appeler la fête des enfants, parce que ce jour-là ils remplissent les églises avec
leurs branches de buis bénit, auxquelles les parents ont suspendu, à l'aide de faveurs
rouges et blanches, les friandises les plus recherchées ; c'est la Fête-Dieu, imposante
cérémonie pendant laquelle le curé va bénir les moissons, et entonner en pleins
champs, sous la voûte du ciel, l'hymne sublime du *Veni, Creator*, que répète au
loin, avec une profonde émotion, la foule agenouillée ; c'est le Jour des Morts, touchante et mélancolique solennité qui voit se prosterner tous les fronts sur les vieilles
tombes du cimetière, et couler des larmes de tous les yeux, surtout lorsque le prêtre,
couvert de l'étole de deuil, murmure, en traversant l'asile funèbre, les saintes

prières qui vont demander à Dieu indulgence et pardon pour les âmes placées sous le coup de sa justice...

Mais il est une fête particulière à nos montagnes, qui ne correspond à aucune de celles de l'Église, et dont l'origine doit, si je ne me trompe, remonter à l'occupation romaine : je veux te parler de la fête des Brandons, que célébraient en effet les bergers romains, d'après un passage des *Géorgiques*. Dans la soirée de ce dimanche, toute la montagne se couvre de feux à des distances considérables; et j'ai souvent partagé l'empressement des Clermontois à venir contempler du haut de la Poterne le magique spectacle que présentent ces vives et nombreuses lueurs qui ressemblent de loin à des incendies. Dans les villages, toute la population tourne en rond, des torches allumées à la main, et avec des chants ou des cris de joie, autour de vastes foyers où brûlent, au milieu d'une épaisse et rouge fumée, des monceaux de paille, de branches de sarment, de bruyère et de genévrier; le reste de la nuit se passe en danses et en réjouissances.

Je t'ai parlé de la fête patronale comme d'un événement d'une haute importance dans la montagne : il faut que je te dise quelques mots sur son caractère et sa célébration. Précisément le jour où je prenais possession de la petite chambre d'où je te transmets les présentes observations, on se disposait à fêter le saint de l'endroit. Toutes les figures étaient rayonnantes; c'était partout un entrain, une gaieté bruyante et expansive, une animation vraiment contagieuse. Vers dix heures du

matin, la cloche de la messe se fit entendre, et tout le village, qui, depuis quelques
instants était réuni, en habits de fête, sur le *Coup-d'Air*, s'empressa d'entrer à l'é-
glise. Après la cérémonie, qui fut suivie d'une longue procession, j'allai, comme
mes hôtes, m'adosser à la porte du vieux monument, pour bâiller un instant au
soleil, et tâcher de me rendre compte du vif plaisir que le montagnard paraît goûter dans cette position. Là, je vis sortir le curé qui, accompagné de cinq ou six
collègues, venus la veille des communes voisines, gagna le presbytère, pour prendre
place avec eux à un très-confortable repas, où les volailles, cadeaux ordinaires des
paroissiens à cette époque, occupaient le premier rang. Une autre table était dressée près de moi, sur la place de l'église, et je vis le bedeau et les chantres s'y asseoir
pour faire honneur à quelques débris encore fort réjouissants qu'envoyaient les convives du presbytère. Dans une maison voisine dînaient également deux personnages
importants de la fête, *le roi* et *la reine*, en compagnie d'une cour assez nombreuse.
Un mot sur l'origine de cette dénomination monarchique. Le matin, j'avais assisté
au défilé de la procession, et, au moment où passait l'heureux couple auquel le curé
avait commis le soin de porter la châsse et la bannière du patron, une grosse voix
s'était écriée près de moi : *Quouè bou ; ma ne le l'ont pas ruba* (C'est bien, mais ils
ne l'ont pas volé). Le soir, en revenant au logis de mes hôtes, je m'informai du
sens de ces mots, et l'on m'apprit que le curé, dans cette circonstance, avait l'habitude de mettre aux enchères le droit de porter, pendant la procession, le saint,
l'oriflamme, et enfin les drapeaux qui doivent précéder la châsse. Le dernier enché-
risseur pour la châsse prend le titre de roi, et celle à qui la bannière a été adjugée
(les femmes concourent seules pour la bannière) est proclamée reine aux acclamations de la foule. Le produit des enchères est versé dans la caisse de la fabrique,
pour être consacré aux besoins de l'église.

La fête patronale dure de deux à trois jours, qui se passent presque continuellement à festoyer. Ce qui se consomme en cette occasion est énorme : chaque ménage,
dans la prévision d'un nombre considérable de convives, a fait depuis quinze jours
d'abondantes provisions qu'augmentent, en cas d'insuffisance, les réserves vivantes
de la basse-cour; puis, ce sont de toutes parts des efforts inouïs pour se surpasser
mutuellement en prodigalités de toute sorte. J'ai vu des maisons qui tenaient un
couvert prêt pour le premier venu, avec une cuisine en permanence où venaient
s'installer pêle-mêle tous les nécessiteux du village, indomptables appétits auxquels
douze mois de privations avaient donné une puissance incalculable.

Le soir du dernier jour de la fête, les réjouissances sont terminées par un magnifique feu de joie qui remplace exactement pour les paysans nos pièces d'artifice.

MŒURS. — ÉTAT INTELLECTUEL. — SENTIMENT RELIGIEUX.

Voici dix jours, mon cher ami, que j'habite le village où j'ai fait provisoirement
élection de domicile, temps suffisant, je crois, pour observer avec quelque maturité

une population qui n'a aucun intérêt à se dérober à mes recherches ou à poser plus ou moins héroïquement devant moi et que j'avais d'ailleurs visitée antérieurement. La grande sévérité de mœurs qui caractérise le paysan a tout d'abord attiré mon attention. Dès que la jeune fille devient nubile, elle est l'objet d'une attention générale qui la suit jusque dans les moindres actes de sa vie ; la même surveillance s'exerce sur le jeune garçon, dont toutes les démarches sont sévèrement contrôlées. Une faute a-t-elle été commise, si elle n'est pas réparée par une union légitime, les deux coupables sont obligés de s'expatrier, pour aller chercher ailleurs des moyens d'existence qui leur seraient refusés dans le village. Cette première et terrible conséquence d'un imprudent amour ne suffit pas à la vindicte publique : les parents eux-mêmes sont solidaires de la faute de leurs enfants, pour s'être relâchés de la sollicitude active dont ils devaient les entourer. Cette rigidité de principes s'étend encore plus loin : ainsi *la Ville* (Clermont) étant aux yeux du paysan un véritable foyer de perdition, le jeune gars qui commettrait l'imprudence d'y entretenir des relations trop suivies serait frappé, aux yeux des siens, d'une sorte d'indignité. Toutes les portes se fermeraient pour lui, nul ne consentirait à l'employer, et les mères lui refuseraient leurs filles. Mais aussi comme toute cette population est remarquable par la force et la santé! Les maladies graves lui sont généralement inconnues, et j'y rencontre chaque jour des vieillards presque centenaires qui font encore leur tâche quotidienne, et continuent d'apporter à la famille le tribut de leur travail.

Cette austérité patriarcale de l'Auvergnat montagnard a deux causes essentielles : l'*ignorance* et le sentiment religieux. Sans prétendre exhumer un paradoxe jadis célèbre sur l'antagonisme des lumières et des mœurs, je te dirai tout simplement que l'ignorance, du moins dans le pays que j'observe, a bien réellement l'effet que je lui attribue, par cette raison élémentaire qu'elle fait accepter sans discussion par le paysan le principe religieux dont tu ne nieras pas, j'espère, l'influence moralisatrice. Ne va pas te représenter toutefois mon brave montagnard comme le plus *primitif* des hommes. Sans doute il n'a pas encore les charrues Dombasle ou Grangé, les semoirs Quentin Durand; et certainement il n'a pas lu les traités agrico-scientifiques des Boussingault, des Payeu et des Gasparin ; mais ses travaux n'en sont pas moins raisonnablement dirigés. D'ailleurs, il supplée aux procédés économiques d'une agriculture éclairée par un travail infatigable, par la constance, la ténacité des efforts. Forcé de lutter contre un sol détestable où le rocher pousse à fleur de terre, il réussit cependant à faire chaque jour des conquêtes nouvelles sur cette triste nature, et c'est un spectacle admirable que celui des belles et florissantes cultures qu'à force de patience, de dévouement et presque d'héroïsme, il a portées sur les crêtes les plus arides de la montagne !

D'ailleurs, l'ignorance n'a pas étouffé chez lui l'esprit d'observation : ainsi, à la marche du soleil, et à certains effets de lumière sur les murs ou les arbres, il reconnaît l'heure avec une précision frappante. Une large fleur, de la famille des héliotropes, et qu'il suspend au-dessus de sa porte, lui apprend, en ouvrant ou en contractant sa corolle, l'état de l'atmosphère dans ses moindres vicissitudes. Enfin cette ignorance a bien aussi son côté pittoresque : quelle lecture, en effet, aurait à ses yeux l'immense intérêt de ces longs récits de la veillée, de ces merveilleuses légendes, de ces contes intarissables, de ces chansons sans nombre qui parlent si vivement à son imagination, à son cœur, et même à son esprit!... Enfin cette ignorance n'empêche pas non plus qu'il y ait, dans le pays, bon nombre d'idées en circulation : la richesse de l'idiome en fait foi.

Le celtique était, avant l'invasion romaine, la langue nationale de l'Auvergne; mais les vainqueurs s'établirent si profondément dans la province, que leur civilisation et leur langue s'y nationalisèrent, et l'on trouverait difficilement aujourd'hui dans le patois de la montagne des débris de l'idiome primitif. Au contraire, tout en adoptant les formes grammaticales françaises, il a conservé une foule de mots et même de phrases entières qui sont d'un très-pur latin, comme celles-ci : *Sta bos*; ou encore : *I, bos, veni*, par lesquelles le laboureur arrête ou presse son attelage.

Mais l'observation la plus curieuse qui résulte d'une étude attentive du patois bas-auvergnat, c'est la prédominance des mots d'origine *romane*, et qui, par conséquent, ont avec l'italien actuel (dont le *roman* est la base principale) des ressemblances frappantes. Voici un petit nombre de citations, les premières qui me reviennent en mémoire : *Chi sa ce quoué la verità?* Qui sait si c'est la vérité? (*Chi*, pronom italien; *sa*, racine de *sapere*; *quoué*, pour *questo é.)— Che z'a tiù vediù?* Qu'as-tu vu? (*Vediù* pour *veduto*.) — *Bailla me à mangià*. Donne-moi à manger. (*Mangia*, pour *mangiare*.) — *Sarra quéla porta*. Ferme cette porte. (*Sarrare*, verbe italien; *quéla*, pour *quella*.) — *Faccia te vire*. Montre-toi. (*Faccia*, comme en italien.)—*Lascia me dun fouére*. Laisse-moi donc faire. (*Lascia*, entièrement italien.) — *An' nous en*. Allons-nous-en. (*An*, racine d'*andare*.) — *Io ne lo z'e più vediù*. Je ne l'ai plus vu. (*Io*, pronom personnel italien; *lo*, article; *più*, également italien.) — *Sè ma una bestià*. Tu n'es qu'un sot. (*Sè*, pour *sei*; *ma*, mais; *una bestià*, mots italiens) — *Io te z'amo*. Je t'aime. (*Amo*.) — *Quett'se, io vendré te vire*. Ce soir, je viendrai te voir. (*Quett'se*, évidemment pour *Questa sera*), etc., etc., etc.

Voici maintenant les déductions auxquelles ce fait linguistique m'a involontairement conduit. Ne pourrait-on pas présumer que l'Auvergne, qui, sous les Romains, ne parlait plus que le latin, ayant été envahie, à l'époque du démembrement de l'Empire, par les mêmes peuples qui firent irruption en Italie, dut se trouver, par rapport aux conséquences philologiques de cette invasion, dans les mêmes conditions que ce dernier pays, c'est-à-dire que le *roman* dut y naître spontanément, la corruption du latin ayant amené le même résultat en Italie?

Il resterait maintenant à expliquer pourquoi ce phénomène ne s'est produit dans la basse Auvergne que parmi les populations de la montagne, et cette explication ne me paraît pas difficile à donner. Du onzième au douzième siècle, époque à laquelle je suppose que le roman était la langue nationale, on peut admettre (et les annales de l'Auvergne le prouveraient au besoin) que, par suite des guerres qui désolèrent ce pays, guerres intestines, guerres du dehors, un grand nombre de fugitifs allèrent chercher leur salut dans les montagnes, s'y établirent, et n'eurent de longtemps que de rares communications avec la plaine. Leur idiome aurait ainsi été soustrait à l'action des dialectes du nord.

Le patois auvergnat a produit toute une littérature qui ne manque ni de variété ni d'originalité ; elle abonde surtout en pièces poétiques d'un rhythme généralement piquant. La forme la plus familière à la muse de nos montagnes est celle de la chanson avec ritournelle. Ces chansons sont quelquefois d'assez longs poèmes consacrés au récit de quelque lamentable histoire d'origine féodale, dont l'héroïne est presque toujours une dame châtelaine victime de la vengeance d'un époux ou de l'indifférence d'un amant. Dans quelques-unes j'ai trouvé de douces et mélancoliques peintures des plaisirs de la campagne comparés à ceux de la ville, et où le poète ne manque jamais de préférer aux *richesses* et aux *beaux habits* sa *chaumière* et la *mie*. Cet amour des champs, cet éloge de la vie agreste, se rencontrent principalement dans de petites pièces dialoguées, espèce d'idylles pleines de naïveté et de fraicheur, dont le sujet est assez souvent celui-ci : un jeune seigneur de la ville est épris d'une bergère et veut s'en faire aimer ; pour cela il s'adresse à sa coquetterie, il parle de son carrosse, de ses chevaux, de ses valets. La bergère lui répond en vantant la grâce, l'élégance, le *beau maintien* de celui qu'elle préfère, et qui d'ailleurs veut l'épouser, tandis que le seigneur n'entend sans doute que se *dégata* (s'amuser).

Le mariage est aussi l'un des sujets de prédilection de la muse montagnarde. Tantôt c'est une jeune fille qui souffre et languit ; sa mère l'interroge sur son mal ; elle répond qu'elle voudrait un mari, et fait alors avec complaisance le portrait du fiancé qu'elle a rêvé et qu'elle craint de ne rencontrer jamais. Quelquefois c'est une fiancée qui se sent malade en l'absence de son *promis ;* celui-ci se hâte d'aller la consoler, et chante, en revenant :

Lou cuœur dé ma my ly fai tan de maou, Lou cuœur dé ma my ly fai tan de maou, Quand io vaz, Quand io vaz la vir la sou-laz-ge, Quand io vaz, Quand io vaz la vir la sou-lazge in paou.

« Le cœur de ma mie lui fait tant de mal (bis) : quand je vais, quand je vais la voir, je la soulage ; quand je vais, quand je vais la voir, je la soulage un peu. »

Dans un autre cas, notre jeune *amoureuse* veut également se marier, mais elle songe qu'elle n'a fait encore aucune économie, et que son galant n'est pas plus riche qu'elle. *Ki chi farens*, s'écrie-t-elle alors, *quand ny maridarens?* La question est grave en effet, et la bergère s'y arrête un instant ; mais bientôt l'amour lui fait repousser toute préoccupation sérieuse, et elle chante joyeusement :

N'ey   ma   chin   sous , ma   my a   n'a   ma   ka- tré,   ki

chy su - rens quand ny ma- ri-da - rens?   N'in tsa- ta - rin in tou

pin' ine is cu – de-la, in   cu-lié - roux, mandza - rin tou-chi   doux.

« Je n'ai que cinq sous, ma mie n'en a que quatre ; comment ferons-nous quand nous nous marierons, nous en achéterons un petit pot, une écuelle, un petit cuiller et nous y mangerons tous deux »

D'autres fois, la muse donne aux jeunes filles du village des règles de prudence contre les piéges de la séduction, et elle cache la sévérité des enseignements sous les formes gracieuses de l'allégorie. Ainsi, dans une de ces chansons-épîtres, le poête compare le séducteur à un loup insatiable qui rôde autour du bercail où sommeille l'innocence, et il termine chaque couplet par cette ritournelle :

Pa-ra lou - lou, p'ti-o- ta,   Pa-ra lou - lou ;   Pa - ra   lou-

lou qu'im-por-ta la sai-dou-na,   Pa- ra lou-lou qu'importa lou mou-ton.

« Prends garde au loup, petite, prends garde au loup ; prends garde au loup qui emporte la jeune brebis ; prends garde au loup qui emporte le mouton. »

La plupart de ces pièces lyriques sont chantées, et chacune dans un rhythme particulier et avec une expression différente. Il est assez remarquable qu'elles sont généralement en mode mineur, ce qui leur donne un caractère de mélancolie qui n'est pas sans charme. Qui a fait ces airs et ces paroles? Un peu tout le monde. Qui les apprend au montagnard? La tradition.

Je t'ai dit que notre paysan était profondément religieux, et il ne te paraîtra pas sans intérêt de connaître les pieuses pratiques qu'il accomplit avec une si scrupuleuse et si édifiante exactitude. Le matin, à son réveil, il offre à Dieu, dans une.

courte mais vive prière, le travail de la journée, et réclame l'intercession de son patron, puis celle de la mère du Christ, dont le culte est l'objet d'une ferveur générale en Auvergne. A midi, il attend avec un profond recueillement que la cloche de l'église sonne l'*Angelus,* et il suspend aussitôt son travail pour s'agenouiller et réciter l'oraison d'usage. Le dimanche, le montagnard assiste à toutes les solennités du jour. Je l'ai vu, le chapelet à la main, réciter ses prières pendant plusieurs heures, sans donner le moindre signe de distraction. Quand il quitte l'église, il se prosterne sur la dalle et y imprime trois fois ses lèvres ; il ne manquera jamais non plus, à l'issue de l'office, d'aller faire au cimetière un pieux pèlerinage.

D'après ces détails, tu comprendras sans peine que le curé puisse avoir sur l'esprit de ses ouailles une autorité absolue ; c'est ce qui a lieu en effet. Le curé, dans nos montagnes, est, à la lettre, le pasteur du troupeau le plus docile et le plus obéissant que je sache. Ses conseils sont des décrets ; ses opinions sur toute chose font loi. Le curé se mêle à tous les actes de la vie du paysan, il intervient dans les moindres détails du ménage, et se fait rendre compte des travaux, des ressources, des espérances ; toutes les consciences s'ouvrent devant lui, tous les secrets des âmes lui sont connus. Il n'a pas besoin pour cela d'exercer une surveillance personnelle et directe sur les villages qu'il dessert ; on vient à lui, ou le presse d'écouter, on l'associe spontanément à toutes les joies, à toutes les douleurs. Le curé est investi en outre d'une haute juridiction dans l'intérêt de l'ordre et des mœurs, et le dimanche, à l'office, il rend du haut de la chaire des arrêts qui ne souffrent aucune discussion. Un fait plus ou moins grave à ses yeux, comme un manquement à la messe, un jour férié, ou un cas d'intempérance, lui est-il signalé, il en prend note, et prépare à ce sujet une petite allocution qu'il intercalera dans le sermon. Le dimanche, en effet, après les premières phrases de la sainte parole, il s'interrompra pour se recueillir un instant ; puis, promenant un regard sévère sur son auditoire : « L'un de « vous, s'écriera-t-il, a commis une faute (ici l'énonciation du genre de faute) ; s'il « tarde à se présenter au tribunal de la pénitence, je dirai son nom à haute voix, et « en cas de récidive je lui interdirai l'entrée de l'église. » Il est bien rare que le coupable attende une seconde sommation pour venir s'amender aux pieds du représentant de celui qui *sait tout et entend tout.* Comme tu le vois, la procédure du curé pour l'instruction de ces sortes d'affaires est toute paternelle ; elle offre à ses justiciables toutes les garanties désirables de discrétion et de prudence. Mais ce n'est pas tout, et le pasteur rend encore à la communauté dont il a la direction religieuse, des services d'une autre nature et non moins essentiels : il est à la fois juge de paix, médecin et vétérinaire. Toutes les contestations civiles sont d'abord portées à son tribunal, où elles se terminent généralement dans les meilleurs termes. En cas d'accident ou de maladie peu grave, il accourt au lit du patient, au mépris de certaine loi au profit des docteurs à diplôme, dont il ignore probablement l'existence, et son double caractère, dans cette circonstance, de médecin du corps et de l'âme, exerce sur les malades, je te l'assure, une très-salutaire influence. Voilà bien des titres, j'espère, pour qu'il soit avec raison l'idole de ses paroissiens ; aussi la cave et le cellier du digne homme seraient-ils incessamment renouvelés par leurs offrandes, s'il n'avait eu soin depuis longtemps de modérer, en la réglant, l'expression d'une reconnaissance si bien méritée. Dans cette intention, il désigne une ou deux époques de l'année pendant lesquelles il visitera les différents villages de la paroisse, pour recevoir personnellement les preuves en nature de la vive affection de ses pénitents. Au jour indiqué, en effet, le curé, suivi d'un cheval que le sacristain conduit par la bride, se présente à la porte de chaque maison, où la ménagère s'empresse d'offrir, qui une mesure de blé, qui une paire de volailles, qui des légumes frais ou des fruits, que le sacristain accepte en souriant, et dispose de son mieux dans les larges *baines* (paniers) suspendues aux côtés du cheval. Dans l'intervalle, le curé entre dans la maison, s'informe de la santé de la famille, caresse les enfants, et s'entretient avec intérêt de l'état des récoltes ou des espérances de la moisson.

Le sentiment religieux, chez les âmes timorées et faibles, pousse inévitablement à la superstition : tu ne t'étonneras donc pas que mon paysan soit accessible aux plus absurdes, aux plus grotesques croyances. La plus populaire (et, j'ai regret de le dire, celle que le curé combat le moins vivement) repose sur cette conviction, que le défunt dont les souffrances en purgatoire n'ont pas été abrégées par un nombre suffisant de hautes et basses messes, reprend quelquefois son enveloppe terrestre pour venir, la nuit, gourmander l'égoïsme et l'indifférence de ses héritiers. Le

C. Penguilly   P. Louis

L'AUVERGNAT

récit de toutes les merveilleuses apparitions en ce genre défraye même en grande partie l'intérêt des veillées.

Parmi les autres superstitions d'origine non religieuse, j'ai remarqué que la foi au loup-garou était profonde et universelle. Selon nos paysans, le loup-garou habite le voisinage des cimetières ; il apparaît assez généralement à minuit, sous la forme de la bête fauve dont il porte le nom. Tous les loups du voisinage sont sous ses ordres, et lui obéissent avec une aveugle docilité. Mon hôte me racontait, hier soir, de l'air le plus grave du monde, que surpris une nuit, par un violent orage, à son retour de la ville, il s'était complétement égaré, et commençait même à s'inquiéter vivement, lorsqu'il vit venir à lui deux des acolytes du loup-garou, dont les yeux flamboyants éclairaient au loin la route, et qui lui servirent de guides pour re trouver son chemin. Arrivé chez lui, il chercha vainement des yeux ses deux compagnons de voyage ; ils avaient disparu.

Le diable, ici comme partout, a sa bonne part dans les récits merveilleux qu'a dopte si facilement la crédulité des masses. C'est sous la forme d'une *poule noire* qu'il se plaît, dans nos montagnes, à se manifester aux yeux des paysans ; et voici la recette de l'évocation : tu te rends à minuit au rond-point d'un carrefour, et tu cries trois fois : *Poula néira* (poule noire); au troisième appel, le diable devient visible ; tu peux alors lui faire tes propositions et discuter les siennes. Je te fais grâce, d'ailleurs, des sorciers, sorcières, chaque village ayant les siens et leur formant une très-lucrative clientèle ; mais il faut que je te parle d'une singulière recette, fort en usage dans nos montagnes, pour la guérison des enfants malades. Dès que le mal s'est déclaré avec une certaine intensité, les parents vont acheter, chez les fabricants de figures de cire, la pièce anatomique (je ne puis l'appeler autrement) qui représente la partie du corps où l'affection pathologique a établi son siége, et la portent à l'église, pour la déposer, moyennant rétribution, près d'un autel consacré au Christ enfant. Si le mal a pour signe extérieur une plaie, ou une éruption cutanée, l'image en cire l'indique fidèlement, soit par une coloration en rouge, soit par toute autre désignation analogue. Presque toutes les églises de nos montagnes ont une place consacrée au dépôt de ces *ex-voto,* et je me rappelle que, dans ma jeunesse, j'éprouvais un sentiment de secrète terreur, en voyant appendue, le long des murs, cette multitude de bras, de jambes, de têtes et de bustes, où étaient simulées les plus affreuses maladies.

LE PAYSAN AU POINT DE VUE SOCIAL ET ÉCONOMIQUE.

En retrouvant, dans presque tous les villages de la basse Auvergne, les tourelles encore intactes du manoir féodal, on pourrait penser que l'influence du seigneur y a survécu, en grande partie, à la rénovation politique et sociale de 89, comme cela se voit encore en Bretagne ; mais on ne tarde pas à être complétement désabusé. Sans doute le propriétaire actuel de l'ancienne résidence seigneuriale exerce encore sur l'esprit du paysan un certain prestige, mais c'est uniquement parce qu'il dispose d'une fortune considérable, et qu'il met en fermage, chaque année, la plus grande partie des terres de son domaine. Le prix de ce fermage, qui est annuel, consiste en une redevance en nature de la moitié de la récolte, mode de culture qui se retrouve dans la plus grande partie des anciennes provinces centrales de la France.

Le paysan de la montagne n'est pas seulement fermier ou métayer, il est encore propriétaire ; je n'ai même trouvé nulle part, en France, un goût aussi exclusif, aussi passionné pour les placements immobiliers. C'est l'emploi toujours prévu d'avance de ses économies, économies qu'il garde improductivement dans son coffre, jusqu'à ce qu'elles aient atteint le chiffre nécessaire à quelque acquisition projetée. Mais en y songeant, je me suis aperçu qu'il n'existait pour lui aucun autre moyen d'utiliser son argent, les caisses d'épargne étant à peine connues en Auvergne, les banques particulières ne lui offrant aucune garantie, et le prêt à intérêt, même garanti par une hypothèque, lui étant particulièrement antipathique. Je ne prétends donc pas lui reprocher, comme une erreur économique, cet amour de la propriété qui, d'ailleurs, est pour lui un stimulant énergique, un principe d'activité d'une grande puissance ; j'ai seulement constaté, avec peine, qu'aucun plan d'agrandissement bien conçu ne le dirigeait dans ses acquisitions immobilières. N'estimant pas le temps et la main-d'œuvre à sa juste valeur, il ne comprend pas l'intérêt qu'il aurait à arrondir son petit domaine en n'achetant, autant que possible, que les terres adjacentes, au lieu de se rendre adjudicataire d'immeubles lointains, et généralement dénués de bons moyens de communication. De là pour lui un travail sans relâche, absorbant, qui ne lui laisse pas le loisir de songer, soit à l'amélioration des voies de vicinalité, soit à une construction meilleure de son matériel et de son outillage aratoire, soit à un essai de culture nouvelle, soit enfin à quelque industrie dont le produit pourrait accroître ses ressources et son bien-être.

Il est assez remarquable (ce phénomène économique se reproduit d'ailleurs dans tous les pays pauvres) que notre paysan, dont l'existence est si laborieuse et difficile, ne considère pas comme une aggravation de ses charges domestiques l'accroissement indéfini de sa famille. Le premier spectacle qui frappe en effet les regards, quand on entre dans un village de la montagne, c'est le grand nombre d'enfants qui, couverts de guenilles, mais tous forts, vigoureux et pleins de santé, jouent à la porte des maisons. Mon hôte, que j'interrogeais sur les causes de cette particularité économique, me répondit qu'il avait la ferme conviction : 1° qu'en augmentant ainsi dans la famille le nombre de bras, on acquérait de nouveaux instruments de travail, et par suite des éléments de richesse ; 2° que les enfants du paysan, élevés dans l'amour et la crainte de Dieu et dans des habitudes d'ordre, de sagesse et d'économie, devaient nécessairement se faire leur place au soleil; 5° que la Providence se chargeait du reste. La première de ces considérations ne manque pas d'une certaine vérité, au moins en Auvergne. Là, en effet, depuis l'âge le plus tendre, l'enfant, garçon ou fille, devient un travailleur. Si les ressources de la famille sont insuffisantes pour nourrir tous ses membres, ils se séparent ; les uns se mettent en domesticité dans le village même, les autres descendent en ville ; mais l'émigration ne dépasse pas la province, et les jeunes enfants, ramoneurs ou joueurs de vielle, que tu vois en si grand nombre à Paris, n'appartiennent pas à la basse Auvergne, mais à la Savoie, et quelques-uns, en très-petit nombre, au Cantal. Quoique absents de leur famille et obligés de suffire seuls à leur existence, les enfants trouvent encore le moyen de réaliser, sur leur salaire, un petit pécule qu'ils envoient à leur père, jusqu'au moment où ils seront obligés de venir prendre soin de sa vieillesse et de le suppléer dans les travaux des champs.

L'existence de familles aussi nombreuses semble, au premier aspect, devoir produire un inconvénient grave, l'extrême division des héritages ; et, en effet, le morcellement du petit domaine, déjà privé d'une bonne partie de sa valeur par l'isolement de ses dépendances, finirait par en rendre la culture complétement impossible, si le mal ne trouvait un remède dans sa gravité même, et voici comment : l'héritier pauvre, qui ne peut faire l'achat du matériel nécessaire à l'exploitation de son lot, et qui d'ailleurs ne saurait y trouver des moyens d'existence suffisants, est obligé de le vendre à un voisin plus aisé, de sorte que la force de décentralisation créée par le partage des héritages est incessamment combattue par une force contraire qui ramène dans un petit nombre de mains la totalité de la propriété foncière.

Après les enfants, la femme du montagnard apporte à la famille sa bonne part du tribut que tous ses membres doivent lui payer. Quand elle est jeune, forte et d'une vigoureuse santé, elle se fait nourrice, et s'assure ainsi un salaire fort honorable. Presque toutes les jeunes paysannes de nos montagnes exercent la même industrie, et il en est bien peu qui ne réussissent à se procurer un nourrisson, l'air de la montagne étant si pur, et

nos jeunes et jolies mères de Clermont ayant pour leur santé, pour la fraîcheur de leur teint, une si tendre sollicitude !... Arrivée à un âge mûr, la paysanne reçoit des enfants en sevrage, ou elle aide son mari dans le travail des champs, le remplace au marché, et devient pour lui un *alter ego*, même pour les occupations les plus viriles.

Parmi les petits profits de notre économe et industrieux montagnard, il en est un dont je veux te parler avec quelques détails, parce qu'il le caractérise sous des rapports intéressants. Il est une époque de l'année où notre ville voit s'abattre sur elle toute la population des montagnes environnantes, depuis les vieillards qui retrouvent, en cette circonstance, leurs jambes de vingt ans, jusqu'aux plus petits enfants : cette époque est celle des vendanges, véritable fête nationale de la basse Auvergne. Dès que l'autorité municipale a fait afficher les bans, notre paysan, muni d'un énorme panier, d'une besace, et conduisant son char attelé, vient s'établir sur la place de Jaude, vaste emplacement aussi grand que le Champ-de-Mars, et c'est là que, dès quatre heures du matin, le propriétaire de vignobles vient louer ses services pour la rentrée de sa récolte. Le salaire de la journée est de 50 à 75 centimes au plus; mais le vendangeur doit être nourri, et c'est grâce à cette stipulation, sur laquelle, il faut le dire, le *bourgeois* s'exécute de bonne grâce, que le paysan élève réellement à un taux fort élevé le prix de son travail. J'ai déjà eu l'occasion de te parler de l'appétit phénoménal du montagnard; mais ici cet appétit prend des dimensions fabuleuses, et je me suis souvent surpris à considérer comme un spectacle l'incroyable rapidité avec laquelle disparaissent, sous sa dent, les énormes quartiers de bœuf, assaisonnés de pommes de terre, qui ce jour-là couvrent sa table. Et puis, il a du vin à discrétion, du vin, sa passion favorite, tellement favorite, que lorsqu'il vient en ville vendre son bois, ses bestiaux, ses légumes ou ses fruits, il consent à faire entrer le don d'un verre de vin en déduction du prix de sa marchandise! Tu comprends maintenant que l'époque des vendanges soit pour lui une des grandes circonstances, un des événements le plus impatiemment attendus de l'année. Aussi tant que dure la récolte de nos immenses vignobles, le montagnard reste en ville, couchant dans les granges, au coin des bornes, aux portes des maisons, et se réveillant avant le jour pour aller chercher un travail si lucratif et si attrayant à la fois pour lui.

En hiver, le paysan, qui n'a plus de grain à battre, plus de blé à vanner, plus de prés à arroser, plus de troupeaux à parquer, travaille à quelques petits ouvrages d'oserie, à quelques joujoux d'enfants qu'il va vendre à Clermont, les jours de marché. La femme file le chanvre, les jeunes enfants vont ramasser le bois mort. Par les froids rigoureux, quand l'aboiement des chiens a signalé l'approche de quelque bande de loups affamés (et ils ne sont pas rares dans cette partie de l'Auvergne), le montagnard s'arme de sa lourde carabine, qu'il charge avec de la vieille ferraille, et va s'exposer quelquefois à de graves dangers pour rapporter une tête de loup qu'il ira montrer dans les villages voisins, en réclamant, de porte en porte, quelques pièces de monnaie qu'on ne lui refuse jamais.

Si, avec tant de constance dans le travail, tant d'économie, tant de perspicacité à découvrir les moindres occasions de réaliser le plus mince bénéfice, mon paysan ne réussit que rarement à se donner une véritable aisance, il ne faut cependant pas trop s'apitoyer sur son sort et le croire soumis, par exemple, à un jeûne continuel. Sa nourriture, sans être très-substantielle, est suffisante. Pendant la semaine, ses repas se composent de fruits, de laitage et de légumes accommodés au beurre. Le dimanche est le jour de *régalade*; le matin, la ménagère prend sur la claie, où il rancit depuis des mois entiers, un morceau de lard et une tranche de salé qu'elle plonge, avec le plus beau chou du jardin, dans l'eau bouillante de la marmite; elle y joint aussi quelquefois la maigre et dure carcasse d'une poule étique, dont l'infécondité a été depuis longtemps constatée. A son tour, le mari, quand l'heure du dîner est venue, dépose sur la table, aux cris de joie des enfants, une bouteille de *piquette* (petit vin) qui va dérider tous les fronts, faire danser la *marmaille* (les moutards) dans la cour, rappeler à leur mère quelque bonne chanson du vieux temps, et rendre le mari tout guilleret.

LA MAISON. — ORGANISATION ÉCONOMIQUE DU VILLAGE.

Après l'homme, la maison ; après la maison, le village. Commençons donc par la maison. S'il te venait jamais fantaisie de venir visiter l'intérieur, le *home* de mon paysan, tu vérifierais l'exactitude de l'inventaire suivant : à gauche, en entrant, le dressoir où s'étale une bonne douzaine d'assiettes en grosse faïence, à fleurs rouges ou bleues, et à peu près autant de couverts en fer ou en plomb ; au-dessous, sur un banc de pierre, une cruche de grès se versant dans un seau destiné à recevoir les eaux ménagères ; toujours à gauche, au milieu de la pièce, un large foyer garni d'une lourde crémaillère, et de deux grosses pierres servant de chenets ; autour de l'âtre, trois escabeaux en bois et deux petits bancs adossés au mur dans la largeur de la cheminée ; au fond, le lit à baldaquin, à colonnes torses pour les riches et garni de serge verte ; sur le mur, près du chevet, le crucifix, le bénitier et la branche de buis bénit ; en face, l'armoire en bois de frêne ou de noyer, très-convenablement garnie, l'abondance du linge étant, en Auvergne, le signe le plus certain de l'aisance ; après l'armoire, et à droite, une longue table garnie d'un tiroir profond où se dépose le pain de la semaine ; sur des rayons disposés au-dessus de la cheminée, des *paillasses* (vastes corbeilles en osier), du lard, du salé, du jambon pour l'approvisionnement de l'année ; plus loin des pains énormes du poids de vingt-cinq kilogrammes environ, destinés à défrayer le mois courant ; enfin, au-dessus de la table, et contre le mur, des estampes coloriées représentant le bienheureux saint Benoît avec sa légende, les quatre fils Aymon et un Napoléon équestre.

La maison est ordinairement entourée d'une enceinte en pierre, à hauteur d'homme, ou d'une haie vive. Le jardin, qui fait suite à l'habitation, s'étend sur la droite. Les bâtiments se composent : 1° d'une chambre à feu où se tient la famille ; 2° d'une grange ; 3° d'une étable qui, en hiver, sert de dortoir ; 4° d'un grenier. La grange est éclairée par des trous pratiqués dans la toiture; les autres pièces ne reçoivent de jour que par la porte, notre paysan, qui est son propre architecte, et assez souvent son propre maçon, ignorant encore le *luxe* des fenêtres. Les toits sont d'ailleurs invariablement en chaume En face du jardin, à côté du fumier et de la mare fétide que le paysan entretient sous le nom d'abreuvoir, est une petite maisonnette percée d'un jour au levant, et d'où sort un douloureux et continuel grognement; c'est là que s'engraisse une des spéculations du paysan, qui, deux fois l'an, conduit au marché un porc vigoureux, à la hure puissante, à la membrure énorme. Au premier étage de la maisonnette habite, la nuit, sous la protection d'une porte à coulisse, le harem du roi de la basse-cour.

Dans nos montagnes, l'existence de la maison se rattache intimement à celle du village, par l'application à certaines dépenses du principe de l'association. Ainsi, chaque ménage cuit son pain à un four commun, moyennant une redevance en blé au propriétaire qui se charge des réparations du chauffage, et de la surveillance qu'exige la cuisson. Les lessives se font également dans une cuve commune, et chacune contribue, dans une proportion fixée d'avance, à la fourniture des cendres. Enfin la conduite du bétail aux pâturages du Puy-de-Dôme, où il doit séjourner plusieurs jours, est organisée d'après le même système. Chaque maison doit, à tour de rôle, se charger, sous sa responsabilité, de cette conduite, qui exige, de la part du berger, une attention continuelle, des jambes de fer et une connaissance parfaite des localités sur lesquelles le troupeau devra être dirigé. Le matin du jour fixé pour le départ, le berger, son havre-sac blanc sur l'épaule, le manteau de laine sur le bras, un long bâton à la main, se place au milieu du *Coup-d'Air,* et pendant dix minutes environ, crie de sa plus forte voix : *Mena lu biù, mena lu biù, lascia la vacha* (Menez les bœufs, lâchez les vaches)! Dans cet intervalle, on voit sortir de chaque maison, pour venir se rallier autour de leur guide et entreprendre avec lui un voyage de plusieurs lieues, tout le bétail que ne réclame pas le travail des champs et que le laboureur veut laisser reposer. Arrivé, à la chute du jour, au pied du Puy-de-Dôme, le berger choisit les pâturages où il pourra parquer le plus sûrement son troupeau pour la nuit, puis il va chercher un gîte dans une de ces cabanes de paille et de branches d'arbre qu'entretiennent à frais communs, sur le versant de la montagne, les villages qui envoient aux mêmes pacages.

PARTICULARITÉS. — LES COMMUNAUTÉS DE THIERS.

Si les détails dans lesquels je viens d'entrer, mon cher ami, reproduisent assez exactement le type du montagnard de la basse Auvergne, je dois te dire, dans mon impartialité, qu'au milieu de cette population si diverse de mœurs, de costume et

JEUNE AUVERGNATE.

même de langage, qui habite les mêmes lieux, j'ai dû omettre des particularités intéressantes, et dont quelques-unes méritent l'honneur d'une lettre spéciale. Je vais réparer en partie cet oubli.

Au nord-ouest de la petite ville de Thiers, située dans la partie orientale de la basse Auvergne, et à deux kilomètres environ de distance de ses barrières, s'élèvent de vastes fermes, bien bâties, bien situées et admirablement tenues. Ces fermes, qui vont te rappeler toutes les merveilles de New-Lanark, sont exploitées par des familles associées, auxquelles on a donné le nom de *communautés*. Ces communautés ont plusieurs siècles d'existence ; elles sont célèbres en Auvergne et occuperont certainement une place dans son histoire. Voici les bases de leur organisation : tous les membres de la famille (cent individus par communauté environ) sont logés, nourris et vêtus aux frais du revenu public qui se compose des produits de la terre, si la communauté est agricole, et, si elle est industrielle, de la fabrication d'une coutellerie à bon marché, dont il se fait un débit énorme dans la province. Le gouvernement de la famille est fondé sur l'élection. A une époque fixée par la tradition, elle se réunit et procède à la nomination du *maître*. Le maître distribue, dirige et surveille le travail, encaisse les recettes, tient la comptabilité, assure l'approvisionnement de la communauté, et la représente au dehors dans les affaires litigieuses. Le maître exerce sur la famille une juridiction paternelle dont les décisions sont toujours respectées. Quand un conflit s'est élevé dans la journée entre quelques-uns de ses administrés, le soir, à souper, il les invite à faire connaître leurs griefs, on discute avec eux la valeur, et réussit presque toujours, sans avoir besoin d'user de son autorité, à décider une franche et sincère réconciliation. Le pouvoir dont dispose le maître est à peu près illimité ; mais il ne l'exerce que sous une responsabilité sévère qui est la garantie de la famille. Placé en effet, pour les moindres actes de son administration, sous la surveillance attentive de ses commettants, il ne saurait oublier trop gravement les conditions de son mandat, sans provoquer immédiatement par cette conduite une réunion générale de la communauté, qui discuterait publiquement le mérite de sa conduite, et le déposerait au besoin. L'histoire des communautés offre déjà plusieurs exemples de cette justice populaire.

Le maître partage les soucis de l'administration avec un autre pouvoir également fondé sur l'élection, mais dont la spécialité restreinte laisse intacte la haute suprématie du chef. Ce pouvoir est représenté par une femme intelligente et laborieuse, qui, sous le titre de *maîtresse*, surveille le matériel de la communauté. C'est elle qui distribue le linge, le fait blanchir, le reçoit, le compte, le fait réparer, et le renouvelle. Elle s'occupe encore de l'habillement de la communauté, du soin de la basse-cour, et préside, en un mot, à tous les détails du confort intérieur. La maîtresse ne peut être ni la femme, ni la sœur, ni la parente à un degré rapproché du maître : la famille, en établissant cette loi, a craint que la chose publique ne fût compromise entre les mains de deux chefs qui seraient liés par une trop grande communauté d'intérêts.

Après la charte politique de ces curieux phalanstères, qui réalisent à la fois les théories d'Owen et de Fourier, vient leur constitution économique et sociale, qui est

également digne du plus haut intérêt. D'abord, l'égalité pratique la plus absolue
règne parmi les associés. Chacun a droit à une égale répartition des avantages
matériels dont la communauté peut disposer, le travail étant la loi commune, et
personne ne pouvant l'enfreindre. Les distributions en argent sont rares, d'abord
parce qu'elles sont inutiles, tous les besoins étant satisfaits, ensuite parce que le
maître craindrait d'introduire un élément de désordre dans la famille, l'argent ne
pouvant trouver d'emploi que dans les cabarets de la ville ; enfin, parce que, dans
celles des communautés qui sont purement agricoles, le blé remplace généralement
la monnaie comme signe représentatif de la valeur, et qu'ainsi le trésor public n'est
réellement autre chose que le grenier commun. Le principe souverain et conservateur de l'association est celui-ci : *Les biens immeubles ne seront jamais partagés ; le
domaine de la ferme ne pourra être diminué ni par héritage, ni par donation, ni
pour cause de mariage,* ou, en d'autres termes, *la communauté seule possède.* Ce
principe entraînait, comme conséquence à peu près inévitable, le suivant que je
crois vulnérable au point de vue physiologique : *Nul ne se mariera en dehors de
la communauté.* Cette prescription n'est cependant pas exécutée trop judaïque-
ment, et plus d'une jeune fille est allée prendre un époux dans la communauté
voisine ; dans ce cas, le maître de la famille qu'elle quitte lui constitue une dot de
600 livres, à la condition que les deux conjoints renonceront à toute pétition d'hérédité, stipulation qui se maintient encore de nos jours, malgré l'art. 794 du Code
civil, dont les jeunes époux n'ont pas songé, une seule fois, à invoquer l'application.
L'inaliénabilité du domaine de la communauté est ainsi garantie.

Les enfants sont conduits de bonne heure aux travaux des champs ou dans les
ateliers de la communauté, et suivent ordinairement la profession paternelle, à
moins que l'un d'eux n'ait manifesté une intelligence assez remarquable pour déterminer le maître à lui faire donner une instruction supérieure. Avant la révolution, un
membre de la plus riche des communautés, celle de Pinon, était devenu chanoine
de Thiers, et l'une des lumières de l'église d'Auvergne. Il alla passer ses derniers
jours au sein de sa famille, et, à sa mort, qui eut lieu, je crois, en 85, la chambre
qu'il avait habitée resta fermée pendant plusieurs années.

L'éducation professionnelle des enfants, dans les communautés, ne se borne pas
à de simples notions d'agriculture, elle embrasse encore les premiers éléments
d'un assez grand nombre de métiers. Ainsi, chaque habitant de la ferme est généralement en état de construire un meuble, un ustensile aratoire, de réparer un
mur, et même de bâtir au besoin. Sous ce rapport, nos petits phalanstères encourront
la disgrâce de l'économie moderne, qui veut la spécialité et la division du travail,
et ne souffre pas qu'un peuple ou un individu prétendent se suffire à eux-mêmes en
fabriquant tous les objets qu'ils consomment, sans rien demander à leurs voisins.
Mais le principe du *self-making* est conforme aux vues de la communauté, qui n'admet chez elle aucun ouvrier étranger, et prétend ainsi conserver les mœurs de la
famille dans toute leur pureté primitive. Par suite, constructions, meubles, vêtements, chaussures, matériel aratoire ou industriel, tout se fait dans la ferme et par
les mains des associés.

En analysant attentivement les éléments sociaux de la communauté, j'ai été frappé de l'existence d'un fait bien grave et que l'on m'a assuré remonter aux temps les plus éloignés, c'est l'infériorité sociale reconnue et en quelque sorte légale des femmes. Quoique représentées directement par la *maîtresse* investie, comme on sait, d'une partie de la souveraineté, ce qui semblerait leur assurer le bienfait de l'égalité, elles sont cependant bien moins considérées comme les compagnes que comme les servantes de leurs époux. Ainsi, elles servent à table et ne peuvent y prendre place que lorsque les hommes ont fini leur repas ; dans toutes les autres circonstances, elles sont assimilées à la domesticité, et partagent avec les valets de ferme et les filles de service les soins les plus pénibles et les plus rebutants. Cette observation ne doit cependant pas impliquer le grief d'inhumanité contre l'habitant de la communauté ; non, il obéit seulement à la tradition, et ce qui le prouve, c'est que la bonté, la générosité même sont l'essence de son caractère. Par exemple, il exerce l'hospitalité à la manière antique. Le pauvre trouve toujours à la ferme le pain, la soupe et un gîte pour la nuit dans une chambre qui lui est spécialement destinée. En hiver, il est logé dans le fournil, et son hôte pousse l'humanité jusqu'à chauffer la pièce qui doit l'abriter. Dans la cour, sous un arbre, est une table toujours dressée et prête à recevoir un convive, c'est la table du pauvre ; enfin, comme dernier trait à cette touchante charité, les chiens de la ferme sont élevés à ne point mordre, de peur que le mendiant qui se présente la nuit ne soit maltraité ; seulement, au bruit de leurs aboiements, le maître se lève, va au-devant du malheureux que le ciel lui envoie, l'accueille avec bonté, et ne se retire qu'après avoir satisfait à ses besoins les plus urgents.

Le montagnard des communautés se fait remarquer par la gravité de son maintien, par une physionomie ouverte et empreinte de loyauté. Sa tête est pleine de force, de calme et de fermeté. Son costume diffère de celui des autres paysans de la basse Auvergne ; il se compose d'un habit à longues basques, de couleur bleue, des braies ordinaires, du chapeau rond et d'un large tablier blanc. Les jours de fête, le maître et les travailleurs les plus âgés portent une ceinture en velours bleu liséré de rouge. Avant la révolution, cette ceinture était ornée, sur le devant, d'une plaque d'argent, avec l'écu de France en relief, entouré d'emblèmes agricoles. Cette distinction honorifique était un don de Louis XVI, qui avait en outre accordé aux maîtres de la communauté de Pinon le droit de présence dans toutes les cérémonies publiques, à côté des autorités judiciaires et administratives de la ville de Thiers.

LETTRE II.

LE PAYSAN DE LA PLAINE.

Avant d'arriver au paysan de la plaine, j'avais l'intention d'étudier la nuance intermédiaire, le paysan de la vallée ; mais je ne tardai pas à me convaincre qu'un pareil travail manquerait d'intérêt, cette nouvelle physionomie n'ayant aucune originalité vivement accusée. Je descendis donc immédiatement dans la Limagne, pour me livrer à quelques recherches sur le caractère et les mœurs de ses habitants.

La Limagne est un vaste bassin, d'une fertilité proverbiale, qui occupe une étendue considérable de la partie orientale de la basse Auvergne; elle est bornée à l'ouest par le Puy-de-Dôme; à l'est, par les montagnes du Forez; au midi, par la rivière d'Alagnon, et comprend un espace d'environ cent vingt-cinq kilomètres carrés (environ douze lieues). Malgré sa dénomination de plaine, elle est semée de monticules dans les situations les plus pittoresques, et sur lesquels on trouve encore bon nombre de ruines féodales. Les villages les plus importants sont bâtis sur des éminences.

Le paysan des régions inférieures est métayer. Celui qui a pu affermer un domaine de quelque importance le subdivise en métairies qu'il donne à bail, et au prix le plus élevé possible, à quelques pauvres familles qui y trouvent à peine de quoi vivre. Aussi, rien de plus pénible à voir sur ce sol d'une admirable richesse que cette population de sous-fermiers, population hâve, maigre, flétrie par les souffrances et les privations, et qui rappelle l'Irlande et ses misères. Le voisinage de Clermont est pour cette classe déjà si pauvre, si dénuée, une occasion continuelle de débauches et de désordres qui vient encore aggraver son affreuse position. Les dimanches, les hommes viennent dépenser dans les bouges les plus infects de la ville le pain de leurs femmes et de leurs enfants, et vers le soir, les routes qui conduisent à leur village sont le théâtre de rixes et de querelles où ils montrent une incroyable férocité.

Le paysan métayer est de petite taille; ses traits, déprimés par la misère et la débauche, n'ont ni finesse, ni intelligence, ni bonté. Son costume est des plus simples; il porte habituellement une casquette blanche, en forme de mitre; une veste, un pantalon de serge bleue, avec d'énormes boutons en métal. Son *tailladou* ou couteau de poche ne le quitte jamais, et il s'en sert à la moindre provocation. C'est ce qui rend si dangereuses les scènes de brutalité et de violence auxquelles il prend part si fréquemment. Cette variété du paysan de la Limagne est réellement le *caput mortuum* des populations de la basse Auvergne. Sans croyance religieuse, sans frein moral, en guerre continuelle avec les agents de la force publique, vivant de rapines et de maraude, le métayer limanier est l'effroi de la ville et l'objet d'un mépris général....

Des villages situés sur les hauteurs, il en est deux fort connus dans la basse Auvergne, et dont les habitants se recommandent par la trempe vraiment imposante des caractères et la nouveauté des mœurs; ce sont Obierre et Beaumont. Le paysan de ces hameaux est à la fois laboureur et vignicole, ce qui pourrait expliquer dans de certaines limites le mélange de qualités réelles et de défauts graves qui le distingue. Aussi grand que le montagnard, il est plus droit, plus ferme, plus *carré sur sa base*. Sa mâle et rude figure respire l'énergie, la force, mais surtout la violence. Il faut le voir quand il descend en ville, son large chapeau sur l'oreille, la tête haute, la lèvre dédaigneuse, et son lourd bâton à la main. Il inspire alors une

sorte de respect mêlé d'effroi, parce qu'on connaît la vivacité de ses colères et la ténacité de ses rancunes; du reste, il parle haut et bref et en imprimant à son redoutable
bâton un mouvement de rotation fort significatif. Le trait particulier de son caractère
est un amour fanatique de l'indépendance. Il hait du plus profond de son âme
l'habitant de la ville, qu'il considère comme un seigneur féodal au petit pied, et
répugne invinciblement à toute espèce d'impôts, un seul excepté, la conscription,
parce qu'elle s'adresse à ses instincts éminemment belliqueux : on a donc renoncé
depuis longtemps à introduire le droit d'exercice dans ces deux villages, et le percepteur qui les compte dans sa circonscription est souvent obligé de les classer au
chapitre des non-valeurs. Liés entre eux par une étroite affinité d'idées et de sentiments, ils font cause commune dans tous les cas où il s'agit de résister à quelque
tentative sur leur liberté ou leur propriété. Bien osé sera l'huissier, par exemple,
qui se présentera dans le village pour exercer quelque acte rigoureux de son
ministère; non-seulement toute la maison du débiteur se mettra contre lui en état
de résistance ouverte, mais encore le village tout entier sera debout, en quelques
minutes, pour procéder à son expulsion. Enfin les chiens de basse-cour, que leurs
maîtres dressent à mordre le *moucheu*, seront lancés sur ses traces pour achever
sa retraite, qui se change ordinairement, et avec raison, en une fuite précipitée.
La justice est-elle à la recherche d'un coupable dans l'un de nos deux villages, si
le délit n'est pas un acte déshonorant aux yeux des habitants, ils prendront l'accusé
sous leur égide, feront tout pour assurer son évasion, et le défendront au besoin les
armes à la main. Brave par tempérament, le paysan d'Obierre court tête baissée
sur le péril; dans les querelles, il attaque le premier et ne cède que lorsqu'il est
hors de combat. Quand l'une de ces terribles rixes vient à s'élever, les témoins font
cercle autour des champions, avec mission d'empêcher toute intervention concilia-
trice. Une première rencontre n'a-t-elle pas suffi pour épuiser le ressentiment des
adversaires, ils s'ajournent à une prochaine occasion, et ne manquent pas de se
retrouver, jusqu'à ce qu'une blessure grave, de part ou d'autre, ait terminé la querelle. Si le ministère public n'instruit pas officiellement sur les suites de ce duel,
le vaincu ou sa famille ne déposeront aucune plainte, sous peine de s'attirer l'a-
nimadversion du village entier.

Au bruit de la révolution de juillet, Obierre et Beaumont entrèrent en insurrection, foudirent sur la ville, et incendièrent les barrières. La force armée n'empêcha
qu'avec des peines extrêmes le pillage de la ville. De retour dans leurs foyers, les
habitants des deux villages proclamèrent la république et s'armèrent spontanément.
Les autorités départementales craignirent même longtemps de les voir provoquer
un mouvement général de la montagne sur la ville, et ne purent conjurer ce danger
qu'en suspendant pendant quelques mois le prélèvement des droits d'octroi, mesure
habile qui désarma complétement les paysans.

LETTRE III.

PAYSAN DE LA HAUTE AUVERGNE.

Un fait dominant, caractéristique, autochtone, dans la haute Auvergne, c'est l'émigration. La rudesse du climat, la cherté des fermages, la stérilité à peu près générale du sol, l'accumulation dans un petit nombre de mains de la propriété foncière, sont autant de circonstances qui, de temps immémorial, ont obligé le montagnard à chercher ailleurs des moyens d'existence. L'émigration est de deux sortes : l'une avec esprit de retour, l'autre perpétuelle. La première se subdivise encore quant à la moyenne de sa durée. Quelquefois le paysan ne revient au pays natal qu'a près avoir réalisé des économies suffisantes pour y passer en repos ses derniers jours ; souvent aussi il ne quitte le village que pendant l'intervalle compris entre l'ensemencement et la moisson. Dans le premier cas, il part pour Paris, ce rendez-vous général de l'émigration auvergnate, ou pour quelque grande ville de la province ; on le rencontre aussi souvent dans les principaux centres d'industrie de la Belgique, de la Hollande et de l'Espagne [1], quelquefois même au delà du continent [2].

---

[1] L'une des rues les plus populeuses de la ville de Séville s'appelle la *rue d'Auvergne*.
[2] Il existe une colonie auvergnate à Madagascar.

Dans le second, il ne sort guère des trois départements qui composent l'ancienne province.

Il faut maintenant établir deux nouvelles catégories d'émigrants : les uns quittent le pays dans un but de commerce, les autres, pour exercer un métier qui les fasse vivre. Ceux-là emportent un petit capital qui servira à l'achat de marchandises; ils sont généralement colporteurs ou brocanteurs. Ceux-ci, moins aisés, se procurent seulement les outils de leur état, et s'établissent porteurs d'eau, chaudronniers, savetiers, raccommodeurs de faïence, charbonniers, fruitiers, commissionnaires et forts à la halle. L'esprit mercantile et égoïste de l'industriel auvergnat est suffisamment connu; mais, ce que l'on pourrait ignorer, c'est qu'il a fondé à Paris une vaste association commerciale qui se ramifie dans les départements et jusqu'à l'étranger. Cette société a ses banquiers et ses correspondants. Son siége est dans une des petites rues perpendiculaires à celle du Faubourg-Saint-Antoine. C'est là que se centralisent tous les renseignements qui peuvent intéresser l'association. L'agence est dirigée par des négociants, presque tous marchands de rouennerie, de ferraille ou de vieux habits, qui disposent de fortunes considérables et d'un crédit solidement établi. Ce sont eux qui communiquent aux associés les nouvelles commerciales, et donnent des instructions aux correspondants; leur magasin est une bourse où les *gros bonnets* de la société viennent s'informer du jour et de l'importance des ventes publiques, ou chercher les renseignements politiques qui peuvent faire présager en France ou à l'étranger de grandes crises commerciales dont l'association devra profiter. Le brocanteur auvergnat est le vrai loup-cervier dont parlait M. Dupin; il a remplacé le juif du moyen âge : il flaire les calamités qui peuvent s'abattre sur une province, sur un royaume tout entier; il sait, par une véritable télégraphie électrique, toutes les nouvelles sinistres, et nul ne fait plus vite ses dispositions pour les exploiter. Il était en Espagne avant M. Taylor et les lord Elgin de l'Angleterre. Sans avoir le goût des arts, il est doué d'un admirable instinct qui lui fait chercher et deviner un chef-d'œuvre au milieu d'un amas de débris sans valeur. Quand il achète, il voit d'un seul coup d'œil et la valeur de l'objet à vendre, et la physionomie et les secrètes dispositions du vendeur. Pour lui, jusque dans l'instant décisif du marché, il garde une sérénité imperturbable. Notre homme reconnaît avec un tact parfait les premiers indices de la réaction qui peut s'opérer dans nos goûts artistiques; ainsi il avait compris avant 1850 que la plastique du moyen âge allait être l'objet d'une faveur passionnée, et dès ce moment il s'était rué sur les provinces, fouillant les villes, les villages, les fermes, achetant jusqu'au moindre dressoir, jusqu'au moindre bahut gothique, et expédiant à Paris d'immenses cargaisons de meubles qu'il a revendus avec un bénéfice énorme. Aujourd'hui il exploite avec le même succès notre amour pour la rocaille et les fantaisies de Boule, pour se rallier demain, s'il le faut, aux formes grecques et romaines de l'empire. Jusque-là tout déposerait en faveur du brocanteur auvergnat, comme industriel habile, infatigable, ingénieux, si, dans son impatience d'arriver à une fortune rapide, il n'avait recours à des expédients que tu vas qualifier. Tu as sans nul doute entendu parler de cette redoutable bande de *leveurs* qui fut, en 1833, la terreur du commerce parisien, et qui vient encore tout récemment de relever la tête. Les leveurs forment dans la grande association auvergnate une affiliation particulière et souterraine qui a sa hiérarchie, ses règlements et son mot d'ordre. Ils occupent ordinairement dans la Cité ou le faubourg Saint-Antoine de petites boutiques de rouennerie et de mercerie. Leurs premières opérations avec les magasins en gros où ils renouvellent leur assortiment se font toujours au comptant; ils se constituent ainsi un crédit solide. Plus tard, ils prennent des engagements à terme et les remplissent avec une rigoureuse exactitude. Enfin, quand ils se croient pleinement en possession de la confiance de leurs principaux fournisseurs, ils jettent ce qu'ils appellent le *coup de filet*. C'est une manœuvre à l'aide de laquelle ils se font livrer par ces négociants des masses de marchandises sur simple règlement, pour disparaître quelques jours après et se réfugier dans leurs montagnes, où nul ne se chargerait d'instrumenter contre eux. Pour dissiper les doutes que pourraient faire naître des commandes aussi considérables, ils joignent à leur crédit personnel le patronage de leurs compatriotes les plus honorablement connus, qui n'hésitent pas à donner sur eux, et presque toujours avec la meilleure bonne foi, les renseignements les plus favorables. Ils ont soin de choisir d'ailleurs, pour arriver plus facilement à la perpétration de leurs méfaits commerciaux, les époques de crise industrielle, parce qu'alors les marchands *poussent* témérairement à la vente, et se relâchent facilement des précautions de sûreté qu'ils prennent dans les cas ordinaires.

L'émigrant compris dans ma seconde catégorie n'a pas les qualités, mais ne donne pas non plus dans les énormités du paysan industriel. Constant, laborieux, probe, d'une intelligence proportionnée à sa tâche, il avance péniblement, mais sûrement, au but que s'est proposé sa modeste ambition. Il se marie ordinairement à Paris, et, préférant l'utile à l'agréable, c'est habituellement à vos cordons bleus qu'il adresse ses hommages. Marié, il continue son état, et permet à sa femme de tenir un fonds de fruiterie. Si le fonds prend quelque développement, il vient s'y fixer, et il travaillera ainsi jusqu'à cinquante-cinq ans environ, époque à laquelle le besoin de retourner au pays se fera vivement sentir pour lui.

L'émigrant qui revient à la montagne s'annonce de loin au village par de grands cris de joie mêlés de quelques couplets d'une chanson entonnée à tue-tête, et par plusieurs coups d'un vieux pistolet qu'il a acheté exprès pour la circonstance. Toutefois, s'il veut être cordialement accueilli, il aura dû rapporter un pécule capable d'en imposer au préjugé, qui, chez les paysans de la haute Auvergne, ne leur fait accueillir qu'avec défiance ceux de leurs compatriotes qui reviennent de Paris. Mais si, en faisant son entrée dans le hameau, il a soin d'exposer aux regards un *boursicaut* convenablement garni, tous les fronts se dérideront à son aspect, et, s'il est célibataire, les jeunes filles auront pour lui leur plus engageant sourire. Une fois installé dans le village, le paysan enrichi fait succéder presque sans transition la mollesse et le *far niente* aux habitudes laborieuses de sa vie passée. Ses journées s'écoulent au cabaret, entre le vin et le jeu, ses deux passions favorites. Du reste, il n'enrichit le pays d'aucun des procédés nouveaux, d'aucune des

L'AUVERGNAT.

(THIERS.)

améliorations dans les arts industriels ou agricoles qu'il aura pu observer pendant ses voyages; et bientôt il aura tellement repris toutes les allures, toutes les habitudes indigènes, que le souvenir d'une civilisation plus avancée que celle de son village ne lui apparaîtra plus que comme un rêve confus et lointain. Mais ce qu'il rapportera avec lui et ce qu'il propagera rapidement, c'est une assez grande facilité de mœurs, beaucoup d'aptitude au plaisir, et une indifférence religieuse complète, tristes cadeaux dont la moralité du pays ne tarde pas à se ressentir.

Le retour de l'émigration soumet à de continuelles et profondes modifications l'idiome patois de la haute Auvergne, en l'obligeant à s'assimiler tous les emprunts que le paysan a pu faire aux dialectes étrangers qu'il a parlés. Aussi y reconnaît-on une multitude de racines et même de mots entiers appartenant au français, à l'italien et à l'espagnol, en un mot, à toutes les langues des pays où il a séjourné. Ce patois diffère tellement de celui de la basse Auvergne, que les paysans des deux pays ne se comprennent même pas. Le concours de tant d'éléments hétérogènes à la formation de l'idiome haut auvergnat ne l'empêche pas d'être une langue vivante par excellence, et d'une intarissable fécondité. Comme sa voisine du Puy-de-Dôme, elle a donné le jour à toute une littérature dont les produits, en poésies fugitives seulement, formeraient déjà une fort imposante collection. L'amour, mais un amour ardent, impatient, tout méridional, est la muse habituelle de ces poésies, qui ont d'ailleurs plus de variété dans le rhythme, plus de mouvement et de chaleur, quelque chose de plus avancé dans les formes littéraires, que les chansons de la basse Auvergne.

Le costume, qui va se dénationalisant tous les jours, est tel que tu peux l'observer dans les rues de Paris : la veste et le pantalon de velours bleu ou gris en hiver, de coutil bleu en été, et notre petit chapeau rond. Quelques villages ont conservé le chapeau aux larges rebords, et portent en hiver le *coubertie*, manteau ouvert par devant, froncé sur les épaules, où il s'attache par une agrafe. Le *goujou*, long couteau à gaîne, complète l'habillement. Naturellement doux et pacifique, le montagnard haut auvergnat se porte cependant aux plus graves excès, quand sa passion la plus habituelle et la plus dangereuse, la jalousie, l'agite violemment. Il médite alors froidement ses vengeances, et choisit ordinairement un jour de fête pour les accomplir. Le soir, en effet, il se mêle aux danses où figure le rival qu'il veut frapper, se glisse jusqu'à lui, et se place sans affectation à ses côtés, pour être plus sûr de la portée de ses coups. Il est toujours suivi, dans cette circonstance, par un certain nombre d'amis qui ont épousé sa querelle et lui ont fait l'offre d'un coup de main. A un signal convenu, les lampes s'éteignent, et alors commence, dans la plus profonde obscurité, une lutte terrible entre les deux rivaux et les partis qui les soutiennent. Quand les champions sont las de frapper, les lampes sont rallumées, les blessés évacuent la salle, les femmes reviennent, et les danses continuent. Il est rare, comme dans tout le reste de l'Auvergne, que la victime porte une plainte judiciaire; seulement elle avise aux moyens d'avoir son tour, et l'occasion ne lui manque jamais de prendre une éclatante revanche; enfin quand, après un certain nombre de rencontres, il s'est fait une sorte d'égalité dans la distribution des coups et blessures, les amis interviennent qui amènent une réconciliation.

Je t'ai parlé du préjugé qui, dans les communautés de Thiers, frappe les femmes d'une sorte d'infériorité sociale, et les assimilé à peu près à la domesticité : ce préjugé existe ici dans toute sa force, et se manifeste d'une façon singulière dans une circonstance qui mérite d'être rapportée. A la mort de son conjoint, et avant l'inhumation, le mari invite à dîner ses amis et les membres de sa famille : le couvert est mis dans la chambre mortuaire. Ce repas, qui ne se ressent en rien des tristes émotions que pourrait inspirer le voisinage de la défunte, est spécialement consacré à la discussion des nouvelles offres de mariage qu'on ne manque jamais de venir faire à l'époux, et se termine rarement sans qu'il ait arrêté un nouveau choix. Après l'enterrement, il rassemble de nouveau ses convives du matin, et leur fait une distribution de comestibles, qui se compose ordinairement d'un morceau de viande, d'une livre de pain blanc, d'une livre de fromage et d'une bouteille de vin.

Ce fait si grave de l'inégalité sociale des époux dans le mariage n'est pas le seul qui nous aide à pénétrer dans le secret des institutions sociales primitives de la province ; le droit d'aînesse, encore en vigueur dans les parties reculées de la montagne, vient aussi nous révéler que la famille y était hiérarchiquement organisée. Ainsi, après le père, le fils aîné ; après ce dernier, les autres enfants mâles; puis, sur une ligne parallèle, les filles et la mère. Le père et l'aîné sont servis par la femme sur une table séparée, et sont les chefs reconnus et incontestés de la famille. Au décès du père, c'est l'aîné qui prend la direction du ménage, et ses frères lui continuent le respect et la soumission qu'ils ont eus pour leur auteur.

DEUXIÈME PARTIE.

LETTRE IV.

I. HABITANT DE LA VILLE.

Me voici à Clermont depuis huit jours, après avoir visité Thiers, Billom, Saint-Flour, Aurillac, c'est-à-dire les villes importantes de la haute et basse Auvergne. Je me suis mis immédiatement à rédiger, dans les formes arrêtées par ton pro-

AUVERGNATE

(Femme de Thiers).

gramme, les notes que j'ai recueillies sur les mœurs de leurs habitants, ou plutôt mes souvenirs de jeunesse que ces notes n'ont fait que confirmer, et je me hâte de te les envoyer.

Tu dois te rappeler certaine carte fameuse dressée, je crois, par le baron Charles Dupin, sur laquelle le degré de civilisation de chaque province de la France était indiqué par toutes les nuances intermédiaires entre le blanc pur, signe du progrès le plus avancé, jusqu'au noir sombre, image du plus complet obscurantisme. Sur cette carte, l'Auvergne est voilée par un épais nuage. Malgré mes patriotiques susceptibilités, je suis bien obligé de convenir qu'en plaçant ainsi ma province natale dans une des zones les moins privilégiées, l'honorable savant ne lui avait pas fait une trop criante injustice. Il est même remarquable que la révolution de juillet, qui a communiqué à peu près au reste du royaume une impulsion intellectuelle si énergique, n'a pas eu ici une influence sensible. Cela tient à cette invincible opiniâtreté du naturel auvergnat, le plus tenace dans ses allures, dans ses habitudes, le plus hostile à tout esprit d'innovation que je connaisse. Quand je relis ce que les chroniqueurs ou les auteurs de mémoires ont écrit sur le citadin auvergnat, je vérifie que, sous tous les rapports essentiels, le temps n'a rien changé à la nature morale de cet honnête membre de la famille française. Mais, ce qui mérite une mention particulière, c'est la touchante unanimité desdits chroniqueurs ou mémorialistes à médire de ma province, et surtout de sa capitale, qui la résume assez fidèlement. Le plus intolérant, le plus exclusif dans son antipathie pour l'Auvergne, est le célèbre écrivain des *Oraisons funèbres*, le classique Fléchier, auteur d'une histoire, assez curieuse du reste, *des Grands Jours d'Auvergne*. Son portrait de l'habitant des villes est d'une exactitude que j'ai souvent eu l'occasion de vérifier, en y retrouvant les traits principaux de ce caractère, tel qu'il s'est conservé de nos jours. Ces traits sont : une apathie tout orientale, quand la voix de l'intérêt personnel fait silence ; un égoïsme froid et railleur qui s'excuse de son insensibilité en expliquant gratuitement par des vices ou des fautes les malheurs qu'il ne secourt pas ; une curiosité cruelle qui prodigue les commentaires piquants, et se joue des secrets des familles ; mais par-dessus tout une jalousie maladive, fiévreuse, dévorante, en conspiration éternelle contre tout ce qui sort de la foule, contre toutes les fortunes naissantes ou établies. Cette passion, je le répète, est l'attribut dominant, fondamental du caractère auvergnat dans les villes ; quand elle éclate, le citadin sort de son repos, de son flegme habituel ; il a de l'énergie, de la hardiesse, une infatigable activité. Entre marchands surtout, l'envie va jusqu'à la haine la plus incurable ; on s'attaque sourdement, on se calomnie, on se déchire ; tous les moyens sont bons pour ruiner une clientèle rivale et l'accaparer. Un mariage est-il annoncé dans une famille riche, les marchands que l'achat de la corbeille peut intéresser assiègent la porte des parents, leur boîte d'assortiments ou d'échantillons sous le bras, dénigrant sans vergogne leurs concurrents, offrant même leurs marchandises à un rabais ruineux, plutôt que de laisser à un confrère une occasion de vente et de bénéfice. Si, malgré les mille manœuvres de la cupidité et de l'envie combinées, un de leurs confrères parvient à prospérer, il se forme contre lui tacitement, et d'un mutuel accord, une ligue de tous les boutiquiers du même état qu'il a devancés sur le chemin de la fortune. Si ses opérations augmentent, s'il tend à s'élever au-dessus de la moyenne de l'aisance générale, cette ligue se change en une coalition du corps entier des marchands, et en peu de temps la conspiration devient flagrante.

Il faut que je raconte à cet égard une assez lamentable histoire, ma foi, qui a vivement occupé notre ville dans l'année 1827, et dont le souvenir y est encore présent. Elle t'en apprendra plus sur le caractère de mes compatriotes que les plus pompeuses généralisations. Un négociant du corps des orfèvres, homme de goût, de vive intelligence, et d'une haute probité, s'était créé un établissement considérable qui laissait bien loin derrière lui toutes les maisons rivales. De simple marchand au détail, il s'était élevé jusqu'à la position de manufacturier, et sa fabrique d'orfèvrerie trouvait dans les départements voisins des débouchés considérables. Fort peu jaloux de thésauriser improductivement comme ses confrères, il jouissait convenablement, mais sans faste, d'une fortune acquise par le travail le plus assidu. Père de deux jeunes enfants qu'il aimait avec idolâtrie, et qui justifiaient chaque jour cette affection, époux d'une femme dévouée dont il était compris et secondé, il goûtait toutes les joies du bonheur domestique le plus pur. Mais toute cette prospérité n'avait pu lui venir sans quelque fâcheuse compensation, et cette compensation, c'était l'envie de ses compatriotes. Ils avaient bien consenti à venir s'asseoir à sa table, à prendre leur part des confortabilités de sa maison, mais à la condition de pouvoir, en sortant, semer les doutes les plus injurieux sur l'origine de cette fortune, qu'on grossissait du reste outre mesure. Ces coups de bas en haut n'ayant pas paru atteindre M. N...., qui leur opposait un profond dédain, on s'irrita de sa fermeté, et on résolut de l'éprouver plus directement. Sur des dénonciations dont les auteurs, comme de juste, restèrent derrière le rideau, plusieurs procès de contravention à je ne sais plus quels règlements de fiscalité lui furent intentés, mais sans succès, M. N.... les ayant tous gagnés sans l'intervention du moindre procureur, et par cette éloquence naturelle que donnent vingt années d'une probité scrupuleuse. Ainsi battus dès les premières escarmouches, les ennemis de M. N... songèrent à entamer quelque action plus sérieuse, et l'occasion ne s'en fit pas attendre. Cette fois on allait frapper droit au cœur, car il s'agissait tout simplement d'atteindre notre honnête négociant dans l'objet de ses plus vives sollicitudes, l'honneur d'un de ses enfants, une jeune fille de seize ans, dont la beauté remarquable et la brillante éducation excitaient alors une sensation générale. Une intrigue galante fut imaginée et colportée avec une incroyable rapidité. Le jeune homme auquel on avait gratuitement prêté une bonne fortune qu'il n'aurait pas même osé rêver, ayant cru devoir donner une honorable satisfaction à cette famille gravement offensée, en quittant volontairement la ville, une main officieuse apposa, pendant la nuit qui suivit, sur la porte de la maison qu'habitait la jeune fille, un placard portant ces mots en lettres immenses : *Cœur à louer !...* La foule ne tarda pas à se presser devant le bienveillant écriteau, et pendant un mois les conversations publiques en furent défrayées. Mais ce n'était pas assez ; sans doute la blessure était profonde, et, comme nous disons ici, *le coup était bon,* il restait toutefois à frapper M. N... dans sa fortune, premier et impardonnable grief aux yeux de ses compatriotes. Un plan fut dressé en conséquence : des bijoux en cuivre doré et des écrins en pierre fausse avaient été achetés dans ses magasins à leur véritable valeur et revendus pour de l'or et du diamant. L'escroquerie ayant été découverte, les coupables, sûr de perfides suggestions, accusèrent M. N..., qui fut traduit en police correctionnelle sous le coup d'un procès infamant. Cette affaire excita un intérêt immense, toute la ville aurait voulu se porter aux audiences. Mécontent de son avocat, jeune débutant qui l'avait défendu en fleurs de rhétorique, le prévenu prit la parole, et cet homme peu lettré eut une éloquence si pathétique, si entraînante, qu'il fit pleurer son auditoire et se vit acquitté sur tous les points : ses ennemis furent atterrés.

Cette rude épreuve ayant altéré sa santé, il se mit au lit avec une fièvre brûlante ; on en profita pour appeler du jugement devant la cour supérieure de Riom. Là, l'affaire changea de face ; des témoins à charge tout à fait inconnus, et tirés de la plus basse lie du peuple, furent entendus ; d'un autre côté, le prévenu, gravement malade, n'avait pu se transporter à Riom ; son avocat, une des médiocrités du barreau de l'endroit, trahit en outre sa mission en dédaignant de répliquer. Tout s'était conjuré pour le perdre. Le jugement de première instance fut infirmé et remplacé par une condamnation pécuniaire ruineuse. Atteint mortellement cette fois dans son honneur, dans sa fortune, M. N... quitta les affaires, et alla se confiner dans une campagne isolée, où il mourut de chagrin après une agonie de trois mois.

Si, comme je l'ai dit plus haut, ce penchant à l'envie dont je viens de te raconter un des résultats ne venait donner par intervalles du ressort à l'esprit du citadin auvergnat, son tempérament lymphatique, plus fort encore que l'amour du gain, le condamnerait à une complète inaction, et Clermont, notre capitale, finirait par ressembler à quelques-unes de ces bonnes villes d'Italie où la sieste occupe les trois quarts de la journée. L'apathie y est même endémique, à ce point que les étrangers ne s'en préservent pas ; la jeunesse elle-même est inoccupée. Si quelque esprit ardent et laborieux, quelque vive imagination nous arrivent de Paris, cette nouveauté nous étonne, nous amuse quelques instants. Nous accueillons l'étranger avec distinction, nous le fêtons, nous le caressons, nous lui offrons dîners sur dîners, et quels dîners, quels éternels dîners !... Puis, quand nous l'avons suffisamment façonné à cette vie d'agréables et substantiels loisirs, nous l'abandonnons à lui-même, bien sûrs qu'il paiera à la contagion l'inévitable tribut. Et d'ailleurs, nos montagnes sont si belles, notre air si vif et si pur, notre ciel si italien, nos promenades si engageantes, nos villas si pittoresques, qu'il est bien rare que toutes les séductions naturelles de cette Capoue au petit pied n'achèvent une défaite que notre perfide amitié a si bien commencée.

Si tu voulais te faire une idée de cette indolente physionomie de nos villes, tu n'aurais qu'à traverser, vers midi, par un jour ouvrable, nos principales rues. Là, tu verrais nos marchands, assis ou appuyés sur l'étalage extérieur de leur boutique, attendre patiemment l'acheteur. Quelques-uns (c'est le très-petit nombre) provoquent à la vente en vantant au passant la qualité et la variété de l'assortiment; d'autres s'égayent aux dépens des étrangers, des originaux ou des *lombards* (paysans) qui traversent la rue. Presque tous se promènent silencieusement dans leurs boutiques, les mains derrière le dos, l'air ennuyé, les traits contractés par un bâillement continu. Le soir, après dîner, on se rend à la promenade publique pour continuer sous les allées de tilleuls cette insipide locomotion qui forme les deux tiers de la vie active du citadin auvergnat; et la jeunesse va perdre ses soirées dans les cafés, qui sont littéralement encombrés chaque soir. Les boutiques se ferment communément de neuf à dix heures, et bien avant minuit la ville est profondément endormie.

L'une des circonstances qui contribuent le plus activement à entretenir dans les temps ordinaires ce calme béat des esprits, c'est l'extrême facilité de la vie matérielle. L'abondance de nos marchés, incessamment entretenue par de nombreux arrivages de toutes les parties de la basse Auvergne, dans un rayon considérable, jointe à la modicité des droits d'octroi, et le bas prix proverbial de nos vins, maintiennent toujours au niveau de la plus modeste fortune des objets de consommation que l'aisance seule peut se procurer à Paris. Mais de là aussi un sensualisme profond, un véritable abus des plaisirs de la table. Il est vrai que notre homme se transforme pendant le repas ; c'est vraiment l'heure à laquelle il se sent vivre ; là, ses facultés se réveillent et s'épanouissent; il parle, il s'agite, il est sémillant; là, il sort des vulgarités ordinaires de la conversation quotidienne, pour se préoccuper des affaires du pays, lâcher sa bordée au ministère, s'indigner sur l'apostasie de son député, sur le préfet, *qui n'est qu'un vil salarié*, sur le maire, *pur mannequin* que fait mouvoir le préfet ; sur les *rats de cave* (droits réunis), qui sont la ruine du peuple, sur tout le personnel administratif enfin. Puis il parle de la guerre et de la paix, des Russes et des Autrichiens, qu'il a vus en 1815, et qui lui ont laissé des dettes. De là au souvenir du grand empereur il n'y a qu'un pas ; on le franchit, et aussitôt d'interminables récits se croisent en tous sens, véritable édition populaire et pittoresque des *Victoires et Conquêtes*.

Cet amour de la table, *manducationis amor*, se reproduit dans nos villes sous toutes les formes. Pas de soirée, dansante ou non, sans un souper ; pas de boston ou de piquet sans collation ; pas de réception, même dans la journée, sans l'offre toujours acceptée d'un *rafraîchissement*, c'est-à-dire de quelque pièce de pâtisserie, de quelque friandise sucrée. Dans les maisons qui donnent à jouer, les habitués réunissent en une masse commune la totalité ou une partie de leurs bénéfices de chaque soirée ; et lorsque la somme ainsi réservée est arrivée à un chiffre respectable, elle fait les frais d'un *pique-nique*, espèce de repas commémoratif où l'intimité des partners se resserre, où gagnants et perdants oublient, dans de touchantes effusions, leurs petites rancunes de la veille, et se jurent de redoubler d'exactitude pour la prochaine campagne, que l'on convient d'ouvrir cette année chez madame ***, chacune de ces dames devant à tour de rôle offrir son salon à l'honorable compagnie. Cette courtoisie est d'ailleurs assez onéreuse pour l'amphitryon, obligé de servir à ses hôtes une menue collation proportionnée à des appétits qui ce jour-là font diète, pour mieux reconnaître l'abondante hospitalité dont ils sont l'objet. Les *parties de montagne* (à Paris parties de campagne) font aussi les délices des Auvergnats de nos villes, parce qu'elles sont toujours l'occasion de quelque réjouissance gastronomique. Dans cette circonstance, en effet, la grande affaire, c'est l'apprêt et le transport du dîner. Mais d'abord on a dû se fixer sur celui des nombreux villages de la montagne qui sera le rendez-vous de l'excursion projetée ; on a également désigné la maison du paysan chez lequel on ira installer ses pénates ; et il a été averti quelques jours à l'avance de venir prendre dans son lourd véhicule et le matériel imposant du dîner et les dames de la compagnie. Le dimanche convenu, un char à quatre roues, non suspendu, la plus cahotante, la plus lourde, la plus incommode des machines, vient s'arrêter dès l'aube du jour devant la maison de l'amphitryon. Les comestibles reçoivent les premières et les meilleures places, les dames occupent les autres, et le signal du départ est donné. Le premier soin des convives, en débarquant, est de chercher dans les environs du village un site gracieux et pittoresque, ou quelque grasse prairie garnie d'un ruisseau d'eau vive où le vin puisse rafraîchir, et d'y installer le couvert. Après le dîner, où chacun, au dessert, a chanté à la ronde le couplet bachique de rigueur, le musicien de la compagnie tire de son habit la pochette ou le flageolet, et fait entendre la ritournelle de la contredanse nouvelle. Aussitôt on déserte la table, les quadrilles se forment sur la pelouse, et les danses, qu'animent toujours une verve, un entrain, une gaieté toute flamande, durent jusqu'à la chute du jour.

La partie de montagne est pour le citadin auvergnat un plaisir en quelque sorte extraordinaire, et qu'il ne se procure guère que deux ou trois fois l'année ; mais *les parties de vigne* sont, dans la saison convenable, l'une de ses plus habituelles et de ses plus chères distractions. Ceci a besoin d'un mot d'explication. La plupart de nos commerçants consacrent généralement leurs premières économies à l'acquisition d'un vignoble de deux, trois ou quatre arpents, dont le produit soit égal environ à leur consommation annuelle. Cette acquisition, qui d'ailleurs est ici une grande affaire d'amour-propre, a encore pour but de se procurer un rendez-vous de promenade, une sorte de villa où l'on puisse inviter les amis et donner les grands dîners obligés. Pour cela, le propriétaire fait construire sur le site le plus élevé de sa vigne une maisonnette à un étage, rarement à deux, qui s'appelle *tonne* ou *tonnelle*, et dont l'ameublement consiste toujours en une longue table entourée de bancs ou de chaises. En parlant du paysan, j'ai déjà eu occasion de te dire que l'époque des vendanges était en Auvergne une véritable fête nationale ; mes compatriotes profitent en effet de cette circonstance pour *rendre les politesses* dont ils ont été l'objet dans l'année. Le dîner des vendanges est proverbial ici par son abondance, et l'énorme dimension des pièces qui y figurent. Là, il est d'usage que l'on paraisse faire taire momentanément les habitudes d'ordre et de parcimonieuse économie, pour se donner le plaisir d'une fastueuse prodigalité, et l'amphitryon n'est satisfait que, lorsqu'au sortir de table, les facultés locomotives de ses convives sont gravement compromises.

C'est du reste un curieux spectacle, et qui mériterait bien les honneurs d'une amplification dans le genre descriptif, que celui de nos immenses vignobles à l'époque des vendanges Figure-toi, dès le lever du jour, et sur une étendue de près de quinze lieues carrées, une sorte de fourmilière d'hommes qui se mêlent, se croisent, s'agitent en tous sens, au milieu des cris de joie, des chansons joyeuses, des hourras et du bruit des armes à feu. De la ville, on entend un long et sourd murmure qui se propage au loin dans la campagne et fait accourir les populations les plus éloignées. Le soir, à la chute du jour, le coup d'œil devient magique ; le coteau s'est illuminé ; munis de torches allumées, les vendangeurs courent, s'élancent, se défient, se poursuivent, et se réunissent enfin sur le sommet de la vigne, où se forment des sarabandes immenses qu'éclairent au loin de vastes jets de lumière. Au retour, les chemins sont obstrués par une foule bruyante dont l'arrivée est au loin annoncée par d'immenses et confuses clameurs où perce par intervalles le son des cornemuses, des violons et des fifres.

Les sacrifices que s'impose le citadin auvergnat au profit de sa table sont rachetés par une extrême économie pour les objets les plus indispensables du confort domestique. Aussi rien de plus triste à voir que l'intérieur de nos appartements. L'acajou est encore pour nous un bois de luxe que nous remplaçons par le noyer et le merisier : et la lourde solidité de nos meubles est tristement compensée par l'inélégance de leurs formes. Nos tentures sont des cotonnades blanches unies roulant lourdement sur des tringles en fer. Quant à ces ravissantes superfluités qui, à Paris, décorent vos cheminées et vos tables, cristaux, vieux-sèvres, chinoiserie, biscuit, terre cuite, stuc, bronze, marbres, tableaux, nous n'en soupçonnons pas l'existence. Peut-être même (j'ai honte de le dire) ne connaissons-nous que par ouï dire et comme quelque chose de fabuleux cette merveilleuse propreté flamande qui chaque jour lave, polit et vernit la maison entière, des combles à la porte d'entrée. Sous ce rapport, nos intérieurs sont généralement négligés, et la tolérance des maîtres laissé aux domestiques, dans ce détail d'hygiène privée, un laisser-aller qui a de graves inconvénients. Nos faubourgs sont, en outre, de véritables foyers d'infection. Des fumiers aux portes, mêlés à une boue demi-séculaire, des animaux de basse-cour vaguant librement dans la maison et la rue, des enfants demi-nus jouant dans la fange du ruisseau : voilà le spectacle qui frappe continuellement nos yeux. Le citadin toutefois n'apporte pas au vêtement la même incurie ; son linge est blanc, et ses habits soigneusement brossés et époussetés. Dans la semaine, il a des souliers et un pantalon flottant ; le dimanche, des bottes et des sous-pieds. Ce qu'il affectionne surtout dans les diverses parties de l'habillement, c'est l'ampleur ; peu lui importe l'élégance, l'habileté de la coupe : ce qu'il veut avant tout, c'est la preuve, pour ses voisins, qu'il n'a pas lésiné sur l'étoffe ; car, dans ce singulier pays, un excessif amour-propre se joint à des habitudes invétérées de parcimonie, et l'on se donne un mal énorme pour avoir au plus bas prix possible toutes les allures de la prodigalité. De là la longueur des habits que l'on peut diminuer, rogner au besoin, et que l'on retourne au moins une fois ; de là, pour rappeler en passant un autre exemple, le dîner des vendanges, où il est de tradition que les pièces dites de résistance soient multipliées, au mépris des fines et dispendieuses chimifications culinaires. Le citadin auvergnat ne se résigne en outre que difficilement à quitter les anciennes modes, et les vieillards s'autorisent tous de leur âge pour garder la

AUVERGNAT.

queue, la poudre, la culotte, l'habit à la française, la cravate blanche à longs plis tombants, quelques-uns le tricorne, tous la canne à pomme d'ivoire et les deux montres à lourdes breloques. Je rencontre même assez souvent de vénérables débris d'anciennes familles magistrales qui portent encore l'habit de velours noir à boutons d'acier, le gilet à ramages, la jarretière au genou, l'épée horizontale, et ne sortent jamais sans la chaise à porteurs, seul véhicule du reste à l'usage de nos grandes dames se rendant au bal.

Quand on reproche à nos marchands leur tendance à une économie extrême, ils s'empressent de la justifier par leur probité commerciale. Je suis prêt à reconnaître en effet qu'ils apportent un zèle exemplaire à l'exécution de leurs engagements, que leur signature est rarement en souffrance, que leurs bénéfices sont modérés et leurs marchandises au poids, titre et qualités voulus; mais un doute s'est toujours élevé dans mon esprit sur les véritables causes de la moralité industrielle de ce pays : est-elle le produit d'une forte et sévère éducation, de principes religieux inculqués dès l'enfance, ou bien une continuelle et prudente concession à cet esprit d'hostilité instinctive qui anime toute la classe des marchands, et les arme l'un contre l'autre d'une surveillance méticuleuse?... Je ne sais, mais la question est encore litigieuse pour moi. Il faut que je profite de cette transition pour te dire quelques mots des opérations commerciales qui se font ici, et sur le degré d'aptitude industrielle du citadin auvergnat. Le commerce n'est autre chose dans nos villes que la vente au détail de marchandises dont nous ne fabriquons que la partie commune, destinée au paysan ou aux basses classes; le reste nous vient de Paris et des autres grandes cités industrielles où nos négociants vont renouveler, une ou deux fois l'an, leur assortiment. Nous ne possédons pas de manufactures proprement dites, c'est-à-dire de grandes exploitations exigeant une main-d'œuvre et une association de capitaux considérables, mais seulement des fabriques sur une très-modeste échelle, dont l'outillage et les procédés mécaniques sont au moins fort arriérés. Quoique le sol offre des ressources admirables pour la construction et la mise en activité d'usines de toute nature, que la main-d'œuvre et les matériaux soient à bas prix, et les moteurs hydrauliques les plus puissants donnés par la nature, nous dédaignons toutes ces richesses pour suivre les errements les plus défectueux, et nous tenir sur une sorte de défensive hostile au progrès. Et en effet, n'avons-nous pas ruiné, par une indifférence systématique, deux ou trois essais pleins d'avenir que des hommes d'intelligence et de courage étaient venus pratiquer dans ce pays, dans l'espoir de faire prendre à nos populations un essor industriel? L'un avait fondé une raffinerie de sucre d'après les meilleurs procédés, et sur de vastes proportions... Nous nous sommes empressés de déprécier ses produits, en leur donnant quelque sobriquet bien ridicule qui a suffi pour que les détaillants refusassent d'en prendre. L'autre avait élevé une magnanerie importante et fait des plantations d'une grande étendue : enfant du pays, il voulait le doter d'une riche industrie dont le climat devait favoriser le développement ; eh bien! nous l'avons découragé par toute espèce d'opposition ouverte ou cachée. Le troisième avait construit des moulins dans un système nouveau qui épargnait la main-d'œuvre, accélérait la confection des produits, et en garantissait la qualité ; l'avantage était évident pour le consommateur... personne n'y porta son blé !... Voilà pour l'aptitude industrielle de nos négociants. Aussi je ne connais pas ici de fortune commerciale digne d'être citée. Nos détaillants se retirent avec 5,000 livres de rente, et après quarante années de travail ; mais ce qui les console, c'est que cette modeste fortune ne manque jamais d'être considérablement grossie par les amis, et que l'heureux *enrichi* garde toujours à ce sujet un silence fort habile. Inutile de te dire du reste que nos villes ne possèdent aucune institution de crédit, que nous sommes à la discrétion des banques particulières, qui se gardent avec soin du moindre découvert, n'escomptent qu'à bon escient, et avec un supplément de valeurs en garantie, et font ainsi elles-mêmes l'intérêt de l'argent. Cet inconvénient est encore aggravé par l'habitude irrémédiable de nos débitants de consacrer leurs plus minces réserves à des acquisitions immobilières, principe anti-économique, s'il en fut, qui a pour résultats : 1° de les empêcher de donner à leur commerce un développement croissant ; 2° de produire une excessive rareté du numéraire, dont ils sont victimes tout les premiers ; 3° de donner à la propriété une valeur fictive énorme, les immeubles ruraux ne rapportant pas plus maintenant de 1 et demi à 2 pour cent, même dans la Limagne.

Je suis bien loin de soutenir qu'un pareil état de choses soit dû à une infirmité intellectuelle en quelque sorte congéniale de mes compatriotes ; je croirais même assez volontiers qu'il y aurait au besoin chez nos citadins, sinon une grande vigueur de conception, au moins une certaine vivacité d'esprit, et surtout de la constance dans l'exécution ; mais ces qualités sont incessamment neutralisées par cet amour du repos, c'est-à-dire de la routine, que je t'ai déjà signalé. Jaloux de justifier leur aversion contre toute initiative un peu hardie (car n'oublie pas qu'ils ont un vif amour-propre), ils tenteront toujours de déconsidérer, avec une apparence de raison, tout ce qui peut ressembler à un progrès ; ainsi, par exemple, ils ne verront dans la vapeur que l'explosion ; dans le gaz, l'odeur et le danger des détonations. Ce pessimisme dogmatique, cette habitude de chercher toujours les inconvénients ou les dangers d'une idée nouvelle, a donné à leur esprit je ne sais quoi de négatif, de froid, de décourageant, qui les empêchera pour longtemps encore d'adopter les améliorations les plus populaires dans les arts industriels. La même cause exerce son influence sur leurs opinions politiques et religieuses. En politique, quand ils ne sont pas à table, nos citadins se montrent essentiellement conservateurs ; en matière religieuse, quoique le voltairianisme les ait gagnés, et que, dans l'intimité, ils se permettent des facéties dignes du *Citateur* ou du *Compère Mathieu*, ils n'en montrent pas moins extérieurement un grand respect pour tous les signes extérieurs du culte. Du reste, cette disposition morale de mes compatriotes a bien son bon côté au point de vue gouvernemental. Elle les rend, en effet, plus essentiellement disciplinables. C'est bien d'eux qu'il pourrait être dit : *Garde national zélé, il ne reçut jamais de billet hors de tour ; bon citoyen, il n'attendit jamais du percepteur la sommation à 25 centimes.* Aussi notre département est-il une des meilleures circonscriptions financières du royaume, et tous les agents de l'autorité s'y trouvent-ils en pays de cocagne.

De tout ce qui précède, tu as déjà déduit cette conséquence que les arts et les lettres sont pour nos citadins un objet de luxe ; mais ce luxe est tellement réprouvé, que le titre d'artiste ou d'homme de lettres ne saurait être pris sans de véritables inconvénients. Nous voulons bien cependant donner à nos enfants une éducation libérale qui puisse leur tenir lieu de patrimoine, envoyer nos fils au collége, nous réduire aux dernières privations pour les soutenir quatre ou cinq années à Paris, sous prétexte d'un cours de droit ou de médecine ; mais c'est à la condition qu'ils seront tous avocats, avoués, notaires ou médecins à clientèle. Mais si, par hasard, la conséquence de cette éducation libérale a été pour eux une oisiveté forcée, une sorte d'inaptitude générale pour toute profession, ou au contraire un goût très-vif pour le vers ou la prose, nous n'avons pas assez de malédictions pour notre indigne postérité, sans réfléchir que nous sommes les seuls auteurs du malheur que nous déplorons. Les lettres, en Auvergne, ne sont donc cultivées, et *in petto* encore, que par quelques magistrats, quelques administrateurs à loisirs, et les rédacteurs des petites feuilles locales. Et, en vérité, sous quelques rapports, cette indifférence en matière littéraire et artistique est fort regrettable, car il n'est peut-être pas une province dans le royaume qui puisse fournir des matériaux plus importants pour une histoire civile, religieuse et politique de la France. L'Auvergne, étudiée en outre sous le rapport archéologique, amènerait d'admirables découvertes : c'est en effet une terre couverte des débris les plus précieux.

Jusqu'à présent, comme tu as pu le remarquer, en te parlant de l'Auvergnat des villes, j'ai concentré mon attention sur une classe unique, la classe marchande ; c'est que cette classe est la plus nombreuse, et qu'elle forme seule la partie active et vivante de la population des villes. Il faut cependant que je jette un coup d'œil sur les autres éléments hiérarchiques de cette population, qui se composent, en outre du Commerce, de la Noblesse, de la Robe, du Fonctionnaire public, de l'Artisan et du Paysan des faubourgs. Ici je n'invente ni n'exagère rien : malgré 1850, ces démarcations sociales sont encore en Auvergne un fait avéré, incontestable. Ainsi la noblesse continue à se tenir à une distance considérable des autres classes ; elle a ses lieux de réunion particuliers, ses salons, ses cafés, où elle ne craint pas d'écrire en grosses lettres : *Café* ou *Salon de la noblesse*. Elle a ses bals, ses réceptions spéciales, et les lettres d'invitation portant en tête : *Bal de la noblesse* ; la rue qu'elle habite, s'appelle rue *des nobles*. Ces distinctions de castes ont même tellement passé dans le langage usuel, qu'elles ne choquent réellement que les étrangers. La noblesse a cet avantage en Auvergne, c'est qu'elle possède des propriétés considérables dont elle paraît préférer le séjour à celui des villes, où, bon gré, mal gré, elle serait obligée d'accepter le joug de l'égalité pratique. Dans ses domaines au moins elle peut encore se faire une ombre d'illusion sur la réalité de son ancien prestige. Généralement en France les derniers rejetons de la vieille aristocratie monarchique ont pris bravement leur parti du triomphe des idées démocratiques ; quelques-uns même ont eu la patriotique idée de se refaire une seconde et véritable noblesse, en se mettant dans leur province à la tête du mouvement industriel. En Auvergne, il n'en est pas ainsi : nos gentilshommes vivent encore retirés sous leur tente, et je m'en afflige sincèrement, car rien n'est triste à voir comme leur profonde oisiveté, leur insignifiance absolue, comme cette annulation complète et volontaire qui est devenue pour eux une situation normale.

La robe, qui se compose de la magistrature et du barreau, conserve aussi soigneusement les traditions hiérarchiques. Comme la noblesse, vers laquelle du reste se portent, bien à tort, selon nous, au point de vue de son intérêt, toutes ses sympathies et ses avances, elle a son cercle et ses centres de réunion particuliers. A part les relations d'affaires indispensables, elle vit isolée du commerce, dont elle dédaigne profondément la vulgarité et les instincts communs. Toujours comme la noblesse, un peu moins toutefois, elle évite les mésalliances, et ne descend que dans les circonstances graves jusqu'à demander au commerce ses plus riches héritières. Nos honnêtes marchands paraissent d'ailleurs tenir beaucoup à cet honneur, et se relâchent facilement en pareil cas de leurs exigences ordinaires à l'endroit de l'apport du futur. Ce faible des industriels auvergnats pour la robe, c'est-à-dire pour une classe qui ne vit que de leurs embarras, de leurs perplexités judiciaires, peut être quelque chose de fort touchant, mais ne me semble pas très-fondé en logique. Il faut avouer en outre que l'exercice des professions dites libérales n'a rien ici de prestigieux. Parlez-moi de ces magnifiques luttes oratoires que les principaux barreaux de France soutiennent en présence d'un public intelligent et enthousiaste, et je comprendrai l'éclat, la valeur du titre d'avocat ou d'avoué ; mais vous partagerez mon désillusionnement, si, entrant dans la salle d'audience de nos tribunaux civils ou consulaires, vous recevez quelques minutes le feu de cette éloquence épileptique où la vigueur des poumons et la solidité du poignet fournissent les plus irrésistibles arguments, et dont la durée est prudemment limitée par la perspective plus ou moins brillante de la gratitude du client. Mais, quoi donc! n'ai-je pas lu sur la porte d'un avocat fort occupé dans l'une de nos villes de province : *M. *** tient au quatrième étage un cabinet de consultations pour ses clients de la ville et de la campagne, fait les sous-seings et tous actes privés, se charge de toutes les affaires tant au civil qu'au criminel, le tout à des prix fort modérés?*

Entre la robe et le commerce je crois devoir placer une classe, ou plutôt une fraction de classe intermédiaire qui, faible par le nombre, mais forte par la position, occupe réellement un degré à part dans l'échelle hiérarchique de notre société auvergnate, je veux te parler des fonctionnaires de l'ordre administratif, civil, militaire, municipal et financier, dont les sommités sont : le préfet, le maire, le receveur général, le conservateur des hypothèques, le général commandant la division ou la place, et l'ingénieur en chef du département. Le centre des réunions de cette importante série sociale, qui se fait naturellement remarquer par une parfaite homogénéité de sentiments, de doctrines politiques, est dans le salon du préfet. Les bals préfectoraux, ce grand moyen gouvernemental, ce puissant élément de fusion, rivalisent en élégance, en haute distinction, avec les fêtes de la noblesse, et sont recherchés maintenant avec autant d'empressement par nos belles dames du commerce. Il va sans dire que, depuis 1830, la coterie des parchemins boude tous les agents administratifs de l'ordre de choses, et oppose à toutes les avances un refus stoïque ; mais j'ai cru remarquer qu'on s'en consolait généralement.

Le général reçoit spécialement les officiers de la garnison, qui ne sont admis nulle part ailleurs, et n'ont guère que la ressource des cafés.

Au milieu de cette classification sociale si serrée, si remplie, je ne vois guère de place pour le clergé, qui cependant mérite bien de figurer dans cette esquisse. Le clergé de nos villes se trouve actuellement dans une position assez mal définie et qui est nécessairement transitoire. Il a perdu son ancienne influence, et ne se résigne qu'avec peine au rôle nouveau que nos institutions et nos idées lui ont assigné ; il cherche en ce moment une assiette qui lui manque, une autorité qui soit, s'il est possible, désormais indépendante des événements. En attendant, il s'agite péniblement, comme un corps mal pondéré, et froisse par intervalle des intérêts et des convictions dont il ne veut pas encore reconnaître l'existence comme un fait accompli. Je dois remarquer d'ailleurs qu'avant 1850 ses moindres tendances rétrogrades faisaient jeter les hauts cris à l'opposition libérale du pays, qui, depuis, s'est considérablement radoucie. Seulement, en 1859, la conduite coupable d'un prêtre obscur qui, appelé au lit de mort de M. de Montlozier, n'avait pas craint d'exiger de l'illustre vieillard une rétractation de ses écrits contre les jésuites, faillit un instant réveiller les vieilles inimitiés de la bourgeoisie et du clergé : toutefois ce douloureux incident n'eut pas de suite.

La classe des artisans dans nos villes conserve encore une profonde empreinte de l'ancienne organisation des corporations ; je n'oserais même affirmer que les jurandes et les maîtrises n'y aient pas conservé une existence réelle. Ce dont je suis certain, c'est que la condition du *chef-d'œuvre* est encore indispensable pour passer de l'apprentissage au compagnonnage. Du reste, chaque corps de métier célèbre avec pompe sa fête patronale, qui se compose d'une messe en musique, d'une procession dans la ville, bannières déployées, d'un banquet et d'un bal.

L'ouvrier auvergnat est habituellement paisible, constant, laborieux, économe, ami de l'ordre. Lui aussi a le goût exclusif des placements immobiliers, et veut avoir à tout prix sa parcelle de terre, sa vigne ou son jardin à cultiver. C'est ici l'occasion de remarquer que ce vif amour de la propriété en Auvergne est une garantie d'ordre puissante qui explique le calme profond de cette province et donne le secret de presque toutes les qualités, de toutes les vertus de ses habitants. Rien ne leur coûterait pour défendre le sol acquis de leurs deniers, et toute invasion qui menacerait directement la propriété trouverait dans nos Auvergnats d'héroïques opposants. Il faut voir le dévouement et la vigilance qu'ils apportent à la garde des moindres produits encore pendants de leur enclos ! Malheur aux maraudeurs ! ils sont traités ici avec une sévérité impitoyable qui touche à la cruauté. A l'époque de la maturité des fruits, notre artisan va passer la journée du dimanche dans son champ. Là, il se tapit dans quelque fourré, derrière un arbre, et de ce poste d'observation il prête une attention extrême au moindre bruit, prêt à courir sus, quelquefois à main armée, sur l'imprudent qui franchirait la haie ou le mur.

La cinquième et dernière classe des populations urbaines en Auvergne se compose des paysans des faubourgs, presque tous vignerons. Le paysan vigneron est à la fois artisan et propriétaire. Sa spécialité, comme le nom l'indique, c'est la culture de la vigne, et il loue ses services à ce titre, soit à l'année, soit à la journée. Ce sont des hommes vigoureux, à face fortement colorée, à large membrure. Quelques-uns portent encore le chapeau à cornes, qu'ils avaient tous il y a trente ans, et qui est remplacé actuellement par la casquette blanche à mitre. Cette portion des habi-

tants du faubourg n'est pas la plus pacifique, ce qu'il faut attribuer aux habitudes d'intempérance que les usages de leur état obligent en quelque sorte les vignerons à contracter dès le bas âge, et aux facilités particulières qu'ils ont de garnir convenablement leurs celliers. Ils ne sont pas, en effet, chargés seulement des travaux agricoles que réclame la vigne, mais encore du soin de faire la vendange, de la vinification, de la surveillance du mobilier vinaire, et à peu près de la surintendance de la cave.

Voilà, mon cher ami, l'état physiologique, aussi exact que j'ai pu le décrire, de ma province natale. Tu auras remarqué sans doute mes prédilections pour la race montagnarde, mais tu as pu voir aussi qu'elle se justifie par les faits. Oui, selon moi, la vieille Auvergne, grande, austère, sobre, dévouée, héroïque, telle que nous l'ont décrite les chroniqueurs, ne se retrouve plus en partie que parmi les types énergiques de la montagne. Dans les villes, les caractères ont subi cette dépression qu'amène toujours une demi-civilisation, destinée en outre à demeurer stationnaire.

O P.

Il me reste, en finissant, à réparer une négligence dont je ne m'aperçois qu'à l'instant et qui pourrait, si elle n'était relevée, compromettre l'effet général de cette esquisse : je ne t'ai pas parlé de nos femmes.... — Nos femmes sont... non, ne sont pas jolies ; elles y suppléent par une grâce vive et piquante, de l'originalité et de l'esprit. Leurs modes respirent une élégance toute parisienne, et leur bon goût est instinctif. Il est vrai qu'elles ne tiennent aucun bureau d'esprit, qu'elles n'écrivent pas le moindre conte bleu ou rose, et n'envoient pas le plus petit vers au journal de l'endroit. Je crois même qu'elles ne sont encore que de seconde force sur le piano ; mais une fois mariées, ce sont de précieuses ménagères, elles adorent leurs enfants, estiment profondément leurs maris, entendent la grand'messe le dimanche, font de la tapisserie, raccommodent leurs bas, et sont surtout admirables à leur comptoir.

Alfred LEGOYT.

LE SOLOGNOT.

LE SOLOGNOT.

IL y a en France une grande partie de territoire composée d'à peu près trois départements, bornée de l'est à l'ouest par le Nivernais et la Touraine (vieux style), du nord au sud par la Beauce et le Berry, et nommée la Sologne. Elle se trouve entre ces provinces fertiles, au milieu de ces immenses plaines de verdure, comme une oasis de stérilité, comme le contraste du mal à côté du bien, du pauvre à côté du riche. C'est la Sibérie française. On pourrait condamner un Parisien à *la Sologne ;* et le gouvernement, qui cherche au delà des mers un lieu de déportation pour se débarrasser des condamnés politiques, n'a qu'à les envoyer dans ce désert, à trente lieues de Paris seulement, là où la terre, selon le mot de Charlet sur l'Égypte, *est du sable,* où l'air est un miasme, l'eau une mare, où enfin la longévité est impossible comme à l'île Bourbon.

Telle terre, tels hommes. Antée, disent les anciens, renouvelait sa vie en touchant le sol qui l'avait conçu. Ingénieuse fiction, dont le vrai sens est que tous les fils de la terre tirent leur force de leur mère ! Or, plus le sein qui les porte est puissant, plus les enfants sont forts; et la Sologne, sol desséché, sol de bois, *solum ligneum,* comme l'ont appelé nos pères, sans doute à cause de sa dureté, produit une population chétive et triste comme sa végétation.

Ainsi le Solognot ne ressemble pas plus au Beauceron que la Sologne à la Beauce,

que le blé noir au froment. Dieu est un grand logicien, et la différence des causes
engendre la différence des effets. Tout se tient et s'enchaîne dans la création, depuis
la molécule la plus élémentaire jusqu'à la synthèse la plus complexe, depuis le grain
de poussière jusqu'à l'homme. Une merveilleuse unité lie les règnes de la nature les
uns aux autres, et soumet à la même loi l'existence des plantes et des animaux.
Où la terre sera féconde, les végétaux seront épais, le bétail nourri, et l'homme
vivifié. Où le sol est stérile, point d'herbe, point de bêtes, point d'hommes. L'homme,
on le sait, est venu le dernier, comme la résultante, comme la conséquence de
tous les êtres créés : Dieu, nous le répétons, est un grand logicien. Ce rapport intime de l'homme à la terre se révèle sans qu'il faille une longue observation, ou
peut même dire, au premier regard, à tout voyageur qui, n'étant pas aveugle seulement, rencontre la Sologne sur sa route. Soit qu'il quitte la Touraine, le verger
de la France, où les hommes sont frais comme des fruits, soit qu'il sorte de la
Beauce, où ils sont drus comme des épis; soit qu'il vienne de la Nièvre et du
Berry, où ils sont plus durs que le fer de leurs mines, et plus hauts que les chênes
de leurs forêts; par quelque côté qu'il pénètre dans cette maudite Sologne, le voyageur y voit des steppes arides, couvertes d'un sable ou plutôt d'une poudre friable
et grise, et semblable à la cendre, comme si le soleil l'avait brûlée; puis, çà et là,
quelques maigres labours, ensemencés de sarrasin ou blé noir, que le gibier de toute
sorte, à poil et à plume, dispute à l'agriculteur; puis, des jachères tondues de
près par la dent affamée de troupeaux qui broutent comme ils peuvent; des taillis
où la futaie vient mal et se couronne vite, où les arbres rabougris prennent le
nom de têtauds; des plaines moitié eau, moitié terre, où le jonc se querelle avec la
bruyère, où le quadrupède perd pied, où le poisson meurt dans la boue; enfin des
villages à l'avenant, clair-semés, construits en bois et en chaume, comme si la pierre
et l'ardoise étaient des utopies, des rêves d'architecture, des contes des Mille et
une Nuits.

Il y a aussi quelques monuments, reliques du temps passé, qui montrent que cette
terre fut asservie avant d'être pauvre; entre autres Chambord, avec ses dômes semblables aux minarets de l'Orient; Chambord, la folie de François Ier, comme Versailles fut celle de Louis XIV; Chambord, qu'on nous pardonne cette digression, l'une
des fantaisies les plus superbes de ces hommes qui ne voulaient que l'impossible,
qui tyrannisaient les éléments comme leurs sujets, qui se plaisaient à transformer
les solitudes en villes, les antres en capitoles; Chambord avec ses créneaux solides
et ses colonnades légères, avec son air de château-fort et de palais, demi-gothique et
demi-païen, transition de l'architecture guerrière à l'architecture civile, vrai symbole de cette royauté de François Ier qui fut le moyen terme entre la féodalité et
l'absolutisme, représentant dans son plan général, au fond d'un bois, toute l'organisation sociale de l'époque; à savoir : au milieu, la royauté ou le corps principal
surmonté d'une couronne hautaine; aux ailes, la chapelle dont la croix un peu moins
élevée, et les tours dont les créneaux un peu plus humbles, figurent le clergé et la noblesse déjà subordonnés au pouvoir monarchique; puis, les bâtiments inférieurs qui
rampent autour de l'édifice suprême, de même que le peuple autour du trône; Cham-

bord enfin, qui, dans cette indigente Sologne de bois et de chaume, se dresse avec
le luxe et la force de ses pierres de taille, comme un souvenir de l'esclavage d'autrefois, comme une insulte à la misère d'aujourd'hui, comme une preuve que la misère
d'aujourd'hui est la conclusion de l'esclavage d'autrefois. Tel est le pays où végètent
les quelques cent mille hommes dont nous allons donner le type à nos lecteurs. Il
nous a fallu mettre le tableau dans son cadre, montrer le pays autour de l'habitant,
c'était le meilleur moyen de les connaître l'un et l'autre. Dis-moi où tu vis, je te
dirai qui tu es.

Certes le lieu que nous avons dépeint ne ressemble guère au paradis terrestre.
La Sologne n'est pas l'Eden, aussi le Solognot ne rappelle-t-il pas davantage le roi de
la nature, la créature faite à l'image du créateur. Ce n'est plus Adam, ce chef-d'œuvre
divin, qui résumait et concrétait, pour ainsi dire, en soi toutes les forces et toutes les
beautés de l'univers, qui avait la grâce des fleurs, la vigueur des animaux et l'intelligence de Dieu ; cette personne si parfaite, que les anges déchus en furent jaloux et
ennemis. Non, ce n'est plus l'individu à l'organisation privilégiée, délicat comme la
sensitive, fort comme le cheval, subtil comme un démon, l'homme, en un mot, qui
ne tient à la terre ni comme l'arbre, par l'immobilité de la racine, ni comme le reptile,
de toute la longueur de son être, ni comme le quadrupède, par ses quatre larges
pattes ; mais dégagé d'elle autant que possible, ne la touchant que par deux pieds
fins et lestes ; mais svelte et sublime de corps et d'âme, aux nobles proportions
comme aux fibres exquises, le seul au monde qui porte la poitrine haute et le front
plus haut encore, en signe de sa royauté, en diadème de l'intelligence. A plus
forte raison, n'est-ce plus le Français, cet être vif, impressionnable, actif,
l'homme par excellence, le roi des autres hommes Tous ces priviléges, tous ces
avantages se sont perdus dans ce pays. Une brute ayant quelque chose d'humain,
des cheveux de crin, une peau d'écorce, des pieds de corne à ferrer comme les sabots des pachydermes ; un bipède équivoque, tant il est courbé par la misère et le
labeur, parlant à peine, pensant encore moins, presque fauve, dont la *femelle* fait
des *petits*, qui boit, mange et dort quand le maître veut, travaille jusqu'à la mort
et s'appelle paysan. Voilà ce qu'est devenue l'œuvre faite à l'image de Dieu !

Il n'y a guère que des paysans en Sologne; car cette province est si pauvre, qu'elle
compte à peine une ville ! Qu'est-ce en effet que Romorantin, Henrichemont, Gien,
Aubigny, sur la carte de France ? Nous n'avons donc pas beaucoup à nous occuper
du bourgeois solognot, maître rebondi de toute la maigreur du fermier, recevant et
gardant ses revenus avec une économie de fourmi; rentier, c'est-à-dire oisif toute
la semaine, excepté le jour de foire, où il devient maquignon, c'est-à-dire voleur ;
où, à l'aide de ses capitaux qui lui livrent la place et lui donnent la supériorité du
marché, il vend et achète au prix qui lui convient. Ce jour-là, pour se débarrasser d'un mouton malingre, ou pour acquérir une bonne vache, le bourgeois de Sologne fait plus de serments, commet plus de parjures, combine plus de rouéries
qu'un négociant de Paris ou de Londres qui traite d'une affaire européenne, qu'un di-
plomate qui livre ou reçoit des royaumes. Il faut le voir ce jour-là, le chapeau recouvert d'une toile cirée, une main passée dans la bride de son petit cheval, et l'autre

posée sur son grave abdomen, le corps enveloppé d'un carrick, et les jambes munies
de guêtres en guise de bottes ; il faut le voir ainsi, discuter sur les qualités de sa vache
ou de son mouton s'il est le vendeur, sur leurs défauts s'il est l'acheteur, avec toute l'importance et la ruse d'un Talleyrand contractant la quadruple alliance. Le lendemain,
il ira le ventre en avant à la *société*, au club littéraire et politique de l'endroit; et là il
se félicitera, dans sa redingote et dans ses sabots, d'avoir fait un bon marché la veille,
c'est-à-dire d'avoir trompé quelqu'un. Chose étrange! il y a des hommes qui sont
fiers d'avoir commis une bassesse ; et si, par envie ou malignité, on lui prouve qu'il
a vendu assez peu ou acheté assez cher pour être honnête, qu'il est plus probe, enfin,
qu'il ne pense, voilà la guerre allumée, guerre à vie et au delà, une guerre gibeline,
héréditaire, qui divise à jamais les familles et trouble la cité. Entremêlez cette existence d'un peu de chasse, de beaucoup de dîners compliqués d'indigestions et de
fièvres tierces, et vous aurez tout le bourgeois solognot. Pas plus que le bourgeois,
l'ouvrier de la Sologne ne doit fixer notre attention : point de villes, point d'ouvriers proprement dits, si ce n'est quelques pauvres tisserands qui passent leurs
jours dans des caves à remuer une navette incessante comme leur misère, enterrés
tous avant d'être morts. Mais ces figures sont des exceptions en Sologne, et appartiennent spécialement aux pays manufacturiers où se trouvent les grandes villes
de fabrique, comme Saint-Étienne, Lyon et Rouen. A d'autres le soin de les dépeindre.
Le Solognot, notre tâche à nous, le Solognot véritable est, comme nous l'avons dit,
le paysan.

Le Solognot est de taille moyenne; sa poitrine est serrée et son ventre saillant,
ses muscles sont pauvres et sans énergie, et ses viscères sont d'une ampleur démesurée, il a presque la panse des ruminants ; il se ride de bonne heure, son teint est
de safran, son œil incolore, ses jambes grêles et ses bras réduits aboutissent à de
gros pieds, à de grosses mains. La tête est petite. Il n'a donc ni vigueur physique, ni
puissance intellectuelle; en lui, la jeunesse est sans fleur, la virilité sans force, la
mort sans vieillesse.

Comment le Solognot pourrait-il valoir mieux dans le milieu où il vit, et surtout
de la façon dont il vit? Nous avons déjà dit quelle était sa patrie, une marâtre qui
ne nourrit pas ses enfants. Nous allons dire maintenant quelle est sa vie, si l'on
peut appeler de ce nom l'intervalle qui sépare sa nativité de sa tombe.

Hommes, femmes, enfants, travaillent de dix-huit à vingt heures par jour, se
levant à deux heures du matin et se couchant à neuf heures du soir, à peu près
L'homme commence par aller au champ, ou à la grange, suivant la saison ; la
femme, en tout temps, entame sa journée par s'occuper du repas des hommes et de
la nourriture du menu bétail; les enfants mènent paître les troupeaux. Ces malheureux enfants de la campagne travaillent à un âge où ceux de la ville tètent encore. Armés d'un fouet ou d'un bâton, avec un pauvre chien pour ministre, ils gardent et veillent déjà, lorsqu'ils devraient être veillés et gardés. Le chaud et le froid,
la pluie et le soleil, sur leurs petits corps mal vêtus, les grandes courses après les
ouailles qui s'écartent du giron, ou qui pénètrent dans les enclos, les courtes nuits
après de si longs jours, l'insuffisance du sommeil et de nourriture, ces deux recon-

forts dont l'enfance a tant besoin, toutes ces causes de dégénération les prennent presque au berceau, déjà faibles de naissance, et les détériorent de plus en plus, jusqu'à ce que mort s'ensuive avant le temps.

Enfant, le Solognot est berger; homme, il est laboureur. Une fois laboureur, au printemps, il sème; l'été, il moissonne; l'automne, il défriche et fume les terres; l'hiver, il bat en grange : c'est-à-dire qu'il travaille toute l'année, et tout le jour, et d'un travail éternel et aveugle, comme celui d'un cheval qui tourne les yeux bandés. Et pour tant de labeur, savez-vous ce qu'il mange? Il faut d'abord savoir ce qu'il gagne. Le fermier d'un domaine de Sologne rapportant mille francs de fermage au maître par an, peut, quand l'année est bonne, gagner cinquante écus, environ dix sous par jour pour lui : son gain explique sa nourriture. Jamais de viande sur sa table, jamais de pain blanc, qu'Homère appelle la force des hommes. Il ne goûte à la viande qu'exceptionnellement, une ou deux fois dans l'année, à Pâques ou à Noël; et il ne mange de pain blanc que lorsqu'il va en ville, le dimanche, au cabaret. Le pain blanc ou la *miche*, comme il le nomme dans son patois, le pain blanc tout sec, c'est-à-dire sans pitance, ce qui serait le jeûne d'un riche, est le gala du pauvre fermier. Son pain quotidien est une pâte noire et gluante d'orge et de sarrasin qui tient au couteau comme à la gorge, et sa pitance un fromage maigre et écrémé au profit de la livre de beurre qui revient au maître; car il faut dire qu'à personne, la loi inique du *sic vos non vobis* n'a été plus rigoureusement appliquée qu'au paysan. En effet, il produit le plus et consomme le moins; il donne le blé et il a le son; il élève les bestiaux, les volailles pour l'ordinaire des autres; et il se contente, pour son meilleur repas, d'une nourriture inouïe, d'un brouet plus que spartiate, dont le goût, la couleur et l'odeur sont horribles comme le nom. C'est un mélange de ce pain noir, dont nous avons parlé, avec de l'eau et du miel rance, qui fermente toute la matinée et que l'on sert, dès qu'il tourne un peu à l'aigre : cela s'appelle de la *miaussée;* les chiens d'un riche mourraient de faim à côté. La miaussée se sert dans d'immenses terrines continuellement assiégées par des myriades de mouches qu'attire le miel; elle se consomme surtout en été, sous prétexte que son acidité rafraîchit. Le Solognot mange souvent et longtemps. Vous comprenez bien qu'avec un tel aliment, il faut manger beaucoup pour réparer les pertes du travail des champs : aussi, à défaut de la qualité, l'homme en est réduit à la quantité; il se gorge de cette pâtée sans suc, qui le remplit et le charge sans le nourrir, qui grossit son ventre aux dépens de ses muscles, lui donne cette exagération d'entrailles, que nous avons dénoncée comme un des signes caractéristiques du type et qui fait surnommer, en Berry, le Solognot, *ventre pelé.* Certes, l'homme est né carnivore, sa physiologie le prouve assez, quoi qu'en dise saint François de Sales et Pythagore avant lui, et, après lui, tous les philosophes qui sont plus pleins de sollicitude pour les veaux que pour leurs semblables, qui veulent; en un mot, borner l'appétit humain, les uns aux fruits, les autres aux légumes. L'homme doit par sa nature, conséquemment par sa destinée, vivre de substances qui ont eu la vie même animale. En effet, il ne possède pas, comme le bœuf, l'ampleur d'intestins nécessaire pour engranger plusieurs kilogrammes de fourrage; il a besoin d'une nourriture essentielle sous le plus petit volume. Le priver de viande, c'est donc le priver du moyen le plus convenable de réfection; c'est le forcer à manger beaucoup, au lieu de manger bien; c'est fatiguer les organes, au lieu de les récréer. Et, comme l'estomac, selon la fable romaine, c'est l'homme, quand l'estomac souffre, l'homme dépérit : aussi le Solognot meurt-il sur pied. La fièvre, fille des mauvaises digestions, le ronge incessamment, envenimée encore par les exhalaisons des marais du pays. La fièvre est chez lui endémique et constitutionnelle. En Sologne, tout le monde a la fièvre, hommes et bêtes... Les bouchers du Berry prétendent assommer les bœufs de Sologne sans massue, à coups de poing. Nous nous souviendrons toujours du relais de Salbris, où la diligence fut obligée de s'arrêter parce que tout l'attelage était enfiévré, postillon et chevaux. Quand un Solognot n'a que la fièvre, il ne se croit pas malade : c'est son état de santé. Rien n'est triste comme le spectacle de familles entières attaquées de cette maladie lente qui glace et brûle tout à la fois, et dont l'effet est de pâlir et de creuser l'homme de son vivant comme s'il était mort. Ainsi se dégrade l'espèce dans une proportion qui croît avec les ans, comme la pierre tombe plus vite en raison de la loi des distances, et qui menace de faire bientôt de la Sologne un désert de trente lieues carrées au cœur même de la France.

Le moral du Solognot correspond à son physique : la santé de l'âme est logique avec celle du corps. Aussi le Solognot, inerte et débile dans ses membres, manque-t-il d'activité et de souplesse dans l'intelligence. Il est défiant, routinier, enraciné au fond de l'habitude, comme un arbre est planté en terre. La locomotivité de l'esprit humain lui est comme non avenue; il ne fait aucun effort, aucune tentative en dehors de ce qu'il a vu faire, il suit l'ornière battue, dût-il s'y casser le cou, pût-il même éviter l'abîme en se dérangeant d'un pas. C'est un chrétien que le malheur a fait turc, un Européen accroupi comme un barbare d'Orient dans la fatalité. A trente lieues de Paris, à mille lieues de la civilisation, il vit en vrai sauvage, indifférent, étranger même à tout ce qui intéresse et vivifie l'homme policé. Il ignore même la valeur de l'or, le Mohican ! Généralement il préfère les écus aux louis, et les sous aux écus. Qu'en dis-tu, ô Robert-Macaire ! ô Parisien ! toi qui te connais si bien en minéraux ? Il va sans dire qu'il ne sait rien des sciences, rien des arts, rien même de la politique, premier des soucis de la population des villes. Qu'importe que les peuples s'agitent sous un vieux sceptre, que la France change de rois comme de modes, il en aura toujours un, immuable, la fièvre ! En fait de mœurs, il est, de même, arriéré de deux ou trois cents ans. Ses habits, ses coutumes, ses plaisirs, datent, comme ses idées, de plusieurs siècles, et reproduisent dans une confusion kaléidoscopique toute l'histoire de France. Il danse encore à la vielle, à la cornemuse, en dépit de Dufrêne et du cornet à piston; il porte encore le chapeau rond à larges bords que nos ancêtres portaient sous Louis XIV, et s'habille le dimanche avec l'habit à la française, en *droguet*, avec la culotte et les guêtres du temps de Louis XV; les jours ouvrables, c'est la blouse, mode gauloise à la Brennus, soit de lin blanc, soit de coton bleu, la vieille couleur nationale; il est coiffé à tout crin, comme Clodion le Chevelu; il ne sait ni lire ni écrire, comme un noble du temps de Henri IV, et il parle presque la langue romane des anciens troubadours. Toujours humble comme un vassal, il vous salue de prime abord, pour peu que vous ressembliez à un monsieur ; il est hospitalier, tant il est primitif. Sa maison, si on peut appeler ainsi le tas de boue et de paille où il se niche, ressemble encore au domicile des anciens Jacques du moyen âge. La porte est étroite ; la fenêtre, plus étroite, a encore des petits carreaux taillés en losange et soudés de plomb. A l'intérieur, c'est une mêlée d'enfants, de meubles, de chiens, de volailles, de fumée et de laitage, qui met tous les sens à l'épreuve, qui aveugle, étourdit et suffoque à la fois. L'aire n'est pas pavée, et l'eau de la vaisselle, qui la détrempe sans cesse, entretient sous le piétinement des hommes et des bêtes une fange perpétuelle l'hiver, une poussière dense l'été. Le plafond, ou plutôt des poutres basses et obscures et placardées d'insectes, écrasent le lit élevé et à quatre colonnes, qui ferait le délire des amateurs d'antiquailles, car il ne faut pas moins qu'une échelle pour s'y coucher. La cheminée, au chapiteau de laquelle est attaché un fusil, est immense, et reçoit dans son âtre les porcs, les chiens, les hommes, tous solidairement, non pas seulement comme au moyen âge ou à l'époque de Clodion, mais comme au temps d'Abraham, au temps de l'ère patriarcale. S'il y a quelque bonne pensée à tirer de ce pêle-mêle, qui s'appelle une ferme, c'est que l'égalité existe devant le feu, comme elle devrait exister devant la loi ; c'est que l'homme des champs a conservé le sentiment de la communauté avec tous ses semblables, de quelque âge, de quelque rang, de quelque sexe qu'ils soient, et qu'il étend même ce principe bienveillant aux êtres des ordres les plus inférieurs, comme si toutes les créatures étaient un peu parentes entre elles, étant toutes sorties des mains d'un même créateur. Voilà, soit dit ici, toute la religion du Solognot ; elle en vaut bien une autre : c'est la religion de la commisération ; la souffrance en commun, lui a appris aussi la jouissance en commun. Le Solognot est d'ailleurs insouciant de l'autre monde comme de ce monde-ci. Il est assez chrétien par le jeûne et l'abstinence de tous les jours, par la patience, par la pauvreté, par la maladie, par l'obéissance, par la résignation, par le sacrifice, toutes vertus orthodoxes. Si la vie est un voyage, c'est pour lui le voyage de la croix. Chrétien de force, il ne l'est donc pas de cœur : aussi ferait-il gras, même le vendredi, s'il ne faisait maigre toute la semaine. Il croit peu à Dieu, beaucoup au diable, plus encore aux sorciers ; bref, il n'a que l'envers de la religion, la superstition. Il a foi dans le surnaturel et le merveilleux ; mais le merveilleux qui l'enchante, le surnaturel qui l'illusionne, lui, pauvre homme, aux sens affaiblis et à la raison bornée, ne tromperait pas la perspicacité, nous ne disons pas d'un autre homme, mais d'un enfant de tout autre pays. Nous allons en citer un exemple.

Vous connaissez la scène des comédiens dans la tragédie d'*Hamlet*, cet admirable moyen que Shakspere inventa pour dévoiler le crime de la reine-mère : eh bien ! un huissier de province, il y a quelques années, homme de beaucoup d'esprit, quoique huissier, et qui n'avait pas lu Shakspere, sut trouver après le grand poëte le même moyen pour découvrir la faute d'un Solognot. Il ne s'agit pas d'un drame, mais d'une farce... Pour opérer sur une reine, il fallait des comédiens ; pour un paysan il fallut des marionnettes. Jamais tragédie n'a été mieux parodiée.

258   LE SOLOGNOT.

La scène est à Vierzon en 1817.

Le père Babot, paysan de Sologne, avait fait secrètement quelques retenues illicites dans les comptes qu'il avait à rendre à son maître pour le prix de sa ferme. Le maître, qui se sentait volé et qui n'en pouvait acquérir la certitude, alla trouver l'huissier et lui demanda comment il fallait s'y prendre afin de convaincre le père Babot de larcin et de le faire restituer convenablement. L'huissier se mit à réfléchir, puis il proposa une citation devant le juge, un interrogatoire par le commissaire, puis il rejeta tous ces moyens comme inutiles pour le moins; et déjà il s'était levé en déclarant qu'il ne trouvait rien, lorsque, se mettant à la fenêtre et apercevant devant sa maison le théâtre de Polichinelle qui s'était établi en plein vent pour la foire, il s'écria, inspiré comme Archimède : « Je l'ai trouvé! je l'ai trouvé! Dans une demi-heure, ajouta-t-il aussitôt, envoyez-moi le père Babot et laissez-moi faire ; nous saurons la vérité. »

Le maître s'en alla chercher le père Babot par le marché, et l'huissier, descendant vite au théâtre de Polichinelle, demanda à parler au directeur, lui donna le mot, et revint dans son cabinet. Bientôt entra le père Babot, qui se mit à causer avec l'huissier de ses comptes de ferme, et qui protestait comme à l'ordinaire de sa bonne foi et de leur fidélité. Tout à coup le tambour retentit et la trompette sonne.

« Qu'est-ce que cela? dit le père Babot.

— C'est la comédie, répondit l'huissier d'un ton d'indifférence.

— Je ne serais pas fâché de voir cela tout de même, répliqua le paysan, qui trouvait là une belle occasion de rompre avec l'arithmétique de l'huissier.

— C'est bien facile... nous reprendrons notre affaire après. »

Et le paysan et l'huissier s'en allèrent côte à côte au théâtre de Polichinelle. Les acteurs étaient déjà en scène, et avaient déjà égayé l'auditoire de maintes plaisanteries, entresemées, comme toujours, de force coups de bâton. Mais, aussitôt que l'huissier et le Solognot furent arrivés devant les marionnettes, Polichinelle se tut, et, regardant le paysan, ôta sa coiffure, le salua gracieusement, et lui dit avec ce sublime enrouement qu'on lui connaît de toute éternité : « Bonjour, père Babot; père Babot, bonjour!

— Bonjour, mon petit monsieur! » répliqua naïvement le père Babot en ôtant son grand chapeau, comme s'il avait eu à répondre au salut d'une personne naturelle.

Toute la foule était ébahie.

« Comment vous portez-vous, père Babot?

— Vous êtes ben honnête, mon petit monsieur, et vous-même?

— Et chez vous, votre femme, vos petits enfants, père Babot?

— Merci ben, mon petit monsieur!

— Ce petit monsieur vous connaît donc, père Babot? dit à son tour l'huissier au paysan qui était aussi ébahi que la foule.

— Vous me connaissez donc? dit le paysan au petit monsieur.

— Si je vous connais! Vous êtes le père Babot, âgé de cinquante ans, fermier aux Maisons-Rouges, à deux lieues d'ici.

— Oui, mon petit monsieur.

— Vous êtes venu rendre vos comptes à votre maître. Je sais tout, moi ! »

A ces mots, l'étonnement fit place à l'effroi, sur la figure du Solognot.

« Vous les lui avez rendus vos comptes, ce matin, n'est-ce pas cela ?

— Ah ! c'est bien cela, interrompit Babot en balbutiant. C'est bien cela, c'est aussi vrai que je suis un honnête homme !

— Kouik ! Kouik !.. » fit Polichinelle.

Le Solognot demeura pâle et muet.

« Que veut dire ce Kouik, Kouik ? demanda l'huissier à Polichinelle.

— Cela veut dire que le père Babot a mal rendu ses comptes ce matin à son maître, et que le père Babot est un ....

— Chut ! chut ! mon petit monsieur; pas devant tout le monde, je vous en prie ; taisez-vous, taisez-vous, je rendrai tout et je ne le ferai plus, s'écria Babot avec la plus grande exaltation.

— A la bonne heure ! reprit Polichinelle ; à cette condition je ne dirai rien. Bonsoir, père Babot !

— Bonsoir, mon petit monsieur. »

Et le père Babot, au milieu des huées de la foule, s'en retourna vite chez l'huissier rectifier les comptes et restituer à son maître ce qu'il lui avait volé.

Voilà ce qui est arrivé en France à un homme de cinquante ans, au dix-neuvième siècle, il y a à peine quinze ans, quand les petites filles même rient des ogres. Oui, quand le dix-huitième siècle a détruit toutes les croyances et toutes les illusions, quand Rousseau a sapé les royautés et Voltaire les religions, quand tous les croquemitaines de l'enfance des peuples, les rois et les papes sont renversés dans la foi des hommes, il reste encore Polichinelle debout dans la conscience du Solognot.

Cette débilité morale du paysan de Sologne, égale à sa dégénération physique, a la même cause, la misère ! la misère qui engendre l'ignorance comme la faiblesse, la misère, si grande chez lui, qu'elle a servi d'argument en faveur de l'esclavage contre la liberté. En résumé, mal vêtu, mal logé, travaillant trop, ne mangeant ni ne reposant assez, exercé par toutes sortes de privations, il doit être fatalement ce que nous l'avons montré, chétif de corps et d'esprit. Aussi, sur cent conscrits de Sologne, à la fleur de l'âge, quatre-vingt-dix, terme moyen, sont déclarés chaque année impropres au service. Certes, il est beau d'entretenir des haras royaux à Meudon et au Pin, de dépenser des sommes énormes en étalons de choix et en fourrage d'élite, d'améliorer, en un mot, la race des bœufs et des ânes ; mais ne vaudrait-il pas mieux s'occuper un peu de l'espèce humaine, s'inquiéter de sa détérioration, la prévenir, l'empêcher par tous les efforts possibles, par tous les moyens que possède un gouvernement riche d'un milliard de revenus ? La France tout entière est intéressée, non-seulement pour l'honneur de sa civilisation, mais encore pour la sécurité de ses plus belles provinces, à réprimer le mal qui ravage, corps et biens, la Sologne, en attendant mieux. Car la fièvre qui naît là s'étend et se propage comme une peste, et dans la saison d'automne infeste les frontières de la Beauce et du Berry. Et quand le fléau s'en tiendrait à son pays natal, ne faudrait-il pas encore l'étouffer dans son berceau ? Que penser d'une mère de famille laissant, au milieu de fils robustes et valides, languir un enfant malade, malsain, qui, s'il ne fait pas mourir les autres, mourra du moins lui-même, et qui pourrait vivre et guérir avec des remèdes et des soins ? Telle est pourtant la société, se souciant peu d'une province entière qui se porte mal, d'une population qui se meurt, au risque même de donner sa maladie aux plus forts. Quand on regarde ce peuple pâle et mince, ce peuple d'ombres errer à travers les landes incultes, on croit voir des fantômes ressuscités, revenus à la surface des cimetières. Ce sont en effet des restes d'hommes, ce que l'insatiable fièvre peut en laisser. Ils devraient être les reproches et les remords de la société : ils sont, à coup sûr, des avis et des leçons pour elle. Qu'elle y fasse attention : les pestiférés se vengent du poison qu'on leur a permis de prendre, en le rendant à d'autres. Et il serait si facile de couper court au mal ! En améliorant le sol, on améliorerait l'homme.

Vous avez des ingénieurs qui suspendent des ponts sur des fils de fer, qui élèvent des obélisques de granit à bras tendus, qui savent donner à une goutte d'eau le nerf de cinquante chevaux, qui changent les montagnes en vallées, et les vallées en montagnes, qui solidifient les fleuves et liquéfient le sol, qui creusent des canaux dans des rochers et font des chemins de fer sur des rivières, qui font enfin des miracles tous les jours, et ils ne pourraient pas dessécher tout bonnement les marais de la Sologne, assainir le pays et le fertiliser ! Un peu de bonne volonté donc ! Songez que la Sologne est inhabitable, impossible à l'homme, que les deux tiers de son terrain sont incultes, et que l'autre tiers est mal cultivé faute de bras et faute de têtes ; que vous avez au contraire des provinces qui regorgent de travailleurs adroits, et qui manquent d'instruments de travail, qui envoient le surplus de leur population, les uns en Amérique, les autres en Afrique, loin, bien loin de la mère-patrie ! Donnez donc à ceux qui n'ont pas, et enseignez à ceux qui ne savent pas. Retenez les émigrés d'Alsace et de Flandre, et envoyez en Sologne ces pauvres et habiles agriculteurs, en leur concédant les plaines en friche, en leur faisant les avances nécessaires pour travailler. Alors ils façonneront les parties sans culture, et apprendront aux indigènes à mieux exploiter les parties cultivées. Alors la Sologne ne produira pas que la peste ; alors ces champs où la misère sème la fièvre et recueille la mort porteront des moissons et des troupeaux, source de vie pour les enfants de la terre ; et pour peu ensuite que la main-d'œuvre soit mieux rétribuée, que la loi de l'avenir établisse une plus juste répartition des produits du travail, qu'elle diminue la tâche et augmente le salaire du producteur, qu'elle amende beaucoup cette inique règle du *sic vos non vobis* qui régit les abeilles et les frelons, les ouvriers et les maîtres ; alors, le Solognot, cette ombre de lui-même, cet être dégénéré, cette demi-brute reprendra toute son *humanité*. Et ce n'est pas trop, il nous semble, d'exiger qu'il vive sa vie ! il faut qu'il en soit ainsi. Ce qui est juste, est nécessaire. Tous les progrès ne peuvent être que des questions de temps, même pour le Solognot ; et celui dont le père fut un serf, et qui est un paysan, doit avoir enfin pour fils un homme.

FÉLIX PYAT.

LE LIMOUSIN.

JEANRON — L. MONTIGNEUL

LE LIMOUSIN.

Mousur saint Marsau, nostré bon fondatour, préga
por nous Nostré Seignour, qu'il nous vaiellé bien garda
nostra raba, nostra tsateigna, et nostra fama.

(Prière limousine à saint Martial.)

AUCUN peuple n'est plus communicatif que le nôtre.
Le flegmatique Anglais, l'égoïste Allemand, n'ont
point cette facilité expansive, cette confiance réci-
proque, qui mettent si promptement en rapport deux
Français réunis par hasard. Il n'est donc point singulier qu'une conversation amicale se soit engagée
entre deux voyageurs condamnés, au mois de décembre 1840, à être cahotés ensemble dans une de
ces lourdes voitures appelées par antiphrase diligences.

« Vous allez jusqu'à Limoges, monsieur?

— Oui, monsieur.

— Je vous plains, car il est peu agréable de faire quatre-vingt-dix-sept lieues et
demie en cette froide saison ; mais, enfin, nous sommes seuls dans l'intérieur, et
en nous étalant sur nos banquettes, avec nos manteaux pour couvertures et une
botte de paille pour couvre-pieds, nous pourrons nous croire dans nos lits. Si des
affaires indispensables ne m'avaient appelé à Paris, je serais resté volontiers dans
ma maison de la place d'Orsay ; mais quand on est avocat, on se doit à ses clients.

— Nous sommes confrères, monsieur, car j'ai eu l'honneur de prêter serment à
la Cour royale de Paris, le samedi 9 février 1835.

P. II.
51

— Allez-vous à Limoges pour y défendre les intérêts d'un demandeur en procès avec un homme du pays ?

— Non, monsieur, j'ai depuis longtemps renoncé à ma profession pour me livrer à des travaux littéraires. Je suis rédacteur des *Français*, et je vais en cette qualité explorer le haut et le bas Limousin, ou, pour parler le langage moderne, la Haute-Vienne et la Corrèze.

— En ce cas, je vous serai peut-être de quelque utilité ; car depuis dix ans j'ai consacré toutes mes vacances à des études physiologiques. Monté sur un bon cheval limousin, j'ai parcouru les plateaux de la Haute-Vienne et les campagnes montueuses de la Corrèze, m'arrêtant dans les châteaux et dans les fermes, interrogeant les paysans, glanant les traditions, et colligeant les matériaux d'une histoire morale du Limousin. Je vous communiquerai volontiers le résultat de mes visites domiciliaires.

— Je vous remercie, monsieur ; je vois qu'on ne m'avait pas vanté sans raison l'amabilité, les manières affables, l'humeur serviable et bienveillante de vos compatriotes.

— On vous aura peut-être dit aussi qu'ils sont flatteurs et sensibles à la flatterie, répondit en souriant mon interlocuteur, et vous voulez vous en assurer par une épreuve immédiate.

— Je veux simplement vous témoigner ma reconnaissance. Depuis mes voyages de découvertes à travers la France, j'ai questionné bien des gens ; les uns m'ont dit d'un ton de compassion : Ah ! monsieur, vous entreprenez là une tâche bien difficile ! les autres m'ont répondu tranquillement : Mon Dieu, monsieur, notre pays n'a rien de particulier ; on y mange, on y dort, on y joue à la bouillotte comme partout.

— Cela n'est nullement étonnant : l'habitude émousse les sensations, et à force de regarder le milieu dans lequel on vit, on finit par ne plus le voir. Étranger au Limousin, vous êtes plus apte qu'un indigène à juger de cette province. Vous pouvez dès à présent commencer le cours de vos observations ; car dans le coupé est un propriétaire du pays, riche et de noble famille ; dans la rotonde, se trouvent un maçon des environs de Tulle, et un fermier, qui, ayant une petite succession à recueillir à Paris, a profité de l'occasion pour y conduire des bœufs. Depuis qu'il a pris fantaisie à Louis XIV de convertir en palais l'aride désert de Versailles, un grand nombre de Limousins, manœuvres, tuiliers, tailleurs de pierre, ou scieurs de long, émigrent vers le département de la Seine : on appelle même de leur nom, *limosinage,* cette partie de la maçonnerie qui consiste à empiler symétriquement des moellons sans crépir. Les *limosinats* sortent pauvres de leurs villages, et ils y rentrent pauvres, après de longues années de travail.

— Ils feraient mieux alors de rester chez eux.

— Ils y seraient peut-être plus misérables encore.

— Je pensais que votre pays offrait de grandes ressources ; qu'outre les célèbres mines de kaolin de Saint-Yriez, on y trouvait en abondance le plomb, le fer, la houille, l'ocre, l'arsenic, la serpentine ; que la fabrication des toiles, des étoffes de laine et de coton, du papier, de la cire, des épingles, y occupaient une foule d'ouvriers.

— Toutes ces industries seraient susceptibles d'une extension qu'on ne leur a pas encore donnée. Le Limousin est, comme vous le savez sans doute, le plateau le plus élevé de la France, et l'inégalité du terrain s'est opposée longtemps à l'établissement de routes praticables. L'absence de bons chemins communaux, de rivières navigables, de canaux [1], rendant l'écoulement des produits très-difficile, les manufactures se sont formées tardivement et avec peine. Nous avions des haras que la révolution a détruits, et qui se repeuplent lentement de chevaux de belle race. Notre agriculture est encore dans l'enfance, et la charrue romaine d'un usage presque universel; la moitié des terres est en jachères, et les fermiers se contentent de récolter ce qui est strictement nécessaire à leur consommation, sans oser consacrer leurs fonds à des améliorations inutiles, faute de débouchés. L'élève des bestiaux est préférée, comme plus lucrative, à la culture du sol. La multiplicité des eaux vives permet d'arroser, et au besoin d'inonder entièrement les prairies au moyen d'une *pêcherie*, réservoir pratiqué à la source du cours d'eau. Ces gras pâturages, où errent à l'aventure des bœufs superbes, sont la principale richesse de la Haute-Vienne; mais elle ne suffit pas pour sauver nos paysans du dénûment et de la disette. Aussi, quoiqu'une nourriture grossière, une température variable, des mariages trop précoces, n'aient pas encore altéré leur vigueur et leur beauté physiques, ils sont tristes et incultes comme le sol natal.

— Ce que vous me dites est-il applicable à tout le Limousin?

— Non, monsieur. La Corrèze, où le climat est plus chaud, où les fruits foisonnent, où les vignes serpentent sur les collines, nourrit une population plus gaie, plus dissipée, plus méridionale, sans que sa vivacité atteigne jamais le même degré que celle des habitants de la Provence et du Languedoc. La Corrèze a des carrières d'ardoises et de pierres de taille molles et faciles à travailler, et l'emploi de ces matériaux donne aux villages de ce département un air d'aisance et de propreté, que n'ont pas les huttes en lattes et en terre de la Haute-Vienne, habitations informes et malsaines, couvertes de chaume ou de tuiles rondes, où l'on vit sans joie, où l'on meurt sans regret. Et puis, le Corrézien boit du vin, du vin fort et alcoolique, auquel il ne manque que d'être mieux fabriqué pour être excellent. Vous rencontrez sur les routes des marchands de vin *à la charge de deux outres*, colportant leur denrée sur des chevaux ou des mulets harnachés à l'espagnole, et chantant gaiement des refrains du pays:

> *Qué t'o fa, Froncès, Liournardo,*
> *Qué tu l'ôimés mas qué iouo?*
> — *Il n'en venn lo sivado,*

---

[1] Il est question depuis longtemps d'un canal qui correspondrait d'un côté avec la Dordogne, et de l'autre avec le canal de Languedoc, et ouvrirait ainsi au Limousin la route des deux mers. Ce projet n'a pas reçu de commencement d'exécution.

Lou fromen,
Et n'en bailo lou tour ei ven
Tan bravomen [1] !

Les Corréziennes travaillent dès l'enfance avec les vignerons sur les coteaux rocailleux, et perdent leur sauvagerie primitive dans leurs fréquentes relations avec l'autre sexe. Le dimanche, jour de marché dans toutes leurs paroisses, elles se rendent au bourg voisin, entrent un moment à la messe, où le caquetage irrévérencieux de leurs volailles se mêle à la voix de l'officiant ; puis, tout en vendant leurs produits, elles échangent des médisances avec les commères, des quolibets avec les jeunes gens. La vie des femmes de la Haute-Vienne est plus solitaire et moins active. Elles vont rarement aux foires, gardent les chèvres et les brebis, dans leur jeune âge, au milieu des bruyères arides, à l'ombre des hautes châtaigneraies, loin des grands chemins, silencieuses et isolées. Après leur mariage, elles demeurent au logis, préparent les *galétous* de blé noir et la *bréjoado* aux raves et au lard [2], filent, tricotent, soignent leurs nombreux enfants qu'elles allaitent avec une patiente sollicitude jusqu'à l'âge de trois ou quatre ans. Ainsi s'écoule leur existence, monotone, mais simple et pure. Si l'isolement est le gardien des préjugés, il est aussi celui des bonnes mœurs, car on ne saurait recueillir les bienfaits de la civilisation, sans s'exposer à la contagion de ce qu'elle a de vicieux, de sceptique et de déréglé.

— J'ai souvent eu occasion de remarquer qu'une instruction incomplète détruisait l'effet de l'éducation religieuse, sans y substituer aucun principe. Je parierais que ce paysan de la rotonde, dégrossi par les voyages, n'a point gagné en savoir ce qu'il a perdu en honnêteté.

— Ce marchand de bœufs n'est pas précisément un paysan; tenez, le voici qui descend pendant qu'on relaye ; le costume que vous lui voyez, cet habit-veste de drap bleu, ce manteau de même couleur, ces longues guêtres de cuir, n'ont rien qui soit spécialement limousin. Il est d'une classe intermédiaire entre le commerçant de la ville et le laboureur de la campagne. J'ai déjà causé avec lui au bureau de la diligence, et je m'aperçois, à ses coups de chapeau, qu'il désire renouveler l'entretien. *Eh bé, brav' omé, commo vous trouba vou dé la routo ?*

— *Ah ! mousur, voudrio essé tsa nous ?*

— *Démoura vous bien louen dé Limodzé ?*

— *A quatré léga dé Seint Dzugno ?*

— *Va vos souven à Paris ?*

— *Lo moin poussiblé. Qué eun vouyadzé qué couto trop d'arzent ; un o tant dé peino à gagna ! lou voyadzé couten trop ; la meita do proufiai s'en vai ; co mé dérenzo dé mon habituda. Ia ma coutuma dé tsa nous : lou mati, mindsa ma tsatci-*

---

[1] Léonarde, que t'a fait François, pour que tu t'aimes plus que moi ? — Il vanne l'avoine et le froment, et donne le tour au vau si joliment !
[2] Les *galétous* sont des crêpes faites avec de la pâte levée de sarrasin et de l'huile de noix, et cuites sur une plaque appelée *plotino*. La *bréjoado* est une soupe.

gna, per marendé lou galet, per viépré mitzein l'oméletto ; in nous nen couiza, mitzein lo soupo dé la pouma dé terra, dé la roba, et do tsho ; iémé maye codo qui qué tou lou bon ripa de Pori.

— *A vou bien vendu votré bétiao ?*

— *Abé, mousur ; yo vo fa cinquerro cin voyadzé de may, co mé foro prou d'arzein per metsota un homé per notré drolé. Yo botiorio moun dorrei so per lou counserva de la patrie. Nio pas trop dé garson tsa nous per troboilla lo terro, per tant lou rey prei tout notré dzenté droley.*

— *Fau espéra qué votré garson pourtoro cin boun numéro. A vou d'autré ménadzei ?*

— *No, mousur, né ma tré filla. L'ainado fillo ei maridado en eun fermier dé Périllac. Nio uno barziero, l'otro pourtsiéro. Nou mitzein do po bien petitemein. Nou ouen dé bourna qué nous soun d'un gran proufiei, ma la dgélado nou on fa bien do mao, nou o tua bien dé l'abeilla. Mo fenmo ogu lo fioré, nio quoque mei. Lo na a uno foun du rieux toris per devousieu. Lo foun l'o gorido de la fioré per bonnura. Oro non né soun pas trop de plagné.*

— *Avant vinto quatro ora, vous né siré pas dé plagné. Vous va veiré touto votro famillo. Lou conduitouré nous creido. Bon sei, brav' omé.*

— *Adicia, mousur [1]. »*

Le marchand de bestiaux remonta, et mon compagnon, se retournant vers moi, me traduisit cette conversation que j'avais sténographiée de mon mieux sur mes tablettes, en orthographiant, faute de règles positives, d'après la prononciation. « Je ne sais, reprit-il, quel justicier disait : Donnez-moi quatre lignes d'un homme, et je le ferai pendre. On pourrait dire avec non moins de raison : Écoutez quelqu'un pendant cinq minutes, pesez attentivement ses paroles, et, sous l'enveloppe de ses phrases, vous découvrirez son caractère, ses habitudes, sa vie privée tout entière. En quelques mots, ce demi-paysan s'est complétement révélé, et j'ai reconnu en lui

[1] « Eh bien, comment vous trouvez-vous de la route? — Ah! monsieur, je voudrais être chez nous. — Demeurez-vous bien loin de Limoges ? — A quatre lieues de Saint-Junien. — Allez-vous souvent à Paris ? — Le moins possible ; c'est un voyage qui coûte trop d'argent ; on a tant de peine à en gagner. La moitié des profits s'en va en frais de voyage. Et puis ça me dérange de mes habitudes ! J'ai ma coutume de chez nous : le matin, je mange des châtaignes ; pour le *marendé* (goûter de deux heures), la crêpe de blé noir ; pour le *viépré* (le dîner à quatre heures), je mange l'omelette ; en nous en allant coucher, j'ai de la soupe aux pommes de terre, aux raves et aux choux. J'aime mieux cela que tous les bons repas de Paris. — Avez-vous bien vendu vos bestiaux? — Oui, monsieur. Encore un voyage. et j'aurai assez d'argent pour acheter un homme à notre fils. Je donnerai mon dernier sou pour le sauver de la conscription. Il n'y a pas trop de garçons chez nous pour travailler à la terre, sans que le roi nous prenne nos plus beaux jeunes gens. — Il faut espérer que votre garçon aura un bon numéro. Avez-vous encore d'autres enfants? — Non, monsieur ; je n'ai plus que trois filles : l'aînée est mariée à un fermier de Périllac, la seconde est bergère, et l'autre porchère. Nous mangeons du pain bien petitement ; nous avons des ruches qui nous sont d'un grand profit, mais la gelée nous a fait bien du mal, nous a tué bien des abeilles. Ma femme a eu la fièvre il y a quelques mois ; elle a été par dévotion à une fontaine du *rieux tari*, qui l'a guérie heureusement, de sorte que maintenant nous ne sommes pas trop à plaindre. — Dans vingt-quatre heures, vous le serez encore moins ; vous reverrez toute votre famille. Le conducteur nous appelle ; bonsoir, brave homme. — Adieu, monsieur. »

les traits caractéristiques de nos montagnards : l'esprit d'économie naturel à ceux qui gagnent péniblement ; l'horreur du service militaire, qui n'empêche pas le Limousin d'avoir envoyé aux armées françaises Brune, Jourdan, Souham, Marbot, Delmas, Sahuguet ; cette dépréciation du sexe féminin qui fait qu'on regarde à peine les filles comme des enfants ; cette confiance dans les cures miraculeuses qui guérit souvent le corps en relevant l'âme abattue.

— La même superstition règne dans toutes les campagnes de France et je la crois d'une haute antiquité. Dans les religions antérieures au christianisme, on expliquait le mouvement en donnant une âme à toutes les choses créées, en peuplant de génies l'air, la terre et les eaux ; et ces êtres imaginaires déterminaient par leur influence la maladie ou la santé, la disette ou l'abondance, le malheur ou la prospérité. La médecine se réduisait donc à l'invocation des bons esprits et à la conjuration des mauvais. Aujourd'hui que l'on a cessé de confondre l'esprit et la matière, le créateur et son œuvre, les gens sensés n'emploient la prière que comme un remède moral, et combattent des affections physiques avec des moyens physiques ; mais les paysans français ne sont pas encore débourbés des idées du vieux panthéisme.

— Surtout ceux de la Haute-Vienne, et même de la Corrèze. Ils croient à la puissance des formules, aux pactes avec l'*horo bestio* [1], aux présages, aux maléfices. Le sel est, selon eux, le plus puissant des prophylactiques, la meilleure garantie contre la fièvre et les sorts. J'ai entendu une femme dire à un enfant qui criait : « *Enradzado, quen té tournora passa, l'aura la fioré.— Yo té cragné ni té douté, yé dé la sao di ma potzo* [2], » répondit-il arrogamment. Leur médicament principal est l'eau fraîche, et, dans leur convalescence, une *mitso* (miche de pain blanc) arrosée d'un *det de vi* (d'un doigt de vin). Ils préfèrent aux officiers de santé les rebouteurs, les guérisseurs et les pèlerinages. La fontaine de Vertougié, par exemple, est souveraine contre tous les maux. Les valétudinaires suspendent aux branches de l'arbre dont elle est ombragée la partie de leurs habits qui revêt le membre souffrant, un bas pour un mal de jambe, un bonnet pour la migraine, etc., et ils s'en retournent comme ils sont venus.

— Savez-vous quel est le patron de cette fontaine ?

— Ma foi, je l'ai oublié ; la nomenclature des saints et des martyrs particuliers au Limousin est tellement considérable, que je n'ai retenu que les noms vénérés de saint Martial, apôtre de Limoges, et du pieux solitaire saint Léonard. « Celui qui parlerait mal de saint Martial, dit Scaliger dans ses lettres, serait aux yeux des Limousins bien plus coupable que s'il avait mal parlé de Dieu. » Saint Léonard a donné son nom à un chef-lieu de canton, dont l'église est visitée par les paysannes qui désirent des enfants. Elles s'y rendent le jour de la fête patronale, font une

---

[1] La *vilaine bête*, le diable.
[2] Enragé, quand tu reviendras à passer, tu auras la fièvre. — Je ne te crains ni te redoute ; j'ai du sel dans ma poche.

neuvaine, et, préalablement, poussent et tirent à plusieurs reprises le verrou du portail de l'église. Si leurs vœux sont exaucés, elles témoignent leur reconnaissance par une seconde neuvaine, et placent un bonnet rose sur la tête de la statue de saint Léonard. Cette coiffure, ainsi sanctifiée, et appliquée sur l'abdomen, a la propriété de calmer les douleurs de l'enfantement.

— Comment se fait-il que les prêtres eux-mêmes ne combattent pas d'aussi grossières superstitions ? m'écriai-je avec la chaleureuse indignation d'un encyclopédiste.

— Ils ne sauraient les attaquer sans soulever contre eux leurs paroissiens. Il en est des vieux préjugés comme des vieilles ruines : ils écrasent de leurs débris les téméraires qui tentent d'y porter la main. L'ignorance a créé ces pratiques, et l'ignorance les soutient. Ce ne sont point de pauvres desservants, isolés au milieu de vastes paroisses presque désertes, seuls éducateurs d'un peuple rebelle à l'instruction, qui peuvent faire fructifier dans les cœurs le véritable esprit de l'Évangile. Ne les blâmez donc point d'une tolérance sans laquelle ou ne rendrait justice ni à leur charité, ni à leur persévérance, ni à leur résignation. Ils ont droit à l'estime de tous par le zèle qu'ils apportent dans l'exercice de leur ministère.

Souvent, le jour ou la nuit, sous la voûte brûlante d'un ciel d'été, ou par le froid piquant de l'hiver, ils vont à cheval porter le viatique aux mourants. Le bedeau chevauche derrière le curé, et agite de temps en temps une sonnette, pour avertir les passants qu'ils aient à se prosterner. C'est ainsi qu'ils traversent solennellement les bois silencieux et les tristes bruyères, soutenus dans leur pénible marche par la pensée de consoler un chrétien à l'agonie.

« La plupart des fermes sont tellement éloignées de l'église, et les chemins si peu praticables, qu'on emploie, en guise de corbillards, des charrettes oblongues construites au moule de nos sentiers creux et encaissés. On y attelle, suivant la qualité du défunt, deux ou quatre bœufs, que l'on dirige avec une longue gaule ferrée, appelée *aiguillado ;* on pose le cercueil à plat au fond de la voiture, sur laquelle on jette parfois un drap noir ; et les parents, la tête nue, suivent avec recueillement cet étrange convoi.

« Quoique appelés par eux-mêmes à juger de l'utilité des routes, les curés limousins en voient de nouvelles s'ouvrir avec une sorte de désespoir. Dans les villages écartés, les laboureurs assistent dévotement à la messe, debout dans le chœur et psalmodiant les répons, tandis que les femmes, immobiles et agenouillées dans la nef, comptent par une prière chaque grain de leurs chapelets. Mais, au bord des routes nouvelles, s'établissent de séduisants cabarets ; on s'y arrête pour causer d'affaires en attendant l'heure de l'office ; les cloches tintent, et les verres aussi ; et dans cette rivalité de sons, l'un sacré, l'autre profane, c'est presque toujours le dernier qui l'emporte.

« Une grave question divise le clergé de nos campagnes : Faut-il prêcher en français ou en patois ? « Comment voulez-vous, disent les partisans de l'idiome provincial, que vos ouailles profitent de sermons qu'elles entendent à peine ? la langue nationale est répandue dans la Corrèze, mais elle est encore imparfaitement bégayée dans les solitudes du haut Limousin. — Raison de plus, répliquent les gallicistes, pour la propager du haut de la chaire en même temps que la parole de Dieu. Développons l'intelligence du peuple tout en le moralisant, et qu'on ne soit plus réduit à faire plusieurs lieues dans la campagne pour trouver un homme capable de lire un acte et d'apposer au bas sa signature. »

— Je serais de l'avis de ces derniers. Au reste, ce patois, malgré la lenteur du débit du fermier avec lequel vous avez causé, ne m'a point semblé dépourvu d'harmonie.

— Il est rapide, animé, dans la bouche des Corréziens ; ayant été peu écrit et affranchi de règles fixes, il a presque autant de variétés que l'on compte de cantons. C'est un mélange de langue celtique et de latin.

— Il me paraît avoir de l'analogie avec les autres dialectes méridionaux, et la langue espagnole.

— En effet, les prisonniers espagnols envoyés dans nos départements l'ont compris de prime abord. J'ai connu, sur la route de Saint-Maurice à la Roche-l'Abeille, un vieillard qui prenait soin de mon cheval pendant que je faisais halte à la porte d'une auberge ; je conversais fréquemment avec lui, et ce fut au bout de trois ans seulement que j'appris qu'il était d'Urgel en Catalogne.

LIMOUSINE.

« L'absence de l'*e* muet, la multiplicité des voyelles, rendent le patois limousin propre au chant. Il a été mis en œuvre avec succès par les troubadours Gaucelin-Feydit, Bertrand de Born et Bernard de Ventadour. Les chansons populaires sont souvent gracieuses et poétiques ; permettez-moi de vous en citer une que j'ai recueillie aux environs de Saint-Léonard : c'est un dialogue entre une bergère et un châtelain. Elle a ceci de singulier, comme beaucoup de nos chansons locales, que la bergère s'énonce en patois, et le châtelain en prose française, toujours plus ou moins dénaturée par les chanteurs :

LA BERGÈRE.

Héla, moun Dieu, qué forai yeu ! sei touto désolado ;
Né podé n'empetza dé récébei l'aubado.
Lou lou mé mogué
Un dé mous agnoulets[1].

LE CHATELAIN.

La perte d'un agneau est une bagatelle ; viens-t'en dans mon château : au lieu de tes haillons, tu auras des franges d'or pendues à tes jupons.

LA BERGÈRE.

Gra merci, mousur, yo vou sei bien oblidsaio,
Garda votré présein per uno dsouno modamo.
J'estimé may ein sou pastoureu,
Qué vou ni may votré tsateu[2].

LE CHATELAIN.

Retire-toi d'ici, sauvage, ne te présente plus devant moi : si tu avais répondu à mes vœux, ingrate, j'aurais fait ton bonheur.

Les *bourrées* qu'on danse au son de la musette dans la Haute-Vienne, et du fifre dans la Corrèze, sont accompagnées de refrains dont le grand nombre prouve la fécondité de nos rimeurs de village. Tantôt c'est un galant qui promet un présent à sa maîtresse :

Lou ribau blé
Qué me sier de centuro ,

---

[1] Hélas ! mon Dieu, que ferai-je ? je suis toute désolée ; je ne puis m'empêcher de recevoir une réprimande ; le loup m'a mangé un de mes agneaux.

[2] Grand merci, monsieur, je vous suis bien obligée ; gardez vos présents pour une jeune dame. J'estime plus un seul pastoureau que vous et votre château.

Lou ribau blé,
La belo, vous l'ouré ;
Vou lou mitré
O vostro cheveluro,
Vostro abi,
Vostré coulé gri [1].

Tantôt c'est une question bizarre et embarrassante :

Qual pren mai de peno, mio,
Qual pren mai de peno ?
Quel que totso l'axé,
Ou quel lou nino [2] *?*

D'autres fois les danseurs exténués s'excitent à prolonger leurs gambades :

Toudzour lou tour,
Lou tour de la tsombreto,
Toudzour lou tour,
Enquéra ; n'ès pa djour [3] *?*

Ou bien une jeune fille se plaint d'avoir fait une chute en passant un ruisseau :

Passan sur lo plontseto,
Lou pé mo monca ;
Moun Diou ! sei toumbado din l'aigo ;
Lou coutillion o vira [4].

— Connaissez-vous les airs de toutes ces chansons ? demandai-je à mon obligeant interlocuteur.

— Malheureusement non ; mais un *couérou* limousin vous les indiquerait.
— Qu'appelez-vous un *couérou* ?

---

[1] Le ruban bleu qui me sert de ceinture, le ruban bleu, ma belle, vous l'aurez ; vous le mettrez à votre chevelure, avec vos habits et votre fichu gris.
[2] Lequel prend plus de peine, ma mie, lequel prend plus de peine, celui qui pousse l'âne devant lui ou celui qui le mène ?
[3] Toujours le tour, le tour de la chambrette ; toujours le tour ; encore il n'est pas jour.
[4] En passant sur la planchette, le pied m'a manqué ; mon Dieu, je suis tombée dans l'eau ; mon cotillon a tourné.

— Un mendiant. Le mendiant est un personnage dans les campagnes ; on le fait asseoir au coin du feu, on lui offre les châtaignes cuites dans le *toupi* [1], le *tourto* [2], les crêpes de sarrasin, et à Noël le millet cuit au lait et à l'eau. En revanche, il chante des ballades, il raconte des légendes, il apprend à ses hôtes que la sainte Vierge a été bergère en Limousin, et que, pour s'abriter en gardant son troupeau, elle a élevé ces dolmens dont ils ignorent la véritable origine. Il dit comment Lucius Capréolus, le séducteur des chevrières, ravit la noble gauloise Briance à son amant Ligour [3]. Il est parfois ménétrier, profession assez lucrative en Limousin, comme l'atteste ce couplet :

Si iou podé estré menestrié,
M'en n'ira péou villadzés ;
Car sotzas co quei un mistio ,
Qu'o toudzour de bous gadzés ;
Quei un goliar bien pitontsa ,
Qué ne fairo mas quan bufa ,
Et quant vet o perdré l'alet ,
Li foou beuré qu'auqué viodzet [4]. »

[1] Grande marmite de fer.
[2] Pain de seigle rond.
[3] Lucius Capréolus, dont les paysans limousins ont conservé la mémoire, était proconsul l'an 5 du règne de Tibère, et eut un fils nommé Lucillus. Il bâtit les châteaux de Chalus et de Chalucet (*castrum Lucii Capreoli, castrum Lucilli*). Les noms de Briance et de Ligour ont été donnés à deux rivières du Limousin.
[4] Si je puis être ménétrier, je m'en irai par les villages ; car sachez que c'est un métier où l'on a toujours de bons gages. C'est un gaillard bien pansé, qui n'a rien qu'à *boufler* (souffler dans la musette) ; et quand il vient à perdre haleine, on lui fait boire quelques coups.

La nuit vint interrompre notre colloque; nous nous établîmes de notre mieux pour la passer; mais quoique les glaces fussent hermétiquement closes, et que la diligence roulât doucement et sans bruit sur la neige, on ne pouvait conserver l'immobilité nécessaire au sommeil sans se sentir tout transi. Au jour naissant, après quelques heures de somnolescence, je repris l'entretien en demandant à mon compagnon :

« Connaissez-vous ce voyageur du coupé ?

— Peu ; nous avons été élevés ensemble dans l'excellent séminaire de Juilly, mais nous nous sommes perdus de vue. Il demeure auprès d'Uzerche, et vit habituellement dans ses domaines. Il est riche, et comme on dit en patois : *Oquel qué levara lou couissine sara pas do plandzé.* Celui qui, après sa mort, lèvera son oreiller, est sûr d'y trouver une bourse bien garnie. C'est un bon et honnête homme, qui, durant le séjour récent des réfugiés polonais en Limousin, en a obligé plusieurs avec autant de délicatesse que de générosité. Il a deux frères, l'un juge auditeur, l'autre lieutenant de dragons ; mais il habite seul le château patrimonial, dont la révolution et les Auvergnats de la bande noire ont respecté le principal corps de logis. Là, successeur immédiat des anciens barons, ne pouvant se faire craindre suzerain, il cherche à se faire aimer comme bienfaiteur. Il a perdu l'arrogance de ses aïeux, mais il en garde comme un précieux dépôt la piété, la charité protectrice, et la fastueuse hospitalité.

— D'où vient qu'il n'a pas pris un état comme ses frères ?

— C'est qu'il est l'aîné de la famille, et que le droit d'aînesse est maintenu en Limousin avec autant de ténacité que d'astuce, malgré les dispositions des lois mo - dernes. Il ne suffit pas de promulguer des Codes, il faut encore les appliquer, et la tâche des administrateurs qui exécutent est plus pénible que celle des théoriciens qui ordonnent. De même qu'on n'a pu faire comprendre à la plupart de nos villageois la nécessité de l'instruction primaire, de même on n'est jamais parvenu à leur persuader que tous les enfants devaient partager également la succession paternelle. Riches et pauvres, nobles et bourgeois, éludent à l'envi l'article 745. Souvent, après avoir été, du vivant de son père, hébergé au préjudice de ses frères et sœurs, l'aîné est avantagé d'un quart après le décès du chef de la famille. L'héritage, en mettant en présence des avidités rivales, est partout une source de contestations et de désunion; chez nous, il engendre des haines qui, parmi les rudes et grossiers laboureurs, se sont parfois exaspérées jusqu'au crime. Dans la classe bourgeoise, il est la source d'un grand nombre de procès entamés avec aigreur, soutenus avec persévérance, et d'autant plus durables, qu'ils font diversion à la monotonie d'une vie d'oisiveté.

« Avant la révolution, le Limousin était régi par le droit romain, et l'organisation romaine de la famille y a laissé des traces. Le père est un dominateur suprême, sous la direction duquel tous les enfants travaillent avec une persistante activité. L'accroissement de la famille est regardé comme un bienfait ; à mesure qu'elle se multiplie, elle embrasse une plus vaste étendue de terrain, une plus grande diversité d'occupations. Parfois de pauvres femmes de la Haute-Vienne vont, à l'hôpital de

Limoges, chercher des nourrissons qu'elles élèvent jusqu'à quatre ans, moyennant un salaire de 5 francs par mois ; puis, quand il faut les rendre, elles sollicitent comme une faveur la permission de les garder ; dès lors l'enfant-trouvé n'est plus orphelin, il a un *paye*, une *maye*, des *frayes*, des *sors* ; et, en récompense de cette adoption , il aide de ses faibles bras la famille dans laquelle il est entré.

— C'est à la fois, de la part des parents adoptifs, une spéculation et un acte de générosité. Mais revenons à notre voyageur du coupé. Nous voici à Orléans, où nous déjeunerons sans doute. Voudriez-vous me présenter à votre compatriote ?

— Très-volontiers, mais je doute qu'il ait des renseignements à vous fournir. C'est un antiquaire que le passé a toujours occupé plus que le présent. Les détails qu'il vous donnera seront sans doute sujets à litige, et je vous conseille de ne les accepter que sous bénéfice d'inventaire. »

Nous saluâmes le vieux noble qui venait d'entrer à l'hôtel. Aussitôt qu'il eut été instruit de mes projets : « Ah ! monsieur, s'écria-t-il, quelle magnifique dissertation vous avez à faire sur l'étymologie du nom de Limoges et des Lémovices, ses premiers habitants ! Limoges vient-il de *lim-vic* (haute ville), ou du grec λιμὸς et γῆ (terre de la faim) ? Voilà une question majeure...

— Que je vous laisserai le soin d'éclaircir, sans en contester l'importance. Je crois devoir m'abstenir de toutes recherches historiques pour m'attacher à la peinture des mœurs. Assez d'autres ont raconté comment le Limousin fut successivement occupé par les Lémovices, les Romains, les Visigoths, les Francs, les Anglais, et enfin les Français. Il y aurait lieu d'examiner quelles traces de leur passage ces différents peuples ont laissées dans les mœurs ; mais je ne tiens pas à élaborer un volume in-8°, pour que le fruit de mes veilles endorme un petit nombre de trop complaisants lecteurs.

— Vous ne pouvez cependant vous dispenser de parler des monuments archéologiques du Limousin, des men-hirs, peulwens, dolmens, tumulus, amphithéâtres, églises, monastères et châteaux, en vous gardant bien d'oublier celui de Chalus, devant lequel, le 16 avril 1299, la flèche de Bertrand de Gordon blessa mortellement Richard Cœur-de-Lion sur le rocher de Maumont (*ad saxum mali montis*). Il faut aussi consacrer quelques pages à la puissance des comtes et vicomtes de Limoges, dont le premier connu, Nonnichius, vivait en 582, et aux fameux fiefs de Ventadour, de Noailles et de Turenne.

— Je ne nie point le mérite de certains membres de ces familles illustres ; mais pour en exhumer un homme célèbre, on est contraint de dépouiller des généalogies dont la longueur fastidieuse eût effrayé Etienne Baluze lui-même, l'une des gloires de la ville de Tulle. J'aimerais mieux entretenir mes lecteurs des artistes et des savants que la province a vus naître.

— Vous en trouverez assez pour justifier l'interrogation de Pourceaugnac à son beau-père. « Croyez-vous, M. Oronte, que les Limosins soient des sots ? » Ce fut à Limoges que Léonard Limosin, valet de chambre de François Iᵉʳ, étudia l'art de peindre sur émail ; ce fut à Limoges que naquit l'éloquent et vertueux d'Aguesseau. Cadillac a vu les premiers essais d'orfévrerie de saint Éloi, qui fut un grand artiste avant d'être un grand prélat. Étienne Aubert, pape sous le nom d'Innocent VI, est du village du Mont, près Beyssac. Clément VI et son neveu Grégoire XI étaient de la famille des seigneurs de Rosières. Jean Dorat, *poëte du roi* Charles IX, Saint-Aulaire, La Reynie, Marmontel, Latreille, Cabanis, Treilhard, Vergniaud, Dupuytren, étaient Limousins, et dans vos promenades, vous pourrez aller rendre visite au maître des chimistes modernes, à M. Gay-Lussac. A propos de visite, monsieur, j'ose compter sur la vôtre : je vais vous donner mon adresse par écrit. Ma maison, à Uzerche, est avant le pont, à peu de distance de l'hôtel de Montauban. De mes fenêtres on aperçoit la rivière, les prairies voisines, la ville incrustée pour ainsi dire dans les roches, et le clocher qui la surmonte. Nous autres provinciaux nous accueillons cordialement l'étranger ; et, comme dit le vieux proverbe limousin : « O quei uno *bonlovo d'ebrovotsa lou Froncès* (c'est une sottise d'effaroucher les Français). »

Je remerciai le vieux gentilhomme de son invitation, et montai reprendre ma place dans l'intérieur.

« Je ne sais trop si j'irai à Uzerche, dis-je à mon compagnon ; la saison est peu propice, et je compte me borner à visiter les villes principales.

— Limoges, Tulle et Brives, répondit-il, sont les seules dont la population soit assez nombreuse pour former des variétés dans l'espèce limousine. Limoges, quoique irrégulièrement bâtie, est la cité la plus commerçante et la plus luxueuse des deux départements. Ses ouvriers sont laborieux, tranquilles, honnêtes, et participent de la nature des campagnards, au vocabulaire desquels ils pourraient emprunter sans impropriété trois expressions favorites.

— Lesquelles, s'il vous plaît ?

— Interrogez un paysan sur son sort, il vous répondra tristement : *Mé plagné pas* (je ne me plains pas) ; entretenez-le des projets d'un tiers, il dira avec l'indifférence d'un économiste moderne : *Laissa ly fa* (laisse-le faire) ; vantez-lui un homme ou une chose, peignez-lui les avantages de telle ou telle entreprise, il répliquera d'un ton de doute et de réserve : *Bélieu bé* (peut-être bien). Cette apathie, cette résignation, cette incertitude, fruits de la misère et de l'ignorance, les ouvriers de Limoges la partagent.

« Les bouchers composent encore à Limoges une corporation redoutée. Ils vivent isolés, dans une rue qu'ils habitent exclusivement, et qui est gardée par d'énormes chiens. L'union et la concentration sur un seul point corroborent chez ces hommes la brutalité ordinaire à leur profession ; le quartier où ils sont agglomérés n'est pas moins dangereux que les remparts de Saint-Malo.

« Les *artisanes* de Limoges sont plus rangées que vos grisettes parisiennes, et moins modestes que les ouvrières des villages. L'éclat agaçant de leurs grands yeux langoureux, l'expression mélancolique de leur visage, l'éblouissante blancheur de leur teint, la mielleuse et insinuante douceur de leur parler, leur attirent trop d'hommages pour qu'elles résistent constamment aux séductions de la flatterie et à l'entraînement du plaisir. Toutefois elles tiennent à se marier, et le besoin d'une position stable tempère leur coquetterie. Elles portent des bonnets en forme de serre-tête, bordés d'une garniture à gros tuyaux relevés et empesés. Leur penchant pour la toilette se développe de jour en jour. Il y a cinquante ans, celles qui se paraient de rubans passaient pour empiéter sur les droits des bourgeoises, et celles-ci disaient assez crûment de l'ouvrière ambitieuse qui osait ainsi *leva de l'esta* (sortir de son état) : *Bouto lo cresto roudzo, poundra leu* (elle a mis la crête rouge, elle pondra bientôt). Quelque applicable que soit aujourd'hui ce dicton injurieux, la liberté d'ajustements est une des conquêtes de la révolution, et la plus solide peut-être.

« Limoges était jadis encombrée de moines et de pénitents ; pénitents noirs de Saint-Michel de Pistorie, pénitents blancs de Saint-Julien-Saint-Afre, pénitents gris du cimetière des Arènes, pénitents feuilles mortes de Saint-Martial de Mont-Jovis, enfin pénitents pourpres de la Charité, établis à Saint-Cessateur. Quelques-unes de ces confréries figurent encore dans les processions, mais elles n'ont ni pompe extérieure ni influence morale.

« Si vous étiez venu à Limoges à la fin de juillet, vous y auriez vu, à la foire de Saint-Loup, des habitants de toutes les parties de la province, des Corréziennes aux chapeaux de paille aplatis sur les côtés, et décorés de rubans ; des fermières de la Haute-Vienne, coiffées de bonnets de toile à barbes de mousseline ; de vieux paysans en surtout bleu, en chapeaux ronds à larges bords. Vous auriez observé les métayers astucieux et liardeurs, discutant chaudement leurs intérêts sur le champ de foire ; les propriétaires de la campagne surveillant la vente de leurs bestiaux ; les paysannes s'extasiant à la vue des merveilles inconnues étalées le long des rues et sur les places. A l'époque de l'année où nous sommes, après deux ou trois jours de résidence dans la capitale de la Haute-Vienne, vous pourrez sans inconvénient la quitter pour celle de la Corrèze. Là, vous serez libre de faire de la dépense, de danser, de jouer, de vous divertir avec des gens portés au plaisir et à l'ostentation. Leurs saillies et leurs fanfaronnades vous rappelleront la Gascogne ; et vous recueillerez dans la conversation plus d'une *pétado de Djuglar.*

— Que signifie cette locution ?

— Elle a trait à une anecdote dont le héros est un certain Juglar, ex-fournisseur de vivres à l'armée navale française, sous le régime impérial. Il assistait à un banquet où l'on s'amusait à *dzaga o lo messoundzas* (à jouer aux mensonges) ; chacun enchérissait sur les bourdes des autres convives, et quand ce fut au tour de M. Juglar, on pensait qu'il lui serait impossible de surpasser en imagination ses concurrents. « A la bataille de Trafalgar, dit-il, j'étais, comme vous le savez, à bord du vaisseau amiral. Il y eut un moment où M. Lamotte-Piquet perdit la tête au point d'arracher sa perruque. « Amiral, lui dis-je, il ne faut désespérer de rien ; voulez-vous me laisser faire ? — Agis comme tu l'entendras, ami Juglar, répondit-il aussitôt. » Je fis lâcher deux bordées à bâbord et à tribord contre le vaisseau de l'amiral Nelson. Ma manœuvre eut un tel effet, qu'au bout de quelques minutes

Nelson emboucha son porte-voix, et prononça distinctement les paroles suivantes : *Ah! b..... de Djuglar, o quei plo tu qué m'a fichu quélo pétado* [1] ! »

« C'est depuis ce temps qu'une gasconnade s'appelle à Tulle une *pétado de Djuglar*.

« Brives vous offrira des mœurs analogues à celles de Tulle. Elle doit le sobriquet de *la Gaillarde*, soit à sa position au milieu d'une plaine riante, à ses boulevards ombreux, à l'élégance de ses édifices, soit à la jovialité de ses habitants. Elle fourmille d'hôtels, d'auberges, de cafés, d'estaminets, de salles de danse, où boit, mange, joue, chante et sautille une joyeuse population. Sa devise pourrait être :

> *Duroro co, pitsonnelo,*
> *Duroro co toudzour?*
> *Tan que l'ordzen duroro,*
> *Lo pitsonnelo,*
> *Tan que l'ordzen duroro,*
> *Lo pitsonnelo dansoro* [2].

« Le climat est plus tempéré à Brives que dans le reste du Limousin, et peut-être y a-t-il quelque corrélation entre la douceur de la température et la joie expansive des indigènes.

« Quand vous aurez suffisamment stationné dans ces trois cités, lancez-vous hardiment au milieu des campagnes, qui sont, par malheur, actuellement dépouillées de tous leurs charmes. Si vous voyagiez en été, je signalerais à votre attention de vertes prairies entourées de haies vives, des rivières sinueuses, d'imposantes forêts, les grottes de Nouars, les orgues basaltiques de Bort, les cascades de Gimel et de Treignac, le saut du Saumon, la plaine de Saint-Viance, et une foule de sites tantôt majestueux et sévères, tantôt agréables et riants ; mais, au mois de décembre, je n'ai qu'à vous recommander d'éviter le froid, les fondrières, les torrents et les loups.

— Comment, les loups ?

— Ils ne sont pas rares dans le département de la Haute-Vienne ; mais les paysans, encouragés par une prime de 20 francs pour un mâle, et de 30 francs pour une femelle, leur font une guerre acharnée. Quand l'un d'eux a tué un loup, il le porte à la préfecture, reçoit sa récompense, suspend au bout d'un long bâton l'animal empaillé, et le porte de village en village, recueillant des aumônes, des bénédictions et des verres de vin. Vous rencontrerez, chemin faisant, quelques-uns de ces triomphateurs.

« Un cheval vous sera indispensable. On ne saurait résider en Limousin sans être cavalier. Il y a des chevaux de selle dans toutes les fermes, et le fermier se rend parfois à la foire sur une monture qu'envierait un fashionable.

---

[1] Ah ! coquin de Juglar, je parie que c'est toi qui m'as fichu cette pétarade !
[2] Cela durera-t-il, fillette ? cela durera-t-il toujours ? Tant que l'argent durera, la fillette dansera.

« Les femmes même sont d'habiles écuyères : tantôt elles montent par couples, l'une à droite et l'autre à gauche, sur de grandes selles plates ; tantôt elles s'installent solidement à califourchon, les jambes cachées par de longues jupes de laine fendues qui tombent de chaque côté presqu'à terre. »

Durant ces explications de l'avocat limousin, j'étais dans la position d'un soldat auquel on représente qu'il peut revenir éclopé de la bataille. Nous traversions les sables rougeâtres de la Sologne, et le redoublement du froid me présageait le plus fâcheux voyage.

« Il me vient une idée, dis-je à mon interlocuteur ; j'ai envie de renoncer au plaisir de votre compagnie, et de ne pas aller à Limoges. Depuis deux mois, je me suis entouré de Limousins, j'ai consulté, non point les livres, mais les hommes ; j'ai vu des échantillons de toutes les classes de la société limousine ; je me suis créé un Limousin factice au milieu de Paris. Jeanron, peintre habile et consciencieux, m'a communiqué d'exacts et beaux dessins dont je compte enrichir mon article ; un séjour de quatre années en Limousin l'a mis à même de me fournir les notes les plus précises. Il m'est arrivé de toutes parts des documents que j'ai soigneusement collationnés, et vous avez achevé de m'initier à l'aspect moral et physique du Limousin Maintenant que *mon siége est fait*, comme disait l'abbé Verlot, quels renseignements nouveaux m'apporterait un voyage coûteux et pénible? »

Le résultat de ces réflexions fut que je m'arrêtai à Vierzon.

Émile DE LA BÉDOLLIERRE.

JEANRON   MONTIGNEUL.

LE FORÉSIEN.

LE FORÉSIEN.

Anne d'Urfé, dans sa description du Forez, écrite en 1606, assigne à cette province trente lieues de longueur et neuf de largeur. Le Forez, devenu département de la Loire, a conservé les mêmes limites. Un auteur exact et précis comme d'Urfé est une bonne fortune pour nous qui croyons le portrait du Forésien lié à son histoire, à celle du Forez. « Il y a, dit encore Anne d'Urfé, d'ancienneté treize villes capitales dont les députés ont voix aux assemblées qui se font du pays, à savoir : Montbrison, Feurs, Saint-Germain-la-Val, Cervières, Bouin, Sury-le-Contal, Saint-Guermier, Saint-Bonnet-le-Château, Saint-Rambert, Saint-Étienne de Furan, Roane, Saint-Hau et le Bourg-Argental. » La situation topographique du Forez est fixée ainsi par les anciens géographes : à l'est le Rhône, au midi les Velauniens, à l'ouest les Arverniens, au nord les Éduens, qui avaient les Ségusiens pour premiers alliés. Le pays des Éduens correspond au département de Saône-et-Loire, qui borne aujourd'hui au nord celui de la Loire, l'Allier au nord-ouest, le Puy-de-Dôme à l'ouest; au sud la Haute-Loire, l'Ardèche au sud-est, et le département du Rhône à l'est, sont ses autres limites.

Le Forez a toujours été tout d'une pièce, et cette petite province, enclavée dans le centre, loin des grands affluents politiques, a très-peu varié de mœurs et de coutumes. Son existence est pour ainsi dire toute moderne. L'homme qui a le plus fait pour lui donner au dehors une illustration, c'est au seizième siècle Honoré d'Urfé, d'autant plus ignoré dans son pays qu'il fut plus célèbre ailleurs. Honoré d'Urfé plaça la scène de son roman sur les bords du Lignon, dans ce pays où l'idylle est particulièrement une création fantastique. Aussi, peut-être le héros de l'*Astrée* n'est-il nulle part ailleurs plus inconnu que dans le Forez. Céladon, né du goût français, italianisé sous la plume d'un homme de cour, fut la dernière expression de la galanterie française parée des mensonges de la poésie. Sous les traits d'un berger naïf et tendre, Céladon, frère efféminé de don Juan, cache plus d'un paradoxe du sentiment. Le Français, né galant, créa Céladon ; né malin, le Français créa le vaudeville. A l'époque où Honoré d'Urfé livrait l'*Astrée* aux loisirs aristocratiques d'une cour galante et devenait le père des bergeries que le siècle de Louis XV a fait revivre, Cervantes, ce mâle génie, sut allier le fond à la forme, aux idéalisations de l'art une pensée philosophique et populaire, à l'atticisme de l'esprit les enseignements de la raison. C'est ainsi que l'art a le droit de mentir. Sans pousser plus loin un simple rapprochement entre un Espagnol et un Français, disons seulement que si l'avantage reste au premier dans la comparaison de ces deux romans de la même époque, l'*Astrée* et le *Don Quichotte*, plus tard, nous aurons Molière pour nous consoler.

Toutefois, Honoré d'Urfé n'est pas le seul écrivain qui ait parlé du Forez : ce mot s'est rencontré sous la plume de Jules Janin à cause de Saint-Étienne et du Stéphanois. Le style, c'est l'homme ; croyez à cet axiome, car l'homme, c'est le pays. Jules Janin, dans le premier feu d'une inspiration native, a vu le Stéphanois, et plus tard, l'écrivain en possession des loisirs, du talent et de l'esprit, a vu Céladon, Saint-Étienne et Valbenoite avant Versailles et Trianon.

Saint-Étienne étant donné d'abord comme le point d'optique le plus important de notre sujet, nous montre le Forésien tout entier à son œuvre, soit qu'il assouplisse les métaux ou qu'il ourdisse la soie ; que du fil le plus délié de la création il fasse une pièce de velours ou de rubans qu'il expédie partout, et d'un bloc de fer un ruban laminé, destiné à être poli par la lime ou par la meule, au gré des besoins de son industrie.

Saint-Étienne est le chef-lieu du département, Montbrison la préfecture. Saint-Étienne n'est donc pas la première ville du département, mais seulement la plus grande et la plus importante. Est-ce à la lueur de son incendie nocturne, des phares que le sol entretient sans frais, des volcans que le charbon alimente à sa surface, du gaz qu'il fabrique ou du soleil qui ne semble pas fait pour lui, qu'il faut voir Saint-Étienne ? Plein du souvenir des vers de Virgile, qui bourdonnent une musique très-adoucie par le rhythme, on entre à Saint-Étienne, et la double fiction de l'antre des cyclopes et de l'épisode d'Aristée se change en réalité dans un atelier de soierie et dans une boutique de forgerons.

Quant au Forésien, son nom lui vient incontestablement de *forum*, dont le sens principal est marché. Dans cette étymologie, nous trouvons à la fois l'origine du Forésien et le trait dominant de son caractère. *Forum Segusianorum* (Feurs) fut la capitale du Forez sous les Romains. Bien que dans la langue latine le mot *forum* ait une haute signification politique et sociale, il est probable cependant que les transactions commerciales furent le lien dominant entre les peuples, et que les premiers intérêts des Ségusiens sous toutes les dominations consistèrent en échanges de produits et de marchandises. Quoi qu'il en soit, le Forésien est resté marchand, commerçant par excellence. Il semble obéir à un instinct, à une vocation qui est de vendre, d'acheter et de produire, car les temps modernes l'ont fait industriel, et les socialistes l'ont nommé producteur.

Le sol où se meut le Forésien n'est pas un sol comme un autre : c'est son atelier, sa matière première ; il en prend chaque jour quelques atomes pour en forger les mille produits de son industrie. La houille lui sert à créer le fer brut ; l'eau transforme en acier trempé ce fer malléable ; le feu est encore appelé à lui donner mille formes, le balancier à le découper en mille pièces. Celles qui sont trop communes pour être vendues telles quelles, on les vernit ou on les dore. De là des bouches de feu toujours béantes, des forges sans cesse actives, des villes bruyantes, perdues dans une atmosphère poudreuse, et un pays semblable sur plusieurs points à un autre de cyclopes.

Entre les mains du Forésien, l'industrie du fer et celle de la soie ont marché dans un parallélisme incompréhensible. De la même ville et presque de la même main s'échappent la soie et le fer ouvrés. Le Forésien crée d'abord les métiers et les machines qu'il lui faut pour fabriquer tel ou tel genre d'article ; il les met ensuite lui-même en activité et leur cherche des débouchés aux nombreux produits qui en résultent. Le Stéphanois a le génie inventif. La fortune ne s'offre à lui que sous le prisme chatoyant d'un secret à découvrir. Vivant dans un monde industriel, il rêve sans cesse aux moyens d'en élargir les sphères ; ce besoin puissant d'initiative dans une voie nouvelle tient peut-être au sol lui-même. On naît inventeur à Saint-Étienne.

En somme, Saint-Étienne est une ville à voir en passant. Excellent pour ceux qui l'habitent, qu'une longue pratique a façonnés à de rudes travaux, qui ont placé là leurs affections, leurs intérêts et leurs capitaux, ce grand centre industriel est naturellement hostile à toute organisation qui ne relève pas directement de la sienne. L'étranger y séjourne peu et se plaint de la compression des mœurs, de cette éducation du travail qu'il faut avoir subie pour la comprendre, et qu'il faut pratiquer éternellement pour n'être pas tenté d'en rêver une autre. Saint-Étienne doit sa richesse à son activité ; mais quel homme sans y être né voudrait de la richesse à ce prix ?

Sur cette surface, si tourmentée par le travail, l'homme du moins échappe au besoin : on naît avec un état, et loin de se plaindre de l'engourdissement de ses facultés, le pays accuse un excès de développement dans ses forces industrielles. Là, l'ouvrier n'a qu'une forme, mais le travail en a mille. Le travail est une éducation, et l'on n'a peut-être pas assez réfléchi que lorsque cette éducation manque à l'ouvrier ou cesse de s'exercer, l'ouvrage venant lui-même à manquer, l'ouvrier perd à la fois et le salaire qu'il attendait de son labeur et son aptitude à s'y livrer. L'ouvrier de Saint-Étienne, aussi pauvre que celui de Lyon, se plaint moins cependant, parce qu'il ignore une civilisation qui opprime en instruisant. Le bien-être de l'ouvrier est relatif. L'ouvrier de Paris doit être considéré comme initié de bonne heure à une vie factice ; ses besoins moraux se révèlent à lui par l'intermédiaire du luxe et de la richesse qu'il est appelé à produire. La société lui apprend à se plaindre des privations qu'elle a fait naître, aussi de grands moralistes ont parlé d'abord d'anéantir les arts, d'abolir la société, estimant le mal au-dessus du remède. Le progrès peut poser les principes de cette question, c'est au temps qu'il appartient de la résondre.

Le germe du malaise de l'ouvrier n'est ni dans le travail excessif ni dans l'oisiveté forcée, mais dans la succession anormale de ces deux états opposés.

Le Forésien émigre peu; de ce qu'il est peu connu au dehors, il faut conclure qu'il trouve dans son département assez de ressources pour exister. Le propriétaire tient au sol et n'est jamais assez riche pour vouloir vivre autre part; le prolétaire tient à l'industrie et il en reçoit des notions trop spéciales pour songer à les appliquer ailleurs. Si celui-ci est asservi quelquefois, c'est chez lui, dans son intérieur. Jamais il ne constitue au dehors de ces agrégations d'hommes qui permettent de confondre une espèce sous un nom générique; c'est ainsi qu'on dit un *Auvergnat*, un *Savoyard*. L'ouvrier forésien se rattache à cette forme de l'homme civilisé qui établit des analogies entre le travailleur des villes manufacturières des départements et celui de Paris. Car ce n'est pas seulement la situation d'un pays qui crée ses mœurs, c'est son industrie.

Parmi ceux qui s'enrichissent, on en voit peu courir après la fortune pour les jouissances qu'elle procure. Des rivalités d'intérêt tiennent entre eux la place des avantages sociaux que l'homme émancipé puise dans le succès de ses entreprises: une fortune dûment acquise est pour eux la première base de l'éducation.

L'industrie de Saint-Étienne rayonne sur divers points de l'Europe, et sa fortune se concentre en plusieurs mains. Saint-Étienne est, comme au temps de Jean-Jacques et de son hôtesse, un bon pays de ressource pour l'ouvrier; *on y travaille fort bien en fer*. En fait de noblesse, Saint-Étienne ne connaît guère aujourd'hui que celle du commerce et de l'industrie; mais si celle qui tient à la naissance n'a marqué que faiblement son territoire, la seconde se dessine en relief dans le bronze et l'airain.

Entrez maintenant, à Saint-Étienne, dans les ateliers des ourdisseuses, vous les trouverez toutes penchées sur la soie, toutes occupées à ajouter un bout de ruban à la parure des Asiatiques, des Américaines, des plus jolies femmes de Londres et de Paris. La soie nuancée de toutes les couleurs du prisme ruisselle dans leurs mains, elles en suivent les molles ondulations.

> . . . . Mollia pensa devolvunt.

Ce fil précieux, elles mettent autant d'attention à l'ourdir, que la femme privilégiée qu'elles ne connaissent pas, qu'elles n'ont jamais vue, qu'elles ne verront jamais, mettra de coquetterie à s'en parer sous la forme d'un ruban. La beauté d'une grande dame est l'œuvre féerique de ces habiles ouvrières; mais il faut beaucoup de fées pour produire une jolie femme.

Saint-Étienne est la ville du Forésien. César, écrivant de nouveau ses *Commentaires*, l'appellerait aujourd'hui *Forum Segusianorum*, nom qui revenait à Feurs du temps de César. Une longue suite de siècles n'a pas altéré le type du Forésien, mais déplacé le centre de ses affaires. Aujourd'hui le commentateur pourrait ajouter que cette ville *princeps* a vu naître le premier chemin de fer que nous ayons eu en France ; qu'elle est éclairée au gaz ; qu'elle a un lycée, des journaux chez elle, et au dehors, des artistes et des lettrés, enfin tout ce qui indique une civilisation avancée. Pour lui trouver une vie complète, il faut en effet étendre son cercle et créer un autre théâtre à quelques-uns de ses enfants.

Le Stéphanois étant le type le plus général de notre tableau, en doit occuper le premier plan. C'est un homme à physionomie douce et prévenante ; il est originairement bon, serviable et affectueux. Si son langage peint sa rudesse, il exprime aussi sa naïveté. Tel est l'homme moyen, le type générique du Stéphanois. Mais il y a deux hommes dont la physionomie varie dans les détails et dans les nuances, un ouvrier et un fabricant, un travailleur et un capitaliste, un maître et un serviteur stéphanois. Donc à tout seigneur tout honneur : commençons par les sommités.

Le négociant de Saint-Étienne vit très-peu séparé de l'ouvrier. Il n'y a pas d'aristocratie proprement dite chez le commerçant. Celle des capitaux, n'ayant qu'une faible expression dans les mœurs, ne doit intéresser que l'économiste. Le Forésien est encore un homme libre, ce qui empêche son serviteur d'être tout à fait un esclave. L'amour de l'égalité, cette aristocratie des temps modernes, se formule chez le Stéphanois par la libre concurrence. C'est l'homme du moment nourrissant un bon fond de vieilles haines, de rancunes légitimes contre tout ce qui est préjugé, privilége et monopole, abus et superfétation sociale. Les grands intérêts politiques se résument pour lui en intérêts commerciaux et industriels.

Le négociant de Saint-Étienne est peut-être l'expression la plus complète du commerçant : il travaille comme quatre ouvriers, est toujours le premier levé, descend au magasin, en veste et en casquette, avant ses commis. Le sentiment du devoir, l'intérêt, ou enfin son tempérament même le portent à être toujours debout, toujours chiffrant, additionnant, estimant chaque chose par son produit net, une heure de son temps, un écu de sa bourse. Il s'associe volontiers avec sa femme. Celle-ci consacre les belles heures qu'une Parisienne donne à sa toilette, à un travail de teneur de livres et de calculateur. Elle apporte en dot à son mari une *belle main* et une aptitude innée aux affaires. On devine également le fils du négociant dans son premier commis. Il a le génie spécial de son père et de la famille, il hérite de ses vertus commerciales avant d'hériter de ses capitaux. Pour n'en pas nourrir trop longtemps la mauvaise pensée, qui ne vient qu'aux oisifs, il se met de bonne heure pour son compte, et en moins de temps qu'un poëte n'improvise un sonnet, lui a déjà fait sa fortune. Pourquoi devient-il riche, l'infortuné? pour s'enrichir encore. Le mouvement lui est aussi naturel qu'à d'autres l'oisiveté. Il ignore surtout l'art si chéri du Parisien, d'allier le titre d'homme de loisirs aux exercices les plus lucratifs de l'esprit humain. Il y a beaucoup de Pyrrhus parmi les négociants stéphanois, mais il n'y a pas un Cynéas. A cela près, il serait difficile aujourd'hui même de décider qui a pu avoir raison de Cynéas ou de Pyrrhus ; pour le négociant stéphanois, c'est incontestablement ce dernier. Qu'a-t-il de mieux à faire que de travailler sans cesse et toujours? Son voisin qui est pauvre l'empêche d'être riche. Son autre voisin qui est riche l'empêche de rester pauvre. N'osant se décider entre l'aisance et la médiocrité, il travaille en attendant.

Cependant, las de chercher la fortune et de ne trouver que le mouvement, désireux seulement de se rattacher sur ses vieux jours à la petite propriété, après avoir vécu dans les régions moyennes du commerce et de l'industrie, plus d'un heureux négociant se retire aussi à mi-côte d'une maison de campagne sur les bords de la Loire, vend son blé, son vin, ses récoltes, pour vendre encore quelque chose, et voit ses nombreux enfants prospérer dans le commerce qui lui créa ces loisirs.

Pour étonner ses voisins et ses contemporains, le Stéphanois achète parfois un château. Acheter un château, est un de ces mots énormes qui font frémir d'une vallée à l'autre tous les échos d'un département. On croit que l'orgueil du négociant est pour quelque chose dans cette emplète, erreur! c'était une affaire où il vient de gagner le cent pour cent.

Trop peu compris au dehors, le négociant qui voyage est l'âme de ce commerce dont le corps organique est à Saint-Étienne. Le caractère du négociant se révèle par de grands traits qu'il importerait de fixer ici pour distinguer cet homme de beaucoup d'autres, ses rivaux ou ses concurrents. Il y a un art qui s'appelle le commerce, et qu'il exerce, lui, à ses risques et périls; son caractère doit dominer ses opérations ; sa probité surpasse son crédit. Il exerce dignement une noble profession. Capable de suivre à la fois plusieurs opérations et de n'en laisser pénétrer aucune ; également actif et infatigable dans la crise et dans le mouvement, cette paix et cette guerre du haut commerce stéphanois ; ne laissant rien à la fortune de ce qu'il peut lui ôter; habile à juger de la valeur d'un homme, d'une maison, et ne manquant jamais l'occasion de faire un bon placement ou de s'abstenir à temps ; maître de ses opérations, de sa conduite, de ses capitaux, il relève une profession à la portée du plus grand nombre par un génie des affaires qui n'appartient qu'à lui. Il sait au besoin s'affranchir de la fortune pour la maîtriser. Que d'influences s'exercent autour de lui sans qu'il juge à propos de s'en apercevoir ! Il y a de fortes maisons qui se ruinent avec insolence; il y en a de minimes qui prospèrent avec humilité, les unes et les autres par la baisse des prix que comporte l'emploi de grands capitaux ou de ressources mesquines à l'usage des petits producteurs. Se maintenir à un niveau constant sans s'écarter de certains principes qui impriment un style aux affaires; savoir distinguer ce que le commerce prescrit de ce que l'intérêt conseille ; placer à propos l'intérêt de la chose avant celui de l'homme lui-même ; enrichir le commerce pour faire sa fortune ; embrasser du même coup d'œil tous les ressorts qui font mouvoir une ville et une fabrique ; connaître la moyenne proportionnelle des intérêts commerciaux qui s'agitent dans sa sphère ; consentir avant tout à n'avoir qu'un talent, celui de sa profession ; qu'un caractère, celui du négociant; qu'un intérêt et qu'une passion, le commerce : tels sont les traits principaux d'un des types les plus tranchés du Forésien et du Français. Sa vie est un drame sans avoir l'air d'en être un ; sa profession, une science dont les secrets ne se révèlent qu'à une longue expérience ; son métier est une vocation. Il a des affaires qu'il fait ou qu'il ne fait pas selon que cela convient à son caractère et à ses intérêts. Sa fortune est toujours un problème ; son existence n'en est jamais un. L'improvisation est sa loi morale, le calcul est sa vie physique. Son habileté lui appartient en propre. Il y a pour lui des affaires bonnes ou mauvaises, c'est le tact qui en décide. Le génie du bien et celui du mal, pour le négociant, c'est ce quelque chose qu'on nomme l'esprit ou la sottise, selon l'occasion ; c'est encore la droiture ou l'improbité ; pour les gens sceptiques, c'est la richesse ou la pauvreté.

Un négociant est fier de sa fortune, comme un poëte de son œuvre ; tous deux ont raison de s'en enorgueillir. Ils ont mis la même ardeur mêlée de sang-froid, la même persévérance jointe à la résignation pour en poursuivre l'accomplissement. La fortune est, comme le génie, une longue patience.

Ce négociant a un magasin, et le plus ordinairement une maison à lui. Il a ses commis, ses ateliers et ses capitaux à part ; il *tient ses prix*, et fabrique en grand ; il est le représentant d'une industrie carrée par sa base, et forme ce qu'on appelle une bonne maison. Il donne à Saint-Étienne sa physionomie, son caractère, et cette ville, qui paraît avoir commencé par être une foire, *pratum forense,* le pré de la foire (les plus chatouilleux d'honneur national disent *forésiense*), lui doit d'être aujourd'hui Saint-Étienne en Forez.

Il y a des rubans que l'on fabrique, comme l'Indien fabrique ses châles, à un seul petit métier, ordinairement dans la montagne. Le marchand arme un *commis de montagne*, officier de fortune de l'industrie, et lui confie l'inspection des ouvriers de ces rubans les plus larges et les plus beaux.

Le passementier (mène-barre) est attaché au métier à la Jacquart, mu par une seule barre. Il déploie dans ce travail une somme immense de facultés physiques sans cesse actives. Un fil qui se rompt l'oblige à suspendre le lourd exercice de toutes ses forces, pour poursuivre le fugitif à l'aide d'une des opérations les plus ténues et les plus déliées qui soient du domaine du rayon visuel. Le passementier de Saint-Étienne se distingue du canut de Lyon par une aptitude bien plus complète à un travail plus compliqué. Loin de l'absorber complètement et d'imprimer à son être ce cachet d'humilité et d'hébêtement qui caractérise l'ouvrier en soie, ce travail tient en haleine toutes ses facultés. Le passementier a des allures libres, un peu rudes ; mais sa fierté tient à un sentiment de dignité personnelle qui sied à l'ouvrier. Son costume est une veste ronde (carmagnole), un bonnet dans l'atelier. Il est peu esclave des modes et des ajustements ; la mode du pays est toujours la sienne, et cette mode varie trop peu pour porter ce nom.

Le dessinateur de fabrique a commencé par être une nouveauté, puis une nécessité de l'art. Un art se paye toujours le double d'un travail honnête et consciencieux. Les premiers moments du dessinateur ont été semés de fleurs et d'écus ; on paye encore ses dessins assez cher, parce qu'ils font assez souvent la fortune de la maison. Le dessinateur crée le ruban. C'est un rien qui s'improvise avec rien, *ex nihilo nihil ;* il en naît un par seconde, il en doit naître mille avant celui qu'on cherche. Celui-là né doit ressembler à nul autre; révéler l'inconnu dans ce qu'on connaît, saisir comme mode, étonner comme nouveauté, plaire surtout. Il plaît ou il déplaît; pourquoi? on l'ignore, on l'efface ou on le tisse; c'est un ruban. Le dessinateur manifeste le néant dans l'infini, l'infini dans la couleur; il improvise.

A l'époque de son intronisation dans la fabrique, il travaillait peu, et un dessin heureux *inspiré* se tirait à des millions de pièces; mais la concurrence, le besoin de variété, ont fait du dessinateur une sorte de vaudevilliste; il doit produire immensément, sauf à commander au caprice et à la fantaisie, dont il était jadis l'enfant gâté. L'improvisation facile et courante étant celle qui rapporte le plus, il en a fait sa divinité, et il vend beaucoup de dessins à bas prix pour un seul qui lui rapportait tout autant. Le génie du dessinateur s'use à ce métier, mais sa maison se forme. Peu de maisons sont assez fortes pour avoir un dessinateur à elles seules; en revanche, celui-ci fait des affaires avec toutes et a cessé d'être un artiste type et martyr, pour se classer parmi les négociants. Le commerce lui doit son luxe et le lui rend en espèces qu'il capitalise; sur la fin de sa vie, il est riche; c'est un négociant tout à fait.

L'ourdisseuse est Stéphanoise comme la grisette est Parisienne; elle n'a ni l'indépendance de celle-ci, ni sa main mignonne, ni son pied menu, ni ses bas à jour, ni sa réputation à jour comme ses bas. L'ourdisseuse donne aux rues de Saint-Étienne une physionomie typique : elle se rend par troupes à son magasin à huit heures du matin et en sort à midi; heure solennelle, heure religieuse, heure du dîner et de l'*Angelus* à Saint-Étienne; heure où les harmonies de la communauté industrielle semblent se réveiller au son des cloches. Une ville où tout le monde dîne, et en même temps, et avec les mêmes mets, et chez soi, avec une abondance qui tient de la richesse, sans luxe et sans privations, est une ville exceptionnelle, c'est Saint-Étienne en Forez. L'ourdisseuse n'oserait marcher, comme la grisette, isolément : celle-ci, au milieu de Paris, ne se plaît que dans la solitude; l'autre, dans le désert de Saint-Étienne, inonde la rue avec ses compagnes. Le ruban, la soie, sont généralement proscrits du costume des Stéphanoises. Les femmes aisées de la classe industrielle se défendent de *porter chapeau*, et l'ourdisseuse n'oserait introduire un bout de ruban dans sa toilette; peut-être parce qu'elle sait ce qu'un ruban coûte à ourdir. Les Parisiennes, qui l'ignorent, ajoutent à la grâce et à l'élégance qui les distinguent, l'amour du ruban qui est tout leur amour. Pour les Stéphanoises, le ruban n'est jamais un luxe, une parure, mais un travail; il est vrai que le travail peut s'allier à des sympathies dont la moindre vaut un nœud de ruban.

A la tête de l'industrie du fer se place l'eustache, dont on a beaucoup parlé et sur lequel on croit n'avoir jamais tout dit, tant cette petite chose en est une grande aux yeux de l'industrie qui le fabrique et qui l'expédie. Comme tout ce dont on parle le plus, l'eustache est précisément ce qu'on connaît le moins; on sait seulement qu'il passe par dix-huit mains pour être vendu trois liards; on sait encore que la tête du *meulier* vole quelquefois en éclats avec la pierre à aiguiser l'eustache, *cute cruentâ*, comme dit Horace. Voilà ce que l'on sait sur l'eustache,

． ． ． ． ． Et l'on se tait de reste.

Cette industrie fractionnée est une des plus modestes, et ses ouvriers ne prennent jamais place parmi les artistes; d'autres opèrent sur des masses de fer ou d'acier, le coulent en lingots, le tenaillent, le soudent pour en former des limes de toutes les dimensions, des enclumes, des socs de charrue, des fusils. Pour le fusil de chasse de Saint-Étienne, plus massif et d'un prix inférieur à celui de Paris, plus le fer est pétri au rouge blanc, plus il est malaxé, tordu, fluidifié au feu de forge, moins il éclate entre les mains du chasseur.

L'armurier stéphanois est de deux espèces : fabricant d'armes bourgeoises, il gagne généralement plus qu'un ouvrier de fabrique, et passe pour un raffiné; attaché à la manufacture d'armes, l'ouvrier est au contraire un soldat de l'industrie, exempt de tout autre service, tarifé, retraité, et Stéphanois par excellence. La manufacture royale occupe aussi des ouvriers au dehors, parmi lesquels se distingue l'innocent producteur qui fabrique l'arme la plus meurtrière des temps modernes... la baïonnette. Napoléon inscrivit Saint-Étienne au rang des premières villes départementales; pour celle-ci, elle n'hésita pas à placer Napoléon au-dessus de César, qui, ne faisant presque aucune mention de Saint-Étienne, doit y être fort peu connu; et il n'eût pas manqué cependant de s'en servir pour la trempe des épées romaines. Le grognard du fusil de munition est un type stéphanois.

Peut-être ne serait-il pas hors de propos de créer deux races pour caractériser l'ouvrier stéphanois : une race blanche qui lisse le satin blanc comme neige, une race noire qui polit le fer et qui extrait la houille des mines de Saint-Étienne. Il y a un mineur et un forgeron, comme il y a un passementier, un ouvrier en soie. Le serrurier est précisément celui que l'industrie du fer classe parmi les hommes de couleur. Dans les divers genres de fabrication du fer, tel se distingue par le fini, tel autre par la quantité des produits de pacotille. Il est des serruriers dont le *trait de lime* établit la valeur; d'autres mourraient de faim s'il ne s'opérait entre le fer et eux une lutte féroce et cyclopéenne. A ceux-là il est permis de tordre, de perforer leurs *pièces*, de les river à grands coups de marteau, sans dessin ni choix; ils *en abattent*, c'est leur mot; leur vie, leur salaire est à ce prix. Il fallait un bœuf à Sparte pour voiturer la menue monnaie, il faut un camion à Saint-Étienne pour transporter la journée d'un de ces ouvriers. Le plus expéditif est toujours le plus habile.

De cette variété d'industries il résulte que les femmes, les jeunes filles, les enfants gagnent, tout le monde gagne. Quiconque par conséquent croise les bras doit perdre immensément. Je demandais à un gamin de Saint-Étienne : « Combien gagnes-tu? — 5 sous par jour. — Et l'on te nourrit? — Non, je me nourris à ma fantaisie. » Ceci voudrait être dit en patois du pays et entendu sérieusement de la bouche du gamin.

Le fabricant d'enclumes est le vrai cyclope de l'industrie du fer. Il faut en effet une force de Polyphème pour manier le marteau qu'il brandit incessamment sur une masse incandescente qui le couvre de ses éclats. Le fer exsude le fer, et l'homme gagne sa vie à la sueur de son enclume. Le patriarche Tubalcaïn fut le premier qui osa se livrer à cette œuvre homicide ; mais il est douteux que ses pièces fussent de calibre comme celles de Peyre le Stéphanois, admises à la dernière exposition de Paris.

Passez maintenant dans une rue de Saint-Étienne, la plus large comme la plus étroite, la ville n'est qu'un atelier : vous apercevrez des profils étranges, vous douterez de vous-même, de Dieu qui a fait l'homme, et des poëtes qui ont créé la femme.

En dessinant à la hâte quelques croquis dont l'expression sévère était déjà un écueil du sujet, peut-être n'avions-nous pas prévu qu'il faudrait s'arrêter quand d'autres profils d'hommes et de femmes, illuminés par un feu de forge sans cesse actif, plongés dans un clair-obscur, d'un effet puissant sous le pinceau, mais entièrement perdu dans une esquisse de mœurs, sombres néanmoins de dessin et de couleur, viendraient jeter un reflet désespérant sur le tableau. A Saint-Étienne, quelques hommes naissent forgerons, et leurs femmes le deviennent pour les aider un peu, et cela doit s'attendre du gros ouvrage qu'elles exécutent principalement comme dans les tribus où la femme est esclave. Il n'y a jamais de milieu pour la femme même dans la servitude. Les femmes forgeronnes, celles qui liment le fer, polissent l'acier, ne doivent pas être rangées parmi ces créations fabuleuses, comme Quinte-Curce s'est plu à en inventer pour parsemer son roman d'Amazones. Si quelque chroniqueur fait au contraire dans plusieurs mille ans l'histoire du Forez, nous l'autorisons à classer les femmes forgeronnes parmi les réalités les plus historiques.

Respirons un peu maintenant, et en quittant Saint-Étienne au couchant, sur un point qui lie le Forez à l'Auvergne, une petite ville, d'une physionomie profondément individuelle, nous offrira dans toute sa pureté le type du Ségusien. A Saint-Bonnet, le château, municipe romain, d'une antiquité incontestable, on trouve dans le patois roman des traces non douteuses de l'existence de l'ancienne Ségusie. Une ville de moins de trois mille âmes se sert d'un dialecte qui lui appartient complétement. A quelques centaines de pas, dans la campagne, le patois diffère absolument en s'éloignant de plus en plus du type primitif dérivé du latin.

Là, sur une éminence marquée pour une place forte, œil et porte du Forez, et qui en domine tout le bassin, le Ségusien, compagnon de Vercingétorix, a dû lutter corps à corps avec César, le fils aîné de Rome. On sait que César est partout dans les Gaules, mais surtout à Saint-Bonnet. Saint-Bonnet-le-Château, primitivement Castrum-Vari, Château-Vair, ne se trouve sur aucun parchemin féodal, et a dû rester éternellement une ville libre, heureuse exception sur le sol français. Ornée aujourd'hui d'une mairie modèle, Saint-Bonnet a conservé sa part de soleil, de franchise et de liberté. Le Saint-Bonnitain est industriel, commerçant et agriculteur, se réservant au besoin de ne rien être de toutes ces choses. Il résiste au fer de l'ennemi, à l'or du capitaliste. On s'est présenté à lui une bourse à la main dans le but de l'asservir à une organisation industrielle : il a trouvé au fond de son insouciance des raisons pour ne s'asservir à rien sous prétexte de richesse et d'ambition. Il n'a sans doute d'autre ambition que celle de la richesse, mais jamais celle-ci ne lui semble valoir la peine qu'on se donne ailleurs pour l'acquérir. Si petit qu'il soit, ce pays ne laisse pas d'être fort aimé de ceux qui y sont nés. Là, c'est-à-dire loin de la grande mêlée des intérêts et des passions humaines, vit un peuple oublié, et heureux de l'être; concentrant au dedans de lui-même la somme de faculté qu'il tient de sa nature, il a toutes les qualités que suppose une existence heureuse et libre, et il y joint un bon fonds d'esprit et de verve comique. L'Attique du Forez est à Saint-Bonnet-le-Château.

Le pays, bien boisé, fournit à la Loire, à Saint-Rambert, des bateaux plats; la terre, bien cultivée, nourrit l'ouvrier abondamment; celui-ci, mêlé à une popula tion d'agriculteurs, placé le plus près du bonheur entre la nature et la société, travaille à ses heures, ramassant les miettes qui tombent du banquet du capitaliste stéphanois. Telle est du moins la dernière transformation de cet ouvrier qu'il fau voir à Saint-Étienne, qu'il faut voir à Lyon et à Paris pour posséder les premier éléments d'une monographie. Ici le trait est frappant, caractéristique; dès que l'homme se sent près de la nature, il répugne aux servitudes du travail et de la société.

Ruche bourdonnante, principe de toute chose, la commune essaime de nombreux enfants, elle donne la vie, le bonheur à ceux qui consentent à l'ignorer dans son sein, elle donne l'essor à d'autres que l'illusion porte à le chercher autre part.

Aujourd'hui toute route est ouverte, le monde n'est qu'à deux pas; on arrive par un chemin de fer (dans ce département surtout) à la fortune, à la renommée, aux distinctions sociales. « O les premiers nés de la commune, partez, partez vite, cette bonne mère vous bénit. Partez, il n'y a plus d'air pour vous sous son ciel terne et monotone, elle cesse elle-même de vous appartenir. Ici la vie est étroite et compri-mée, ici les horizons sont bornés, l'espace mesuré pour chacun; ici les plus belles fleurs meurent sans s'épanouir, ici le courage s'applique au travail, l'intelligence à l'action; ici les plus nobles ambitions ont un but mesquin, les plus nobles con-ceptions ont un cadre utile. La province c'est le fond sans la forme, c'est la vie sans le mouvement. Partez, n'avez-vous pas des ailes? Frayez-vous un chemin dans l'espace, et revenez nous avertir de ce que le monde vous paraît être comparé à la commune. »

C'est là, sans qu'on s'en doute, l'histoire de toute commune en France, et de toute existence commencée en province et qui se continue à Paris.

Nous avons choisi celle-là, parce qu'autant qu'une autre elle peut servir de type, de prétexte à une comparaison. Individuellement l'histoire de Saint-Bonnet se re-commande par un trait d'une haute énergie.

Sous la ligue, le baron des Adrets fit trembler le Forez et toute la chrétienté; le Forez se soumit en plus d'un endroit: Saint-Bonnet se souvint qu'il avait résisté à César, il se moqua du baron. Rome chrétienne chancelait sur sa base, Saint-Bonnet était à peine ému. Quelques bourgeois s'assemblèrent, et il fut résolu qu'on fermerait au baron des Adrets les portes de la cité municipale. Le nouvel Attila envoya des troupes et des capitaines; la résistance devait être punie de mort, et de quelle mort! Cette mort terrible que promettait le baron (et il avait l'habitude de tenir ses promesses) était réservée à ses hommes d'armes. Quelques-uns la trouvèrent au pied des murs de Saint-Bonnet, dans une terre qu'on nomma des Huguenots. Les malheureux Montbrisonnais étaient précipités un à un du haut de leur tour, et le drapeau catholique flottait encore sur le clocher de Saint-Bonnet-le-Château.

A l'ouest et au nord du Forez, les mœurs changent d'aspect, et il y a des mœurs, parce qu'il n'y a pas encore de civilisation. On trouve là un homme d'une pureté antique, une physionomie digne du vieux Caton. Le paysan forésien vit dans les lieux habités par d'Urfé et qu'il choisit lui-même pour servir de cadre à son roman bocager. Le paysan, riche de tous les besoins qu'il n'a pas, heureux de tous les plaisirs qu'il ignore, reste, dans son domaine, étranger aux luttes imposées à l'ouvrier pour la conquête du salaire, au maître pour la nécessité de s'enrichir. Il n'a que des notions vagues de la vie civilisée qui expire au seuil de sa demeure. Cette maison n'est pas une chaumière, mais elle en approche : des fenêtres à ogives indiquent qu'elle a pu être un château dans le temps où tous les domaines en étaient; un portail cintré, des voûtes en pierre dans les écuries, un plafond en chêne sculpté dans la principale pièce, qui est une cuisine, telle est son habitation. A quelques lieues d'une ville industrielle comme le faubourg Saint-Antoine et marchande comme la rue Saint-Denis, ce paysan est encore un homme. Il faut le prendre d'un âge mûr, et voir en lui un des représentants de la propriété foncière, deux fois plus respectable et plus productive entre les mains de son possesseur. Celui-ci est sobre, dur au travail, et intraitable sur l'économie domestique. Il nourrit ses valets comme lui-même, et il est impossible de les traiter plus sobrement. Un habit de *cadi* à larges basques pour les jours, de drap de *Montauban* pour les dimanches, un chapeau rond modernisé, avec une chemise de toile blanchie par l'usage, une cravate de mousseline, des bas de coton, des souliers lacés, un pantalon flottant, complètent son costume. Sa physionomie, reproduite avec une admirable exactitude par Dauzats, peintre distingué autant que dessinateur habile, ressort principalement par les contrastes de l'ouvrier stéphanois, du chef d'industrie, qui constituent trois types divers. Le prêtre qui domine ces trois individualités forme avec elles l'ensemble des types forésiens.

La femme du cultivateur a une coiffure brodée au tamis, ornée d'une profusion de dentelles, et que l'on relève en bandeau orné d'une épingle d'or. Le tulle, la broderie, la dentelle, fabriqués l'un au métier, les autres au tamis et au carreau, ornent à la fois un bonnet rond qui peut être d'un grand prix. Elle encadre un grand type de physionomie ; les cheveux de la paysanne, formant chignon, donnent, par leur beauté, toute sa richesse à ce genre de coiffure, et s'arrondissent autour du cou avec un art naturel, sous un volume régulièrement gracieux. Cette femme n'a qu'une époque de luxe, d'élégance, de richesse et de plaisir, celle de son mariage. Elle achète alors des parures pour toute sa vie. Le dimanche où elle assiste à la messe après son mariage est aussi solennel, aussi paré que le jour de ses noces. Dans la classe pauvre, la femme se marie pour avoir une robe de drap, et la noce se fait dans un cabaret de village. Quelques pistolets rouillés par des explosions réitérées en complètent la célébration. On s'enlève solennellement un poignet ou deux, et la mariée a été fêtée avec d'autant plus de pompe qu'on s'est plus estropié en son honneur.

Il résulte de là une vérité : que la rusticité elle-même a besoin de richesse et surtout d'éducation. L'existence du Forésien campagnard, que des traditions de famille ont initié aux notions d'une politesse simple et aisée, n'envie rien de ce qui l'entoure, et jouit ordinairement de ce qu'il possède. Il nourrit l'ouvrier de Saint-Étienne, celui de Saint-Chamond et de Rive-de-Gier ; il nourrit sa famille par-dessus le marché du produit de son bien. Son atelier, c'est sa charrue ; sa mine, la surface du sol et le soleil qui la féconde ; ses capitaux, ce sont ses bras et ceux du valet de ferme. Il récolte des noix, des châtaignes, du vin, du froment; plus chrétien que le paysan de Virgile, il fait le signe de la croix en montant sur un énorme chêne qu'il dépouille de son gland avec une gaule.

A Saint-Étienne, on ne porte ni chapeaux ni rubans, et le fabricant, l'ouvrier les abandonnent aux riches citadins; le paysan du Forez cède ses plus belles récoltes à l'ouvrier, au fabricant de Saint-Étienne, et vit lui-même de pain noir et de lait caillé : nous citons cet exemple pour montrer jusqu'à quel point la production est partout séparée du producteur. Le paysan forésien est désintéressé quand on touche à ses affections. On proposa à un de ces paysans la coupe de deux *fayards* (*fagus sylvatica*, ce qu'on nous faisait traduire hêtre) qui ombrageaient le seuil de sa demeure. Un entrepreneur d'usines de Saint-Étienne y mettait un prix énorme; c'étaient les deux seuls plants qui pussent lui servir : « Mon père s'est abrité sous ces arbres, dit le paysan, ils sont de la maison, ils ornent ma demeure, je dois les transmettre à mes enfants, ils leur appartiennent; ils resteront là jusqu'à ma mort. »

Nous avons vu le Forésien industriel et commerçant, ouvrier et agriculteur ; nous avons cru saisir les traits de sa physionomie réunis ou isolés, selon qu'on veut les voir dans un seul homme ou dans quatre habitants de la même contrée, séparés de mœurs, de coutumes, d'éducation, d'intérêt ; une même croyance réunit ces natures si diverses autour d'une pensée commune et formule l'expression générale du Forésien. Le Forésien a une religion. Il est chrétien, catholique romain. Lyon fut en France le berceau d'un culte qui s'est étendu dans le Forez pour s'y maintenir à jamais. Un pays de forme sévère, de mœurs rudes, de servitude constante, de croyance naïve et de passive obéissance, était une contrée toute préparée pour la religion chrétienne. Les anciens historiens géographes placent dans la Ségusie le centre d'un territoire qui comprenait Lyon dans son enceinte. Après l'intronisation du primat des Gaules à Lyon, cette ville dut l'emporter, être centre à son tour. Elle était née pour jouer un rôle plus important dans l'histoire des villes de France et pour y occuper le second rang.

Ce fut vers l'an 406 que le christianisme commença à être prêché dans le Forez et à donner à ses villes des noms de saints ou de martyrs. On vit successivement les principaux points de ce pays se transformer en églises et en abbayes, et nulle part le clergé catholique romain n'a eu plus d'influence et ne s'est mieux maintenu que dans le diocèse de Lyon, dont le Forez fait partie. Des cloîtres se formèrent sous l'inspiration du primat des Gaules, et n'ont pas cessé de donner à la contrée une physionomie toute chrétienne. Aujourd'hui, le prêtre émancipe le prêtre, c'est

quelque chose sans doute. Espérons que bientôt le prêtre à son tour émancipera
l'homme quand le clergé romain aura compris qu'une religion, même révélée, ne
peut rester stationnaire au milieu des populations appelées à jouir de ses bienfaits.
Quoi qu'il en soit, le prêtre est encore la seule sauvegarde des petits contre les
doctrines meurtrières et oppressives de l'intérêt matériel. Partout où le prêtre se
montre, on le trouve distribuant la sympathie sous le nom de religion, et sa providence s'étend du fort au faible, du plus grand jusqu'au plus petit. Une fois, c'est un
évêque, une autre fois, c'est un grand vicaire qui est attendu ; partout les mêmes
honneurs, les mêmes ovations, la même allégresse publique. C'est un prêtre, il a
grandi sous les yeux de la commune, on l'en aime davantage, on croit d'autant
plus à sa mission ; son pays le reçoit avec enthousiasme et le place avec orgueil au
nombre de ses enfants. Tel est l'homme de Dieu, le prêtre de l'église de Lyon,
quand il visite une petite ville, un gros bourg, une commune dans le Forez. En
outre, il n'est guère de paroisse qui n'ait un curé et un vicaire ; l'évangile y est
prêché comme au temps des apôtres, avec le même zèle de la part des ministres,
et entendu avec le même recueillement de la part des fidèles.

Pour bien comprendre la religion chrétienne, et la plus chrétienne de toutes celles
du Forez, il faut voir peut-être cet homme que l'antiquité païenne eût rangé
parmi les malfaiteurs, cet homme que Tacite, oubliant qu'il était philosophe avant
d'être l'annaliste des peuples, nomme, dans son style de patricien, au-dessous du
voleur, de l'esclave et de la brute, le mineur enfin. Rive-de-Gier est le point où
l'on rencontre le mineur dans sa complète expression. Costumé comme un charbonnier de Paris, le mineur en diffère peu au physique. Il porte toujours un sac vide
quand il rentre dans son souterrain, et plein quand il en sort. C'est sa part de
mine. Un panier à charbon lui sert de véhicule, pendu à une corde de la longueur
du puits, pour traverser, sur la foi de la vapeur, les ténèbres intérieures qui le
séparent de son enfer. Le mineur est toujours armé d'une lampe en fer (crêesioots),
il a le port austère, les mœurs calmes ; l'habitude d'une vie souterraine l'a laissé
profondément indifférent à ce qui se passe à la surface du globe ; il est très-peu
familiarisé avec le soleil ; son travail cellulaire établit quelque analogie entre lui et
l'ancien anachorète et le prisonnier moderne. Son existence reste concentrée entre
la mine et le foyer domestique. La figure du mineur estompe de couleurs sombres
la physionomie des villes houillères du Forez, Rive-de-Gier, Saint-Étienne, Firminy ;
la première comptant pour les trois cinquièmes des mineurs du département. Partout où le mineur a secoué la poussière de ses pieds, les routes sont noires, l'atmosphère chargée d'atomes salissants, la vie lourde, les mœurs rudes et compri-
mées. Le mineur dit adieu à sa famille chaque fois qu'il s'en sépare : vienne un
feu de mine, une inondation, un éboulement, trente, quarante, cinquante mineurs
disparaîtront de la liste des hommes et des travailleurs.

Rive-de-Gier offre encore un type intéressant, le verrier. L'origine du verrier, ses
priviléges, ses talents variés, ses rivalités d'atelier, la conscience de sa dignité, de
sa noblesse blasonnée sur le génie de l'inventeur avant de l'être sur le travail de
l'ouvrier, le rattachent puissamment à l'histoire de l'industrie en général, et l'asso-

cient au Forésien comme travailleur. Les anciens verriers, ainsi que chacun sait, étaient gentilshommes et travaillaient l'épée au côté : ce qui établit entre eux aujourd'hui une aristocratie réelle, c'est le talent, ou plutôt le souffle. La *capacité* du verrier (habileté à part) se mesure sur celle de la bouteille qu'il peut souffler. Un atelier de Rive-de-Gier reçut un jour, par charité, un vagabond, un homme sans aveu, un gueux, un vaurien se disant verrier; on lui met les armes à la main, la canne; il prit une telle quantité de verre pour souffler qu'il eut l'air de ne pas connaître son métier ou d'en faire une gasconnade. L'atelier avait les yeux fixés sur lui. Il souffla !... la bouteille acquit en un clin d'œil une dimension telle, que tous les ouvriers tombèrent à genoux; l'inconnu fut porté en triomphe, on suspendit son chef-d'œuvre dans l'atelier, et la chronique ajoute que nul ne l'a surpassé ni même égalé depuis. Cette bouteille est restée le *nec plus ultra* du verrier.

Voilà le Forésien, voilà l'ouvrier, mettant de l'enthousiasme dans les plus grandes comme dans les plus petites choses. Qu'il opère sur l'or, le fer, l'acier, c'est toujours son œuvre qui passe avant lui-même; son spectacle, c'est sa ville, son atelier, sa maison. L'industrie lui crée un drame toujours nouveau qui ne cesse jamais d'être le même. Quand la cour danse, Saint-Étienne travaille ; quand le gouvernement équipe une flotte, Saint-Étienne sue à grosses gouttes : on lui en tient compte en beaux écus, et cela suffit à son ambition. Quant au verrier, il ne supporte pas longtemps l'*épreuve du feu;* il ne lui est pas donné, comme à l'aigle, de braver toujours le soleil, représenté par un brasier. A quarante ans, la poitrine du verrier s'épuise, son souffle baisse et son ardeur s'éteint. De plus, son cristallin s'épaissit, sa rétine s'émousse, il n'y voit presque plus. Alors, s'il y a pour lui une caisse de secours, il se retire, et son fils, destiné comme lui à vivre la moitié d'une vie d'homme, le remplace sur le fourneau. Que d'hécatombes ainsi offertes à l'industrie ! que de Forésiens qui meurent ainsi sans se plaindre après avoir traversé *le feu et l'eau* selon la formule des Égyptiens, qui furent aussi de grands industriels et de sublimes travailleurs !

Après avoir parlé des grands hommes que l'on ne connaît pas, il reste bien peu de choses à dire de ceux que l'on connaît. Le pays a produit peu de grands hommes: lui en ferons-nous un reproche? Ce serait se tromper peut-être sur le sens de la véritable grandeur, qu'il place surtout dans le travail. Ce n'est qu'en se séparant de sa religion que l'on devient célèbre. Il y a beaucoup de gloires modestes et peu de grandes renommées dans ce département. En revanche, on y vit fort bien en s'associant à la vie commune, et le pays lui-même mérite une place parmi ceux qui ont le plus concouru dans les derniers temps à la gloire du nom français.

En somme, le Forésien est surtout un homme nouveau, mais parvenu en ce sens que les traits modernes de son histoire lui assurent à l'attention générale des titres plus positifs et plus manifestes que les anciens. Ceux-ci ont pu être brillants, les autres ont le mérite d'être actuels et de se reproduire chaque jour en suivant, en devançant même la marche du progrès : genre de supériorité qui marque la place du Forésien dans le présent, et prépare son illustration dans l'avenir.

L. ROUX.

LE GASCON.

Il faut s'entendre sur la Gascogne avant de parler du Gascon. Les historiens et les géographes eux-mêmes ne sont pas d'accord sur les limites de cette province : quelques-uns lui cèdent cavalièrement la moitié du royaume jusqu'à la Loire ; il est certain du moins que son nom s'est étendu, dans l'usage ordinaire, à tout le midi de la France. On a trop confondu le Gascon avec le Languedocien, le Limousin, le Provençal, l'habitant de l'Auvergne, et ce n'est pas lui qui perd le moins à cette confusion.

Quelque ressemblance dans le caractère, la fougue par exemple, commune à tous les méridionaux, de grands rapports dans l'idiome particulier, et par suite dans la manière de prononcer la langue française, ont pu donner lieu d'abord à cette méprise ; mais elle a été consacrée en quelque sorte par cette aveugle division de la France en départements, qui, en effaçant leurs noms, a effacé les droits, l'histoire et la physionomie des provinces ; qui s'en est venue, pour ainsi dire, rayer et balafrer la France au travers des limites établies par les siècles et la nature ; remplaçant une montagne par une borne, des rivières par un trait de plume ; essayant de séparer et de rendre comme ennemis les habitants d'un même pays, ayant les mêmes mœurs, le même langage, les mêmes costumes ; division qui n'est pas naturelle enfin, qui n'est pas durable, qui n'est française dans aucun sens, qui n'est ni dans le sol ni dans la langue ; car on ne saurait raisonnablement appeler d'un seul

LE GASCON.

mot français un habitant des départements du Gers ou de la Charente-Inférieure ; car, en dépit de ces changements sans autorité, ces mots, *la province* et *les provinciaux,* sont restés en usage pour désigner à peu près toute la France, et nous-mêmes qui entreprenons de peindre ces provinciaux nous ne pouvons dire autre chose, sinon, suivant la vieille coutume : le Normand, le Picard, le *Gascon.*

La Gascogne formait avec la Guyenne l'un des trente-deux grands gouvernements de l'ancienne monarchie. Elle est située entre l'Océan, la Garonne et les Pyrénées. On la distingue en divers petits états, en Gascogne proprement dite, en Gascogne improprement dite, en Tursan, Marsan, pays d'Albret, etc. ; mais la première étendue répond mieux à l'idée générale, et dans ces matières, l'opinion et le sens public, toujours sûrement guidés, sont la meilleure règle à suivre. La Gascogne est donc bornée à l'ouest par l'Océan, au sud par les Pyrénées, au nord par la Guyenne, à l'est par le Languedoc et le pays de Foix ; hors de là on est Espagnol ou Limousin, on n'est plus Gascon : n'est pas Gascon qui veut. La belle et noble province qui n'a pour limites qu'un fleuve, les Pyrénées et la mer !

Or, cette origine mal connue et tant disputée, ce renom parmi les provinces, ne font-ils point déjà pressentir une supériorité quelconque et des qualités éclatantes ? Cette renommée, dit-on, le Gascon la doit à sa vanité proverbiale, à ses ridicules, à son caractère qui l'a illustré dans la comédie ; ce caractère, chacun l'explique, c'est l'apparence sans la réalité, l'effet sans la cause, la forme sans le fond, *le paraître* sans *l'être,* comme dit d'Aubigné qui s'est donné la peine de faire un livre entier là-dessus ; et l'on nous attend sans doute avec les titres et parchemins de MM. *de Crac* et *de Pourceaugnac.* Nous ne prétendons pas choquer une opinion si générale, mais nous examinerons si elle ne s'est point accréditée, comme la plupart de ces préjugés, aux dépens d'une moitié de la vérité, et pour être justes, nous remettrons en son jour la vérité tout entière.

Il faut donc l'avouer, le Gascon est vain, bravache, hâbleur, présomptueux : il est trop honnête au fond pour s'en défendre. Il a le sang chaud, l'imagination prompte, les passions fortes, les organes souples ; il sent, il pense vivement, il parle comme il pense, et j'allais le dire déjà, il agit comme il parle. Un instinct délicat du bon et du beau, une émulation excessivement chatouilleuse, des prétentions turbulentes, une vivacité inquiète, l'agitent, le pressent, le piquent de *paraître,* et l'emportent sans cesse en avant, sans trop songer si la force secondera le courage, si le fait suivra la parole. Que l'on voie là des défauts, ce sont du moins des défauts naturels ; mais c'est aussi ce qui fait les héros. Cette fièvre ne s'allume point en des âmes communes ; ce langage hardi est le prélude accoutumé des grands caractères, cet enthousiasme qui s'élève aux plus grands desseins est le même qui descend aux plus grands effets ; l'esprit qui peut concevoir est digne d'exécuter, quand la tête parle le bras est près d'agir. La constitution physique du Gascon, qui le livre à toute impression forte et subite, suffit d'ailleurs pour démontrer ce dont il est capable. Il s'émeut promptement ; l'indignation, la rivalité, la colère, les bruits de guerre et de querelle, la vue du péril et de l'injustice lui causent un ébranlement nerveux et rapide ; sa tête se frappe, son sang bouillonne, ses jarrets fléchissent, ses idées se troublent, il est hors de lui, et qui peut savoir alors où s'arrêtera cet emportement? Il est vrai que cette sensibilité même peut paralyser cet être mobile, soit en redoublant sa timidité, soit en exagérant le danger dans sa vive imagination; la première impression des sens l'emporte toujours sur le fond du caractère chez un homme de cette trempe; le même qui affronte aujourd'hui la mort peut trembler demain devant un enfant; et de là cette sage façon de parler, en usage pour les meilleurs hommes de guerre chez les Espagnols, ces proches parents du Gascon : *Il fut brave un tel jour*. On peut assurer néanmoins qu'il n'y a point de poltron avec ce tempérament qui ne soit capable à certains moments des plus belles actions. On verra le Méridional le plus craintif se précipiter aveuglément dans un grand péril révélé tout à coup; et ceux qui ont étudié ce caractère national ont dû observer encore que des jeunes gens et même des enfants fort pusillanimes, mais doués de cette organisation nerveuse, impatientés et poussés à bout en des circonstances pressantes, ne craindront pas de provoquer et d'attaquer, dans un premier mouvement, des adversaires qui, de sang-froid, les glaceraient d'épouvante. Les femmes, qui sont généralement de cette complexion, donnent partout des exemples de cette hardiesse.

D'ailleurs à quoi le Gascon n'est-il pas engagé par la réputation qu'il s'est faite? Comment justifier cette valeur dont il se vante? Comment l'orgueil l'abandonnerait-il au moment d'agir? comment présumer qu'il s'expose à de grossières inconséquences? où ne peut le pousser la haute opinion qu'il a de lui-même et qu'il communique aux autres? Jetez-le tout à coup dans une mêlée, lui si prompt, si bouillant, si sensible à la gloire; qu'on le défie, qu'on le regarde surtout, qu'on achève de l'éblouir : que ne fera-t-il point pour soutenir sa fanfaronnade? qui le connaîtrait assez peu pour douter de lui? et quels exploits ne se sont faits ainsi? Léonidas n'arrête les Perses que parce qu'il s'y est engagé; Condé, qui franchit le premier les lignes de Fribourg, ne l'eût point fait s'il ne l'eût dit. La présomption, dirait-on volontiers, est la clef de tous les hauts faits : les tournois, les prouesses de la chevalerie n'ont guère d'autre mobile; il n'est point en particulier, de duels, de témérités, d'entreprises hardies, de gageures folles, qui n'aient eu pour cause cet enivrement subit consacré par une promesse inconsidérée.

Mais comme le Gascon se vantait en tout, on ne l'a cru en rien. Il fallait le juger, on a trouvé plus court d'en rire. On ne doit pas laisser prévaloir à cet égard les maximes trop générales du peuple *qui voit tout seulement par l'écorce*, dit le grand Corneille. J'en demande pardon à l'opinion commune : de ce qu'on s'attribue une qualité, il ne s'ensuit pas infailliblement qu'on ne l'ait point; il ne suffit pas de paraître courageux pour être un lâche. « La suffisance, dit plus profondément un grand écrivain, compromet le mérite, mais elle ne l'exclut pas. » Il est rare, en effet, de trouver beaucoup d'orgueil sans des vertus qui le justifient. Le mérite sied mieux sans doute sans la vanité; mais qui n'a pas de vanité parmi les forts et les braves? Elle ne nous choque tant que parce que nous en avons tous plus ou moins, et que l'étalage des qualités d'autrui nous paraît une entreprise sur les nôtres. Or, c'est avant tout le mérite du Gascon qui a donné de l'ombrage; on lui tient rancune, le dirons-nous? par jalousie. Il est vrai que si la modestie consiste plutôt à cacher la vanité qu'à n'en pas avoir, le Gascon du moins est trop ouvert, trop expansif pour être modeste; sa hâblerie, pour qui le connaîtrait, n'est que de la franchise : il ne pourrait inventer tout ce qu'il dit, et son imagination, si féconde qu'elle soit, ne saurait suffire à son bavardage.

On n'a pas remarqué, en outre, que, s'il peut y avoir bravade sans bravoure, il n'y a guère de bravoure sans bravade, et qu'en matière de guerre, un certain langage menaçant et hautain est inséparable du vrai courage. Le Gascon peut s'excuser au besoin sur de grands exemples. De tout temps l'enflure présomptueuse accompagne la valeur et témoigne du moins d'une intention magnanime, au risque de se démentir après l'action. Dès l'antiquité, les guerriers se bravent avec la dernière outrecuidance; on n'y voit point de héros qu'on ne puisse, dans le sens vulgaire, appeler des *gascons*. Hector et Achille s'injurient comme des enfants, et se renvoient l'un l'autre à la quenouille; leur courage est égal, mais il faut qu'un des deux succombe; Hector est vaincu, et certes, Hector n'est pas un capitan de tréteaux. Diomède insulte l'Olympe, et Diomède est un *gascon*, car Jupiter n'a qu'à prendre sa foudre; mais Diomède, qui brave les dieux, est le plus courageux des mortels. Otez le succès, la plupart des belles paroles antiques ne sont que des mots d'almanachs. Plutarque est plein de gasconnades. Dans la chevalerie, la rodomontade s'exagère encore, et l'on ne parle plus ici que de se couper par le milieu du corps. On se rappelle les insolences, les menaces démesurées, les bravades prodigieuses des Paladins avant d'en venir aux mains. Il semble que le vaincu sera couvert d'un grand ridicule, il n'en est rien : Roland honnit, dédaigne, outrage son adversaire, et Roland, la fleur de la chevalerie, roule dans la poussière, la bouche sanglante, l'œil éteint. Mais quoi donc! à ce compte, Don Quichotte, ce chevalier sans peur, ce flambeau des Espagnes, ce brave des braves, serait donc aussi un *gascon !*

Le ton arrogant paraît même convenir si bien à une contenance intrépide, qu'il est resté dans le langage public de la guerre. Voyez les menaces qu'échangent deux partis résolus. Assiége-t-on une ville, la sommation est humiliante, la réponse est une bravade. Cassel peint un coq sur ses drapeaux avec cette inscription : *Quand ce coq chanté aura, le roi Cassel conquêtera.* Un capitaine espagnol envoie deux capes à ses assiégeants, pour signifier qu'ils se morfondront durant tout l'hiver devant sa place. Huit jours après, la ville est prise ; on la pille, on la rase : c'est un malheur ; elle a déployé le courage qu'elle annonçait. Qui est-ce qui s'avisera d'appeler cela une gasconnade ?

Cette forfanterie héroïque se conserve ensuite dans l'esprit de la noblesse moderne : on la reconnaît à Lérida, où les gentilshommes montent à l'assaut, vingt-quatre violons en tête ; à Fontenoy, où les officiers français priaient l'ennemi de tirer le premier ; on la devine dans l'allure chevaleresque des hommes de qualité, depuis les *raffinés* de Louis XIII jusqu'à Henri de La Rochejaquelein qui offrait à ses prisonniers de recommencer le combat corps à corps; elle s'imprime profondément surtout dans le mâle génie espagnol ; vous la respirez dans les actes et les écrits de cette grande nation, depuis ses fameuses *romances* jusqu'à l'histoire du chevalier de la Manche. Or les Vasques sont originaires de la Biscaye, et le Gascon n'est qu'un Espagnol qui a passé les monts. Ce caractère enfin, peut-être à sa suite, pénètre et se distingue dans la littérature française; les héros de Corneille sont des Gascons sublimes.

En particulier, et pour dernier détail, on ne voit guère de grand mouvement que n'annonce quelque éclatante parole, comme l'éclair précède la foudre. La fanfaronnade est le défaut des grands hommes. Crillon, au récit de la passion, s'écriait, en mettant la main sur la garde de son épée : « Mon Dieu, que n'étais-je là? » ne disait-il pas une gasconnade? mais qui douterait de Crillon? Étudiez les hommes de guerre : les plus braves sont les plus vantards. « Si c'est César, dit Montaigne, qu'il se trouve hardiment le plus grand capitaine du monde. » Jean Bart se vantait d'être le meilleur marin de son temps, et il l'était. Brennus disait : « Nous allons à Rome, » et il y alla. « Sire, disait un brave serviteur, si ce n'est que difficile, c'est déjà fait; si c'est impossible, cela se fera. » Et qu'est-ce que tous ces mots historiques, sinon des gasconnades, c'est-à-dire la mesure du courage en dehors de l'événement ?

Quand donc, voulions-nous dire, on reproche au Gascon de se donner pour brave, on n'oublie qu'un point, c'est qu'il l'est réellement. Il paraît à peine deux fois dans les guerres du moyen âge, l'une à Roncevaux, l'autre à Tours : il défait ici Abderame, là Charlemagne. S'il lui faut des noms et des ancêtres pour ses jalons dans l'histoire, il s'appelle tour à tour Eudes, Henri le Grand, de Luynes, Villaret-Joyeuse, et Lannes duc de Montebello. On a fait cette remarque, que sur douze maréchaux d'empire, on en comptait jusqu'à dix qui étaient nés dans le midi de la France.

Il faudrait de plus examiner si cette humeur fanfaronne n'est pas l'effet obligé de facultés précieuses qui font au moins la gloire littéraire de certains hommes, et si l'on n'aurait d'aventure à reprocher au Gascon qu'une imagination trop puissante et trop poétique. Voyez-le tout enfant, j'entends le Gascon véritable, celui qu'on peut prendre pour type et qui justifie sa renommée : il y a des sots partout, même en Gascogne; voyez, dis-je, cet enfant du Midi : il s'éveille par une aurore éblouissante, et comme sous les auspices de génies bienfaisants; il ouvre ses yeux ravis dans un monde enchanté. Pour lui le lieu natal se peuple de visions charmantes; les ombrages se haussent et s'arrondissent sur son passage, les fleurs sont plus vermeilles, les plaines s'étendent, les horizons flamboient et se perdent à l'infini. Il voit tout à travers un prisme merveilleux. Son âme, comme les harpes d'Éolie, vibre à tous les zéphirs de ce matin doré, et ces premiers spectacles de la nature, une cérémonie, un vieil air, un certain paysage, une certaine soirée de printemps se gravent pour jamais dans sa mémoire. Plus tard, peut-être, il s'étonnera de retrouver les mêmes lieux sans prestiges, ces tableaux riants auront disparu, il n'aura plus idée que d'un long jour d'ivresse et de soleil, et le souvenir seulement éveillera parfois en lui je ne sais quels échos mystérieux; il peut ignorer le secret de ces changements, demeurer grossier et se méconnaître, mais il est poëte assurément;

la poésie dort dans son cœur comme un diamant brut. Déjà les choses de la vie l'émeuvent autrement qu'un esprit vulgaire ; la rêverie penche cette tête brune avant l'âge ; il sonde l'horizon d'un regard déjà sérieux, et se perd en songes ineffables à jamais oubliés. Il demeure longtemps à contempler dans les vapeurs du crépuscule la colline du cimetière et ces noires files de cyprès où, lui a-t-on dit, reposent les aïeux ; il écoute cette cloche mélancolique qui sonne le dimanche, et des larmes dont on s'inquiète roulent dans ses yeux purs. Il frémira toute sa vie en entendant ce glas funèbre ou cette chanson ancienne que sa vieille servante chantait le soir pour l'endormir. Il tressaille au son de la musique militaire, et le cœur lui bat en voyant défiler les régiments qui reluisent au soleil ; il rêve incessamment batailles, villes conquises, drapeaux flottants et bataillons marchant au bruit des fanfares. Il figure au premier rang dans ces poëmes, il joue toujours le principal rôle ; c'est lui qu'on fête, qui s'est couvert de gloire et qu'on porte en triomphe : le peuple l'entoure et l'applaudit ; on lui jette des fleurs, on agite des écharpes du haut des balcons pavoisés. Il salue les dames de son épée, il est calme et modeste ; il est blessé même, cela ne gâte rien, mais au bras seulement qu'il porte en écharpe ; il n'en est que plus noble, plus pâle, plus intéressant ; et songeant à ceci, son cœur se gonfle, son œil s'allume, il goûte en réalité l'émotion délicieuse d'un pareil moment : ses nerfs se crispent, ses yeux s'humectent: il va plus vite, il frappe des mains, il court, il bondit, éperdu de joie et d'ivresse. Que lui importe s'il sera jamais militaire, que lui importe s'il est courageux ou lâche, c'est le premier triomphe qui brille à ses yeux éblouis, et c'est le premier triomphe qu'il désire. Ce n'est donc pas un héros peut-être, mais à coup sûr c'est un poëte, un grand *fictor*, un grand menteur, cet enfant qui d'abord se ment ainsi à lui-même.

S'il se mêle ensuite aux enfants de son âge, il sera d'emblée à leur tête, il sera le chef, l'orateur, le *général*, le plus ardent, le plus agité, le plus impérieux ; et sa vanité, s'il ne domine pas, souffre déjà de profondes atteintes. Cette émulation le suit dans l'étude et les exercices de l'adolescence ; bientôt l'imagination prenant son essor, il bâtira d'interminables romans d'amour et de gloire. Son ambition infatigable se prend à tout ; il sonde du désir toutes les carrières, il sera conquérant, poëte, homme d'état, savant, grand seigneur, que sais-je ? il rêvera tous les succès et voudra mêler tous les lauriers sur son front.

Cette humeur, selon sa condition, accompagne le Gascon dans tous les états de la vie. Dans une compagnie, un repas, une voiture publique, s'il se trouve un homme d'esprit, un conteur, un *loustic*, un *boute-en-train*, c'est un Gascon. Dans un équipage, un collége, un régiment, une chambrée, l'homme qui raconte, qui pérore, qui émeut ou fait rire, l'homme à part, l'homme remarquable, celui qui sait danser, chanter, faire de la musique, tourner une lettre ; celui qui organise une partie, une sérénade, une comédie, et qui a besoin de ce mouvement qu'il traîne sans cesse après lui ; celui qui frise le mieux sa moustache, qui manie le mieux un bâton, qui sait le mieux un couplet ; le plus leste, le plus fat, le plus adroit, le plus intrépide, le plus écervelé si l'on veut, c'est le Gascon. Quels que soient les malheurs qui arrivent, quelles que soient les traverses et les calamités, si la voiture verse, si le navire est en détresse, si le bivouac est triste parmi les glaces et la déroute, au milieu des misères de la guerre et de la famine, un homme est là qui chante, qui raille, qui console ses compagnons, qui relève leur courage, qui les distrait et leur arrache un sourire : c'est le Gascon. Dans l'affreuse retraite de Moscou, il y eut un sous-officier qui délayait, en chantant, un peu de chocolat dans de la neige, et qui *priait à déjeuner* ses camarades exténués : ce sous-officier était un fils de la Garonne. Cette inaltérable gaieté en de tels moments témoignerait déjà d'une trempe d'âme peu commune, mais elle est surtout l'effet de cette pétulance toujours en éveil qui s'épanche et se traduit diversement selon les cas. Il semblera sans doute qu'on se plaît à douer ici le Gascon d'une organisation distinguée ; mais cette organisation est commune chez lui comme chez tous les peuples du midi. Et qu'on ne dise pas que c'est l'accent et de vaines singularités qui distinguent cet homme ; toutes ses actions s'accordent avec cette vivacité de sentiments et d'expressions. Dans le régiment, le Gascon est maître d'armes ; il a fait cent actions folles et courageuses qui justifient de tout point sa réputation ; c'est un enragé duelliste, le mortel le plus sensible et le plus chatouilleux ; il se bat pour un mot, pour un clin d'œil. On l'a mis une fois au cachot pour avoir défié tous les spectateurs d'un théâtre, une ville entière. Qu'il se présente une entreprise hasardeuse, le choix tombera sur lui ; qu'on ait besoin d'un homme intrépide, on l'appelle. Il a pour nom de guerre *Tête brûlée, la Tempête, le Bourreau des crânes*. Il est enfin le premier à la maraude, mais aussi à la bataille, le plus fanfaron, mais le plus brave. C'est d'ailleurs un type trop connu pour nous y appesantir : consultez les annales des duels à l'armée et dans les villes de garnison ; demandez aux vieux officiers, que chacun interroge ses souvenirs, on retrouvera à coup sûr le Gascon dont il s'agit, avec ses défauts sans doute, mais avec ses qualités ; des exceptions n'ébranlent pas la règle ; il nous suffit qu'on démêle aisément le caractère national que nous voulons peindre. Au surplus, tant de caporaux et de soldats heureux devenus maréchaux, tant de noms obscurs devenus glorieux, Lannes, Gros, Murat, sont là pour nos preuves.

Si l'on doutait encore de cet enthousiasme qui bouillonne dans la poitrine de notre héros, et qui explique tous ses succès, qu'on l'écoute parler, peindre, étonner, frapper les esprits, trouver des expressions fortes et soudaines, des images grandes et pittoresques, faire passer dans les âmes la chaleur et l'emportement de la sienne, dépasser le but pour l'atteindre, viser trop haut pour frapper juste, dire le plus pour peindre le moins, car il sait que tout le monde n'a pas sa sensibilité et son génie ; s'aider de la voix, du geste, de l'accent, du visage, transmettre ses émotions comme l'action électrique, et rencontrer en courant de ces effets surprenants, de ces tours heureux, de ces prodiges de style que les grands écrivains ne découvrent qu'à force d'art et d'étude. Et c'est ce qui fait que dans ce pays l'on raconte à merveille ; on y aime à dire autant qu'à faire ; toujours Homère y suit Achille, et le conteur se pique de vanité dans ses récits comme le héros dans ses hauts faits ; il outre, il exagère peut-être, mais l'auditeur n'en est que plus frappé et l'effet mieux rendu : point de tableau plus vrai qu'un conte de Gascons. Ce n'est pas un conte, c'est un drame ; ils ne parlent pas, ils jouent. La voix grossit, murmure, soupire, s'élève, s'abaisse, éclate, selon l'action et l'interlocuteur. S'il s'agit d'un cheval, il trotte; d'un fusil, ils ajustent; d'une voiture, elle roule; d'une épée, ils la tiennent; d'un combat, ils crient; d'un corps qui tombe, on l'entend; d'un fantôme, vous frémissez. On perd de vue cet homme seul qui pleure, chante, crie, gesticule, grimace, et l'on assiste à la scène tragique ou burlesque qu'il décrit; vous êtes parmi les personnages furieux ou bouffons qu'il évoque. Ces gens-là, comme on voit, sont au moins des poëtes; pour de l'esprit, on ne leur en refusera pas : sans les Gascons, Mathieu Laensberg n'eût dit que des platitudes. Et n'est-ce pas une chose étrange que de tels dons aient servi précisément à leur renommée banale de hâblerie amplificative?

Nous parlions de guerriers, de poëtes; mais quel orateur que le Gascon ! Poussez-le, en pleine révolution, dans une assemblée délibérante; plongez-le dans une de ces cuves ardentes où bouillonnent toutes les mauvaises passions d'une époque; faites-lui respirer cette vapeur empoisonnée qui enivre et aveugle; jetez-le dans un club, à la Constituante, à la Convention nationale : la fièvre s'allume dans ses veines, sa tête s'embrase, son cœur bat, son front brûle; fût-il mourant, fût-il muet, il parlera, il s'écriera comme le fils de Crésus : *Ne tuez pas mon père!* il tonnera pour le roi ou le peuple, pur ou criminel, martyr ou bourreau, Duchâtel ou Danton, d'un parti extrême, mais tribun terrible et célèbre à jamais.

Et cependant un obstacle singulier s'oppose à lui dans la carrière publique, difficulté vaincue qui tourne encore à sa gloire : c'est dans son idiome qu'il faudrait l'entendre, et cet idiome il ne le parle plus. Il semble que le ciel ait voulu en quelque sorte l'humilier dans son orgueil et mettre un frein à la puissance de son éloquence, par la défaite et la confusion de sa langue dans les hasards de la monarchie, cette langue qu'on a flétrie du nom de patois, et qui a failli devenir la langue française; cette langue qu'il parle si bien, que M. de Bonald y a cherché la cause de cette supériorité d'esprit des peuples du Midi sur les peuples du Nord. « Si les peuples du midi, » écrit ce beau génie dont la France connaît à peine la perte récente, un de ses plus grands hommes qu'elle vient de laisser mourir comme le plus obscur de ses enfants; « si les peuples du midi de la France, dans les classes inférieures, ont plus que ceux du nord ce qu'on est convenu d'appeler de l'esprit, une conception plus vive et plus originale, la raison en est, je crois, que les premiers ont une langue à eux, et non pas les autres; les Méridionaux parlent très-bien une langue qui leur est particulière, et les peuples du Nord parlent très-mal une langue qui n'est pas la leur, puisqu'ils n'ont pu en suivre les progrès; les uns possèdent mieux que les autres l'instrument de la pensée, et les peuples du Midi parlent mieux leur idiome que le peuple picard ou normand ne parle le français. »

S'il nous était permis de commenter ce texte respectable, nous ajouterions que non-seulement les Gascons possèdent mieux l'instrument de la pensée, mais qu'ils sont mieux doués sous le rapport de la pensée elle-même, que l'instrument s'est accommodé à la longue au besoin qu'ils en avaient, et que c'est leur esprit, leur conception vive et originale qui a fait ce langage si vif et si lumineux.

Maintenant on s'expliquera mieux sans doute cette suffisance tant reprochée au

Gascon. Il a dû s'appliquer à lui-même cette sensibilité qu'il met à tout; un sentiment exquis du bien et du beau les lui fait naturellement convoiter; sa facilité à
parler lui a valu des succès dont il est impossible qu'il ne soit pas tenté d'abuser; il
exagère son mérite comme il exagère toute chose, et peut-être qu'à son insu, quand
il parle, un certain penchant pour l'idéal, pour la forme littéraire, conspire avec sa
vanité. Ce n'est pas qu'il croie toujours ce qu'il dit d'outré à son avantage, il a trop
d'esprit pour cela, mais il essaye de le faire croire; il se complait dans cet état
douteux où un homme d'esprit, satisfait de l'impression qu'il impose, ne compte
jamais avec lui-même. C'est ainsi qu'il prétend à tous les genres de perfection, et
cette faiblesse se peint dans tous ses discours : il est très-hardi, très-brave, très-
beau, très-agile, très-riche, très-spirituel, très-instruit, très-propre à tous les exercices de l'esprit et du corps; il possède des domaines incalculables, et se tournant
notamment vers la bravoure et la galanterie, il est devenu, à l'entendre, la terreur
des hommes et l'idole des femmes.

Mais, s'il en est ainsi, tous les Gascons ne sont pas en Gascogne; d'où vient
qu'on n'a point relevé ces mêmes défauts chez les hommes privilégiés qui doivent
leur éclat au même fonds de caractère : si les Gascons sont des poètes, combien de
poètes qui sont Gascons? Il faut enfin le remarquer, les mêmes causes ont dû produire les mêmes effets. Et quel est le poète dont les transports chimériques ne per-
cent plus ou moins eu dehors de ses compositions? Quel écrivain n'emploie malgré
lui dans ses récits les hyperboles de son style? quel est celui qui n'a tenté de s'approprier les qualités imaginaires qu'il prête à ses héros? quel est celui qui, dans
quelque étalage de son caractère ou de ses qualités, ne cherche à réaliser une portion
de son idéal? quel est l'homme d'esprit que son imagination n'emporte en quelque
grave et honteux ridicule, à moins qu'elle ne soit tempérée par beaucoup de bon
sens? Cette sorte de charlatanisme, de *gasconnade*, se révèle dans le costume et
les habitudes, et l'on nous comprendra quand nous dirons qu'elle consiste le plus
souvent en ces façons étranges qui font dire communément d'un homme : *C'est un
original;* expression, par parenthèse, toujours prise en mauvaise part dans le midi
de la France. Celui-ci laisse croître une barbe épaisse, celui-là affecte un désordre
qui touche à la malpropreté; l'un prétend à l'air inspiré du barde scandinave, l'autre
joue le ferrailleur; un troisième s'attribue les proportions de l'Antinoüs, ce dernier
s'efforce de paraître magnifique; Jean-Jacques cède au ridicule d'habiter une chaumière, Byron veut passer le Bosphore à la nage; les poètes démocratiques enfin
se complaisent dans les semblants d'une rudesse farouche. Ces caprices varient
avec la mode, mais ils se sont vus de tout temps, et Cicéron disait déjà des déma-
gogues lettrés de son temps : *Alio vultu, alio vocis sono, alio incessu esse medita-
bantur; vestitu obsoletiore, corpore inculto et horrido, capillatiores quam ante,
barbaque majore, ut oculis et aspectu denuntiare omnibus vim tribunitiam et mini-
tari reipublicæ viderentur.* « Ils s'étudiaient à changer leur figure, leur voix, leur
démarche; leurs vêtements sales et négligés, leurs cheveux hérissés, leur barbe plus
longue qu'à l'ordinaire, leur extérieur affreux; tout dans leur regard et leur aspect
semblait nous annoncer les violences populaires et menacer l'état des derniers excès. »

Or, que devient cet esprit poétique dans la lutte journalière avec la réalité? il tombe de lui-même dans les plus bizarres contradictions. Celui-ci chante Iris, les lis, les roses, et s'épuise en madrigaux sur le sein flétri de quelque Toinon; celui-là, qui ne décrit que palais et fêtes, plumes et rubans, pompons et dentelles, traîne la guenille et mange avec les doigts un potage infect sous les tuiles d'une mansarde; cet autre qui ne parle que de grands coups d'épée, tremble à la vue d'un cuistre dont il s'est moqué. Et voilà justement ce qui a fait du Gascon magnanime, du Gascon généreux, fier, vaillant, héroïque, ce Gascon râpé, fluet, peureux, vantard, des tréteaux et des almanachs; cette touchante et vénérable figure de notre littérature, cet homme qui rêve de fleurs sur un grabat, qui mange son pain à la fumée des cuisines, qui s'escrime avec une épée de bois; ce matamore bâtonné, ce galant en souliers percés, ce héros sans armes, ce grand seigneur sans gîte, ce don Quichotte de l'amour, de la fortune, de la poésie, dont le pied trébuche ici-bas quand son front se promène dans les nues; voilà comment s'est produit ce fameux personnage devenu si populaire et qu'il est bon d'abord de faire connaître.

La Gascogne, de Henri IV à Louis XV, était à peu près divisée en quantité de domaines médiocres dont le plus considérable n'eût pas satisfait un de nos boutiquiers enrichis; car le Gascon avant tout est bon gentilhomme, le Gascon dont il s'agit n'est rien moins qu'un de ces *monstres féodaux*, un de ces impitoyables *tyrans* qui pesaient sur la France et qu'on juge encore sur la foi du pathos révolutionnaire. Il suffirait, pour rassurer les esprits, d'entrer dans quelques détails des mœuvances qui faisaient de certains nobles de véritables domestiques. On en a vu servir de valets de ferme : témoin ce seigneur dont parle Tallemant des Réaux, qui suivait sa charrue en sabots, son épée suspendue à un baudrier de corde. Jusqu'à la révolution par exemple, un brave gentilhomme, capitaine après vingt ans de service, se retirait dans sa métairie avec la croix de Saint-Louis, 600 livres de pension et un bras de moins : le dernier commis de nos jours se fût révolté. Voilà donc ce que c'était pour la plupart que ces fiers seigneurs *gorgés de l'or et du sang* du peuple. Et qui l'a mieux prouvé, cette noble pauvreté, que le Gascon lui-même, lui qui l'a rendue pour ainsi dire proverbiale; lui qu'on a tant hué, poursuivi, chansonné, parce qu'il écurait ses dents avant souper et qu'il soufflait dans ses doigts en décembre. Hélas! et quand on songe qu'un jour cet humble sire qu'on bafouait sur un théâtre, on l'a poussé sur un échafaud, que ce pauvre hère qu'on fustigeait, on l'a *guillotiné*, guillotiné comme un tyran, comme un accapareur, comme un ennemi public! chère et innocente victime! stupides assassins! Mais reprenons-le à l'aurore de sa renommée littéraire, dans son bon temps, s'il en eut jamais, à peu près sous Charles IX.

Qu'on se figure donc là-bas dans la vallée, à deux portées de mousquet de ces chaumières, en suivant la *saulaie*, les ruines d'un donjon de huit tours : trois pans de mur dévastés par les guerres de religion, un comble d'ardoises sur une tour décimée, un bastion de pierre flanquée d'une tourelle de brique, un débris de plate-forme recouvert de planches, un chemin bordé d'arbres qui mène à la porte, un reste de fossé où nagent des canards dans des flaques d'eau verte, un pont-levis rouillé qu'on ne lève plus, une cour pleine d'herbe, autrefois cour d'honneur, basse-cour aujourd'hui ; un perron fendillé et couvert de mousse, une vigne grimpant de la porte aux fenêtres, et derrière la cour quelques carrés de choux, quelques vieilles futaies ceintes de murs, que les étrangers appellent un parc, le seigneur un clos; enfin quelques lambeaux de terre éparpillés çà et là dans la plaine.

Au dedans, les vestiges fortifiés sont abandonnés, les grands appartements sont sans meubles, la grande galerie est pleine de blé, et c'est encore un bonheur. Le maître du logis s'est retiré dans un coin du bâtiment neuf avec une servante et deux ou trois valets qui s'occupent aux champs. Il couche au second étage d'une tour, et le matin on le voit se promener autour de son domaine, en bonnet de nuit, sans épée, en pourpoint de tiretaine râpée. Voilà ce qui reste à ce fier suzerain de ses biens, de ses vassaux et de sa vieille muraille, après tant d'assauts soutenus pour sa religion et son roi. N'admirez-vous pas le paysan qui tire humblement son chapeau à cet homme, et qui l'appelle *Monseigneur?*

Des fils venaient à naître. Dans un pays sans commerce et simplement agricole, les familles se seraient éteintes et ruinées par les divisions successives de la propriété foncière si le partage entre frères eût été égal. On était régi d'ailleurs par les lois romaines, et la loi permettait aux pères de laisser, par préciput, les trois quarts de leur fortune à l'aîné, qui avait encore son droit au partage du reste. Cette manière de partager les biens était générale, et mettait les cadets dans la nécessité d'aller chercher fortune dans la robe, l'épée ou l'église. Il leur restait leur nom et leur courage, ou comme on disait, *la cape* et *l'épée.* Un beau jour donc on sellait le *courtaut,* le valet rajustait une vieille livrée, on cousait dans un sac quelque amas de pistoles, le père y joignait sa bénédiction, rappelait les aïeux et les anciens services, recommandait l'économie, ne doutait pas que son fils ne fût fait pour *aller à tout,* et l'on se mettait en voyage.

Le jeune homme était vif, ardent, ambitieux, grêle et chétif peut-être, mais plus fier qu'un César sous sa cape étriquée. Arrivé à la cour, il s'attachait à un grand seigneur, M. de Guiche ou de Caussade, et ne tardait pas à sentir sa misère au milieu de ce monde brillant ; mais comme après tout il était noble comme le roi, il ne rabattait rien de ses prétentions ; comme son père avait en réalité un château, des terres et l'ombre d'un train de seigneur, il disait *mes chiens, mes chevaux, le château de mon père ;* il se rehaussait d'autant plus pour garder son rang, il s'enflait de son mieux pour faire bonne figure ; une chaleur singulière, l'accent, le geste animaient encore ses discours, et l'on se moquait de lui en les comparant à son équipage ; ce qui ne l'empêchait pas de devenir maréchal ou connétable, pour peu qu'il s'appelât de Luynes ou Roquelaure. Telle est la pure origine de ces fameux cadets de Gascogne qui n'étaient en somme, dit un écrivain, que plus braves et plus spirituels que les autres provinciaux.

Cet homme, où le trouver aujourd'hui? Que fût-il devenu, qu'aurait-il à faire dans notre société où il n'est plus question d'être ni brave, ni galant, ni magnifique? qu'est-ce qui pourrait lui faire envie? de quoi pourrait-il se vanter? de quels efforts

lui saurait-on gré? où sont les domaines, les titres, les seigneuries? où sont la
noblesse, l'honneur, la chevalerie? Le Gascon historique s'est donc effacé, il a disparu
avec les nobles objets de son ambition, et n'a laissé que son nom à des provinciaux
tombés au dernier rang. Cette décadence s'explique. Les provinces, quand il y en
avait, étaient de petits états, comme l'indiquait pour quelques-unes le nom de
leurs assemblées. Elles avaient leurs capitales peu éloignées de tous les points, et
pouvant étendre partout leurs influences bienfaisantes. Elles avaient des parlements,
des colléges qui étaient autant de foyers de civilisation. Les grands propriétaires
établis dans leurs terres, les fonctionnaires retenus par leurs charges, le train des
gouvernements, étaient autant de sources d'où se répandaient jusque dans les campagnes les plus écartées les solides lumières, la bonne éducation, la politesse des
mœurs et des manières. On en appelle à tous ceux qui connaissent les usages français avant la révolution, et qui savent les comparer à ceux d'aujourd'hui. Chaque
intelligence avait sa place dans cette administration complète ne relevant que d'elle-
même. On pouvait être et l'on était savant, magistrat, fonctionnaire, poëte, homme
d'esprit, homme de goût, sans sortir de son pays. Et l'on s'en est bien aperçu à
ces députés des états-généraux accourus du fond de leurs provinces pour devenir les
premiers hommes de l'état : on ne parle ici que d'une supériorité relative à leur
temps. Que si quelques étourdis de la cour trouvaient à redire aux façons des provinciaux, ce n'était guère qu'à propos de modes et de frivolités que les honnêtes
gens ne sont pas tenus d'apprendre; mais les sages blâmaient ces fous, et certes
il n'y avait rien à leur remontrer, à ces provinciaux, de la vraie et constante politesse, celle que donnent le goût, le savoir et la noblesse des sentiments. Il s'agit
encore une fois des hommes sensés; il y a des *Pourceaugnac* à Paris comme en
province.

Les provinces ayant disparu, la centralisation administrative, qu'il ne faut pas
confondre avec l'unité de pouvoir, a produit la concentration des sciences, des arts,
de toutes les professions libérales. Qu'en est-il résulté? l'agrandissement excessif
de la capitale et l'extrême appauvrissement des provinces. Effet et cause qui se
succèdent et se reproduisent, maux qui s'enchaînent, s'alimentent, s'empirent l'un
l'autre, car ce foyer des intelligences attire tout provincial intelligent; tous les
talents, toute la vie, toutes les richesses des provinces refluent incessamment vers la
capitale, et si la capitale est à la lettre la tête de la France, la France mourra d'une
congestion cérébrale.

Les départements du midi, les plus écartés du centre, ont dû demeurer les
plus arriérés dans l'ordre moral. Le Gascon, et ceci s'applique à bon nombre de
provinciaux, le Gascon trop éloigné de la capitale pour en suivre les mouvements,
et privé de ses moyens locaux d'instruction, n'est plus qu'une sorte de colon et d'ilote
que Paris amuse du pamphlet d'hier et des modes de l'an passé. Mal servi, on ne le
niera pas, par les prétendues lumières nouvelles et détourné des anciens principes,
sans religion et sans philosophie, il est devenu ce que nous le voyons, ce bourgeois
moderne, sot et ignorant, qui n'est que risible pour les esprits superficiels, mais
qui épouvante quand on se donne la peine d'approfondir. Il ne sait plus ce qu'il est

ni ce qu'il croit, il n'a plus une idée nette en morale : s'il ne tue pas, s'il ne vole pas, c'est merveille ; en tout cas, il ne saurait dire pourquoi. Sa tête est un chaos où s'agitent les erreurs les plus contradictoires. Sa croyance, il l'ignore ; son opinion politique, il n'y entend rien ; et cependant cet homme se mêle, par la force des choses, à toutes les questions les plus graves ; il ne demeure à court sur aucun sujet, il ne le peut plus, il est *éclairé*. Pas une des misérables opinions qui se disputent la France qui ne trouve en lui de l'écho ; pas un des plus plats journaux qui n'abuse de sa crédulité ; pas un intrigant politique qui ne le compte pour son partisan ou son admirateur ; pas un système insensé, pas une lubie récente, pas de pauvre invention, pas de bourde industrielle, pas de souscription dérisoire, pas de mensonge imprimé que Paris ne lui impose ; pas un visionnaire, pas un charlatan qui ne l'ait tour à tour pris pour dupe. Le meilleur de sa philosophie, il l'a choisi, chose étrange à dire ! dans les œuvres d'un chansonnier. Enfin, comme s'il était rien de plus odieux que la suffisance avec l'ignorance et l'incrédulité, il est tranchant, incivil, absolu : et il se croit sans préjugés, le malheureux, comme s'il en eut jamais autant, des plus nouveaux, des plus absurdes, des plus monstrueux !

Cette dégradation morale, par une conséquence inévitable, se produit à l'extérieur de ce provincial. La grossièreté de son esprit perce dans son vêtement et dans ses manières. Il n'est pas seulement méprisable, il est ridicule. Paris avec raison se moque de lui ; ses *gamins* le montrent au doigt, ses filous le sentent d'une lieue, ses comédiens le jouent sur le théâtre : il n'en est pas plus éclairé sur sa folle servitude. Au reste, les beautés de la capitale ne l'étonnent en rien, il s'attendait à mieux ; car il faut bien le remarquer encore, il en suit les progrès à contre-cœur, sa vanité s'en révolte, l'admiration obligée et la gloriole provinciale sont aux prises ; mais des deux parts il trouve son compte : il vante sa ville à Paris, il prônera Paris dans sa ville. En attendant, il déguise sous une froideur comique ses niais ébahissements. Écoutez-le : il vous dira que la province n'est plus *arriérée*, qu'elle devance Paris dans la nouveauté, ou tout au moins qu'elle marche de pair; peu s'en faut qu'il n'accuse la capitale de copier les modes de sa sous-préfecture ; et cet homme qui parle, se carre effrontément dans un habit extravagant qui ne fut jamais d'aucun temps, ni d'aucun peuple. Il vous dira donc que son bourg est aussi brillant que Paris, qu'il s'agrandit dans les mêmes proportions, que vous ne le reconnaîtriez pas, qu'on a bâti une aile à la mairie, et que le marchand du coin pavoise son échoppe à l'*instar des magasins de la capitale* : la mesure où l'on joue la comédie ne diffère pas trop de l'Opéra; le *Philidor* de son endroit vaut *Duprez; Robert le Diable* notamment est mieux exécuté qu'à l'Académie royale de musique ; il pourra lui échapper enfin, en détournant les yeux de la colonnade du Louvre : qu'*on vient d'achever la maison neuve de l'adjoint, et que cela est magnifique.*

Pénétré pourtant de son insuffisance intellectuelle et tourmenté, quoique libéral, du désir d'élever sa famille du fond de son comptoir aux plus hauts postes de l'état, ce provincial rougit pour son fils de l'état qui l'a fait vivre. Il ne saurait souffrir que ce fils s'enrichît comme lui en mesurant de la toile ou de l'huile : cet enfant naît de droit avocat ou médecin, et non autre chose ; il est tenu d'être un docteur ou un homme éloquent. S'il y a deux enfants, l'un sera médecin, l'autre avocat. C'est un des travers incroyables de cette époque, et nos neveux n'en jugeront qu'au fatras énorme de nos écrits. Ces enfants, disons-le d'abord, sont nés dans de pires conditions que leurs pères. La logique des révolutions est impitoyable ; on peut suivre dans les liens privés le relâchement du lien politique : le père s'est séparé de la tradition, le fils ne la connaît plus ; le père a rompu avec l'état, le fils avec la famille. Il tutoie son père, et nous le verrons à la première occasion en révolte ouverte contre l'autorité paternelle, comme ce dernier avec l'autorité publique. Mais ici l'ambition du père et du fils sont d'intelligence. Les conditions sociales n'étant plus réglées par la vieille sagesse, toute barrière étant tombée sur le chemin des honneurs, chacun rêve un état impossible, et il n'est pas d'adolescent qui ne se croie appelé où parvenait jadis un homme de génie presque malgré lui, par la force des circonstances; cet abus monstrueux peut, il est vrai, bouleverser l'état, mais en attendant il ruine les familles.

Qu'on suppose donc à ce bourgeois de la Gascogne une fortune médiocre, laborieusement amassée; son fils en lui succédant pourrait la soutenir et l'accroître ; mais on met l'enfant au collège : en général, il n'y apprend rien ; l'ignorance des parents, l'incurie des professeurs et les mauvais systèmes d'éducation conspirent sur ce point avec les mauvais penchants de l'élève. Supposons encore qu'il retienne ce qu'il faut de latin pour prétendre à l'une des professions lettrées; il atteint ses vingt ans, possédant à peine les rudiments d'une profession libérale et sans rien savoir d'un art mécanique : on peut dire exactement qu'il n'est bon à rien. Voici qu'il faut courir les hasards d'une vocation décidée : le goût de l'étude, l'application, la capacité, le talent, et de plus les chances d'une concurrence de vingt mille sujets par année, c'est-à-dire plus d'avocats et de médecins qu'il n'en faudrait raisonnablement pour toute la France. On ne conçoit pas que les chefs de famille ne s'épouvantent point de ce calcul ; mais chaque chef de famille compte sans doute que son fils est le plus studieux, le plus habile, le plus opiniâtre de ces concurrents.

On envoie le jeune homme dans l'une des grandes villes où siègent les Facultés, le plus souvent à Paris. Remarquez qu'il y vient au moment où son âge et sa mauvaise éducation le livrent tout entier aux influences mauvaises de ces villes, et que ce moment est singulièrement choisi pour le soustraire tout à fait à la surveillance paternelle. Remarquons en outre que ces huit ans d'études faites vaille que vaille, sous les yeux de parents ignorants, n'ont fait que l'accoutumer à l'oisiveté. L'étude littéraire, où le travail n'est pas appréciable, est le meilleur prétexte de ne rien faire. Le jeune provincial voit donc arriver cette époque avec transport, non comme le moment d'entrer dans une carrière, mais comme une occasion de conquérir toute sa liberté. Il arrive à Paris, où son jargon, ses allures négligées, son méchant ton, son peu d'argent, le repoussent d'abord vers les bas plaisirs et les mauvaises compagnies. Il joue, il boit, il fume, il fait vacarme au théâtre et à l'estaminet, il infeste d'un nouvel hôte ce quartier qu'on appelle le *pays latin*, je ne sais pourquoi, car on n'y entend guère que les patois du Lot et de la Garonne. Le pays latin, il faut le dire pour les gens de province, a sa célébrité de lieu suspect et ses mauvaises mœurs bien constituées au milieu des mauvaises mœurs de la capitale; la prostitution y marche à la suite des écoles, comme à la suite d'une grande armée sans discipline. Il faut le dire surtout à ces parents qui comptent sur ce voyage pour former un jeune homme au goût parisien : leurs fils ne peuvent leur rapporter que les habitudes de la canaille de Paris, lesquelles, on en conviendra, valent toujours un peu moins que celles des honnêtes gens de province. Voilà donc quatre ans de dissipations, de dettes, de bons tirés à vue sur la crédulité et les privations de la pauvre famille qui se sacrifie pour nourrir ce désordre, sous prétexte d'études et de mensonges de toute espèce. Le jeune homme, durant ce temps d'oisiveté, se livre avec la fougue de son âge à la débauche, aux occupations frivoles et dangereuses, à tout ce qui n'est point l'étude; il est surtout un très-bon élément aux passions politiques du moment. Les parents seront fort heureux s'il n'est brusquement arrêté dans sa carrière par un de ces malheurs sans remède si communs à Paris, si aisément prévenus en province : un duel, une condamnation politique, une balle dans l'émeute, un de ces accidents qui n'en sont pas moins fréquents pour ne faire sentir leurs effets qu'à deux cents lieues de nous. Nous ne remarquons rien dans le bruit de Paris : un jeune homme disparaît, nul ne le connaît, nul n'en parle ; le journal le nomme, et tout est fini ; mais que de larmes et quelles longues douleurs dans ces pauvres familles, çà et là au fond de la France !

C'est aussi le moment, pour entrer dans d'autres détails déplorables, où l'étudiant, le Gascon surtout, par enivrement de jeune homme, ou incapacité pressentie de choses plus graves, rompt de lui-même ses projets et se jette dans un de ces états qui tournent tant de jeunes têtes; où il se fait, par exemple, comédien, peintre, poète ; et que de familles encore, après avoir dépensé plus qu'il ne convenait pour faire un avocat ou un médecin, peuvent se reprocher de n'avoir fait qu'un barbouilleur ou un histrion de campagne !

Mais admettons, ce qui est loin d'être général, que les études, entre tant d'écueils, s'achèvent tant bien que mal. Les difficultés de l'état et de la concurrence se présentent ; dût-on percer la foule, on n'y réussit pas sur-le-champ. La famille épuisée doit encore venir en aide à ce débutant qui à vingt-six ou trente ans est hors d'état de se suffire. Il faut des meubles et des avances. Les fils ont détruit la fortune paternelle sans commencer la leur ; et qu'on juge, dans une maison qui compte deux ou trois enfants dans ces conditions, ce qu'ils peuvent devenir après la ruine de la famille et de leurs espérances, et de quelle population inutile, par conséquent remuante et nuisible, ils surchargent l'état. On insiste sur ces détails, parce qu'ils expliquent, comme on l'a dit, la ruine progressive des provinces, et parce qu'ils semblent surtout particuliers aux provinces du midi qui envoient le plus de sujets à Paris.

Maintenant, si nous jetons les yeux sur les campagnes, nous pourrons juger le prétendu progrès des lumières dans ses plus clairs résultats. Ici l'incrédulité, l'ignorance, l'aveuglement, ont pris leurs formes les plus repoussantes. Le paysan, s'il sait lire, lit des romans obscènes et des libelles menteurs ; il ne dirait pas un mot d'un

P. SOYER.   DAUZATS.

LA GASCONNE.

métier qu'il n'a point appris, mais il tranche et décide en matière de religion et de politique; il chansonne son curé, mais il écoute les charlatans; il n'a plus foi aux reliques, mais il croit aux ânes savants; il se moque de la Bible, mais il digère dévotement la première sottise imprimée; il ne croit plus en Dieu, mais il adore un homme à renommée populaire et douteuse : l'image de quelque chef de parti remplace le Christ au chevet de son lit, *il s'est taillé des idoles de bois et de pierre ;* et comme ces Romains dégénérés qui divinisaient leurs empereurs, il ne rirait pas trop d'une apothéose de Napoléon. Il a perdu ses superstitions, sauf les plus méprisables ; il a gardé ses préjugés, moins les plus nobles et les mieux fondés. Sans doute il n'a fallu rien moins qu'une grande révolution, des prédications furibondes, les émissaires sinistres de 89, les apôtres sanglants de 93, l'appât illusoire de la souveraineté, les biens nationaux, l'appel à la haine, à l'envie, à l'orgueil, à la cupidité, à toutes les passions, pour dépraver à ce point la population des champs; mais une des causes persistantes de la corruption, on pourrait l'observer encore : c'est ce militaire que la paix a fait refluer dans nos provinces, ce héros de nos guerres tant célébré dans les théâtres et les poésies de carrefour, et qui entre nous a un peu tué, violé, pillé par toute l'Europe; cet autre paysan qui n'a d'autre titre, il faut bien le dire, à l'admiration des bonnes gens qui l'écoutent, que l'air délibéré dont il sacre, fume et blasphème, et qui en somme, pour devenir l'oracle de la paroisse, n'a rapporté de ses courses que la pire brutalité, l'endurcissement et le cynisme imbéciles des camps.

La Gascogne pourtant, comme la plupart des provinces du Midi, est une de celles où les changements modernes ont le plus difficilement pénétré. Le culte religieux du moins y conserve son empire; le prêtre y porte en sûreté son noble et grave costume; les vieilles coutumes ont résisté çà et là, tant elles étaient solidement fondées : les efforts réunis du temps, de la philosophie, des révolutions et des guerres n'ont pu déraciner une humble pratique religieuse dans un hameau de cinquante feux. A la Brède, par exemple, près de Bordeaux, au pied de ce fameux château de Montesquieu qui honore la province, subsiste encore un usage des moins sages, il est vrai, et des moins anciens aussi parmi ceux d'autrefois : le couronnement de la rosière. La fête se célèbre avec les cérémonies connues ailleurs : la rosière est menée en grande pompe à l'église, où elle reçoit sa couronne des mains du magistrat municipal qui remplace le seigneur; le reste de la journée se passe dans les réjouissances.

Mais c'est dans le Gers surtout qu'on retrouve le plus de traits de l'ancienne physionomie du pays. Là, le paysan porte encore ses anciens habits; là se fêtent encore les antiques solennités; et dans la plupart des villages, on verrait encore le dimanche des bandes de jeunes filles danser joyeusement au sortir de l'église, et les garçons qui les accompagnent, en agitant de longs bâtons où sont passés en guise d'anneaux ces gâteaux ronds qu'on appelle des *tortillons*, et dont chacun fait des galanteries en laissant tomber un des tortillons dans le tablier de la fille qu'il a choisie. Si le tortillon y demeure au lieu de rouler à terre, les vœux du jeune homme sont agréés, et le cortège s'achemine gaiement vers la place du village, où

P. II. 57

l'on danse en chantant cette ronde bien connue qui servira d'exemple pour le patois de la province :

> Chut ! as-tu entendu
> Lou coucut qué canto ?
> Chut ! as-tu entendu
> Canta lou coucut ?

(Chut ! as-tu entendu le coucou qui chante? as-tu entendu chanter le coucou ?)

La rime n'est pas riche et le style en est vieux, dirait Alceste, *mais ne trouvez-vous pas que cela vaut bien mieux* que ces couplets diffamatoires ou sacriléges que le peuple de Paris hurle sans les comprendre ?

Dans le Gers encore, se conservaient naguère et s'effacent peu à peu les cérémonies naïves des mariages, ces touchantes fêtes patronales, ces pèlerinages à Noël, ces fêtes de *la gerbe* et *du roitelet,* dont les pratiques, aujourd'hui ridicules ou tout au moins bizarres, ont toujours une source si pure, une signification si noble et si hautement raisonnable. Là, tel jour autrefois, tel plat se mangeait en commun, telle corporation nommait ses chefs, telle confrérie célébrait sa fête. C'étaient autant d'occasions où la famille se réunissait dans une heureuse communion de doux et religieux sentiments. Cette table de chêne avait vu des générations qu'on ne comptait plus ; on mourait de père en fils dans ce grand lit à vieilles pentes de serge, qui remontait au règne du bon roi Henri ; le vieillard comme le nouveau-né avait joué tout enfant sous cette vigne qui ombrageait le seuil ; ces meubles séculaires entretenaient dans la maison le respect et le souvenir des aïeux, et nul ne passait là bas, devant le cimetière, sans ôter son chapeau, car chacun y comptait les siens.

Poésie profonde des siècles passés ! tristes regards perdus dans cet abîme des âges ! chaîne des temps à jamais rompue ! humbles histoires, chastes secrets de tant de paisibles existences ensevelis pour jamais dans la tombe de nos pères! blanches têtes, ombres vénérables, bonnes et simples gens qui nous apparaissez en votre costume ancien ! qui de nous ne vous a souvent évoqués en soupirant? qui de nous n'a palpité depuis l'enfance, en écoutant les vieux parents au coin de l'âtre raconter cette obscure et heureuse vie? qui de nous n'a regretté de n'avoir point vécu dans ce bon vieux temps? qui de nous encore ne se perd en rêveries ineffables sur les années écoulées du pays natal? Quels sont les cœurs que ne pénètrent d'une douce mélancolie ces reliques conservées au hasard dans les familles, ces livres poudreux, ces portraits respectables, ces fronts calmes et souriants ; et qui n'est involontairement saisi de respect et d'admiration devant ces autres reliques des villes et des provinces, ces basiliques, ces maisons communes, ces châteaux superbes, debout après tant de tempêtes, et qui ont vu tant de fortes générations, tant de grands événements? Ah ! ce n'est pas sans raison que ces souvenirs nous troublent, et que cette voix du passé crie en nous ; ce n'est pas sans raison que les poètes de ce siècle, poussés par un

sentiment mystérieux et se faisant l'écho de la foule, se répandent en plaintes stériles sur ces cathédrales en ruines, sur ces cloîtres déserts, ces parcs incultes, et
toutes ces gloires éteintes d'autrefois ; ce n'est pas sur de vains amas de décombres
qu'ils gémissent ; ce n'est pas seulement l'œuvre périssable de l'art dont ils déplorent
la chute et la forme évanouie : c'est qu'un instinct irrésistible les entraîne vers
quelque vérité cachée ; c'est qu'ils entrevoient confusément les splendeurs éclipsées
dont celles-ci ne sont qu'un reflet ; c'est qu'ils sont éblouis à leur insu dans le beau,
par cet éclat du bon dont parle excellemment l'antiquité : *decor splendor boni* ;
et ils regrettent, sous l'apparence de ces magnificences matérielles, les beautés morales plus hautes qu'elles représentent : des mœurs plus pures, des hommes plus
forts, des temps plus héroïques, un meilleur état de société.

Mais quoi ! tous les jours une pierre tombe de ces vieux monuments ; tous les
jours quelque vieillard s'en va emportant avec lui les secrets de l'antique et robuste
nation ; tous les jours un pays s'efface, une province se dépeuple, ses usages se
perdent, ses mœurs s'altèrent, ses habitants insensés courent à Paris. Et qu'y
viennent-ils faire, ces tristes enfants des provinces, dans cette capitale où ils sont
étrangers, où ils se dispersent et se confondent, comme des familles menées en
captivité, dans une foule inconnue dont l'égoïsme glace les visages et serre les cœurs ?
Qu'y viennent-ils faire, dans cette ville d'exil qui n'entend pas leur langue, qui mé-
connaît leurs coutumes, qui n'a pas pour eux un souvenir d'enfance, pas un lieu
cher et consacré, pas une lointaine image du sol natal et du seuil paternel ; dans ces
hautes et sombres murailles qui leur cachent le ciel et la terre, que dis-je ! sous ces
toits fétides où ils se pressent et s'étouffent sans horizon, sans air, sans soleil, comme
des morts déjà rangés dans les voies ténébreuses des catacombes ? Qu'y viennent-ils
faire, dans cette ville marâtre où, dans des circonstances terribles, dans les maux
de la vie, au lit de la mort, ils n'ont plus autour d'eux un visage ami, une main
pour serrer leur main défaillante ; où ils n'ont pas même un coin de terre pour
reposer en paix auprès de leurs pères ; où leurs cadavres seront confondus avec je
ne sais quels cadavres ; dans cette capitale, enfin, qui n'est point notre patrie, à
nous fils de la Bretagne ou de la Gascogne ? car quelles sépultures pourrions-nous
montrer à nos pieds, nous autres venus d'hier, et de qui pourrions-nous dire, comme
ces barbares qu'on voulait chasser de leur pays : *Que les os de nos pères se lèvent
et nous suivent !*

ÉDOUARD OURLIAC.

LE FLAMAND.

QUAND on étudie l'ensemble de la physionomie de la nation flamande, on arrive promptement à reconnaître que les deux traits principaux du caractère de ce peuple sont la droiture du jugement et le sentiment de l'indépendance. Aucun des faits particuliers que l'on observe dans l'analyse des mœurs publiques de cette province ne vient contredire ces deux données primordiales, et depuis plusieurs siècles que ce pays sert de champ de bataille à l'Europe, les mouvements politiques et sociaux n'ont pu modifier le fond de ce naturel. Hors de ces deux principes immuables, tout, dans l'esprit, dans les inclinations des enfants de cette province, semble contraste et singularité ; mais on n'y trouve rien qui ne soit appuyé sur ces deux bases qui ont supporté, sans fléchir, le poids des temps et les secousses des révolutions.

Cette province, en tout temps saccagée, comme nous l'avons dit, par le fer et la flamme, est fertile, bien cultivée. Témoins et victimes, à toutes les époques, des abus de la force, les Flamands ont au cœur le profond respect des lois et l'amour du juste ; sans cesse aux prises avec le despotisme féodal, ils ont conservé le goût des arts pacifiques et libéraux ; enfin, on citerait difficilement un peuple dont les

LE FLAMAND.

mœurs publiques soient aussi admirables, aussi élevées, sous une forme aussi simple. En général, ils encouragent les travaux de l'imagination et de la science, bien que leur esprit manque de la verve et de la vivacité propres au caractère français. En revanche, ils ont une valeur réelle qui souvent manque à certaines provinces du midi, ainsi qu'aux Belges, ces Gascons, moins l'esprit et l'originalité.

Toutes les inclinations naturelles des Français de la Flandre sont tournées vers le plaisir, le repos et l'industrie ; mais l'amour de l'indépendance leur a fait soutenir des luttes perpétuelles. Religieux, et ennemis du désordre parce qu'ils sont graves, ils se tiennent cependant à l'abri des superstitions et du fanatisme, parce que leur jugement est solide. Cette dernière qualité, en les préservant des préjugés de la routine, a facilité le développement de leur commerce et le progrès de leur agriculture : sous ce rapport, ils ont devancé le reste du royaume. De tout temps leurs guerres ont eu pour objet la défense, et non l'agression ; et durant le moyen âge, comme à des époques plus reculées, les Flandres seules ont donné au monde le noble spectacle du sentiment national protestant contre le glaive des grands feudataires, du peuple se maintenant en face des rois.

C'est là ce que leur histoire seule peut démontrer ; car les mœurs publiques d'une nation se déduisent des faits généraux, de même que les points intimes de son caractère particulier et individuel s'expliquent par le détail de ses habitudes.

Quand César envahit les Flandres, le Cambresis et le Hainault, alors habité par les Nerviens, il fut obligé de les attaquer sur la Sambre, où il reçut un échec dont il se souvint en rédigeant ses *Commentaires*. Les Nerviens, comme les Belges, avaient déclaré qu'ils périraient plutôt que de se soumettre à la domination romaine. Ainsi firent-ils, et le pays fut presque dépeuplé. Leur valeur fut si grande, que César, touché de tant de malheurs, leur rendit leurs villes et les protégea même contre leurs voisins. Ce grand homme considérait ces peuples comme les plus braves de toute la Gaule, et Plutarque avoue que l'armée courut chez eux des périls éminents. Plus tard ils se révoltèrent quoique décimés, et Rome, veuve de sa liberté, les laissa libres, tant elle les estima. Pline les désigne sous le nom de *Serviens libres*.

Conquis par le second roi de France, qui le céda à son neveu, ce pays revint à la couronne sous Clovis, et fut gouverné par des grands forestiers jusqu'au règne de Charles le Chauve, qui érigea (865) la Flandre en comté-pairie en faveur de Baudouin Bras-de-fer. Une des descendantes de cette maison transmit ce fief en mariage, ainsi que la Franche-Comté et l'Artois, à Philippe le Hardi, duc de Bourgogne.

En 1477, après la mort de Charles le Téméraire, sa fille unique transmit la Flandre à la maison d'Autriche en épousant Maximilien : et trois siècles après, Louis XV, en contemplant à Bruges la tombe de Marie de Bourgogne, s'écriait : « Voilà le berceau de toutes nos guerres ! » En effet, le comté de Flandre, objet perpétuel des sanglantes rivalités de la maison de Habsbourg et de celle de Bourbon, ne fut acquis à cette dernière que sous Louis XIV.

Les arts avaient commencé à fleurir dans ce pays sous les ducs, et son commerce, qui avait pris l'essor dès le douzième siècle, lui avait acquis, sous le mauvais gouvernement de l'Espagne, une énorme prépondérance que ne purent anéantir les obstacles amoncelés par la pitoyable administration de Colbert, de qui l'on a très-mal à propos fait un Mécène au petit pied. L'amour des Flamands pour la liberté résista à toutes ces entraves. A toutes les époques, ils s'étaient insurgés quand ils avaient eu la force de se faire vaincre; lorsqu'ils l'eurent perdue, ils se vengèrent par des satires souvent ingénieuses. Mais chez ce peuple, dont l'esprit n'est pas au bout de la langue, la *fronderie* était mise en action, et non pas en musique; la plaisanterie était construite sur des dimensions monumentales, et l'allégorie habitait colossale et lourdement accroupie dans son *palais diaphane*. Les fêtes publiques, les cérémonies religieuses même, les processions les plus solennelles, les usages les plus vénérés de la Flandre française, cachaient quelque malicieuse affaire; l'esprit était sous la lettre, et la pompe extérieure contenait un sens amphibologique. L'ironie, sous le dais, sous la mitre ou la couronne, marchait grave, déguisée, et le public tout entier était dans le secret. Hâtons-nous cependant, de crainte qu'on ne s'y méprenne, d'ajouter que ce libéralisme, éminemment national, tendit rarement au républicanisme : exempts d'envie, d'avidité, de hautes ambitions ; pleins de respect pour la propriété d'autrui, les Flamands, s'ils n'ont aimé toujours leurs souverains, ont toujours été disposés à les entourer des plus grands honneurs, car ils ont eu en tout temps l'amour des royautés. Il est vrai d'ajouter que le boutiquier est le roi de la Flandre, aujourd'hui comme autrefois ; roi souvent contesté et tiraillé sur son trône, mais jamais abattu. Ce pays est le seul où la dynastie du bourgeois, si bien acceptée de nos jours, fût déjà reconnue avant l'invention de la poudre.

Aussi, nulle part peut-être le citoyen ne joint à des formes plus simples une morgue plus naïve ; on sent que chacun de ces braves gens a de sa dignité personnelle la pleine intelligence, et au siècle dernier, les ailes de pigeon de la petite gentilhommerie ne trouvaient guère à planer noblement dans le ciel de Flandre.

En général, la noblesse resplendit d'un éclat proportionné à la fortune de la roture. Peu considérée par les peuples assez riches pour jeter de l'or et du velours à côté de son velours et de son or, elle reluit comme un astre quand elle s'élève au milieu de l'obscurité des classes pauvres. Le peuple de la Flandre avait tant de châteaux, que les châteaux y étaient confondus parmi les maisons.

Donc le Flamand est un personnage : il est facile de s'en convaincre, car son naturel, bon, paisible, accommodant, cache une humeur assez impérieuse. Il n'aime pas à être contredit, et sa ténacité prouve qu'il n'a point l'habitude d'avoir tort. Ce trait de son caractère est même un de ceux qui signalent le mieux le Lillois hors de chez lui.

Si vous rencontrez dans quelque lieu public où l'on puisse fumer et boire un homme au large flanc, à la face vermeille et réjouie, de qui les traits réguliers soient empâtés par un embonpoint qui en atténue l'expression ; qui, dans l'attitude de la plus parfaite sécurité, parle lentement, d'une voix forte, le regard haut et bienveillant, et le poing sur la cuisse, tenez-vous pour assuré que ce mortel est un bon

Flamand. Tant qu'il causera sur le ton de la conversation ordinaire, rien de vif, de mordant, de remarquable, ne s'échappera de ses lèvres; mais avant peu de minutes, si le texte du discours se fixe sur un sujet, vous le verrez argumenter, ses opinions vont se prononcer, sa parole prendra l'aspect d'une plaidoirie; il s'animera, il excitera ses interlocuteurs par la piqûre de quelques paradoxes, par l'aiguillon d'un ton tranchant, et la discussion la plus vive, la plus tumultueuse, sera bientôt engagée. Une fois lancé sur ce terrain, il ne s'arrêtera plus. Aucun peuple au monde, sauf le Marseillais, n'aime tant à contester : on sent qu'il est heureux d'ergoter, de s'échauffer d'un courroux passager et factice. Bientôt son esprit, qui n'est que recouvert de rouille, commence à briller; cet homme si lourd tout à l'heure va devenir railleur, incisif, et sa logique, étayée d'un bon sens difficile à combattre, fera de lui un rude adversaire. L'heure de son triomphe est celle où, fatigué de la discussion, vous vous refusez à l'alimenter encore. Alors point de quartier : il vous presse, il vous enveloppe, il vous poursuit et vous écrase. Si vous avez eu par malheur des différends avec un Flamand, fuyez-le ; car, chaque fois qu'il vous rencontrera, il reprendra l'entretien juste au point où vous l'avez laissé.

Je me souviens qu'un certain soir, passant, après minuit, devant un café où j'avais laissé à sept heures cinq naturels du département du Nord, mes bons amis, sur la question importante de savoir si la grenouille était l'épouse légitime du crapaud, j'entendis sortir de cette buvette un tumulte de voix épouvantable, et je reconnus mes cinq compagnons livrés au même débat zoologique. Ils avaient échangé des propos assez durs, mais la question n'avait pas fait un pas quand le gaz s'éteignit; il fallut déguerpir. Le surlendemain, je rencontrai trois de ces messieurs, rouges comme des coquelicots, et causant avec tant de feu, qu'ils ne m'aperçurent point d'abord. Je ne sais au juste ce qu'ils disaient, mais leur entretien fourmillait de grenouilles, de crapauds, de lézards; et justement effrayé, je m'empressai de fuir ces discours marécageux.

Du reste, les Flamands ne discutent ainsi qu'avec leurs amis ; et quand ils se séparent, loin de conserver de la rancune, il semble que ces démêlés rendent leur amitié plus étroite, en l'exornant d'un souvenir agréable.

Peut-être cet exercice oral est-il utile à leur santé, en ce qu'il rend un peu de fluidité à leur sang trop épais. L'expérience et Rabelais leur ont enseigné que la logique est salée, que le syllogisme est parfaitement soluble dans les boissons fermentées. Gargantua eût mérité d'être Flamand, mais Tantale et Fesse-Pinthe l'étaient assurément.

Dans les environs d'Hazebrouck, les femmes mêmes *boivent d'autant*, et on voit les plus jeunes d'entre elles tenir tête, comme leurs aïeules, à leurs respectables parents, le verre à la main, du couchant à l'aurore.

Il y a moins de différence entre les deux sexes dans le nord qu'en tout autre pays. Les femmes y ont la tournure, le geste et la voix assez masculins ; elles sont peu coquettes; leur disposition à devenir d'une corpulence turriforme prouve assez que dans cette province les passions n'exercent pas de grands ravages, et que les hommes s'y intéressent moins à la question des amours qu'à la question des sucres.

Rien n'égale l'indifférence des gens de ce pays pour les choses du sentiment. Leurs goûts sont tournés à la matière seule, le platonisme leur est inconnu, et le sol qu'ils habitent ne conviendrait guère à la mise en scène d'un drame adultérin. La preuve la plus sensible de leur froideur est dans le peu de mystère dont ils entourent ce que partout ailleurs on tient dans le secret. Aussi étrangers aux idées pudiques qu'aux pensées immorales, ils sont à la fois cyniques et vertueux. Comme l'ardeur du sang et l'habitude du vice ne leur ont pas appris les déguisements de la pudeur, ils n'ont guère plus de décence que des enfants ou des sauvages ; ils tiennent avec insouciance les propos les plus gras, sans rien voiler par des métaphores ; et ils iraient, sans s'aviser de rougir, avec des costumes très-bas décolletés, ou même sans costumes. Cette singularité est commune aux deux Flandres, et certains personnages des tableaux de l'école flamande prouvent que leur goût en fait d'art n'exclut aucun des détails de la vie privée. L'idée du mal est très-lente à s'éveiller chez eux, et ces inclinations d'une naïveté patriarcale ne sont jamais absolument détruites, même par l'éducation. Le débraillé de leurs manières surprendra toujours un Italien, et surtout un Espagnol.

Comme on doit s'y attendre d'après tout ceci, la jalousie n'est pas plus développée en eux que la passion. Ils ne se donnent point la peine de surveiller leurs

LA FLAMANDE.

femmes, et ils ont raison. La logique imperturbable de ces dernières les empêche de
s'occuper d'un autre homme que du leur, attendu, disent-elles, que c'est bien assez
déjà d'en avoir un. Quant aux époux, leur naturel positif, qui les éloigne de tout labeur
inutile, ou dont la fin n'est pas sensée, ne leur montre, dans l'amour d'une femme
mariée, ou même d'une fille que l'on ne veut pas pour épouse, aucun but qui
vaille d'être poursuivi. Sur ce point, leur humeur débonnaire bien avérée a donné
lieu à des contes assez burlesques, dont les héros sont toujours, au dire des gens
du département, des habitants de Wervick, du Quesnoy et surtout de Turcoin ; car
ce dernier endroit est le Falaise du Nord, le bouc émissaire des ridicules du pays.
Il est vrai que Turcoin attribue à ses cousins les Belges les sottes aventures dont
on l'accable, et que bien sûr il n'a pas tort. Quoi qu'il en soit, voici un de ces traits
de bonhomie conjugale qui peignent, en couleurs peut-être trop vives, le naturel
flamand. Il s'agit d'un bon bourgeois qui trouve sa femme en tête à tête avec un
blondin dont elle reçoit, au moment où l'époux paraît sur le seuil, un baiser qu'elle
a laissé prendre, sans même se déranger de ses occupations, attendu que la chose
lui est parfaitement indifférente. L'amoureux surpris baisse la tête et attend stu-
péfait l'explosion d'un courroux qu'il a mérité. Après quelques secondes d'un silence
morne, le bourgeois s'approche du séducteur, et l'accablant d'un rire amèrement
sardonique : « Vous êtes confondu, n'est-ce pas ? et vous voilà tout interdit ? » A ces
mots, le coupable se tait, et le mari poursuit : « J'entends ; vous êtes cruellement
attrapé ; vous l'avez prise pour une demoiselle... eh bien, *c'est ma femme !* »

Et sans attendre la réplique du galant abasourdi, notre homme tombe sur une
chaise en riant aux éclats de la déception de l'étranger, de sa burlesque méprise
et de *la bonne farce* qui vient d'être jouée.

Par malheur, dans la plupart des villes, les lumières dangereuses de la civilisation ont tiré le flamand de cette louable naïveté dont les traces ne se peuvent trouver que dans les villages du nord du département. Au sud du pays de Douai, le
long de la Sambre, les mœurs sont loin d'avoir autant de simplicité ; mais à mesure
qu'on s'approche de la Belgique, l'esprit des habitants s'alourdit et leur complexion
va se refroidissant. Ce caractère s'explique jusqu'à un certain point par la nature
du sol flamand, par le climat de ces contrées et par la manière de vivre de ces
hommes tout matériels.

Nés avec autant de génie que les autres peuples, les gens de ce pays fertile mangent et boivent beaucoup trop ; ils vivent trop bien et si bien, que la matière en eux
finit par obstruer les avenues de l'intelligence. Ils digèrent sans cesse, et quand ils
ne mangent plus, ils commencent à boire jusqu'à ce qu'ils s'endorment. Le temps
du travail est déduit, bien entendu, de celui qu'ils emploient à se repaître, mais
ils n'ont d'autres récréations que les trois fonctions animales ci-dessus mentionnées.
En général, les contrées où les biens de la terre sont abondants et à bon marché
produisent des hommes assez pesants : l'Alsacien tourne au végétal, le Belge est de
l'espèce des ruminants, tandis que le joyeux enfant des Landes stériles, rocailleuses,
nues et torréfiées, lesquelles constituent les bocages heureux de la Provence, est
pétillant d'esprit et de verve.

La Flandre est une grande plaine légèrement sinueuse, bien découverte, bien grasse, et d'une superbe culture. Quoiqu'elle manque de sites propres à inspirer le paysagiste, elle n'est point monotone comme la Beauce, ni triste comme la Bresse. La propriété étant très-divisée dans le département du Nord, les champs sont assez petits, et la végétation, drue, bien avivée par les brouillards, a beaucoup d'éclat sous des cieux d'un gris de perle doux et pâle ; ces cultures, qui étincellent de mille couleurs tranchées, donnent à la plaine un aspect lumineux et guilleret. Il semble qu'on assiste à une fête burlesque de la nature, et on traverse sans nulle mélancolie ces terres vêtues comme arlequin d'un habit fait de pièces jaunes, bleues, rouges, vertes, grises et mordorées. Des curtils, des cottages bas et proprets sont assis dans l'herbe, et dans le lointain, de longs serpents rouge-tuile, qui s'élancent des vallées, estompent les nuages de la sombre fumée qu'ils projettent ; noirs gonfanons des milices industrielles qu'alimente cette province. A chaque pas on reconnaît l'économie flamande : aucune place n'est perdue, aucune terre n'est laissée en friche ; les fossés qui bordent la route sont plantés de betteraves ; des cadres verts de betteraves servent à marquer les lignes démarcatives des propriétés ; la betterave est à la fois pour la Flandre Plutus et le dieu Terme.

Le long de ces chemins où nul aspect n'éveille l'imagination, où rien de gracieux ne fait sourire le cœur, les légumes multipliés à l'infini sont d'une venue superbe, et, en traversant ce gigantesque potager, il est impossible de penser à autre chose qu'à des navets, à des carottes ou à des choux. Le blé, fier d'être blond comme Apollon Lycien, et d'éveiller le souvenir de Cérès, y est un objet de grande poésie. Les légumes sont si abondants, que parfois on laisse errer les troupeaux parmi ces mêmes herbages qui serviront un jour à les assaisonner. Ainsi, la description de ce pays ressemble fort au menu d'un dîner. Ici de blancs moutons bien gras broutent sur un carré de navets ; là, c'est un bœuf qui rumine parmi des choux, des carottes, et plus loin des pigeons vont s'abattre sur des petits pois en fleur. Dès qu'on s'approche des fermes, ce ne sont qu'artichauts, que salades, que choux-fleurs, que haricots aux fleurs bariolées, dont les tiges serpentent de tous côtés. Puis, au revers des fossés, d'énormes potirons vermeils montrent leurs sphères énormes que nulle feuille de vigne ne voile aux regards des passants. On ne saurait glaner que des impressions culinaires hypergastronomiques dans ces campagnes apéritives, et c'est ce qui arrive aux bons habitants du pays de Flandre. L'appétit leur vient par les yeux ; et comme le sentiment poétique résulte en grande partie de la contemplation des objets extérieurs, ils rêvent à des tables bien servies, en admirant une contrée toute plantée de nourriture.

Ainsi, le trop bien vivre leur alourdit l'esprit et l'imaginative. Néanmoins, ils se plaisent aux arts et surtout à ceux qui flattent la sensualité ; c'est pourquoi la musique est chez eux un goût dominant. La plupart de leurs villes ont des sociétés philharmoniques ; Lille encourage beaucoup l'art du chant, et Valenciennes donne chaque année des fêtes musicales qui réunissent l'élite des artistes de Paris.

Les Flamands aiment la représentation ; pour les divertir, il faut des spectacles magnifiques, étranges ; le beau, pour eux, c'est le bizarre, et, sous ce rapport, ils conservent des analogies remarquables avec nos aïeux du moyen âge. Ils ont introduit le burlesque jusque dans les cérémonies de la religion. Leur imagination, qui n'aime point le travail, ne conçoit point ce qu'on laisse à deviner et ignore tout ce qu'on ne peut toucher ou voir. Montrez-leur, dans une procession, Dieu, les saints, la vierge, les apôtres, ils ne seront pas édifiés si le pieux cortége n'a pour repoussoir quelques diablotins ornés de queues, de pieds fourchus et de nez à formes rostrales. Les fous, et autres grotesques, auront leur évêque, leur roi, comme l'empire et le diocèse ont leur empereur avec leur prélat, et ces folles Dominations auront place à côté des puissances de la terre. Les Douaisiens honorent un certain Gayant dont ils se glorifient d'être les fils, et qu'ils promènent au son des cloches, en procession solennelle, trois jours durant dans les rues de leur ville. Ce patron est si profondément idolâtré, qu'un jour, en 1745, le lendemain de la prise de Tournay, il fit déserter toute une compagnie de soldats douaisiens, et comme le sergent consterné venait en conter la nouvelle au capitaine : « Sois tranquille, repartit cet officier, je sais où ils sont : c'est aujourd'hui Gayant, ils sont allés voir leur grand-père. Ils seront de retour demain. »

Or, Gayant n'est qu'un grand vilain mannequin d'osier, de vingt-cinq pieds de hauteur, tout caparaçonné d'oripeaux de soie, recouverts d'une armure du seizième siècle.

Madame Gayant, son épouse, n'a que vingt pieds, est accoutrée d'une façon ridicule et marche escortée de ses trois enfants. Un Centaure les accompagne, ainsi que la Fortune avec sa roue, juchée sur un char devant lequel on fait danser six poupées représentant un procureur, un paysan avec une poule, un financier, une fille de joie, un Espagnol et un soldat. Ces mascarades ont un sens allégorique et séditieux, ainsi que nous en avons plus haut prévenu le lecteur. Le paysan à la poule représente le peuple spolié par la guerre, par les princes de l'Espagne, pressuré par l'impôt, et dont la ruine consommée par les procureurs n'enrichit que le fisc et les courtisanes des grands.

En Flandre, les fêtes patronales, nommées *kermesses* ou *ducasses*, commencent par des processions et se continuent dans l'ivresse. La danse, qui y est très-suivie, ne manque pas d'originalité ; les hommes y font des *ronds de jambe* en se tenant les poings sur les hanches et le coude en avant, tandis que les femmes, en agitant les bras, tournent sur elles-mêmes avec vivacité. Aucun peuple ne se divertit de meilleur cœur et avec plus de gaieté que le Flamand, et il est tout simple qu'il en soit ainsi parmi des gens riches, exempts des soucis de l'avenir, des privations, et aussi de la tristesse qui accompagne les passions fortes. C'est le seul endroit du royaume où les traditions et les usages de nos ancêtres soient encore respectés quant aux objets d'apparat, de mode nationale ou de mœurs intimes. C'est pourquoi la révolution a bien moins effacé les types originels de la Flandre que ceux des autres provinces.

Ils ont encore, comme les Comtois, leurs tirs à l'arc, à l'arbalète, au fusil, jeux célébrés avec un grand appareil et où se manifeste encore le goût des Flamands pour les distinctions sociales. Les vainqueurs proclamés *Rois*, décorés d'un oiseau d'argent, empanachés, enrubanés, sont portés en triomphe par leurs sujets... jusqu'au cabaret voisin. Souvent on joint à ce monarque *un Roi du plaisir*, chargé de veiller à ce que, suivant l'ingénieuse expression de mon ami Gérard, le désordre ne soit pas troublé un seul instant. Les archers, les arbalétriers, enchérissant sur leurs collègues, nomment un Empereur, des connétables, des sénéchaux à qui chacun est ravi d'obéir. On a le droit de jouer ainsi *à la tyrannie* quand on ne l'a jamais prise au sérieux, ni subie de bonne grâce.

Dans quelques villes de Flandre, les processions du Saint-Sacrement sont très-suivies, parce que des géants, des saints, des hippogriffes, des diables et jusqu'à d'énormes poissons sont mêlés aux fidèles. A Lille, on promène un géant scélérat du nom de Phinar, assassin jadis d'un *prince de Dijon*. J'ignore ce que cela peut être. Valenciennes possède aussi un ou plusieurs colosses mécaniques très-intéressants. On n'en finirait pas, si on voulait énumérer les objets du divertissement populaire, objets si tendrement chéris, qu'à leur aspect, les Flamands poussent des cris et versent des pleurs de joie. Ce qu'il y a de plus singulier, c'est que le département du Nord adore ces idoles, sans conséquence; il n'y attache pas de superstition, mais il s'en amuse avec un bonheur indicible.

Tout en sacrifiant au progrès industriel et commercial, ce peuple aime qu'on l'instruise des us et coutumes de ses pères qu'il respecte et admire, loin de s'en moquer, suivant la manière commune des gens à spéculations. L'archéologie, l'histoire sont en honneur dans le Nord, où ces goûts très-répandus corroborent les sentiments de l'amour de la patrie.

Comme on a pu le voir, ce type rassemble des traits bien opposés, mais dont les contrastes apparents convergent, nous l'avons annoncé déjà, à un même centre. Ces disparates sont sensibles, quand on observe les détails du naturel flamand et qu'on le regarde à la loupe ; car alors on perd l'ensemble de la physionomie de ce pays, de même qu'en piétinant dans les sentiers des plaines, on ne peut saisir le caractère poétique de cette grande contrée.

Pour tirer de ces études minutieuses un résultat général, un tout homogène, il est indispensable de se mettre à une distance assez grande pour que l'œil puisse comparer les documents entre eux et en saisir l'enchaînement : telle est la méthode que nous avons suivie. S'il est vrai qu'on doive, pour arriver à une pareille fin, s'élever à un point de vue philosophique, on doit aussi, procédant par analogie dans l'ordre physique et naturel, on doit, pour peindre d'une manière harmonieuse le sol de cette province et en faire sentir le côté poétique, grimper sur quelque cime d'où le regard parcoure un vaste horizon et puisse embrasser de grandes masses.

Alors on reconnaîtra que les objets varient suivant l'endroit où ils sont observés, et qu'il n'est rien d'absolu, rien d'arrêté dans la nature ni dans les jugements humains.

Examiné de trop près, le naturel du Flamand est étroit, monotone, sans grâces, comme la terre de Flandre ; mais, dès qu'on s'éloigne, il s'agrandit, il devient admirable, et au moyen de ces champs fastidieux et bigarrés, on compose, en se plaçant à un point de vue très-élevé, un des trois ou quatre plus magnifiques panoramas de l'Europe.

Il n'est qu'une seule montagne en toute la contrée du haut de laquelle on puisse embrasser de grandes lignes et promener sa rêverie parmi les campagnes sur lesquelles nous allons jeter un dernier regard. Cette montagne, située à sept lieues de la mer, sert de piédestal à la ville de Cassel, théâtre de trois faits d'armes célèbres dans les fastes de la monarchie.

À mesure qu'on gravit la colline, on voit l'horizon s'agrandir avec rapidité, et à chaque pas qu'on fait, l'œil fait une lieue. Peu à peu, les bois, les forêts, les clochers, les tourelles, éparpillés dans la plaine, sortent de terre ; les plans du paysage se dessinent, les couleurs s'estompent, de grandes lignes s'établissent, et on plane enfin sur trente-deux villes. Çà et là le sol est émaillé de petits bouquets blanchâtres qui fleurissent dans les prairies ; ce sont les villages de la Flandre : on en compte jusqu'à cent. Au nord et à l'est, ces ondes terrestres que l'on voit flotter parmi les brouillards se confondent dans l'infini des cieux, et on ne peut apprécier les limites de cette perspective immense. Rien n'est austère et calme comme ces campagnes d'un vert sombre, entrecoupées de marais où se mire le ciel, et qui se chargent, en s'éloignant, des nuances les plus multipliées. Plus la distance s'accroît, plus les tons s'assombrissent; le vert brunit après quelques milles, les plaques d'ombres projetées par les nuages, et qui se promènent en tous lieux, s'immobilisent peu à peu; s'atténuent, s'effacent et sont enfin couvertes d'un glacis violet, dont la plaine est enveloppée comme d'une vapeur d'iode. Plus loin, cette pourpre s'irise, l'air floconne tout azuré, les lignes multipliées font fuir le terrain qui se revêt du sombre bleu de l'indigo.

Puis, si l'on cherche à suivre la ligne occidentale, on voit toute forme disparaître, parmi les brumes et la fumée dont l'atmosphère est appesantie. Le soleil miroite sur ces éléments indécis, l'horizon semble se perdre en des lieux où la terre à demi liquide s'agite et flotte dans le chaos, et l'on s'aperçoit que tout a pris une vie, un mouvement; les champs lointains se balancent, sont roulés comme les vagues de la mer, et, comme la mer au lever du jour, ils sont à demi voilés par des gazes d'un rose pâle. Les hameaux épars ont l'air de voiles au vent, la terre paraît s'être dissoute.

Mais au fond de ces masses indécises, une muraille de turquoises d'un azur tendre s'interpose entre la terre et le firmament sur lequel le bloc lumineux trace une signe ferme comme le fil d'une lame d'acier : cette teinte de lapis-lazuli, si solide, si crue, c'est l'Océan, c'est la mer du Nord qui sert de ceinture à ce continent qui flotte et se répand comme l'onde. Parfois l'eau change de parure et devient émeraude ; alors, la terre blémit, le ciel est noir et piqué de certaines pointes claires qui trésissent sur cette mer verte comme pré, ainsi que des fleurettes blanches; ces fleurs sont les côtes d'Angleterre ; elles s'élèvent à quinze lieues de Cassel. De cette hauteur, les plateaux de la Picardie ont l'air d'une chaîne de montagnes, et pourtant ce ne sont que certains endroits où la plaine fait le gros dos ; mais, depuis le Mont-Cassel, chaque chose prend de l'étendue et de la majesté. Ainsi s'agrandit le cercle de nos idées, quand nous élevant au-dessus des objets terrestres, nous les voyons de loin.

Vers l'orient, la vue se prolonge jusqu'aux croupes de Bonavis, aux environs de Cambrai, sur des groupes de châteaux, de bourgades, de campanilles et de fabriques, dont les fumées ne montent pas jusqu'au niveau de la montagne. Ces monuments humains, çà et là rampants, sont bien petits, et le travail des siècles paraît digne de pitié. Pourtant ce mouvement de dédain est bientôt calmé, et on sent que l'on tient encore à la terre, en écoutant le cri des oiseaux de proie qui planent en rond sur les nuages.

Ainsi, de tous ces champs monotones, de ces pays que nous avions trouvés dénués de charme et de prestige, le grand ordonnateur de la nature a su composer un tableau sublime. Pauvres avortons que nous sommes ! il nous a fallu de longues journées pour parcourir des espaces qui ne sont qu'un coup de pinceau dans l'ensemble de son ouvrage, et nous avions pris les matériaux pour l'œuvre, la lettre pour l'esprit. Il n'est sur la terre aucun recoin si désolé, si pauvre, qu'il n'ait sa grandeur et sa magnificence ; car l'œil du Créateur a tout embrassé, et son esprit est porté sur le sable brûlant des déserts, sur les vertes plaines des Flandres, comme sur les pics roses des Alpes, ou, comme il l'était, au premier jour du monde, sur la face des eaux.

Quand nous n'admirons pas, prions et soyons humbles, car nous n'avons pas su comprendre.

Quelques minutes suffisent pour descendre du Mont-Cassel, pour voir se rétrécir l'horizon et se replier les cieux. La terre monte ressaisir sa proie, les grandes lignes se brisent, la vision s'évanouit, et de tout ce spectacle étrange et sublime, on ne garde en sa pensée que la poésie, c'est-à-dire le souvenir et Dieu.

Francis WEY.

LE VENDÉEN[1].

Mil huit cent quarante.

Mon Dieu ! qu'ils doivent lever souvent les yeux vers vous les habitants de la Vendée.

Entre ces haies épaisses de houx, de ronces, d'aubépines et d'églantiers qui les encaissent, eux et leurs champs, que découvrent-ils ? — Le ciel.

Et lorsqu'ils suivent le chemin creux pour se rendre de la métairie aux guérets, des guérets à l'église, de l'église au bourg voisin, quelle est leur perspective ? — Le ciel.

Mais cette perspective elle-même se rétrécit tout à coup : des deux côtés du ravin, les ormeaux, les frênes, les aunes, les *mousards* se penchent l'un vers l'autre ; leur verdure se con-

---

[1] La Vendée se divise en Vendée militaire et en Vendée proprement dite ; la première, en supérieure et en inférieure ; la seconde, en plaine supérieure et inférieure, en Bocage et en Marais. Le Bocage est placé au centre du département de la Vendée, entre les deux plaines dont la supérieure occupe une bonne partie des Deux-Sèvres. Le Marais est la partie du département de la Vendée comprise entre la plaine inférieure et la mer. (*Histoire des guerres de la Vendée et des Chouans*, par M. de Bournizeaux.)

Le Bocage comprend une partie du Poitou, de l'Anjou et du comté nantais, et fait maintenant partie de quatre départements : Loire-Inférieure, Maine-et-Loire, Deux-Sèvres et Vendée. On peut regarder comme ses limites : la Loire au nord, de Nantes à Angers ; au couchant, Paimbœuf, Pornic et leurs territoires marécageux ; ensuite l'Océan depuis Bourgneuf jusqu'à Saint-Gilles ; des autres côtés, une ligne qui par-

LE VENDÉEN

fond, leurs branches se croisent, s'entrelacent et forment un dôme impénétrable : il ne sera pas donné, même aux rayons du soleil le plus vif, de prévaloir contre ce rempart de feuillage. Là-dessous, l'air est étouffant, le sol reste humide ; — la goutte d'eau y défiera la canicule. — Mille flots limpides courent et serpentent, se précipitant ici, se détournant là, se plaisant ailleurs à s'épandre en nappe, et n'arrivant que bien loin à former, au fond de la vallée, un ruisseau dont le murmure s'unira le soir au chant *des rainettes.*—Le murmure des ruisseaux, le chant des petites grenouilles vertes, présage de beau temps, rempliront la plaine, le bocage, le marais, de leur monotonie vague et mélancolique.

La nature parle toujours à ceux qui l'écoutent, de bonheur pur et d'immortalité ; elle fait noblement sentir au cœur humain le besoin d'une félicité éternelle, au prix de sacrifices momentanés, de privations passagères. Attendez-vous donc à rencontrer, dans ce pays de traditions et de simplicité, des hommes au teint pâle, à la physionomie austère. Vous passerez et ils vous salueront, mais vous vous étonnerez du caractère digne et indépendant de leur politesse. — Le salut qu'ils vous donnent est moins un signe de déférence de leur part, que le souvenir et le culte, pour ainsi dire, de la fraternité chrétienne.

Les habitants de la Vendée forment trois classes principales : les propriétaires, les prêtres et les fermiers. De tous ces hommes, le fermier semble offrir le type du Vendéen, le moins altéré jusqu'aujourd'hui.— Les autres relèvent de leur ordre ; ils en procèdent. Le fermier tient du sol ; il en vient, il y retournait autrefois sans avoir mis, entre les fonts baptismaux et le cimetière de sa paroisse, d'autre espace que celui des champs qu'il avait labourés ; car le monde du Vendéen occupait bien peu de place : il était compris tout entier d'ordinaire entre la girouette du château et la croix du clocher.

Le clocher, le château, quelques toits de tuile, médaille effacée, mais intelligible encore, du monde féodal. — Seulement les habitations, au lieu de se grouper ici, comme elles le font ailleurs, à l'ombre et à l'abri du donjon seigneurial, se complaisent et se rangent avec vénération autour de l'église : *Dieu.... et le Roi !*

A tout seigneur tout honneur pourtant, — occupons-nous du propriétaire : il est noble, il est riche.

Il est noble, et son blason pourrait bien avoir précédé la science héraldique ; il est riche, mais les fortunes territoriales ne durent, dit-on, que deux cents ans : eh bien, depuis deux cent cinquante ans et plus, la girouette du manoir tourne au-dessus de sa race, à lui. De quelque côté que le vent la pousse, elle est forcée d'indiquer la situation d'une terre, d'un bois, d'un étang, d'un pré attenant au domaine. Ce noble, ce propriétaire pourrait souvent dire, en désignant ses biens : *mon territoire.* Sa

---

tirait un peu au-dessous des Sables et passerait entre Luçon et Bourbon-Vendée, entre Fontenay et la Châteigneraie, puis à Parthenay, Thouars, Villiers, Touarcé, Brissac. et viendrait aboutir à la Loire un peu au-dessus du Pont-de-Cé. La guerre s'est étendue un peu au delà de ces limites, mais par des incursions seulement. Le pays de l'insurrection, la vraie Vendée, est renfermé dans cet espace.

(*Mémoires* de M. de Larochejaquelein.)

fortune compose un des faits considérables de la statistique du département.—Après cela, n'allez pas vous imaginer que l'illustration, la richesse soit ici plus qu'ailleurs la règle. Le vivre honnêtement sans travailler et l'aisance honorable tiennent lieu, à beaucoup de nobles, d'anciens titres et de grand patrimoine.

Le noble aime les chevaux, les chiens, la grande chasse. — Quelle est donc cette cavalerie élégante et robuste, si nombreuse et si bien montée, qui saute les fossés, franchit les haies, traverse les taillis, les bois, ce qui reste des anciennes futaies, les étangs, et se retrouvera, le soir du même jour, à vingt lieues de là, joyeuse, bruyante et prête à recommencer le lendemain? c'est la noblesse de l'Anjou, du Poitou, de la Bretagne, qui poursuit le sanglier, force le cerf, tue un loup. — Quoi, des piqueurs? des meutes?—Tout cela vous étonne?—C'est que les rois, les princes n'en ont plus. — Vous vous trompez, il n'y a plus de princes ; mais, en Vendée, les gentilshommes n'ont pas tous abdiqué les plaisirs, les occupations aristocratiques. Il faut de la force, du courage, de l'audace, pour chasser comme ils le font. Ne reconnaissez-vous pas là les vertus primitives des ducs, des comtes, des barons du vrai temps? Naturellement on aime à constater qu'on a dégénéré le moins possible ; on rêve volontiers, avec les vertus qui vous restent, les prérogatives qu'on a perdues. Quand on a tué de sa propre main un sanglier, bu *soi-même* sans fierté, dans une auberge, beaucoup de vin du cru, et qu'on a, dans sa vie, beaucoup aimé, enfin lorsqu'on peut se rendre ce témoignage :

> De boire et de battre,
> Et d'être vert galant,

comme Henri IV, il n'est pas déjà si extravagant d'espérer qu'on vivra un peu sous Henri V.

On peut d'ailleurs professer cette espérance, sans se donner tant de peine. — Les femmes ont sur le point dont il s'agit une opiniâtreté de conviction à laquelle se retrempe la foi politique de plus d'un père, de plus d'un mari. Ce que femme veut, Dieu le veut, prétend le proverbe ; je ne sais, mais elles doutent bien peu de ce qu'elles désirent : cela est incontestable. — Il faut donc les entendre, ces pures châtelaines, et quelquefois ces excellentes ménagères ! avec quelle audace et quelle générosité elles font à leur bon vieux curé les honneurs du futur régime... — aimez-vous mieux de l'ancien régime? — Comme elles le rendraient séditieux, le brave homme, si, tout en écoutant madame la marquise et madame la comtesse, il pouvait s'empêcher de penser à la partie de tric-trac ou de piquet qu'il est venu faire !— Vous comprenez, on a des principes, mais on a de l'amour-propre en même temps, et c'est d'une revanche qu'il s'agit pour ce vénérable partenaire.

Les châteaux vendéens *se peuplent* (quel mot!), tous les étés, aux dépens des villes de Poitiers, d'Angers, de Nantes, etc., etc. ; villes libérales pour la plupart, et qui *s'abîment* chaque jour un peu plus dans la perdition moderne. Où allons-nous?

Quelques nobles s'en vont dans leurs terres ; mais le Vendéen pur sang reste pendant l'année entière au milieu de ses métayers. Les pauvres le savent bien.

Chaque semaine, ils arrivent de quatre ou cinq lieues à la ronde, un enfant sur le dos, un enfant sur le bras, un enfant à la main ; ils viennent murmurer à la porte de la cuisine ou de l'office quelques mots de prière, et ils reçoivent, comme du ciel, un morceau de pain. En quittant le seuil de la porte, ils vont dans le bois, faire provision de menues branches. — Demandez-leur, aux bons riches de la Vendée, si les pauvres ne savent pas ramasser les miettes avec une reconnaissance qui fait la sottise, le crime éternel de l'avarice. On devrait toujours se donner ce spectacle-là, ne fût-ce que pour échapper à la peur du pillage, cette maladie des imbéciles et des parvenus.

En général, la peur des braves Vendéens est naïve et noble au moins :—ils craignent, pour le genre humain, les envahissements de l'esprit du mal ; — ils craignent une civilisation sans entrailles qui menace de changer la face d'un pays historique par excellence, où chaque pli de terrain marque un souvenir, où tout, hommes et choses, a sa généalogie, sa tradition ; ils redoutent l'influence et la domination de Babylone, car Paris c'est la Babylone, et pis encore. — Au moindre récit fait, à la veillée, d'un des accidents, d'un de ces malheurs si ordinaires dans la grande ville, on se récrie, ou se lamente, on répète en chœur : Paris est un gouffre, une Babel, un bois, un mauvais lieu ; — et puis, hasard étrange ! — quelques-uns des blasphémateurs se rencontreront l'hiver suivant aux Italiens, aux bals de la liste civile et ailleurs. Que voulez-vous ? les routes stratégiques entraînent loin de chez eux des hommes qui n'auraient jamais dépassé le territoire de la commune. Encore une fois, où allons-nous ?… surtout par les chemins de fer qui courent !

Pour en finir avec la classe qui nous occupe, nous dirons que le propriétaire paraît toujours assez instruit aux yeux de ceux qui l'entourent, lorsqu'il est raisonnable ; suffisamment illustre, quand il est humain et généreux.

Intermédiaire entre le propriétaire et le fermier, destiné à combler, par l'intelligence et la charité, la distance sociale qui existe entre eux, le prêtre, fils du peuple, père de tous, peut beaucoup. A une époque où la Providence semble se plaire à dépouiller tant d'institutions de leur caractère et tant d'hommes de leur puissance, on demandera un compte sérieux, aux prêtres vendéens, de l'influence qu'elle leur maintient sur des populations simples, bonnes, laborieuses, obéissantes.—Presque aucun d'eux n'aurait à redouter ce jugement ; ils comprennent tous que la vie des pères de famille est un enjeu trop considérable dans les chances de la guerre civile ; et lorsque la lente éducation du christianisme lui-même a fait comprendre, jusque dans les rangs de l'armée, quels sont désormais le prix et la responsabilité du sang, un ministre de la religion ne peut plus avouer qu'il les ignore. — Et d'ailleurs, si la religion se fait d'un parti, d'un seul, quel Dieu imploreront les vaincus ?

Le prêtre a véritablement le pouvoir de lier et de délier les hommes, les esprits, les cœurs et les consciences. Ce qu'il dit, est ou sera. — Il arrive au politique, au savant, de s'épuiser en veilles et en travaux de toute nature pour acquérir des titres à l'estime de leurs semblables, et de mourir sans avoir obtenu un seul moment cette autorité morale dont ils auraient voulu étayer une découverte utile à l'humanité. Cette autorité morale, le jeune prêtre vendéen en marche environné; elle lui sert parfois d'encouragement au début, mais plus souvent de récompense à la fin de sa carrière. Qu'il est envié! qu'il paraît magnifique aux populations vendéennes, ce titre de curé, si peu remarqué ailleurs et si peu compris! Avoir un fils qui s'appellera un jour monsieur le curé! c'est le rêve que fait le jour de ses noces la jeune fille agenouillée auprès de son mari. Ce rêve, la mère vendéenne le continue en berçant son premier-né. Elle enverra de bonne heure son petit René à l'école et au catéchisme; elle saura bien, dans sa pauvreté, intéresser quelque âme pieuse et charitable à l'avenir de son enfant; René entrera au séminaire, il est déjà enfant de chœur. — Les familles vendéennes comptent deux ou trois prêtres, comme les familles bourgeoises comptent ailleurs deux ou trois médecins et autant d'avocats. Aussi le clergé représente-t-il le peuple sachant lire et écrire; le paysan voit dans son prêtre l'enfant qu'il aura ou qu'il aurait pu avoir. — Il aime son prêtre comme lui-même, et presque tous les curés sont fils de bons fermiers. Après 1850, une autorité révolutionnaire venue en Vendée disait à un paysan : « On rapporte que plusieurs de vos prêtres, feignant des craintes qu'ils n'ont pas, qu'ils ne doivent pas avoir, laissent pousser leurs cheveux, et dissimulent leur tonsure. Ils sont coupables, et s'ils persistent, nous leur raserons nous-mêmes le sommet de la tête. — *Tenez*, répondit le paysan, qui n'était pourtant ni réfractaire, ni capitaine de paroisse, *n'y venez pas tout de même; nous vous raserions si ras, si ras, que les cheveux ne repousseraient point.* »

Le prêtre vendéen suit un guide sûr et presque infaillible : il ne perd jamais de vue son troupeau. C'est au coin du feu, dont sa bonté nourrit souvent la flamme, qu'il va étudier l'esprit public du village; c'est en causant qu'il le rectifie; le sermon du dimanche n'est que la paraphrase solennelle de la conversation intime. Mais le curé ne parle pas qu'en chaire; il aime à traiter familièrement les affaires de sa paroisse; il se plaît à distinguer les types de son pays; il connaît, sur le bout de son doigt, les bavards, les buveurs, les paresseux, les querelleurs, les mauvais maris; il en cause volontiers comme homme et sans allusion indiscrète, seulement ses petits commérages finissent toujours par une pointe de sermon. — Du reste, ne vous gênez pas avec lui pour tout ce qui est de son ministère : la nuit est noire, le temps rude, et il a passé la nuit dernière auprès d'un mourant, qu'importe! Si au milieu d'une simple indisposition cette pensée vous agite, que la mort n'est jamais bien loin, appelez-le, confessez-vous, et en retour de la peine que vous lui aurez donnée, demandez-lui un peu d'argent; il en a, il en aura; c'est son affaire ou son plaisir.

Bon, tracassier, indiscret, politique, il résume bien des nuances et déroute tous les jugements. Despote chez lui, c'est-à-dire dans son église, il mène à la baguette ses marguilliers et sa fabrique. Il fait le désespoir de son maire qu'il regarde comme le représentant direct du gouvernement de 1850, et dans la plus parfaite soumission duquel il s'obstine à découvrir encore une opposition lente et souterraine! Le maire et le curé (lorsque celui-ci ne cumule pas virtuellement les deux autorités) sont deux puissances rivales qui continuent à coups d'épingle l'ancienne guerre des bleus et des blancs, du nouveau et du vieux régime. Mais le curé garde sur son adversaire un avantage immense. Le maire, ce n'est après tout que l'homme du gouvernement : il porte une écharpe tricolore. Le curé, c'est l'homme de Dieu : il porte le signe de la rédemption et du salut éternel.

Et puis le maire préside à la conscription !

Le maire leur vend quelquefois le petit vin et le tabac, et gagne malheureusement avec eux sur la qualité ou sur la mesure.

Le curé joue le dimanche aux boules, et perd avec eux plusieurs sous.

La foi, la pureté de mœurs du prêtre vendéen est constante. Le jour où l'intelligence de tous ces braves desservants de campagne vaudrait leur moralité, il n'y aurait plus qu'à s'incliner devant les meilleures et les plus nobles créatures ; mais, nous l'avons lu dans une pieuse et chaste livraison *des Français*, c'est la Divinité elle-même qui n'a pas voulu que ses temples fussent desservis par des anges sur la terre. Les passions humaines se réservent toujours une partie du cœur humain, et il y en a de si mesquines..., il y en a de si imprudentes, qu'elles ont le malheur de prêter à la pauvre philosophie un faux air de sociabilité, de civilisation, supérieure à celle de la religion qui dit : Aimez-vous les uns les autres.

De même que l'énergie des représentants d'une nation émanée du peuple retourne au peuple ; ainsi la foi du prêtre, brillant reflet de la naïveté du Vendéen, retourne au paysan qu'elle dirige en tout et qu'elle domine.

Cette grande foi qui soulève les montagnes à un moment donné n'est pourtant pas le plus sûr mobile de l'énergie dans la conduite de tous les jours. Mourir est une chose si naturelle aux yeux du vrai chrétien ! — Le paysan vendéen supprimerait volontiers, entre la vie et la mort, cet état intermédiaire appelé maladie. — Il n'appelle jamais le médecin sans le prêtre. — Il appelle souvent le prêtre sans le médecin. — C'est que, pour parler exactement, il n'est guère malade et qu'il ne meurt pas. Dieu le rappelle à lui..., il va au ciel ou en enfer ; mais, encore une fois, il ne meurt pas.

— Entendez-vous là-bas, au milieu des champs, ces cris de *holà ! châtain !* eh donc, *p'tit gas !* Apercevez-vous cet homme de taille moyenne, à la figure pâle, sous son *chapais* de feutre à larges bords ? — Il porte les cheveux tantôt longs par derrière, tantôt coupés en rond sur toute la tête, à la façon des clercs.

Sa veste de *bolinge* (drap) gris bleu ou brun ne recouvre pas l'extrémité supérieure de son pantalon : il laisse entre ces deux parties, inégalement essentielles de son habillement, un espace dont abuse la chemise pour former un large pli, une espèce de panse ; — des chevilles de bois remplacent quelquefois les boutons absents ; — les jours ordinaires, pas de cravate et de gros sabots : — c'est le fermier vendéen en grand costume de travail. — *I reveniant à la farme.* — Armé d'une longue perche, il conduit ses bœufs à la mare, où se conserve, en toute saison, de la bonne *éeau* (eau). — Ils ont *tout d' même bein charrué*, eux et lui, toute la *resciée* (l'après-midi), mais ils peuvent *demeshuy* (désormais) *se ranger* (rentrer chez eux)... *I peuziant se defoncer, si i veuliant, les outres* (ils peuvent se rendre malades, s'ils le veulent, les autres).

Beaucoup de mots du jargon vendéen ont une étymologie latine, — d'autres proviennent on ne sait de quelle origine, et ceux-là ne sont ni les moins expressifs, ni les moins dignes de rester français.

Il est un verbe dont ils usent et dont ils abusent, ces pieux Vendéens ; voulez-vous l'entendre ? on peut, sans honte, n'avoir pas les oreilles plus chastes qu'un confesseur. Eh bien, tous les jours, un pénitent agenouillé dans le confessionnal, et profondément humilié de son impénitence sur quelque point, bien peu capital d'ordinaire, jure à son curé qu'il jeûne, qu'il prie, qu'il veille pour se corriger, mais qu'il n'est pas f.... pour cela.

D'ailleurs, le Vendéen n'a pas besoin de rechercher les expressions énergiques pour rendre ses sentiments habituels ; rien n'est plus doux, rien n'est plus tendre que son humeur de tous les jours. Il aime sa femme, il aime ses enfants, il aime ses amis, il aime ses prêtres, il aime ses maîtres, il aime son Dieu... son Dieu ! Si vous saviez l'inébranlable confiance que met en lui le plus pauvre journalier vendéen ! — Le journalier gagne vingt-cinq sous par jour, lorsque le caprice des riches et de la saison lui permet de les gagner. Eh bien ! avec ce chétif salaire, diminué encore de tous les dimanches, de toutes les fêtes, de toutes les demi-journées de fièvre et de maladie, il entreprend de nourrir sa femme, et sept, huit, neuf, dix et jusqu'à douze enfants. — Au fait, comment serait-on parfait chrétien, si l'on ne croyait pas à la Providence et à la charité ? — Le nouveau-né est toujours le bien-venu au sein de la famille vendéenne : Dieu sait s'il sera vêtu ; mais on est bien sûr qu'il grandira, chéri, caressé, adoré comme un fils unique.

On voit ainsi de pauvres enfants atteindre l'adolescence avant d'avoir versé une larme. — Et maintenant comprenez-vous l'attachement du Vendéen à son pays ? Oh ! qu'il y a d'intelligence dans son horreur du changement ! vous lui parlez de progrès ; mais vous qui lui parlez, êtes-vous seulement aussi avancé que lui, — il est heureux !

— Les fermes ou métairies ne représentent pas dans la Vendée une valeur très-considérable ; la redevance annuelle du métayer au propriétaire varie entre 5 et 1,800 francs : la Borderie, où l'on ne nourrit que des vaches, s'afferme de 100 à 200. Mais c'est presque toujours par siècles qu'il faut compter le temps écoulé depuis que le même sol se trouve cultivé par la même famille. Cela explique l'affection profonde du paysan pour cette métairie où il est né, pour ces arbres que son aïeul a plantés, pour cette terre qui nourrira ses fils et ses petits-fils. Cette affection, il en rejaillit quelque chose sur le maître ; les Vendéens n'appellent jamais autrement que *not' maître* ou *not' maîtresse* celui ou celle dont ils relèvent. Ce mot n'a rien de servile dans leur pensée : ils veulent simplement désigner le protecteur, nous pourrions presque dire le chef de la famille. Car le maître exerce une influence très-grande sur les déterminations de ses fermiers ; c'est à lui qu'ils viendront confier leurs chagrins, leurs projets, et ils ne donneront jamais leur fille en mariage qu'avec son *agrément*.

Le fils aîné du fermier remplaçant toujours son père, selon la coutume du pays, il est naturel que le métayer cherche à bien préparer, en faveur de cette hérédité, celui dont elle dépend selon la loi. Le propriétaire n'a aucun intérêt, d'ordinaire, à troubler la tradition ; — quant aux frères de l'aîné, ils se soumettent à l'usage, alors même qu'ils se croient les plus intelligents, les plus laborieux, les plus forts : *René est dans son droit ;* il faut *bien durer ;* et ils travaillent tous dans l'intérêt commun, jusqu'à ce qu'un mariage avantageux, un hasard les éloigne de cette ferme où ils laisseront du moins un représentant de la famille. Le droit d'aînesse a ici un air de naturel, de justice, de fécondité inconcevables. Pour un peu plus, on oublierait qu'en principe il est absurde et odieux. Mais on réfléchit toujours, en passant, sur le danger des maximes générales, absolues, appliquées brutalement à tout un peuple.

Le fermier économise sur le gouvernement, quel qu'il soit, le prix des ports d'arme. Il se passe également de permis de chasse. Sur ces points-là, il ne se corrigerait pas, même pour faire plaisir à Henri IV, si peu tendre aux braconniers. Désarmez le Vendéen tant qu'il vous plaira ; fouillez son grenier, son étable ; quand la saison des chasses sera revenue, il aura retrouvé un bon fusil à deux coups et à piston, avec lequel il tuera, à lui tout seul, plus de gibier que tous les chasseurs parisiens réunis dans les plaines de la banlieue. Malheur aux lièvres et aux perdrix rouges du pays, réputées les meilleures de France !

On connaît déjà l'amour inné du Vendéen pour le sol natal. A ses yeux, dans son cœur, la famille avant l'état, la ferme avant la patrie. On compte les exemples de fils de fermiers *partis pour l'armée* depuis 1814. Le royalisme ne les a jamais menés jusque-là. — Napoléon, qui était homme à se faire rembourser les frais et intérêts des éloges qu'il donnait au courage, après avoir appelé la lutte vendéenne une lutte de géants, persistait si bien à considérer les Vendéens comme ses meilleurs soldats, *une fois leur clocher perdu de vue,* qu'il fit fusiller, aux portes de Beaupréau, au sein même de la Vendée, neuf malheureux déserteurs de dix-neuf ans. Il fallait un exemple !... La politique a beaucoup multiplié ces mots formidables qui emportent de terribles nécessités.

Lorsque l'époque de la conscription approche, le Vendéen met à la bourse ; tous les conscrits du pays se cotisent, forment un fonds proportionnel au nombre des hommes exigés par le recrutement. Quand le fonds est fait, et les numéros malheureux connus, on partage l'argent entre les conscrits tombés au sort ; et, avec cet argent-là, ils se rachètent.

Libre enfin, maître de son avenir, le Vendéen se marie. Le petit vin coule à flots le jour de ses noces ; car, dans tous les pays du monde, « *il ne faut aux gens qu'une petite raison d'être contents pour les obliger à bien boire.* » L'on boit donc un peu avant la messe, beaucoup après la messe... et les jours suivants. Que voulez-vous ? les braves gens ne mangent de la viande que dans ces rares occasions-là ; il faut stimuler chaudement son estomac pour cette rude mastication accidentelle : un peu d'aide fait si grand bien !

— Mais quels cris aigus retentissent ? ô mon Dieu ! est-ce qu'on va se battre, est-ce qu'on se bat ; voilà des coups de pistolet ? N'ayez pas peur, les paysans s'amusent : *hou ! hou ! hou !* c'est, à la vérité, le cri de joie et le cri du combat ; mais, en ce moment, les pistolets ne sont chargés qu'à poudre, et l'on tire sous la table. — C'est l'usage.

Pourtant, voici que toutes les jeunes filles quittent la table et se rassemblent autour de la mariée. Nous sommes au dessert ; tout à coup le bruit s'apaise ; une voix fraîche s'élève et chante des couplets plus vieux que l'âge réuni de tous les convives.

Il dit dedans son chant,
Dans son joli langage :
Filles, mariez-vous,
Le mariage est doux.

Il est tendre et mélancolique, cet air ; il exprime avec naïveté ce qu'on peut trouver de bonheur tranquille et d'existence sérieuse dans le mariage.

Il y en a de bein doux,
Il y en a de bein rudes ;
Il y en a de bein doux,
Je crois que c'est pour vous.

Je crois ! combien elle est grave cette réserve de la chanson, je crois ! et c'est dans un jour d'enivrement que l'on n'ose pas s'engager davantage ! Attendez, la chanson n'a pas tout dit.

. . . .
Vous n'irez plus au bal,
Madame la mariée ;
Vous gard'rez la maison,
A bercer le poupon.

. . . .
Adieu châteaux brillants,
La liberté des filles ;
Adieu la liberté,
Il n'en faut plus parler.

A cet adieu si simple et si touchant, la tradition et la nature veulent que la mariée verse quelques larmes... derniers pleurs de la jeune fille, que l'époux est appelé à rendre moins tristes...

. . . .
Monsieur le marié,
La mariée s'afflige ;
Pour la reconsoler,
Il faudrait l'embrasser.

Et il l'embrasse. A la bonne heure !

Chaque invité fait ensuite un présent aux époux ; celui-ci donne une soupière, celui-là un saladier, qui des cuillers d'étain, qui des tasses. Les moins ingénieux donnent de l'argent. Du reste, les invités soupent toujours, et pour rester dans le vrai rigoureux, nous aurions dû ne les faire chanter qu'à ce moment-là.

La femme du Vendéen est presque toujours l'aînée de son mari. La fiancée se montre *très-regardante* à la jeunesse de son futur. C'est la coutume des autres pays renversée.

Le Vendéen aime la danse, et, chose rare, dans tous les départements, il danse en mesure. — Les noces durent tant qu'il y a du vin à boire et des chanterelles. Celui qui tire la dernière goutte de la dernière barrique attache le fausset à son chapeau : c'est le signal du départ. Alors les invités qui sont en état de se porter eux-mêmes portent les barriques en triomphe, et la fête est terminée. N'allez pas croire que les vivants seuls aient été appelés à y prendre part ; non, chez un peuple religieux, toute joie est voisine de la reconnaissance. Le lendemain de la cérémonie, les invités, lès mêmes qui la veille s'étaient divertis de si bon cœur, se sont rendus à l'église, et ont pieusement assisté à la messe que les mariés faisaient célébrer pour les parents morts du parrain et de la marraine.

En Vendée, tout homme est *un parrain*, toute femme *une marraine*.

On a eu tort de donner comme un des signes particuliers aux Vendéens cette ironie, cette *gouaille* dont ils ont l'habitude et même la prétention : c'est là un trait du caractère de tous les paysans possibles. La bonhomie affectée, l'horreur naturelle des réponses positives ne forment pas non plus leur apanage exclusif : il ne faut pas confondre ce qui est de la position sociale et du cœur humain avec ce qui tient à la localité, au sol. Mais une des qualités éminemment caractéristiques de l'habitant de la Vendée, c'est la bonne foi dans les relations de voisinage et de commerce. Il fait les marchés de vive voix, livre ses denrées de confiance, et convient avec l'acheteur, sans témoins, que le paiement aura lieu tel jour, à telle foire, souvent très-éloignée. Les contrats répugnent à ses instincts honnêtes, il y a des métairies qui restent affermées sans bail depuis quarante ans. — Le Vendéen ne croit pas à la fraude : elle serait une innovation. Heureux pays où la probité fait partie des préjugés et de la routine !

Le Vendéen pratique l'hospitalité avec la grandeur et la simplicité des anciens temps : le toit, le pain, l'eau ; il y ajoute la fraternité.

La Vendée a eu son âge héroïque, comme la féodalité, comme la royauté elle-même. Le temps du courage, du désintéressement, des vertus ne finira pas ; celui des *Vivat quand même* est passé : une ère de transition a commencé pour ce pays.

La Vendée des genêts, la Vendée impénétrable, la Vendée pittoresque, fait place tous les jours à la Vendée des routes stratégiques et des défrichements. — Le paysan commence à acheter des terres, des fermes ; le cultivateur tend à remplacer le métayer. — Le petit propriétaire s'élève sur de grands débris. — Les routes stratégiques coupent en deux bien des héritages ; est-ce donc la peine de détruire la physionomie historique d'un pays pour l'avantage de lier un point militaire à des localités importantes? Les routes sont, dites-vous, des injures et des menaces indirectes aux habitants? — Mais nous vous prions de considérer que les charrettes de grains, de fumier, d'engrais, roulent parfaitement sur les chemins ouverts aux canons, aux caissons, aux obusiers; vous remarquerez aussi que les bœufs, les moutons, les chevaux, peuvent fouler sans façon le sol empierré pour le passage des bataillons, des régiments et des états-majors ; vous n'oublierez pas enfin que la Vendée, dans son territoire de huit cents lieues empruntées à quatre départements, *Maine-et-Loire, Loire-Inférieure, Deux-Sèvres* et *Vendée*, n'a pas de rivière navigable. Vous conviendrez qu'elle peut être habile, mais qu'elle n'est pas exclusivement malveillante, l'administration qui depuis huit ans a dépensé plus de trente millions à faire exécuter trois cent soixante-cinq lieues de communications nouvelles. Après cela, si vous craignez qu'il ne reste bientôt plus rien de la Vendée primitive, rassurez-vous, il en restera toujours une haute leçon politique et de grands souvenirs. On se rappellera surtout que les troupes de la république, en combattant à outrance les bandes vendéennes, exterminaient des hommes dont le cœur était un véritable foyer d'honneur et d'indépendance.

Ce qui frappe, en effet, à chaque pas que l'on fait dans ce pays, c'est l'attitude pleine de réserve et de dignité que garde en toute circonstance le Vendéen. Il se met à genoux, mais à l'église ; il se prosterne, mais devant Dieu. Dans les rapports d'homme à homme, ce qu'il estime et ce qu'il veut qu'on pratique, c'est l'humilité. *Je n'ai jamais pu le saluer le premier :* le Vendéen dit en ce peu de mots tout le bien qu'on peut penser d'un homme. Oui, le plus bel éloge qu'il sache faire d'un individu, c'est d'affirmer qu'il est humble. On se sert ailleurs d'un terme un peu moins heureux pour exprimer la même idée, et l'on dit *populaire. Humble,* ce mot contient toute une révélation du caractère, du type vendéen, et l'éclaire du jour le plus pur. Le Vendéen rapporte tout au christianisme : la vie, la mort, la pauvreté, la fortune, l'obscurité, la gloire. Le christianisme reliait le Bas-Poitou au monde à l'époque *où messieurs les intendants du royaume regardaient cette contrée comme à demi barbare, et n'étant susceptible d'aucune amélioration.* CATHELINEAU, STOFFLET, devaient prouver bientôt que les Vendéens, eux aussi, appartenaient au fond à cette démocratie prête à tous les dévouements, égale par le cœur à l'aristocratie qui donnait les DE BONCHAMP, les CHARRETTE, les MARIGNY, les DE LESCURE, les SAPINAUD, les D'ELBÉE ; et tous ces beaux noms réunis devaient enfin concourir ensemble à prouver quelle est, même dans le feu et dans le sang de la guerre civile, la nation jeune, loyale et forte, entre toutes, celle qui peut opposer à un HENRI DE LAROCHEJAQUELEIN, MARCEAU !

P. BERNARD.

LE BRESSAN.

LE BRESSAN.

S'IL advient par hasard, ô lecteur, que vous trouviez sur votre chemin le bienheureux mortel de qui nous allons crayonner l'esquisse, ne craignez point, jusqu'à preuve du contraire, de soupçonner qu'il a vu le jour dans les plaines marécageuses de la Bresse, au pied des vignobles du Revermont, ou bien au nord du Rhône, à l'endroit où, descendu des montagnes, ce fleuve se calme un instant en côtoyant le plus assoupi des quatre-vingt-six départements du royaume de France.

Pour peu que le sujet de l'étude que nous avons annoncée soit un Bressan véritable, vous aurez le loisir de le contempler à souhait ; car il marchera d'un pas lent, égal, et il ne vous échappera jamais par un détour imprévu : le Bressan ne se meut qu'en ligne droite, à moins que ses pas n'aient un but, et ils n'en ont jamais ; il va pour aller, tant qu'il n'est pas las, et alors il revient sur lui-même jusqu'à son point de départ.

Le naturel de la basse Bresse est plutôt grand que petit, plutôt gras que maigre ; cependant son teint n'est pas haut en couleur ; ses cheveux, d'un blond ferme, ou d'un châtain froid, retombent collés sur ses tempes, mieux lissés que ceux du Palémon antique, et ses yeux, d'un ton doux et changeant, sont aussi inertes que ceux d'un caïman du fleuve des Amazones. Le Bressan marche avec lenteur ; ses deux mains, dont l'une balance volontiers un bâton placé en équilibre, se dandinent à l'extrémité de deux bras qui semblent dénués du ressort. Son corps se prélasse dans des vêtements d'une ampleur généreuse, et, à chaque pas qu'il fait, les ondulations de l'étoffe indiquent celles des reins de notre héros, lesquels se cambrent avec la souplesse de la nonchalance la plus complète. On devine en outre que les jambes sont molles, et l'on croirait, surtout en le voyant dans la campagne, que le Bressan dort, debout (faculté que les dimensions de son pied ne lui rendent pas difficile), si on ne l'entendait naziller tout bas, sur un ton mineur, un air lent, éternel, monotone, vague et plaintif, comme une psalmodie qui sort goutte à goutte de la gueule d'un serpent de paroisse. Un habitant de Bâgé chante ainsi douze heures la même complainte ; il la commence avec l'aurore, à la création du monde, et il se couche après le soleil, avant d'arriver au déluge. Car il est bon que l'on sache que les trois quarts de l'Ancien-Testament, alignés en rapsodies, constituent le fond du répertoire de la muse bressanne.

En suivant quelques instants un homme qui réunit les caractères extérieurs énoncés plus haut, il sera facile de savoir au juste à quoi s'en tenir sur son origine. Qu'une voiture se précipite à sa rencontre, il se dérangera le moins possible, et calculera à six lignes près l'espace qu'on doit ménager ; que tout à coup, dans le voisinage, une cause inconnue attire l'attention de la foule, lui seul poursuivra son sillon, sans daigner détourner la tête. Le Bressan marche d'ordinaire le front levé et l'œil dans les brouillards ; aussi, comme cette attitude offre son visage en plein aux rayons du soleil, il rabat sur ses sourcils le bord antérieur de son chapeau. Quand sa coiffure se trouve ainsi en équilibre, il a soin de tenir croisées sur le croupion ses deux mains qui portent, en manière d'épée à la Louis XV, une lourde canne à demi enfoncée dans une basque d'habit. S'il vient à passer auprès de ce personnage fortement soupçonné d'origine bressanne, un Savoyard orné d'une de ces marmottes qu'on étrangle sous prétexte de les faire danser, et que notre héros, au lieu de jeter à ce mendiant des sourires dédaigneux ou des mots d'ironie, lui jette un sou, abandonnez le sujet, ce n'est point un Bressan. Le Savoyard est méprisé jusqu'à l'antipathie sur les bords de l'Ain. Pour peu que la mauvaise humeur vous pousse à chercher des querelles, adressez-vous à un Bressan de la plaine ; il soutiendra vos invectives avec une longanimité incroyable, pourvu que vous n'attentiez pas à l'honneur des siens. Cependant ne levez pas sur lui la main, gardez-vous de le toucher, ou bien il poursuivra la rixe à outrance jusqu'à l'entière défaite d'un des champions.

Lorsque le Bressan aperçoit quelque chose ou quelqu'un digne de remarque, il a du penchant à faire ses observations à haute voix, sans se soucier des voisins ; les propos qu'il se tient à lui-même ont un tour spirituel, et la lenteur de son débit augmente l'originalité de sa parole. Peut-être verrez-vous ce personnage aux formes longues, à l'allure pesante, à la désinvolture paresseuse, s'approcher lentement du bord de la Seine, s'y asseoir et ajuster au bout d'une perche une ligne avec un hameçon : en ce cas, je vous plains d'avoir si curieusement travaillé pour rester dans les ténèbres de l'inconnue. Le Bressan, ce type exact de l'oisiveté, de l'inaction, de la froideur, ne sert presque jamais de pendant à l'amorce d'un hameçon. O bizarre ! le Bressan ne goûte point les douceurs de la pêche à la ligne. Ce fait exige un commentaire. Il faut pour se livrer à cet exercice, vous dirait-il, s'il daignait vous instruire, une âme ardente à poursuivre les chances de la fortune, une de ces volontés inflexibles qui se jouent de la petitesse ou de l'incertitude du but, et subissent avec courage la fatigue des moyens pour arriver à une fin problématique. Pour un Bressan, la pêche à la ligne est un de ces labeurs qui demandent un déploiement d'activité trop excessif pour qu'on les entreprenne, à moins d'un profit considérable. Le pêcheur de la Saône ou de l'Ain sait calculer, à un goujon près, le prix du travail. Les lumières de sa nonchalance l'ont éclairé sur la vanité de la pêche à la ligne, et il abandonne cette erreur séduisante aux imaginations romanesques.

Tel est, ou à peu près, l'ensemble de la physionomie du Bressan. Plusieurs, sans doute, se récrieront et invoqueront contre nos assertions cent exemples divers. Soit ; ces exemples nous seront précieux comme des exceptions dignes de confirmer la règle. Il est, nul n'en doute, des personnes vives, alertes, impétueuses dans ce pays, comme il en est partout ; mais ce sont des étrangers mal greffés sur les vieilles races du pays, ou des individus dégénérés de l'antique et vénérable fainéantise de leurs aïeux.

De ces données, si elles sont exactes, on doit conclure (et ici les faits vont prouver les faits) que l'habitant de ces contrées a peu de penchant pour les progrès laborieux de l'industrie, pour les innovations du jour, pour les tortures inouïes au prix desquelles on cherche à s'enrichir en peu d'années. Jamais, en effet, l'homme de la Bresse ne saura faire du sucre avec de vieux linges, ni de la limonade avec de l'acide sulfurique, ni de la viande fraîche avec du chlore désinfectant, ni même du vin avec du bois d'Inde et de la litharge. Étranger à ces douceurs salubres de la science économique, il repousse avec insouciance tout ce qu'il ignore. On n'a pu jusqu'ici modifier la forme de ses charrues, ni rajeunir ses procédés de culture. Toute nouveauté lui semble impie, outrageante pour les traditions des anciens, et à toute proposition relative au perfectionnement (il n'admet même pas ce mot-là), il répond : « Nos pères ont fait ce que nous faisons. »

Cette obstination n'est pas dépourvue d'une philosophie assez majestueuse. Un peuple sobre en ses désirs, résigné, content de ce qu'il possède, exempt d'orgueil et d'avidité, donne un spectacle assez rare aujourd'hui pour qu'on y assiste avec intérêt. Sans doute l'excès de ces inclinations à la routine provient d'un défaut de jugement ou d'intelligence ; cependant, à tout prendre, la Bresse est-elle plus pauvre, moins paisible, plus malheureuse surtout que les départements qui envoient les plus hautes colonnes de fumée noire et de vapeur blanche se perdre dans les nuages du ciel ?

Mais, dira-t-on, la lenteur, l'indolence n'est-elle pas le principe de cette modération philosophique ? Sans doute. Ce peuple, dénué des aiguillons de la vanité et de l'ambition, comprend que le calme est une grande partie du bonheur. Loin de se forcer à sourire aux théories sur le charme du travail, inventées par l'oisiveté opulente à l'usage des esclaves exploités, ils se souviennent que la vie laborieuse a été imposée à l'homme en même temps que la mort pour le punir d'avoir cherché la science.

Donc, la Bresse est une des contrées les plus arriérées du royaume ; l'industrie

y est fort restreinte, et le commerce presque nul. Cependant, de la limite méridionale de ce département jusqu'aux faubourgs de Lyon, il n'y a qu'une lieue. Malgré
cette nonchalance, le Bressan est fier, sa probité est réelle ; il se contente de gagner
de quoi vivre, mais il le gagne en conscience, et il ne souffrirait pas qu'un autre
travaillât pour lui. Les devoirs de l'hospitalité lui sont chers, il est charitable, et
l'on n'entend guère, dans ce pays indolent et silencieux de la Bresse, la voix insolente et dure d'un parvenu crier au pauvre qui demande : « Je ne donne pas aux
fainéants. »

Nous avons sous les yeux une statistique en laquelle on affirme que le Bressan
a l'imagination glaciale et rétive à la poésie. C'est une grande erreur. L'activité de
l'imagination est, d'habitude, en raison inverse de celle du corps. En outre, il est
sans exemple qu'une nation dont la civilisation est ancienne, et qui néanmoins répugne à subir le mouvement industriel et commercial, ne soit pas douée à un degré
éminent de l'instinct poétique. Ici, comme partout, cette assertion se trouve bien
appuyée. Peu de provinces se plaisent davantage aux choses de la poésie ; les chansons y sont innombrables, les légendes multipliées, la chronique y abonde, et ces
braves gens, dont la lenteur, dont la mollesse a son origine dans une disposition
presque maladive à la rêverie, sont portés, par les influences fiévreuses qui règnent
le long des marécages, au mélancolique et au merveilleux.

Pour éclaircir ces vérités, ainsi que les côtés obscurs du naturel bressan, il est bon
de montrer préalablement les relations qui existent entre le caractère physique du
sol et le caractère moral des hommes qui y respirent. Chaque effet, à l'aide de
cette étude comparative, va rencontrer sa cause, et le Bressan, observé sur ses
terres, s'expliquera de lui-même.

Cette province, ainsi que la Franche-Comté, se divise en deux parties bien distinctes. La région orientale est traversée du nord au sud par la chaîne du Jura, qui
s'étend jusqu'au mont Credo, au pied duquel elle est coupée par le Rhône. Les montagnards de la Bresse diffèrent peu de ceux du comté de Bourgogne ; leurs caractères sont analogues et forment, avec celui des gens du plat pays, le contraste le
plus saisissant ; car les cimes âpres et sauvages du Bugey sont habitées par une race
active, énergique et opiniâtre. Aux abords du pays de Gex, le Jura, qui, dès les environs de Saint-Claude, agrandissant la sombre majesté de sa physionomie, s'est dépouillé de toute parure et a jeté dans le fond de ses dernières vallées les opales,
les émaux et les rubis de ses dernières fleurs, le Jura passe de l'austère au terrible.
Son front, sourcilleux naguère sous d'épaisses crinières de sapin, est devenu
chauve ; la terre est pauvre, nue, transpercée çà et là de roches énormes, sur lesquelles, parfois, le ciel avare étend une mince étoffe de racines et de mousses ton-
due à ras par les vents et la sécheresse. Ces haillons, d'un vert mourant, cachent
la maigreur du sol et font supposer que les pierres sont revêtues d'un embonpoint
qui leur manque.

Quelques sapins se dressent encore sur ces plages, mais saccagés, décapités par
la tempête, renversés en des postures impossibles et les bras convulsivement tordus.

Les toitures des chaumières sont basses et chétives; l'homme ne semble là qu'un accessoire de la création; on ne devine pas tout d'abord comment il peut vivre dans ces déserts, et l'on y cherche en vain les frais vallons et ces grandes forêts bibliques où les rameaux des futaies entrelacés dessinent dans les airs des ogives pieuses. On assiste à ce mélodrame de la nature jusqu'à Collonge, jusqu'à Nantua (où l'on retrouve au bord du lac quelque peu de verte espérance), jusqu'à l'Abergement, le plus triste des séjours, jusque vers Seyssel, et enfin jusqu'auprès de Belley, qui se glorifie d'avoir été fondée par Créuse, première femme d'Énée.

Ces terres ne peuvent nourrir leurs enfants. C'est pourquoi, chaque automne, une partie de la population du Bugey s'achemine vers Nantua, d'où partent plusieurs bandes émigrantes, allant chercher dans le Nord, dans l'Alsace, dans le Maine, des travaux qui les fassent vivre durant l'hiver. Leur industrie consiste à peigner le chanvre, et quand ils signent, dans leur lieu natal, un engagement, soit comme ouvriers, soit comme valets de ferme, ils se réservent d'ordinaire les mois d'émigration : c'est là ce qu'ils nomment *retenir son peigne*. Les départements comtois qui les ont vus s'éloigner, les voient revenir vers la Noël; ils sont désignés, aux alentours de Poligny et de Lons-le-Saulnier, sous le titre de *pignards*, sobriquet que leur a valu leur profession, et que, dans certains endroits du Jura, on a étendu à tous les gens de la Bresse.

Avant de descendre dans les basses régions qui bordent le lit de la Saône, on franchit une série de collines assez hautes et couvertes de vignes. Le *Revermont* est un lieu de transition entre le Bugey et la Bresse proprement dite; c'est une sorte de première marche sur laquelle on pose le pied, avant de monter les trois degrés géants du Jura, cet immense piédestal des Alpes.

Loin de ces aspects surprenants, l'homme de la basse Bresse passe des jours monotones et paisibles, parmi les landes plates, marécageuses ou d'une fertilité sans charme, lesquelles vont s'amincissant jusqu'auprès de Varambon et de Villars, où l'eau des étangs commence à surmonter le sol et à se mêler aux cultures. La plage s'incline en pente douce en s'approchant de la Saône, grande indolente, couchée dans un lit bien large, bien aplani, où elle se berce sans digue ni obstacle, où elle s'endort, oubliant presque de se traîner jusqu'à Lyon, où bondit le Rhône comme impatient de s'unir à elle.

La Bresse est un pays analogue à la Beauce, mais plus humecté, où le voyageur aperçoit, dès l'aube, le clocher au pied duquel il passera le soir. Néanmoins les rives de l'Ain ne sont point, comme le pays de Chartres, drapées, au temps de la moisson, dans un vaste manteau d'or que le soleil couchant vermillonne, et que les vents font ondoyer. Les cultures bressannes sont tristes à l'œil ; des champs de maïs, des champs de sarrasin qui s'agitent en variant du gris pâle au vert anglais, puis des flaques d'eau terne encadrées par des rivages d'argile... Le terrain est si également bas, qu'au moyen de certains ruisseaux on transporte les étangs d'une terre à l'autre. Tel champ d'orge que vous avez vu en pleine culture l'an passé, est devenu, grâce au jeu de quelques barrages, un étang que l'on empoissonne et qui, après trois hivers, donnera, au lieu d'une récolte de céréales, une récolte énorme de poissons,

après laquelle la terre va remplacer les eaux, et de blonds épis s'élèveront de nouveau là où nageaient les carpes argentées.

Dès que tombent les premières pluies de l'automne, l'eau retenue sur un sol
marneux emplit les fossés, les chemins creux, les fondrières, les sillons ; puis monte,
monte, baigne le pied des hêtres, envahit les celliers, déborde les citernes, et tout à
coup un village isolé reflète ses toitures dans un grand lac, au milieu duquel on
l'aperçoit comme une flottille en panne sur une mer morte.

Pendant ces déluges, les villageois, parqués dans leurs maisons, sont forcés de
s'abstenir de toute activité. Adieu les voyages et le trafic avec les cités du voisinage.
Il faut prendre le temps en patience, se faire de l'insouciance une vertu, de la paresse une nécessité, de la résignation une habitude. Voilà donc le Bressan contraint
d'adopter une vie casanière, oisive, contraint d'abdiquer toute curiosité, toute
ambition dont l'objet est prochain ; or, cette nécessité réagit, nous le croyons, sur
l'ensemble de son naturel.

Dans certaines parties de la Bresse, ces inondations sont de longue durée, et les
terres, désagrégées par les pluies, détrempées jusqu'à des profondeurs fort grandes,
deviennent à demi liquides, et à l'arrivée du printemps, les oiseaux seuls ont la faculté de courir çà et là dans l'herbe rajeunie. Les chemins sont impraticables jusqu'à la Saint-Grégoire, les attelages courent le risque de s'enterrer dans les boues
jusqu'aux oreilles, et d'être enfouis dans la vase comme le sire de Ravenswood le
fut dans les sables.

Pendant la morte saison, l'atmosphère est chargée de brumes froides et malsaines qui, s'appesantissant sur les hommes comme des chapes de plomb, les maintiennent dans un assoupissement pénible. Que les veillées sont longues pour ces
pauvres gens abattus par l'humidité continuelle qui les énerve et les amollit ! Ils se
rapprochent alors, ils s'égayent autour du foyer, et pour accélérer la marche du
temps, ils réveillent leurs vieilles légendes ; les anciens racontent aux plus jeunes
les poétiques histoires de leurs pères. Ainsi l'imagination s'agite en leurs corps
engourdis jusqu'au retour des chaleurs.

Enfin, les jours ont crû, le soleil reparaît peu à peu blanc et voilé, dans un ciel
marécageux comme les contrées qu'il éclaire ; la Saône se replonge dans son lit, les
ruisseaux s'amincissent, les prés s'étanchent, la surface des terres se sèche peu à peu,
blanchit et se couvre d'une croûte assez dure pour permettre aux volailles d'y pié-
tiner en cherchant du grain. Bientôt l'été déchire les voiles du firmament, une
lourde chaleur se répand dans la plaine, et le Bressan délivré reprend ses travaux
champêtres. Mais les ardeurs de la saison balafrent l'argile desséchée, des crevasses
profondes sillonnent les carapaces sous lesquelles a fermenté le limon ; des exhalaisons fétides corrompent l'air et traînent leur poison en tous lieux. Dès le milieu de
juillet, les maladies de langueur sont devenues épidémiques ; des fièvres continues,
le scorbut même se déclarent, et le Bressan retombe épuisé sur son grabat. Si l'année est chaude, on voit des familles entières anéanties, et souvent ceux qui sortent
vainqueurs de la lutte demeurent épuisés. L'automne est pour eux le meilleur temps ;
c'est alors qu'ils se rendent aux foires des villes voisines, où l'on s'étonne de leur

lenteur, de leur défaut d'activité et de la pesanteur de leur allure. C'est alors aussi que commencent les émigrations dont nous avons parlé.

Les influences de la fièvre exaltent en eux le penchant au merveilleux, aux terreurs superstitieuses, et nulle part les fées des bois, ou les fantômes des cimetières ne sont mieux accrédités.

Telles sont les causes matérielles qui expliquent les divers traits du caractère que nous avons assigné à l'homme de la Bresse et du pays de Dombes; nous venons de remonter du résultat à l'analyse, de la conséquence aux principes, et cette ébauche nous paraît mise à son point.

Avant que de signaler les coutumes particulières et les mœurs caractéristiques de ce pays, parcourons-en brièvement l'histoire, qui, dans le portrait des enfants de cette province, n'a qu'une valeur secondaire.

Autrefois, les fiefs dont la réunion constitue la Bresse se divisaient en trois petits états. Sans parler de l'époque où cette province romaine faisait partie de la Première-Lyonnaise, ni de celle où les Francs l'incorporaient au troisième royaume de Bourgogne, arrivons au huitième siècle, époque où les Sarrasins pénétrèrent en France. Ces hordes que Charles Martel repoussa du cœur du royaume laissèrent çà et là des traces de leur passage. Les Bressans affirment qu'ils possèdent une race de chevaux arabes dont telle est l'origine; ils regardent aussi certains villages, tels que Cuizery, comme des colonies mauresques. Les Chizerots, encore aujourd'hui, ne se marient pas hors de leur bourgade; leurs tailles, leurs visages ne sont pas tels que ceux de leurs compatriotes; ils sont d'humeur plus belliqueuse, plus austère, plus indépendante, et les gens du voisinage de Bagé-le-Châtel les traitent encore en étrangers. Les Chizerots ont gardé certains rites orientaux, et entre autres la coutume de se tourner toujours vers l'Orient pour faire leur prière.

Au treizième siècle, la Bresse passa des sires de Bagé à la maison de Savoie, dans l'apanage de laquelle elle fut maintenue, ainsi que le Bugey, jusqu'en 1601, qu'elle fut cédée à Henri IV lors du traité de Lyon. Mademoiselle de Montpensier transmit la principauté de Dombes, que la maison de Bourbon tenait des sires de Beaujeu, à M. de Lauzun, qui fut obligé de la céder au duc du Maine, pour obtenir son élargissement de Pignerol. Saint-Simon raconte à merveille les détails relatifs à cette négociation, dont fut chargée madame de Montespan. Quant au pays de Gex, après avoir successivement appartenu aux maisons de Joinville et de Savoie, aux états de Berne et de Genève, il suivit en 1601 le sort du reste de la province. C'est ainsi que cette contrée, si fort dévastée à la fin du quinzième siècle par nos armées d'Italie, conquise deux fois par François I*r et perdue sous Henri II, finit par être foncièrement acquise du temps du Béarnais, qui céda en échange le marquisat de Saluces. Malgré les modifications qu'apportent les siècles, le Bressan a gardé bien des analogies avec le Savoyard, pour qui il conserve un amer mépris.

Malgré tout ce qui précède, on ne sera pas surpris d'apprendre que le Bressan aime beaucoup son pays. Enraciné dans ses habitudes, il répugne à changer sa manière de vivre, et il est rare qu'il quitte son toit pour s'établir ailleurs. Plus d'un paysan de ces contrées n'a dans sa vie franchi la limite du département que pour aller vendre à Lyon ou à Lons-le-Saulnier les poulardes qu'il a engraissées. On sait que ce département rivalise avec celui de la Sarthe pour l'éducation des volailles ; tous les deux obtiennent des résultats brillants, avec cette différence que le chapon de Bresse, parvenu à son entier épanouissement, est plus dodu, plus rond, plus gras encore que celui du Mans ; mais, en revanche, les jeunes élèves du Maine, avant l'âge où ils s'empâtent et où ils passent à une corpulence ridicule, ont la chair d'une finesse plus exquise. Ce sont des comestibles de race, en qui le mérite n'attend pas le nombre des mois, et on rencontre dans le Maine tel petit poulet sans conséquence, qui néanmoins peut rivaliser avec le gibier le plus délicat. Quand on trace la monographie d'une province, il ne faut oublier aucun de ceux qui l'habitent.

Les Bressans (ceux qui n'ont pas de plumes et de qui les ongles sont larges) ont de l'inclination pour les idées gracieuses, pour les objets qui plaisent. Enfants d'un pays maussade, plat, prosaïque, ils s'efforcent d'être plus arcadiens que leurs marécages. Le ciel les a gratifiés de femmes très-jolies pour la plupart ; ces beautés frêles, délicatement modelées, et que l'air humide des étangs étiole un peu, font l'admiration des villes voisines, les jours de marché. Sur ce propos, il est à remarquer que le sexe, en général, est très-beau dans les endroits où les hommes ont les passions froides et le tempérament lymphatique. On dirait que le Créateur a daigné s'apercevoir que leur cœur, pour s'émouvoir, a besoin d'être excité par les attraits d'une forme plus séduisante. Voilà pourquoi sans doute les femmes sont si adorables en Angleterre, où elles sont fort mal adorées, en Allemagne même ; et pourquoi les femmes des pays méridionaux sont plus rarement douées de ces charmes, dont elles n'ont pas besoin pour être aimées. Peu de provinces françaises possèdent des jeunes filles aussi bien costumées que le pays qui nous occupe. Rien de plus galant que leur corset lacé par devant comme celui de cette bergerette que Greuze a peinte au moment où elle vient de casser sa cruche ; rien de plus harmonieux à l'œil que leur robe de drap bleu que recouvre jusqu'à mi-jambe une jupe ornée, sur toutes les coutures, de galons de soie et de passementeries pailletées d'or ou d'argent. Leur tablier, plus court encore que la jupe, est d'une coupe élégante. Leurs bavolets, ainsi que la plupart de leurs ajustements, sont frangés de dentelles noires qui, se mêlant avec celles dont leur feutre de bergère est inondé, encadrent la tête dans la profondeur de leurs ombres, sur lesquelles les lignes pures de l'ovale ressortent avec fermeté, et d'où se détache dans toute sa fraîcheur leur figure douce et rêveuse.

Le vêtement des hommes est plus sérieux : ils couvrent leur veste en drap bleu d'une blaude noire. Leurs bas gris se perdent sous des hauts-de-chausses assez larges attachés avec des cordons en laine noire ; souvent aussi ils portent des garaudes en toile, et leurs cheveux lisses ruissellent sous les vastes bords d'un chapeau à trois cornes, dont l'aile rabattue garantit le derrière de la tête et le cou.

Telle est la tenue dans laquelle on les voit aux *vogues*, c'est ainsi qu'ils appellent ces fêtes rustiques désignées par les Bretons sous le titre d'assemblées. Leurs danses se nomment des *bourrées* ; elles sont vives, étranges, d'un style tout méridional ;

mais les Bressans dansent sur le talon et non pas sur la pointe des pieds; la cornemuse ou la vielle leur sert d'orchestre. Après la fête, il est rare qu'ils rentrent chez
eux sans chanter tout le long du chemin ; ce sont des mélodies lentes, monotones;
psalmodiées dans un patois lourd, accentué, les désinences en *o* y dominent. La nuit,
on entend leurs chansons se traîner dans les airs, et l'on ne croirait pas, à en juger
d'après l'effet harmonique, qu'elles roulent sur des sujets gracieux. Une des plus
usitées est celle des *Fiancés du mois de mai ;* elle commence ainsi :

Vekia veni lo zouli ma ;	L'aluetta lo plinta :
L'aluetta planta lo ma ;	Lo polé prin sa volcia
Vekia veni lo zouli ma,	Et la volcia sinta... etc '...

Cette ballade, dans les autres couplets, énumère les phénomènes printaniers, et
en conclut qu'il faut marier les filles. Ils ont aussi, outre cette chanson et la complainte éternelle sur la création du monde, certains airs d'une poésie tout italienne,
et dont la facture est fort jolie :

Vo disioz hargerette	To couqui n'a que bosse,
Qu'aimour ot in offan,	Vo n'l'aimus'ro po tant,
Qu'aivo enn' sinsonnette	Vo lo voites que tosse,
Vo l'aimus'ro in an.	Demain i sero grant ²...

On partage dans la Bresse toutes les superstitions de la Franche-Comté et de la
Lorraine relativement aux fées et aux autres esprits des bois ou des eaux. Les gens
du Bugey, du pays de Dombes, dans lequel on trouve plus d'un monument de l'é-
poque romaine, ont conservé depuis le paganisme la coutume de mettre une pièce
de monnaie dans la bouche des morts avant de les ensevelir.

On marie les Bressannes fort jeunes, et la manière dont se font les alliances
contient certaines particularités qui dépeignent le caractère des gens de cette
province. Quand un père juge à propos d'établir sa *gachenotte,* il en fait part aux
garçons du pays. Dès lors, l'enfant, élevée jusque-là dans la réserve la plus absolue,
devient libre. Les prétendants accourent; elle les reçoit seule, personne ne la surveille; peu importe qu'elle soit muguetée, cajolée, circonvenue : elle a acquis le
droit d'être courtisée, et la coquetterie la plus complète est pour elle un devoir.
Bien mieux, son honneur est engagé dans cette lutte ; mieux elle saura dissimuler
son penchant véritable, plus elle aura l'art de distribuer les sourires et les minau-
deries avec impartialité, plus elle retiendra d'esclaves autour d'elle, plus aussi son
mérite paraîtra grand. Chacun bientôt se passionne ; l'espérance, la crainte piquent
les cœurs, la maison est obsédée de galants, jusqu'à la veille de Noël, où la jeune
fille, en déclarant son choix, fait un heureux plein de gloire et cent infortunés.

Il faut, à coup sûr, pour admettre un tel usage, de bonnes gens, d'une humeur
facile, d'un cœur accommodant, et de qui les passions soient d'un calme admirable.

_____

' Voici venir le joli mois ; — L'alouette plante le mai ; — Voici venir le joli mois, — L'alouette le plante :
— Le coq a pris sa volée — Et la volaille chante....

² Vous disiez, bergerette, — Qu'amour est un enfant, — Qu'avec une chansonnette — Vous l'amuseriez
un an. — Ceci n'est que sornette, — Vous ne l'amuserez pas tant, — Vous le voyez qui tette, — Demain il
sera grand...

Partout ailleurs, mille incidents terribles eussent bien vite condamné et aboli la coutume. Mais les Bressans sont des Anglais pour la galanterie. Ils se consolent aussi vite de la perte d'un cœur que de celle de leurs femmes dont ils arrosent les funérailles, non pas avec des larmes, mais avec un bon petit vin funéraire, qui se récolte tout exprès sur les coteaux du Mâconnais. Ce n'est pas que le Bressan soit plus dur qu'un autre, mais sa parfaite insouciance, son goût pour le repos le préservent des émotions inutiles : or elles le sont toutes. Les femmes, au surplus, sont loin de se plaindre d'une indolence qui les laisse maîtresses au logis, et leur permet de tout gouverner à leur guise. Rien n'en va plus mal, disent-elles. Pourvu que les hommes voient chaque chose à sa place accoutumée, pourvu qu'ils trouvent de quoi manger à leurs heures et du feu quand ils rentrent au logis, peu leur importe le reste. Les servir est facile ; ils sont en tout d'une régularité prodigieuse, et l'exactitude est la première de leurs vertus. La condition des jeunes filles, despotiquement gouvernées par les matrones, est assez insupportable ; l'âge même ne les affranchirait pas de cette tutelle, si la coutume ne leur tendait sa protection d'une façon assez burlesque.

Une fille qui n'est pas mariée à vingt ans est vieille, et comme le célibat n'est pas en honneur dans le département de l'Ain, cette vierge délaissée est bientôt atteinte du ridicule qui suit celles qui appellent les maris dans le désert. Quand elle atteint vingt-cinq ans, voici comment elle met sa vanité à l'aise, en prescrivant les quolibets qui troublent sa solitude, et comment elle conquiert sa liberté.

Un beau jour elle se rend chez ses voisins et les invite à assister à ses noces. Un banquet se prépare, et l'heure de la fête ayant sonné, notre épousée donne la main au compère qu'elle a choisi pour l'assister en cette affaire. Puis elle se rend à l'église, suivie d'un nombreux cortége et en blanche toilette de mariée, la fleur d'oranger sur le front et un bouquet de myrte fleuri à la ceinture. Après la messe, la belle fait vœu de n'avoir jamais d'autre époux que celui qu'elle vient d'accepter fictivement, et après l'avoir entendue renoncer ainsi au mariage, les témoins la suivent au banquet dont elle fait les honneurs avec son marieur. Le soir venu, ils sont conduits en grande pompe à la chambre nuptiale, où cet époux d'un jour arrache à la fiancée son bouquet de myrte, et le jette sur l'oreiller ; après quoi il se retire avec les assistants et va se coucher chez lui.

A dater de cette journée, la jeune fille est mise au rang des femmes, elle commande aux valets, se gouverne à sa guise, et remplace par certaines tresses de toile, exclusivement réservées à la femme mariée, le ruban noir attaché à son chapeau de feutre. Sa condition devient analogue à celle des veuves.

Le Bressan est un type d'une simplicité parfaite. Il se montre aujourd'hui tel qu'il était il y a soixante ans, parce que son caractère manque de liant et son esprit de curiosité. Il ne désire pas plus être informé de ce qui se passe dans le monde, qu'il ne souhaite de connaître le Mont-Blanc et la chaîne des Alpes, dont les masses floconneuses, qu'il aperçoit du fond de ses marécages, surgissent à l'horizon, telles que de gros nuages tout blancs de lumière.

FRANCIS WEY.

LE BERRUYER.

LE BERRUYER.

Une forêt sépare le Berry de la Sologne, de même qu'un rideau de *manœuvre* sépare deux décorations. Au lever de la forêt, il y a changement à vue entre les deux provinces : on passe de la misère de l'une à l'opulence de l'autre tout à coup, miraculeusement. On dirait que le sifflet du machiniste a fait succéder là, comme au théâtre, le paradis à l'enfer. L'œil, en peine au milieu des solitudes infinies de la Sologne, se délecte aussitôt devant les horizons variés du Berry. Plus de ces plaines grises et nues qui ne portent que le deuil de leur pauvreté, mais un riche paysage entrecoupé de champs, de rivières et de bois, étalant çà et là des blés, des vignes, des fruits, et, à travers cette splendide végétation, un bétail renommé par sa laine et ses gigots. Les hommes et les maisons se retrouvent sur cette terre. Les chênes, à la cime pommée, les peupliers, pyramides de feuilles, les bouleaux, dont les branches flottent comme des panaches, et mille autres arbres, différents de forme et de couleur, mariant leurs touffes aux flèches des vieux châteaux, aux clochers des vieilles églises et aux fourneaux des nouvelles fabriques, escaladent les collines comme s'ils voulaient monter au ciel, et, la tête dans les nues, projettent leur ombre au fond de la vallée, jusque sur les eaux du Cher qui leur baigne les pieds. A l'aspect de ces massifs verts où le chêne domine, on sent qu'on est dans le pays des druides. A travers les troncs séculaires qui s'élèvent comme les colonnes d'un temple, on croit voir encore les prêtres d'Hermès qui viennent, la faucille d'or à la main, cueillir le gui sacré et préparer les sacrifices humains. Oui, c'est bien là le sol antique de notre mère patrie, fertile en arbres et en héros, le sein de cette vieille Gaule, si difficile aux Romains par ses hommes et ses bois, le milieu de la France, dont la borne centrale est placée près de Bourges, la capitale du Berry.

Bourges, cité sainte de nos aïeux, ventre fécond jadis d'où sortirent les bataillons de Brennus, centre inexpugnable qui fut trois fois le palladium de notre nationalité, qui fut la Gaule contre Rome, la France contre l'Anglais, le dernier camp de l'Empire contre l'Europe; Bourges, qui opposa Vercingetorix à César, Charles VII à Talbot, l'armée de la Loire aux alliés, Bourges semble enfin, après des phases si laborieuses et des destinées si remplies, en avoir assez fait, et se reposer jusqu'à la mort dans la gloire de son passé. Belliqueuse pendant sa jeunesse, riche et savante dans sa virilité; cette ville, après avoir produit à différentes époques Brennus, Jacques Cœur et Bourdaloue, c'est-à-dire la guerre, le commerce et l'éloquence, cette vieille ville agonise aujourd'hui. Les corbeaux l'ont envahie... Quand les cloches sonnent dans les tours de sa magnifique cathédrale, elles remuent plus d'oiseaux de proie en haut, que de chrétiens en bas. Ses rues sont désertes, l'herbe pousse entre ses monuments comme entre des tombes. On a beau, pour la vivifier, y établir des garnisons et des écoles : c'est une vie factice, et qui ne lui est point inhérente; c'est comme un autre sang que la transfusion met en vain dans d'autres artères. Cette ville n'existe déjà plus que pour l'artiste et l'historien. Oui, c'est une ville d'autrefois, moitié féodale, moitié religieuse, en proie aux restes de la noblesse et du clergé, enclavée au milieu des terres, sans commerce, sans industrie, sans débouchés, sans voies de communication directe avec la vie et le mouvement de la civilisation moderne, aussi éloignée de Paris que le ventre l'est du cœur. Ses habitants, paresseux comme des boyaux, s'engraissent à ne rien faire, étrangers à l'activité des autres parties du corps social qui s'agite et travaille en tout sens pour son développement et son amélioration. Le Berruyer de Bourges, l'habitant de la capitale du Berry, est un individu inerte, homme-marmotte, à sang froid, de mœurs douces, ennemi des voyages, des entreprises, des révolutions, bref, de toute innovation quelle qu'elle soit, casanier, farouche et bénin comme les trois moutons qu'il a pris pour ses armes, et qui sont le véritable emblème de sa fortune, de son caractère et de son esprit. La bourgeoisie de ce pays, petite aristocratie de terre, de robe ou d'argent, se compose de rentiers indolents, indifférents, incapables du bien comme du mal, qui passent leur vie à digérer, à lire le journal, à donner quittance à leurs fermiers, à entasser leurs richesses dans des coffres-forts où elles moisissent, où, avec le temps, la monnaie devient numismatique, où les écus se changent en médailles, où l'or prend du vert-de-gris, jusqu'à ce qu'un héritier collatéral, né à Paris ou ailleurs, vienne les rendre à l'air, à la liberté, au roulement de la circulation. J'ai vu une succession d'un noble indigène de Bourges dans laquelle se trouvaient des bocaux pleins de pièces qui s'étaient amassées, de père en fils, depuis la fin du xive siècle jusqu'au commencement du xixe : il y avait des angelots dans le premier bocal, et des napoléons dans le dernier. Enfin, je ne saurais mieux peindre l'insouciance et la mansuétude du bourgeois du Berry qu'en disant que la révolution française, ce tremblement de terre universel, s'est à peine fait sentir à Bourges, que pas un château, pas une église, n'y ont été abattus, et qu'une seule tête y est tombée. Il n'y a eu là qu'un aristocrate de guillotiné pendant la terreur.

Après le bourgeois, il reste à montrer le paysan et l'ouvrier, et le Berruyer ou le Berrichon sera dit tout entier.

Le paysan est grand et fort, et la différence qui existe dans les deux pays de Berry et de Sologne existe aussi dans leurs habitants... Pour en avoir la preuve, il suffit de regarder, sur la route qui mène d'une province à l'autre, les deux cantonniers qui sont limitrophes. Tandis que le faible Solognot lève une fois à peine son marteau à briser les cailloux, le Berruyer robuste l'agite dix fois dans le même espace de temps. Aussi, l'un se nourrit de blé noir, et l'autre mange du pain blanc.

Le paysan du Berry méprise son pauvre voisin, qui ne cultive que du sarrasin, comme l'auteur de tragédies peut mépriser un faiseur de vaudevilles. Il est vain de son froment; il en connaît le prix, il en exalte les qualités, il le met au-dessus même du grain de la Beauce, par l'abondance de la farine et la finesse de l'écorce. Il le vend au boisseau, qu'il n'appellera jamais hectolitre, malgré les lois et ordonnances, et qu'il mesure avec un rouleau de bois, rasant exactement tout ce qui en dépasse les bords. Que de précautions, que de soins, que de scrupule même dans les transactions dont le blé est l'objet! On voit bien que c'est la marchandise importante par excellence. D'abord, le paysan s'endimanche et se fait la barbe, se lave les mains, revêt ses plus beaux habits pour aller au marché. Soit qu'il achète, soit qu'il vende, il tâte, il pèse, il examine le grain; il y met l'attention d'un artiste à son œuvre. C'est de l'amour, c'est de la religion... le blé lui coûte si cher! Ce petit grain si minime, qu'il tient entre l'index et le pouce, lui résume tant de travaux et de plaisirs, lui représente tant de peine et de repos, tant de journées passées au soleil, à la pluie, au vent, à la gelée, tant de privations et de richesses, tant de souvenirs et d'espérances, les semailles et la moisson, son passé et son avenir, toute sa vie enfin! Et ce culte pour le blé, il l'a aussi pour le pain : il fait une croix à son pain avant de l'entamer; il ne le pose sur la table que d'une certaine façon; il n'en a jamais laissé perdre un morceau, et la mère a bien soin de dire aux enfants, quand elle leur en coupe : «Ne jetez pas le reste, ou le bon Dieu ne vous en donnera plus.» Et ce n'est pas seulement parce que l'homme mange à la sueur de son front, qu'il a tant de sollicitude envers le pain du bon Dieu. Cette vénération pour la nourriture première est un plus noble sentiment de reconnaissance et de prévoyance générale. Il comprend que c'est, en principe, chose sacrée à honorer, à épargner; que dans les miettes mêmes d'un morceau de pain il y a une faim à apaiser, un pauvre à satisfaire; que dans l'atome qui s'appelle un grain de blé il y a un épi, une gerbe; qu'il y va pour tous, enfin, de l'abondance ou de la disette, de la vie ou de la mort.

Après son blé, ce que le paysan du Berry respecte le plus, c'est le mouton. Je ne sais pas trop s'il ne l'apprécie pas autant; mais, à coup sûr, il le préfère à tout le reste du monde, et il aimerait mieux voir un rhume à sa femme et à ses enfants qu'à ses moutons... Jamais vous ne feriez goûter de mouton à un paysan : il les vend, il les mène à la boucherie, mais il ne les tue ni ne les mange... Ce n'est pas qu'il soit pythagoricien, et qu'il vive seulement de fèves, en crainte de la métempsycose ; car il mange du cochon, qu'il tue à Noël, et qu'il sale pour tout l'hiver; car il mange du bœuf et même du veau, à la rigueur. Mais le mouton lui est rigoureusement défendu par une sorte de loi d'intérêt que j'ai entendu formuler ainsi : C'est une petite bête si utile que le mouton ! En effet, c'est, après le froment, la plus grande ressource du paysan : le mouton lui donne la laine. C'est aussi pour lui l'occasion de sa plus grande liesse, le jour des *tontes*. Ce jour-là, le paysan traite le bourgeois, le fermier reçoit le maître dans sa maison, à sa table; il s'assied à l'aise côte à côte avec lui, il mange de la même galette, il boit du même vin : il jouit ainsi un moment, grâce aux moutons, de son droit perdu, de ce droit le plus cher à l'homme, le bon, le saint, le joyeux droit de l'égalité. Ce jour-là, il sent sa valeur. Fort du résultat de ses travaux, fier de montrer au maître les produits du cheptel, les richesses qu'il a créées seul, et qu'il va partager avec lui, il relève la tête, il ne balbutie plus comme hier, comme demain ; car d'ordinaire le paysan sait mieux agir que parler. Ce jour-là enfin, il parle comme il agit, en homme.

Il n'y a que le jour des noces qui soit aussi magnifique que le jour des tontes, et encore !... Dans une carrière si laborieuse, et le plus souvent si pauvre, les fêtes personnelles se comptent, à savoir le baptême et le mariage, surtout le mariage. Pour le paysan, le mariage est encore le grand acte de la vie. Le paysan prend toujours la chose au sérieux, et s'unit à la fois d'intérêt et de cœur ; il s'associe tant pour aimer que pour mieux porter le fardeau de l'existence. L'union fait la force, dit-on ; les enfants, dit-on encore, sont la richesse du laboureur. Qu'il croie ou non aux proverbes, toujours est-il qu'il se marie pour s'entr'aider autant que pour satisfaire à la nature. Il fait de l'épouse sa domestique non moins que sa compagne ; il fait de ses fils des serviteurs. Ainsi, la dot de la femme se prélève sur ses deux bras, sur son zèle à la maison, sur son exercice au dedans, pendant que le mari s'occupe au dehors et travaille aux champs. Ainsi les enfants s'acquittent envers les parents par le concours de leurs forces, à mesure qu'elles se développent, jusqu'à ce que l'âge les fasse eux-mêmes à leur tour chefs de famille ou soldats. Le mariage est donc une affaire qui se traite avec toute la solennité qu'exigent son importance et sa durée. Les plus grands frais du paysan sont pour la célébration de ses noces. Il dépense ses économies, s'il en a ; il engage même ses espérances pour acheter son ménage, c'est-à-dire ses meubles et ses habits, pour acheter surtout l'anneau de la mariée, qui est presque toujours en argent, quelquefois en plomb, et pourtant plus solide encore que l'alliance d'or ou de diamant qui unit les riches.

Rien n'est gai comme la vue d'une noce de villageois du Berry. Les rubans, les bouquets, les costumes neufs, parent les époux et les convives, qui vont à l'église deux à deux, bras dessus, bras dessous, les hommes avec les femmes, la cornemuse ou la vielle en tête, au milieu des coups de fusil, au son des cloches, entre une double haie de curieux, regardant, applaudissant, et criant *aux dragées*, comme autrefois la foule criait largesse aux rois. Le bonheur est aussi une royauté ! Après la bénédiction nuptiale, au sortir de l'église, et en rentrant à la maison, l'épouse, dans plusieurs parties du Berry, trouve un balai jeté en travers du seuil. Si elle passe par-dessus sans le relever, on en conclut qu'elle sera mauvaise ménagère ; si elle ne passe qu'après l'avoir relevé, elle sera un modèle de toutes les vertus. Elles le relèvent toutes avant de passer ! !! Vient ensuite un festin homérique qui dure un soleil, et qu'on n'interrompt que pour danser une danse de toutes jambes et de tout cœur, à laquelle le corps participe en entier des pieds à la tête, et qui continue la pleine nuit, après même que les époux sont allés se coucher.

Mais avant d'aller se mettre au lit avec sa femme, l'époux est soumis à son tour à une épreuve qui est moins naïve que l'expérience du balai : c'est l'expérience de la jambe. Il s'agit, pour le mari, de reconnaître sa femme par la jambe. Voici comment : Quand sonne l'heure du repos pour les époux, on fait ranger par terre toutes les femmes de la noce ensemble, et sur le dos ; on les déchausse de leurs bas et de leurs souliers ; on les cache toutes d'un drap, depuis la figure jusqu'aux mollets exclusivement, qui seuls restent à découvert. Dans ce pêle-mêle de jambes nues, le mari doit reconnaître sans se tromper celle de sa femme. S'il met la main dessus, il a le droit d'aller se coucher immédiatement; sinon, son bonheur est renvoyé à la nuit du lendemain. La morale de cet usage est qu'il faut connaître la jambe de sa femme avant de se marier. On compte sur la *clairvoyance* de l'amour, c'est sa *prévoyance* qui réussit.

Le paysan du Berry est chrétien, le dimanche surtout. Il admet tous les jours fériés, parce que ce sont aussi les jours de repos. Il a pour patronne spéciale sainte Solange, qui fait concurrence à sainte Geneviève, car elle gardait aussi les moutons. C'était une pieuse bergère des environs de Bourges, qui fut vierge et martyre jadis, et que les indigènes ne manquent pas d'honorer tous les ans, parce que sa fête, qui se célèbre en été, est une assemblée où ils vont se gaudir sous les *ramées*, acheter des bouquets artificiels qui contiennent des petits miroirs pour leurs maîtresses. Quelques-uns, plus croyants, y vont encore faire bénir des cornes de cerf, pour être heureux à la chasse, prendre des amulettes pour se préserver eux et leurs troupeaux de la maladie et du tonnerre, accomplir un pèlerinage pour redemander à la sainte la vue ou l'ouïe, une jambe ou un bras, quand, par malheur, ils les ont perdus. Mais c'est le petit nombre; car depuis longtemps il ne se fait plus d'autres miracles à cette fête que ceux qui, suivant la chanson, s'opèrent dans le bois, *où l'on va deux, d'où l'on revient trois.*

Le paysan du Berry serait incomplet si je passais sous silence le vigneron, villageois civilisé, citadin de faubourg, métis du paysan et du bourgeois, qui ne porte ni grand chapeau comme les gens de la campagne, ni chapeau rond comme les gens de la ville, mais le chapeau à cornes ; qui ne porte ni l'habit à la française comme les uns, ni le frac comme les autres, mais une veste à la carmagnole; qui sait lire et écrire au besoin, qui comprend même la politique, au moins en ce qui touche spécialement ses intérêts. Les vignerons d'Issoudun se sont insurgés après

1830, à cause de l'impôt des droits réunis. Ils ont battu les employés, brûlé les registres de l'administration. « A bas les commis, disaient-ils dans leur langage énergique, à bas les commis, ou il n'y a rien de fait ! » Pour eux, Charles X, Polignac, les
ordonnances, la censure, le double vote, la tyrannie, en un mot, c'étaient les commis. Rude engeance, du reste, obstinée et dangereuse, parce qu'elle souffre, parce
qu'elle est poussée à bout ! Il a fallu que le général Petit tirât l'épée de Fontainebleau
pour avoir raison de leurs serpes; il partit à la tête d'un régiment d'infanterie, de
plusieurs légions de gardes nationaux, et *l'ordre régna dans les vignes d'Issoudun !*

Enfin, parmi les paysans du Berry, aux yeux noirs, aux cheveux bruns, il est une
race d'hommes particulière qui contraste avec les autres par ses yeux bleus et
ses cheveux blonds. On reconnaît de prime abord que ce n'est point une race abo-
rigène, et que ces hommes au teint de lait ne sont pas du même sang que les naturels bistrés du pays. Leur couleur, leur taille, leur langage et leur nom, indiquent

cette différence. On les appelle *foratins*, c'est-à-dire étrangers; ils ont l'accent britannique, une stature rigide, des yeux bleus et la peau blanche; bref, ils sont les restes de l'invasion anglaise du temps d'Édouard. Depuis le xiv⁰ siècle, ils se sont conservés pur-sang au milieu de la France, sans se mêler, sans s'altérer, sans rien perdre de leur physionomie originaire. Ils habitent la forêt de Saint-Martin, cultivent spécialement les arbres fruitiers, dont ils apportent la récolte en ville dans des paniers attachés sur le dos de leurs mulets. On distingue les foratins dans les marchés du Berry, absolument comme les juifs dans les marchés de l'Europe.

Après le paysan vient l'ouvrier, qui se divise en quatre espèces, suivant la nature même des richesses du pays : le cardeur, le fendeur, le marinier, et le forgeron. En effet, avec le blé et la vigne, qui se rapportent au paysan, le fer et l'eau, le bois et la laine, voilà tout le Berry! Ah! j'oublie la poterie et la porcelainerie, qui sont aussi des spécialités de cette province; et puisque j'y suis, je vais commencer par ceux qui les représentent.

Le potier et le porcelainier sont frères, mais frères comme le manant l'était d'un noble. Il y a entre eux autant de distance qu'entre l'argile et l'émail, entre un pot de chambre et une tasse. Ils ne se rapprochent et ne se nivellent que par une soif égale, une soif insatiable, indicible, une soif dont un Polonais même n'a jamais donné d'exemple, et qu'explique assez l'exercice de leur métier. Du matin au soir ils respirent la poussière; ils travaillent la terre, qui se durcit à la chaleur de leurs mains, et s'envole en poudre sous leur outil, les prend à la gorge, les altère, les dessèche, et les oblige à s'humecter de temps en temps pour vivre. De façon que l'hygiène les rend ivrognes tout d'abord pour commencer, et qu'à la fin, à force de boire, ils ne peuvent plus même s'enivrer, comme Mithridate ne pouvait plus s'empoisonner. D'ailleurs, bons compagnons, ardents convives, travaillant une semaine et ripaillant l'autre, vivant au jour le jour, presque artistes, et, à coup sûr, les plus amusants et les plus spirituels des ouvriers. Ils habitent le département du Cher.

Les cardeurs, au contraire, qui travaillent la laine à Châteauroux, dans le département de l'Indre, et tous les employés aux manufactures de draps, sont lourds, huileux et mats comme la matière qu'ils exploitent. La misère les obsède là comme à Lyon... Laine ou soie, en tout, le métier de canut n'est pas bon. Ceux de Châteauroux produisent du drap, et ne sont pas vêtus. Leur main d'œuvre, qui suffit à peine à les faire vivre, habille toute l'armée de ces pantalons garance qui font la fortune du fabricant.

Les fendeurs, autre misère! Ces malheureux vivent au fond des forêts, abattent et équarrissent les arbres à grands coups de cognée, scient et fendent les branches et les troncs, préparent, exposés à toutes les intempéries de l'air, le bois à brûler, le bois à construire, la bûche qui nous réchauffera, le toit qui nous couvrira, et, pour tant de fatigue et d'efforts, mangent un oignon par jour avec trois livres de pain, boivent de l'eau croupie, qu'ils puisent dans le creux du chemin, dorment sous une hutte, qu'ils appellent une *loge*, et qui est faite de perches, de genêts et de gazon. C'est de la civilisation d'Amérique.

Le reste des ouvriers du Berry n'a aucun caractère propre, et ressemble à tous les autres artisans de France, par la misère et l'habitude de boire et de fumer. Oui , le tabac, cet opium du pauvre , endort leur peine , comme le vin enivre leur loisir. Le vin et le tabac sont leurs deux grands excès, leurs deux grandes débauches , qu'on leur reproche sans cesse , sans songer aux maux dont ils sont le remède , sans songer surtout que les ouvriers ne boivent tant à la fois que parce qu'ils boivent peu souvent , sans songer que ceux qui blâment le plus leur intempérance , à bien compter , consomment autant qu'eux , prenant tous les jours , à petits coups , ce que les autres absorbent à grands verres , le dimanche seulement. Mais parmi ces habitudes générales , il y a cependant deux traits de mœurs qui sont particuliers aux ouvriers du Berry. Par exemple , ils ont fait du 1er mai un jour d'honneur ou de honte , de récompense ou de punition : d'honneur et de récompense pour les jeunes filles qui sont restées vertueuses , de honte et de punition pour celles qui ne le sont pas. Ainsi, le premier jour du mois printanier , ils plantent dès l'aurore , avec une sérénade , un arbre fleuri qui s'appelle un *mai*, et qui porte une récolte de gâteaux et de rubans , devant la maison des demoiselles qui ont gardé leur virginité ; et en même temps , ils mettent, avec un charivari infernal , une carcasse de cheval à la porte de celles qui ont cessé d'être filles avant d'être femmes. Tel est l'un des deux usages remarquables chez les artisans berruyers. Le second , moins original peut-être , mais aussi expressif , consiste à prendre le mari qui s'est laissé battre par sa femme , à l'enfourcher sur un âne , la tête de l'homme tournée vers la queue de l'animal , et à le promener de cette manière , aux quatre coins de la ville, au son des cors , des cornets, et de tous les instruments cornus et pointus qu'on peut imaginer.

J'arrive aux deux dernières espèces , les plus remarquables et les plus caractéristiques du type, le marinier et le forgeron.

Le marinier du Berry a été à Nantes ; il a vu la mer ; il a descendu la Loire jusqu'à son embouchure. C'est un voyageur , c'est-à-dire un aventurier et un savant, un *déluré*, en un mot, suivant l'expression locale qui signifie un homme résolu et instruit. Il a donc vu du pays , le pays bas, comme on appelle en Berry la Touraine et la Bretagne ; il a vu du pays , dis-je : il a donc le double avantage qu'on acquiert à se déplacer, le double avantage d'apprendre et de s'aguerrir. Aussi , n'y a-t-il pas à lui faire peur, et rien à lui faire croire. Voilà ce qui explique sa supériorité sur le reste des habitants, qui l'écoutent et le craignent comme un oracle. Il est robuste et leste, aisé dans ses mœurs , dans ses gestes , dans ses vêtements. Il porte d'ordinaire une blouse très-courte , un pantalon très-large, de petits souliers à boucles , de grands pendants d'oreilles enrichis d'ancres et de câbles d'or, sous un chapeau ciré. Il est, du reste, querelleur, buveur et fumeur, et même superstitieux comme un véritable marin de la mer. Vous en aurez la preuve dans l'anecdote qui suit :

Le Cher, la rivière sur laquelle il navigue, et près de laquelle il demeure, a le naturel capricieux et perfide de la femme. Tantôt il est calme, et doux, et limpide, comme une jeune nonne ; tantôt il s'emporte, bondit, et roule, comme une bacchante, le tout sans rime ni raison, au moment où l'on s'y attend le moins. C'est la rivière la moins régulière du monde dans son cours et dans ses crues : aujourd'hui ruisseau, demain torrent ; aujourd'hui facile à une coquille de noix, demain impraticable aux plus gros bateaux. Elle grossit en une nuit; que dis-je? en une heure, à vue d'œil, par boutade, et elle arrache, et elle entraîne dans ses flots les barques amarrées, les ponts de pierre avec les passants, des quartiers de terre avec leurs arbres et leurs animaux. On a vu, dans une de ces crues, deux loups voguer en pleine eau sur un morceau de forêt. L'ignorance de la cause du mal mène toujours à la superstition dans le moyen du remède... Les mariniers du Berry, et de Vierzon spécialement, victimes, de temps immémorial, des fantaisies du Cher, s'étaient donc adressés jadis à leur patronne, sainte Perpétue, pour qu'elle les délivrât de l'inondation.

C'était, à ce qu'il paraît, une sainte hydrofuge, qui avait une vertu siccative, je ne sais quelle ardeur intrinsèque capable de vaporiser les eaux. Toutes les fois que la crue avait lieu, les mariniers recouraient à sainte Perpétue : alors le curé de Vierzon faisait sortir la sainte de l'église, la menait en grande procession sur le pont; et là, dès que le Cher et la sainte étaient en présence, la chaleur prodigieuse de la bien-heureuse opérait son miracle, la crue diminuait. Il est vrai que les méchantes langues disaient que les curés d'autrefois en savaient plus long que les mariniers, qu'ils avaient étudié les phases des inondations, qu'ils connaissaient par cœur la croissance et la décroissance de l'eau, qu'ils calculaient l'heure de sa retraite par l'heure de sa venue, et qu'ils ne faisaient sortir la sainte qu'au moment où l'eau baissait. Toujours est-il que l'eau baissait quand sortait la sainte, et que sainte Perpétue continua ses miracles en paix jusqu'à la révolution. Par malheur, alors la sainte était en ar-gent, et l'argent était rare, comme on sait, du temps des assignats. Or, le représen-tant du peuple que la Convention avait délégué à Bourges entendit parler de sainte Perpétue, et aussitôt il lança un mandat d'amener contre elle comme aristocrate... une sainte d'argent! Elle devait être condamnée au creuset, et être fondue au profit de la République, qui avait besoin d'acheter du fer pour armer ses soldats. Il envoya donc au curé de Vierzon l'ordre de livrer la vierge, et aux gendarmes, l'ordre de l'arrêter. Mais le curé, croyant, sans doute, que c'était assez pour la sainte d'avoir été déjà exécutée une fois, refusa d'obéir, fit sonner le tocsin, lança ses bedeaux et ses enfants de chœur par la ville, pour annoncer aux mariniers qu'on voulait leur arracher leur patronne, leur sainte, leur Notre-Dame-de-Bon-Secours. Aussitôt ce fut une révolte ouverte. Le commissaire de police fut obligé de faire battre la générale, de rassembler la garde urbaine, et d'aller, avec les gendarmes, appréhender la vierge au corps. Mais les mariniers étaient déjà sous le porche de l'église, munis de leurs rames, de leurs engins, et de leurs terribles tire-pousse. Les charpentiers en bateaux s'étaient joints aux mariniers, et s'étaient armés d'outils tranchants, où la hache do-mine. Alors il y eut bataille, et les insurgés furent vainqueurs ; alors, pour célébrer leur triomphe, et remercier Dieu de leur succès, le curé fit sortir Perpétue délivrée, et la promena en procession dans toute la ville, chantant les litanies de la Vierge, avec un chœur de mariniers. C'était, m'a raconté le contemporain qui en fut té-moin, un spectacle curieux, de voir cette procession mêlée de cierges et de piques, de pieuses prières et de mondaines imprécations; que d'entendre, quand le prêtre avait dit : *Sancta Perpetua!* les mariniers répondre, avec des gestes et des mots inouïs : Ah! nom de D..., j'la tenons, la mâtine !... *Ora pro nobis!*

Le lendemain de cette gloire éphémère, quatre escadrons de chasseurs à cheval, qui étaient en garnison à Bourges, étaient arrivés à Vierzon, et, malgré le curé et les mariniers, s'emparaient de la vierge, et l'emmenaient de brigade en brigade jusqu'à Bourges, et de là à la Monnaie de Paris, où elle fut exécutée par ordre du comité de salut public. Hélas! depuis, les crues du Cher sont revenues, et reparties sans sainte Perpétue.

Certes, le marinier serait le prototype du Berruyer si le forgeron n'existait pas... Mais le forgeron est le rival du marinier; le forgeron et le marinier se valent, et se détestent comme leurs éléments, comme l'eau et le feu. Partout où ils se rencontrent, dans la rue, au cabaret, au bal, ils s'attaquent et se battent; mais à rebours de leurs éléments, le marinier n'éteint pas toujours le forgeron : au contraire. Le forgeron est un si rude adversaire! Vous allez le connaître.

Le forgeron est l'ouvrier du fer; c'est un homme durci au feu, devant lequel et contre lequel il travaille nuit et jour... autre vestale qui entretient sans cesse la flamme sur l'autel de cette nouvelle religion qui s'appelle *l'industrie*. Ses membres sont des barres, ses mains sont des pinces; car voilà ce qu'il fait du matin au soir, et du soir au matin. Nu, ou couvert seulement d'une longue chemise en toile, de guêtres et de sabots, il prend dans des fournaises, à l'aide de tenailles démesurées, des boules de fonte rouges et ardentes comme des soleils; il les traîne à pas de course, et les engage dans des cylindres, où il les fait passer et repasser sans cesse à la force de son poignet, au risque de s'y engrener lui-même, jusqu'à ce qu'elles s'étirent en galons ou en fil : un d'eux, qui s'y était pris, en est sorti en rubans; ou bien, il porte un de ces globes sur une enclume, et là, dans un volcan d'étincelles qui le brûlent, il le martèle sous un marteau que lève une roue hydraulique, et qui lui retombe à chaque coup sur les bras, jusqu'à ce que la boule soit devenue un essieu; ou bien encore il s'arme d'une cuiller de fer, et va puiser dans une source flamboyante quelque vingt kilogrammes de *gueuse*, qu'il verse dans des moules pour faire des marmites et des chaudières. C'est un travail de démons. Ces gens-là sont damnés; ils n'ont plus rien à craindre de l'enfer.

Je demandais à l'un d'eux, qui venait de finir un arbre de machine à vapeur : « Combien faut-il de temps pour forger cet article ? — Quinze jours, me répondit-il. — Et combien de gouttes de sueur ? — On ne compte pas ça; je sue tant, ajouta-t-il, que j'ai du salpêtre dans ma chemise. » Pauvre homme! et il gagnait trois francs par jour. Et savez-vous qu'il doit encore économiser pour l'avenir sur ces trois francs de la journée, car il ne peut exercer longtemps son métier. Il n'y a pas d'exemple de forgeron âgé de cinquante ans : passé cet âge, ils sont vitrifiés, et se cassent. Dans les forges de cuivre, c'est encore pis. Il faut toute la virilité, toute l'énergie de la vie humaine, pour combattre de tels ennemis, le fer et le feu. Nobles héros de l'industrie, conquérants de la matière, soldats pacifiques, qui se font mutiler dans leur terrible lutte, qui meurent à la peine, sans gloire et sans récompense, soldats engagés à jamais et sans congé, qui, pour obtenir un peu de répit, pour ne pas travailler le dimanche, pour se reposer le septième jour de la semaine, ont été obligés de se révolter, et qui n'ont rien obtenu! Et cependant Dieu lui-même s'est reposé, et ils ne sont que des hommes, et ils font une besogne de diable. Mais Dieu n'avait pas de maître, et ils en ont un. Ils sont les serfs de la féodalité moderne, attachés à cette glèbe de métal qui les dévore tout vifs; ils appartiennent corps et âme à la nouvelle seigneurie qui a remplacé l'autre. L'ancienne, au moins, nourrissait et entretenait parfois ses vassaux; celle-là les exténue, les extermine; il y en a tant d'autres pour remplacer les *aînés quand ils ne seront plus!* La société, qui s'est, avec raison, inquiétée du sort des militaires, ne devrait-elle pas songer aussi au sort des ouvriers? Pourquoi ceux-là n'ont-ils pas aussi leur retraite et leurs invalides? Ce ne sont pas les blessés qui manquent assurément. Soldats de la paix ou soldats de la guerre, ne s'exposent-ils pas tous également pour l'utilité publique? Pourquoi le maître, qui prélève tant de bénéfices sur leur travail, sur leur sueur et leur sang, ne serait-il pas tenu de payer de son lucre un impôt spécial, à l'effet de construire un hôtel des invalides où on recueillerait les ouvriers malades, les blessés et les impotents, où les enfants trouveraient un berceau pour naître, et les vieillards un tombeau pour mourir? Ce serait là une belle, et noble, et juste institution. Le Berry, comme centre de la France, serait le lieu convenable pour cet établissement national; et Bourges, la ville aux moutons, la ville du passé, cette ville aux murs si calmes, si vides, serait bien le grand dôme qui abriterait les invalides de la paix, les invalides de l'avenir.

                                                    Félix Pyat.

PICARD.

LE PICARD.

Le Picard est né malin, c'est le Français par excellence ; l'esprit français dans toute sa pureté, c'est l'esprit du Picard. Cette province résume et contient peut-être toute la vivacité intellectuelle que l'on peut attribuer aux pays situés au nord de la Loire. La plupart des fabliaux du treizième siècle, de ces contes malicieux, égrillards et narquois qu'on nous présente encore comme les types les plus tranchés du vieil esprit national, la plupart de ces ouvrages sont primitivement écrit en dialecte picard. Ce pays offre le rare exemple d'un terroir où l'esprit pousse et où la vigne ne pousse pas. Le Picard se désaltère avec du cidre...

Cette considération a une haute importance physiologique, n'en doutez pas. Procédons par analogie : le Normand, qui boit aussi du jus de pommes, est loin d'être sot, mais la ruse, la finesse, sont ses principaux mérites ; son esprit, d'une nature passive, s'élabore *à froid* ; il ne s'élance pas, plus vite que la pensée, bouillonnant et capricieux, comme l'Aï qui s'échappe d'une bouteille. Cette dernière forme spirituelle, à laquelle notre France doit sa grande renommée, appartient de préférence aux Méridionaux, à ceux dont le pays produit du vin.

L'esprit normand est tempéré par une boisson froide ; celui des Flamands résulte d'une boisson nourrissante, et celui des Anglais, qui s'ingurgitent les drogues les plus horrifiques, est brutal, épais et sauvage.

Il va, sans qu'on le dise, que ces règles sont confirmées par des exceptions nombreuses : Shakspere, Corneille, et vous-même, sans doute, cher lecteur, ne prouvez que trop le néant des règles sans exception. De tous les peuples, il n'en est qu'un qui se puisse applaudir de sa pénurie en fait de vignobles, et c'est l'Allemagne ; car ses enfants seraient fous, si le vin leur fournissait ce qui leur manque pour le devenir. Le Picard échappe à ces influences ; son esprit surnage et ne se noie pas. Et cependant le Picard foule un sol frais et potager ; il a de l'herbe jusqu'aux genoux, quand il marche dans ses prairies ; ses pieds sont refroidis et enracinés dans un limon marécageux, et sur sa tête un ciel gris roule des nuages écumés par le vent des mers du nord. Le Picard est grand par lui seul et sans l'assistance de Bacchus ni du dieu qui guide les coursiers du soleil. Le Picard est spirituel et il a froid ; il aspire la brume et il n'est pas couronné de pampres... O peuples, saluez !

Cette netteté qu'il a dans la pensée, cette facilité qu'il possède dans l'élocution, se manifestent sur son visage. En général, les Picards sont maigres, leurs traits sont fermes, leurs lèvres minces, leur nez droit et pincé, et leurs yeux vifs. Nous voici bien loin de leurs voisins des Flandres. La Picarde est grassouillette, blanche ; ses yeux sont doux et piquants, son nez railleur ; ses lèvres un peu épaisses s'ouvrent volontiers à la gaieté et s'entr'ouvrent au plaisir ; c'est le type de la femme française dans toute son adorable vérité.

FEMME DE PICARDIE

Il est bien des vertus que les Picardes préfèrent à *la vertu*, car elles ont trop d'esprit pour être prudes : leur cœur est droit et bon, et les mœurs du village sont tendrement pastorales. Ceci serait de la médisance, si ce n'était un éloge franc et sincère comme les bergerettes de la vallée de la Somme.

Et puis, cet aimable peuple est paresseux comme Figaro, comme tous les gens d'esprit, paresseux *avec délices*. Voilà un trait qui le place bien au-dessus du Normand. Tant pis pour ce dernier, mais la vérité avant tout. Revenons aux Picardes, il nous coûterait de les quitter sitôt. Nous avons prétendu qu'elles sont plus civilisées, plus joliettes et mieux apprivoisées qu'ailleurs, et il est facile d'en donner la raison : c'est que dans ce pays le beau sexe ne travaille pas à la terre, s'abstient des ouvrages de peine et ne va presque pas aux champs. Leur genre d'existence les conserve belles, mais dame Oisiveté fait germer parfois en leur sein le moins laid de ses enfants. Comme nous ne sommes ni moraliste ni *utilitaire*, et que ces pages ne se proposent point de faire baisser le prix du pain, nous louerons sans scrupule un usage dont il résulte de jolies femmes, tout en regrettant avec amertume (toujours par amour pour ce qui est beau) que ces aimables enfants d'un terrain pauvre soient jetées en très-grand nombre, par la misère, sur le pavé de Paris, où elles se perdent à jamais. Mais comme, à dater de ce moment, elles n'ont plus de nom et plus de patrie, nous n'avons plus qu'à les oublier.

Il n'est pas rare qu'on rencontre en Picardie une jeune fille qui fume sa pipe avec une grâce et un aplomb dignes d'un marin ou d'une femme de lettres. Entrez dans une chaumière, et souvent vous y verrez les pipes d'un mari et de sa moitié accrochées à deux clous rivaux ; et le plus beau tuyau n'est jamais du côté de la barbe. Ainsi, pendant que des amazones s'occupent ici de conquérir l'indépendance de la femme, sans autre résultat obtenir que de fumer des cigarettes en papier, il se trouve que la Picarde a fait, depuis près d'un siècle, respecter l'étendard de la révolte culotté par le temps, et qu'elle projette, au fond de son hameau, la fumée *du caporal* sur Fourier et sur Saint-Simon. Cette révolution s'est opérée sans résistance de la part des hommes ; ils ont subi cette loi, et on s'est contenté d'un peu de fumée. Ne vous disais-je pas que c'est un peuple spirituel ?

Ne croyez pas cependant que la vie s'écoule sans bourrasques dans un ménage picard. Ces braves gens sont emportés, vifs comme poudre, et ils ont des colères aussi pétillantes et aussi durables qu'un feu de paille. En outre, comme ils s'expriment facilement et sont assez têtus, il en résulte chez eux un certain penchant à l'esprit de controverse : ils aiment la discussion, et s'y livrent avec la même âpreté que leurs voisins du département du Nord. Leur plus grand plaisir est d'entasser une foule d'arguments spécieux à l'appui d'un mensonge. Rien n'est plaisant alors comme la malice qui perce sous leur masque de bonhomie ; et deux bons paysans dont l'un est endoctriné par l'autre, qui persuade de la voix et du geste, forment un petit crayon assez risible.

Ainsi que tous les enfants d'un sol ingrat, les Picards sont industrieux et tournés avec ferveur vers les choses lucratives. On les dit intéressés ; c'est que l'argent est dur à gagner pour eux, et que leur naturel, dénué de souplesse, ne contribue pas moins que la pauvreté du territoire à les empêcher de s'enrichir. Plusieurs écrivains ont jugé à propos de les louer de leur bravoure à la guerre ; cet éloge me paraît tomber dans le domaine de M. de La Palice, et convenir à une province aussi bien qu'à une autre, attendu que le courage en France est de toutes les localités, de tous les temps, et que cette règle a la force absolue d'un axiome.

Si vous teniez absolument à trouver ici, à propos de cette contrée, des considérations historiques généralement ennuyeuses, on vous dirait que les Picards pensent qu'on les a nommés ainsi parce qu'ils ont inventé les piques. L'auteur de cette étymologie ne paraît pas avoir inventé autre chose. D'autres érudits, plus ou moins bâtés, certifient que le mot *Picard*, en vieux langage, est synonyme de malicieux, de *piquant*, ce qui n'est pas vrai, et ce qui, du reste, ne saurait être vraisemblablement appliqué à messieurs les savants du cru.

Cette province fut conquise par Clodion le Chevelu, qui peut-être n'exista jamais, et elle se conserva dans le domaine immédiat de la couronne, jusqu'au moment où, à la faveur de la faiblesse des Carlovingiens, les grands vassaux se firent suzerains de leurs fiefs. Durant ces envahissements féodaux, la Picardie fut apportée en dot aux comtes de Flandre de la maison d'Alsace, sur lesquels Philippe-Auguste reconquit le comté d'Amiens. La Picardie fut aliénée de nouveau, en 1455, par Charles VII, qui engagea au duc de Bourgogne, pour quatre cent mille écus, toutes les villes situées sur la Somme. Louis XI acquitta cette dette en arrivant au trône. Cette province comprenait alors l'Amiénois, le Boulonnois, le Ponthieu, le Santerre, le Vermandois, la Thiérache, le Pays-reconquis, le Beauvoisis, le Noyonnois et le Laonnois. Ces trois derniers pays furent, sous Louis XIV, incorporés dans le gouvernement de l'*Ile-de-France*, et on réunit l'Artois à celui de la Picardie. La plus grande partie de cette province est représentée aujourd'hui par le département de la Somme.

On pourrait vous narrer ici les grandes guerres et les beaux combats qui eurent leur théâtre en ce pays, depuis la bataille de Crécy, de funeste mémoire, jusqu'à la prise d'Amiens par les Espagnols, à l'aide d'un gros sac de noix, et à sa reprise par Henri IV, etc... ; mais ces beaux faits ne vous amuseraient peut-être pas, et je serais désolé d'avoir à me reprocher la prétention d'instruire mon prochain, ou celle de me donner, comme maître *Petit-Jean*, *les airs d'un bon apôtre*. Ce Petit-Jean,

Qu'on avait fait venir d'Amiens pour être suisse,

est une variété du Picard, admirablement observée et dépeinte. A l'imitation des autres pays pauvres, celui-ci fournit à la *grand'ville* quantité d'hommes de service ; de là le nom de *Picard,* généralement appliqué, dans les vieilles comédies, aux valets de bonne maison, ainsi que ceux de *Comtois* et de *Champagne.* Mais le *famulus* des rives de la Somme a un caractère tout particulier, et on croirait que les auteurs dramatiques l'aient invariablement dessiné d'après celui de la comédie *des Plaideurs.* C'est un bon serviteur, toujours grondant, souriant d'un œil et furieux de l'autre, prêt sans cesse à jeter, en fuyant, une réplique à la fois burlesque et maussade. Du reste, fort sensé, doué d'un jugement gros, mais imperturbable, critiquant toute chose avec un esprit naturel enduit d'une sorte de naïveté impatientante, prompt à la médisance et habile à soigner ses intérêts.

Le voilà, tel que Racine vous l'a fait, lecteur; s'exprimant par apophthegmes, aimant les honneurs avec complaisance, sans toutefois en être la dupe, et raisonnant sur les préjugés avec une philosophie toute française.

> Tout Picard que j'étais, j'étais un bon apôtre,
> Et je faisais claquer mon fouet tout comme un autre.
> Tous les plus gros monsieurs me parlaient chapeau bas :
> Monsieur de Petit-Jean, ah ! gros comme le bras.
> Mais sans argent l'honneur n'est qu'une maladie ;
> Ma foi, j'étais un vrai portier de comédie :
> On avait beau heurter et m'ôter son chapeau,
> On n'entrait plus chez nous sans graisser le marteau ;
> Point d'argent, point de Suisse ; et ma porte était close.
> Il est vrai qu'à monsieur j'en rendais quelque chose :
> Nous comptions quelquefois. On me donnait le soin
> De fournir la maison de chandelle et de foin :
> Mais je n'y perdais rien. Enfin, vaille que vaille,
> J'aurais sur le marché fort bien fourni la paille, etc.

Le Picard est tout entier dans ces vers, on nous pardonnera de les avoir cités ; ce sont d'intimes connaissances qu'on revoit toujours avec plaisir. Jamais l'auteur d'*Athalie* n'a mieux créé. L'admirable portrait, comme il est fidèle et comme ce caractère est profondément français! Achille, Iphigénie, Bérénice et Bajazet ne le sont, en vérité, pas davantage !

Avant de passer outre, constatons un de ces effets singuliers de l'ignorance populaire, lesquels sont fréquents dans l'histoire des langues et des peuples. Ce dicton, devenu si célèbre : « Point d'argent, point de Suisse, » avait été décoché contre les Picards, et ce sont les enfants de l'Helvétie que le trait a blessés. Cette accusation, au surplus, qui aurait été injuste du temps de Racine, est fort à propos de nos jours; car la Suisse est devenue la véritable juiverie de notre époque, tandis que la rapacité picarde n'a plus rien de remarquable.

Si nous voulions parler encore des femmes de ce pays, nous rencontrerions dans l'histoire, en passant de l'antichambre au salon, d'admirables types de Picardes. La *Charmante Gabrielle*, que l'on a chantée, au retour des Bourbons, sur un air si nasillard, l'illustre maîtresse du Béarnais, était Picarde; et les premières amours du plus joli roi de la chrétienté, madame de Châteauroux, le plus poétique, le plus voluptueux des souvenirs de ce règne assez *collet démonté*, était native des bords de la Somme. Ses compatriotes ont gardé leur réputation de beauté. Demandez à l'une d'elles le lieu de sa naissance : « Je suis, répondra-t-elle, du pays des jolies filles, je suis Picarde. »

C'est de cette province que l'on tire la plupart de ces bonnes d'enfant blanches et roses, que l'on voit éblouir, sous les ormeaux du Luxembourg et de la petite Provence, l'écolier, le conscrit et l'employé ministériel à l'heure où l'on sort du bureau.

Ces fillettes espiègles et sensibles ne sont pas longtemps gouvernantes, et se hâtent, dans l'intérêt des familles, d'adopter l'état de nourrices. L'Amiénois, le Boulonnois et le Laonnois en fournissent un nombre considérable. Destinée! si madame de Châteauroux eût reçu le jour sous le chaume, telle aurait peut-être été sa condition; mais la belle Gabrielle eût été nourrice assurément.

Comme on peut le voir, nous montrons peu d'empressement à entamer la description du pays picard; c'est qu'ici les naturels sont plus intéressants que le sol. Cette province manque, en général, de sites, de lignes, de grandeur et de variété. Amiens, la capitale, est étendue sur une plaine assez propre, cultivée proprement et parsemée de maisonnettes badigeonnées avec propreté. Elle ne présente d'autre singularité que l'aspect lointain de la cathédrale qui s'élève au-dessus des maisons, d'une manière formidable. Quant à la ville, lorsqu'on a dit qu'elle est commerçante et point trop mal bâtie, il ne reste plus rien à en dire. Les gens y sont tout aux affaires, et il est peu de cités françaises où les lettres, et surtout les arts, soient moins en honneur. Dans ce département, mais surtout dans la partie qui avoisine la Flandre et le Pas-de-Calais, le mercantilisme est si fort développé, qu'on n'estime que les trafiquants. Il me souvient qu'étant descendu un soir dans un hôtel à Doullens, je fus tout d'abord l'objet de la question suivante : « Et vous, mossieu, qué vendez-vous, bé?

— Rien du tout, mon cher monsieur; mais qui vous fait supposer que je vende quelque chose?

— Ch'est (répondit le malicieux Picard, en jetant un coup d'œil sur ma personne assez mal accoutrée), ch'est qué vous avez l'air d'*un* qui n'achète rien. »

Cependant, Doullens est bien moins commerçant que des villes telles que Bolbec en Normandie, ou que Saint-Quentin.

A Abbeville, c'est une autre chose : on ne fait bonne mine qu'aux Anglais; il n'est sur le sol national aucun lieu où l'on ait moins l'occasion d'*être fier d'être Français* que dans un hôtel d'Abbeville. La raison de cette préférence pour nos voisins est qu'ils se laissent voler plus aisément que nous : aussi les sourires, le bon accueil et la plus belle chambre sont-ils pour eux. Jusque-là, c'est fort bien; mais ne pourrait-on, à défaut d'avantages plus solides, accorder aux compatriotes un peu d'égards et de civilité?

Éloignez-vous des villes et des grandes routes, vous retrouvez d'autres mœurs, et vous revenez soudain aux bonnes gens de la vieille France. Le côté poétique de la Picardie est mêlé partout à des souvenirs : c'est dans ces campagnes qu'on reconstruit le plus aisément la France d'autrefois, avec des châteaux, des gentilshommes campagnards et des baillis à grandes perruques. Çà et là, dans les prairies, sur le bord des chemins, sont de petits manoirs, plus orgueilleux qu'ils ne sont gros, devant la porte desquels retombent encore des ponts-levis qu'on n'a jamais levés. Plus d'une maison bourgeoise porte la tourelle au côté et l'écusson sur la poitrine; ce sont des prétentions d'un autre temps, dont les vestiges se voient encore.

Bien que l'aspect de la Picardie soit uniforme, les nuances du paysage y sont assez diversifiées. Du côté de Péronne, une poussière crayeuse affadit le ton des terres, et les cultures prosaïquement utiles qui se développent honnêtement sur ces plaines bourgeoises aspirent au gris comme le sol qui les alimente. Aux environs de l'Aire et de la haute Somme, ce sont des cours d'eau jaune, passée en revue par des saules-nains, alignés sur des rives d'un nankin assez réjouissant. Ces localités sont sablonneuses. Partout, dans ce pays, les arbres sont ronds : près des rivières, des saules d'un vert-moisi, dans les champs, des pommiers, et toujours des pommiers. Çà et là, des massifs plus élevés ; puis un clocher qui trésit derrière une ligne dure, égayée de quelques moulins à vent. Jamais de collines, mais des mouvements de terrains le long desquels serpentent des sentiers pierreux, tachés de quelques ânes qui cheminent avec lenteur. Le site que vous avez vu hier, vous le retrouverez demain, et le spectacle ne change pas. C'est toujours un premier plan d'herbes drues, picotant un fond gris d'iris, et, sous les nuages plombés du ciel, des lointains qui varient des nuances vives de la laque à celles du cobalt et de l'indigo. Les maisonnettes sont blanches comme des dents de loups, et voilées d'un peu de verdure. Ces tableaux ne sont variés que par l'éclat criard de quelques carrières fraîchement entamées, et par les noires ordures qu'on exhume des tourbières.

Au delà d'Amiens, les champs deviennent plus plantureux, les herbes épaississent, les fleurs se multiplient, et on trouve nombre de hameaux *situés dans une position riante* (style de notaire qui annonce une maison à vendre).

Ces *agréments locaux* se prolongent jusqu'au *Marquenterre*, où ces terrains fertiles deviennent coquets et s'atournent d'une façon vraiment gracieuse. Situé entre l'embouchure de la Somme et celle de l'Authie, le Marquenterre est un sol bas, abandonné par les eaux de l'Océan qui jadis y croupissaient. La fécondité de ces anciens marais salants est prodigieuse ; les arbres y viennent grands et fournis, les prairies sont veloutées, et tout le canton a un air d'abondance et de sérénité qui réjouit le cœur. Ces plans bien unis, dont les lignes fuient avec rapidité, sont encadrés par les coteaux du Boulonnois d'un bleu doux et profond : du côté opposé, ce sont les falaises normandes, claires comme un ton de céruse adouci par un peu de jaune de Naples ; la sombre forêt de Crécy s'étend à l'orient, en face des dunes sablonneuses qui, vers le couchant, séparent de ces vastes campagnes la mer plus verte encore, et plus foncée, quand les vents d'ouest, si fréquents dans cet parages, en dépolissent le miroir. On suit de l'œil avec plaisir les lignes timides de ce paysage, qui s'arrangent modestement, avec une recherche de bon goût, et on admire l'art avec lequel la nature remplace la force par l'esprit, la grandeur par la mignardise, et la beauté réelle par le chiffonné de la physionomie.

Les hommes du Marquenterre ont moins de rudesse dans les traits, et leurs femmes sont plus mignonnes que dans l'intérieur des terres et que le long de la côte. On les rencontre le matin sur les routes, se rendant au marché d'Abbeville, groupées sous la capote en toile grise de leurs charrettes : des mantes, zébrées de raies brunes, les garantissent de la rosée, et de vastes bonnets, évasés et retroussés sur la nuque, de chaque côté du chignon, entourent leur visage. Les jeunes filles, en robes fort dégagées et en manches courtes, se coiffent en bandeaux et disposent sur leurs têtes, d'une manière capricieuse et mutine, des fichus de diverses couleurs, noués sur le front. Le luxe des boucles d'oreilles est en honneur chez elles, et souvent, leurs yeux, aussi noirs que les rubans de velours qu'elles portent au col, sont très-agaçants et non moins malicieux.

C'est une justice à rendre à l'heureux naturel de la race picarde, que de reconnaître et de louer en elle un enjouement continuel. Il existe, auprès de Saint-Valery, à l'endroit où les rivages de la Somme s'abaissent et s'écartent pour permettre au fleuve de s'élancer dans la Manche, il existe là certaines grèves d'une mélancolie profonde. Des vents corrosifs, tout chargés de l'âcre saveur des mers, y détruisent la végétation ; les derniers arbres de ces bords, décapités par la tempête, courbent leurs branches déplumées et pendantes comme des ailes d'oiseaux blessés, et les nuées toutes noires de pluie en bannissent le soleil. La tristesse de ces landes, où ne fleurissent que des coquilles, noires comme de la mandragore, se communique en général aux gens qui les habitent, et telle est sans doute la cause de la morosité des populations du littoral de la Bretagne. Eh bien, quand on promène sa rêverie sur les côtes de la Picardie, on est étonné d'entendre se mêler au gémissement des vagues les éclats de rire des femmes qui recueillent çà et là des moules et des crabes sur les roches humides. Leur gaieté triomphe de ces élégies de la nature, et on les voit, brunies par le grand air, grasses de santé et d'insouciance, jeter aux passants des œillades d'une coquetterie achevée. Leur costume est décolleté par le haut et par le bas, et quand elles s'en vont baissées et leurs jupons noués au-dessus du genou, de crainte de se mouiller, on s'aperçoit que la pruderie leur est étrangère. Leurs pieds sont nus et endurcis contre le froid, comme ceux des Calabraises le sont contre la chaleur des sables torréfiés par le soleil de la Lucanie.

LA PICARDE.

Bien que les Picards soient fort civilisés, ils ont eu l'esprit de garder tout ce que les usages du bon vieux temps offraient de divertissant. Leurs fêtes villageoises ont beaucoup de mouvement. Le *branle* d'Authieule attire encore les garçons du pays chaque année, et l'on porte en triomphe le *mare* et la *maresse* que le sort a faits rois de la fête. Les chasseurs de canards sauvages, gibier dont on garnit les pâtés d'Amiens (mets plus indigestes que savoureux, en dépit de leur réputation), les chasseurs ont aussi leur fête, la veille de la Saint-Jean.

On a conservé aussi, dans cette province, certaines coutumes des temps de superstition. Telles sont les offrandes à *Notre-Dame de Brebière*, et les cérémonies funèbres de Beauquesne. Les gens de cet endroit, pour aller faire part à leurs amis de la mort de leurs proches, s'affublent de longs manteaux noirs, et quand le défunt est descendu dans la fosse, chacun en fait trois fois le tour à reculons, afin d'empêcher le mort de revenir lutiner les vivants pendant les nuits. A Doullens, on célèbre encore le dimanche des brandons en parcourant les rues toute la nuit avec des torches enflammées, faites de tiges de bouillon-blanc, imprégnées d'huile et de résine. Naguère, on criait encore le *guet* dans les carrefours de Domart, et à minuit, une voix lamentable invitait les gens qui dormaient à prier pour les trépassés. Au reste, plusieurs habitudes des campagnes rappellent encore l'ancien régime et le temps des seigneurs. La physionomie des villages ne s'est pas rajeunie, et les châteaux nombreux sont debout pour la plupart. Sans parler de ceux de Picquigny, de Ham et de Péronne, si célèbres dans l'histoire, on remarque celui de Boves, où demeurait Gabrielle d'Estrées ; celui de Heilly, qui ressemble à une petite bastille ; celui de Folleville, que surmonte une tour de cent pieds de hauteur, et celui de Rambures, forteresse conservée comme au moyen âge, avec tout son mobilier de guerre. Le propriétaire actuel de ce vieux donjon y vit comme un baron du quatorzième siècle ; il pourrait, au besoin, soutenir un siége. Cependant il paye ses contributions comme un bon bourgeois, et on ne dit point qu'il ait fait pendre le percepteur au sommet du créneau.

On parle dans ces contrées un patois qui ressemble assez à du vieux français, et le Picard, dépaysé, conserve un accent traînard un peu analogue à celui des Bressans. Nous avons copié un échantillon des patois picards, lequel dépeint à la fois le naturel, l'esprit et les mœurs de la province, d'une manière si complète, que nous n'hésitons pas à le transcrire ici.

A UNE MARQUISE QUI VENAIT VISITER SA TERRE.

Oui, je venons itout vous présenter m'n'hommage ;
Quant à l'égard que d'lo si j'vous parlons picard,
Chest que d'ell varitai chest ell' pus franque image ;
On ne connaît cheux nous ni goguettes ni fard.
T'enez, cho part d'iqui. Bayez donc, bell' marquise,
Comme tout in chacun vous r'luque et vous ravise,
Comme ches tiots guerchons accourient apris vous,
I criouent, i riouent, i gambadouent terlous.
Oh ch'est qu'on est bian aise ; et pis ch'est que, Princesse,
Ed vous voir à Bailleu était enn' allégresse !
Ej' partigeons ell'joie. All' nous aime os l'aimons,
All' n'est point fiare in brin ; all' pourrait l'être, sucre !
Os somm' tous ess' inllus, oll' est not' mère émous?
Boine comm' du pain tenre, et douche comm' de chucre ;
Dam ! ch'est em' maraine, et mossieu nun parain,
Et nous, sous vot' respect, ej' sommes leu filiole.
Et v'lo qu'tout-in-queup, j'ons fait enn' capriole
Por alln d' vous bailler ech' brinot d' roumarin ;
J'ons pris chell' libarté que d'y joindre enne rôse,
Et pis not' chœur avuc ; mais cho n'est point grind chose.

Ces pensées, assurément, sont gracieuses, point grossières, et on y trouve à la fois la franchise et la galanterie françaises.

En résumé, le caractère du Picard est digne d'intéresser l'observateur, le moraliste, et ce n'est pas sans raison que les habitants de cette province sont estimés de leurs voisins. Quel dommage que leur sol natal n'ait pas ces aspects de grandeur qui élèvent l'âme et ravissent les yeux ! Il est à regretter aussi que leurs vallées soient aussi brumeuses, et que leurs vignes produisent des pommes. Mais, hors de ces inconvénients naturels, et en ne considérant que l'amabilité des habitants et leurs allures toutes françaises, on ressent pour eux de vives sympathies. Pour moi, qui les connais et sais les apprécier, il me semble que, si je n'avais l'honneur d'être Franc-Comtois, je serais très-satisfait d'être Picard.

Francis **WEY.**

LE BOURGUIGNON.

> Bourguignon salé,
> L'épée au côté,
> La barbe au menton,
> Saute, Bourguignon [1] !
>
> (*Vieux dicton.*)

La sagacité laborieuse de nos plus savants archéologues n'a pu venir à bout de nous dévoiler tant soit peu l'origine reculée et obscure des Bourguignons. Bien plus ! l'étymologie même du nom leur échappe ; aucun de ces érudits n'est d'accord sur elle... Permettez-moi de n'être pas plus savant que nos plus savants historiens, et de ne pas vous dire plus qu'eux d'où viennent les Bourguignons, hommes et nom.

Il me serait plus agréable d'être fixé sur les limites que vous assignez à la Bourgogne. Quand vous avez pris vos souliers à

---

[1] Plusieurs versions, répandues en Bourgogne, prétendent expliquer ce vieux proverbe. Celle de La Monnoye seule parait digne d'attention par sa vraisemblance : « Les habitants d'Aigues-Mortes, dit-il, fidèles à Charles VII, passèrent au fil de l'épée la garnison bourguignonne, et la salèrent de peur d'infection. » Jean de Serres dit que, de son temps, on montrait encore à Aigues-Mortes une grande cuve de pierre où l'on salait les Bourguignons. — La Monnoye fait allusion à ce fait dans le distique suivant, mis en tête de ses *Noëls*, dont nous reparlerons :

Providus, ut multas lues secreverit in annos
Carmina burgunde tinxit Apollo sale.

COIFFURES BOURGUIGNONNES.

clous et votre bâton de voyageur, et fait le tour de la Côte-d'Or, de Saône-et-Loire
et de l'Yonne, en effleurant deux départements limitrophes, vous êtes tout fier,
et croyez la tenir sous votre regard, la posséder tout entière... Vous avez raison
dans un sens : c'est la Bourgogne d'aujourd'hui, celle que vous connaissez tous, et
qui n'est pas à dédaigner, je vous assure. Mais avant de nous y renfermer, reculez
un peu ces frontières étroites, enjambez du terrain, courez, courez. Allez, d'un côté,
des sources de la Marne jusqu'à la Méditerranée; de l'autre, des sources du Rhône
jusqu'à celles de l'Allier ; englobez là dedans la Savoie, la Suisse, le midi et le centre
de la France : et maintenant mesurez de l'œil, si vous pouvez, cette vaste étendue
de pays... c'est là l'ancien royaume de Bourgogne! c'est là que vint s'établir la tribu
la plus nombreuse de l'antique Vandalie, après avoir passé le Rhin vers le commencement du cinquième siècle, sous les ordres de Gondicaire (ou Gondioc), chef vaillant et habile, à qui les Bourguignons doivent d'avoir pu pénétrer dans les Gaules.

Mon intention n'est point de prendre cette tribu à son origine sauvage et guerrière, et de suivre pas à pas son histoire jusqu'à nos jours. J'ai hâte, au contraire,
d'arriver à nos contemporains, et je ne vous dirai des vieux Bourguignons que ce
qui sera nécessaire pour expliquer, de la manière la plus rationnelle, certaines
nuances de mœurs, certains traits de caractère des Bourguignons du dix-neuvième
siècle.

Cette contrée, habitée anciennement par les *Edui*, les plus célèbres d'entre les
Celtes, fut comprise par Valens dans la première lyonnaise. Les Bourguignons du
nord, comme je viens de vous le dire, s'y établirent environ en 405, et y fon-
dèrent le puissant royaume dont vous venez de parcourir les limites. Plus tard,
érigée en duché, elle fut gouvernée par ses ducs, les fameux ducs de Bourgogne, qui
en firent un état riche et florissant. Richard le Justicier, mort en 921, fut le premier de ces souverains, dont la race successive s'éteignit en 1477, dans la personne de Charles le Téméraire, cet homme redoutable tué obscurément devant
Nanci, et qui ne laissa pas même un fils pour lui succéder. La Bourgogne, ce beau
fleuron de la couronne, aliénée deux fois par les rois de France, fut alors, par
Louis XI, acquise et réunie au royaume, qui depuis l'a toujours conservée.

Genève d'abord, Lyon ensuite, furent les deux premières capitales de cette province. Mais dès le commencement du onzième siècle, ses ducs choisirent Dijon pour
résidence, et cette ville, devenue le rendez-vous des puissants et des nobles, et
s'embellissant par conséquent de manoirs, de monuments et d'églises, a toujours,
depuis lors, conservé son rang de ville première des Bourguignons. Un effroyable
incendie la détruisit presque en entier en 1157 ; mais sa reconstruction élargit son
enceinte, et la flamme, en passant sur elle, transforma la ville moyenne en belle
et grande ville. Le siècle dernier encore, elle comptait dans ses murs trente-cinq
églises!... 1795 en a laissé cinq! ce terrible millésime a semé partout les débris
sur son passage. Dijon n'est aujourd'hui qu'une ville ordinaire, assez grande, trop
grande pour sa population, car toutes ses rues sont silencieuses et ses belles promenades presque désertes. Seulement elle a gardé l'auréole dont l'a entourée longtemps son rang de capitale ; elle est encore, comme elle l'a été jadis, une ville lit-

téraire et artistique : elle a ses académies renommées... le progrès, la civilisation et le goût ne meurent pas si vite en Bourgogne!

Quiconque a voyagé dans cette contrée, et même, sans se déranger, a lu simplement les relations de voyages qu'on y a faits, sait par cœur que le Bourguignon est ouvert, laborieux, et a les manières rondes et gaies. Ceci donné comme se donnent les renseignements de statistique, et sans vous garantir le moins du monde qu'il n'y a chez nous ni menteurs, ni fainéants, ni sournois. Mais ce qu'on sait par-dessus tout quand on a vu ce pays, c'est que le Bourguignon est hospitalier. Pour cela, on ne le lui ôtera pas, c'est le fond de son caractère; il l'est comme le Normand est processif, comme l'Auvergnat est économe ; il l'est parce que, dès son origine, il l'a toujours été, et qu'il était peut-être impossible qu'il ne le fût pas. Expliquons-nous.

Quand les Bourguignons eurent pénétré victorieusement dans les Gaules, et s'y furent mélangés avec leurs habitants, un partage des biens devint nécessaire entre les deux peuples, conquérants et conquis. Il y avait des terres et des serfs à partager ; on y procéda avec sagesse. Aux Bourguignons, guerriers et pasteurs, on donna les deux tiers des terres. Ils en avaient plus besoin que d'esclaves, dont ils n'eurent qu'un tiers ; les deux autres tiers des esclaves et le dernier tiers des terres furent assignés aux Romains, chargés de la culture des propriétés des vainqueurs, et qui, par conséquent, avaient besoin de bras disponibles pour cette culture. Cet échange amena plus d'intimité dans les rapports, occasionna des fusions entre les familles, fut le lien, pour ainsi dire, qui attacha un peuple à l'autre. *Chaque Bourguignon,* dit un historien, *fut placé en qualité d'hôte chez un indigène...* Il me semble que l'on peut, sans trop se hasarder, trouver dans cette circonstance l'origine du caractère hospitalier des Bourguignons. — C'est par l'hospitalité reçue qu'ils se sont maintenus chez les Gaulois ; c'est par elle qu'ils ont acquis leur rang de peuple ; elle est la source de leur puissance : il y a donc de la nationalité, il y a de l'amour-propre, il y a de tout dans cette fidélité constante du Bourguignon à rendre chaque jour l'hospitalité qu'on lui donna jadis. Un article de la loi Gombette, code à la fois politique, criminel, administratif et judiciaire de ce peuple, prouvera quel respect religieux il avait pour cette vertu innée. « *Celui qui aura refusé sa maison ou son feu à un étranger payera 5 écus d'amende. Si un voyageur demande le couvert à un Bourguignon, et que celui-ci montre la maison d'un Romain, le Bourguignon payera 5 écus, et autant à l'étranger. Le métayer ou le rentier qui aura refusé l'hospitalité sera fustigé, etc...* »

Et voyez comme cette tradition d'accueil bienveillant et cordial s'est transmise jusqu'à nous ! aventurez-vous, artistes, voyageurs ou touristes, dans les sites pittoresques de nos montagnes et de nos vignobles ; laissez-vous surprendre dans vos excursions par la faim ou la fatigue,... et ne vous mettez pas en peine. Cherchez, heurtez à la première cabane venue : bûcheron, fermier ou vigneron, n'importe qui vous ouvrira. Bonne place vous sera faite au coin du feu, et la table vous présentera bientôt tout ce que possède le buffet, œufs, fruits et laitage. Dans la plupart des villes même, n'y soyez qu'un jour, une heure, en passage, vous y trouverez partout des groupes d'agréables musards, viveurs gais et affables qui dépensent insoucieusement leurs heures dans les cafés, et qui vous feront accepter de force la cruche de bière et le petit verre de l'hospitalité. Dans la plupart des ménages, où chacun cuit son pain et sa pâtisserie, il y a toujours une part de ces choses qui ne se mange pas dans la maison. On a des parents, des voisins, des amis, et la ménagère ne revient pas du four sans porter une galette ou un morceau de flan à une amie ou à sa voisine. Un vieux militaire, qui s'était promené pendant vingt et un ans d'étapes en étapes, m'a dit avoir remarqué que c'était en Bourgogne seulement que le militaire, logé chez le bourgeois, y avait *gratis* le déjeuner et souvent le dîner. Dans chaque ménage, il y a, autant que possible, un lit uniquement destiné aux soldats en passage.

Mais un exemple tout récent d'hospitalité, et que j'ai gardé pour le dernier, est celui que vient de donner un de nos compatriotes, dont le grand nom se retrouvera tout à l'heure pour clore la liste des personnages illustres de notre pays. Pendant les terribles inondations [1] qui viennent de ravager une partie de la France, aux environs de Mâcon, non loin de la Saône, dont les immenses eaux roulaient au Rhône des toits, des maisons et des moitiés de villages, un château venait d'ouvrir ses portes aux victimes, et cent malheureux y furent, pendant tout le temps du désastre, logés, nourris et soignés par son infatigable propriétaire. O château de Saint-Point, une grande bénédiction du ciel a dû descendre sur ton noble poëte !

Maintenant, pour justifier, s'il en est besoin, la qualification de laborieux, qui est vraie aussi pour le Bourguignon, en dépit des flâneurs hospitaliers dont je viens de vous parler, il suffirait de citer l'exemple d'une certaine duchesse, Marie de Bourgogne, qui avait fait pratiquer sur le devant de sa selle une échancrure dans laquelle elle faisait tenir sa quenouille, afin de pouvoir filer pendant le temps qu'elle était obligée de rester à cheval. Et toutes ces bonnes femmes qui, aujourd'hui encore, et en continuation sans doute de ces excursions laborieuses de l'ancienne duchesse, se rendent au marché, une aiguille, un fuseau ou un tricot à la main !.... est-ce chez un peuple qui n'aurait pas grandement l'instinct du travail qu'on pourrait trouver de pareils exemples ?

Il est ordinaire que chacun soit amoureux de son pays, et se plaise à le voir, par-dessus tous les autres, riche en vertus, en civilisation et en grands hommes. De ce côté, je suis assez cosmopolite ; j'aime ne départir que son dû à chaque chose. Et cependant vous allez m'entendre prodiguer toutes sortes d'épithètes louangeuses à la Bourgogne... Que voulez-vous? ce n'est pas ma faute. Sérieusement, on pourrait

[1] Depuis ces récents malheurs, la plupart des écrivains qui s'occupent d'histoire se sont mis à feuilleter les journaux et les livres, afin de pouvoir citer les époques marquées déjà plus ou moins par des fatalités pareilles ; mais ils n'ont pas fouillé assez loin. Sous le règne de Gontran, environ vers l'an 576, la Saône et le Rhône se gonflèrent et débordèrent avec une violence telle que les murs et les maisons croulaient, disparaissaient et roulaient en débris dans les vagues furieuses. Châlons souffrit considérablement, Lyon eut des quartiers entièrement ruinés et emportés du sol... N'est-ce pas l'histoire de ce qui vient de se passer ? Ne dirait-on pas que le ciel prend parfois la terrible précaution de rappeler aux hommes qu'il y a dans la nature des catastrophes formidables, d'irrémédiables et fatals ébranlements?

représenter toutes les spécialités les plus brillantes par la série d'hommes remarquables auxquels elle a donné naissance.

Voulez-vous des hommes de guerre? voici Philippe le Bon, Philippe le Hardi, Jean sans Peur, Charles le Téméraire, le brave sire de Cipière, *la chevalière* d'Éon, l'amiral Rossel, Fressinet, Davoust, Desfourneaux, le général Girault, le lieutenant général L'Huillier, Bournonville, Carnot, Précy, Chambure, Junot, etc.

Voulez-vous des hommes politiques? voici Hugues-Aubriot, Bazire, Maret, Chauvelin, le comte Garnier, Regnault de Saint-Jean-d'Angely, Bourrienne, Cabet, Mauguin, Cormenin, etc.

Sont-ce des orateurs, des savants, des commentateurs, des antiquaires qu'il vous faut? le nombre en est grand, j'espère. Vous avez saint Bernard, Théodore de Bèze, Bouhier, Lebœuf, Clémencet, Bossuet, Buffon, Daubenton, Granger, Grivault de la Vincelle, Desbrosses, Robert, Martenne, le père Ménestrier, Larcher, Fréret, Monge, Denon, Valentin-Duval, Fourrier, Mathieu, Guyton-Morveau, Bichat, etc.

Ou bien des ingénieurs, des architectes? ce sont Vauban, Soufflot, etc.

Voulez-vous des peintres, des sculpteurs? voici Greuze, Prudhon, Jean Cousin, Gautherot, etc.

Aimez-vous mieux les littérateurs, les musiciens, les poëtes? vous trouvez Papillon, Sénecé, La Monnoye, Piron, Saumaise, Moreau, Longepierre, Crébillon, Duryer, Rétif de la Bretonne, Rameau, madame de Genlis, Lamartine, etc.

Et la plupart de ces hommes ayant leur place dans plusieurs de ces catégories! m'accuserez-vous à présent d'exagération et de partialité [1]?

Cette liste seule suffirait pour faire voir quels sont les traits saillants du moral bourguignon : de la bravoure, du génie parfois, du talent souvent, de l'esprit presque toujours, et surtout de la gaieté.

Néanmoins, de ce qu'on trouve un type pour représenter l'habitant de telle province, il ne faut pas induire que tous ses compatriotes se ressemblent; loin de là. Une province a dans ses diverses parties la même variété, le même changement de physionomie que la France dans ses diverses fractions; et cette première pourrait volontiers, en petit et dans ses étroites limites, supporter la comparaison avec celle-ci. Les mœurs, le langage, le costume changent d'un pays à l'autre; et il est tel village de la Bourgogne, cette province l'une des plus civilisées, qui se trouve être à elle, comme tel département des plus arriérés est à la France. — Ainsi, parcourez chacun des anciens comtés de cette province, dont les noms survivent encore; traversez le Chalonnais, l'Autunois, le Mâconnais, le Charollais, le Dijonnais, l'Auxerrois, le Senonais, etc., etc.; à tous vous trouverez un aspect différent, et souvent une teinte, une couleur d'une opposition frappante et tout à fait tranchée. Par ici, de la finesse et un commencement de civilisation; par là, de l'idiotisme, de

---

[1] Un écrivain sur la musique a dit que la Bourgogne fournissait généralement les voix les plus claires et les plus pures : il a malheureusement oublié de s'appuyer de citations. Dans toute cette liste, assez complète, je ne vois pas que son opinion soit justifiée.

MAÇONNAISE.

la sauvagerie ou de la grossièreté ; d'un autre côté, ce sera de la bonhomie un peu niaise ; plus loin, de la ruse, de l'obstination ou de l'entêtement : mettez seulement quelques lieues entre deux villages ; dans l'un vous trouverez de la gentillesse, de la fraîcheur, du goût dans la mise, etc. , tandis que dans l'autre vous ne rencontrerez que la rugosité physique et morale. — Une partie du Morvan, par exemple, l'un des pays contigus à la Bresse, froid, bas, et encaissé dans des monticules, est bien le pays le moins avancé de notre province ; le patois y est le plus inintelligible, le costume le plus grossier... c'est les Landes au milieu de la France. Dans plusieurs villages de cette contrée, les habitants n'ont pas même entre eux de noms propres pour se désigner ; ils ne se connaissent et ne s'appellent que par les sobriquets qu'ils se donnent. Une seule chose se maintient et progresse dans ce trou : le goût de la chicane. Le *Morvandeau* est processif à l'excès ; il est le Normand de la Bourgogne.

Cependant si le Morvan (*morvinus pagus*) n'est pas remarquable par l'état avancé de sa civilisation, il n'est pas impossible, malgré sa physionomie noire et un peu inculte, d'y trouver par-ci par-là des aspects ou des choses pittoresques. Des montagnes entièrement boisées, des cantons couverts des plus hauts seigles, un sol tantôt d'argile et tantôt de sable, des paysans fort peu dégourdis, il est vrai, mais dont quelques coutumes sont remarquables ou bizarres, c'en est assez pour fixer l'attention et faire voir que la Bourgogne, dans son coin le plus triste et le plus pauvre, se ressent encore de la richesse de la plupart de ses autres villages. A chaque place qu'ils pourront respectivement occuper dans cet article, nous nous plairons à donner quelques-uns de ces détails, dont nous devons la connaissance à l'obligeante communication de M. A. Duvivier. Mais, quelque degré d'intérêt que nous puissions jeter sur le Morvandeau, il nous sera difficile de lui faire obtenir la préférence sur les habitants de certains autres endroits.

Je ne sais guère que les *Chizerots* sur lesquels les habitants du Morvan pourraient l'emporter. *Uchizi*, ou mieux *le Chizi*, est une commune du département de Saône-et-Loire, près Tournus. Ses habitants descendent, selon les uns, d'une peuplade de Sarrasins qui se seraient établis dans ce pays après leur défaite par Charles Martel ; selon les autres, d'une colonie d'Illyriens et de Pannoniens, qui, venus dans les Gaules à la suite des armées de Septime-Sévère, se fixèrent dans cette contrée après l'issue de la première bataille que cet empereur livra, l'an 194 de J.-C., à Albin, son compétiteur au trône, événement qui, d'après M. Monnier, se serait passé dans les plaines voisines de Tournus. Quoi qu'il en soit, les Chizerots pouvaient, il y a cinquante ans, et peuvent même encore aujourd'hui être considérés comme un peuple à part. S'étant eux-mêmes imposé pour frontières les bornes de leur village, leurs mœurs, leurs usages, leur ancien costume ont, pendant de très-longues années, conservé leur caractère primordial. Ils ne communiquent presque pas avec les populations qui les avoisinent. Aucune alliance étrangère n'est soufferte dans leur famille, aucun établissement nouveau n'est toléré dans leur commune. Une querelle qu'ils eurent avec les habitants du village d'Arbigny les tint divisés pendant près de quatre cents ans !... Vous voyez qu'ils ont du chemin à faire s'ils veulent, pour arriver au progrès, sortir de leur vie isolée et sauvage.

Quelle différence de ces lourds paysans avec nos jolies Mâconnaises, ces paysannes au costume national qui habillait leurs aïeules il y a cinq et six générations, et qu'on verra encore dans nombre d'années faire la distinction de leurs petites-filles ! Elles n'ont pas l'allure vive et légère des espiègles jeunes filles de Châlon et Dijon, mais quelque chose de doux et de tranquille règne dans leur démarche ; leurs regards sont calmes, mais profonds. Les *jeunesses* des autres villages de la Bourgogne poseraient volontiers pour la paysanne rieuse et folâtre, tandis qu'on trouverait la paysanne sentimentale parmi les gracieuses Mâconnaises.

Voyez-les surtout le dimanche sortir de leurs maisonnettes pour aller, ou le matin à la messe, ou le soir à la danse ; voyez-les avec leurs cheveux glissant en bandeaux lisses sur leurs tempes, leur chignon emprisonné dans un petit bonnet à jours et de forme bizarre ; voyez-les avec ces étages nombreux de mousselines et de gazes descendant sur leurs épaules ; ces broderies d'or et d'argent couvrant les coutures et souvent l'étoffe entière du corsage ; ces riches gants de soie terminant leurs manches courtes et plates ; leur longue robe, dont la taille unie commence au-dessous des seins ; mais par-dessus tout cela, et comme signe particulier et distinctif, avec leur petit chapeau, leur miniature de chapeau, capricieux ornement posé avec coquetterie sur le sommet de leur tête, véritable bijou façonné avec tous les soins imaginables, plissé, tuyauté, ruché, tout en nœuds et en rosettes, léger, varié dans ses formes ; chez les unes, simple et ombrageant à peine la moitié du front ; chez les autres, plus large et laissant tomber jusqu'à la taille des ruisseaux de larges dentelles, lesquelles mêlent leurs broderies aux croix et aux colliers dont elles ornent, et quelquefois surchargent leurs épaules.... Voyez-les, dis-je, dans cet attrayant costume, et si vous n'êtes pas séduit, ne restez pas plus longtemps en Bourgogne.

Mais c'est le seul pays de cette province où l'on voie un costume si saillant et si original. En remontant Saône-et-Loire, on trouve cependant des détails de toilette piquants et coquets. La *coiffe à la paysanne* des jolies Verdunoises est connue et proverbiale dans la moitié du département, et en traversant le département de l'Yonne, d'Auxerre à Sens, on remarque souvent des femmes dont un simple madras fait la coiffure : mais quelques-unes savent si bien en agencer les plis et les nœuds, il y a une coquetterie si bien entendue dans la manière dont elles en disposent la pointe et les rosettes, qu'on est tout étonné de voir, à si peu de frais, une coiffure agaçante et parfois excessivement gracieuse.

Dans les différents villages de cette même province, les hommes n'ont pas de costume aussi distinct, aussi varié que les femmes. Ainsi, quand on a vu un paysan en blouse, en sabots et en bonnet de laine ; un fermier en culotte de serge, en guêtres dépassant le genou, et en chapeau... multiforme et antédiluvien ; un bon bourgeois ou propriétaire de campagne avec la veste à courtes basques, le pantalon d'étoffe, les gros souliers, et le feutre aux ailes larges et retenues par des fils partant de chaque côté de la tête ; quand, dis-je, on a vu ces deux ou trois variétés d'habillements masculins, on connaît à peu près le costume des Bourguignons.

Il n'en est pas de même des patois ; chaque commune, chaque arrondissement, et souvent chaque village a sa langue et pourrait avoir son dictionnaire. La plupart de ces idiomes sont pittoresques et imagés; quelques-uns, mais peu, sont presque inintelligibles. Le plus généralement connu de tous, celui qui porte le nom de *patois bourguignon*, est le dialecte qu'on parle dans la Côte-d'Or, aux environs de Dijon. C'est celui qui a été illustré par les vers de plusieurs poètes de mérite et de beaucoup d'esprit, entre autres Saint-Genès, vigneron-poète, plein de verve et de naïveté; Dumay, qui a laissé une traduction bourguignonne d'une partie de l'Enéide; le père de Piron, dont les chansons politiques passent pour un chef-d'œuvre d'atticisme, et enfin Bernard de la Monnoye, qui, chassé de l'Académie à cause de ses fameux *Noëls*, fut obligé, pour y rentrer, de faire comme Galilée pour son système, de les désavouer. Il n'y a guère de familles en Bourgogne qui n'en sachent quelques-uns, et ne les chantent la veille de Noël, en faisant *pisser lai sûche*. Plusieurs de ces pièces ont fait crier contre lui à l'impiété et au blasphème; elles ne renferment guère qu'une spirituelle méchanceté dirigée, il est vrai, contre ceux qui étaient bien aises de se venger en prétendant venger la religion et la morale. Cet exemple s'est reproduit de nos jours, et avec plus de retentissement, dans les procès faits aux chansons de Béranger. J'en cite un; je choisis, non pas le meilleur, mais le plus court. C'est le XI° de la seconde partie des *Noei compôzai l'an M DCC, an lai ruë du Tillô*.

NOEI BORGUIGNON.

Su l'ar : *du Poulailler de Pontoise.*

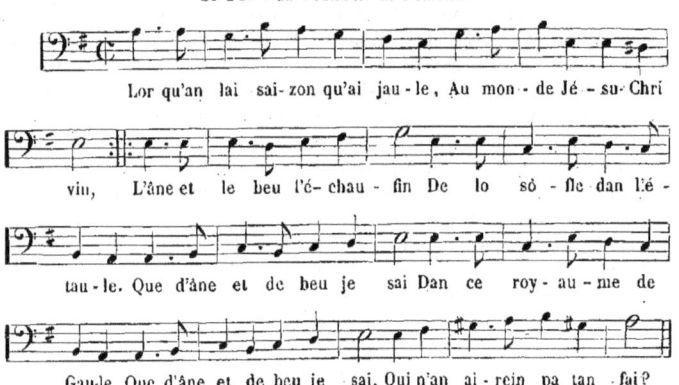

Lor qu'an lai sai-zon qu'ai jau-le, Au mon-de Jé-su-Chri
vin, L'âne et le beu l'é-chau-fin De lo sô-fle dan l'é-
tau-le. Que d'âne et de beu je sai Dan ce roy-au-me de
Gau-le, Que d'âne et de beu je sai, Qui n'an ai-rein pa tan-fai?

On di que cé pôvre bête
N'ure pa vu le pôpon,
Qu'elle se mire ai genou
Humbleman boissan lai tête.
Que d'âne et de beu je sai
Qui po lô se fon de fète,
Que d'âne et de beu je sai
Qui n'an airein pa tan fai?

Ma le pu béa de l'histoire,
Ce fu que l'âne et le beu
Ansin passire tô deu
Lai neû san maingé ni boire.
Que d'âne et de beu je sai
Couvar de pane et de moire,
Que d'âne et de beu je sai
Qui n'au airein pa tau fai?

Si parmi les *beu* et les *âne* qu'*ai saivô*, se trouvaient des académiciens, c'était suffisant, je crois, pour lui attirer leur plus cordiale aversion.

Les Noëls de La Monnoye ne sont pas connus comme devraient l'être des morceaux aussi spirituels. Cachés sous leur enveloppe bourguignonne, ils ne sont abordés que par ceux qui comprennent assez le dialecte dijonnais pour pouvoir les lire avec plaisir. C'est grand dommage, car ces cantiques malicieux, ces dévotes satires sont un véritable chef-d'œuvre de patois bourguignon. Les éditions en sont d'une rareté extrême, et une nouvelle qu'on entreprendrait en la faisant suivre du Glossaire que La Monnoye lui-même a donné comme étant d'un de ses amis, ne serait peut-être pas une entreprise infructueuse. Pour avoir un échantillon du même patois en prose, on peut citer ici le commencement de l'*Evartisseman* dont le malin Dijonnais a fait précéder son recueil : « Come i seû de lai race dé bon Barôzai, je « n'ai jaimoi velu palai autre langaige que stu de feû mon peire, ai de feû mon « gran peire, ai qui Dei baille bone vie. C'étoo dé jan, san vanitai sò-ti-di, qui aivein « de lai lôquance autan qu'Echarre de Dijon. El étein l'honneur de lai ruë du Tillô, « voù se trôvoo de lote tarn lai feigne fleur du patoi. Ma on di bé vrai : çant en « banneire, çaut en ceveire. Depeù que de grò monsieu, et de grande Daime se son « venun éborgé dans le quatei, i me seù éporsu que le Borguignon y é quemancé « ai faire lai quinquenelle. Mai fanne et més anfan s'y gâtein de jor en jor, et j'ai « remarquai qu'on y baîlloo, etc., etc. » Puis, terminant en vers ce même Evartisseman, « Vo peuvé, dit-il,

Vo peuvé tôte la jonée
Chantai gaiman lo retouée,
Seur, tan que vo lé chanteré,
Que jaimoi vo ne dormiré »

Barôzai (Bas-Rosé) est le pseudonyme sous lequel il a publié ses Noëls. C'était le nom d'un vigneron ainsi nommé parce qu'il portait d'ordinaire un bas couleur de rose. Ce nom était devenu tellement populaire, que plus tard il s'est trouvé le synonyme de vigneron, et qu'on se servait indistinctement de l'un ou de l'autre pour désigner cette classe de travailleurs.

Mais une petite pièce plus curieuse, parce qu'elle n'a jamais été imprimée, est une chanson campagnarde recueillie dans les environs de Châlon-sur-Saône. Beaucoup de chansons de nos paysans ne se conservent que dans leur mémoire. Celle-ci pourra prouver, par sa légèreté et son idée gracieuse, qu'il est parfois dommage de

ne pas les recueillir. La voici avec l'air que j'ai fait noter, et qui est simple comme
les paroles. Il serait peut-être à désirer qu'elle donnât à quelque compatriote l'idée
de chercher à travers champs quelques-unes de ces fleurs ignorées, et dont le parfum
est agréable en raison de leur rareté.

Mais queuqu'fois par vingtaines
I s'éloign'nt des troupeaux,
Pour aller sous les chênes
Qu'ri des herbag's nouviaux.

    Eho!...

Et ces ombres lointaines
Leurs y cach'nt leurs bourreaux,
Car malgré leurs plaint's vaines
Les loups croqu'nt les agneaux.

    Eho!...

T'es mon agneau, ma reine,
Lés grand's vill's, c'est les bos,...
Par ainsi donc, Mad'leine,
N' t'en va pas du hameau!

    Eho!...

Il y a là dedans de l'instinct poétique et une certaine finesse. Les paysans qui font ces chansonnettes ne doivent plus être tout à fait sauvages ni incivilisés [1].

Il est malheureux que ces preuves d'un esprit progressif ne puissent s'appliquer aux habitants de tous les points de cette province. Il est des hameaux, des bourgs, où le progrès est le plus arriéré, où l'esprit est brut ou crédule, où l'intelligence est réduite à l'instinct. Il suffit, pour se convaincre de ce contraste, de se rendre sur la place d'une de nos villes un jour de marché. Voyez-vous d'un côté le Morvan, la Bresse, tout le pays plat, en un mot, représenté par des hommes rabougris, maigres, pâles, chétifs et souffreteux ; tandis que de l'autre côté l'air vif de la montagne nous envoie ses hommes à la face pleine, à la carnation fraîche, à la taille forte, à la santé robuste. Pour peu qu'on mette un brin de lavatérisme dans son examen, on verra que, le moral se jugeant assez volontiers d'après le physique, il doit y avoir une immense distance entre ces individus, qu'on prendrait pour des descendants de deux races différentes... et on ne se trompera pas. Le montagnard est spirituel et fin ; l'habitant du pays plat est lourd et... plat comme son pays.

On trouve chez ces derniers la crédulité poussée jusqu'à l'idiotisme. Certaines coutumes superstitieuses sont observées par eux avec un fanatisme digne d'autres croyances. Chez les premiers, au contraire, l'observation de ces coutumes est beaucoup moins fanatique. Elles dégénèrent souvent à l'état de choses indifférentes ou très-supportables ; souvent elles deviennent des traditions extrêmement gracieuses. Le *premier de mars*, pour en citer une, usage répandu presque généralement parmi les jeunes Bourguignonnes, peut fournir le sujet des plus jolies légendes. Voici ce que c'est : le dernier jour de février, à la dernière heure, au moment où mars est là, prêt à commencer son règne de trente et un jours en supplantant son boiteux prédécesseur, quand minuit est près de sonner, pour parler sans périphrase, les jeunes filles ouvrent leur fenêtre, et, personnifiant ce mois dans lequel elles entrent, elles s'adressent à lui pour qu'il leur fasse voir, dans le rêve de la nuit, l'image du mari qu'elles désirent. La formule qu'elles prononcent est originale et naïve : « *Bonjour, mars,* disent-elles, *montre-moi dans mon dormant celui que j'aurai*

---

[1] A propos de patois, et si je ne craignais d'encourir le reproche d'enragé philologue, je m'amuserais à vous citer quelques mots que les amateurs d'harmonie imitative ne manqueraient pas de classer parmi leurs plus rares curiosités. Je me contenterai de deux pour cette fois, deux qui pourront vous donner une idée de ce qu'on trouverait si l'on avait le temps et l'espace. L'un est le verbe *gicler*, qui exprime le jaillissement spontané et rapide d'une chose sortant d'un lieu quelconque. On dit de l'eau d'un jet qu'elle *gicle*, etc. Le mot est énergique, et on pourrait justifier de sa légitimité en citant son père latin *jaculare*, avec lequel on ne peut guère nier qu'il ait une singulière ressemblance. L'autre est le verbe *patalot*, pour exprimer le plus rapide galop d'un cheval. Quand, avec leurs articles en *o* et leurs terminaisons d'imparfaits en *ot*, les Verdunois disent, en parlant d'un cheval qui fait feu en courant : *Ah ! o patalot ! o patalot !* je vois involontairement le coursier qui galope, je l'entends frapper ses quatre pieds sur le sol, et je me rappelle le *quadrupedante putrem sonitu quatit ungula campum* de Virgile.

Les Morvandeaux, dont le juron favori est : *Tounar ! ah ! tounar !* ont, dans leur langage tout particulier, quelques mots qui ne sont pas dépourvus de pittoresque. Ce langage, véritable salmigondis de celtique, de latin et de... morvandeau, affecte parfois les mignardises de l'italien. Au milieu d'un mot, notre *l* suivi d'une voyelle se change en *i*. Ainsi les habitants disent *fieur, bié, bianc, piante,* pour fleur, blé, blanc, plante. Mais ces adoucissements de prononciation sont rares, et font l'effet d'un gland de velours perdu dans un cent de clous. La plupart des mots de ce patois sont corrompus et défigurés.

dans mon vivant. » Si elles voient un homme, elles se marieront avec lui dans l'année ; si elles voient des objets tristes, tels qu'un tombeau, un enterrement, elles mourront. Une ou deux fois le hasard a voulu que le rêve d'une de ces jeunes amoureuses se réalisât ; jugez quelle force a dû en acquérir la croyance ! Elle a cours non-seulement dans les villages, mais bon nombre des jolies citadines qui auront l'air de rire en lisant cet article, sauront mieux que moi si mars n'a jamais été leur oracle.

L'époque du jour de l'an est aussi, pour certaines imaginations villageoises, le sujet de longues appréhensions et de vives anxiétés. On s'inquiète beaucoup de la première personne qui viendra vous *souhaiter la bonne année.* La jeune fille qui attend ses étrennes se gardera bien de se laisser embrasser, de laisser même achever le souhait, et de rien recevoir, si les dons, les souhaits et les baisers ne sont pas offerts par un jeune homme, ou au moins un homme. Cette salutation de *bon an,* faite par une femme, tourmente son esprit et la rend malheureuse ; elle y voit mille choses fâcheuses pour elle : ses plans d'amour, ses projets de mariage manqueront, tourneront mal... Il est bien rare que, pour peu que la jeune fille soit sensible et tienne à son *amoureux,* cette circonstance n'amène une larme de dépit au bord de ses jolis yeux rouges et attristés. Pauvre petite ! comme elle maudit la visiteuse inopportune ! comme elle a le cœur gros ! et que ses autres étrennes vont lui sembler laides et lui être indifférentes ! Quelques jeunes gens se laissent aller aussi parfois à cette crainte crédule. Il est inutile de dire que ce qu'ils attendent, eux, c'est une visiteuse, et que le visiteur malencontreux leur occasionne la même contrariété, leur fait éprouver la même peine qu'à la jeune fille la visite de l'amie trop matinale.

Au pied du *Mont-Dru* (Mons Druidarum), aux environs d'Autun, se trouve une fontaine. Une vieille croyance du pays donne à ses eaux une vertu curative, mais particulièrement pour les enfants. Quand les mères des lieux avoisinants ont leurs chers *mignons* malades, elles vont à la fontaine, en portant avec elles les langes de la petite créature souffrante, et, arrivées, les plongent dans l'eau miraculeuse : si les langes vont au fond, la mère s'en revient avec le désespoir dans l'âme : son enfant mourra ; si au contraire l'air les a boursouflés et soutenus, qu'ils aient surnagé, la mère retourne joyeuse embrasser son *chéri* : il obtiendra guérison.

On pourrait citer comme cela un nombre infini de ces coutumes.

Quelques autres, moins mystiques et moins superstitieuses, et qui tiennent tout simplement aux mœurs, sont répandues aussi parmi le peuple, qui y tient, et les gardera probablement encore longtemps. Quand deux jeunes gens se sont mariés, le lendemain de leur mariage, le matin, on leur porte la *trempée.* La trempée consiste en une tasse de vin rouge, chaud et sucré, dans lequel *trempe* une *laiche* ou tartine de pain grillé. Les nouveaux mariés sont obligés de boire au même vase et de mordre au même pain, ce qui pour eux est un emblème d'union et de bonne intelligence. Dans d'autres endroits, on les fait *mordre à la miche.* Au lieu de trempée, on leur porte un pain rond et *frais* (tendre), auquel les deux époux mordent l'un après l'autre. Cette coutume a pour eux le même symbole que la précédente. — Le jour du mariage, quand le jeune couple revient de la messe, et rentre au logis conjugal, on jette sur lui à poignées, on fait pleuvoir de toutes les fenêtres de petits légumes secs, pois, haricots, etc. Si le mariage est riche, on remplace les légumes par des anis, de petites dragées, et autres choses semblables. Les parents des mariés, qui se chargent de cette bizarre espièglerie, y voient sans doute l'image des biens et bonheurs qu'ils désirent faire descendre et pleuvoir sur la tête des jeunes épouseurs. A ces derniers seuls de savoir *si* et *comment* la prévision se justifie !

Dans le Morvan, les noces de village sont assaisonnées de circonstances bizarres, de coutumes particulières, et conservées presque intactes à travers bien des siècles. A la première visite du *jeune à marier* chez celle qu'il a choisie, il regarde ce qui se passe autour de lui dès son arrivée. Si l'on trace des croix dans les cendres avec les pincettes, c'est de mauvais augure ; si à son départ on dresse en l'air les tisons du feu, c'est un congé : cela signifie de ne pas revenir. Mais, au contraire, s'il est agréé, un repas se prépare ; à la fin, le jeune homme remplit son verre à pleins bords, il boit, puis il le passe à la jeune fille à moitié bu: Qu'elle consente à boire, qu'elle mette le verre à sec, oh ! il est heureux, il est aimé ! Elle devient sa fiancée, il la prend sur ses genoux et l'inonde de caresses et de chauds propos d'amour Puis les jours se passent, les préparatifs se font ; la noce, composée des parents, amis et connaissances des deux familles, se rassemble ; la mariée fait nouer et dénouer sa jarretière par tous les hommes de la fête ; musique en tête, on se rend à la messe, où l'on regarde celui des deux cierges qui brûle le plus vite, pour savoir par là celui des époux qui vivra le moins ; de l'église on va au cabaret, où la station est toujours bruyante ; du cabaret on revient à la maison ; on s'attable, on mange, on boit, on chante... pendant que les mariés disparaissent (bonne nuit, Dieu les garde !) ; après quoi la noce va jusqu'au jour prolonger les danses et les libations dans la grange. Ces détails n'ont-ils pas un caractère original?

La veille de Noël, dans toutes les familles, on fait *pisser lai sûche*. Tout le monde connaît cette coutume, et sait que la bûche (ou sûche) est le fournisseur de bonbons des enfants, dans les sabots desquels on en met, et à qui l'on fait croire que c'est *Noël* qui les a descendus par la cheminée... lorsqu'ils ont été sages. Pendant ce temps-là, les jeunes gens et les grand'-mères se rendent à la messe de minuit, chacun portant une chandelle bariolée de rouge, vert ou jaune, qui ne sert absolument que pour cette messe, et qu'on appelle à cause de cela *chandelle de Noël*. Au retour, on prolonge la veillée pour manger le boudin et la *carbonnade* : c'est faire *rossignon*.

Dans plusieurs endroits, à partir de ce jour jusqu'au jour de l'an, les principaux instrumentistes, maîtres joueurs, meneurs de bals, et autres, se réunissent par groupes, et, se disséminant de porte en porte, vont donner des aubades aux principaux personnages. Quand le charivari est fini, ils se mettent tous à crier, du dehors au dedans : « Bonjour, monsieur un tel, madame une telle, mademoiselle une telle, et toute votre aimable compagnie ! » La veille du jour de l'an, ils ajoutent leurs souhaits de bonne année, et le lendemain on les entend avant l'aube qui rôdent à votre porte, et demandent, à grands cris d'instruments, leurs étrennes ; on les leur

LE BOURGUIGNON

donne, et, dans le courant de la semaine, une nouvelle aubade gratis vous arrive en remerciement. — Ils seraient plus généreux de garder le silence.

Si la Bourgogne est riche en coutumes bizarres et en traditions, elle a beaucoup perdu en pittoresque du côté de ses fêtes. Clèves et Dijon eurent, de 1381 à 1560, l'une sa *société des fous*, l'autre sa *mère-folle*. Les statuts de la première de ces fêtes servirent, pense-t-on, de modèle aux statuts de la seconde, dont nous allons donner un aperçu rapide. Les fondateurs et les partisans de cette institution joyeuse, baptisée aussi *infanterie dijonnaise*, se rassemblaient tous les ans, les trois derniers jours de carnaval, dans la salle du jeu de paume de la Poissonnerie. Chaque membre arrivait bizarrement vêtu, accoutré d'habits collants, tout cousu et bariolé de loques vertes, rouges et jaunes, sur la tête un bonnet dont les deux pointes agitaient bruyamment deux sonnettes, et à la main une marotte au bout de laquelle riait une tête de fou. Le titre de *mère-folle* était dévolu au président, que gardes à cheval, officiers de justice, chancelier et grand écuyer suivaient comme serviteurs suivaient roi bien-aimé. Après le président venait l'infanterie, composée au moins de deux cents hommes. Cette troupe marchait en suivant pour drapeau un guidon sur lequel se confusionnait une multitude de têtes de fous chaperonnés, au-dessus de cette devise : *Stultorum infinitus est numerus*. La même devise se lisait sur un autre drapeau à deux flammes, des mêmes coupes, couleurs et dimensions que le premier. Son emblème était une femme assise, marotte en main et chapeau sur la tête. C'était la *mère-folle*. De toutes les fentes de sa jupe, la digne femme, s'échappaient des myriades de petits fous qui l'environnaient et l'inondaient. Quelle progéniture ! Je ne connais plus de mère-folle aujourd'hui ; mais bon nombre de ses petits fous m'ont l'air d'avoir survécu, car aujourd'hui nous avons tant de grands, qu'il faut bien croire que quelques-uns d'entre eux sont des petits de jadis grandis à cette heure. — Dans les repas de corps chacun portait son plat. Les suisses de la garde, choisis parmi les artisans qui pouvaient s'habiller à leurs frais, suivaient à pied la mère-folle avec le colonel et les officiers qui, eux, suivaient à cheval. Dans les jours de grandes fêtes, la compagnie entière parcourait les rues de la ville, montée sur des chariots à six chevaux, caparaçonnés aux trois couleurs (rouge, jaune et vert), et récitant des vers bourguignons. Elle représentait souvent des scènes : chacun portait alors le costume du personnage qu'il s'était chargé de représenter. Le long et attrayant cortége faisait halte devant l'hôtel du gouverneur et des principaux magistrats, et si quelque événement venait d'émouvoir la ville dijonnaise, la personne à qui il était arrivé se voyait, l'instant d'après, représentée, imitée par un personnage chez lequel souvent elle aurait désiré moins de fidélité et de ressemblance. Les petites aventures scandaleuses faisaient surtout l'objet de ces représentations satiriques. — La réception des candidats ne présentait pas moins de bizarrerie : le *fiscal vert*, chargé de les interroger, le faisait en prose rimée, et il fallait que les réponses fussent dans le même style. Le barreau de Dijon a fourni des avocats cités comme très-habiles dans ces sortes d'impromptus. L'édit de suppression de la mère-folle date du 24 juin 1560. — D'autres villes s'amusèrent aux bruyantes orgies des *fêtes de l'âne, du pape, de l'archevêque et de l'évêque des fous*, fêtes pendant lesquelles les églises cathédrales devenaient le théâtre de véritables saturnales. L'autel était transformé en buffet, diacres ou sous-diacres mangeaient ou faisaient sauter saucisses et boudins, des chants obscènes remplissaient la nef, les encensoirs brûlaient de vieux cuirs au lieu d'encens!!.... Après la messe, c'était une véritable orgie : des prêtres et des assistants dansaient tout nus dans l'église, qu'ils ne quittaient que pour monter dans des chars remplis d'ordures, dont ils couvraient ensuite les passants! — A une autre de ces fêtes (celle de l'âne), tous les répons de la messe étaient les *hi! han!* imitatifs de la bête têtue, et à l'*Ite, missa est*, le célébrant se mettait à braire de toute la force de ses poumons, et les assistants de répondre encore en chœur : *Hi! han! hi! han! hi! han!* — La Bourgogne vit aussi représenter chez elle ses *farces pieuses*, ses *comédies saintes*, ses *moralités*, autres cérémonies qui avaient tout autant de bizarrerie et souvent pas moins d'*immoralité* que les fêtes précédentes. Un concile les défendit; le clergé s'efforça inutilement de les justifier ; mais elles n'en firent pas moins longtemps les délices de la populace, qui appelait *paradis* les tréteaux sur lesquels on les jouait. De tout cela, il ne reste aujourd'hui que quelques chômeries, cérémonies, processions maintenues parmi les corporations d'ouvriers; quelques pratiques restreintes souvent au cercle de l'intimité domestique. Mais nous trouvons à cette perte un ample dédommagement dans ce que nous appelons, nous, *nos fêtes*. Je veux parler de nos joyeux *apports*, ces fêtes villageoises qui ont lieu tout le long de l'année dans le voisinage des villes. Huit jours à l'avance, jeunes gens et jeunes filles y songent : l'un prépare son habit neuf, l'autre sa robe blanche : *Je vais à la Saint-Marcel! Je vais à la Saint-Cosme! Je vais à la Saint-Jean-des-vignes!* etc., etc. Et le dimanche venu (un apport se trouve toujours un dimanche), ce sont les courses, les danses, les jeux, les promenades, les dîners sur l'herbe, enfin tout ce que la campagne en habits de fête peut offrir de plus agréable aux couples citadins qui viennent la visiter.

Le village où l'apport a lieu déploie, ce jour-là, toutes ses ressources de parure et de friandise. On voit à chaque maison des tentes, où les marchands de jouets, de fruits et de pâtisseries de toutes sortes luttent de bon marché pour avoir des chalands. Des tentes encore abritent la place où l'on danse, des planches y cachent la terre, et les groupes s'y abandonnent à toute leur ivresse pour la contredanse et la valse, qui alternent toujours régulièrement. Pour l'orchestre, vous avez deux tonneaux ; sur les tonneaux, une planche ; sur la planche, deux ou trois chaises ; sur chacune des chaises, un instrument, violon, clarinette et grosse caisse... Ah! j'ou bliais! de plus, à chaque instrument, un *joueur* quelconque, qui s'efforce de faire le plus de bruit possible. Le malheureux y réussit trop bien; gare les oreilles! Il y a ordinairement dans chaque village deux *salles* de danse (je dis salle pour ne pas répéter place). L'une est occupée par les danseurs de la ville, et on s'y livre par conséquent aux ailes de pigeon ou aux intentions premières du cancan, suivant que la ville est en rapport plus ou moins direct avec la capitale. L'autre *salle* est pour les indigènes du village, qui ne se confondent pas souvent avec les *farauds* de la ville, et exécutent entre eux les danses les plus inconcevables et les plus grotesques. Quelques-unes néanmoins sont piquantes ; entre autres la *bourrée* charollaise, dont voici l'allure notée : les danseurs sont placés en face l'un de l'autre ; ils tournent et sautent alternativement sur chaque pied, et vont ainsi par figures symétriques, sans discontinuer, et pendant des heures entières. C'est à en perdre la respiration. A la fin de chaque reprise, un *iou ! iou !* énergique se fait entendre, et le danseur, quand il le peut, applique un gros et sonore baiser sur la joue ou l'épaule de sa danseuse.

Bourrée.

Mon pe-tiot frè-re, ol est a-mou-reux, Mon pe-tiot

frè-re, ol est a-mou-reux, Ol est a-mou-reux, le pe-tiot

gueux, Le petiot drô-le, ol est a-moureux, Le pe-tiot dròl', le petiot gueux !

Ol est amoureux
Le petiot gueux,
Le petiot drôle !
Ol est amoureux,
Le petiot drôle,
Le petiot gueux !

L'apport dans le Charollais s'appelle une *vogue.*

A propos d'une phrase du passage précédent, et avant d'aller plus loin, il est une remarque qu'il est besoin de faire, et un conseil peut-être utile à donner. On vient de lire que, dans les apports, *les indigènes du village ne se confondent pas souvent avec les farauds de la ville.* C'est vrai, et c'est malheureusement vrai encore ailleurs que dans les fêtes de village. Dans les villes, quand un corps d'état donne un bal, soit pour sa fête, soit pour toute autre circonstance, les membres de la société dansante défendent expressément l'entrée de la salle à tous ceux qui ne sont pas du même état qu'eux ; c'est à peine si un de leurs parents est admis lorsqu'il ne se livre pas au même travail. D'un autre côté, les employés, que les corps d'état appellent dédaigneusement les *commis,* font de même, et interdisent leurs bals aux *ouvriers.* Que l'un d'eux essaye de franchir le seuil en trompant la consigne, lestement on le priera de sortir, et, au besoin, les menaces grossières, les injures et les coups viendront en aide à cette prière. Il faut rendre justice aux commis, qui imitent moins souvent cet exemple, et seulement quand ils ont été poussés à bout par un ou plusieurs refus précédents. On ne saurait croire combien ces rixes enveniment les uns contre les autres les jeunes gens d'une ville, qu'on a vus parfois, et pour cette cause, se battre la nuit et par petites batailles rangées... Un peu de jugement, de raison et de tolérance ferait cependant disparaître tout cela ! Ces querelles ont lieu aussi dans d'autres endroits que la Bourgogne ; mais comme dans cette contrée elles sont maintenues avec un acharnement qui fait peine, je n'ai pas cru devoir laisser échapper l'occasion de faire voir combien de telles coutumes sont déplorables. Je crois néanmoins tenir de bonne source que des fusions cherchent à s'opérer, et il est à espérer que dans peu toutes ces haines d'aigreur et de rivalité auront cessé ! N'est-il pas bien fâcheux, en effet, de voir la jeunesse d'une province hospitalière divisée entre elle, et s'interdire réciproquement des plaisirs qu'elle s'empresserait d'offrir à des étrangers ? Car, croyez-le bien, ces divisions n'influent en rien sur leur caractère hospitalier, et ne doivent en rien diminuer la bonne opinion qu'on s'est faite d'eux à ce sujet. Leur moteur dans ces querelles est tout simplement l'amour-propre : les *commis* prétendent que quelques ouvriers n'ont pas assez bonne tournure pour venir faire danser leurs invitées, et les *ouvriers* trouvent qu'en admettant ces rivaux à leurs bals, c'est se faire enlever à plaisir des maîtresses qui préfèrent, disent-ils, l'allure mignarde des farauds à leurs manières brusques et gaillardes. Mais ces choses sont beaucoup moins fortes en réalité que dans l'imagination des champions des deux camps... Quel est donc l'ouvrier qui ne peut aspirer à devenir un commis, ou à le valoir ? Quel est donc le commis si lovelace, qu'il attire à lui toutes les jeunes filles ?... Quelques années d'éducation, et un niveau aura passé par là-dessus !

Voilà à peu près quels sont les costumes, les idiomes et les mœurs des Bourguignons de notre époque. Je n'ai pu m'arrêter à vous décrire les modifications survenues dans ces choses depuis l'origine de la nation jusqu'à nous. Je ne vous ai pas fait voir les Bourguignons du Rhin, rudes, sauvages et couverts en entier de peaux d'animaux. Je vous ai passé sous silence le temps où les seigneurs, étant l'hiver à la chasse, avaient le droit de faire éventrer deux de leurs serfs pour se réchauffer les pieds dans leurs entrailles fumantes [1] ; où un sieur d'Inteville, par exemple, évêque d'Auxerre, fut *mis à l'amende* (remarquez bien, *mis à l'amende*) pour avoir fait *crucifier* un de ses gardes qui avait vendu un oiseau de sa fauconnerie ; où les édits des conciles défendaient aux femmes de chanter des chansons obscènes dans les églises, etc., etc. Si vous me demandez pourquoi je ne vous ai pas dit cela plus tôt, je vous répondrai que, me plaisant à croire mes compatriotes d'aujourd'hui plus faciles à vivre... et surtout à laisser vivre les autres, je me taisais pour ne pas jeter un vernis de défaveur sur leur histoire. Cette raison en vaudra peut-être une meilleure.

---

[1] Dans la discussion du 4 août 1789, un orateur mentionna cet abominable droit : il y eut dans toute l'assemblée un mouvement d'horreur.

J'aurais mieux aimé vous parler du siége de Saint-Jean-de-Losne (25 octobre 1654), ce trait d'héroïque patriotisme, un des plus honorables de l'histoire de Bourgogne, et digne des plus beaux jours de la Grèce et de Rome ; ce siége où cent cinquante soldats du régiment de Conti, sur de faibles remparts, et avec huit petites pièces d'artillerie, repoussèrent glorieusement l'armée ennemie, qui couvrait les plaines environnantes ; ce siége, dont la défense est due à deux hommes, Pierre Desgranges et Pierre Lapre, l'un échevin, et l'autre maître des clefs et portes de la ville, qui refusèrent de capituler, et répondirent que la garnison était prête à se défendre ou à périr. Un trait pareil efface bien des taches dans l'histoire d'un pays.

Le sol de la Bourgogne, à le considérer en peintre et en poëte, est peut-être moins beau, moins accidenté que celui de certaines autres provinces ; on n'y trouve ni les hautes montagnes, ni la mer. Mais en revanche une végétation vigoureuse, une verdure à défier les hivers, un ciel pur, une riche et chaude lumière éclairant de tranquilles paysages, un air vif et frais, de gracieux horizons, voilà ce que l'artiste peut trouver dans cette agréable contrée. Plusieurs sites néanmoins sont pittoresques : les environs de la Rochepot, le Val-Suzon, et maints autres endroits sont remarquables ; les environs d'Autun sont remplis d'antiquités romaines ; la plupart des vallons vignoblés sont d'un délicieux aspect, et si l'on veut de charmantes fantaisies, on peut croquer sur son album les masures grises et les maisonnettes de terre de nos paysans.

M. Duvivier nous a tracé le tableau du Morvan. Il est bien, peut-être, légèrement empreint de cet excès d'amour filial dont nous avons parlé plus haut ; mais regardez à travers un prisme un peu moins poétique, et vous aurez l'idée juste de l'aspect du pays. On ne peut pas, du reste, en vouloir à un écrivain d'aimer l'endroit qu'il a longtemps habité :... assez d'autres se targuent d'un superbe dédain pour les montagnes et les prés où ils couraient, enfants, au soleil. « La chaîne des montagnes du Morvan, qu'il appelle la Suisse du Nivernais, est, dit l'auteur morvandeau, capricieusement coupée, tantôt par d'agréables vallons, tantôt par de profonds ravins. Ses horizons ne flottent point vagues et indécis, noyés dans des brumes perpétuelles : d'une proportion plus saisissable, ils se dessinent nus, arrondis, festonnés, bizarres, empreints toujours d'une mâle et sauvage originalité. Ses paysages ont des tons excessivement multipliés : ici, des montagnes couronnées de noires forêts, aux flancs desquelles sont suspendus de riants chalets ; là, des collines cultivées, couvertes de jaunes moissons, de frais villages éparpillés au pied ; plus loin, de grasses prairies, avec leurs blancs troupeaux ; puis de longs étangs verts ; partout, les accidents les plus romantiques, les aspects les plus variés. On n'y voit point de massifs de peupliers robustes ou de pins majestueux, mais une végétation vivace et noueuse : le hêtre au feuillage lisse et touffu, l'argolet (le houx) vert et dentelé, le châtaignier rabougri, l'humble bouleau, le timide genévrier et le genêt, qui dore de ses belles fleurs les champs de seigle ou de sarrasin. »

L'aspect général de l'arrondissement de Charolles présente à la vue une très-grande et très-agréable variété. Pour horizon d'abord vous avez la chaîne dentelée de montagnes primitives qui se détache des Cévennes, traverse en serpentant le sol du sud au nord, et sert de ligne de démarcation entre le bassin de la Loire et celui de la Saône. Puis, au milieu du paysage, ce sont des collines, des ruisseaux, des plaines, de belles prairies, des terres à blé, des étangs, de grandes forêts ; puis encore les côtes de la Loire, qui déroulent leurs nappes fertiles ; puis enfin la partie occidentale de votre tableau, composée autrefois du Charollais et du Brionnais, plateau immense que vous voyez découpé dans tous les sens par une multitude de vallées, peu profondes, il est vrai, mais fraîches, vertes et riantes.... N'est-ce pas que la Bourgogne n'est pas encore si pauvre en sites et en paysages ?

En fait de souvenirs historiques se rattachant aux monuments détruits ou existants, notre province est tellement riche qu'il faut renoncer à essayer même de les énumérer. Quand j'aurais cité le château de Montaigu, rasé par Henri IV après la ligue ; celui de Druyes, où se confirmèrent les libertés d'Auxerre ; celui de Chastellux, célèbre par la famille de ses possesseurs, et qui subsiste toujours depuis 1240 ; celui de Germolles, où couchèrent François Ier et la belle Ferronnière, Henri IV et Gabrielle ; quand j'aurais parlé de l'église de Verdun, où se trouve la chapelle *des Treize,* refuge des treize seules familles qu'en 1347 la peste laissa dans cette petite ville ; quand j'aurais rappelé l'abbaye de Saint-Marcel, où mourut le malheureux Abeilard ; l'église du même bourg, *érigée à la gloire de Dieu* par Gontran, roi de Bourgogne ; Châlons-sur-Saône, ruiné, inondé, incendié, rasé, et reconstruit sept fois ; quand j'aurais, dis-je, évoqué tous ces souvenirs, il m'en resterait encore dix fois plus à citer... Raisonnablement je ne puis vous imposer, ni à moi, cette tâche un peu longue. D'autres détails me réclament.

Il me reste à parler de la richesse commerciale de cette bonne province dont je vous ébauche le tableau. Un de ses principaux titres à la renommée, c'est l'étendue et la qualité de ses vignobles. C'est que, voyez-vous, ce bon vin de Bourgogne, qui faisait, en 1395, rester le pape et les cardinaux à Avignon, malgré les offres et démarches de Philippe le Hardi ; ce bon vin, que Pétrarque disait que Benoît XIII ne trouverait pas en Italie : c'est que ce bon vin, dis-je, est une si bonne chose, qu'il serait bien difficile de ne pas l'apprécier... Jus délicieux, nectar de la Côte-d'Or, je sais des Bourguignons qui te canoniseraient !

Les vignobles de la *Côte-d'Or* sont plantés sur une chaîne de montagnes qui porte ce nom, et l'a donné au département. Elle se divise en deux parties qu'on a nommées *côte de Nuits* et *côte Beaunaise.* C'est la première de ces *côtes* qui nous produit le *Romanée,* le *Richebourg,* le *Chambertin,* le *Nuits,* le *Clos-Vougeot,* ce fameux Clos-Vougeot, affiché à la porte de tous les marchands de vin de Paris, et dont le produit ne suffirait pas à leur en donner à chacun deux verres ! Le *Volnay,* le *Beaune,* le *Pomard,* le *Meursault* et le *Montrachet,* ces deux derniers blancs, nous viennent de la seconde *côte.*

Vous savez tous aussi bien, et peut-être mieux que moi, quelles précieuses qualités distinguent les vins de ces crus. La supériorité qu'ils ont sur tous les autres n'est pas contestée... Le vin de Bourgogne est entre tous les vins comme une jolie femme est entre toutes les femmes... c'est le vin par excellence. Vous allez peut-être m'objecter qu'il ne dure pas aussi longtemps que plusieurs autres ; mais, je vous le demande, est-ce une vie plus ou moins longue qui constitue les qualités d'un individu ? Non, il est ce qu'il est. Il meurt jeune, c'est un malheur... et un petit, car la vigne fait du vin tous les ans, et tous les ans, à quelque différence près, elle le donne aussi bon et aussi recherché. Quel est celui de vos vins qui n'a pas besoin de mélanges ? qui ne s'altère pas ? ne se modifie pas ? à qui les mélanges même sont nuisibles ? Il n'y a que ce qui est *bien bon* qui est tout entier bon par soi-même ; et, vous le savez, le vin de Bourgogne n'a besoin d'être mêlé à aucun autre [1] !

Aussi l'habitant est-il fier du produit de sa province. Il en parle en connaisseur (à nul autre le droit d'être plus fin gourmet que lui), et toujours avec chaleur et avec amour. Le moment le plus important de l'année, pour la plupart des propriétaires de ce pays, est celui de la vendange. Sur toutes les routes, sur tous les chemins, on ne voit plus passer que les cercles, les tonneaux, les futailles que l'on vend à toutes les foires, et qui se rendent dans les pressoirs des fermes, où les vignerons affairés les attendent. Le propriétaire se met à la recherche de ses vendangeurs, qu'il fait venir par groupes nombreux, qu'il installe dans ses vignes, qu'il nourrit et héberge à force de petits verres, de bouteilles de vin, de pots de soupe, de lard et de légumes (ceci pour le manger), et de bottes de paille pour le coucher. Alors, huit ou quinze jours se passent dans le coup de feu de la récolte, après quoi hôteliers, négociants, bourgeois, détaillants, se croisent chez le vigneron et le propriétaire, marchandent, achètent et encavent les vins de l'année. Le jour où le détaillant fait son emplette est marqué par une circonstance curieuse. Pour donner de la publicité à son commerce, il emploie un *crieur*. Le crieur de vin est un homme (dans quelques villes même c'est un enfant) qui, pendant le moment de la mise en vente du vin nouveau, ne fait presque uniquement que crier le prix du litre. Il s'arrête à tous les coins de rue, sur toutes les places, à tous les angles de maison ; c'est une affiche vivante et locomotive. Il tient d'une main une bouteille du vin qu'il *crie*, et de l'autre un verre. Il se consolide sur ses jambes, et, préludant à son débit oratoire, il nettoie son organe par une toux rauque, et commence d'une voix stridente : *Il est vineux ! il est joyeux ! avis à tous les bons buveurs...* Là, un superbe point d'orgue. Puis, redoublant de force, il continue... *de vin ! Dans la cave de madame Bertrand ! au commencement de la rue de l'Obélisque ! bon vin rouge et blanc à 4 sous le litre ! Il est né natif de Givry ! tout à fait au-dessus de la montagne, là où y a des pierres à fusil, ousque le soleil donne !* Puis, d'un ton pénétré : *Ah ! mes amis ! la jolie* BOITTE [2] *au vin !* Il se verse

---

[1] En citant le vin de Bourgogne comme le vin par excellence, je sais parfaitement que le Constance, le Madère, le Malaga, le Tokai, pourraient avoir le droit de réclamer ; mais il doit être bien entendu ici, que, dans un article pour *les Français*, je n'ai pu vouloir parler des vins étrangers.

[2] *Boitte* pour boisson. C'est comme s'il disait par une complaisante amplification : *Ah ! la bonne boisson au vin !*

un verre. *Ah ! la bonne denrée!* Il boit. *On s'endormirot sur la feillotte* [1] ! Là, il lui arrive souvent de redoubler... le verre de vin. Il en offre même à ceux qui voudraient en goûter. Puis il redit encore une fois : *A 4 sous le litre, etc...* et va recommencer au coin le plus proche, jusqu'à ce qu'il ne lui reste plus de voix au gosier, ni de vin dans sa bouteille, ce qui se renouvelle plus d'une fois dans la journée.

Le produit des vignobles est, comme vous le voyez, la notable partie de la richesse du Bourguignon. Ses autres récoltes, telles que céréales, fruits, légumes, sont ce qu'elles doivent être dans un pays bien situé, fertile et cultivé avec soin et intelligence. On a cité les vastes établissements agricoles du duc de Raguse, fondés dans son parc immense de Châtillon-sur-Seine ; mais ils n'existent plus. L'extraction de la houille et du plâtre est aussi une des principales branches d'industrie de la Bourgogne. Saône-et-Loire est le troisième département pour l'importance du premier de ces produits. L'exploitation du Creusot est connue pour une des plus belles de ce genre. Les établissements de métallurgie, les verreries, les cristalleries, les manufactures de sucre, les horlogeries, les tanneries, les tuileries, les fabriques de tapis, d'armes à feu, les filatures, les distilleries, etc., etc., etc., abondent aussi dans cette province, dont je n'entreprendrai pas la statistique, mais que je puis dire être une des plus actives et des plus riches de la France. Cela devait être avec le caractère entreprenant, tenace et inventif du Bourguignon. Nul n'est plus que lui ardent et partisan du progrès. C'est à Châlon-sur-Saône, pour faire le trajet de cette ville à Lyon, que l'on vit la Saône sillonnée des premiers bateaux à vapeur. Nombre d'autres adoptions, améliorations, et même inventions ont eu lieu en Bourgogne, et pour peu qu'en vous rappelant la liste glorieuse des hommes qui l'ont illustrée, vous lui souhaitiez d'en voir autant et de semblables se lever dans son avenir ; pour peu, dis-je, que vous désiriez cela pour elle, et que vous voyiez votre vœu se réaliser, la Bourgogne intellectuelle et industrielle a encore de beaux jours à voir, de belles choses à faire, et conséquemment de belles pages à inscrire dans ses annales.

Et maintenant, la première fois que vous verrez venir à vous un homme à l'allure décidée, ouverte et gaie, à la face épanouie, au teint coloré, portant sur ses traits l'indice d'une bonhomie spirituelle, abordez le ; observez s'il arrticule forrtement les *rrr*, si ses narines mobiles vous indiquent qu'il aime les plaisirs, s'il vous parle du vin avec un certain respect : et si vous rencontrez toutes ces choses dans cet homme ; si, de plus, il vous accueille et vous invite avec une cordialité toute particulière, acceptez, et prenez-lui la main, car vous avez affaire à un homme de bon cœur et de franche parole... vous êtes avec un Bourguignon !

---

[1] On s'endormirait sur la feuillette. — La feuillette est le nom de la mesure qui contient la moitié d'un tonneau.

François **FERTIAULT**.

LE POITEVIN

LE POITEVIN.

Ⓢ ALUONS cette province glorieuse entre toutes, qui fut un moment à elle seule le royaume de France, et où la monarchie, partout abattue, put se relever, combattre et tomber enfin, avec un éclat digne d'elle, dans des champs engraissés du sang d'un million d'hommes : le Poitou contient la Vendée qui l'a couvert de sa gloire, et désormais il s'efface devant elle comme Rome autrefois fit oublier l'Italie

Les habitants du Poitou, *Pictones* ou *Pictavi*, du plus loin que l'histoire en fasse mention, étaient célèbres entre les Celtes, du temps de Jules César. Sous Auguste, on les attribuait à l'Aquitaine. Au cinquième siècle, les Visigoths envahissent leur pays. Clovis chassa les Visigoths et tua leur chef Alaric dans les plaines de Voclade, aujourd'hui Vouglé, près de Poitiers. Le Poitou, depuis, obéit à nos rois, jusqu'à Pepin le Gros. A cette époque, le duc Eudes devient, malgré Charles Martel, maître de l'Aquitaine ; son fils Hunaud se maintient après lui ; mais Gaifre, fils de Hunaud, perd ses états et sa vie contre Pepin le Bref. Ce roi, père de Charlemagne, règne alors sur le Poitou, qui fut administré sous les Carlovingiens, par des comtes qui n'étaient que de simples gouverneurs. L'autorité royale s'affaiblit ; Guillaume Tête-d'Étoupes s'empare de Poitiers dont il est fait comte par Louis d'Outre-Mer, et prend le titre de duc d'Aquitaine ; ses successeurs étendent leur domination sur la ville de Bordeaux et sur les pays qui sont entre la Garonne et les Pyrénées. Le dernier duc d'Aquitaine laisse pour unique héritière une fille qui épouse le roi de France Louis le Jeune, et lui apporte ses vastes domaines. Louis la répudie; elle se remarie six semaines après au roi d'Angleterre Henri II, et lui livre le Poitou avec ses autres états. Philippe-Auguste les reprend sur Jean-Sans-Terre par des conquêtes et des confiscations; Alphonse, son petit-fils, frère de saint Louis, eut le Poitou en partage et prit le titre de comte de Poitiers. Philippe le Bel donna cette comté à son fils Philippe le Long. Les Anglais la reconquirent sous le roi Jean : elle leur fut cédée en toute souveraineté par le traité de Bretigny. Enfin Charles V succède à Jean, reprend le Poitou, le laisse successivement à son frère et à son fils, qui meurent sans enfants mâles. Depuis, le Poitou ne fut jamais séparé de la couronne, et bien des siècles s'écoulèrent où l'histoire de ce pays tiendrait dans une page, comme on l'a dit des peuples heureux.

Cette province se divise en haut et bas Poitou. C'est un pays riant et plantureux, qui paraît, en plusieurs parties, couvert de bois. De là, pour l'un de ses cantons, le nom de *Bocage*. Il y a pourtant peu de grandes forêts, mais beaucoup de prés, de taillis, de pacages, de terres incultes qui se couvrent d'elles-mêmes de genêts et d'ajoncs épineux, à chaque pas ce sont des vallées profondes, arrosées par des ruisseaux qui grossissent en hiver et les inondent. Les champs, les maisons, perdus au fond des bois ou de ces vallées, sont défendus par d'épais bourbiers et clos de haies vives qui s'appuient, d'espace en espace, à des arbres noueux qu'on étête à chaque saison et qui repoussent plus drus. Des chemins creux, des sentiers obscurs, se croisent et serpentent en tout sens sous ces arbres, resserrés entre les haies et comme frayés dans une seule et vaste forêt; si bien que d'un point élevé la contrée semble toute verte, et l'on dirait une mer de feuillages. Puis, au temps des moissons, des blés jaunissent tout à coup dans ces cadres de verdure; l'on aperçoit, en s'approchant, les tuiles d'une métairie, la pointe d'un clocher perçant les futaies, et tout un hameau se blottit comme un nid d'oiseaux sous cette feuillée.

Une solitude profonde règne dans ces campagnes, tout y semblait disposé pour les événements qui s'y passèrent. Deux grandes routes seulement, celle de Nantes à la Rochelle et celle de Tours à Poitiers, traversaient la province, laissant entre elles un désert de trente lieues. Il y avait peu de grandes villes; les villages même étaient clair-semés : une paroisse s'étendait sur diverses habitations répandues çà et là. Les intendants, avant la révolution, n'auraient pas daigné s'occuper d'un pays qu'on regardait comme tout à fait sauvage. Cette négligence l'avait laissé sans commerce et sans industrie; mais elle y avait conservé, dans sa pureté, l'austère vertu des mœurs antiques. De faibles gains sur les productions et les échanges y rendaient le numéraire extrêmement rare. On n'y voyait pas de grands corps de fermes. Le territoire était divisé en métairies dont chacune renfermait une famille et ses valets, et qui rapportaient rarement plus de 600 livres de rentes. Elles ne manquaient point de terres, mais ces terres produisent peu; la nourriture et la vente des bestiaux en faisaient la principale occupation et le revenu le plus clair.

Là vivait un peuple simple et bon; l'innocence et l'hospitalité patriarcales régnaient encore dans les métairies du Poitou. Ces habitations se composent d'une pièce unique, à peine séparée de l'étable ; çà et là reluisent les meubles héréditaires en bois noir et poli, que les habitants excellent à sculpter : le lit, haut et large, avec sa pente de serge verte bordée de galon jaune ; au pied du lit, la huche à mettre le pain, qui sert à la fois d'estrade et de marchepied ; quelque vaisselle au long des parois ; quelques fusils sur la cheminée ; la table au milieu, avec des bancs de bois à l'entour, et sur cette table, un pain noir et appétissant, le couteau fiché au milieu, qui semble attendre le pauvre et le voyageur. Le voyageur, aussi bien que le pauvre, était le bienvenu chez le Poitevin, jusqu'au moment où il tirait sa bourse. Le paysan regardait toute offre de paiement comme un outrage. Il n'était pas riche, mais il avait peu de besoins ; il travaillait, tout venait à bien, son seigneur ne le pressait pas, et pourvu qu'il pût manger en paix son gros pain de seigle, jouer aux boules le dimanche, et boire sa bouteille après vêpres, il vivait joyeux et charitable. Dans ce pays, disait un commissaire du gouvernement conventionnel, *jamais un métayer n'avait trompé son maître.* Jamais on n'entendait parler d'un crime, rarement d'un procès. Le juge de paix ou le curé arrangeaient tous les différends, et le plus éclatant profit qu'on en pût tirer était de faire payer à son adversaire une garniture de cierges pour tous les autels de la paroisse. La plupart des vices et des crimes étaient inconnus. Des vieillards conservaient dans le plus grand âge la candeur et la naïveté de l'enfance. On n'apprend pas sans quelque attendrissement que de vieux Poitevins portaient encore en 89 l'ancien haut-de-chausses du temps de Henri IV.

Le paysan poitevin est d'une taille médiocre, bien proportionnée et bien prise ; il a la tête grosse, le cou épais, le teint jaune et pâle, les cheveux noirs, les yeux petits, mais expressifs ; sa démarche est lourde et gauche ; il est bilieux, taciturne, mélancolique, vindicatif, superstitieux, opiniâtre, méfiant, lent à se déterminer, mais d'une confiance sans bornes quand il s'est livré, d'une bonté extrême, d'une grande imagination, d'une fidélité rigide dans ses engagements, généreux, stoïque, attaché à son sol, à ses usages, à sa religion, et capable dans la passion des élans les plus héroïques ; il l'a bien prouvé. Son patois est un français corrompu, mêlé de latin et de quelques mots anglais ; il parle peu et s'exprime rarement d'une manière affirmative. Lui demande-t-on s'il fait froid, il répond *qu'il ne fait pas chaud ;* si cette femme est belle, il dira *qu'elle n'est pas indifférente.* Il affecte dans son langage une sorte de malice plaisante, de sérieux narquois, de naïveté feinte dont il abuse surtout avec l'étranger, cela s'appelle la *gouaille.* Les seigneurs eux-mêmes autrefois n'échappaient pas à la *gouaille* qu'ils supportaient de bonne grâce.

Le Poitevin porte un grand chapeau rond à fond plat et à larges bords, les cheveux taillés en rond à l'ancienne manière des clercs, une veste de laine brune ou gris-bleu ; sous cette veste, un gilet de laine blanche ou de cotonnade serré par une ceinture de mouchoirs rouges, une large culotte barrée, moitié laine moitié fil, et des souliers ferrés. Les femmes sont grotesquement coiffées d'une aune de demi-fil ; elles s'entourent le corps d'une brassière d'étoffe brune sur un corset difforme montant jusqu'aux épaules, et si renforcé de baleines, qu'il parerait un coup de sabre ; elles ont là-dessous deux jupons, une paire de sabots, et le tout est recouvert d'un grand capot noir à rubans de même couleur qui se rattache par devant avec des crochets argentés. Vers Poitiers, elles portent un bonnet carré, en forme de sac de papier, qui ne ressemble pas mal à la coiffure des janissaires. En général, ces femmes sont laides, mais ce sont les plus grandes ménagères, les plus dignes et les meilleures femmes du monde.

Le dimanche, toute la paroisse se réunit rigoureusement à l'église; les hommes sont dans le chœur ; les femmes, voilées de leurs capots, à genoux au bas de la nef ; partout, un silence et un recueillement que ne troublèrent point les approches des persécutions et de la guerre civile.

Tous les usages du Poitou, jusqu'aux divertissements, sont mêlés de pratiques religieuses ou de superstitions presque toujours innocentes et respectables. Souvent deux paroisses se portent un défi : on tend quelque part un câble que deux athlètes tirent de chaque côté jusqu'à ce que l'un entraîne l'autre ; l'enjeu est une barrique de vin que l'on boit ensemble après la victoire. Le jeu le plus commun est le jeu de boules. Quand une famille tue son porc, c'est l'occasion d'une petite fête qui s'appelle *les rilles*. Le jour entier se passe à manger, danser et boire ; à la fin du souper, un plaisant monte sur la table et débite quelque conte, quelque discours, le plus souvent un sermon ridicule, appris dans sa jeunesse. La moisson surtout est un heureux temps pour le paysan poitevin : sa femme et ses enfants glanent alors pour leur subsistance de l'année entière, et les huissiers le laissent en repos. On s'assemble dès l'aube au son du cornet à bouquin ; le travail commence au bruit des risées et des chansons ; la soupe l'interrompt à midi; après le repas, on se couche, et l'on fait la méridienne. La moisson finie, les métiviers s'assemblent autour de la dernière gerbe et simulent de grands efforts pour l'arracher; mais, disent-ils, la gerbe tient bon ; ils vont chercher le maître, et, dès qu'il paraît, la gerbe cède au premier effort. Le maître, alors, donne à chacun une certaine portion de grain qu'on vend, et l'on achète avec le produit une oie et du vin qu'on mange gaiement dans un festin où le maître préside.

Les fêtes religieuses sont marquées par d'autres pratiques où s'attachent divers préjugés. A la Chandeleur, on mange des *crêpes* en famille, dans l'idée que les blés ne seront point cariés. Le dimanche des Rameaux, par une allusion naïve et touchante, on plante une branche bénie dans les champs. Le vendredi saint, les travaux de la terre sont absolument interrompus; on ne manquerait pas, le jour de la Saint-Marc, et le premier jour de mai, de manger de l'ail vert pour affermir sa santé. La veille de la Saint-Jean, chacun apporte son fagot, et le plus vieux ou le plus honoré de la paroisse allume le feu de joie. Quand la flamme s'élève, on tombe à genoux et l'on prie Dieu de bénir la moisson et de détourner de la paroisse les orages et les fléaux ; on passe par les flammes des herbes odoriférantes et des branches de noyer qu'on garde pour mettre dans la boisson des bestiaux malades, dans la croyance qu'ils en seront guéris ; après quoi les garçons dansent autour du feu et s'amusent à sauter au travers des flammes au bruit des rires de l'assistance. Les vieilles femmes conservent des cendres de ce feu qui sont, à leur avis, un excellent spécifique contre les dartres, appelées dans le patois *onderses*. Comme dans les provinces du midi, il est d'usage, à Noël, de mettre dans le foyer une grosse bûche sur laquelle on jette solennellement quelques gouttes d'eau et qu'on empêche de se consumer, car elle doit durer pendant les trois fêtes. La bûche allumée, on s'agenouille et l'on récite toutes les prières qu'on sait par cœur ; on a vu des paysans dire, en cette occasion, jusqu'au *Benedicite*. Ils pensent que la température des trois mois, mars, avril et mai, dépend de ces trois fêtes de Noël, et cette maxime est consacrée : « *Quand la Chandeleur est claire, l'hiver est par derrière* » L'hiver, disent-ils, est un petit bonhomme caché dans un sac, il se tient en haut, au milieu ou au fond. Le jour des Rameaux, on observe d'où vient le vent, parce qu'on croit qu'il soufflera du même côté toute l'année. La température n'est pas moins remarquée durant les trois jours des rogations.

Une chose qui établit l'étrange pureté de mœurs de cette province au milieu de la corruption générale, c'est qu'elle ne fournit point de noms, pour ainsi dire, aux listes de prostitution de la police de Paris. Une fille déshonorée n'y saurait demeurer ; les mariages s'y contractent dans une innocence baptismale. C'est aux bals, nommés des *assemblées*, que se forment ces liaisons naïves entre les filles et les garçons ; les amours naissantes s'expliquent par un fuseau que la fille laisse tomber, le garçon qui le ramasse le plus tôt est l'amoureux reconnu. La manière la plus commune et la plus délicate de faire l'amour consiste à pincer les filles, à dénouer leur tablier, à leur tordre les bras, etc., à quoi la fille réplique galamment par les plus lourdes tapes qu'elle peut détacher. Les grands parents d'accord, on invite les parents et les alliés des deux familles, ce qui compose d'ordinaire une réunion si nombreuse que la plus vaste grange peut à peine suffire à la contenir. Le jour de la cérémonie, on coiffe la future d'un bonnet à longues barbes qui tombent sur les épaules, on lui met une couronne d'immortelles à laquelle chaque fille attache une épingle dans l'espoir qu'elle se mariera dans l'année, et enfin on la pare d'une ceinture de ruban argenté que le mari seul a le droit de dénouer. Quant à lui, il s'habille de neuf, et il se poudrait autrefois ; c'était le seul jour de sa vie où il pût se le permettre sans craindre les plaisants. Quand tout est prêt, le cortége défile pour aller à l'église : deux jeunes filles portent, derrière la mariée, l'une, une épine blanche garnie de fleurs, de fruits, de rubans ; l'autre, une quenouille et un fuseau ; et son parrain présente à l'église un énorme gâteau que le prêtre bénit et dont elle fait les honneurs au dessert. Le prêtre, avant de prononcer les paroles sacramentelles, bénit, outre l'anneau nuptial, treize pièces d'argent que le mari donne à sa femme. On peut remarquer que la plupart de ces cérémonies se pratiquaient de même aux noces romaines. On se rend ensuite au lieu du banquet au bruit des violons et des fifres. Au dessert, les filles chantent à la mariée une vieille chanson d'un sens profondément moral et mélancolique qui, d'ordinaire, lui arrache des larmes. On lui dit que son bon temps est passé, et qu'il faut se préparer aux travaux de l'enfantement, aux soucis du ménage et de la famille.

> Vous n'irez plus au bal, madame la mariée,
>
> . . . .
>
> . . . . . À votre époux liée
> Avec un long fil d'or
> Qui ne rompt qu'à la mort.

Les chants finis, viennent les *momous*. Ce sont des garçons qui portent à la mariée un présent caché dans une corbeille : c'est quelque colombe, quelque joli oiseau attaché de rubans. On invite les *momous* pour les remercier. Le mari sert les convives et ne se met à table qu'au dessert. Après le souper et la cérémonie bien connue de la jarretière, les danses commencent. Cependant les époux se retirent et vont se cacher dans quelque maison écartée ; mais on se met à leur poursuite et l'on ne tarde pas à les découvrir. On leur porte la soupe à l'oignon et un plat de cendres. C'est l'occasion de mille mauvaises plaisanteries, à la suite desquelles les mariés rejoignent la compagnie. Après le repas du lendemain, chaque convive prend un ustensile du ménage : l'un la crémaillère, celui-ci un poêlon, cet autre une chaudière, et le cortége défile dans le village au milieu des huées des enfants. C'est la procession nuptiale; la mariée fait ses visites et s'installe, pour ainsi dire, dans sa nouvelle condition.

La noce dure tant qu'il y a du vin à boire; celui qui vide la dernière barrique attache le fausset à son chapeau. C'est le signal du départ. Chacun se retire, et la noce finit au grand soulagement des époux.

Dans les longues soirées d'hiver, les femmes se réunissent à la veillée, dans une étable, à la lueur d'une lampe nourrie à frais communs. Là, rangées en cercle et accroupies sur leurs talons, elles filent leurs quenouilles, et la plus instruite raconte d'effrayantes histoires de revenants et de sorciers. Les yeux sont fixes, les bouches béantes, et l'on n'entend que le sifflement des fuseaux qui tournent à peine sous les doigts tremblants. Le *loup-garou* est une croyance très-établie. On connaît les crimes qui entraînent cette métamorphose et le temps que dure ce châtiment : le faux serment, le sacrilége, l'adultère, l'empoisonnement, l'incendie, le sortilége, la fréquentation du sabbat, condamnent, pour plus ou moins de temps, le pécheur au métier de *loup-garou*. Cette opinion, du moins, contient le paysan et lui donne une horreur difficile à concevoir pour les crimes dont ce supplice est la punition. Dans la soirée, les garçons courent de veillée en veillée, sous quelques déguisements, et font peur aux vieilles femmes qu'ils trouvent en chemin ; d'autres restent toute la soirée aux pieds de leurs maîtresses, et leur font mille agaceries qui donnent à rire à l'assemblée. Quand la lampe pâlit, les garçons prennent les filles par la main et dansent une *frisée* ou gavotte du Poitou, qui se danse à un nombre pair quelconque, souvent à vingt danseurs. Deux filles chantent alternativement et servent d'orchestre. Ces danses, dit-on, remontent au règne de Louis XI, qui se récréait à ces jeux des bergères poitevines. Les générations s'en transmettent les airs ; les jeunes filles les tiennent de leurs aïeules, et l'on n'en apprend jamais de nouveaux. Ces chansons et bien d'autres ne sont rien moins que de précieuses et naïves poésies qu'on a trop négligées, faute d'en connaître le charme. La veillée finit quand la lampe s'éteint.

Les sorciers étaient la grande superstition du pays : la pluie, la grêle, le tonnerre, les maladies des bestiaux et des hommes sont de leur ressort. On a recours à eux pour retrouver les objets perdus; ils influent sur la santé par des incantations, des charmes, des herbes préparées. Les paysans leur accordaient une confiance sans bornes. Mais depuis longtemps déjà les sorciers ont perdu de leur crédit ; et ce n'est point aux opinions nouvelles, mais au zèle constant et éclairé des curés qu'il faut l'attribuer.

Les gentilshommes poitevins, robustes et aguerris, étaient de célèbres chasseurs ; leurs châteaux, simplement meublés à l'antique, avaient conservé leurs vieilles murailles et leur rude apparence d'autrefois ; point de parcs ni de jardins anglais ; leurs femmes, même parmi les plus grandes dames du pays, quand une affaire importante les forçait de quitter la maison, voyageaient à cheval, en litière ou dans des voitures à bœufs. Ils affermaient peu leurs terres et partageaient les productions avec leurs métayers ; de là des intérêts communs, des relations de confiance et de bonne foi ; les propriétés étant très-divisées et une terre un peu considérable renfermant vingt-cinq à trente métairies, le seigneur communiquait habituellement avec les paysans. Il les visitait souvent, causait avec eux des travaux de la terre, s'asseyait à leur table, allait aux noces de leurs enfants, buvait avec les convives. Le dimanche on dansait dans la cour du château, les dames ne dédaignaient pas de donner la main aux paysans, et l'on conçoit l'attachement que de pareilles habitudes avaient pu établir entre ces hommes simples et sauvages et d'anciennes familles qui, depuis si longtemps, avaient toute leur confiance. Quand le seigneur chassait le sanglier ou le loup, le curé avertissait au prône, marquait le rendez-vous ; ils prenaient leurs fusils, accouraient pleins de joie et suivaient leur seigneur à la chasse comme ils le suivirent plus tard à la mort. La partie de chasse du seigneur était une partie de plaisir pour les vassaux. On leur dit bien, plus tard, que ces seigneurs étaient des monstres et des oppresseurs, ils les aimaient ainsi ; ils le firent bien voir.

Mais il est impossible de ne point s'arrêter à ces événements modernes, d'où cette province a tiré tant de nouveau lustre et d'importance, et qui serviront surtout à mettre dans son jour le caractère de ses habitants ; il est impossible de parler de la Vendée sans réveiller l'idée de ses hauts faits et de ses malheurs. La guerre étonnante dont ce pays a été le théâtre a changé ses mœurs et jusqu'à son nom : elle est devenue son trait distinctif et dominant. On dit la *Vendée Militaire*, et le Poitevin n'est plus qu'un soldat.

93 ! chiffre funèbre, jours sanglants, mais aussi glorieux à jamais ! Il semble que Dieu n'ait point voulu permettre que la France entière fût complice, par le silence du moins et la terreur, de ces forfaits inouïs ; et tandis que la hideuse guillotine fonctionnait sur nos places, tandis que tout un peuple, dans sa stupeur, courbait la tête sous la hache, une protestation sublime éclate dans une humble province, le drapeau royal s'y relève au milieu de ses épées fidèles, et la splendeur des temps monarchiques rayonne, avant de s'éteindre, de ses plus magnifiques clartés. Sans doute des voix rigides ont justement flétri les égarements du clergé et de la noblesse dans le dernier siècle, mais quels retours prompts et magnanimes, quelles terribles expiations les ont rachetés ! Ce clergé si coupable put fournir des martyrs au massacre des Carmes, et certes la noblesse eut ses dignes victimes, quand un Lescure, un Bonchamps, un d'Elbée, montèrent devant l'Éternel implorer le pardon de leurs frères. O temps pleins de merveilles ! naguère ce n'était de toutes parts que prélats

indignes, abbés libertins, gentilshommes frivoles, ivres de plaisir et de bel esprit, s'oubliant dans les délices et traînant follement un insigne inutile : la révolution se déclare, le trône disparaît, l'échafaud se dresse, et, du sein de cette jeunesse en délire, il sort tout à coup un Talmont; et, parmi ces vieilles familles épuisées par les guerres et l'oisiveté, corrompues par la débauche et la philosophie, il peut naître un Charette ou un Larochejaquelein. Ces enfants des races illustres n'étaient qu'assoupis, ils se raniment comme Achille à la vue des armes. Ah! quand ils se réveillèrent de cet indigne sommeil; quand, la monarchie croulant de toutes parts, ils sortirent, épouvantés, de leurs fêtes et revinrent dans leurs châteaux déserts, quels enseignements et quels souvenirs les attendaient dans ces sombres murailles où frémissaient les trophées antiques? quelles paroles sévères durent tomber du portrait des aïeux, quelles ombres se levèrent des caveaux funéraires pour leur souffler l'esprit et l'enthousiasme des temps chevaleresques?

On a fait aux Vendéens le reproche d'avoir soulevé une guerre civile et on les appela des rebelles. Un grand homme a répondu d'avance à ces lieux communs de la haine et de l'ignorance : la guerre civile, dit Pascal, est le plus grand des maux, mais il dit aussi qu'elle est une suite de la révolte contre le pouvoir, et que cette révolte, dans un état où la puissance royale est établie, est le plus grand des crimes, un attentat sur Dieu même. Or, qui s'était révolté d'abord contre la puissance établie? qui commit ces premiers sacriléges contre la majesté divine et royale? qui rompit le pacte fondamental de l'état? qui bouleversa le royaume pour l'inonder de sang et le livrer à d'effroyables calamités? Non, les Vendéens ne se révoltaient point, ils donnèrent au monde le plus pur et le plus rare exemple de fidélité : ils entreprirent de défendre le pouvoir contre la révolte. Au reste, il n'est pas inutile de remarquer en quel concours étrange quatre de leurs chefs les plus redoutables purent juger l'œuvre nouvelle : Charette, Marigny, Lescure, Larochejaquelein, assistaient aux massacres des Tuileries, le 10 août, et ce fut dans ces vapeurs sanglantes qu'ils respirèrent la haine de cette république qu'ils voyaient ainsi dans son berceau et qu'ils mirent ensuite à deux doigts de sa tombe.

Mais avant d'ouvrir ces derniers fastes du Royaume de France, nous emprunterons, sur le caractère et la situation des Poitevins, le témoignage d'un historien qui ne paraîtra pas suspect en un tel sujet.

« La Vendée, dit M. Thiers, était la partie de la France où le temps avait le moins fait sentir son influence, et le moins altéré les anciennes mœurs. Le régime féodal s'y était empreint d'un caractère tout patriarcal, et la révolution, loin de produire une réforme utile dans ce pays, y avait blessé les plus douces habitudes et y fut reçue comme une persécution........ »

« Les seuls produits abondants dans ce pays, sont les pâturages et par conséquent les bestiaux. Les paysans y cultivaient seulement la quantité de blé nécessaire à leur consommation, et se servaient du produit de leurs troupeaux comme moyen d'échange. On sait que rien n'est plus simple que les populations vivant de ce genre d'industrie... Les terres étaient divisées en une multitude de petites métairies de 5 à 600 francs de revenu, confiées chacune à une seule famille, qui partageait avec le maître de la

terre le produit de leurs bestiaux. Par cette division du fermage, les seigneurs avaient
à traiter avec chaque famille, et entretenaient avec toutes des rapports continuels et
faciles. La vie la plus simple régnait dans les châteaux : on s'y livrait à la chasse à
cause de l'abondance du gibier ; les seigneurs et les paysans la faisaient en commun,
et tous étaient célèbres par leur adresse et leur vigueur. Les prêtres, d'une grande
pureté de mœurs, y exerçaient un ministère tout paternel. La richesse n'avait ni
corrompu leur caractère, ni provoqué la critique sur leur compte. On subissait l'autorité du seigneur, on croyait la parole du curé parce qu'il n'y avait ni oppression ni
scandale. »

Rappelons maintenant comment cet heureux et simple paysan devint un soldat
héroïque. Remettons dans toute leur gloire ces héros inconnus, assez longtemps couverts par la poudre et la fumée des batailles. Un jour, peut-être, on saura les exploits
ignorés, les suprêmes efforts de cette Vendée et de cette armée de Condé, étouffés
durant trente ans par le fracas des chants de victoire. Peut-être appartient-il à cette
génération de balbutier les premières vérités de cette histoire. D'ailleurs, il en est
temps, ne renions plus cette gloire qui est bien nôtre assurément, et qui fut si pure.
Imitons du moins, à notre tour, ces braves gentilshommes de l'émigration, à qui
l'épée tombait des mains sur le Rhin, en admirant leurs anciens soldats qui se bat-
taient contre eux. Déjà les passions s'apaisent, la fumée se dissipe, et avant qu'une
voix s'élève plus forte et plus digne, qu'il nous soit permis d'évoquer un moment
ces ombres illustres et qu'on pardonne à l'enthousiasme irrésistible qu'elles inspirent ;
qu'on nous accorde au moins de partager à leur égard l'opinion de leurs ennemis
dont nous pourrions nous appuyer à chaque pas. Essayons enfin, après tant d'autres,
de ranimer ce cadavre de la vieille France, mettons la main sur ce grand cœur
épuisé, réveillons-y la dernière image de sa grandeur durant quatorze siècles, et as-
surons-nous que ces souvenirs, tant de fois invoqués en vain, ne peuvent plus lui
arracher un seul battement.

La révolution éclate. On sait ce qu'il fallut de machinations ténébreuses, d'odieuses
missions pour égarer le peuple des provinces. Les Poitevins ne se laissèrent pas séduire un moment par ces remises des dîmes, des terrages, des lods et ventes, qui,
sous couleur de réforme, attentaient aux fondements de la constitution. Ils ne savaient
autre chose là-dessus, sinon que c'était le bien d'autrui, et disaient déjà que *ce désordre
ne conduirait à rien de bon*. On leur dépêche deux apôtres de la commune de Paris,
Gallois et Gensonné, débitant le sophisme et l'invective dans le pathos hypocrite de
ce temps-là. On faillit les assommer. On ordonne d'enlever des églises les bancs sei-
gneuriaux : l'ordre n'est point exécuté ; on décrète la formation des gardes nationales, les paysans en font leurs seigneurs commandants. La persécution contre le
clergé accroît le désordre. Les prêtres assermentés sont repoussés, les vieux curés
disent la messe en pleins champs au milieu de leurs paysans qui les gardent, le chapelet d'une main, le fusil de l'autre. On se croit transporté, dit M. de Bourniseaux,
aux premiers siècles de l'église, dans ces catacombes où les anciens chrétiens célébraient leurs mystères augustes, à la veille de confesser leur foi devant les tyrans et
de souffrir le martyre dans le cirque. Çà et là s'émeuvent des séditions partielles

aussitôt réprimées. Un homme du bas Poitou se battit longtemps contre les gendarmes avec une fourche, et reçut vingt-deux coups de sabre. On lui criait : « Ren-
dez vos armes ! » il répondit jusqu'à la mort : « Rendez- moi mon Dieu ! »

La journée du 10 août 1792, les Tuileries violées, le roi prisonnier, répandent la
stupeur. Delouche, maire de Bressuire, refuse d'exécuter une mesure du gouvernement ; on le chasse de la ville, quarante paroisses se soulèvent à sa voix. L'expédition
est mal conduite. On marche sur Châtillon qui ne résiste pas. Les gardes nationales
défendent Bressuire, cent paysans tombent en criant : Vive le roi ! Les gentilshommes
qui commandaient sont pris et fusillés. Cette première victoire de la république fut
souillée par les premières atrocités. Duchâtel de Thouars fut blessé en essayant de
sauver les prisonniers ; on les massacra dans ses bras. C'est ce même Duchâtel, digne
Vendéen, qui se fit porter mourant à la tribune de la Convention, lors du procès
du Roi, pour lui donner son vote au milieu des clameurs et des piques.

La fameuse levée des trois cent mille hommes provoque deux révoltes simultanées
dans le haut et le bas Poitou. Bressuire presse le recrutement par des mesures
violentes ; les jeunes gens se sauvent dans les bois. De Fontenay à Nantes, même résistance. Des rassemblements se forment à Challans et Machecoul ; un perruquier,
nommé Gaston, se met à leur tête, tue un officier, et revêt son uniforme; il s'empare de Challans, marche sur Saint-Gervais, tombe mort à la tête des siens, et passe
longtemps à Paris pour le chef le plus important des révoltés.

A Saint-Florent-le-Vieil, le tirage était indiqué pour le 10 mars. Les jeunes gens
résistent; on les harangue, ils se mutinent; on fait avancer une pièce d'artillerie
qui les mitraille ; les paysans s'élancent, prennent la pièce, chassent l'autorité et ses
gardes, pillent et brûlent le district, ses papiers et sa caisse, passent le reste du
jour à se réjouir, et se retirent sans songer aux vengeances terribles qu'ils attirent
sur leurs têtes.

Or, il y avait dans le bourg du Pin-en-Mauges un homme juste et respecté dans
le voisinage. C'était un voiturier colporteur de laines qui s'appelait Cathelineau ;
il était occupé dans sa maison à pétrir du pain, quand on lui conte ce qui s'est passé ;
il s'émeut, prévoit les malheurs du pays si l'on ne soutient la révolte ; il essuie ses
bras, résiste aux prières de sa femme et court sur la place. On l'écoute, vingt habitants prennent des armes. Ils partent, leur nombre s'accroît en chemin, ils arrivent
au village de la Poitevinière; Cathelineau sonne le tocsin, rassemble les paysans,
harangue sa troupe qui monte à cent hommes. Il court sur un poste républicain, à
Jallais, défendu par quatre-vingts hommes et une pièce de canon. Le canon gronde,
les paysans se jettent contre terre, s'élancent sur la pièce, le poste est enlevé. Ils
arrivent sans reprendre haleine à Chemillé, où ils trouvent deux cents républicains
et trois coulevrines; ils essuient une première décharge, s'élancent sur l'ennemi au
pas de course et l'écrasent.

Le lendemain Stofflet, le garde-chasse de M. de Maulevrier, amène deux mille
hommes ; le nommé Forêt, du village de Chanzeau, poursuivi par les gendarmes, en
tue un d'un coup de fusil, court à l'église, sonne le tocsin et rejoint aussitôt Cathelineau avec un renfort de sept cents hommes. Ces forces réunies se portent sur Chollet,

ville considérable, chef-lieu du district, l'attaquent avec la même audace et l'emportent sur sept cents républicains appuyés de quatre pièces d'artillerie. On y trouve des munitions, de l'argent et six cents fusils. Les troupes évacuent Vihiers, la révolte se précipite et s'étend comme une lave ardente. En cinq jours les insurgés du Bocage et du bas Poitou sont les maîtres de Saint-Florent, Jallais, Chemillé, Chollet, Vihiers, Challans, Machecoul, Léger, Palluau, Chantonnay, Saint-Fulgent, les Herbiers, La Roche-sur-Yon, menaçant, à toutes les extrémités du pays, Luçon, les Sables-d'Olonne et Nantes.

Les fêtes de Pâques approchaient. Les paysans se séparent et s'ajournent à la Quasimodo. On annonce dans les clubs d'Angers et de Nantes la fin de l'insurrection. Mais le général Labourdonnaye prend ses mesures et fait avancer Marcé au Pont-Charron avec sa division; Marcé est repoussé. Les Vendéens se rassemblent à Chollet. Chemin faisant, ils pressent d'Elbée et Bouchamps, deux officiers retirés dans leurs châteaux, de se mettre à leur tête. D'Elbée était auprès de sa femme qui venait d'accoucher ; il cède pourtant et il part. En même temps les insurgés du bas Poitou reviennent jusqu'à trois fois au château de Charette de la Contrie, pour le décider à les commander. La troisième fois ils menacent de le massacrer comme un lâche. Il se lève alors, les mène à l'église de Machecoul, et jure publiquement sur le saint Évangile de mourir plutôt que d'abandonner la cause qu'il embrasse. « Promettez comme moi, dit-il ensuite en se retournant, que vous serez fidèles à la cause de l'autel et du trône. — Oui ! oui ! » s'écrient les paysans en brandissant leurs armes. Dès le 15 avril, les divisions de d'Elbée, Stofflet, Cathelineau et Bérard forment la *grande armée catholique et royale*, devenue si fameuse.

Cependant le général Berruyer succède à Labourdonnaye. Bressuire, un instant menacé par les royalistes, épouvante le Bocage par des mesures impitoyables; toutes les paroisses des environs étaient désarmées depuis l'affaire du mois d'août. Les prisons se remplissaient de suspects. Sur ces entrefaites, à l'occasion du tirage à la milice, un paysan vint avertir Henri de Larochejaquelein, qui se cachait à Clisson, chez M. de Lescure, son cousin ; cet homme lui dit : « Est-il bien possible, M. Henri, que vous iriez tirer à la milice, tandis que vos paysans se battent pour ne pas tirer ? Venez avec nous, tout le pays vous désire et vous obéira. » Henri n'hésite pas, et part la nuit, avec le paysan, à travers mille périls.

Il arrive pour être témoin d'une défaite qui fait reculer les royalistes jusqu'à Tiffauges. On n'avait pas deux livres de poudre, l'armée allait se dissoudre. Les Marseillais arrivent à Bressuire et commencent par égorger les prisonniers; ils partent enfin contre les rebelles en chantant leur hymne.

A la vue de Larochejaquelein quarante paroisses se soulèvent et envoient leurs hommes dans la nuit, armés de fourches, de faux, de haches; ils n'avaient pas en tout deux cents fusils de chasse. «Mes amis, dit Henri, si mon père était ici, vous auriez confiance en lui; pour moi, je ne suis qu'un jeune homme, mais si j'avance, suivez-moi; si je recule, tuez-moi; si je meurs, vengez-moi. » On arrive aux Aubiers, on marche derrière les haies, on entoure le village en silence. Les balles pleuvent sur les soldats, ils font un mouvement. « Les voilà qui fuient ! » crie Henri. Les paysans escaladent les haies aux cris de : Vive le roi ! Les bleus se troublent, se débandent; on les poursuit l'épée aux reins jusqu'à une demi-lieue de Bressuire. Henri court aussitôt encourager l'armée d'Anjou. Chemillé, Chollet, Vihiers sont repris, le plus grand désordre règne à Bressuire. Les Marseillais y rentrent éperdus, et se vengent de leur défaite sur des prisonniers désarmés qu'ils massacrent. Le 1er mai l'armée prend Argenton-le-Château, et marche sur Bressuire. Les troupes républicaines sont frappées de terreur. On défile sans bruit dans la nuit, les Marseillais désertent : c'est qu'il fallait combattre et non plus égorger. Le lendemain Lescure et Marigny amènent avec eux quatre mille hommes ; on trouve encore de nouveaux officiers ; on part le 5 mai pour Thouars. Quétineau y était arrivé le 5 et n'avait pris aucune précaution. Les Vendéens avaient choisi quatre points d'attaque. MM. de Lescure et Larochejaquelein devaient commencer l'affaire au pont de Vrine, à demi-lieue de la ville, mais les autres divisions arrivent trop tard, cette fausse attaque devient la principale ; la canonnade commence à cinq heures ; à onze heures les Vendéens manquent de poudre, Lescure se précipite sur le pont, un fusil à la main. Larochejaquelein et Forêt accourent à son secours et entraînent la troupe, le passage est forcé. Arrivés au mur, les paysans essayent de desceller les pierres à coups de piques. « Carle, dit Henri à un paysan, je vais monter sur tes épaules. — Montez. — Donne-moi ton fusil. » Il touche à la cime tout seul, on le blesse; les paysans escaladent après lui, la ville est prise au moment de capituler. On court aux églises, on sonne les cloches, on remercie Dieu de cette victoire. On trouve là six mille fusils, douze caissons. Parthenay ouvre ses portes. La Chataigneraye résiste, on l'emporte d'assaut; en même temps Charette prend l'île de Noirmoutiers d'un coup de main. Les divisions du Loroux et de la Cathelinière bloquent Nantes. A chaque instant des transfuges passaient aux Vendéens; on ne se souvient pas d'avoir vu des Vendéens passer à la république.

Les paysans, depuis longtemps sous les armes, voulaient rentrer dans leurs foyers. Il en restait encore sept mille sous les drapeaux ; on les mène à Fontenay. D'Elbée est blessé, La Marsonnière pris avec deux cents hommes, la bataille est perdue. L'évêque d'Agra arrive le jour de la défaite et harangue l'armée ; les chefs attribuent la colère de Dieu à des désordres commis à la Chataigneraye, ils courent les rangs; les paysans se jettent à genoux, reçoivent l'absolution, et les chefs les ramènent à Fontenay en criant : « Mes enfants, nous n'avons plus de poudre, il faut prendre les canons avec des bâtons ! » Il n'y avait, comme il arrivait souvent, que quatre coups à tirer pour chaque fusil et trois gargousses pour chaque pièce. Le général Chalbos les attendait en bonne position, à la tête de son armée, soutenue de cinq généraux et de sept représentants du peuple. Lescure, commandant l'aile gauche, s'avance à trente pas en avant de sa troupe, une batterie de six pièces crible ses habits de mitraille. « Vous le voyez, dit-il, ils ne savent pas tirer. » Les Vendéens s'élancent au pas de course, ils rencontrent une croix de mission et tombent à genoux. « Laissez-les prier ! » dit Lescure aux officiers qui les pressent. Ils se relèvent, et il met son cheval au galop pour n'être point devancé. Une charge de Larochejaquelein décide la bataille. Lescure entre seul dans la ville, Bonchamps et Forêt le suivent dans ce péril. Un bleu se ravise en fuyant, et voyant Bonchamps isolé, lui perce le bras d'une balle ; mais la ville était emportée et les prisonniers vendéens délivrés. On prit à Fontenay quarante pièces de canon, quatre mille hommes, sept mille fusils et vingt barils de poudre. On lâchait les prisonniers jusqu'alors sur une vaine parole. On s'avisa désormais, avant de les renvoyer, de leur couper les cheveux pour les reconnaître. Les républicains leur coupaient la tête.

Le 25 de ce mois, la royale armée se disperse, comme de coutume, pour les travaux de la moisson ; mais il est temps de jeter un coup d'œil sur cette armée mystérieuse qui ne se faisait connaître à l'Europe que par le bruit de ses coups terribles. Elle venait d'atteindre un certain point de régularité. On avait créé à Châtillon un conseil supérieur, sous la présidence du prétendu évêque d'Agra. L'administration du pays conquis était organisée, les divisions étaient mieux armées et riches des munitions prises sur les bleus. Un paysan demandait un jour des cartouches. « En voilà ! » dit l'officier en montrant l'ennemi. Les Vendéens étaient divisés par paroisses commandées par un capitaine. Les capitaines obéissaient aux divisionnaires, ceux-ci aux chefs supérieurs. Les paysans de l'infanterie portaient un pantalon de laine brune, une grande veste, un chapeau à larges bords ou un bonnet de poil ; sur la veste, une casaque blanche traversée d'une croix noire, où pendait quelque relique de royaliste, de frères d'armes à venger ; un chapelet autour du cou et un fusil. La cavalerie, montée en partie sur des chevaux de labour de toutes tailles, de toutes couleurs, était formée des jeunes gens les plus ardents, la plupart en sabots, sans étriers et sans selles ; les sabres pendaient à des ficelles, et souvent ces sabres n'étaient que des faux emmanchées à rebours, arme d'un aspect étrange et effrayant ; des épaulettes et des cocardes républicaines traînaient en trophée à la queue des chevaux. Ils portaient la cocarde blanche, noire ou verte ; ils avaient en outre un Sacré-cœur cousu sur la poitrine, et le chapelet à leur boutonnière. Cette cavalerie était terrible dans les poursuites. L'ambition d'un cavalier vendéen était de tuer un hussard pour le dépouiller de son cheval et de ses armes ; et les hussards le savaient bien. Les officiers étaient mieux équipés, mais ils ne portaient aucun insigne, sauf des mouchoirs rouges à la ceinture et sur la tête ; plus tard, ils se distinguèrent par la couleur du nœud des écharpes.

Une entreprise décidée, on sonnait le tocsin, une réquisition ainsi conçue courait la paroisse : *Au saint nom de Dieu, de par le Roi, telle paroisse est invitée à envoyer le plus d'hommes possible en tel lieu, tel jour, telle heure, on apportera des vivres ;* et le paysan accourait avec son fusil et son pain. Mais il fut impossible d'introduire plus de discipline parmi des hommes qui distinguaient à peine leur main gauche de la droite ; on leur criait : *Courez à cet arbre, à ce fossé, sur ces genêts !* Réunis en division, ils s'avançaient par colonnes de quatre hommes de front, entouraient l'ennemi en silence, et commençaient la fusillade. Bons chasseurs, visant à l'œil, tous leurs coups portaient. L'ennemi, étonné, voyait alors quelques tirailleurs surgir çà et là. Les paysans s'étendaient lentement, se repliaient pour attirer les troupes, puis à ce cri : *Égaillez-vous, mes gars !* ouvrant leurs ailes, ils les enveloppaient et se précipitaient sur les baïonnettes en poussant de grands cris comme les peuples sauvages. Bonchamps excellait dans cette manœuvre terrible. Les canons étaient pris tout d'abord en se couchant à plat ventre, et les plus forts sautaient sur la pièce pour *l'empêcher*, disaient-ils, *de faire du mal*.

La déroute était effroyable pour les républicains qui, engagés dans les bois sans savoir les chemins, tombaient tôt ou tard dans les mains des paysans. Le Vendéen défait, au contraire, sautait une haie, prenait un sentier et rentrait chez lui en répétant gaiement le beau mot : *Vive le roi quand même!*

On voyait ainsi dans les marches cette multitude couronner les hauteurs, défilant sur deux rangs, la tête nue, l'œil baissé, le fusil en bandoulière, le chapelet à la main. Le canon tonnant dans la plaine couvrait sans l'interrompre le murmure des psaumes. Les femmes venaient se mettre à genoux le long des chemins sur le passage de l'armée. Tout à coup un frémissement court les rangs, les têtes se couvrent, on laisse le chapelet, on saisit le fusil, et tous s'élancent dans la mêlée aux cris de : *Vive le roi! tue les républicains!* Les prêtres, les enfants priaient pendant le combat, dans les champs ou l'église la plus proche, et venaient féliciter les soldats après la victoire. On les trouvait ensuite pêle-mêle dans les villes prises, sans désordre, sans pillage, louant Dieu au pied des calvaires. En vérité, ne semble-t-il pas que l'enthousiasme des croisades s'était rallumé, après tant de siècles, pour la même cause, et que le bruit du canon avait réveillé les barons bretons dans leur tombe ; ne dirait-on pas que le sang des Couci et des Godefroi avait passé sans tache ni mélange dans les veines de Lescure et de Larochejaquelein : Lescure, le chevalier très-chrétien; Larochejaquelein, qui offrait à ses prisonniers de recommencer le combat corps à corps !

Cependant la Convention ébréchait le tranchant de sa hache sur ces forêts robustes de la Vendée ; ses meilleurs généraux, ses meilleurs bataillons venaient se briser sur les phalanges royales. Elle s'efforçait de garder le silence, mais des cris de détresse éclataient parfois à la tribune. Elle assemble quarante mille hommes qui arrivent en cinq jours de Paris à Saumur par des voitures et des bateaux; l'armée royale se réunit le 2 juin. Les hussards républicains se montrent à Vihiers, Stofflet part et les taille en pièces ; le général Ligonier s'avance, ou le rejette en arrière ; il se retranche à Doué, Doué est emporté ; le général Salomon arrive à Montreuil avec six mille hommes, Salomon est battu; Menou veut protéger Saumur, on lui marche sur le corps, et l'on court aux cris de *Vive le roi!* sur Saumur qu'on entame par trois attaques. Larochejaquelein jette son chapeau dans un retranchement en criant : « Qui va le chercher? » Il emporte le poste et entre le premier au galop dans la ville, comme à Thouars, comme à Fontenay ; deux autres assauts réussissent, Saumur est pris. Restait le château qui tirait toujours ; le château capitula. La parole suffit à peine pour peindre des succès si rapides, et l'on se sent comme entraîné sur les pas de ces bouillants capitaines.

Saumur livra à l'armée le passage de la Loire, quatre-vingts canons, vingt mille fusils et cinquante milliers de poudre. On avait fait onze mille prisonniers en cinq jours; on les renvoya tondus. Le lendemain on trouva Larochejaquelein rêvant dans une église encombrée d'armes, de munitions, de dépouilles laissées par les bleus; un officier lui demande à quoi il songeait. « Je pense, reprit-il en relevant sa belle tête blonde, à la merveilleuse marche de nos succès. » Ce jeune héros, à peine âgé de vingt ans, semblait effrayé de tant de gloire ; car c'est le lieu de le remarquer, ce fut là véritablement la guerre des jeunes généraux. A Saumur, l'armée se nomma un généralissime, et l'on désigna à l'unanimité Cathelineau, l'homme droit et fort qui avait commencé la guerre. On a beaucoup parlé des élévations subites de la révolution ; mais je ne sais s'il n'était pas réservé à cette guerre étrange de la Vendée, de donner l'exemple, peut-être unique dans l'histoire, d'un voiturier élevé en cinq mois à la tête d'une armée de soixante-quinze mille hommes, formidable et victorieuse, non point par l'aveuglement d'une faction, mais du consentement de militaires du premier mérite, et parce que chez cet humble paysan s'était révélé tout à coup le génie d'un grand homme de guerre. Les cruautés avaient tellement exaspéré le peuple, qu'on cite jusqu'à des femmes et des enfants morts sur le champ de bataille. Le chevalier de Mondyon, qui s'était échappé de Paris pour servir dans l'armée du roi, et M. de Langerie, qui eut un cheval tué sous lui à sa première affaire, n'avaient pas treize ans. Plusieurs dames de qualité faisaient la guerre en amazones. Il y eut une paysanne, nommée Jeanne, qui combattit jusqu'à la mort sous des habits d'homme. Ce nom de Jeanne a porté bonheur aux vaillantes femmes de France.

Après cette victoire de Saumur, si étonnante, qu'on crut que M. de Larochejaquelein s'était caché d'abord dans la ville, l'armée se grossit d'un corps de Suisses, et l'on résolut de marcher sur Angers. L'épouvante précède l'armée, et l'étendard royal flotte sur la capitale de l'Anjou : la république tremblait. Certes, c'est grand'pitié de considérer quelle était alors l'espérance des Vendéens et la mesure de leurs prétentions ; ils voulaient, en supposant le roi rétabli, 1° que ce nom de Vendée, si glorieusement acquis, fût conservé à toute la province du Bocage ; 2° que le roi honorât une fois de sa présence ces humbles campagnes ; 3° ils le priaient de permettre, qu'en mémoire de la guerre, le drapeau blanc flottât sur le clocher de chaque paroisse, et qu'un corps de Vendéens fût admis dans sa garde. Henri, qui devait s'immortaliser à la tête de l'armée par tant de batailles, disait naïvement : « Si nous rétablissons le roi, il m'accordera bien un régiment de hussards. »

Sur ces entrefaites, M. de Lescure se concerte avec Charette qui arrive avec vingt-cinq mille hommes, et trois armées combinées marchent sur Nantes. Le général Canclaux et les habitants organisent une défense héroïque et sage. Charette attaque le pont Rousseau, et, d'un premier choc, emporte un faubourg ; le faubourg est repris à la baïonnette ; les Vendéens serrent la ville par les jardins jusqu'au pied des remparts ; on se battit tout le jour ; Cathelineau s'indigne, rallie en masse les vieilles divisions de Saint-Florent et les Suisses, se jette à corps perdu sur une batterie ; enfonce le 109ᵉ régiment et le poursuit de rue en rue, jusqu'à la place de Viarmes : Nantes frémit ; mais tout à coup des Vendéens reviennent portant un cadavre ; un cri lugubre passe de rang en rang : *Cathelineau est mort !* Le feu s'amortit, les courages tombent, la nuit arrive, la ville est sauvée.

Le colonel Westermann choisit ce moment pour envahir cette Vendée, qu'il se vantait de détruire avec une seule légion. Il arrache un ordre au général Biron, campé à Niort avec quinze mille hommes, prend six mille soldats, pénètre la nuit à Parthenay, égorge les gardes et en chasse les Vendéens ; il se porte de là sur le bourg d'Amaillou et le brûle; il arrive, la torche à la main, à Clisson, prend le château de Lescure, le met à feu et à sang, et occupe Bressuire. Lescure et Larochejaquelein l'attendent avec quatre mille hommes; il se jette le sabre à la main sur les Vendéens, les met en fuite et entre le même jour à Châtillon. Aussitôt il envoie mettre le feu au château de Larochejaquelein ; les paysans l'éteignent et fusillent les envoyés. Il fait chanter un *Te Deum* par un évêque intrus, et devait, le lendemain, marcher à Chollet, pour achever; disait-il, d'écraser ces brigands; mais l'armée royale licenciée à Nantes s'y rassemble. Le 5 juillet, la fusillade surprend les bleus, Westermann charge à la tête de ses cavaliers; une mousqueterie à bout portant lui abat tout son monde; il se sauve seul à toute bride. Il était venu avec dix mille hommes, il s'en échappa à peine trois cents. Les incendies avaient exaspéré les paysans; les femmes assommaient les fuyards à coups de fourche. Le pieux Lescure, dans Châtillon même, en sauva quatre mille qui s'attachaient à ses habits. « Retire-toi, criait Marigny, que je tue ces monstres qui ont brûlé ton château ! — Marigny, Marigny, dit Lescure, tu es trop cruel, tu périras par l'épée; laisse ces malheureux, ou je vais les défendre contre toi-même. » On a calculé que Lescure avait sauvé la vie, durant toute la guerre, à plus de vingt mille prisonniers.

La Vendée alors semblait entourée d'un mur de baïonnettes, et Paris vomissait sans cesse de nouvelles légions. Santerre sort de Saumur, son quartier général, avec sa populace des faubourgs de Paris et quarante pièces de canon. La Vendée réunit ses forces. On se rencontre près de Vihiers. Le curé de Saint-Laud exhorte les Vendéens et donne l'absolution. Santerre perdit quatre heures à ranger ses troupes. La chaleur interrompt le combat : M. de Lescure, exténué, tombe en défaillance. Les bleus sont arrêtés par les feux réguliers des Suisses; dix mille Vendéens les chargent en queue, ils crient : *Sauve qui peut !* Santerre s'échappa en sautant à cheval un mur de six pieds.

L'armée vendéenne est licenciée; la tranquillité se rétablit dans le pays : on nomme d'Elbée généralissime à la place de Cathelineau. Les bleus, consternés, se rassemblent : le général Tuncq recommence les hostilités et rentre à Luçon ; les chefs royalistes convoquent trente-six mille hommes, décidés à reprendre Luçon ou à périr. Les Suisses demandent que la bataille se livre le 10 août, anniversaire du massacre de leurs camarades. Tuncq prend de sages mesures et dispose habilement ses forces qui étaient inférieures. Les paysans s'élancent au pas de course; l'artillerie légère se démasque tout à coup, quatre mille fantassins cachés dans un ravin se lèvent avec de grands cris; les Vendéens se troublent, la cavalerie les charge, ils sont en pleine déroute.

Les Poitevins avaient été vaincus par la ruse : M. de Royrand réunit avec peine six mille paysans, d'Elbée et d'Autichamp le rejoignent avec douze mille hommes; il tourne la position de l'ennemi, d'Elbée descend secrètement par Saint-Philbert et passe derrière le camp républicain; les deux armées vendéennes attaquent simultanément et foudroient le camp ennemi ; d'Autichamp emporte les retranchements à la baïonnette ; le bataillon *le vengeur* est taillé en pièces, la cavalerie seule se sauve. De cette brave armée, si longtemps l'écueil des Vendéens, il échappa à peine seize cents hommes : l'artillerie et les munitions demeurèrent au vainqueur. En même temps Charette prenait Challans dans le bas Poitou, et battait une armée entière.

Cette victoire de Chantonay épouvante la Convention, à qui l'on annonçait depuis si longtemps la ruine des insurgés : on lui parlait d'un reste de six mille bandits mal armés, et les rapports de la défaite révèlent une armée de trente mille hommes. Barrère s'écrie à la tribune que l'inexplicable Vendée existe encore, la Vendée, *chancre politique qui dévore le sein de la république.* Il y a dans les expressions et dans les idées des analogies rigoureuses : les hommes qui concevaient l'extermination en masse et le culte de la raison, devaient s'exprimer ainsi dans une tribune pu blique. Mayence et Valenciennes venaient de capituler, défendues par dix-huit mille hommes d'élite ; cette capitulation portait que ces excellentes troupes ne pourraient servir contre les alliés jusqu'à la paix. On avait négligé d'y comprendre les Vendéens ; et, certes, les Vendéens aussi étaient des alliés de la cause du Roi. La Convention fait partir ces troupes *en poste.* Le tocsin sonne autour de la Vendée, une levée en masse s'organise dans les départements voisins ; on arrête à Saumur un plan de campagne. L'armée de Mayence, réunie à l'armée des côtes de Brest, allait balayer tout le bas Poitou et se porter ensuite au cœur du pays ; l'armée des Côtes de La Rochelle devait s'avancer jusqu'à sa jonction avec l'aile droite de l'armée des Côtes de Brest ; la division Chalbos marchait à la Châtaigneraye, la division de Rey à Bressuire, la division Duhoux occupait le Pont-Barré, le général en chef restait à Doué : ainsi cent quarante mille hommes de troupes supérieures allaient écraser à la fois la Vendée ; déjà les Mayençais s'avançaient, portant devant eux l'épouvante. Nous allons voir par quel effort sublime la Vendée soutint le choc de cette coalition terrible.

M. de Lescure part de Saint-Sauveur avec deux mille hommes, et emporte Parthenay l'épée à la main. Le 4 septembre, Bonchamp bat les bleus à Erigné, et les repousse jusqu'au delà de la Loire. Trente-deux mille gardes nationaux s'assemblent à Thouars pour seconder les troupes républicaines ; Lescure marche sur eux avec dix-huit cents hommes, reprend le pont de Vrine, et disperse cette multitude. Santerre s'avance à Coron ; il est enveloppé, s'enfuit à toute bride, et perd trois mille hommes. Il se destitua lui-même et repartit pour ses faubourgs, ce général de guillotine qui ne savait lever son sabre que pour faire tomber la hache du bourreau, et qui ne paraît que deux fois dans l'histoire : la première pour défendre un échafaud, la seconde pour donner son nom à une déroute. On appela la bataille de Coron : *la déroute de Santerre.*

Presque en même temps, le général Duhoux est battu à Saint-Lambert par son neveu, officier vendéen, et d'Elbée, le même jour, détruit une division républicaine à Beaulieu. Beysser entre dans la Vendée aussitôt que les Mayençais. Charette, en cette occasion décisive, se réunit à la haute Vendée. Les Vendéens se troublent au premier feu de cette armée aguerrie ; M. de Lescure met pied à terre, prend un fusil, et s'écrie : « Y a-t-il quatre cents hommes assez braves pour venir mourir avec moi? — Oui! oui! monsieur le marquis! répondent les gens de la paroisse des Échaubroignes. Les Mayençais sont battus : on en tua cinq cents. Le lendemain, Lescure et Charette vont à la rencontre de Beysser, qui mettait tout à feu et à sang à Montaigu, ils trouvent ses soldats pillant, brûlant, ivres-morts; ils les passent au fil de l'épée, et l'on ne rallie qu'à Nantes deux mille trois cents hommes de cette armée florissante et victorieuse.

Des trois armées qui avaient pénétré dans la Vendée, deux étaient détruites, la troisième était à Saint-Fulgent. Les paysans attaquent Mieskouski la nuit et le battent; tous les bagages et les redoutables obusiers furent pris. Un Suisse royaliste jouait par dérision l'air Ça ira pendant la déroute; un boulet emporte son cheval, il se relève en continuant la mesure. En si peu de temps, les Vendéens, ces paysans sans solde et sans discipline, avaient repoussé six armées composées des meilleures troupes de la république.

Mais ici commencent les revers de ce qu'on a appelé la grande-Vendée. Charette se sépare de la grande armée; ce fut la perte de ces malheureuses provinces. Léchelle arrive, réorganise les armées battues, reçoit du renfort, et les dirige sur Châtillon. Cinq mille Vendéens, abandonnés, découragés, sont culbutés au Moulin aux Chèvres. Les bleus prennent Châtillon. La haute Vendée, menacée de toutes parts, envoie prier M. Charette : il demeure inflexible. Les paysans, désespérés, se portent sur Châtillon en petit nombre, mais la rage dans le cœur. Bonchamps et Larochejaquelein étaient blessés, on voyait à la tête des colonnes des officiers qui pouvaient à peine se tenir à cheval. Le choc est horrible; les bleus sont battus et dispersés; Châtillon est repris. Mais après la déroute, Westermann prend cent hussards, cent grenadiers en croupe, rentre la nuit à Châtillon, répond au qui vive royaliste, tombe sur les soldats endormis, tue, pille, brûle, et quatre heures lui suffisent pour joncher la ville de cadavres et de débris. Les Vendéens le poursuivirent inutilement. Le 20 septembre la Convention décréta que la Vendée devait être exterminée avant la fin du mois d'octobre.

Charette demeurant dans le repos, Léchelle se porte en masse sur Chollet. Lescure s'avance à la Tremblaie; les Mayençais font une charge : ses soldats plient, il s'écrie : « En avant! » et s'élance à toute bride. Une balle le frappe au front, il tombe blessé à mort : cette nouvelle se répand, et la bataille est perdue. Les représentants écrivent encore que la Vendée est détruite; mais, le 16 octobre, les Vendéens reparaissent sous les murs de Chollet et présentent la bataille; elle fut sanglante. Les Mayençais s'avancent à la baïonnette, les Vendéens soutiennent à deux reprises cet assaut formidable; pour la première fois, ils marchent en colonne serrée, et rejettent l'ennemi jusque dans les faubourgs de Chollet; mais la cavalerie se déchaîne sur eux : d'Elbée, Bonchamps, Henri, cinquante officiers désespérés, se précipitent en escadron serré et laissent partout une trouée sanglante. D'Elbée et Bonchamps tombent frappés à mort; on les arrache de la mêlée : la victoire est aux bleus, qui se retirent à Chollet, le brûlent et y font leurs horreurs accoutumées; mais cet affreux système d'incendies ne faisait que décupler la rage et la force des Vendéens.

Toute la nuit les fuyards se portèrent, sans s'arrêter, sur Saint-Florent, et là se réunirent aussi toutes les populations du Bocage, femmes, vieillards, enfants, fuyant le fer et la flamme. M. de Talmont, avec quatre mille hommes, et d'Antichamp, à la tête de douze cents cavaliers, venaient d'emporter le poste de Varades, pour assurer le passage de la Loire. Le feu des villages s'élevait à l'horizon dans les ténèbres d'un ciel orageux, la foudre et la canonnade tonnaient au loin, et cette multitude, épouvantée, confondue, pleurant, cherchant ses proches, ses amis, impatiente de mettre le fleuve entre elle et ses ennemis, empêchait tout ordre dans l'armée; les blessés, les enfants poussaient des cris effroyables ; les paysans bretons encourageaient leurs frères de l'autre bord, et amenaient de frêles barques à cette foule qui s'élançait à la fois et tendait ses mains éplorées. Larochejaquelein, éperdu, courait, menaçait et voulait se faire tuer sur la rive ; Lescure, porté sur un matelas, demandait qu'on le laissât massacrer avec lui. « Général ! crie Stofflet, prenons cent braves, et allons mourir à Châtillon ! » On leur fit entendre que la moitié des Vendéens avait passé l'eau; ils cèdent. On s'embarque en tumulte, on entend des clameurs déchirantes : des enfants appellent leurs pères, des mères sont séparées de leurs fils blessés, les bateaux trop chargés s'enfoncent, et l'on voit, avec des cris d'horreur, des amas de femmes, de blessés, d'enfants, rouler dans l'eau sans secours. On avait amené à Saint-Florent cinq mille prisonniers républicains: ce fut à ce moment qu'un vieux chevalier de Saint-Louis, et des paysans égarés et furieux, voulaient les fusiller sur-le-champ ; Bonchamps, Lescure mourants, et tous les chefs, s'accordèrent à les épargner. Les représentants du peuple et les généraux, surpris de les retrouver vivants après le passage, écrivirent à la Convention qu'ils les avaient arrachés *aux brigands* par leur prompte arrivée. Les Vendéens qui avaient passé le fleuve s'asseyaient à mesure sur la grève, alarmés à chaque instant par la fusillade lointaine des patrouilles républicaines, ne voulant point se mettre en marche qu'ils n'eussent revu leurs amis et leurs parents. Il se trouva enfin sur la rive une multitude de soixante mille personnes. Mais il y en avait à peine la moitié en état de se battre, dont trente mille fantassins environ et douze cents cavaliers, le tout marchant sans ordre, sans vivres, sans dessein, dans un pays inconnu, et poursuivi par les armées qui passaient la Loire à la hâte et rôdaient à l'entour comme des troupeaux de chacals, égorgeant impitoyablement les traînards. A Varades, les bleus déterrèrent Bonchamps et envoyèrent sa tête à la Convention en présent digne d'elle.

Cependant Larochejaquelein succède au généralissime d'Elbée ; cette triste armée s'organise et s'avance dans le pays en colonnes désespérées qui allaient encore faire trembler la république. Château-Gontier résiste, et ne soutient pas le premier choc de l'avant-garde. Quinze mille gardes nationaux se rangent devant Laval, les Vendéens les balayent et entrent à Laval ; les Mayençais accourent, croyant n'avoir affaire qu'à une poignée de fugitifs : les Mayençais sont refoulés, la baïonnette aux reins; le général Léchelle arrive avec toutes ses forces : la mêlée est affreuse ; on se bat corps à corps, on se prend aux cheveux; toutes les forces républicaines sont écrasées en masse et repoussées jusqu'à Château-Gontier, où le drapeau blanc flotte pour la troisième fois. Les Vendéens achevèrent là de détruire cette belle armée de Mayence. Le reste fut incorporé dans d'autres divisions. Sept mille paysans bretons s'étaient joints, à Laval, à l'armée royale, et se battirent à cette affaire comme des Vendéens. A Château-Gontier, un soldat poitevin, pour un léger vol, fut impitoyablement fusillé. Les paysans, dans toute la guerre, faisaient la police eux-mêmes. Un Allemand royaliste, outrageant un jour une femme, un Vendéen le coucha en joue en lui disant : « Retire-toi, ce que tu fais ne convient pas ! »

La Convention, dans sa détresse, pousse un cri de fureur ; elle décrète que les villes qui se rendront aux brigands seront rasées. Trente mille hommes de l'armée du Nord partent pour Orléans. Les représentants rassemblent les armées battues. L'armée royale poursuit sa marche souveraine vers Granville. Lescure meurt à Ernée, et ses Poitevins traînent son cercueil à leur suite. Fougère veut résister ; mais les gardes nationaux n'attendent pas les Vendéens. Dol, Avranches, Pontorson, le Mont-Saint-Michel se rendent. On y délivra de pauvres prêtres qui n'eurent pas la force de profiter de leur liberté, et qui moururent de misère sur les chemins.

Le généralissime somme Granville, qui avait eu le temps de se fortifier. Les bleus font une sortie et sont repoussés ; mais que pouvaient ces paysans héroïques contre des murailles hérissées d'artillerie ? Un ingénieur malavisé, un traître peut-être, signale un point d'attaque inaccessible. Les paysans escaladent les murs sur des baïonnettes ; le brave Forestier arrive seul sur la muraille : il en tombe évanoui. Les représentants mettent le feu aux faubourgs. « Général ! crie Stofflet, faites tirer à boulets rouges, la ville est à nous ! — Laissons cette ressource, dit Henri, à ces lâches qui ont couvert notre pays de cendres et de ruines, la nôtre est dans nos épées. »

L'attaque recommence, les boulets trouent une porte : cent royalistes pénètrent dans la ville ; ils ne sont pas soutenus. Un lâche crie : *Sauve qui peut !* un officier lui brûle la cervelle. Mais le coup est porté, le paysan se décourage de trente-six heures de combat et refuse de monter à l'assaut ; une sédition éclate, les paysans demandent à grands cris qu'on les ramène dans leur pays. On se retire en désordre sur Dol. Larochejaquelein poussa une tentative infructueuse jusqu'à Villedieu.

En attendant, les armées républicaines, commandées par Rossignol, Kléber et Marceau, accouraient de toutes parts pour achever d'écraser cette armée déconcertée et acculée à la mer. Les royalistes n'étaient pas plutôt arrivés à Dol qu'on entend le cri d'alarme. Il était nuit ; les Vendéens ne faisaient point de patrouilles : un officier seul se dirige en avant et rapporte qu'une armée formidable s'avance. Vingt tambours courent la ville en battant la charge pour animer les soldats. Les bagages sont mis en file dans l'unique rue de Dol, où se fait une horrible mêlée de femmes, de vieillards, de blessés qui attendent la mort en priant au milieu des cris, du roulement des tambours, et du feu des obus qui jetaient des éclairs funèbres. Les Vendéens sortent en ordre : une demi-heure après on entend les cris : *Vive le roi ! en avant la cavalerie !* Les cavaliers partent au galop sur les bleus, qui reculent pendant deux heures. Le jour paraît, la bataille recommence. Un brouillard épais couvre les armées. L'aile droite des Vendéens est victorieuse, l'aile gauche plie ; la terreur les gagne, la moitié s'enfuit vers la ville. Larochejaquelein, désespéré, s'avance au-devant d'une batterie ennemie, les bras croisés; ses officiers l'arrachent à la mort. Les ténèbres heureusement aveuglent les républicains. La déroute est inexprimable dans la ville. Les enfants criaient, les blessés se traînaient en travers de la route; Marigny, avec sa taille herculéenne, barrait la rue le sabre à la main ; les femmes arrêtaient les fuyards, et jetaient leurs enfants sous leurs pieds. En ce moment, le curé de Sainte-Marie de l'île de Ré saisit un crucifix, montre ces familles désolées aux vaincus, et s'écrie qu'il va marcher à leur tête. « Abandonnerez-vous votre général ? crient les officiers. — Non ! non! répondent les paysans. Vive le roi ! vive M. Henri! » Talmont, cerné partout, tenait toujours, Larochejaquelein l'avait rejoint avec quatre cents braves ; le choc des troupes ralliées est si violent, que les bleus les prennent pour une nouvelle armée. Rossignol était battu , Westermann et Muller ploient, Kléber et Marceau rétrogradent : le combat est rétabli, et le vieux curé de Sainte-Marie rentre dans la ville en chantant le *Vexilla regis* d'une voix éclatante. Les armées restent deux heures en observation. Larochejaquelein sent le danger d'un délai et part avec son avant-garde; on se confond, on s'égorge, on prend des cartouches aux mêmes caissons. Westermann est renversé de cheval, pris et délivré aussitôt. La cavalerie vendéenne va se rompre sur la division de Kléber et entraîne l'infanterie dans sa retraite. « Mes amis, crie Larochejaquelein, abandonnerons-nous une victoire déjà gagnée deux fois ! » Kléber et Marceau, écrasés par une batterie, font battre la charge; les Vendéens soutiennent l'assaut, mais ils n'ont plus de cartouches. Une de leurs ailes plie : Talmont, Stofflet et une foule d'officiers se précipitent sur l'ennemi et l'arrêtent. Larochejaquelein, la mort dans l'âme, rassemble ses Poitevins et la compagnie suisse, fait un détour et tombe comme la foudre sur le flanc des républicains ; la mêlée s'engage à l'arme blanche. Les bleus s'étonnent, s'effrayent de cette rage, lâchent pied, et Rossignol enfin commande la retraite. Larochejaquelein, mourant de faim et de fatigue, s'élance sur les fuyards. Ils essayent de défendre Antrain, il les culbute et pénètre avec eux dans la ville. On se battait depuis deux jours. Munitions et bagages, tout fut pris. Douze mille républicains restèrent sur le champ de cette bataille qui fut une des plus sanglantes et des plus terribles qui se soient livrées sur le sol de la France.

Les débris des phalanges royales, réunis dans l'église de Fougère, pâles, mutilés, semblables à des spectres, chantèrent un *Te Deum* qui ressemblait à une cérémonie funèbre. A Antrain, ce même curé de Sainte-Marie, qui avait *fanatisé* les paysans à Dol, parvint à arracher de leurs mains un grand nombre de prisonniers voués à la mort : c'étaient des prisonniers déjà relâchés sur parole, et repris les armes à la main. L'armée royale marcha jusqu'à Angers, triomphante et tranquille comme une armée de l'État. Des officiers républicains ont avoué depuis que leurs bataillons en ce moment étaient réduits à cinquante hommes, et que les soldats ne voulaient plus se battre contre des hommes comme *ces brigands*.

Pourtant, seize représentants répandus dans ces provinces parvinrent, à force de terreur, d'arrêtés et de réquisitions, à rassembler vingt-huit mille hommes. L'armée royale marche sur Angers, avec la résolution d'emporter la place ou de mourir au pied de ses murailles ; mais, arrivée devant des fortifications formidables, épuisée de faim, de fatigue et de froid, le souvenir de Granville la décourage. L'artillerie fait une brèche de vingt toises, le général commande l'assaut : le soldat demeure immobile. Henri s'indigne, exhorte, menace : on lui répond par des gémissements ; il met pied à terre, prend un fusil avec une troupe de braves : la cavalerie le suit à pied, l'infanterie s'avance enfin dans les faubourgs ; un général républicain tombe en queue sur l'armée royale : on le repousse, mais on abandonne l'assaut au bout de trente heures, et l'armée égarée se met en route pour Baugé. Il semble qu'il n'y avait plus qu'à écraser cette malheureuse armée qui semait les chemins de cadavres ; mais elle devait encore étonner le monde d'une dernière victoire. Quatre mille bleus défendaient La Flèche, le pont était coupé et garni d'artillerie ; l'ennemi poursuivait les Vendéens cernés entre deux armées. Larochejaquelein prend quatre cents cavaliers et autant de fantassins en croupe, côtoie la rivière, la passe à gué, tombe sur les bleus stupéfaits, prend leurs canons, répare le pont, introduit ses troupes, fait volte-face, court à la rencontre de l'autre armée avec toutes ses forces, et la repousse sur tous les points.

Le Mans résiste avec une garnison nombreuse : les retranchements, les chausse-trapes, les chevaux de frise, l'artillerie, n'arrêtent point une demi-heure les royalistes. Dans cette affaire, un hussard défia le prince de Talmont qui chargeait à la tête de sa cavalerie ; le noble enfant des La Trémouille s'élance au galop, et lui fend la tête d'un seul coup de sabre.

Cependant Marceau s'approchait avec les débris de cinq divisions battues, six régiments venus du Nord et l'armée de Cherbourg. Il attaque le Mans le 13 décembre : les Vendéens, à demi ivres, étaient répandus dans les maisons. Kléber est d'abord repoussé ; l'armée de Cherbourg attaque en flanc. Piron et Stofflet arrêtent les bleus à coups de canon ; les soldats sortent des cabarets et se battent avec la fureur et l'aveuglement de l'ivresse : le combat se ralentit à minuit. Les Vendéens sont pris à dos ; ils battent enfin en retraite, et la tuerie recommence dans les rues et dans les maisons. Les bleus rassemblent les prisonniers, les entassent, les sabrent, et les rangent, comme ils disaient, *en batterie*. Les rues du Mans étaient engorgées de caissons, de charrettes, de chevaux abattus, de cadavres qui empêchaient la fuite : la moitié des victimes fut égorgée dans la ville surprise, dans les ravins et les fossés : il périt douze mille vieillards, femmes ou enfants, et cinq mille Vendéens. Les généraux écrivaient, dans un bulletin lu à la Convention : « Les rues, les maisons, les places publiques, les routes, sont jonchées de cadavres, et depuis quinze heures le massacre dure encore... »

Ce qui restait de ce peuple misérable s'échappa sur Laval. Mais comment peindre la marche de ces malheureux, pendant cette fuite et dans les horreurs de l'hiver ? Des blessés, des vieillards, des enfants, étaient obligés de faire vingt lieues par jour, sans vivres, à peine couverts, par une pluie glaciale. De jeunes filles, sans bas, sans souliers, laissaient dans la boue des traces de leurs pieds sanglants. Dans cet excès de misère, madame la marquise de Larochejaquelein, qui nous a laissé ces détails, était enveloppée d'une couverture ; un officier portait un turban et un dolman pris au théâtre de La Flèche ; M. de Beauvolliers, une robe de procureur, et un chapeau de femme sur un bonnet de laine ; M. de Verteuil se battait vêtu de deux cotillons, l'un sur les épaules, l'autre à la ceinture : il fut tué dans cet équipage. Tout ce qui manquait de force pour suivre était massacré. Ce désastre n'a rien de comparable à ceux de l'armée de Russie, où du moins les soldats n'avaient ni femmes ni enfants autour d'eux pour amollir les âmes les plus fortes. L'armée arrive à Ancenis : point de barques. Larochejaquelein parvient à passer la Loire. L'armée se débande, quelques-uns se rendent à la perfide amnistie ; ils sont fusillés. On va à Niort, et de Niort à Blain. L'héroïque Talmont, à ce moment, briguait encore le commandement.

A Niort, on repousse deux mille bleus ; à minuit, on quitte Blain impossible à défendre. Deux mille Vendéens arrivent à Savenay, où, le 22 décembre, Kléber les attaque : ils disputèrent la victoire pendant deux heures. Marigny se jeta trois fois sur les bleus, pleurant de rage, son drapeau dans les bras. « Femmes ! cria-t-il enfin, tout est perdu ; sauvez-vous ! » Et la bataille étant finie, la boucherie commença : on fusilla pendant huit jours à Savenay. On faisait *la chasse aux brigands* dans les villages d'alentour : chaque ferme, chaque grange bretonne fut fouillée par les baïonnettes. Dans la forêt de Gavre, Donnissan réunit deux cents Vendéens exaspérés qui détruisent trois cents républicains et s'emparent d'Ancenis ; Donnissan fut pris et fusillé. Marigny repassa la Loire.

On croyait la guerre finie, elle se réorganise sur son premier théâtre : des débris des vieilles bandes se reforment sous chaque chef. Chaque pierre, chaque buisson devient un ennemi pour les bleus ; tout détachement isolé disparait, toute patrouille est massacrée ; cette terre embrasée semble s'entr'ouvrir sous leurs pas. Marigny les bat à Clisson, Larochejaquelein à Chemillé, Stofflet prend Chollet. Le général Turreau remplace Marceau. Six généraux en chef de la république s'étaient succédé en trois mois. Le général Moulins, fait prisonnier, se brûla la cervelle. Et l'on peut faire cette remarque, que presque tous les généraux qui dirigèrent cette guerre atroce périrent misérablement. Beysser, Marcé, Quétineau, Biron, Westermann, Rossignol, moururent l'un après l'autre sur l'échafaud ; parmi les autres, tous successivement accusés et destitués, Léchelle et Danican meurent sous le poids de la honte ou de la trahison ; Moulins et Haxo se font sauter le crâne ; Hoche et Kléber périssent par le fer ou le poison.

Le 24 décembre, les représentants prennent un arrêté qui commande l'organisation de compagnies d'incendiaires et d'égorgeurs, et ils requièrent le général de donner les ordres les plus pressants pour en hâter l'exécution. Turreau conçoit le plan des colonnes infernales ; il évacue la Vendée, laisse le terrain libre à ses habitants et forme douze colonnes qui, partant de tous les points de la circonférence, devaient parcourir le pays en tous sens, brûlant, pillant, tuant, et ne laissant de toutes parts sur leurs traces que des cendres et des cadavres : ce plan véritablement infernal fut exécuté. Grignon part d'Argenton-le-Château à la tête d'une de ces colonnes et lui fait cette harangue : « Camarades, nous entrons dans le pays insurgé, je vous donne l'ordre exprès de livrer aux flammes tout ce qui peut être brûlé, et de passer tous les habitants au fil de la baïonnette. Je sais qu'il peut y avoir des patriotes dans le pays, c'est

égal, nous devons tout sacrifier. » En effet, des municipalités décorées de leurs écharpes tricolores furent massacrées, des communes entières, les moissons, les granges,
les bois, les maisons furent incendiés, chaque habitation fut successivement prise d'assaut et ses habitants égorgés indistinctement. Le bétail dispersé errait dans ces campagnes dévastées, et des troupeaux de bœufs revenaient gémir le soir sur les débris
fumants de leurs étables. Des enfants furent massacrés sur le sein de leurs mères,
des filles violées et tuées sur des monceaux de cadavres. On renouvelait d'anciennes
tortures pour faire découvrir à ces malheureux des sommes d'argent cachées. Tout
ce que peuvent imaginer la luxure et la cupidité d'une soldatesque effrénée fut exécuté
en plein soleil. On vit des soldats porter des enfants nouveau-nés à la pointe de leurs
baïonnettes. A Nantes, un patriote parut à la tribune du club ayant pour cocarde,
à son chapeau, l'oreille sanglante d'un Vendéen. Or, ce sont ces hommes qui appe-
laient les Vendéens des brigands ! Il faut lire ces détails dans les écrits des représentants eux-mêmes, dont la plume seule ne pouvait se refuser à les retracer. Il faut
entendre Lequinio dire avec son abominable naïveté : « J'ai cru, je puis le dire, sans
être taxé de modération, qu'il fallait tout brûler et tout égorger. » En cinq jours, le
quart de la population fut exterminé, 25 millions furent perdus, et l'une des plus
belles provinces de France, pour ainsi dire anéantie. Des populations entières vécu-
rent cachées dans des souterrains ou des forêts inaccessibles qui devinrent de véritables villes, et qu'on appelait des refuges. On a trouvé récemment dans un tronc
d'arbre le squelette d'un de ces Vendéens, avec son fusil et son chapelet.

En même temps, Carrier régnait à Nantes, moment bien choisi et digne de lui ! Ses
bourreaux achevaient l'œuvre des baïonnettes ; les Vendéens faits prisonniers ou
attirés par de fausses amnisties encombraient les prisons ; la hache, la mitraille,
la fusillade les détruisaient en masse, la Loire les engloutissait pour plus de hâte,
et ceux qui avaient échappé aux soldats las de tuer s'allaient perdre dans ce vaste
atelier de supplices, dans cette ville de Nantes qui n'était alors qu'une mare de sang
humain.

La Vendée cette fois paraissait détruite, la Vendée renaquit de ses cendres ; le sang
de ses nobles fils semblait féconder cette terre de héros. Grignon, battu plusieurs
fois par Charette, Stofflet, Marigny, Sapinaud, perd la moitié de ses troupes. Le 19
mars, Charette extermine Haxo et sa troupe. C'est alors qu'un représentant proposa
encore une fois de dépeupler la Vendée. Charette et Stofflet emportent le camp de
Saint-Florent ; Charette seul défait huit cents hommes à Montaigu, emporte Azenay,
enlève les convois et force successivement les deux camps formidables de la Roulière
et de Fréligné. Enfin ce fut au bout de deux ans de luttes, d'échecs impossibles à
suivre dans leurs détails, que la république, harcelée, en vint à traiter de puissance
à puissance avec le général vendéen Charette, et que s'annoncèrent les projets du
fameux traité de pacification. Dès les préludes d'accommodement, les Vendéens ob-
tinrent de ne point porter la cocarde aux trois couleurs. On prétend que les conditions secrètes furent : 1° qu'on proclamerait la monarchie le 1er juillet 1795 ;
2° que les enfants de Louis XVI seraient remis aux Vendéens le 15 juin de la même
année ; 3° que les émigrés ne rentreraient qu'après le rétablissement de la monar-

chie ; 4° que ces trois articles ne seraient point insérés au traité public, mais qu'ils demcureraient secrets, connus seulement des parties contractantes. Les représentants, à ce sujet, prirent pour prétexte qu'ils avaient besoin de ménager les esprits et de déguiser la dureté des conditions imposées par les royalistes ; ce qu'il y a de sûr, c'est que le traité public, conclu solennellement le 27 février 1795, accordait aux Vendéens, 1° le libre exercice de leur religion ; 2° la possession paisible du pays gardé par un corps permanent de Vendéens soldés par la république, et commandés par un officier vendéen ; 5° l'exemption de toute réquisition et conscription militaire ; enfin une somme de deux millions, des indemnités en meubles, argent et outils, la levée des séquestres, une amnistie générale, la conservation des biens des réfugiés et des sommes secrètes à certains chefs, c'est-à-dire que la république, par ces conventions incroyables, reconnaissait un autre état dans son sein.

A ces conditions, Charette fit son entrée solennelle à Nantes, à cheval, à côté du général Canclaux, à la tête de ses officiers, parés de leurs panaches blancs, et mêlés à l'état-major républicain, au milieu d'un cortége militaire, aux acclamations d'un peuple immense, étonné de voir dans ses murs cet homme extraordinaire, et qui ne cessa de crier : *Vive Charette!*

Mais cette paix étrange ne pouvait durer longtemps. L'établissement d'un nouveau camp républicain sert de prétexte à Charette ; il rassemble douze mille hommes, recommence la guerre et fusille ses prisonniers en représailles des perfidies de Quiberon. Le 10 octobre 1795 il se rend à la Tranche, en face de l'Isle-Dieu, où le comte d'Artois devait débarquer à la tête d'une armée. Ce fut ici la ruine et peut-être la plus grande gloire de Charette. Un aide de camp vient lui annoncer que le débarquement est différé, il se tourne vers ses officiers : « Mes amis, nous sommes perdus. » Puis s'adressant à cet officier : « Monsieur, c'est l'arrêt de ma mort que vous m'apportez, vous me voyez aujourd'hui quinze mille hommes, demain je n'en aurai pas trois cents, cette comédie que l'on joue me sera funeste, je suis dès longtemps voué à la mort. » Et il répéta dans ses accès de colère : « Je n'ai plus qu'à me cacher ou à périr, je périrai. » En effet, son armée le quitta. Il avait alors en tête le général Hoche à la tête de cent quarante mille hommes et de cent canons. Il marche pourtant sur Saint-Cyr, il échoue et perd le plus brave de ses compagnons. Pour la première fois il verse des larmes. Ses soldats l'abandonnaient ou périssaient sous ses yeux. Il résista cinq mois enfermé dans un espace de dix lieues carrées. Réduit sans cesse par la trahison, il emporte les camps de l'Oie et des Quatre-Chemins, tue dix mille républicains et rentre à Bellevue en s'écriant : « Je puis encore battre les bleus, mais non triompher de mes Vendéens. » Hoche l'admire, le croyant terrassé. Stofflet, comme pour lui annoncer son sort, est pris et fusillé. Resté avec cinquante officiers : « Messieurs, dit-il, je vous rends vos serments, cherchez votre salut ; quant à moi, en reprenant les armes, j'ai juré de ne plus les quitter, je saurai mourir en chrétien et en soldat. » Presque tous ces braves restèrent. A ce moment, les républicains lui offraient encore un million et un vaisseau pour passer en Angleterre, il refusa. Trahi partout et traqué comme une bête fauve, il est surpris le 24 février 1796 à Froidefond. Quinze de ses braves tiennent dans un chemin creux et lui donnent le temps de s'échapper. Son frère tombe mort. Une dame lui offre un asile dans un souterrain; il refuse encore d'abandonner ses compagnons fidèles. Quatre colonnes mobiles le poursuivaient, guidées par des traîtres. Errant, couchant dans les bois, sous toutes sortes de déguisements, épuisé de fatigues, de marches forcées, de blessures à la tête et à l'épaule droite, les traîtres découvrent son dernier gîte; une des colonnes le surprend encore à Saint-Sulpice, le poursuit deux heures, lui tue quelques hommes. Il s'échappe et retombe dans la colonne du général Travot; il s'élance dans un taillis, une espingole au poing : une balle lui fracasse la main gauche. Il s'enfuit sur les épaules de deux de ses hommes : une fusillade les abat; il tombe à genoux au revers d'un fossé, accablé, baigné dans son sang, en criant : « Courage, mes amis, combattons jusqu'à la mort pour notre Dieu et notre roi, mourons les armes à la main. » Un de ses soldats prend son chapeau, se livre à sa place ; mais un déserteur reconnaît la ruse, on pénètre dans le taillis, et l'on trouve Charette à côté de son domestique mort en le défendant. Travot accourt et lui crie : « Est-ce toi, Charette? » il répondit : « Oui, foi de Charette, c'est moi. »

Il fut embarqué sur la Loire et arriva à Nantes, à une heure du matin, dans la nuit du 27 au 28 mars 1796. Il lui échappa cette parole en touchant le rivage : « Voilà où ces gueux d'Anglais m'ont conduit. » Il s'endormit dans la prison. On le mena le lendemain au conseil de guerre, et l'on eut la cruauté de le promener par toute la ville, précédé d'une musique militaire, pour le montrer à cette foule qu'il avait fait trembler si longtemps, et qui l'avait vu entrer triomphant dans ses murs l'année d'auparavant. Il marchait au milieu du cortége, au bruit des fanfares, ferme sans effort, l'œil assuré, ni arrogant, ni abattu, le bras en écharpe et la tête enveloppée de linges. Un coup de sabre lui avait coupé trois doigts de la main. Il portait une veste de drap gris toute souillée du sang de ses blessures qui coulait encore. Il dit à un officier, à propos de ces retards indignes : « Monsieur, si je vous avais pris, je vous aurais fait fusiller sur-le-champ. » Sa sentence fut prononcée aux cris de *vive la république!* Il demeura calme, marcha au lieu du supplice où cinq mille hommes s'étaient formés en bataillon carré, ne voulut point se mettre à genoux ni qu'on lui bandât les yeux, dégagea des linges sa main sanglante, commanda le feu et tomba en criant : *Vive le roi!*

Ainsi se clôt cette royale épopée, par la mort du dernier capitaine de la Vendée et de l'un de ses plus grands hommes. L'enthousiasme fermenta longtemps, et il y eut encore des prises d'armes, mais ce fut sans union et sans suite, et les vétérans des vieilles bandes durent bien souvent, depuis 93, invoquer la grande ombre de Cathelineau. Nous n'avons voulu réunir, sous un même et rapide coup d'œil, que l'ensemble magnifique de ces événements, et nous en avons dit assez pour faire connaître les hommes de cette province, que Napoléon appelait *un peuple de géants,* lui qui demanda et obtint l'honneur de verser quelques gouttes de ce sang généreux pour la gloire de son empire. En effet, il fit entrer le plus jeune des Larochejaquelein dans son armée, et le soir de la bataille de la Moskowa, on retrouva ce digne frère de Henri haché de coups sous des monceaux de cadavres.

Et tandis qu'on a vu comment finissaient les généraux républicains, on voit, dans le cours de la guerre, les officiers royalistes tomber ainsi l'un après l'autre, avec même gloire, sur le champ de bataille ou sur l'échafaud. D'Elbée, blessé à mort, est arraché de son lit et fusillé dans son fauteuil, à Noirmoutiers, avec sa femme et deux mille Vendéens. Talmont, arrêté à Laval, jette son bonnet en l'air, au premier interrogatoire, en disant : « Je suis le prince de Talmont, quatre-vingt-huit combats avec les bleus ne m'ont pas effrayé, je saurai mourir comme j'ai vécu. —Tu es un aristocrate, dit le représentant, et je suis un patriote. — Fais ton métier, je fais mon devoir. » Et le représentant ordonne le supplice. Stofflet tombe comme Charette en criant : Vive le roi! Henri de Larochejaquelein veut sauver un soldat qui le perce au front d'une balle. La Cathelinière, avant d'expirer, est traîné dans tout Nantes, attaché sur un cheval. Ils subirent tous le même sort, comme on les avait vus d'un même courage se succéder jusqu'à la fin au commandement fatal de l'armée, et promener généreusement dans trois provinces cette phrase de la proclamation qu'ils adressaient aux villes assiégées : « Nous ne venons point pour conquérir des villes, mais des cœurs. »

Maintenant, on le sait, pour bien des gens encore, quand toutefois on ne dit rien de pire, les Vendéens furent des *fanatiques*. Dans ce siècle, lâchement sceptique et superficiel, on a trouvé des mots pour dégrader et nier toute grande chose : la religion n'est qu'hypocrisie, les plus antiques vérités sont des paradoxes ; l'honnêteté, sottise ; la fidélité, l'enthousiasme, folie, entêtement, fanatisme. Les républicains aussi furent des fanatiques, et ils se baignèrent dans le sang ; fanatiques si l'on veut, les Vendéens pardonnaient à leurs ennemis. On a dit encore que des divisions entre les chefs perdirent les royalistes, qui peut-être auraient pu rétablir la monarchie et sauver la France. Mais il leur était donné de prouver par là même l'excellence de leur cause et de leurs opinions : il fallait un roi parmi eux.

L'esprit de parti a de plus affecté de rabaisser les exploits des Vendéens ; tantôt on les a confondus avec les chouans qu'à leur tour on confondait avec des voleurs de grand chemin ; tantôt on les a peints comme un ramas de bandits isolés, tirant traitreusement parmi les fossés et les haies. Mais l'esprit de parti est aveugle : il ne voit pas que mépriser le vainqueur, c'est doublement rabaisser le vaincu. Eh quoi! quelques assassins à l'affût auraient tenu la république en échec! Quoi, la guerre aurait si longtemps duré contre d'obscurs partisans! Mais pourquoi donc alors ces cris de fureur et d'épouvante jusque dans le sein de la convention? pourquoi ce tocsin continuel dans une moitié de la France? pourquoi ces levées en masse et ces vains décrets d'extermination contre tout un pays? pourquoi ces milliers de soldats et ces meilleurs généraux de la république poussés sur cette terre en feu qui les dévorait comme un gouffre? Oui, certes, le Vendéen cacha son fusil dans ses sillons et attendit les bleus au passage; mais ce fut quand la guerre devint un massacre, quand il fut traqué comme une bête féroce, quand il eut vu sa femme outragée sur les débris de sa chaumière fumante, et le cadavre de ses enfants sur la pointe des baïonnettes. Que répondre enfin à l'histoire qui attestera la prise de tant de villes, le gain de tant de batailles, la conquête de huit cents lieues de pays; et si l'on ne parle plus aujourd'hui que de cette république terrible qui, épuisée d'hommes et d'argent, déchirée au dedans, assaillie au dehors, lâcha quatorze armées sur ses frontières, battit les meilleurs soldats du monde et fit trembler l'Europe, que dire de cette armée de paysans sans armes, sans pain, sans discipline, qui fit trembler cette république elle-même, défit ses bataillons vainqueurs, brava ses échafauds, fatigua sa rage, et qui, réduite à une poignée de fugitifs commandés par un héros, lui dicta des conditions et lui imposa une capitulation honteuse?

Aujourd'hui, il ne reste plus de traces, du moins en apparence, de cette effroyable guerre et de ses dévastations : ces villes, ces champs, ces bourgades, que la flamme révolutionnaire avait dévorés, dix ans suffirent pour les faire refleurir. Ces reconstructions commencèrent à dépouiller la Vendée de ses bois : on n'y voit plus à présent que des taillis à la place des futaies. Quelques manufactures y prospéraient avant la révolution, elles n'ont repris que faiblement depuis les désastres de 93. Quoi qu'il en soit, l'administration a beaucoup fait pour la Vendée. On a frayé des routes, abattu des bois, comblé des fossés, défriché des landes, établi des communications et bâti des édifices publics. Nous laissons à décider si l'on cherche à désarmer ce pays plutôt qu'à lui être utile.

Ce qui étonne profondément, c'est la tiédeur que le pouvoir royal une fois rétabli mit à reconnaître les services de la Vendée ; elle n'obtint pas même cet honneur qu'elle avait tant désiré, de voir le prince entouré d'une garde vendéenne ; à peine quelques vieux officiers furent-ils appelés autour du trône. Mais il appartient à de pareils dévouements de n'être pas ébranlés même par l'ingratitude. Et quand on demandait à de vieux paysans ce qu'ils avaient pensé en se voyant si mal payés, et surtout dépouillés de leurs armes d'honneur, ils répondaient : « Nous ne nous sommes pas battus pour être récompensés, mais pour qu'on pût dire plus tard, en nous voyant passer : Voilà un homme qui a bien fait. » Cathelineau, le fils du grand Cathelineau lui-même, n'était que simple lieutenant dans la garde royale quand éclata la révolution de 1830 ; et, comme s'il était dans la destinée de ce sang précieux de se répandre jusqu'à la dernière goutte pour la même cause, ce Cathelineau tomba percé de balles, sur ce même sol de la Vendée, dans les nouveaux troubles de 1832 ; digne enfant dont on a pu dire comme de son père cette phrase, où la pieuse naïveté du paysan s'élève jusqu'au génie littéraire : « Le bon Cathelineau vient de rendre à Dieu la grande âme que Dieu lui avait donnée pour venger sa gloire. »

Mais quoi, ne faudrait-il pas compter les officiers et les soldats de la grande armée catholique pour rappeler tous les braves et grands hommes qui ont illustré la province? Le courage et le dévouement sont naturels sur cette terre ; elle a donné des héros à tous les temps, à tous les partis, et qui sait où s'arrêteront les preuves de son inaltérable fidélité? Le prince Eugène de Beauharnais était Vendéen ; et, dans ces derniers temps, c'était encore un Vendéen, un vétéran des armées royales, ce vieux marquis d'Autichamp, gouverneur du Louvre, qui, voyant crouler encore en 1830 le trône de ses maîtres, se fit porter dans son fauteuil sur le faîte du palais et voulait, ne pouvant combattre, mourir du moins sous les balles des insurgés.

ÉDOUARD OURLIAC.

P. II.

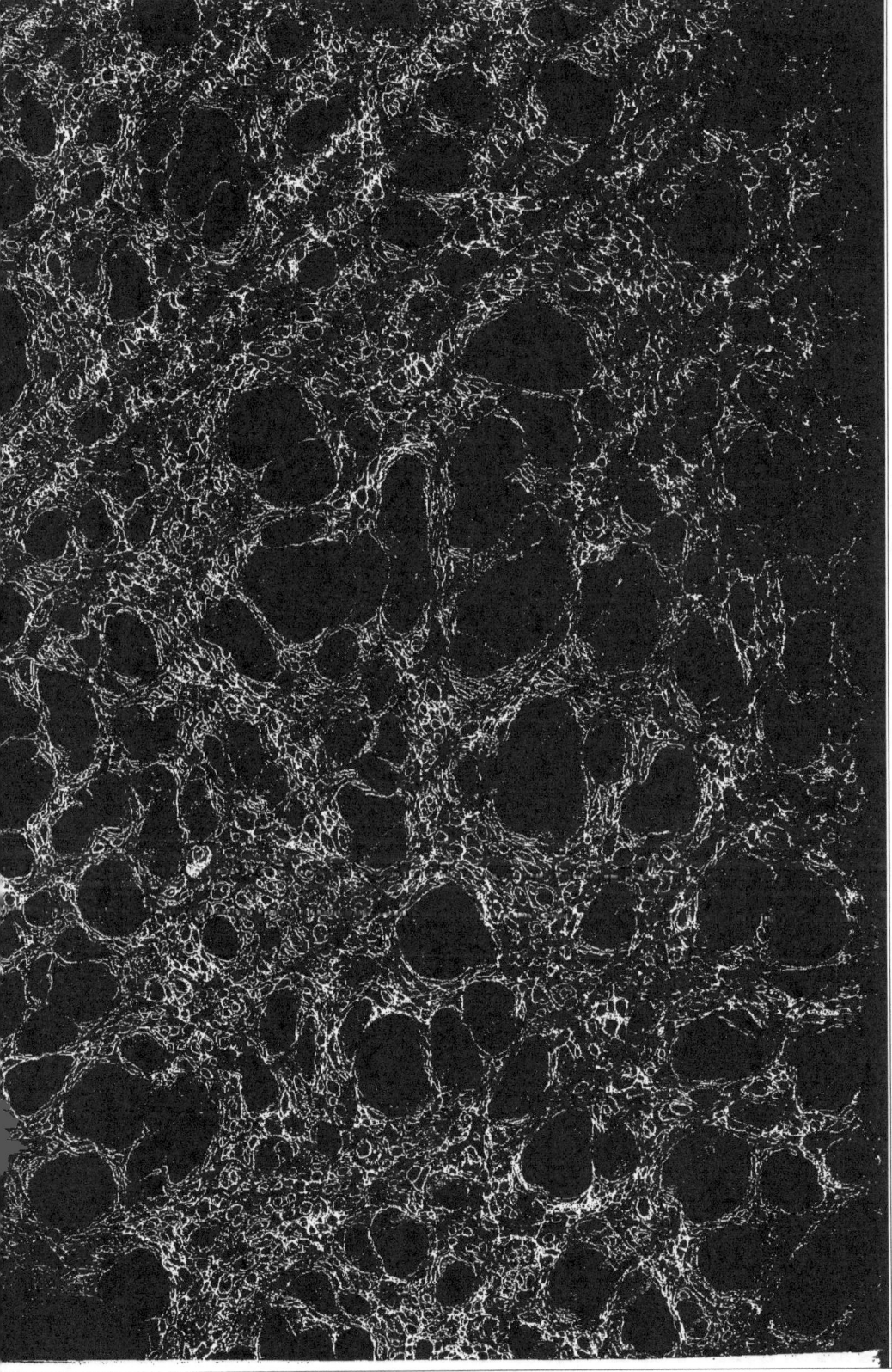

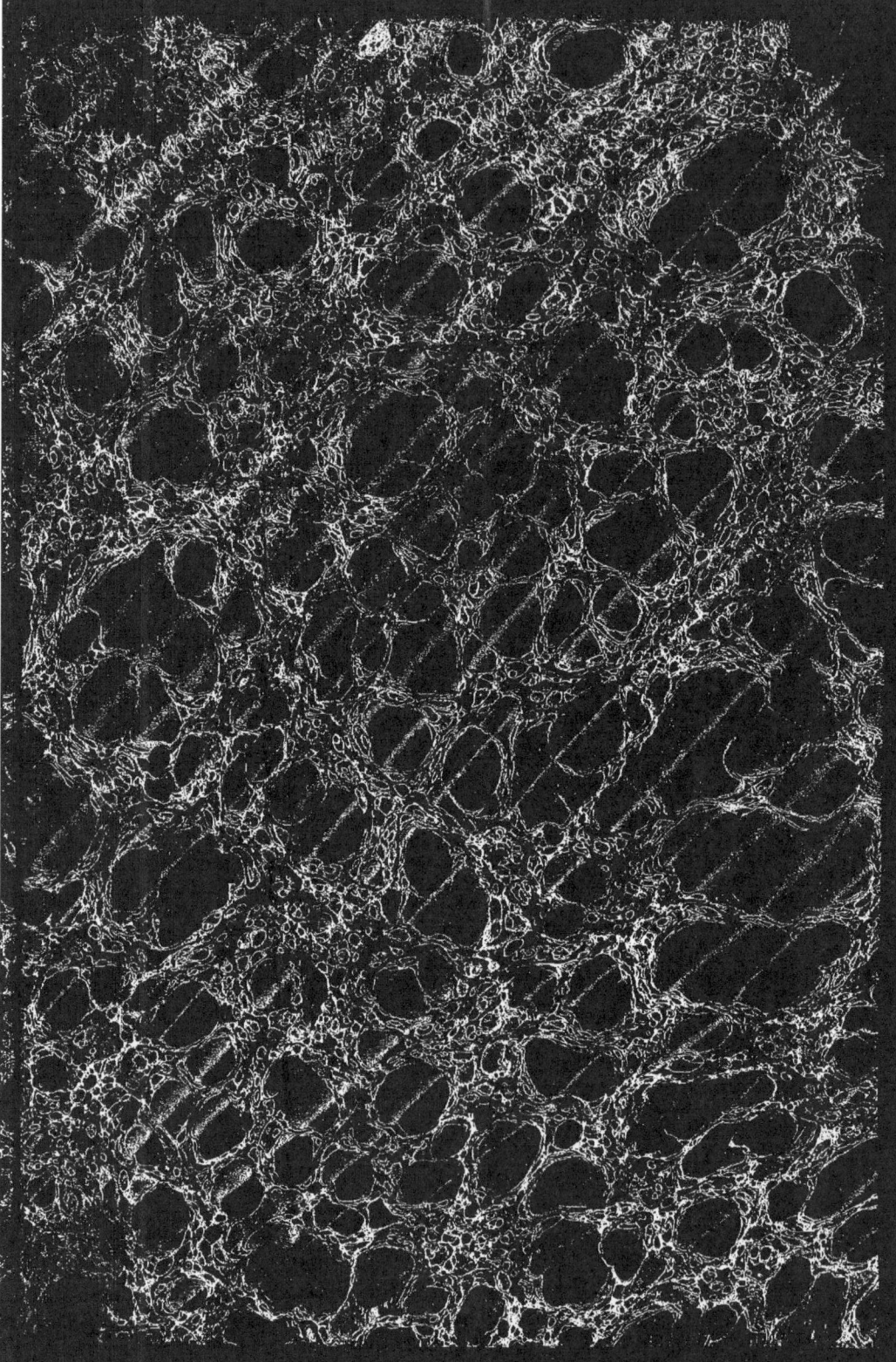

www.ingramcontent.com/pod-product-compliance
Lightning Source LLC
Chambersburg PA
CBHW061025030726
47504CB00002B/250